Para

Simone!

de Amy

Dic-2013

«Unas de esas raras novelas que combinan una trama brillante con una escritura sublime.»

Sunday Times

«Una obra maestra popular, un clásico contemporáneo.»

Daily Telegraph

«El mejor libro del año. Irresistible. Es erudito y accesible a todo el mundo, se inscribe en la gran tradición de novelas de aprendizaje en las que los secretos y maleficios se suceden como muñecas rusas.»

Le Figaro

«García Márquez, Umberto Eco y Jorge Luis Borges se encuentran en un mágico y desbordante espectáculo, de inquietante perspicacia y definitivamente maravilloso, escrito por el novelista español Carlos Ruiz Zafón.»

The New York Times

«Indiscutiblemente, *La Sombra del Viento* es maravillosa. Una construcción argumental magistral y meticulosa con un extraordinario dominio del lenguaje... Una carta de amor a la literatura, dirigida a lectores tan apasionados por la narrativa como su joven protagonista.»

Entertainment Weekly

«*La Sombra del Viento* anuncia un fenómeno de la literatura popular española.»

La Vanguardia

«Si alguien pensaba que la auténtica novela gótica había muerto en el siglo XIX, este libro le hará cambiar de idea. Una novela llena de esplendor y de trampas secretas donde hasta las subtramas tienen subtramas. En manos de Zafón, cada escena parece salida de uno de los primeros films de Orson Welles. Hay que ser un romántico de verdad para llegar a apreciar todo su valor, pero si uno lo es, entonces es una lectura deslumbrante.»

Stephen King

«Las páginas de Ruiz Zafón ensimisman durante dos días a cuantos deciden leerlas. El talento narrativo de este hombre arrasa.»

El Mundo

«Una vez más he hallado un libro que prueba cuán maravilloso es sumergirse en una novela rica y larga... Esta novela lo tiene todo: seducción, riesgo, venganza y un misterio que el autor teje de forma magistral. Zafón aventaja incluso al extraordinario Charles Dickens.»

The Philadelphia Enquirer

«Pura magia, no hay otra forma de describir esta novela. Historia y escritura, trama y carácter, personajes y perfiles, todo adecuadamente. Nunca puedes abandonar sus más de quinientas cautivadoras páginas, llenas de suspense. Su escritura es especial como el aroma de un perfume que se va esparciendo, seductor y sensual. Y este aroma dura mucho tiempo.»

Hamburger Abendblatt

«Tremendamente bueno... su historia está redondeada de un modo impresionante. Humor, terror, política y romance están muy bien dosificados... y el efecto de conjunto es del todo satisfactorio. Zafón, ex guionista, es particularmente bueno en el contraste y el ritmo: las más de quinientas páginas del libro pasan con increíble rapidez.»

Sunday Telegraph

«Todo en *La Sombra del Viento* es extraordinariamente sofisticado. El estilo deslumbra, mientras la trama se trenza y se desenreda con una gracia sutil... La novela de Zafón es atmosférica, seductora y de lectura recomendable.»

The Observer

«Todos los que disfruten con novelas terroríficas, eróticas, conmovedoras, trágicas y de suspense, deberían apresurarse a la librería más cercana y apoderarse de un ejemplar de *La Sombra del Viento.* De verdad, deberían hacerlo.»

The Washington Post

«Una obra ambiciosa, capaz de conjugar los más variados estilos (desde la comedia de costumbres hasta el apunte histórico, pasando por el mismo misterio central) sin perder por ello un ápice de su poder de fascinación.»

Qué Leer

«Absorbente, imaginativa y sólidamente construida. El placer de recuperar con la lectura al eterno adolescente que todos llevamos dentro.»

El Periódico

«Lo dejarás todo de lado y leerás a lo largo de la noche entera; no querrás abandonar *La Sombra del Viento* hasta que hayas llegado al final.»

Joschka Fischer (vicecanciller alemán)

«*La Sombra del Viento* cuenta con todo lo que necesita una gran historia: amor, traición, muerte, odio y amistad. No es extraño que se haya convertido en el libro del año.»

Berlin Literatura Critique

A E
& I

La sombra del viento

Autores Españoles e Iberoamericanos

Carlos Ruiz Zafón

La sombra del viento

Ruiz Zafón, Carlos
La sombra del viento. - 9ª ed. – Buenos Aires : Planeta, 2013.
584 p. ; 23x15 cm.

ISBN 978-950-49-2547-7

1. Narrativa Española 2. Novela I. Título
CDD E863

Còrsega, 273-279. 08008 Barcelona (España)

Ilustración de la sobrecubierta: foto@ Francesc Català-Roca

ISBN 978-84-08-05793-2

Publicado bajo el sello Planeta®
Independencia 1682 (1100) C.A.B.A.
www.editorialplaneta.com.ar

9ª edición corregida en este formato: enero de 2013
3.000 ejemplares

ISBN 978-950-49-2547-7

Impreso en Artesud,
Concepción Arenal 4562, Capital Federal,
en el mes de enero de 2013.

Hecho el depósito que prevé la ley 11.723
Impreso en la Argentina

Para Joan Ramon Planas,
que merecería algo mejor

EL CEMENTERIO DE LOS LIBROS OLVIDADOS

—

Todavía recuerdo aquel amanecer en que mi padre me llevó por primera vez a visitar el Cementerio de los Libros Olvidados. Desgranaban los primeros días del verano de 1945 y caminábamos por las calles de una Barcelona atrapada bajo cielos de ceniza y un sol de vapor que se derramaba sobre la Rambla de Santa Mónica en una guirnalda de cobre líquido.

—Daniel, lo que vas a ver hoy no se lo puedes contar a nadie —advirtió mi padre—. Ni a tu amigo Tomás. A nadie.

—¿Ni siquiera a mamá? —inquirí yo, a media voz.

Mi padre suspiró, amparado en aquella sonrisa triste que le perseguía como una sombra por la vida.

—Claro que sí —respondió cabizbajo—. Con ella no tenemos secretos. A ella puedes contárselo todo.

Poco después de la guerra civil, un brote de cólera se había llevado a mi madre. La enterramos en Montjuïc el día de mi cuarto cumpleaños. Sólo recuerdo que llovió todo el día y toda la noche, y que cuando le pregunté a mi padre si el cielo lloraba le faltó la voz para responderme. Seis años después, la ausencia de mi madre era para mí todavía un espejismo, un silencio a gritos que aún no había aprendido a acallar con palabras. Mi padre y yo vivíamos en un pequeño piso de la calle Santa Ana, junto a la plaza de la iglesia. El piso estaba situado justo encima de la librería especializada en ediciones de coleccionista y libros usados heredada de mi abuelo, un bazar encantado que mi padre confiaba en que algún día pasaría a mis manos. Me crié entre libros, haciendo amigos invisibles en páginas que se deshacían en polvo y cuyo olor aún conservo en las manos. De niño aprendí a conciliar el sueño mientras le explicaba a mi madre en la penumbra de mi habitación las incidencias de la jornada, mis andanzas en el colegio, lo que había aprendido aquel día... No podía oír su voz o sentir su tacto, pero su luz y su calor ardían en cada rincón de aquella casa y yo, con la fe de los que todavía pueden contar sus años con los dedos de las manos, creía que si cerraba los ojos y le hablaba, ella podría oírme desde donde estuviese. A veces, mi padre me escuchaba desde el comedor y lloraba a escondidas.

Recuerdo que aquel alba de junio me desperté gritando. El corazón me batía en el pecho como si el alma quisiera abrirse camino y echar a correr escaleras abajo. Mi padre acudió azorado a mi habitación y me sostuvo en sus brazos, intentando calmarme.

—No puedo acordarme de su cara. No puedo acordarme de la cara de mamá —murmuré sin aliento.

Mi padre me abrazó con fuerza.

—No te preocupes, Daniel. Yo me acordaré por los dos.

Nos miramos en la penumbra, buscando palabras que no existían. Aquélla fue la primera vez en que me di cuenta de que mi padre envejecía y de que sus ojos, ojos de niebla y de pérdida, siempre miraban atrás. Se incorporó y descorrió las cortinas para dejar entrar la tibia luz del alba.

—Anda, Daniel, vístete. Quiero enseñarte algo —dijo.

—¿Ahora? ¿A las cinco de la mañana?

—Hay cosas que sólo pueden verse entre tinieblas

—insinuó mi padre blandiendo una sonrisa enigmática que probablemente había tomado prestada de algún tomo de Alejandro Dumas.

Las calles aún languidecían entre neblinas y serenos cuando salimos al portal. Las farolas de las Ramblas dibujaban una avenida de vapor, parpadeando al tiempo que la ciudad se desperezaba y se desprendía de su disfraz de acuarela. Al llegar a la calle Arco del Teatro nos aventuramos camino del Raval bajo la arcada que prometía una bóveda de bruma azul. Seguí a mi padre a través de aquel camino angosto, más cicatriz que calle, hasta que el reluz de la Rambla se perdió a nuestras espaldas. La claridad del amanecer se filtraba desde balcones y cornisas en soplos de luz sesgada que no llegaban a rozar el suelo. Finalmente, mi padre se detuvo frente a un portón de madera labrada ennegrecido por el tiempo y la humedad. Frente a nosotros se alzaba lo que me pareció el cadáver abandonado de un palacio, o un museo de ecos y sombras.

—Daniel, lo que vas a ver hoy no se lo puedes contar a nadie. Ni a tu amigo Tomás. A nadie.

Un hombrecillo con rasgos de ave rapaz y cabellera plateada nos abrió la puerta. Su mirada aguileña se posó en mí, impenetrable.

—Buenos días, Isaac. Éste es mi hijo Daniel —anunció mi padre—. Pronto cumplirá once años, y algún día él se hará cargo de la tienda. Ya tiene edad de conocer este lugar.

El tal Isaac nos invitó a pasar con un leve asentimiento. Una penumbra azulada lo cubría todo, insinuando apenas trazos de una escalinata de mármol y una galería de frescos poblados con figuras de ángeles y criaturas fabulosas. Seguimos al guardián a través de aquel corredor palaciego y llegamos a una gran sala circular donde una auténtica basílica de tinieblas yacía bajo una cúpula acuchillada por haces de luz que pendían desde lo alto. Un laberinto de corredores y estanterías repletas de libros ascendía desde la base hasta la cúspide, dibujando una colmena tramada de túneles, escalinatas, plataformas y puentes que dejaban adivinar una gigantesca biblioteca de geometría imposible. Miré a mi padre, boquiabierto. Él me sonrió, guiñándome el ojo.

—Daniel, bien venido al Cementerio de los Libros Olvidados.

Salpicando los pasillos y plataformas de la biblioteca se perfilaban una docena de figuras. Algunas de ellas se volvieron a saludar desde lejos, y reconocí los rostros de diversos colegas de mi padre en el gremio de libreros de viejo. A mis ojos de diez años, aquellos individuos aparecían como una cofradía secreta de alquimistas conspirando a espaldas del mundo. Mi padre se arrodilló junto a mí y, sosteniéndome la mirada, me habló con esa voz leve de las promesas y las confidencias.

—Este lugar es un misterio, Daniel, un santuario. Cada libro, cada tomo que ves, tiene alma. El alma de quien lo escribió, y el alma de quienes lo leyeron y vivieron y soñaron con él. Cada vez que un libro cambia de manos, cada vez que alguien desliza la mirada por sus páginas, su espíritu crece y se hace fuerte. Hace ya muchos años, cuando mi padre me trajo por primera vez aquí, este lugar ya era viejo. Quizá tan viejo como la misma ciudad. Nadie sabe a ciencia cierta desde cuándo existe, o quiénes lo crearon. Te diré lo que mi padre me dijo a mí. Cuando una biblioteca desaparece, cuando una librería cierra sus puertas, cuando un libro se pierde en el olvido, los que conocemos este lugar, los guardianes, nos aseguramos de que llegue aquí. En este lugar, los libros que ya nadie recuerda, los libros que se han perdido en el tiempo, viven para siempre, esperando llegar algún día a las manos de un nuevo lector, de un nuevo espíritu. En la tienda nosotros los vendemos y los compramos, pero en realidad los libros no tienen dueño. Cada libro que ves aquí ha sido el mejor amigo de alguien. Ahora sólo nos tienen a nosotros, Daniel. ¿Crees que vas a poder guardar este secreto?

Mi mirada se perdió en la inmensidad de aquel lugar, en su luz encantada. Asentí y mi padre sonrió.

—¿Y sabes lo mejor? —preguntó.

Negué en silencio.

—La costumbre es que la primera vez que alguien visita este lugar tiene que escoger un libro, el que prefiera, y adoptarlo, asegurándose de que nunca desaparezca, de que siempre permanezca vivo. Es una promesa muy importante. De por vida —explicó mi padre—. Hoy es tu turno.

Por espacio de casi media hora deambulé entre los entresijos de aquel laberinto que olía a papel viejo, a polvo y a magia. Dejé que mi mano rozase las avenidas de lomos expuestos, tentando mi elección. Atisbé, entre los títulos desdibujados por el tiempo, palabras en lenguas que reconocía y decenas de otras que era incapaz de catalogar. Recorrí pasillos y galerías en espiral pobladas por cientos, miles de tomos que parecían saber más acerca de mí que yo de ellos. Al poco, me asaltó la idea de que tras la cubierta de cada uno de aquellos libros se abría un universo infinito por explorar y de que, más allá de aquellos muros, el mundo dejaba pasar la vida en tardes de fútbol y seriales de radio, satisfecho con ver hasta allí donde alcanza su ombligo y poco más. Quizá fue aquel pensamiento, quizá el azar o su pariente de gala, el destino, pero en aquel mismo instante supe que ya había elegido el libro que iba a adoptar. O quizá debiera decir el libro que me iba a adoptar a mí. Se asomaba tímidamente en el extremo de una estantería, encuadernado en piel de color vino y susurrando su título en letras doradas que ardían a la luz que destilaba la cúpula desde lo alto. Me acerqué hasta él y acaricié las palabras con la yema de los dedos, leyendo en silencio.

La Sombra del Viento
JULIÁN CARAX

Jamás había oído mencionar aquel título o a su autor, pero no me importó. La decisión estaba tomada. Por ambas partes. Tomé el libro con sumo cuidado y lo hojeé, dejando aletear sus páginas. Liberado de su celda en el estante, el libro exhaló una nube de polvo dorado. Satisfecho con mi elección, rehíce mis pasos en el laberinto portando mi libro bajo el brazo con una sonrisa impresa en los labios. Tal vez la atmósfera hechicera de aquel lugar había podido conmigo, pero tuve la seguridad de que aquel libro había estado allí esperándome durante años, probablemente desde antes de que yo naciese.

Aquella tarde, de vuelta en el piso de la calle Santa Ana, me refugié en mi habitación y decidí leer las primeras líneas de mi nuevo amigo. Antes de darme cuenta, me había caído dentro sin remedio. La novela relataba la historia de un hombre en busca de su verdadero padre, al que nunca había llegado a conocer y cuya existencia sólo descubría merced a las últimas palabras que pronunciaba su madre en su lecho de muerte. La historia de aquella búsqueda se transformaba en una odisea fantasmagórica en la que el protagonista luchaba por recuperar una infancia y una juventud perdidas, y en la que, lentamente, descubríamos la sombra de un amor maldito cuya memoria le habría de perseguir hasta el fin de sus días. A medida que avanzaba, la estructura del relato empezó a recordarme a una de esas muñecas rusas que contienen innumerables miniaturas de sí mismas en su interior. Paso a paso, la narración se descomponía en mil historias, como si el relato hubiese penetrado en una galería de espejos y su identidad se escindiera en docenas de reflejos diferentes y al tiempo uno solo. Los minutos y las horas se deslizaron como un espejismo. Horas más tarde, atrapado en el relato, apenas advertí las campanadas de medianoche en la catedral repiqueteando a lo lejos. Enterrado en la luz de cobre que proyectaba el flexo, me sumergí en un mundo de imágenes y sensaciones como jamás las había conocido. Personajes que se me antojaron tan reales como el aire que respiraba me arrastraron en un túnel de aventura y misterio del que no quería escapar. Página a página, me dejé envolver por el sortilegio de la historia y su mundo hasta que el aliento del amanecer acarició mi ventana y mis ojos cansados se deslizaron por la última página. Me tendí en la penumbra azulada del alba con el libro sobre el pecho y escuché el rumor de la ciudad dormida goteando sobre los tejados salpicados de púrpura. El sueño y la fatiga llamaban a mi puerta, pero me resistí a rendirme. No quería perder el hechizo de la historia ni todavía decir adiós a sus personajes.

En una ocasión oí comentar a un cliente habitual en la librería de mi padre que pocas cosas marcan tanto a un lector como el primer libro que realmente se abre camino hasta su corazón. Aquellas primeras imágenes, el eco de esas palabras que creemos haber dejado atrás, nos acompañan toda la vida y esculpen un palacio en nuestra memoria al que, tarde o temprano —no importa cuántos libros leamos, cuántos mundos descubramos, cuánto aprendamos u olvidemos—, vamos a regresar. Para mí, esas páginas embrujadas siempre serán las que encontré entre los pasillos del Cementerio de los Libros Olvidados.

DÍAS DE CENIZA

—

1945-1949

1

Un secreto vale lo que aquellos de quienes tenemos que guardarlo. Al despertar, mi primer impulso fue hacer partícipe de la existencia del Cementerio de los Libros Olvidados a mi mejor amigo. Tomás Aguilar era un compañero de estudios que dedicaba su tiempo libre y su talento a la invención de artilugios ingeniosísimos pero de escasa aplicación práctica, como el dardo aerostático o la peonza dinamo. Nadie mejor que Tomás para compartir aquel secreto. Soñando despierto me imaginaba a mi amigo Tomás y a mí pertrechados ambos de linternas y brújula prestos a desvelar los secretos de aquella catacumba bibliográfica. Luego, recordando mi promesa, decidí que las circunstancias aconsejaban lo que en las novelas de intriga policial se denominaba otro modus operandi. Al mediodía abordé a mi padre para cuestionarle acerca de aquel libro y de Julián Carax, que en mi entusiasmo había imaginado célebres en todo el mundo. Mi plan era hacerme con todas sus obras y leérmelas de cabo a rabo en menos de una semana. Cuál fue mi sorpresa al descubrir que mi padre, librero de casta y buen conocedor de los catálogos editoriales, jamás había oído hablar de *La Sombra del Viento* o de Julián Carax. Intrigado, mi padre inspeccionó la página con los datos de la edición.

—Según esto, este ejemplar forma parte de una edición de dos mil quinientos ejemplares impresa en Barcelona, por Cabestany Editores, en diciembre de 1935.

—¿Conoces esa editorial?

—Cerró hace años. Pero la edición original no es ésta, sino otra de noviembre del mismo año, pero impresa en París... La editorial es Galliano & Neuval. No me suena.

—Entonces, ¿el libro es una traducción? —pregunté, desconcertado.

—No menciona que lo sea. Por lo que aquí se ve, el texto es original.

—¿Un libro en castellano, editado primero en Francia?

—No será la primera vez, con los tiempos que corren —adujo mi padre—. A lo mejor Barceló nos puede ayudar...

Gustavo Barceló era un viejo colega de mi padre, dueño de una librería cavernosa en la calle Fernando que capitaneaba la flor y nata del gremio de libreros de viejo. Vivía perpetuamente adherido a una pipa apagada que desprendía efluvios de mercado persa y se describía a sí mismo como el último romántico. Barceló sostenía que en su linaje había un lejano parentesco con lord Byron, pese a que él era natural de la localidad de Caldas de Montbuy. Quizá con ánimo de evidenciar esta conexión, Barceló vestía invariablemente al uso de un dandi decimonónico, luciendo fular, zapatos de charol blanco y un monóculo sin graduación que según las malas lenguas no se quitaba ni en la intimidad del retrete. En realidad, el parentesco más significativo en su haber era el de su progenitor, un industrial que se había enriquecido por medios más o menos turbios a finales del siglo XIX. Según me explicó mi padre, Gustavo Barceló estaba, técnicamente, forrado, y lo de la librería era más pasión que negocio. Amaba los libros sin reserva y, aunque él lo negaba rotundamente, si alguien entraba en su librería y se enamoraba de un ejemplar cuyo precio no podía costearse, lo rebajaba hasta donde fuese necesario, o incluso lo regalaba si estimaba que el comprador era un lector de casta y no un diletante mariposón. Al margen de estas peculiaridades, Barceló poseía una memoria de elefante y una pedantería que no desmerecía en porte o sonoridad, pero si alguien sabía de libros extraños, era él. Aquella tarde, después de cerrar la tienda, mi padre sugirió que nos acercásemos hasta el café de Els Quatre Gats en la calle Montsió, donde Barceló y sus compinches mantenían una tertulia bibliófila sobre poetas malditos, lenguas muertas y obras maestras abandonadas a merced de la polilla.

Els Quatre Gats quedaba a tiro de piedra de casa y era uno de mis rincones predilectos de toda Barcelona. Allí se habían conocido mis padres en el año 32, y yo atribuía en parte mi billete de ida por la vida al encanto de aquel viejo café. Dragones de piedra custodiaban la fachada enclavada en un cruce de sombras y sus farolas de gas congelaban el tiempo y los recuerdos. En el interior, las gentes se fundían con los ecos de otras épocas. Contables, soñadores y aprendices de genio compartían mesa con el espejismo de Pablo Picasso, Isaac Albéniz, Federico García Lorca o Salvador Dalí. Allí, cualquier pelagatos podía sentirse por unos instantes figura histórica por el precio de un cortado.

—Hombre, Sempere —proclamó Barceló al ver entrar a mi padre—, el hijo pródigo. ¿A qué se debe el honor?

—El honor se lo debe usted a mi hijo Daniel, don Gustavo, que acaba de hacer un descubrimiento.

—Pues vengan a sentarse con nosotros, que esta efemérides hay que celebrarla —proclamó Barceló.

—¿Efemérides? —le susurré a mi padre.

—Barceló se expresa sólo en esdrújulas —respondió mi padre a media voz—. Tú no digas nada, que se envalentona.

Los contertulios nos hicieron sitio en su círculo y Barceló, que gustaba de mostrarse espléndido en público, insistió en invitarnos.

—¿Qué edad tiene el mozalbete? —inquirió Barceló, mirándome de reojo.

—Casi once años —declaré.

Barceló me sonrió, socarrón.

—O sea, diez. No te pongas años de más, sabandijilla, que ya te los pondrá la vida.

Varios de los contertulios murmuraron su asentimiento. Barceló hizo señas a un camarero con aspecto inminente de ser declarado monumento histórico para que se acercase a tomar nota.

—Un coñac para mi amigo Sempere, del bueno, y para el retoño una leche merengada, que tiene que crecer. Ah, y traiga unos taquitos de jamón, pero que no sean como los de antes, ¿eh?, que para caucho ya está la casa Pirelli —rugió el librero.

El camarero asintió y partió, arrastrando los pies y el alma.

—Lo que yo digo —comentó el librero—. ¿Cómo va a haber trabajo? Si en este país no se jubila la gente ni después de muerta. Mire usted al Cid. Si es que no hay remedio.

Barceló saboreó su pipa apagada, su mirada aguileña escrutando con interés el libro que yo sostenía en las manos. Pese a su fachada farandulera y a tanta palabrería, Barceló podía oler una buena presa como un lobo huele la sangre.

—A ver —dijo Barceló, fingiendo desinterés—. ¿Qué me traen ustedes?

Le dirigí una mirada a mi padre. Él asintió. Sin más preámbulo, le tendí el libro a Barceló. El librero lo tomó con mano experta. Sus dedos de pianista rápidamente exploraron textura, consistencia y estado. Exhibiendo su sonrisa florentina, Barceló localizó la página de edición y la inspeccionó con intensidad policial por espacio de un minuto. Los demás le observaban en silencio, como si esperasen un milagro o permiso para respirar de nuevo.

—Carax. Interesante —murmuró con tono impenetrable.

Tendí de nuevo mi mano para recuperar el libro. Barceló arqueó las cejas, pero me lo devolvió con una sonrisa glacial.

—¿Dónde lo has encontrado, chavalín?

—Es un secreto —repliqué, sabiendo que mi padre debía de estar sonriendo por dentro.

Barceló frunció el ceño y desvió la mirada hacia mi padre.

—Amigo Sempere, porque es usted y por todo el aprecio que le tengo y en honor a la larga y profunda amistad que nos une como a hermanos, dejémoslo en cuarenta duros y no se hable más.

—Eso lo va a tener que discutir con mi hijo —adujo mi padre—. El libro es suyo.

Barceló me ofreció una sonrisa lobuna.

—¿Qué me dices, muchachete? Cuarenta duros no está mal para una primera venta... Sempere, este chico suyo hará carrera en este negocio.

Los contertulios le rieron la gracia. Barceló me miró

complacido, sacando su billetero de piel. Contó los cuarenta duros, que para aquel entonces eran toda una fortuna, y me los tendió. Yo me limité a negar en silencio. Barceló frunció el ceño.

—Mira que la codicia es pecado mortal de necesidad, ¿eh? —adujo—. Venga, sesenta duros y te abres una cartilla de ahorro, que a tu edad ya hay que pensar en el futuro.

Negué de nuevo. Barceló le lanzó una mirada airada a mi padre a través de su monóculo.

—A mí no me mire —dijo mi padre—. Yo aquí sólo vengo de acompañante.

Barceló suspiró y me observó detenidamente.

—A ver, niño, pero ¿tú qué es lo que quieres?

—Lo que quiero es saber quién es Julián Carax, y dónde puedo encontrar otros libros que haya escrito.

Barceló rió por lo bajo y enfundó de nuevo su billetera, reconsiderando a su adversario.

—Vaya, un académico. Sempere, pero ¿qué le da usted de comer a este crío? —bromeó.

El librero se inclinó hacia mí con tono confidencial y, por un instante, me pareció entrever en su mirada un cierto respeto que no había estado allí momentos atrás.

—Haremos un trato —me dijo—. Mañana domingo, por la tarde, te pasas por la biblioteca del Ateneo y preguntas por mí. Tú te traes tu libro para que lo pueda examinar bien, y yo te cuento lo que sé de Julián Carax. Quid pro quo.

—¿Quid pro qué?

—Latín, chaval. No hay lenguas muertas, sino cerebros aletargados. Parafraseando, significa que no hay duros a cuatro pesetas, pero que me has caído bien y te voy a hacer un favor.

Aquel hombre destilaba una oratoria capaz de aniquilar las moscas al vuelo, pero sospeché que si quería averiguar algo sobre Julián Carax, más me valdría quedar en buenos términos con él. Le sonreí beatíficamente, mostrando mi deleite con los latinajos y su verbo fácil.

—Recuerda, mañana, en el Ateneo —sentenció el librero—. Pero trae el libro, o no hay trato.

—De acuerdo.

La conversación se desvaneció lentamente en el murmullo de los demás contertulios, derivando hacia la discusión de unos documentos encontrados en los sótanos de El Escorial que sugerían la posibilidad de que don Miguel de Cervantes no había sido sino el seudónimo literario de una velluda mujerona toledana. Barceló, ausente, no participó en el debate bizantino y se limitó a observarme desde su monóculo con una sonrisa velada. O quizá tan sólo miraba el libro que yo sostenía en las manos.

2

Aquel domingo, las nubes habían resbalado del cielo y las calles yacían sumergidas bajo una laguna de neblina ardiente que hacía sudar los termómetros en las paredes. A media tarde, rondando ya los treinta grados, partí rumbo a la calle Canuda para mi cita con Barceló en el Ateneo con mi libro bajo el brazo y un lienzo de sudor en la frente. El Ateneo era —y aún es— uno de los muchos rincones de Barcelona donde el siglo XIX todavía no ha recibido noticias de su jubilación. La escalinata de piedra ascendía desde un patio palaciego hasta una retícula fantasmal de galerías y salones de lectura donde invenciones como el teléfono, la prisa o el reloj de muñeca resultaban anacronismos futuristas. El portero, o quizá tan sólo fuera una estatua de uniforme, apenas pestañeó a mi llegada. Me deslicé hasta el primer piso, bendiciendo las aspas de un ventilador que susurraba entre lectores adormecidos derritiéndose como cubitos de hielo sobre sus libros y diarios.

La silueta de don Gustavo Barceló se recortaba junto a las cristaleras de una galería que daba al jardín interior del edificio. Pese a la atmósfera casi tropical, el librero vestía sus habituales galas de figurín y su monóculo brillaba en la penumbra como una moneda en el fondo de un pozo. Junto a él distinguí una figura enfundada en un vestido de alpaca blanca que se me antojó un ángel esculpido en brumas. Al eco de mis pasos, Barceló entornó la mirada y me hizo un ademán para que me aproximase.

—Daniel, ¿verdad? —preguntó el librero—. ¿Has traído el libro?

Asentí por duplicado y acepté la silla que Barceló me brindaba junto a él y a su misteriosa acompañante. Durante varios minutos, el librero se limitó a sonreír plácidamente, ajeno a mi presencia. Al poco abandoné toda esperanza de que me presentase a quien fuera que fuese la dama de blanco. Barceló se comportaba como si ella no estuviese allí y ninguno de los dos pudiese verla. La observé de reojo, temeroso de encontrar su mirada, que seguía perdida en ninguna parte. Su rostro y sus brazos vestían una piel pálida, casi traslúcida. Tenía los rasgos afilados, dibujados a trazo firme bajo una cabellera negra que brillaba como piedra humedecida. Le calculé unos veinte años a lo sumo, pero algo en su porte y en el modo en que el alma parecía caerle a los pies, como las ramas de un sauce, me hizo pensar que no tenía edad. Parecía atrapada en ese estado de perpetua juventud reservado a los maniquís en los escaparates de postín. Estaba intentando leerle el pulso bajo aquella garganta de cisne cuando advertí que Barceló me observaba fijamente.

—Entonces, ¿vas a decirme dónde encontraste ese libro? —preguntó.

—Lo haría, pero prometí a mi padre guardar el secreto —aduje.

—Ya veo. Sempere y sus misterios —dijo Barceló—. Ya me figuro yo dónde. Menuda potra has tenido, chaval. A eso le llamo yo encontrar una aguja en un campo de azucenas. A ver, ¿me lo dejas ver?

Le tendí el libro, y Barceló lo tomó en sus manos con infinita delicadeza.

—Lo has leído, supongo.

—Sí, señor.

—Te envidio. Siempre me ha parecido que el momento para leer a Carax es cuando todavía se tiene el corazón joven y la mente limpia. ¿Sabías que ésta fue la última novela que escribió?

Negué en silencio.

—¿Sabes cuántos ejemplares como éste hay en el mercado, Daniel?

—Miles, supongo.

—Ninguno —precisó Barceló—. Excepto el tuyo. El resto fueron quemados.

—¿Quemados?

Barceló se limitó a ofrecer su sonrisa hermética, pasando hojas del libro y acariciando el papel como si fuese una seda única en el universo. La dama de blanco se volvió lentamente. Sus labios esbozaron una sonrisa tímida y temblorosa. Sus ojos palpaban el vacío, pupilas blancas como el mármol. Tragué saliva. Estaba ciega.

—Tú no conoces a mi sobrina Clara, ¿verdad? —preguntó Barceló.

Me limité a negar, incapaz de quitar la mirada de aquella criatura con tez de muñeca de porcelana y ojos blancos, los ojos más tristes que he visto jamás.

—En realidad, la experta en Julián Carax es Clara, por eso la he traído —dijo Barceló.

—Es más, pensándolo bien, creo que con vuestro permiso yo me voy a retirar a otra sala a inspeccionar este volumen mientras vosotros habláis de vuestras cosas. ¿Os parece?

Le miré, atónito. El librero, pirata hasta la sepultura y ajeno a mis reservas, se limitó a darme una palmadita en la espalda y partió con mi libro bajo el brazo.

—Le has impresionado, ¿sabes? —dijo la voz a mi espalda.

Me volví para descubrir la sonrisa leve de la sobrina del librero, tanteando en el vacío. Tenía la voz de cristal, transparente y tan frágil que me pareció que sus palabras se quebrarían si la interrumpía a media frase.

—Mi tío me ha dicho que te ofreció una buena suma por el libro de Carax, pero que tú la rechazaste —añadió Clara—. Te has ganado su respeto.

—Cualquiera lo diría —suspiré.

Observé que Clara ladeaba la cabeza al sonreír y que sus dedos jugueteaban con un anillo que parecía una guirnalda de zafiros.

—¿Qué edad tienes? —preguntó.

—Casi once años —respondí—. ¿Y usted?

Clara rió ante mi insolente inocencia.

—Casi el doble, pero tampoco es como para que me trates de usted.

—Parece usted más joven —apunté, intuyendo que aquello podía ser una buena salida a mi indiscreción.

—Me fiaré de ti entonces, porque yo no sé qué aspecto tengo —repuso, sin abandonar su sonrisa a media vela—. Pero si te parezco más joven, razón de más para que me trates de tú.

—Lo que usted diga, señorita Clara.

Observé detenidamente sus manos abiertas como alas sobre su regazo, su talle frágil insinuándose bajo los pliegues de alpaca, el dibujo de sus hombros, la extrema palidez de su garganta y el cierre de sus labios, que hubiera querido acariciar con la yema de los dedos. Nunca antes había tenido la oportunidad de examinar a una mujer tan de cerca y con tanta precisión sin temor a encontrarme con su mirada.

—¿Qué miras? —preguntó Clara, no sin cierta malicia.

—Su tío dice que es usted una experta en Julián Carax —improvisé, con la boca seca.

—Mi tío sería capaz de decir cualquier cosa con tal de pasar un rato a solas con un libro que le fascine —adujo Clara—. Pero tú debes preguntarte cómo alguien que está ciego puede ser experto en libros si no los puede leer.

—No se me había ocurrido, la verdad.

—Para tener casi once años no mientes mal. Vigila, o acabarás como mi tío.

Temiendo meter la pata por enésima vez, me limité a permanecer sentado en silencio, contemplándola embobado.

—Anda, acércate —dijo ella.

—¿Perdón?

—Acércate sin miedo. No te voy a comer.

Me incorporé de la silla y me aproximé hasta donde Clara estaba sentada. La sobrina del librero alzó la mano derecha, buscándome a tientas. Sin saber bien cómo debía proceder, hice otro tanto y le ofrecí mi mano. La tomó en su mano izquierda, y Clara me ofreció en silencio su derecha. Comprendí instintivamente lo que me pedía, y la guié hasta mi rostro. Su tacto era firme y delicado a un tiempo. Sus dedos me recorrieron las mejillas y los pómulos. Permanecí inmóvil, casi sin atreverme a respirar, mientras Clara leía mis facciones con sus manos. Mientras lo hacía, sonreía para sí y pude advertir que sus labios se entrecerraban, como murmurando en silencio. Sentí el roce de sus manos en la frente, en el pelo y en los párpados. Se detuvo sobre mis labios, dibujándolos en silencio con el índice y el anular. Los dedos le olían a canela. Tragué saliva, notando que el pulso se me lanzaba a la brava y agradeciendo a la divina providencia que no hubiera testigos oculares para presenciar mi sonrojo, que hubiera bastado para prender un habano a un palmo de distancia.

3

Aquella tarde de brumas y llovizna, Clara Barceló me robó el corazón, la respiración y el sueño. Al amparo de la luz embrujada del Ateneo, sus manos escribieron en mi piel una maldición que habría de perseguirme durante años. Mientras yo la contemplaba embelesado, la sobrina del librero me explicó su historia y cómo ella había tropezado, también por casualidad, con las páginas de Julián Carax. El accidente había tenido lugar en un pueblo de la Provenza. Su padre, abogado de prestigio vinculado al gabinete del presidente Companys, había tenido la clarividencia de enviar a su hija y a su esposa a vivir con su hermana al otro lado de la frontera al inicio de la guerra civil. No faltó quien opinase que aquello era una exageración, que en Barcelona no iba a pasar nada y que en España, cuna y pináculo de la civilización cristiana, la barbarie era cosa de los anarquistas, y éstos, en bicicleta y con parches en los calcetines, no podían llegar muy lejos. Los pueblos no se miran nunca en el espejo, decía siempre el padre de Clara, y menos con una guerra entre las cejas. El abogado era un buen lector de la historia y sabía que el futuro se leía en las calles, las factorías y los cuarteles con más claridad que en la prensa de la mañana. Durante meses les escribió todas las semanas. Al principio lo hacía desde el bufete de la calle Diputación, luego sin remite y, finalmente, a escondidas, desde una celda en el castillo de Montjuïc donde, como a tantos, nadie le vio entrar y de donde nunca volvió a salir.

La madre de Clara leía las cartas en voz alta, disimulando mal el llanto y saltándose los párrafos que su hija intuía sin necesidad de leerlos. Más tarde, a medianoche, Clara convencía a su prima Claudette para que le leyese de nuevo las cartas de su padre en su integridad. Así era cómo Clara leía, con ojos de prestado. Nadie la vio nunca derramar una lágrima, ni cuando dejaron de recibir correspondencia del abogado ni cuando las noticias de la guerra hicieron suponer lo peor.

—Mi padre sabía desde el principio lo que iba a pasar —explicó Clara—. Permaneció al lado de sus amigos porque pensaba que ésa era su obligación. Le mató la lealtad a gentes que, cuando les llegó la hora, le traicionaron. Nunca te fíes de nadie, Daniel, especialmente de la gente a la que admiras. Ésos son los que te pegarán las peores puñaladas.

Clara pronunciaba estas palabras con una dureza que parecía forjada en años de secreto y sombra. Me perdí en su mirada de porcelana, ojos sin lágrimas ni engaños, escuchándola hablar de cosas que por entonces yo no entendía. Clara describía personas, escenarios y objetos que nunca había visto con sus propios ojos con un detalle y una precisión de maestro de la escuela flamenca. Su idioma eran las texturas y los ecos, el color de las voces, el ritmo de los pasos. Me explicó cómo, durante los años del exilio en Francia, ella y su prima Claudette habían compartido un tutor y maestro particular, un cincuentón borrachín con ínfulas de literato que alardeaba de poder recitar la *Eneida* de Virgilio en latín sin acento y al que habían apodado como Monsieur Roquefort en virtud del peculiar aroma que su persona destilaba pese a los baños romanos de colonia y perfume con que adobaba su pantagruélica persona. Monsieur Roquefort, pese a sus notables peculiaridades (entre las que destacaba una firme y militante convicción de que el embutido y en particular las morcillas que Clara y su madre recibían de los parientes de España eran mano de santo para la circulación y el mal de gota), era hombre de gustos refinados. Desde joven viajaba a París una vez al mes para enriquecer su acervo cultural con las últimas novedades literarias, visitar museos y, se rumoreaba, pasar una noche de asueto en brazos de una nínfula a la que había bautizado como madame Bovary pese a que se llamaba Hortense y tenía cierta propensión al vello facial. En sus excursiones culturales, Monsieur Roquefort solía frecuentar un puesto de libros usados apostado frente a Notre-Dame y fue allí donde, por casualidad, se tropezó una tarde de 1929 con una novela de un autor desconocido, un tal Julián Carax. Siempre abierto a las novedades, Monsieur Roquefort adquirió el libro más que nada porque el título le resultaba sugerente y él siempre acostumbraba a leer algo ligero en el tren de vuelta. La novela llevaba por título *La casa roja*, y en la contraportada aparecía una imagen borrosa del autor, quizá una fotografía o un apunte al carbón. Según el texto biográfico, Julián Carax era un joven de veintisiete años que había nacido con el siglo en la ciudad de Barcelona y ahora vivía en París, escribía en francés y ejercía profesionalmente como pianista nocturno en un local de alterne. El texto de la sobrecubierta, pomposo y apolillado al gusto de la época, proclamaba en prosa prusiana que aquélla era la primera obra de un valor deslumbrante, un talento proteico e insigne, promesa de futuro para las letras europeas sin parangón en el mundo de los vivos. Con todo, la sinopsis referida a continuación daba a entender que la historia contenía elementos vagamente siniestros y de tono folletinesco, lo cual a ojos de Monsieur Roquefort siempre era un punto a favor, porque a él, después de los clásicos, lo que más le gustaba eran las intrigas de crimen y alcoba.

La casa roja relataba la atormentada vida de un misterioso individuo que asaltaba jugueterías y museos para robar muñecos y títeres, a los que posteriormente arrancaba los ojos y llevaba a su vivienda, un fantasmal invernadero abandonado a orillas del Sena. Al irrumpir una noche en una mansión suntuosa de la avenue Foix para diezmar la colección privada de muñecos de un magnate enriquecido a través de turbias artimañas durante la revolución industrial, su hija, una señorita de la buena sociedad parisina, muy leída y fina ella, se enamoraba del ladrón. A medida que avanzaba el tortuoso romance, plagado de incidencias escabrosas y episodios a media luz, la heroína desentrañaba el misterio que llevaba al enigmático protagonista, que nunca revelaba su nombre, a cegar a los muñecos, descubría un horrible secreto sobre su propio padre y su colección de figuras de porcelana y se hundía inevitablemente en un final de tragedia gótica sin cuento.

Monsieur Roquefort, que era un corredor de fondo en las lides literarias y que se enorgullecía de poseer una amplia colección de cartas firmadas por todos los editores de París rechazando los tomos de verso y prosa que él les enviaba sin tregua, identificó la editorial que había publicado la novela como una casa del tres al cuarto, conocida, si acaso, por sus tomos de cocina, costura y otras artes del hogar. El dueño del puesto de libros usados le contó que la novela había salido apenas y que había conseguido arrancar un par de reseñas en dos diarios de provincias, junto a las notas necrológicas. En pocas líneas, los críticos se habían despachado a gusto y habían recomendado al novel Carax que no dejase su empleo de pianista, porque en la literatura estaba claro que no iba a dar la nota. Monsieur Roquefort, a quien se le ablandaba el corazón y el bolsillo ante las causas perdidas, decidió invertir medio franco y se llevó la novela del tal Carax junto con una edición exquisita del gran maestro, de quien se sentía heredero por reconocer, Gustave Flaubert.

El tren a Lyon iba repleto hasta los topes y Monsieur Roquefort no tuvo más remedio que compartir su cabina de segunda clase con un par de religiosas que, tan pronto dejaron atrás la estación de Austerlitz, no cesaron de lanzarle miradas de reprobación, murmurando por lo bajo. Ante semejante escrutinio, el maestro optó por rescatar aquella novela de su cartera y parapetarse tras sus páginas. Cuál fue su sorpresa cuando, cientos de kilómetros más tarde, descubrió que había olvidado a las hermanas, el vaivén del tren y el paisaje que se deslizaba como un mal sueño de los hermanos Lumière tras las ventanas del tren. Leyó toda la noche, ajeno a los ronquidos de las religiosas y a las estaciones fugaces en la niebla. Girando la última página al despuntar el alba, Monsieur Roquefort descubrió que tenía lágrimas en los ojos y el corazón envenenado de envidia y asombro.

Aquel mismo lunes, Monsieur Roquefort llamó a la editorial de París para solicitar información sobre el tal Julián Carax. Tras mucha insistencia, una telefonista de tono asmático y disposición virulenta le respondió que el señor Carax no tenía dirección conocida, que de todos modos ya no estaba en tratos con la editorial en cuestión y que la novela *La casa roja* había vendido exactamente setenta y siete ejemplares desde el día de su publicación, presumiblemente adquiridos en su mayoría por las señoritas de virtud fácil y otros habituales del local donde el autor desgranaba nocturnos y polonesas por unas monedas. El resto de ejemplares habían sido devueltos y transformados en pasta de papel para imprimir misales, multas y billetes de lotería. La mísera fortuna del misterioso autor acabó por conquistar las simpatías de Monsieur Roquefort. Durante los siguientes diez años, en cada una de sus visitas a París, recorrería librerías de viejo en busca de más obras de Julián Carax. Nunca encontró ninguna. Casi nadie había oído hablar del autor, y a los que les sonaba, poco sabían. Había quien afirmaba que había publicado algunos libros más, siempre en editoriales de poca monta y con tirajes irrisorios. Esos libros, si realmente existían, eran imposibles de encontrar. Un librero afirmó una vez haber tenido en sus manos un ejemplar de una novela de Julián Carax llamada *El ladrón de catedrales,* pero de eso hacía ya tiempo y no estaba del todo seguro. A finales de 1935 le llegaron noticias de que una nueva novela de Julián Carax, *La Sombra del Viento,* había sido publicada por una pequeña editorial de París. Escribió a la editorial para adquirir varios ejemplares. Nunca recibió contestación. Al año siguiente, en la primavera del 36, su antiguo amigo en el puesto de libros en la orilla sur del Sena le preguntó si seguía interesado en Carax. Monsieur Roquefort afirmó que él nunca se rendía. Era ya cuestión de tozudez: si el mundo se empeñaba en enterrar a Carax en el olvido, a él no le daba la gana de pasar por el aro. Su amigo le explicó que semanas atrás había circulado un rumor acerca de Carax. Parecía que por fin su suerte había cambiado. Iba a contraer matrimonio con una dama de buena posición y había publicado una nueva novela después de varios años de silencio que, por primera vez, había recibido una reseña favorable en *Le Monde.* Pero justo cuando parecía que los vientos iban a cambiar de rumbo, explicó el librero, Carax se había visto complicado en un duelo en el cementerio de Père Lachaise. Las circunstancias que rodearon este suceso no estaban claras. Cuanto se sabía era que el duelo había tenido lugar al alba del día en que Carax tenía que contraer matrimonio, y que el novio nunca se presentó en la iglesia.

Había opiniones para todos los gustos: unos le hacían muerto en aquel duelo y su cadáver abandonado en una tumba anónima; otros, más optimistas, preferían creer que Carax, complicado en algún asunto turbio, había tenido que abandonar a su prometida en el altar y huir de París para regresar a Barcelona. La tumba sin nombre nunca fue encontrada y poco después había circulado otra versión: Julián Carax, perseguido por la desgracia, había muerto en su ciudad natal en la más absoluta de las miserias. Las chicas del burdel donde tocaba el piano habían hecho una colecta para pagarle un entierro decente. Cuando llegó el giro, el cadáver ya había sido enterrado en una fosa común, junto con los cuerpos de mendigos y gente sin nombre que aparecían flotando en el puerto o que morían de frío en la escalera del metro.

Aunque sólo fuese por llevar la contraria, Monsieur Roquefort no olvidó a Carax. Once años después de haber descubierto *La casa roja*, decidió prestar la novela a sus dos alumnas con la esperanza de que tal vez aquel extraño libro las animase a adquirir el hábito de la lectura. Clara y Claudette eran por entonces dos quinceañeras con las venas ardiendo de hormonas y con el mundo guiñándoles el ojo desde las ventanas de la sala de estudio. Pese a los esfuerzos de su tutor, hasta el momento habían demostrado ser inmunes al encanto de los clásicos, las fábulas de Esopo o el verso inmortal de Dante Alighieri. Monsieur Roquefort, temiendo que su contrato fuese rescindido al descubrir la madre de Clara que sus labores docentes estaban formando dos analfabetas con la cabeza llena de pájaros, optó por pasarles la novela de Carax con el pretexto de que era una historia de amor de las que hacían llorar a moco tendido, lo cual era una verdad a medias.

4

—Jamás me había sentido atrapada, seducida y envuelta por una historia como la que narraba aquel libro —explicó Clara—. Hasta entonces para mí las lecturas eran una obligación, una especie de multa a pagar a maestros y tutores sin saber muy bien para qué. No conocía el placer de leer, de explorar puertas que se te abren en el alma, de abandonarse a la imaginación, a la belleza y al misterio de la ficción y del lenguaje. Todo eso para mí nació con aquella novela. ¿Has besado alguna vez a una chica, Daniel?

Se me atragantó el cerebelo y la saliva se me transformó en serrín.

—Bueno, eres muy joven todavía. Pero es esa misma sensación, esa chispa de la primera vez que no se olvida. Éste es un mundo de sombras, Daniel, y la magia es un bien escaso. Aquel libro me enseñó que leer podía hacerme vivir más y más intensamente, que podía devolverme la vista que había perdido. Sólo por eso, aquel libro que a nadie importaba cambió mi vida.

Llegado a este punto, yo había quedado reducido a pasmarote, a merced de aquella criatura cuyas palabras y cuyos encantos no tenía yo modo, ni ganas, de resistir. Deseé que nunca dejase de hablar, que su voz me envolviese para siempre y que su tío no regresara jamás a quebrar aquel instante que me pertenecía sólo a mí.

—Durante años busqué otros libros de Julián Carax —continuó Clara—. Preguntaba en bibliotecas, en librerías, en escuelas... siempre en vano. Nadie había oído hablar de él o de sus libros. No podía entenderlo. Más adelante llegó a oídos de Monsieur Roquefort una extraña historia acerca de un individuo que se dedicaba a recorrer librerías y bibliotecas en busca de obras de Julián Carax y que, si las encontraba, las compraba, robaba o conseguía por cualquier medio; acto seguido les prendía fuego. Nadie sabía quién era, ni por qué lo hacía. Un misterio más que sumar al propio enigma de Carax. Con el tiempo, mi madre decidió que quería regresar a España. Estaba enferma, y su hogar y su mundo siempre habían sido Barcelona. Secretamente, yo albergaba la esperanza de poder averiguar algo sobre Carax aquí, puesto que al fin y al cabo Barcelona había sido la ciudad donde había nacido y donde había desaparecido para siempre al principio de la guerra. Lo único que encontré fueron vías muertas, y eso contando con la ayuda de mi tío. A mi madre, en su propia búsqueda, le ocurrió otro tanto. La Barcelona que encontró a su regreso ya no era la que había dejado atrás. Se encontró con una ciudad de tinieblas, en la que mi padre ya no vivía, pero que seguía embrujada por su recuerdo y su memoria en cada rincón. Como si no le bastase con aquella desolación, se empeñó en contratar a un individuo para que averiguase qué había sido exactamente de mi padre. Tras meses de investigaciones, todo lo que el investigador consiguió recuperar fue un reloj de pulsera roto y el nombre del hombre que había matado a mi padre en los fosos del castillo de Montjuïc. Se llamaba Fumero, Javier Fumero. Nos dijeron que este individuo, y no era el único, había empezado como pistolero a sueldo de la FAI y había flirteado con anarquistas, comunistas y fascistas, engañándolos a todos, vendiendo sus servicios al mejor postor y que, tras la caída de Barcelona, se había pasado al bando vencedor e ingresado en el cuerpo de policía. Hoy es un inspector famoso y condecorado. A mi padre no le recuerda nadie. Como puedes imaginarte, mi madre se apagó en apenas unos meses. Los médicos dijeron que era el corazón, y yo creo que por una vez acertaron. A la muerte de mi madre me fui a vivir con mi tío Gustavo, que era el único pariente que le quedaba a mi madre en Barcelona. Yo le adoraba, porque siempre me traía libros de regalo cuando venía a visitarnos. Él ha sido mi única familia, y mi mejor amigo, todos estos años. Aunque le veas así, un poco arrogante, en realidad tiene el alma de pan bendito. Todas las noches sin falta, aunque se caiga de sueño, me lee un rato.

—Si quiere usted, yo podría leer para usted —apunté solícito, arrepintiéndome al instante de mi osadía, convencido de que para Clara mi compañía sólo podía suponer un engorro, cuando no un chiste.

—Gracias, Daniel —repuso ella—. Me encantaría.

—Cuando usted quiera.

Asintió lentamente, buscándome con su sonrisa.

—Lamentablemente, no conservo aquel ejemplar de *La casa roja* —dijo—. Monsieur Roquefort se negó a desprenderse de él. Podría intentar contarte el argumento, pero sería como describir una catedral diciendo que es un montón de piedras que acaban en punta.

—Estoy seguro de que usted lo contaría mucho mejor que eso —murmuré.

Las mujeres tienen un instinto infalible para saber cuándo un hombre se ha enamorado de ellas perdidamente, especialmente si el varón en cuestión es tonto de capirote y menor de edad. Yo cumplía todos los requisitos para que Clara Barceló me enviase a paseo, pero preferí creer que su condición de invidente me garantizaba cierto margen de seguridad y que mi crimen, mi total y patética devoción por una mujer que me doblaba en edad, inteligencia y estatura, permanecería en la sombra. Me preguntaba qué podía ella ver en mí como para ofrecerme su amistad, sino acaso un pálido reflejo de ella misma, un eco de soledad y pérdida. En mis sueños de colegial siempre seríamos dos fugitivos cabalgando a lomos de un libro, dispuestos a escaparse a través de mundos de ficción y sueños de segunda mano.

Cuando Barceló regresó arrastrando una sonrisa felina habían pasado dos horas que a mí me habían sabido a dos minutos. El librero me tendió el libro y me guiñó el ojo.

—Míralo bien, albondiguilla, que luego no quiero que me vengas con que te he pegado el cambiazo, ¿eh?

—Me fío de usted —apunté.

—Valiente bobada. Al último interfecto que me vino con eso (turista yanqui él, convencido de que la fabada la había inventado Hemingway en los San Fermines) le vendí un *Fuenteovejuna* firmado por Lope de Vega a bolígrafo, fíjate tú, así que ándate con ojo, que en este negocio de los libros no te puedes fiar ni del índice.

Anochecía cuando salimos de nuevo a la calle Canuda. Una brisa fresca peinaba la ciudad, y Barceló se quitó el gabán para ponérselo sobre los hombros a Clara. No viendo oportunidad más idónea en ciernes, dejé caer como quien no quiere la cosa que si les parecía bien, podía pasarme al día siguiente por su domicilio a leer en voz alta algunos capítulos de *La Sombra del Viento* para Clara. Barceló me miró de reojo y soltó una carcajada seca a mi costa.

—Chaval, que te embalas —masculló, aunque su tono delataba su beneplácito.

—Bueno, si no les va bien, quizá otro día o...

—Clara tiene la palabra —dijo el librero—. En el piso ya tenemos siete gatos y dos cacatúas. No vendrá de una alimaña más o menos.

—Te espero entonces mañana a eso de las siete —concluyó Clara—. ¿Sabes la dirección?

5

Hubo un tiempo, de niño, en que quizá por haber crecido rodeado de libros y libreros, decidí que quería ser novelista y llevar una vida de melodrama. La raíz de mi ensoñación literaria, además de esa maravillosa simplicidad con que todo se ve a los cinco años, era una prodigiosa pieza de artesanía y precisión que estaba expuesta en una tienda de plumas estilográficas en la calle de Anselmo Clavé, justo detrás del Gobierno Militar. El objeto de mi devoción, una suntuosa pluma negra ribeteada con sabía Dios cuántas exquisiteces y rúbricas, presidía el escaparate como si se tratase de una de las joyas de la corona. El plumín, un prodigio en sí mismo, era un delirio barroco de plata, oro y mil pliegues que relucía como el faro de Alejandría. Cuando mi padre me sacaba de paseo, yo no callaba hasta que me llevaba a ver la pluma. Mi padre decía que aquélla debía de ser, por lo menos, la pluma de un emperador. Yo, secretamente, estaba convencido de que con semejante maravilla se podía escribir cualquier cosa, desde novelas hasta enciclopedias, e incluso cartas cuyo poder tenía que estar por encima de cualquier limitación postal. En mi ingenuidad, creía que lo que yo pudiese escribir con aquella pluma llegaría a todas partes, incluido aquel sitio incomprensible al que mi padre decía que mi madre había ido y del que no volvía nunca.

Un día se nos ocurrió entrar en la tienda a preguntar por el dichoso artilugio. Resultó ser que aquélla era la reina de las estilográficas, una Montblanc Meinsterstück de serie numerada, que había pertenecido, o eso aseguraba el encargado con solemnidad, nada menos que a Víctor Hugo. De aquel plumín de oro, fuimos informados, había brotado el manuscrito de *Los miserables.*

—Tal y como el Vichy Catalán brota del manantial de Caldas —atestiguó el encargado.

Según nos dijo, la había adquirido personalmente a un coleccionista venido de París y se había asegurado de la autenticidad de la pieza.

—¿Y qué precio tiene este caudal de prodigios, si no es mucho preguntar? —inquirió mi padre.

La sola mención de la cifra le quitó el color de la cara, pero yo estaba ya encandilado de remate. El encargado, tomándonos quizá por catedráticos de física, procedió a endosarnos un galimatías incomprensible sobre las aleaciones de metales preciosos, esmaltes del Lejano Oriente y una revolucionaria teoría sobre émbolos y vasos comunicantes, todo ello parte de la ignota ciencia teutona que sostenía el trazo glorioso de aquel adalid de la tecnología gráfica. En su favor tengo que decir que, pese a que debíamos tener pinta de pelagatos, el encargado nos dejó manosear la pluma cuanto quisimos, la llenó de tinta para nosotros y me ofreció un pergamino para que pudiese anotar mi nombre y así iniciar mi carrera literaria a la zaga de Víctor Hugo. Luego, tras darle con un paño para sacarle de nuevo el lustre, la devolvió a su trono de honor.

—Quizá otro día —musitó mi padre.

Una vez en la calle, me dijo con voz mansa que no nos podíamos permitir su precio. La librería daba lo justo para mantenernos y enviarme a un buen colegio. La pluma Montblanc del augusto Víctor Hugo tendría que esperar. Yo no dije nada, pero mi padre debió de leer la decepción en mi rostro.

—Haremos una cosa —propuso—. Cuando ya tengas edad de empezar a escribir, volvemos y la compramos.

—¿Y si se la llevan antes?

—Ésta no se la lleva nadie, créeme. Y si no, le pedimos a don Federico que nos haga una, que ese hombre tiene las manos de oro.

Don Federico era el relojero del barrio, cliente ocasional de la librería y probablemente el hombre más educado y cortés de todo el hemisferio occidental. Su reputación de manitas llegaba desde el barrio de la Ribera hasta el mercado del Ninot. Otra reputación le acechaba, ésta de índole menos decorosa y relativa a su predilección erótica por efebos musculados del lumpen más viril y a cierta afición por vestirse de Estrellita Castro.

—¿Y si a don Federico no se le da lo de la pluma? —inquirí con divina inocencia.

Mi padre enarcó una ceja, quizá temiendo que aquellos rumores maledicentes me hubiesen maleado la inocencia.

—Don Federico de todo lo que sea alemán entiende un rato y es capaz de hacer un Volkswagen, si hace falta. Además, habría que ver si ya existían las estilográficas en tiempos de Víctor Hugo. Hay mucho vivo suelto.

A mí, el escepticismo historicista de mi padre me resbalaba. Yo creía la leyenda a pies juntillas, aunque no veía con malos ojos que don Federico me fabricase un sucedáneo. Tiempo habría para ponerse a la altura de Victor Hugo. Para mi consuelo, y tal como había predicho mi padre, la pluma Montblanc permaneció durante años en aquel escaparate, que visitábamos religiosamente cada sábado por la mañana.

—Aún esta ahí —decía yo, maravillado.

—Te espera —decía mi padre—. Sabe que algún día será tuya y que escribirás una obra maestra con ella.

—Yo quiero escribir una carta. A mamá. Para que no se sienta sola.

Mi padre me observó sin pestañear.

—Tu madre no está sola, Daniel. Está con Dios. Y con nosotros, aunque no podamos verla.

Esa misma teoría me había expuesto en el colegio el padre Vicente, un jesuita veterano que tenía la mano rota para explicar todos los misterios del universo —desde el gramófono hasta el dolor de muelas— citando el Evangelio según san Mateo, pero en boca de mi padre sonaba a que aquello no se lo creían ni las piedras.

—¿Y Dios para qué la quiere?

—No lo sé. Si algún día le vemos, se lo preguntaremos.

Con el tiempo deseché la idea de la carta y supuse que, ya puestos, sería más práctico empezar con la obra maestra. A falta de la pluma, mi padre me prestó un lápiz Staedtler del número dos con el que garabateaba en un cuaderno. Mi historia, casualmente, giraba en torno a una prodigiosa pluma estilográfica de pasmoso parecido con la de la tienda y que, además, estaba embrujada. Más concretamente, la pluma estaba poseída por el alma torturada de un novelista que había muerto de hambre y frío, y que había sido su dueño. Al caer en manos de un aprendiz, la pluma se empeñaba en plasmar en el papel la última obra que el autor no había podido terminar en vida. No recuerdo de dónde la copié o de dónde vino, pero lo cierto es que nunca volví a tener una idea semejante. Mis intentos de plasmarla en la página, sin embargo, resultaron desastrosos. Una anemia de invención plagaba mi sintaxis y mis vuelos metafóricos me recordaban a los de los anuncios de baños efervescentes para pies que acostumbraba a leer en las paradas de los tranvías. Yo culpaba al lápiz y ansiaba la pluma que habría de convertirme en un maestro. Mi padre seguía mis accidentados progresos con una mezcla de orgullo y preocupación.

—¿Qué tal tu historia, Daniel?

—No sé. Supongo que si tuviese la pluma todo sería distinto.

Según mi padre, aquél era un razonamiento que sólo se le podría haber ocurrido a un literato en ciernes.

—Tú sigue dándole, que antes de que termines tu opera prima, yo te la compro.

—¿Lo prometes?

Siempre respondía con una sonrisa. Para fortuna de

mi padre, mis aspiraciones literarias pronto se desvanecieron y quedaron relegadas al terreno de la oratoria. A ello contribuyó el descubrimiento de los juguetes mecánicos y de todo tipo de artilugios de latón que se podían encontrar en el mercado de Los Encantes a precios más acordes con nuestra economía familiar. La devoción infantil es amante infiel y caprichosa, y pronto sólo tuve ojos para los mecanos y los barcos de cuerda. No volví a pedirle a mi padre que me llevase a visitar la pluma de Víctor Hugo, y él no volvió a mencionarla. Aquel mundo parecía haberse esfumado para mí, pero durante mucho tiempo la imagen que tuve de mi padre, y que aún hoy conservo, fue la de aquel hombre flaco enfundado en un traje viejo que le venía grande y con un sombrero de segunda mano que había comprado en la calle Condal por siete pesetas, un hombre que no podía permitirse regalarle a su hijo una dichosa pluma que no servía para nada pero que parecía significarlo todo. Aquella noche, a mi regreso del Ateneo, le encontré esperándome en el comedor, luciendo aquella misma cara de derrota y anhelo.

—Ya pensaba que te habías perdido por ahí —dijo—. Llamó Tomás Aguilar. Dice que habíais quedado. ¿Te olvidaste?

—Barceló, que se enrolla como una persiana —dije yo, asintiendo—. Ya no sabía cómo quitármelo de encima.

—Es buen hombre, pero un poco plomo. Tendrás hambre. La Merceditas nos ha bajado algo de sopa que había hecho para su madre. Esa muchacha vale un montón.

Nos sentamos a la mesa a degustar la limosna de la Merceditas, la hija de la vecina del tercero, que según todos iba para monja y santa, pero a la que yo había visto más de un par de veces asfixiando a besos a un marinero de manos hábiles que a veces la acompañaba hasta el portal.

—Esta noche tienes aire meditabundo —dijo mi padre, buscando la conversación.

—Será la humedad, que dilata el cerebro. Eso dice Barceló.

—Será algo más. ¿Te preocupa algo, Daniel?

—No. Sólo pensaba.

—¿En qué?

—En la guerra.

Mi padre asintió con gesto sombrío y sorbió su sopa en silencio. Era un hombre reservado y, aunque vivía en el pasado, casi nunca lo mencionaba. Yo había crecido en el convencimiento de que aquella lenta procesión de la posguerra, un mundo de quietud, miseria y rencores velados, era tan natural como el agua del grifo, y que aquella tristeza muda que sangraba por las paredes de la ciudad herida era el verdadero rostro de su alma. Una de las trampas de la infancia es que no hace falta comprender algo para sentirlo. Para cuando la razón es capaz de entender lo sucedido, las heridas en el corazón ya son demasiado profundas. Aquella noche primeriza de verano, caminando por ese anochecer oscuro y traicionero de Barcelona, no conseguía borrar de mi pensamiento el relato de Clara en torno a la desaparición de su padre. En mi mundo, la muerte era una mano anónima e incomprensible, un vendedor a domicilio que se llevaba madres, mendigos o vecinos nonagenarios como si se tratase de una lotería del infierno. La idea de que la muerte pudiera caminar a mi lado, con rostro humano y corazón envenenado de odio, luciendo uniforme o gabardina, que hiciese cola en el cine, riese en los bares o llevase a los niños de paseo al parque de la Ciudadela por la mañana y por la tarde hiciese desaparecer a alguien en las mazmorras del castillo de Montjuïc, o en una fosa común sin nombre ni ceremonial, no me cabía en la cabeza. Dándole vueltas, se me ocurrió que tal vez aquel universo de cartón piedra que yo daba por bueno no fuese más que un decorado. En aquellos años robados, el fin de la infancia, como la Renfe, llegaba cuando llegaba.

Compartimos aquella sopa de caldo de sobras con pan, rodeados por el murmullo pegajoso de los seriales de radio que se colaban a través de las ventanas abiertas a la plaza de la iglesia.

—Entonces, ¿qué tal todo hoy con don Gustavo?

—Conocí a su sobrina, Clara.

—¿La ciega? Dicen que es una belleza.

—No sé. Yo no me fijo.

—Más te vale.

—Les dije que a lo mejor me pasaba mañana por su casa, al salir del colegio, para leerle algo a la pobre, que está muy sola. Si tú me das permiso.

Mi padre me examinó de reojo, como si se preguntase si estaba él envejeciendo prematuramente o yo creciendo demasiado rápido. Decidí cambiar de tema, y el único que pude encontrar era el que me consumía las entrañas.

—En la guerra, ¿es verdad que se llevaban a la gente al castillo de Montjuïc y no se les volvía a ver?

Mi padre apuró la cucharada de sopa sin inmutarse y me miró detenidamente, la sonrisa breve resbalándole de los labios.

—¿Quién te ha dicho eso? ¿Barceló?

—No. Tomás Aguilar, que a veces cuenta historias en el colegio.

Mi padre asintió lentamente.

—En tiempos de guerra ocurren cosas que son muy

difíciles de explicar, Daniel. Muchas veces, ni yo sé lo que significan de verdad. A veces es mejor dejar las cosas como están.

Suspiró y sorbió la sopa sin ganas. Yo le observaba, callado.

—Antes de morir, tu madre me hizo prometer que nunca te hablaría de la guerra, que no dejaría que recordases nada de lo que sucedió.

No supe qué contestar. Mi padre entornó la mirada, como si buscase algo en el aire. Miradas o silencios, o quizá a mi madre para que corroborase sus palabras.

—A veces pienso que me he equivocado al hacerle caso. No lo sé.

—Es igual, papa...

—No, no es igual, Daniel. Nada es igual después de una guerra. Y sí, es cierto que hubo mucha gente que entró en ese castillo y nunca salió.

Nuestras miradas se encontraron brevemente. Al poco, mi padre se levantó y se refugió en su habitación, herido de silencio. Retiré los platos y los deposité en la pequeña pila de mármol de la cocina para fregarlos. Al volver al salón, apagué la luz y me senté en el viejo butacón de mi padre. El aliento de la calle aleteaba en las cortinas. No tenía sueño, ni ganas de tentarlo. Me acerqué al balcón y me asomé hasta ver el reluz vaporoso que vertían las farolas en la Puerta del Ángel. La figura se recortaba en un retazo de sombra tendido sobre el empedrado de la calle, inerte. El tenue parpadeo ámbar de la brasa de un cigarrillo se reflejaba en sus ojos. Vestía de oscuro, una mano enfundada en el bolsillo de la chaqueta, la otra acompañando al cigarro que tejía una telaraña de humo azul en torno a su perfil. Me observaba en silencio, el rostro velado al contraluz del alumbrado de la calle. Permaneció allí por espacio de casi un minuto fumando con abandono, la mirada fija en la mía. Luego, al escucharse las campanadas de medianoche en la catedral, la figura hizo un leve asentimiento con la cabeza, un saludo tras el cual intuí una sonrisa que no podía ver. Quise corresponder, pero me había quedado paralizado. La figura se volvió y le vi alejarse cojeando ligeramente. Cualquier otra noche apenas hubiese reparado en la presencia de aquel extraño, pero tan pronto le perdí de vista en la neblina sentí un sudor frío en la frente y me faltó el aliento. Había leído una descripción idéntica de aquella escena en *La Sombra del Viento.* En el relato, el protagonista se asomaba todas las noches al balcón a medianoche y descubría que un extraño le observaba desde las sombras, fumando con abandono. Su rostro siempre quedaba velado en la oscuridad y sólo sus ojos se insinuaban en la noche, ardiendo como brasas. El extraño permanecía allí, con la mano derecha enfundada en el bolsillo de una chaqueta negra, para luego alejarse, cojeando. En la escena que yo acababa de presenciar, aquel extraño hubiera podido ser cualquier trasnochador, una figura sin rostro ni identidad. En la novela de Carax, aquel extraño era el diablo.

6

Un sueño espeso de olvido y la perspectiva de que aquella tarde volvería a ver a Clara me persuadieron de que la visión no había sido más que una casualidad. Quizá aquel inesperado brote de imaginación febril fuera sólo presagio del prometido y ansiado estirón que, según todas las vecinas de la escalera, iba a hacer de mí un hombre, si no de provecho, al menos de buena planta. A las siete en punto, vistiendo mis mejores galas y destilando vapores de colonia Varón Dandy que había tomado prestada de mi padre, me planté en la vivienda de don Gustavo Barceló dispuesto a estrenarme como lector a domicilio y moscón de salón. El librero y su sobrina compartían un piso palaciego en la plaza Real. Una criada de uniforme, cofia y una vaga expresión de legionario me abrió la puerta con reverencia teatral.

—Usted debe de ser el señorito Daniel —dijo—. Yo soy la Bernarda, para servirle a usted.

La Bernarda afectaba un tono ceremonioso que navegaba con acento cacereño cerrado a cal y canto. Con pompa y circunstancia, la Bernarda me guió a través de la residencia de los Barceló. El piso, un principal, rodeaba la finca y describía un círculo de galerías, salones y pasillos que a mí, acostumbrado a la modesta vivienda familiar en la calle Santa Ana, me semejaba una miniatura de El Escorial. A la vista estaba que don Gustavo, amén de libros, incunables y todo tipo de arcana bibliografía, coleccionaba estatuas, cuadros y retablos, por no decir abundante fauna y flora. Seguí a la Bernarda a través de una galería rebosante de follaje y especímenes del trópico que constituían un verdadero invernadero. El acristalado de la galería tamizaba una luz dorada de polvo y vapor. El aliento de un piano flotaba en el aire, lánguido y arrastrando las notas con desabrigo. La Bernarda se abría paso entre la espesura blandiendo sus brazos de descargador portuario a modo de machetes. Yo la seguía de cerca, estudiando el entorno y reparando en la presencia de media docena de felinos y un par de cacatúas de color rabioso y tamaño enciclopédico a las que, según me explicó la criada, Barceló había bautizado como *Ortega* y *Gasset*, respectivamente. Clara me esperaba en un salón al otro lado de este bosque que miraba sobre la plaza. Enfundada en un vaporoso vestido de algodón azul turquesa, el objeto de mis turbios anhelos tocaba el piano al amparo de un soplo de luz que se prismaba desde el rosetón. Clara tocaba mal, a destiempo y equivocando la mitad de las notas, pero a mí su serenata me sonaba a gloria y el verla erguida frente al teclado, con una media sonrisa y la cabeza ladeada, me inspiraba una visión celestial. Iba a carraspear para denotar mi presencia, pero los efluvios de Varón Dandy me delataron. Clara cesó su concierto de súbito y una sonrisa avergonzada le salpicó el rostro.

—Por un momento había pensado que eras mi tío —dijo—. Me tiene prohibido que toque a Mompou, porque dice que lo que hago con él es un sacrilegio.

El único Mompou que yo conocía era un cura macilento y de propensión flatulenta que nos daba clases de física y química, y la asociación de ideas se me apareció grotesca, cuando no improbable.

—Pues a mí me parece que tocas de maravilla —apunté.

—Qué va. Mi tío, que es un melómano de pro, hasta me ha puesto un maestro de música para enmendarme. Es un compositor joven que promete mucho. Se llama Adrián Neri y ha estudiado en París y en Viena. Tengo que presentártelo. Está componiendo una sinfonía que le va a estrenar la orquesta Ciudad de Barcelona, porque su tío está en la junta directiva. Es un genio.

—¿El tío o el sobrino?

—No seas malicioso, Daniel. Seguro que Adrián te cae divinamente.

Como un piano de cola desde un séptimo piso, pensé.

—¿Te apetece merendar algo? —ofreció Clara—. Bernarda hace unos bizcochos de canela que quitan el hipo.

Merendamos como la realeza, devorando cuanto la criada nos ponía a tiro. Yo ignoraba el protocolo de estas ocasiones y no sabía muy bien cómo proceder. Clara, que siempre parecía leer mis pensamientos, me sugirió que cuando quisiera podía leer *La Sombra del Viento* y que, ya puestos, podía empezar por el principio. De esta guisa, emulando aquellas voces de Radio Nacional que recitaban viñetas de corte patriótico poco después de la hora del ángelus con prosopopeya ejemplar, me lancé a revisitar el texto de la novela una vez más. Mi voz, un tanto envarada al principio, se fue relajando paulatinamente y pronto me olvidé de que estaba recitando para volver a sumergirme en la narración, descubriendo cadencias y giros en la prosa que fluían como motivos musicales, acertijos de timbre y pausa en los que no había reparado en mi primera lectura. Nuevos detalles, briznas de imágenes y espejismos despuntaron entre líneas, como el tramado de un edificio que se contempla desde diferentes ángulos. Leí por espacio de una hora, atravesando cinco capítulos hasta que sentí la voz seca y media docena de relojes de pared resonaron en todo el piso recordándome que ya se me estaba haciendo tarde. Cerré el libro y observé a Clara, que me sonreía serenamente.

—Me recuerda un poco a *La casa roja* —dijo—. Pero ésta parece una historia menos sombría.

—No te confíes —dije—. Es sólo el principio. Luego las cosas se complican.

—Tienes que irte ya, ¿verdad? —preguntó Clara.

—Me temo que sí. No es que quiera, pero...

—Si no tienes otra cosa que hacer, puedes volver mañana —sugirió Clara—. Pero no quiero abusar de...

—¿A las seis? —ofrecí—. Lo digo porque así tendremos más tiempo.

Aquel encuentro en la sala de música del piso de la plaza Real fue el primero entre muchos más a lo largo de aquel verano de 1945 y de los años que siguieron. Pronto mis visitas al piso de los Barceló se hicieron casi diarias, menos los martes y jueves, días en que Clara tenía clase de música con el tal Adrián Neri. Pasaba horas allí y con el tiempo me aprendí de memoria cada sala, cada corredor y cada planta del bosque de don Gustavo. *La Sombra del Viento* nos duró un par de semanas, pero no nos costó trabajo encontrar sucesores con que llenar nuestras horas de lectura. Barceló disponía de una fabulosa biblioteca y, a falta de más títulos de Julián Carax, nos paseamos por docenas de clásicos menores y de frivolidades mayores. Algunas tardes apenas leíamos, y nos dedicábamos sólo a conversar o incluso a salir a dar un paseo por la plaza o a caminar hasta la catedral. A Clara le encantaba sentarse a escuchar los murmullos de la gente en el claustro y adivinar el eco de los pasos en los callejones de piedra. Me pedía que le describiese las fachadas, las gentes, los coches, las tiendas, las farolas y los escaparates a nuestro paso. A menudo, me tomaba del brazo y yo la guiaba por nuestra Barcelona particular, una que sólo ella y yo podíamos ver. Siempre acabábamos en una granja de la calle Petritxol, compartiendo un plato de nata o un suizo con melindros. A veces la gente nos miraba de refilón, y más de un camarero listillo se refería a ella como «tu hermana mayor», pero yo hacía caso omiso de burlas e insinuaciones. Otras veces, no sé si por malicia o por morbosidad, Clara me hacía confidencias extravagantes que yo no sabía bien cómo encajar. Uno de sus temas favoritos era el de un extraño, un individuo que se le acercaba a veces cuando ella estaba a solas en la calle, y le hablaba con voz quebrada. El misterioso individuo, que nunca mencionaba su nombre, le hacía preguntas sobre don Gustavo, e incluso sobre mí. En una ocasión le había acariciado la garganta. A mí, estas historias me martirizaban sin piedad. En otra ocasión, Clara aseguró que le había rogado al supuesto extraño que la dejase leer su rostro con las manos. Él guardó silencio, lo que ella interpretó como un sí. Cuando alzó las manos hasta la cara del extraño, él la detuvo en seco, no sin antes darle oportunidad a Clara de palpar lo que le pareció cuero.

—Como si llevase una máscara de piel —decía.

—Eso te lo estás inventando, Clara.

Clara juraba y perjuraba que era cierto, y yo me rendía, atormentado por la imagen de aquel desconocido de dudosa existencia que se complacía en acariciar ese cuello de cisne, y a saber qué más, mientras a mí sólo me estaba permitido anhelarlo. Si me hubiese parado a pensarlo, hubiera comprendido que mi devoción por Clara no era más que una fuente de sufrimiento. Quizá por eso la adoraba más, por esa estupidez eterna de perseguir a los que nos hacen daño. A lo largo de aquel verano, yo sólo temía el día en que volviesen a empezar las clases y no dispusiera de todo el día para pasarlo con Clara.

La Bernarda, que ocultaba una naturaleza de madraza bajo su severo semblante, acabó por tomarme cariño a fuerza de tanto verme y, a su modo y manera, decidió adoptarme.

—Se conoce que este muchacho no tiene madre, fíjese usted —solía decirle a Barceló—. A mí es que me da una pena, pobrecillo.

La Bernarda había llegado a Barcelona poco después de la guerra, huyendo de la pobreza y de un padre que a las buenas le pegaba palizas y la trataba de tonta, fea y guarra, y a las malas la acorralaba en las porquerizas, borracho, para manosearla hasta que ella lloraba de terror y él la dejaba ir, por mojigata y estúpida, como su madre. Barceló se la había tropezado por casualidad cuando la

Bernarda trabajaba en un puesto de verduras del mercado del Borne y, siguiendo una intuición, le había ofrecido empleo a su servicio.

—Lo nuestro será como en *Pigmalión* —anunció—. Usted será mi Eliza y yo su profesor Higgins.

La Bernarda, cuyo apetito literario se saciaba con la *Hoja Dominical,* le miró de reojo.

—Oiga, que una será pobre e ignorante, pero muy decente.

Barceló no era exactamente George Bernard Shaw, pero aunque no había conseguido dotar a su pupila de la dicción y el duende de don Manuel Azaña, sus esfuerzos habían acabado por refinar a la Bernarda y enseñarle maneras y hablares de doncella de provincias. Tenía veintiocho años, pero a mí siempre me pareció que arrastraba diez más, aunque sólo fuera en la mirada. Era muy de misa y devota de la virgen de Lourdes hasta el punto del delirio. Acudía a diario a la basílica de Santa María del Mar a oír el servicio de las ocho y se confesaba tres veces por semana como mínimo. Don Gustavo, que se declaraba agnóstico (lo cual la Bernarda sospechaba era una afección respiratoria, como el asma, pero de señoritos), opinaba que era matemáticamente imposible que la criada pecase lo suficiente como para mantener semejante ritmo de confesión.

—Si tú eres más buena que el pan, Bernarda —decía, indignado—. Esta gente que ve pecado en todas partes está enferma del alma y, si me apuras, de los intestinos. La condición básica del beato ibérico es el estreñimiento crónico.

Al oír tamañas blasfemias, la Bernarda se santiguaba por quintuplicado. Más tarde, por la noche, decía una oración extra por el alma poluta del señor Barceló, que tenía buen corazón, pero a quien de tanto leer se le habían podrido los sesos, como a don Quijote. De Pascuas a Ramos, a la Bernarda le salían novios que le pegaban, le sacaban los pocos cuartos que tenía en una cartilla de ahorros, y tarde o temprano la dejaban tirada. Cada vez que se producía una de estas crisis, la Bernarda se encerraba en el cuarto que tenía en la parte de atrás del piso a llorar durante días y juraba que se iba a matar con el veneno para las ratas o a beberse una botella de lejía. Barceló, tras agotar todas sus artimañas de persuasión, se asustaba de veras y tenía que llamar al cerrajero de guardia para que abriese la puerta de la habitación y a su médico de cabecera para que le administrase a la Bernarda un sedante de caballo. Cuando la pobre despertaba dos días después, el librero le compraba rosas, bombones, un vestido nuevo y la llevaba al cine a ver una de Cary Grant, que según ella, después de José Antonio, era el hombre más guapo de la historia.

—Oiga, y dicen que Cary Grant es de la acera de enfrente —murmuraba ella, atiborrándose de chocolatinas—. ¿Será posible?

—Sandeces —sentenciaba Barceló—. El cazurro y el zoquete viven en un estado de perenne envidia.

—Qué bien habla el señor. Se conoce que ha ido a la universidad esa del sorbete.

—Sorbona —corregía Barceló, sin acritud.

Era muy difícil no querer a la Bernarda. Sin habérselo pedido nadie, cocinaba y cosía para mí. Me arreglaba la ropa, los zapatos, me peinaba, me cortaba el pelo, me compraba vitaminas y dentífrico, e incluso llegó a regalarme una medallita con un frasco de cristal que contenía agua bendita traída desde Lourdes en autobús por una hermana suya que vivía en San Adrián del Besós. A veces, mientras se empeñaba en examinarme el pelo en busca de liendres y otros parásitos, me hablaba en voz baja.

—La señorita Clara es lo más grande del mundo, y

quiera Dios que me caiga muerta si algún día se me ocurre criticarla, pero no está bien que el señorito se obsesione mucho con ella, si me entiende usted lo que quiero decir.

—No te preocupes, Bernarda, si sólo somos amigos.

—Pues eso mismo digo yo.

Para ilustrar sus argumentos, la Bernarda procedía entonces a relatarme alguna historia que había oído por la radio en torno a un muchacho que se había enamorado indebidamente de su maestra y al que, por obra de algún sortilegio justiciero, se le había caído el pelo y los dientes al tiempo que la cara y las manos se le recubrían de hongos recriminatorios, una suerte de lepra del libidinoso.

—La lujuria es muy mala cosa —concluía la Bernarda—. Se lo digo yo.

Don Gustavo, pese a los chistes que se marcaba a mi costa, veía con buenos ojos mi devoción por Clara y mi entusiasta entrega de acompañante. Yo atribuía su tolerancia al hecho de que probablemente me consideraba inofensivo. De tarde en tarde, seguía dejándome caer ofertas suculentas para adquirir la novela de Carax. Me decía que había comentado el tema con algunos colegas del gremio de libros de anticuario y todos coincidían que un Carax ahora podía valer una fortuna, especialmente en Francia. Yo siempre le decía que no y él se limitaba a sonreír, ladino. Me había entregado una copia de las llaves del piso para que entrase y saliese sin estar pendiente de si él o la Bernarda estaban en casa para abrirme. Mi padre era harina de otro costal. Con el paso de los años había superado su reparo innato a abordar cualquier tema que le preocupase de veras. Una de las primeras consecuencias de este progreso fue que empezó a mostrar su clara desaprobación de mi relación con Clara.

—Tendrías que ir con amigos de tu edad, como Tomás Aguilar, que lo tienes olvidado y es un muchacho estupendo, y no con una mujer que ya tiene años de casarse.

—¿Qué más dará la edad que tenga cada uno si somos buenos amigos?

Lo que más me dolió fue la alusión a Tomás, porque era cierta. Hacía meses que no salía por ahí con él, cuando antes habíamos sido inseparables. Mi padre me observó con reprobación.

—Daniel, tú no sabes nada de las mujeres, y ésa juega contigo como un gato con un canario.

—Eres tú el que no sabe nada de mujeres —replicaba yo, ofendido—. Y de Clara, menos.

Nuestras conversaciones sobre el tema rara vez iban más allá de un intercambio de reproches y miradas. Cuando no estaba en el colegio o con Clara, todo mi tiempo lo dedicaba a ayudar a mi padre en la librería. Ordenando el almacén de la trastienda, llevando pedidos, haciendo recados o atendiendo a los clientes habituales. Mi padre se quejaba de que no ponía la cabeza ni el corazón en el trabajo. Yo, a mi vez, replicaba que me pasaba la vida entera allí y que no entendía de qué tenía que quejarse. Muchas noches, sin poder conciliar el sueño, recordaba aquella intimidad, aquel pequeño mundo que ambos habíamos compartido en los años que siguieron a la muerte de mi madre, los años de la pluma de Víctor Hugo y las locomotoras de latón. Los recordaba como años de paz y tristeza, un mundo que se desvanecía, que se había venido evaporando desde aquel amanecer en que mi padre me había llevado a visitar el Cementerio de los Libros Olvidados. Un día mi padre descubrió que yo había regalado el libro de Carax a Clara y montó en cólera.

—Me has decepcionado, Daniel —me dijo—. Cuando te llevé a aquel lugar secreto, te dije que el libro que escogieras era algo especial, que tú lo ibas a adoptar y que debías responsabilizarte de él.

—Entonces tenía diez años, papá, y aquello era un juego de niños.

Mi padre me miró como si le hubiese apuñalado.

—Y ahora tienes catorce, y no sólo sigues siendo un niño, eres un niño que se cree un hombre. Vas a llevarte muchos disgustos en la vida, Daniel. Y muy pronto.

En aquellos días yo quería creer que a mi padre le dolía que pasase tanto tiempo con los Barceló. El librero y su sobrina vivían en un mundo de lujos que mi padre apenas podía olfatear. Pensaba que le molestaba que la criada de don Gustavo se comportase conmigo como si fuese mi madre y que le ofendía que yo aceptase que alguien pudiera desempeñar aquel papel. A veces, mientras yo andaba por la trastienda haciendo paquetes o preparando un envío, oía a algún cliente bromear con mi padre.

—Sempere, usted lo que tiene que hacer es buscarse una buena chavala, que ahora sobran viudas de buen ver y en la flor de la vida, ya me entiende usted. Una buena moza le arregla a uno la vida, amigo mío, y le quita veinte años de encima. Lo que no puedan un par de tetas...

Mi padre nunca respondía a estas insinuaciones, pero a mí cada vez me parecían más sensatas. En una ocasión, en una de nuestras cenas que se habían transformado en combates de silencios y miradas robadas, saqué el tema a relucir. Creía que si era yo quien lo sugería, facilitaría las cosas. Mi padre era un hombre bien parecido, de aspecto pulcro y cuidado, y me constaba que más de una mujer en el barrio lo veía con buenos ojos.

—A ti te ha resultado muy fácil encontrar una sustituta para tu madre —replicó con amargura—. Pero para mí no la hay y no tengo interés alguno en buscarla.

A medida que pasaba el tiempo, las insinuaciones de mi padre y de la Bernarda, e incluso de Barceló, empezaron a hacer mella en mí. Algo en mi interior me decía que estaba metiéndome en un camino sin salida, que no podía esperar que Clara viese en mí más que a un muchacho al que llevaba diez años. Sentía que cada día se me hacía más difícil estar junto a ella, sufrir el roce de sus manos o llevarla del brazo cuando paseábamos. Llegó un punto en que la mera proximidad con ella se traducía en casi un dolor físico. A nadie se le escapaba este hecho, y menos que a nadie a Clara.

—Daniel, creo que tenemos que hablar —me decía—. Yo creo que no me he portado bien contigo...

Nunca le dejaba acabar sus frases. Salía de la habitación con cualquier excusa y huía. Eran días en que creí estar enfrentándome al calendario en una carrera imposible. Temía que el mundo de espejismos que había construido en torno a Clara se acercase a su fin. Poco imaginaba yo que mis problemas apenas habían empezado.

MISERIA Y COMPAÑÍA

—

1950-1952

7

El día de mi dieciséis cumpleaños conjuré la peor de cuantas ocurrencias funestas había alumbrado a lo largo de mi corta existencia. Por mi cuenta y riesgo, había decidido organizar una cena de cumpleaños e invitar a Barceló, a la Bernarda y a Clara. Mi padre opinaba que aquello era un error.

—Es mi cumpleaños —repliqué cruelmente—. Trabajo para ti todos los demás días del año. Al menos por una vez, dame el gusto.

—Haz lo que quieras.

Los meses precedentes habían sido los más confusos de mi extraña amistad con Clara. Ya casi nunca leía para ella. Clara rehuía sistemáticamente cualquier ocasión que implicase quedarse a solas conmigo. Siempre que la visitaba, su tío estaba presente fingiendo leer el diario, o la Bernarda se materializaba trajinando por el foro y lanzándome miradas de soslayo. Otras veces, la compañía venía en forma de una o varias de las amigas de Clara. Yo las llamaba las Hermanas Anisete, siempre tocadas de un recato y un semblante virginal, patrullando las proximidades de Clara con un misal en la mano y una mirada policial que mostraba sin tapujos que yo estaba de sobra, que mi presencia avergonzaba a Clara y al mundo. El peor de todos, sin embargo, era el maestro Neri, cuya infausta sinfonía seguía inconclusa. Era un tipo atildado, un niñato de San Gervasio que pese a dárselas de Mozart, a mí, rezumando brillantina, me recordaba más a Carlos Gardel. De genio yo sólo le encontraba la mala baba. Le hacía la rosca a don Gustavo sin dignidad ni decoro, y flirteaba con la Bernarda en la cocina, haciéndola reír con sus ridículos regalos de bolsas de peladillas y pellizcos en el culo. Yo, en pocas palabras, le detestaba a muerte. La antipatía era mutua. Neri siempre aparecía por allí con sus partituras y su arrogante ademán, mirándome como si fuese un grumetillo indeseable y poniendo toda clase de reparos a mi presencia.

—*Niño,* ¿tú no tienes que irte a hacer los deberes?

—¿Y usted, *maestro,* no tenía una sinfonía que acabar?

Al final, entre todos podían conmigo y yo me largaba cabizbajo y derrotado, deseando haber tenido la labia de don Gustavo para poner a aquel engreído en su sitio.

El día de mi cumpleaños, mi padre bajó al horno de la esquina y compró el mejor pastel que encontró. Dispuso la mesa en silencio, colocando la plata y la vajilla buena. Encendió velas y preparó una cena con los platos que suponía mis favoritos. No cruzamos palabra en toda la tarde. Al anochecer, mi padre se retiró a su habitación, se enfundó su mejor traje y regresó con un paquete envuelto en papel de celofán que colocó en la mesita del comedor. Mi regalo. Se sentó a la mesa, se sirvió una copa de vino blanco, y esperó. La invitación decía que la cena era a las ocho y media. A las nueve y media todavía estábamos esperando. Mi padre me observaba con tristeza sin decir nada. A mí me ardía el alma de rabia.

—Estarás contento —dije—. ¿Es esto lo que querías?

—No.

La Bernarda se presentó media hora más tarde. Traía una cara de funeral y un recado de la señorita Clara. Me deseaba muchas felicidades, pero sentía no poder asistir a mi cena de cumpleaños. El señor Barceló se había tenido que ausentar de la ciudad durante unos días por asuntos de negocios y Clara se había visto obligada a cambiar la hora de su clase de música con el maestro Neri. Ella había venido porque era su tarde libre.

—¿Clara no puede venir porque tiene una clase de música? —pregunté, atónito.

La Bernarda bajó la vista. Estaba casi llorando cuando me tendió un pequeño paquete que contenía su regalo y me besó ambas mejillas.

—Si no le gusta, se puede cambiar —dijo.

Me quedé a solas con mi padre, contemplando la vajilla buena, la plata y las velas consumiéndose en silencio.

—Lo siento, Daniel —dijo mi padre.

Asentí en silencio, encogiéndome de hombros.

—¿No vas a abrir tu regalo? —preguntó.

Mi única respuesta fue el portazo que di al salir. Bajé las escaleras con furia, sintiendo los ojos rebosando lágrimas de ira al salir a la calle desolada, bañada de luz azul y de frío. Llevaba el corazón envenenado y la mirada me temblaba. Eché a andar sin rumbo, ignorando al extraño que me observaba inmóvil desde la Puerta del Ángel. Vestía el mismo traje oscuro, su mano derecha enfundada en el bolsillo de la chaqueta. Sus ojos dibujaban briznas de luz a la lumbre de un cigarro. Cojeando levemente, empezó a seguirme.

Anduve callejeando sin rumbo durante más de una hora hasta llegar a los pies del monumento a Colón. Crucé hasta los muelles y me senté en los peldaños que se hundían en las aguas tenebrosas junto al muelle de las golondrinas. Alguien había fletado una excursión nocturna y se podían oír las risas y la música flotando desde la procesión de luces y reflejos en la dársena del puerto. Recordé los días en que mi padre y yo hacíamos la travesía en las golondrinas hasta la punta del espigón. Desde allí podía verse la ladera del cementerio en la montaña de Montjuïc y la ciudad de los muertos, infinita. A veces yo saludaba con la mano, creyendo que mi madre seguía allí y nos veía pasar. Mi padre repetía mi saludo. Hacía ya años que no embarcábamos en una golondrina, aunque yo sabía que él a veces iba solo.

—Una buena noche para el remordimiento, Daniel —dijo la voz desde las sombras—. ¿Un cigarrillo?

Me incorporé de un brinco, con un frío súbito en el cuerpo. Una mano me ofrecía un pitillo desde la oscuridad.

—¿Quién es usted?

El extraño se adelantó hasta el umbral de la oscuridad, dejando su rostro velado. Un hálito de humo azul brotaba de su cigarrillo. Reconocí al instante el traje negro y aquella mano oculta en el bolsillo de la chaqueta. Los ojos le brillaban como cuentas de cristal.

—Un amigo —dijo—. O eso aspiro a ser. ¿Cigarrillo?

—No fumo.

—Bien hecho. Lamentablemente, no tengo nada más que ofrecerte, Daniel.

Su voz era arenosa, herida. Arrastraba las palabras y sonaba apagada y remota, como los discos de setenta y ocho revoluciones por minuto que coleccionaba Barceló.

—¿Cómo sabe mi nombre?

—Sé muchas cosas de ti. El nombre es lo de menos.

—¿Qué más sabe?

—Podría avergonzarte, pero no tengo ni el tiempo ni

las ganas. Baste decir que sé que tienes algo que me interesa. Y estoy dispuesto a pagarte bien por ello.

—Me parece que se equivoca usted de persona.

—No, yo nunca me equivoco de persona. Para otras cosas sí, pero nunca de persona. ¿Cuánto quieres por él?

—¿Por el qué?

—*La Sombra del Viento.*

—¿Qué le hace pensar que lo tengo?

—Eso está fuera de la discusión, Daniel. Es sólo una cuestión de precio. Hace mucho que sé que lo tienes. La gente habla. Yo escucho.

—Pues debe de haber oído mal. Yo no tengo ese libro. Y si lo tuviera, no lo vendería.

—Tu integridad es admirable, sobre todo en esta época de monaguillos y lameculos, pero conmigo no hace falta que hagas comedia. Dime cuánto. ¿Mil duros? A mí el dinero me trae sin cuidado. El precio lo pones tú.

—Ya se lo he dicho: ni está en venta, ni lo tengo —repliqué—. Se ha equivocado usted, ya lo ve.

El extraño permaneció en silencio, inmóvil, envuelto en el humo azul de aquel cigarrillo que nunca parecía acabarse. Noté que no olía a tabaco, sino a papel quemado. Papel bueno, de libro.

—Quizá seas tú el que se esté equivocando ahora —sugirió.

—¿Me está amenazando?

—Probablemente.

Tragué saliva. Pese a mi bravata, aquel individuo me tenía totalmente aterrorizado.

—¿Y puedo saber por qué está usted tan interesado?

—Eso es asunto mío.

—Mío también, si me amenaza usted para que le venda un libro que no tengo.

—Me caes bien, Daniel. Tienes agallas y pareces listo.

¿Mil duros? Con eso puedes comprar muchísimos libros. Libros buenos, no esa basura que guardas con tanto celo. Venga, mil duros y quedamos tan amigos.

—Usted y yo no somos amigos.

—Sí lo somos, pero tú no te has dado cuenta todavía. No te culpo, con tantas cosas en la cabeza. Como tu amiga, Clara. Por una mujer así, cualquiera pierde el sentido común.

La mención a Clara me heló la sangre.

—¿Qué sabe usted de Clara?

—Me atrevería a decir que sé más que tú, y que te convendría olvidarla, aunque ya sé que no lo harás. Yo también he tenido dieciséis años...

Una terrible certeza me golpeó de súbito. Aquel hombre era el extraño que abordaba a Clara por la calle, de incógnito. Era real. Clara no había mentido. El individuo dio un paso al frente. Me retiré. No había sentido tanto miedo en la vida.

—Clara no tiene el libro, más vale que lo sepa. No se atreva a tocarla otra vez.

—Tu amiga me trae sin cuidado, Daniel, y algún día compartirás mi sentir. Lo que quiero es el libro. Prefiero obtenerlo por las buenas y que nadie salga perjudicado. ¿Me explico?

A falta de mejores ideas me lancé a mentir como un bellaco.

—Lo tiene un tal Adrián Neri. Músico. A lo mejor le suena.

—No me suena de nada, y eso es lo peor que se puede decir de un músico. ¿Seguro que no te has inventado a este tal Adrián Neri?

—Qué más quisiera yo.

—Entonces, ya que parece que sois tan buenos amigos, a lo mejor tú puedes persuadirle para que te lo devuelva. Estas cosas, entre amigos, se solucionan sin problemas. ¿O prefieres que se lo pida a tu amiga Clara?

Negué.

—Hablaré con Neri, pero no creo que me lo devuelva, o que lo tenga todavía —improvisé—. ¿Y usted para qué quiere el libro? No me diga que para leerlo.

—No. Me lo sé de memoria.

—¿Es usted un coleccionista?

—Algo parecido.

—¿Tiene usted más libros de Carax?

—Los he tenido en algún momento. Julián Carax es mi especialidad, Daniel. Recorro el mundo buscando sus libros.

—¿Y qué hace con ellos si no los lee?

El extraño emitió un sonido sordo, agónico. Tardé unos segundos en comprender que se estaba riendo.

—Lo único que debe hacerse con ellos, Daniel —replicó.

Extrajo entonces una cajetilla de fósforos del bolsillo. Tomó uno y lo prendió. La llama iluminó por primera vez su semblante. Se me heló el alma. Aquel personaje no tenía nariz, ni labios, ni párpados. Su rostro era apenas una máscara de piel negra y cicatrizada, devorada por el fuego. Aquélla era la tez muerta que había rozado Clara.

—Quemarlos —susurró, la voz y la mirada envenenadas de odio.

Un soplo de brisa apagó la cerilla que sostenía en los dedos, y su rostro quedó de nuevo oculto en la oscuridad.

—Volveremos a vernos, Daniel. A mí nunca se me olvida una cara y creo que a ti, desde hoy, tampoco —dijo pausadamente—. Por tu bien, y por el de tu amiga Clara, confío en que tomes la decisión correcta y aclares este tema con el tal señor Neri, que por cierto tiene nombre de niñato. Yo no me fiaría ni un pelo de él.

Sin más, el extraño se dio la vuelta y partió hacia los muelles, una silueta evaporándose en la oscuridad envuelta en su risa de trapo.

8

Un manto de nubes chispeando electricidad cabalgaba desde el mar. Hubiera echado a correr para guarecerme del aguacero que se avecinaba, pero las palabras de aquel individuo empezaban a hacer su efecto. Me temblaban las manos y las ideas. Alcé la vista y vi el temporal derramarse como manchas de sangre negra entre las nubes, cegando la luna y tendiendo un manto de tinieblas sobre los tejados y fachadas de la ciudad. Intenté apretar el paso, pero la inquietud me carcomía por dentro y caminaba perseguido por el aguacero con pies y piernas de plomo. Me cobijé bajo la marquesina de un quiosco de prensa, intentando ordenar mis pensamientos y decidir cómo proceder. Un trueno descargó cerca, rugiendo como un dragón enfilando la bocana del puerto, y sentí el suelo temblar bajo mis pies. El pulso frágil del alumbrado eléctrico que dibujaba fachadas y ventanas se desvaneció unos segundos más tarde. En las aceras encharcadas, las farolas parpadeaban, extinguiéndose como velas al viento. No se veía un alma en las calles y la negrura del apagón se esparció con un aliento fétido que ascendía de los desagües que vertían al alcantarillado. La noche se hizo opaca e impenetrable, la lluvia una mortaja de vapor. «Por una mujer así, cualquiera pierde el sentido común...» Eché a correr Ramblas arriba con un solo pensamiento en la cabeza: Clara.

La Bernarda había dicho que Barceló estaba fuera de la ciudad por asuntos de negocios. Aquél era su día libre, y tenía por costumbre ir a pasar esa noche en casa de su tía Reme y sus primas en San Adrián del Besós. Eso dejaba a Clara sola en el piso cavernoso de la plaza Real y a aquel individuo sin rostro y sus amenazas sueltos en la tormenta con sabe Dios qué ideas. Mientras me apresuraba bajo el aguacero hacia la plaza Real, no podía quitarme del pensamiento la idea de que había puesto en peligro a Clara al regalarle el libro de Carax. Llegué a la entrada de la plaza empapado hasta los huesos. Corrí a cobijarme bajo los arcos de la calle Fernando. Me pareció ver contornos de sombra reptando a mis espaldas. Mendigos. El portal estaba cerrado. Busqué en mi manojo de llaves el juego que Barceló me había dado. Llevaba conmigo las llaves de la tienda, del piso de Santa Ana y de la vivienda de los Barceló. Uno de los vagabundos se me acercó, murmurando si podía dejarle pasar la noche en el vestíbulo. Cerré la puerta antes de que pudiese acabar su frase.

La escalera era un pozo de sombra. El aliento de los relámpagos se filtraba entre las comisuras del portón y salpicaba los contornos de los peldaños. Avancé a tientas y encontré el primer peldaño de un tropezón. Sujeté la barandilla y ascendí lentamente la escalera. Al poco, los peldaños se deshicieron en una planicie y comprendí que había llegado al rellano del principal. Palpé los muros de mármol frío, hostil, y encontré los relieves de la puerta de roble y los picaportes de aluminio. Busqué el orificio de la cerradura e introduje la llave a tientas. Al abrirse la puerta del piso, una franja de claridad azul me cegó momentáneamente y un soplo de aire cálido me acarició la piel. El cuarto de la Bernarda estaba situado en la parte posterior del piso, junto a la cocina. Me dirigí allí primero, aunque tenía la seguridad de que la criada estaba ausente. Golpeé con los nudillos en su puerta y, al no obtener respuesta, me permití abrir la alcoba. Era una habitación sencilla, con una cama grande, un armario oscuro con espejos ahumados y una cómoda sobre la que la Bernarda había colocado suficientes santos, vírgenes y estampas para abrir un santuario. Cerré la puerta y, al volverme, casi se me para el corazón al vislumbrar una docena de ojos azules y escarlata avanzando desde el fondo del pasillo. Los gatos de Barceló ya me conocían de sobra y toleraban mi presencia. Me rodearon, maullando suavemente, y al comprobar que mis ropas empapadas de lluvia no desprendían el calor deseado, me abandonaron con indiferencia.

La habitación de Clara estaba situada en el otro extremo del piso, junto a la biblioteca y la sala de música. Los pasos invisibles de los gatos me seguían a través del corredor, expectantes. En la penumbra intermitente de la tormenta, el piso de Barceló se me antojaba cavernoso y siniestro, distinto del que había aprendido a considerar mi segunda casa. Alcancé la parte delantera del piso que daba a la plaza. El invernadero de Barceló se abrió ante mí, denso e impenetrable. Me adentré en la espesura de hojas y ramas. Por un instante me asaltó la idea de que, si el extraño sin rostro se había infiltrado en el piso, probablemente ése era el lugar que habría escogido para ocultarse. Para esperarme. Casi me pareció percibir aquel olor a papel quemado que desprendía en el aire, pero comprendí que lo que mi olfato había detectado era sencillamente tabaco. Me asaltó un amago de pánico. En aquella casa nadie fumaba, y la pipa de Barceló, siempre extinta, era puro *atrezzo*.

Llegué a la sala de música y el reluz de un relámpago

encendió las volutas de humo que flotaban en el aire como guirnaldas de vapor. El teclado del piano formaba una sonrisa interminable junto a la galería. Crucé la sala de música y llegué hasta la puerta de la biblioteca. Estaba cerrada. La abrí y la claridad de la glorieta que rodeaba la biblioteca personal del librero me ofreció una cálida bienvenida. Las paredes recubiertas de estanterías repletas formaban un óvalo en cuyo centro descansaba una mesa de lectura y dos butacas de mariscal de campo. Sabía que Clara guardaba el libro de Carax en una vitrina junto al arco de la glorieta. Me dirigí hasta allí con sigilo. Mi plan, o la ausencia de uno, había sido hacerme con el libro, sacarlo de allí, entregárselo a aquel lunático y perderlo de vista para siempre. Nadie repararía en la ausencia del libro, excepto yo.

El libro de Julián Carax me esperaba como siempre, asomando el lomo al fondo de un estante. Lo tomé en mis manos y lo apreté contra el pecho, como si abrazase a un viejo amigo al que estuviese a punto de traicionar. Judas, pensé. Me dispuse a salir de allí sin dejar saber a Clara de mi presencia. Me llevaría el libro y desaparecería de la vida de Clara Barceló para siempre. Salí de la biblioteca con paso leve. La puerta de la habitación de Clara se adivinaba al fondo del corredor. La imaginé tendida en su lecho, dormida. Imaginé mis dedos acariciando su garganta, explorando un cuerpo que había memorizado de pura ignorancia. Me volví, dispuesto a abandonar seis años de quimeras, pero algo detuvo mis pasos antes de alcanzar la sala de música. Una voz silbando a mi espalda, tras la puerta. Una voz profunda, que susurraba y reía. En la habitación de Clara. Avancé hacia la puerta lentamente. Posé los dedos sobre el pomo de la puerta. Los dedos me temblaban. Había llegado tarde. Tragué saliva y abrí la puerta.

9

El cuerpo desnudo de Clara yacía sobre sábanas blancas que brillaban como seda lavada. Las manos del maestro Neri se deslizaban sobre sus labios, su cuello y su pecho. Sus ojos blancos se alzaban hacia el techo, estremeciéndose bajo las embestidas con que el profesor de música la penetraba entre sus muslos pálidos y temblorosos. Las mismas manos que habían leído mi rostro seis años atrás en las tinieblas del Ateneo aferraban ahora las nalgas del maestro, relucientes de sudor, clavándole las uñas y guiándole hacia sus entrañas con un ansia animal, desesperada. Sentí que me faltaba el aire. Debí de permanecer allí, paralizado, observándolos por espacio de casi medio minuto, hasta que la mirada de Neri, incrédula al principio, encendida de ira después, reparó en mi presencia. Jadeando todavía, atónito, se detuvo. Clara le aferró sin comprender, restregando su cuerpo contra el suyo, lamiéndole el cuello.

—¿Qué pasa? —gimió—. ¿Por qué te paras?

Los ojos de Adrián Neri ardían de furia.

—Nada —murmuró—. Ahora vuelvo.

Neri se incorporó y se lanzó hacia mí como un obús, apretando los puños. Ni le vi venir. No podía apartar los ojos de Clara, envuelta en sudor, sin aliento, las costillas dibujándose bajo su piel y los pechos temblando de anhelo. El profesor de música me agarró del cuello y me arrastró afuera de la habitación. Sentí que mis pies apenas rozaban el suelo, y por mucho que lo intenté no pude zafarme de la presa de Neri, que me llevaba como un fardo a través del invernadero.

—El alma te voy a romper yo a ti, desgraciado —mascullaba entre dientes.

Me llevó a rastras hasta la puerta del piso y una vez allí la abrió y me lanzó con fuerza al rellano. El libro de Carax se me había caído de las manos. Lo recogió y me lo tiró a la cara con rabia.

—Si te vuelvo a ver por aquí, o me entero de que te has acercado a Clara en la calle, te juro que te envío al hospital de la paliza que te doy, sin importarme una mierda la edad que tengas —dijo fríamente—. ¿Estamos?

Me incorporé trabajosamente, y descubrí que en el forcejeo Neri me había desgarrado la chaqueta y el orgullo.

—¿Cómo has entrado?

No contesté. Neri suspiró, sacudiendo la cabeza.

—Venga, dame las llaves —espetó Neri, conteniendo su furia.

—¿Qué llaves?

De la bofetada que me propinó, me caí al suelo. Me levanté con sangre en la boca y un silbido en el oído izquierdo que me taladraba la cabeza como el silbato de un urbano. Me palpé la cara y sentí el corte que me había partido los labios ardiendo bajo los dedos. Un anillo de sello brillaba en el dedo anular del profesor de música, ensangrentado.

—Las llaves, te he dicho.

—Váyase usted a la mierda —escupí.

No vi venir el puñetazo. Tan sólo sentí como si un martillo pilón me hubiese arrancado el estómago de cuajo. Me doblé en dos como un títere roto, sin respiración, tambaleándome contra la pared. Neri me agarró de un tirón por el pelo y hurgó en mis bolsillos hasta dar con las llaves. Me deslicé hasta el suelo, sujetándome el estómago, lloriqueando de agonía, o de rabia.

—Dígale a Clara que...

Me cerró la puerta en las narices, y quedé en la oscuridad absoluta. Busqué el libro a tientas en la negrura. Lo encontré y me deslicé con él escaleras abajo, apoyándome contra los muros, jadeando. Salí al exterior escupiendo sangre y respirando por la boca a borbotones. El frío y el viento me ciñeron las ropas empapadas, mordientes. El corte en la cara me quemaba.

—¿Está usted bien? —preguntó una voz en la sombra.

Era el mendigo al que había negado mi ayuda un rato antes. Asentí, evitando su mirada, avergonzado. Eché a andar.

—Espere un poco, al menos hasta que amaine la lluvia —sugirió el mendigo.

Me tomó del brazo y me guió hasta un rincón bajo los arcos donde guardaba un fardo y una bolsa con ropa vieja y sucia.

—Tengo un poco de vino. No es malo. Beba un poco. Le irá bien para entrar en calor. Y para desinfectar eso...

Bebí un trago de la botella que me ofrecía. Sabía a gasoil esclarecido con vinagre, pero su calor me calmó el estómago y los nervios. Unas gotas me salpicaron la herida y vi estrellas en la noche más negra de mi vida.

—Bueno, ¿eh? —Sonrió el mendigo—. Hala, échele un traguillo más, que esto levanta a los muertos.

—No, gracias. Para usted —musité.

El mendigo bebió un largo trago. Le observé detenidamente. Parecía un contable gris de ministerio que no se hubiese cambiado de traje en quince años. Me ofreció su mano y la estreché.

—Fermín Romero de Torres, cesante. Mucho gusto en conocerle.

—Daniel Sempere, tonto de remate. El gusto es mío.

—No se venda barato, que en noches así todo se ve

peor de lo que es. Ahí donde me ve, yo soy un optimista nato. No me cabe la menor duda de que el régimen tiene los días contados. Según todos los indicios, los americanos nos van a invadir el día menos pensado y a Franco le pondrán un puesto de chufas en Melilla. Y yo recuperaré el puesto, la reputación y la honra perdida.

—¿A qué se dedicaba usted?

—Servicio de inteligencia. Alto espionaje —dijo Fermín Romero de Torres—. Sólo le diré que yo era el hombre de Maciá en La Habana.

Asentí. Otro loco. La noche de Barcelona los coleccionaba a puñados. Y a los idiotas como yo, también.

—Oiga, ese corte tiene mala pinta. Le han zurrado a base de bien, ¿eh?

Me llevé los dedos a la boca. Sangraba todavía.

—¿Asunto de faldas? —inquirió—. Se lo podía haber usted ahorrado. Las mujeres de este país, se lo digo yo que he visto mundo, son unas mojigatas y unas frígidas. Así como suena. Me acuerdo yo de una mulatita que dejé en Cuba. Óigame, otro mundo, ¿eh?, otro mundo. Y es que la hembra caribeña se te arrima al cuerpo con ese ritmo isleño y te susurra «ay, papito, dame plaser, dame plaser», y un hombre de verdad, con sangre en las venas, qué le voy yo a contar...

Me pareció que Fermín Romero de Torres, o cualquiera que fuese su verdadero nombre, anhelaba la anodina conversación casi tanto como un baño caliente, un plato de lentejas con chorizo y una muda limpia. Le di cuerda durante un rato, esperando a que se me calmase el dolor. No me costó gran esfuerzo, porque aquel hombrecillo sólo necesitaba algún asentimiento puntual y alguien que hiciese como que le escuchaba. Estaba el mendigo por relatarme los pormenores y tecnicismos de un plan secreto para secuestrar a doña Carmen Polo de

Franco cuando advertí que ya llovía con menos fuerza y que la tormenta parecía alejarse lentamente hacia el norte.

—Se me hace tarde —murmuré, incorporándome.

Fermín Romero de Torres asintió con cierta tristeza y me ayudó a levantarme, haciendo como que me quitaba el polvo de la ropa empapada.

—Otro día será, entonces —dijo, resignado—. A mí es que me pierde la boca. Empiezo a hablar y... oiga, de lo del secuestro, que quede entre usted y yo, ¿eh?

—No se preocupe. Soy una tumba. Y gracias por el vino.

Me alejé hacia las Ramblas. Me detuve en el umbral de la plaza y volví la vista hacia el piso de los Barceló. Las ventanas permanecían oscuras, llorando de lluvia. Quise odiar a Clara, pero fui incapaz. Odiar de veras es un talento que se aprende con los años.

Me juré que no volvería a verla, que no volvería a mencionar su nombre, o a recordar el tiempo que había perdido a su lado. Por alguna extraña razón, me sentí en paz. La ira que me había sacado de casa se había evaporado. Temí que volviese, y con saña renovada, al día siguiente. Temí que los celos y la vergüenza me consumiesen lentamente una vez las piezas de cuanto había vivido aquella noche cayesen por su propio peso. Faltaban varias horas para el alba y todavía me quedaba una cosa que hacer antes de poder volver a casa con la conciencia limpia.

La calle Arco del Teatro seguía allí, apenas una brecha de penumbra. Un riachuelo de agua negra se había formado en el centro del callejón y se adentraba en procesión funeraria hacia el corazón del Raval. Reconocí el viejo portón de madera y la fachada barroca a la que me había conducido mi padre un amanecer seis años atrás. Ascendí los peldaños y me resguardé de la lluvia bajo la arcada del portal que olía a orines y a madera podrida. El Cementerio de los Libros Olvidados olía más a muerto que nunca. No recordaba que el picaporte era un rostro de diablillo. Lo así por los cuernos y golpeé tres veces la puerta. El eco cavernoso se esparció en el interior. Al rato volví a llamar, seis golpes esta vez, más fuertes, hasta que me dolió el puño. Pasaron otros tantos minutos y empecé a pensar que no debía de haber ya nadie en aquel lugar. Me acurruqué contra la puerta y saqué el libro de Carax del interior de la chaqueta. Lo abrí y leí de nuevo aquella primera frase que me había capturado años atrás.

Aquel verano llovió todos los días, y aunque muchos decían que era castigo de Dios porque habían abierto en el pueblo un casino junto a la iglesia, yo sabía que la culpa era mía y sólo mía porque había aprendido a mentir y guardaba todavía en los labios las últimas palabras de mi madre en su lecho de muerte: nunca quise al hombre con quien me casé, sino a otro que me dijeron que había muerto en la guerra; búscale y dile que morí pensando en él, porque él es tu verdadero padre.

Sonreí, recordando aquella primera noche de lectura febril seis años atrás. Cerré el libro y me dispuse a llamar por tercera y última vez. Antes de que pudiera rozar con los dedos el picaporte, el portón se abrió lo suficiente para insinuar el perfil del guardián portando un candil de aceite.

—Buenas noches —musité—. Isaac, ¿verdad?

El guardián me observó sin pestañear. El reluz del candil esculpía sus rasgos angulosos en ámbar y escarlata, y le confería una inequívoca semejanza con el diablillo del picaporte.

—Usted es Sempere hijo —murmuró con voz cansina.

—Tiene usted una excelente memoria.

—Y usted un sentido de la oportunidad que da asco. ¿Sabe qué hora es?

Su mirada acerada ya había detectado el libro bajo mi chaqueta. Isaac hizo un gesto inquisitivo con la cabeza. Extraje el libro y se lo mostré.

—Carax —dijo—. Debe de haber diez personas como mucho en esta ciudad que sepan quién es o que hayan leído ese libro.

—Pues una de ellas anda empeñada en prenderle fuego. No se me ocurre mejor escondite que éste.

—Esto es un cementerio, no una caja fuerte.

—Precisamente. Lo que este libro necesita es que lo entierren donde nadie pueda encontrarlo.

Isaac lanzó una mirada recelosa hacia el callejón. Abrió un poco la puerta y me hizo señas para que me colase dentro. El vestíbulo oscuro e insondable olía a cera quemada y a humedad. Se podía oír un goteo intermitente en la oscuridad. Isaac me tendió el candil para que lo sostuviese mientras él extraía de su abrigo un manojo de llaves que hubiera sido la envidia de un carcelero. Conjurando alguna ciencia ignota, acertó cuál era la que buscaba y la introdujo en un cerrojo protegido por una carcasa de cristal repleta de relés y ruedas dentadas que sugería una caja de música a escala industrial. A una vuelta de muñeca, el mecanismo chasqueó como las entrañas de un autómata y vi las palancas y los fulcros deslizarse en un ballet mecánico asombroso hasta trabar el portón con una araña de barras de acero que se hundió en una estrella de orificios en los muros de piedra.

—Ni el Banco de España —comenté impresionado—. Parece algo sacado de Julio Verne.

—Kafka —matizó Isaac, recuperando el candil y encaminándose hacia las profundidades del edificio—. El día que comprenda usted que el negocio de los libros es miseria y compañía y decida aprender a robar un banco, o a crear uno, que viene a ser lo mismo, venga a verme y le explicaré cuatro cosas sobre cerrojos.

Lo seguí a través de los corredores que recordaba con frescos de ángeles y quimeras. Isaac sostenía el candil en alto, proyectando una burbuja intermitente de luz rojiza y evanescente. Cojeaba vagamente, y el abrigo de franela deshilachado que vestía semejaba un manto fúnebre. Se me ocurrió que aquel individuo, a medio camino entre Caronte y el bibliotecario de Alejandría, se sentiría a gusto en las páginas de Julián Carax.

—¿Sabe usted algo de Carax? —pregunté.

Isaac se detuvo al final de una galería y me miró, indiferente.

—No mucho. Lo que me contaron.

—¿Quién?

—Alguien que le conoció bien, o eso creía.

Me dio el corazón un vuelco.

—¿Cuándo fue eso?

—Cuando aún me peinaba. Usted debía de andar en pañales, y no parece que haya evolucionado mucho, la verdad. Mírese: está usted temblando —dijo.

—Es por la ropa mojada, y el frío que hace aquí dentro.

—Otro día me avisa y enciendo la calefacción central para recibirle en volandas, capullito de alelí. Venga, sígame. Aquí está mi oficina, que tiene estufa y algo que echarle a usted encima mientras le secamos la ropa. Y algo de mercurocromo y agua oxigenada tampoco le irían mal, que me trae un careto que parece salido de la comisaría de Vía Layetana.

—No se moleste, de verdad.

—No me molesto. Lo hago por mí, no por usted. Pasada esa puerta, yo pongo las reglas y aquí los únicos muertos son los libros. A ver si me va usted a pillar una neumonía y tengo que llamar a los del depósito. Ya nos encargaremos del libro ese más tarde. En treinta y ocho años todavía no he visto ninguno que echase a correr.

—No sabe cómo se lo agradezco...

—Sin pamplinas. Si le he dejado pasar, es por respeto al padre de usted, de lo contrario le hubiese dejado en la calle. Haga el favor de seguirme. Y si se comporta, a lo mejor le cuento lo que sé de su amigo Julián Carax.

De refilón, cuando creyó que no podía verle, advertí que se le escapaba una sonrisa de pillo redomado. Isaac estaba claramente disfrutando de su papel de siniestro cancerbero. Yo también sonreí para mis adentros. Ya no me cabía la menor duda de a quién pertenecía el rostro del diablillo del picaporte.

10

Isaac me echó un par de mantas finas por los hombros y me ofreció una taza con un mejunje humeante que olía a chocolate caliente con ratafía.

—Me contaba usted de Carax...

—No hay mucho que contar. Al primero que oí mencionar a Carax fue a Toni Cabestany, el editor. Le hablo de veinte años atrás, cuando aún existía la editorial. Siempre que volvía de sus viajes a Londres, París o Viena, Cabestany se dejaba caer por aquí y charlábamos un rato. Los dos nos habíamos quedado viudos y él se lamentaba de que ahora estábamos casados con los libros, yo con los viejos y él con los de la contabilidad. Éramos buenos amigos. En una de sus visitas me contó que acababa de adquirir por cuatro chavos los derechos en castellano de las novelas de un tal Julián Carax, un barcelonés que vivía en París. Eso debió de ser en el año 28 o 29. Al parecer, Carax trabajaba de pianista en un burdel de poca monta en Pigalle por las noches y escribía de día en un ático miserable en la barriada de Saint Germain. París es la única ciudad del mundo donde morirse de hambre todavía es considerado un arte. Carax había publicado un par de novelas en Francia que habían resultado ser un absoluto fracaso de ventas. Nadie daba un duro por él en París, y a Cabestany siempre le gustó comprar barato.

—¿Entonces, Carax escribía en castellano o en francés?

—A saber. Probablemente las dos cosas. Su madre era francesa, maestra de música, creo, y él había vivido en París desde que tenía diecinueve o veinte años. Cabestany decía que recibían de Carax los manuscritos en castellano. Si eran una traducción o el original, tanto le daba. El idioma favorito de Cabestany era el de la peseta, lo demás le traía al pairo. Cabestany había pensado que tal vez, con un golpe de suerte, conseguir colocar unos miles de ejemplares de Carax en el mercado español.

—¿Y lo consiguió?

Isaac frunció el ceño, escanciándome un poco más de su brebaje reparador.

—Me parece que de la que más, *La casa roja,* vendió unos noventa.

—Pero siguió publicando a Carax, aunque perdiese dinero —apunté.

—Así es. No sé por qué, la verdad. Cabestany no era un romántico, precisamente. Pero quizá todo hombre tiene sus secretos... Entre el 28 y el 36 le publicó ocho novelas. Donde Cabestany hacía de verdad el dinero era en los catecismos y en una serie de folletines rosa protagonizados por una heroína de provincias, Violeta LaFleur, que se vendían muy bien en quioscos. Las novelas de Carax, supongo, las editaba por gusto y por llevarle la contraria a Darwin.

—¿Qué fue del señor Cabestany?

Isaac suspiró, alzando la mirada.

—La edad, que a todos nos pasa factura. Cayó enfermo y tuvo algunos problemas de dinero. En 1936, el hijo mayor se hizo cargo de la editorial, pero era de los que no saben ni leerse la talla de los calzoncillos. La empresa se vino abajo en menos de un año. Afortunadamente, Cabestany no llegó a ver lo que sus herederos hacían con el fruto de toda una vida de trabajo ni lo que la guerra hacía con el país. Se lo llevó una embolia la noche de Todos los Santos, con un Cohíba en la boca y una niña de veinticinco años en las rodillas. El hijo estaba hecho de otra pasta. Arrogante como sólo los imbéciles pueden serlo. Su primera gran idea fue intentar vender el stock de libros del catálogo de la editorial, el legado de su padre, para transformarlos en pasta de papel o algo así. Un amigo, otro niñato con casa en Caldetas y un Bugatti, le había convencido de que las fotonovelas de amor y el *Mein Kampf* se iban a vender de miedo y que haría falta celulosa a mansalva para satisfacer la demanda.

—¿Llegó a hacerlo?

—No le dio tiempo. Al poco de tomar las riendas de la editorial, un individuo se presentó en su casa y le hizo una oferta muy generosa. Quería adquirir todo el stock de novelas de Julián Carax que todavía quedasen en existencias, y se ofrecía a pagarlas tres veces su precio de mercado.

—No me diga más. Para quemarlas —murmuré.

Isaac sonrió, sorprendido.

—Pues sí. Y parecía usted tonto, tanto preguntar y no saber nada.

—¿Quién era ese individuo? —pregunté.

—Un tal Aubert o Coubert, no recuerdo bien.

—¿Laín Coubert?

—¿Le suena?

—Es el nombre de un personaje de *La Sombra del Viento*, la última novela de Carax.

Isaac frunció el ceño.

—¿Un personaje de ficción?

—En la novela, Laín Coubert es el nombre que emplea el diablo.

—Un tanto teatral, le diré. Pero sea quien sea, al menos tenía sentido del humor —estimó Isaac.

Yo, que todavía tenía fresca la memoria de mi encuentro con aquel personaje, no le encontraba la gracia ni de refilón, pero reservé mi opinión para mejor lance.

—Este individuo, Coubert, o como se llame, ¿tenía la cara quemada, desfigurada?

Isaac me observó con una sonrisa a medio camino entre la chanza y la preocupación.

—No tengo la menor idea. La persona que me contó todo esto no le llegó a ver, y lo supo porque Cabestany hijo se lo contó a su secretaria al día siguiente. De caras quemadas no mencionó nada. ¿Quiere decir que eso no lo ha sacado de un folletín?

Agité la cabeza, quitándole importancia al tema.

—¿Cómo acabó el asunto? ¿Le vendió los libros el hijo del editor a Coubert? —pregunté.

—El botarate del niñato se quiso pasar de listo. Pidió más dinero del que Coubert le ofrecía, y éste retiró su propuesta. Días más tarde, el almacén de la editorial Cabestany en Pueblo Nuevo ardió hasta los cimientos poco después de la medianoche. Y gratis.

Suspiré.

—¿Qué ocurrió con los libros de Carax? ¿Se perdieron?

—Casi todos. Por fortuna, la secretaria de Cabestany, al oír lo de la oferta, tuvo una corazonada y, por su cuenta y riesgo, fue al almacén y se llevó un ejemplar de cada título de Carax a su casa. Ella era la que mantenía toda la correspondencia con Carax y, a lo largo de los años, habían entablado cierta amistad. Se llamaba Nuria, y me parece que ella era la única persona en la editorial, y probablemente en toda Barcelona, que se leía las novelas de Carax. Nuria siente debilidad por las causas perdidas. De pequeña recogía animalillos de la calle y los llevaba a casa. Con el tiempo pasó a adoptar novelistas malditos, a lo mejor porque su padre quiso ser uno y nunca lo consiguió.

—Parece que la conozca usted muy bien.

Isaac blandió su sonrisa de diablillo cojuelo.

—Más de lo que ella se cree. Es mi hija.

Se me comió el silencio y la duda. Cuanto más oía de aquella historia, más perdido me sentía.

—Tengo entendido que Carax volvió a Barcelona en 1936. Hay quien dice que murió aquí. ¿Le quedaba familia en la ciudad? ¿Alguien que pudiera saber de él?

Isaac suspiró.

—Vaya usted a saber. Los padres de Carax se habían separado hacía tiempo, creo. La madre se había marchado a América del Sur, donde se volvió a casar. Con su padre, que yo sepa, no se hablaba desde que se marchó a París.

—¿Por qué no?

—Qué sé yo. La gente se complica la vida, como si no fuese suficientemente complicada.

—¿Sabe si vive aún?

—Eso espero. Era más joven que yo, pero uno ya sale poco y hace años que no leo las necrológicas porque los conocidos caen como moscas y uno se queda acojonado, la verdad. Por cierto, Carax era el apellido de la madre. El padre se apellidaba Fortuny. Tenía una sombrerería en la ronda de San Antonio, y por lo que sé no se llevaba mucho con su hijo.

—¿Pudiera ser entonces que al volver a Barcelona Carax se hubiese sentido tentado de acudir a ver a su hija Nuria, si tenían cierta amistad, aunque él no estuviese en buenos términos con su padre?

Isaac rió amargamente.

—Probablemente soy el menos indicado para saberlo. Después de todo, soy su padre. Sé que una vez, en el 32 o el 33, Nuria viajó a París por asuntos de Cabestany, y que se alojó en casa de Julián Carax un par de semanas. Eso me lo contó Cabestany, porque según ella estuvo en un hotel. Mi hija estaba por entonces soltera y a mí me daba en la nariz que Carax andaba un poco atontado con ella. Mi Nuria es de las que rompen corazones con sólo entrar en una tienda.

—¿Quiere decir que eran amantes?

—A usted le va el folletín, ¿eh? Mire, yo en la vida privada de Nuria nunca me he metido, porque la mía tampoco es como para enmarcarla. Si algún día tiene usted una hija, bendición que no se la deseo yo a nadie, porque es ley de vida que tarde o temprano le romperá a uno el corazón, en fin, a lo que iba, que si algún día tiene usted una hija empezará sin darse cuenta a dividir a los hombres en dos clases: los que usted sospecha que se acuestan con ella y los que no. El que diga que no, miente por los codos. A mí me daba en la nariz que Carax era de los primeros, con lo cual me daba lo mismo si era un genio o un pobre desgraciado, yo siempre le tuve por un sinvergüenza.

—A lo mejor estaba usted equivocado.

—No se ofenda, pero usted es todavía muy joven y sabe de mujeres lo que yo de hacer *panellets.*

—También es verdad —convine—. ¿Qué pasó con los libros que se llevó su hija del almacén?

—Están aquí.

—¿Aquí?

—¿De dónde piensa que salió ese libro que encontró usted el día que le trajo su padre?

—No lo entiendo.

—Pues es bien sencillo. Una noche, días después del incendio del almacén de Cabestany, mi hija Nuria se presentó aquí. Estaba nerviosa. Decía que alguien la había estado siguiendo y que temía que el tal Coubert quisiera hacerse con los libros para destruirlos. Nuria me dijo que venía a esconder los libros de Carax. Se adentró en la sala grande y los ocultó en el laberinto de estanterías, como quien entierra tesoros. No le pregunté dónde los había puesto, ni ella me lo dijo. Antes de marcharse me dijo que, en cuanto lograse encontrar a Carax, volvería a por ellos. Me pareció que todavía seguía enamorada de Carax, pero no dije nada. Le pregunté si le había visto recientemente, si sabía algo de él. Me dijo que hacía meses que no tenía noticias suyas, prácticamente desde que él había enviado sus últimas correcciones del manuscrito de su último libro desde París. Si me mintió, no le sabría decir. Lo que sí sé es que después de aquel día, Nuria nunca más volvió a saber de Carax y aquellos libros se quedaron aquí, criando polvo.

—¿Cree usted que su hija accedería a hablar conmigo de todo esto?

—Bueno, mi hija a todo lo que sea hablar se apunta,

pero no sé si podrá decirle algo que no le haya contado ya un servidor. Piense que de todo esto hace ya mucho tiempo. Y la verdad es que no nos llevamos tan bien como quisiera. Nos vemos una vez al mes. Vamos a comer por aquí cerca y luego se va como ha venido. Sé que hace años se casó con un buen chico; periodista y un poco atolondrado, la verdad, de esos que siempre andan metidos en líos de política, pero de buen corazón. Se casó por lo civil, sin invitados. Yo me enteré un mes más tarde. Nunca me ha presentado a su marido. Miquel se llama. O algo así. Supongo que no está muy orgullosa de su padre, y no la culpo. Ahora es otra mujer. Mire que hasta aprendió a hacer punto y me dicen que ya no se viste de Simone de Beauvoir. Uno de estos días me enteraré de que he sido abuelo. Hace años que trabaja en casa como traductora de francés e italiano. No sé de dónde sacó el talento, la verdad. De su padre está claro que no. Deje que le apunte su dirección, aunque no sé si es muy buena idea que le diga que le envío yo.

Isaac anotó unos garabatos en una esquina de un diario viejo y me tendió el recorte.

—Se lo agradezco. Nunca se sabe, a lo mejor ella recuerda algo...

Isaac sonrió con cierta tristeza.

—De cría lo recordaba todo. Todo. Luego los hijos se hacen mayores y ya no sabes lo que piensan ni lo que sienten. Y así ha de ser, supongo. No le cuente a Nuria lo que le he explicado, ¿eh? Lo dicho aquí que quede entre nosotros.

—Descuide. ¿Cree que ella aún piensa en Carax?

Isaac suspiró largamente, bajando la mirada.

—Yo qué sé. No sé si le quiso de verdad. Estas cosas se quedan en el corazón de cada uno, y ella ahora es una mujer casada. Yo a la edad de usted tuve una novieta, Teresita Boadas se llamaba, que cosía delantales en la textil Santamaría de la calle Comercio. Ella tenía dieciséis años, dos menos que yo, y era la primera mujer de la que me enamoré. No ponga esa cara, que ya sé que ustedes los jóvenes se creen que los viejos no nos hemos enamorado nunca. El padre de Teresita tenía un carromato de hielo en el mercado del Borne y era mudo de nacimiento. No sabe usted el miedo que pasé el día que le pedí permiso para casarme con su hija y se tiró cinco minutos mirándome fijamente, sin soltar prenda y con el pico del hielo en la mano. Llevaba yo ahorrando dos años para comprar una alianza cuando Teresita cayó enferma. Algo que había pillado en el taller, me dijo. En seis meses se me había muerto de tuberculosis. Aún me acuerdo de cómo gemía el mudo el día que la enterramos en el cementerio de Pueblo Nuevo.

Isaac se sumió en un profundo silencio. No me atreví ni a respirar. Al poco alzó la vista y me sonrió.

—Le hablo de cincuenta y cinco años atrás, ahí es nada. Pero, si he de serle sincero, no pasa un día que no me acuerde de ella, de los paseos que nos dábamos hasta las ruinas de la Exposición Universal de 1888 y de cómo se reía de mí cuando le leía los poemas que escribía en la trastienda del colmado de embutidos y ultramarinos de mi tío Leopoldo. Me acuerdo hasta de la cara de una gitana que nos leyó la mano en la playa del Bogatell y nos dijo que estaríamos juntos toda la vida. A su manera, no mentía. ¿Qué le puedo decir? Pues sí, yo creo que Nuria todavía se acuerda de ese hombre, aunque no lo diga. Y, la verdad, yo eso no se lo perdonaré a Carax jamás. Usted es muy joven todavía, pero yo sé lo que duelen esas cosas. Si quiere saber mi opinión, Carax era un ladrón de corazones, y el de mi hija se lo llevó a la tumba o al infierno. Sólo le pido una cosa, si es que la ve y habla con ella: que me diga cómo está. Que averigüe si es feliz. Y si ha perdonado a su padre.

Poco antes del alba, portando tan sólo un candil de aceite, me adentré una vez más en el Cementerio de los Libros Olvidados. Al hacerlo, imaginaba a la hija de Isaac recorriendo aquellos mismos corredores oscuros e interminables con idéntica determinación a la que me guiaba a mí: salvar el libro. En un principio creí que recordaba la ruta que había seguido en mi primera visita a aquel lugar de la mano de mi padre, pero pronto comprendí que los dobleces del laberinto combaban los pasillos en volutas que era imposible recordar. Tres veces intenté seguir una ruta que había creído memorizar, y tres veces me devolvió el laberinto al mismo punto del que había partido. Isaac me esperaba allí, sonriente.

—¿Piensa volver algún día a por él? —preguntó.

—Por supuesto.

—En ese caso, quizá quiera usted hacer una pequeña trampa.

—¿Trampa?

—Joven, usted es un poco duro de entendederas, ¿verdad? Acuérdese del Minotauro.

Tardé unos segundos en comprender su sugerencia. Isaac extrajo un viejo cortaplumas del bolsillo y me lo tendió.

—Haga usted una pequeña marca en cada esquina que tuerza, una muesca que sólo usted conozca. Es madera vieja y tiene tantos arañazos y estrías que nadie lo advertirá, a menos que sepa lo que está buscando...

Seguí su consejo y me adentré de nuevo en el corazón de la estructura. Cada vez que torcía el rumbo me detenía a marcar los estantes con una C y una X en el lado del corredor por el que me decantaba. Veinte minutos más tarde me había perdido completamente en las entrañas de la torre y el lugar en que iba a enterrar la novela se me reveló por casualidad. A mi derecha vislumbré una hilera de tomos sobre la desamortización debidos a la pluma del insigne Jovellanos. A mis ojos de adolescente, semejante camuflaje hubiera disuadido hasta las mentes más retorcidas. Extraje unos cuantos e inspeccioné la segunda hilera oculta detrás de aquellos muros de prosa granítica. Entre nubecillas de polvo, varias comedias de Moratín y un flamante *Curial e Güelfa* alternaban con el *Tractatus Logico Politicus* de Spinoza. Como toque de gracia, opté por confinar el Carax entre un anuario de sentencias judiciales de los tribunales civiles de Gerona de 1901 y una colección de novelas de Juan Valera. Para ganar espacio, decidí llevarme el libro de poesía del Siglo de Oro que los separaba y en su sitio deslicé *La Sombra del Viento.* Me despedí de la novela con un guiño, y volví a colocar en su lugar la antología de Jovellanos, amurallando la primera fila.

Sin más ceremonial me alejé de allí, guiándome por las muescas que había ido dejando en el camino. Mientras recorría túneles y túneles de libros en la penumbra, no pude evitar que me embargase una sensación de tristeza y desaliento. No podía evitar pensar que si yo, por pura casualidad, había descubierto todo un universo en un solo libro desconocido entre la infinidad de aquella necrópolis, decenas de miles más quedarían inexplorados, olvidados para siempre. Me sentí rodeado de millones de páginas abandonadas, de universos y almas sin dueño, que se hundían en un océano de oscuridad mientras el mundo que palpitaba fuera de aquellos muros perdía la memoria sin darse cuenta día tras día, sintiéndose más sabio cuanto más olvidaba.

Despuntaban las primeras luces del alba cuando regresé al piso de la calle Santa Ana. Abrí la puerta con sigilo y me deslicé por el umbral sin encender la luz. Desde el recibidor se podía ver el comedor al fondo del pasillo, la mesa todavía ataviada de fiesta. El pastel seguía allí, intacto, y la vajilla seguía esperando la cena. La silueta de mi padre se recortaba inmóvil en el butacón, oteando desde la ventana. Estaba despierto y aún vestía su traje de salir. Volutas de humo se alzaban perezosamente de un cigarrillo que sostenía entre el índice y el anular, como si fuese una pluma. Hacía años que no veía fumar a mi padre.

—Buenos días —murmuró, apagando el cigarrillo en un cenicero casi repleto de colillas a medio fumar.

Le miré sin saber qué decir. Su mirada quedaba velada al contraluz.

—Clara llamó varias veces anoche, un par de horas después de que te fueras —dijo—. Sonaba muy preocupada. Dejó recado que la llamases, fuera la hora que fuese.

—No pienso volver a ver a Clara, o a hablar con ella —dije.

Mi padre se limitó a asentir en silencio. Me dejé caer en una de las sillas del comedor. La mirada se me cayó al suelo.

—¿Vas a decirme dónde has estado?

—Por ahí.

—Me has dado un susto de muerte.

No había ira en su voz, ni apenas reproche, sólo cansancio.

—Lo sé. Y lo siento —respondí.

—¿Qué te has hecho en la cara?

—Resbalé en la lluvia y me caí.

—Esa lluvia debía de tener un buen derechazo. Ponte algo.

—No es nada. Ni lo noto —mentí—. Lo que necesito es irme a dormir. No me tengo en pie.

—Al menos abre tu regalo antes de irte a la cama —dijo mi padre.

Señaló el paquete envuelto en papel de celofán que había depositado la noche anterior sobre la mesa del comedor. Dudé un instante. Mi padre asintió. Tomé el paquete y lo sopesé. Se lo tendí a mi padre sin abrir.

—Lo mejor es que lo devuelvas. No merezco ningún regalo.

—Los regalos se hacen por gusto del que regala, no por mérito del que recibe —dijo mi padre—. Además, ya no se puede devolver. Ábrelo.

Deshice el cuidadoso envoltorio en la penumbra del alba. El paquete contenía una caja de madera labrada, reluciente, ribeteada con remaches dorados. Se me iluminó la sonrisa antes de abrirla. El sonido del cierre al abrirse era exquisito, de mecanismo de relojería. El interior del estuche venía recubierto de terciopelo azul oscuro. La fabulosa Montblanc Meinsterstück de Víctor Hugo descansaba en el centro, deslumbrante. La tomé en mis manos y la contemplé al reluz del balcón. Sobre la pinza de oro del capuchón había grabada una inscripción.

Daniel Sempere, 1953

Miré a mi padre, boquiabierto. No creo haberle visto nunca tan feliz como me lo pareció en aquel instante. Sin mediar palabra, se levantó de la butaca y me abrazó con fuerza. Sentí que se me encogía la garganta y, a falta de palabras, me mordí la voz.

GENIO Y FIGURA

—

1953

11

Aquel año, el otoño cubrió Barcelona con un manto de hojarasca que revoloteaba en las calles como piel de serpiente. La memoria de aquella lejana noche de cumpleaños me había enfriado los ánimos, o quizá fue la vida que había decidido concederme un año sabático de mis penas de sainete para que empezase a madurar. Me sorprendí a mí mismo apenas pensando en Clara Barceló, o en Julián Carax, o en aquel fantoche sin rostro que olía a papel quemado y se declaraba personaje escapado de las páginas de un libro. Para noviembre había cumplido un mes de sobriedad, sin acercarme una sola vez a la plaza Real a mendigar un atisbo de Clara en la ventana. El mérito, debo confesar, no fue del todo mío. Las cosas en la librería se estaban animando y mi padre y yo teníamos más trabajo del que podíamos quitarnos de encima.

—A este paso vamos a tener que coger a otra persona para que nos ayude en la búsqueda de los pedidos —comentaba mi padre—. Lo que nos haría falta sería alguien muy especial, medio detective, medio poeta, que cobre barato y al que no le asusten las misiones imposibles.

—Creo que tengo al candidato adecuado —dije.

Encontré a Fermín Romero de Torres en su lugar habitual bajo los arcos de la calle Fernando. El mendigo estaba recomponiendo la primera página de la *Hoja del Lunes* a partir de trozos rescatados de una papelera. La estampa del día iba de obras públicas y desarrollo.

—¡Rediós! ¿Otro pantano? —le oí exclamar—. Esta gente del fascio acabará por convertirnos a todos en una raza de beatas y batracios.

—Buenas —dije suavemente—. ¿Se acuerda de mí?

El mendigo alzó la vista, y su rostro se iluminó de pronto con una sonrisa de bandera.

—¡Alabados sean los ojos! ¿Qué se cuenta usted, amigo mío? Me aceptará un traguito de tinto, ¿verdad?

—Hoy invito yo —dije—. ¿Tiene apetito?

—Hombre, no le diría que no a una buena mariscada, pero yo me apunto a un bombardeo.

De camino a la librería, Fermín Romero de Torres me relató toda suerte de correrías que había vivido aquellas semanas a fin y efecto de eludir a las fuerzas de seguridad del Estado, y más particularmente a su némesis, un tal inspector Fumero con el que al parecer llevaba un largo historial de conflictos.

—¿Fumero? —pregunté, recordando que aquél era el nombre del soldado que había asesinado al padre de Clara Barceló en el castillo de Montjuïc a los inicios de la guerra.

El hombrecillo asintió, pálido y aterrado. Se le veía famélico, sucio y hedía a meses de vida en la calle. El pobre no tenía ni idea de adónde le conducía, y advertí en su mirada cierto susto y una creciente angustia que se esforzaba en vestir de verborrea incesante. Cuando llegamos a la tienda, el mendigo me lanzó una mirada de preocupación.

—Ande, pase usted. Ésta es la librería de mi padre, al que quiero presentarle.

El mendigo se encogió en un manojo de roña y nervios.

—No, no, de ninguna manera, que yo no estoy presentable y éste es un establecimiento de categoría; le voy a avergonzar a usted...

Mi padre se asomó a la puerta, le hizo un repaso rápido al mendigo y luego me miró de reojo.

—Papá, éste es Fermín Romero de Torres.

—Para servirle a usted —dijo el mendigo casi temblando.

Mi padre le sonrió serenamente y le tendió la mano. El mendigo no se atrevía a estrecharla, avergonzado por su aspecto y la mugre que le cubría la piel.

—Oiga, mejor que me vaya y les deje a ustedes —tartamudeó.

Mi padre le asió suavemente por el brazo.

—Nada de eso, que mi hijo me ha dicho que se viene usted a comer con nosotros.

El mendigo nos miró, atónito, aterrado.

—¿Por qué no sube a casa y se da un buen baño caliente? —dijo mi padre—. Luego, si le parece, nos bajamos andando hasta Can Solé.

Fermín Romero de Torres balbuceó algo ininteligible. Mi padre, sin bajar la sonrisa, le guió rumbo al portal y prácticamente tuvo que arrastrarlo escalera arriba hasta el piso mientras yo cerraba la tienda. Con mucha oratoria y tácticas subrepticias conseguimos meterlo en la bañera y despojarlo de sus andrajos. Desnudo parecía una foto de guerra y temblaba como un pollo desplumado. Tenía marcas profundas en las muñecas y los tobillos, y su torso y espalda estaban cubiertos de terribles cicatrices que dolían a la vista. Mi padre y yo intercambiamos una mirada de horror, pero no dijimos nada.

El mendigo se dejó lavar como un niño, asustado y temblando. Mientras yo buscaba ropa limpia en el arcón para vestirlo, escuchaba la voz de mi padre hablándole sin pausa. Encontré un traje que mi padre ya no se ponía nunca, una camisa vieja y algo de ropa interior. De la muda que traía el mendigo no podían aprovecharse ni los zapatos. Le escogí unos que mi padre casi no se calzaba porque le quedaban pequeños. Envolví los andrajos en papel de periódico, incluidos unos calzones que exhibían el color y la consistencia del jamón serrano, y los metí en el cubo de la basura. Cuando volví al baño, mi padre estaba afeitando a Fermín Romero de Torres en la bañera. Pálido y oliendo a jabón, parecía un hombre veinte años más joven. Por lo que vi, ya se habían hecho amigos. Fermín Romero de Torres, quizá bajo los efectos de las sales de baño, se había embalado.

—Mire lo que le digo, señor Sempere, de no haber querido la vida que la mía fuese una carrera en el mundo de la intriga internacional, lo mío, de corazón, eran las humanidades. De niño sentí la llamada del verso y quise ser Sófocles o Virgilio, porque a mí la tragedia y las lenguas muertas me ponen la piel de gallina, pero mi padre, que en gloria esté, era un cazurro de poca visión y siempre quiso que uno de sus hijos ingresara en la Guardia Civil, y a ninguna de mis siete hermanas las hubiesen admitido en la Benemérita, pese al problema de vello facial que siempre caracterizó a las mujeres de mi familia por parte de madre. En su lecho de muerte, mi progenitor me hizo jurar que si no llegaba a calzar el tricornio, al menos me haría funcionario y abandonaría toda pretensión de seguir mi vocación por la lírica. Yo soy de los de antes, y a un padre, aunque sea un burro, hay que obedecerle, ya me entiende usted. Aun así, no se crea usted que he desdeñado el cultivo del intelecto en mis años de aventura. He leído lo mío y le podría recitar de memoria fragmentos selectos de *La vida es sueño.*

—Ande, jefe, póngase esta ropa, si me hace el favor, que aquí su erudición está fuera de toda duda —dije yo, acudiendo al rescate de mi padre.

A Fermín Romero de Torres se le deshacía la mirada de gratitud. Salió de la bañera, reluciente. Mi padre lo envolvió en una toalla. El mendigo se reía de puro placer al sentir el tejido limpio sobre la piel. Le ayudé a enfundarse la muda, que le venía unas diez tallas grande. Mi padre se desprendió del cinturón y me lo tendió para que se lo ciñese al mendigo.

—Está usted hecho un pincel —decía mi padre—. ¿Verdad, Daniel?

—Cualquiera lo tomaría por un artista de cine.

—Quite, que uno ya no es el que era. Perdí mi musculatura hercúlea en la cárcel y desde entonces...

—Pues a mí, me parece usted Charles Boyer, por la percha —objetó mi padre—. Lo cual me recuerda que quería proponerle a usted algo.

—Yo por usted, señor Sempere, si hace falta, mato. Sólo tiene que decirme el nombre y yo liquido al tipo sin dolor.

—No hará falta tanto. Yo lo que quería ofrecerle es un trabajo en la librería. Se trata de buscar libros raros para nuestros clientes. Es casi un puesto de arqueología literaria, para el que hace tanta falta conocer los clásicos como las técnicas básicas del estraperlo. No puedo pagarle mucho, de momento, pero comerá usted en nuestra mesa y, hasta que le encontremos una buena pensión, se hospedará usted aquí en casa, si le parece bien.

El mendigo nos miró a ambos, mudo.

—¿Qué me dice? —preguntó mi padre—. ¿Se une al equipo?

Me pareció que iba a decir algo, pero justo entonces Fermín Romero de Torres se nos echó a llorar.

Con su primer sueldo, Fermín Romero de Torres se compró un sombrero peliculero, unos zapatos de lluvia y se empeñó en invitarnos a mi padre y a mí a un plato de rabo de toro, que preparaban los lunes en un restaurante a un par de calles de la Plaza Monumental. Mi padre le había encontrado una habitación en una pensión de la calle Joaquín Costa donde, merced a la amistad de nuestra vecina la Merceditas con la patrona, se pudo obviar el trámite de rellenar la hoja de información sobre el huésped para la policía y así mantener a Fermín Romero de Torres lejos del olfato del inspector Fumero y sus secuaces. A veces me venía a la memoria la imagen de las tremendas cicatrices que le cubrían el cuerpo. Me sentía tentado de preguntarle por ellas, temiendo quizá que el inspector Fumero tuviese algo que ver con el asunto, pero había algo en la mirada del pobre hombre que sugería que era mejor no mentar el tema. Ya nos lo contaría él mismo algún día, cuando le pareciese oportuno. Cada mañana, a las siete en punto, Fermín nos esperaba en la puerta de la librería, con presencia impecable y siempre con una sonrisa en los labios, dispuesto a trabajar una jornada de doce o más horas sin pausa. Había descubierto una pasión por el chocolate y los brazos de gitano que no desmerecía de su entusiasmo por los grandes de la tragedia griega, con lo cual había ganado algo de peso. Gastaba un afeitado de señorito, se peinaba hacia atrás con brillantina y se estaba dejando un bigotillo de lápiz para estar a la moda. Treinta días después de emerger de aquella bañera, el ex mendigo estaba irreconocible. Pero, pese a lo espectacular de su transformación, donde realmente Fermín Romero de Torres nos había dejado boquiabiertos era en el campo de batalla. Sus instintos detectivescos, que yo había atribuido a fabulaciones febriles, eran de precisión quirúrgica. En sus manos, los pedidos más extraños se solucionaban en días, cuando no en horas. No había título que no conociese, ni argucia para conseguirlo que no se le ocurriese para adquirirlo a buen precio. Se colaba en las bibliotecas particulares de duquesas de la avenida Pearson y diletantes del círculo ecuestre a golpe de labia, siempre asumiendo identidades ficticias, y conseguía que le regalasen los libros o se los vendiesen por dos perras.

La transformación del mendigo en ciudadano ejemplar parecía milagrosa, una de esas historias que se complacían en contar los curas de parroquia pobre para ilustrar la infinita misericordia del Señor, pero que siempre sonaban demasiado perfectas para ser ciertas, como los anuncios de crecepelo en las paredes de los tranvías. Tres meses y medio después de que Fermín hubiera empezado a trabajar en la librería, el teléfono del piso de la calle Santa Ana nos despertó a las dos de la mañana de un domingo. Era la dueña de la pensión donde se hospedaba Fermín Romero de Torres. Con la voz entrecortada nos explicó que el señor Romero de Torres se había encerrado en su cuarto por dentro, estaba gritando como un loco, golpeando las paredes y jurando que si alguien entraba, se mataría allí mismo cortándose el cuello con una botella rota.

—No llame a la policía, por favor. Ahora mismo vamos.

Salimos a escape rumbo a la calle Joaquín Costa. Era una noche fría, de viento que cortaba y cielos de alquitrán. Pasamos corriendo frente a la Casa de la Misericordia y la Casa de la Piedad, desoyendo miradas y susurros que silbaban desde portales oscuros que olían a estiércol y carbón. Llegamos a la esquina de la calle Ferlandina. Joaquín Costa caía como una brecha de colmenas ennegrecidas fundiéndose en las tinieblas del Raval. El hijo mayor de la dueña de la pensión nos esperaba en la calle.

—¿Han llamado a la policía? —preguntó mi padre.

—Todavía no —contestó el hijo.

Corrimos escaleras arriba. La pensión estaba en el segundo piso, y la escalera era una espiral de mugre que apenas se adivinaba al reluz ocre de bombillas desnudas y cansadas que pendían de un cable pelado. Doña Encarna, viuda de un cabo de la Guardia Civil y dueña de la pensión, nos recibió a la puerta del piso enfundada en una bata azul celeste y luciendo una cabeza de rulos a juego.

—Mire, señor Sempere, ésta es una casa decente y de categoría. Me sobran las ofertas y estos retablos yo no tengo por qué tolerarlos —dijo mientras nos guiaba a través de un pasillo oscuro que olía a humedad y a amoníaco.

—Lo comprendo —murmuraba mi padre.

Los gritos de Fermín Romero de Torres se oían desgarrando las paredes al fondo del corredor. De las puertas entreabiertas se asomaban varias caras chupadas y asustadas, caras de pensión y sopa aguada.

—Venga, y los demás a dormir, coño, que esto no es una revista del Molino —exclamó doña Encarna con furia.

Nos detuvimos frente a la puerta de la habitación de Fermín. Mi padre golpeó suavemente con los nudillos.

—¿Fermín? ¿Está usted ahí? Soy Sempere.

El aullido que atravesó la pared me heló el corazón. Incluso doña Encarna perdió la compostura de gobernanta y se llevó las manos al corazón, oculto bajo los pliegues abundantes de su frondosa pechuga.

Mi padre llamó de nuevo.

—¿Fermín? Ande, ábrame.

Fermín aulló de nuevo, lanzándose contra las paredes, gritando obscenidades hasta desgañitarse. Mi padre suspiró.

—¿Tiene usted llave de esta habitación?

—Pues claro.

—Démela.

Doña Encarna dudó. Los demás inquilinos se habían vuelto a asomar al pasillo, blancos de terror. Aquellos gritos se tenían que oír desde Capitanía.

—Y tú, Daniel, corre a buscar al doctor Baró, que está aquí al lado, en el 12 de Riera Alta.

—Oiga, ¿no sería mejor llamar a un cura?, porque a mí éste me suena a endemoniado —ofreció doña Encarna.

—No. Con un médico va que se mata. Venga, Daniel. Corre. Y usted deme esa llave, haga el favor.

El doctor Baró era un solterón insomne que pasaba las noches leyendo a Zola y mirando estereogramas de señoritas en paños menores para combatir el tedio. Era cliente habitual en la tienda de mi padre y él mismo se autocalificaba de matasanos de segunda fila, pero tenía más ojo para acertar diagnósticos que la mitad de los doctores de postín con consulta en la calle Muntaner. Gran parte de su clientela la componían furcias viejas del barrio y desgraciados que apenas podían pagarle, pero a los que atendía igualmente. Yo le había escuchado decir más de una vez que el mundo era un orinal y que estaba esperando a que el Barcelona ganase la liga de una puñetera vez para morirse en paz. Me abrió la puerta en bata, oliendo a vino y con un pitillo apagado en los labios.

—¿Daniel?

—Me manda mi padre. Es una emergencia.

Cuando regresamos a la pensión nos encontramos a doña Encarna sollozando de puro susto, al resto de los inquilinos con color de cirio gastado y a mi padre sosteniendo en sus brazos a Fermín Romero de Torres en un rincón de la habitación. Fermín estaba desnudo, llorando y temblando de terror. La habitación estaba destrozada, las paredes manchadas con lo que no sabría decir si era sangre o excremento. El doctor Baró echó un rápido vistazo a la situación y, con un gesto, le indicó a mi padre que tenían que tender a Fermín en la cama. Les ayudó el hijo de doña Encarna, que aspiraba a boxeador. Fermín gemía y se convulsionaba como si una alimaña le estuviese devorando las entrañas.

—Pero ¿qué tiene este pobre hombre, por Dios? ¿Qué tiene? —gemía doña Encarna desde la puerta, agitando la cabeza.

El doctor le tomó el pulso, le inspeccionó las pupilas con una linterna y sin mediar palabra procedió a preparar una inyección de un frasco que llevaba en el maletín.

—Sujétenlo. Esto lo pondrá a dormir. Daniel, ayúdanos.

Entre los cuatro inmovilizamos a Fermín, que se sacudió violentamente cuando sintió la punzada de la aguja en el muslo. Se le tensaron los músculos como cables de acero, pero en unos segundos los ojos se le nublaron y su cuerpo cayó inerte.

—Oiga, vigile, que este hombre es muy poca cosa y según lo que le dé lo mata —dijo doña Encarna.

—No se preocupe. Sólo está dormido —dijo el doctor, examinando las cicatrices que cubrían el cuerpo famélico de Fermín.

Le vi negar en silencio.

—*Fills de puta* —murmuró.

—¿De qué son esas cicatrices? —pregunté—. ¿Cortes?

El doctor Baró negó, sin alzar la vista. Buscó una manta entre los despojos y cubrió a su paciente.

—Quemaduras. A este hombre lo han torturado —explicó—. Esas marcas las hace una lámpara de soldar.

Fermín durmió durante dos días. Al despertar no recordaba nada, excepto que creía haberse despertado en una celda oscura y luego nada más. Se sintió tan avergonzado por su conducta que se puso de rodillas a pedirle perdón a doña Encarna. Le juró que le iba a pintar la pensión y, como sabía que ella era muy devota, hacer decir diez misas por ella en la iglesia de Belén.

—Usted lo que tiene que hacer es ponerse bien, y no darme más sustos así, que yo estoy vieja para esto.

Mi padre pagó los desperfectos y rogó a doña Encarna que le diese otra oportunidad a Fermín. Ella asintió de buen grado. La mayoría de sus inquilinos eran desheredados y gente sola en el mundo, como ella. Pasado el susto, le cogió aún más cariño a Fermín y le hizo prometer que tomaría unas pastillas que el doctor Baró le había recetado.

—Yo por usted, doña Encarna, me trago un ladrillo si es necesario.

Con el tiempo todos hicimos como que habíamos olvidado lo sucedido, pero nunca más volví a tomarme a broma las historias del inspector Fumero. Después de aquel episodio, para no dejarlo solo, nos llevábamos a Fermín Romero de Torres casi todos los domingos a merendar al café Novedades. Luego subíamos andando hasta el cine Fémina en la esquina de Diputación y paseo de Gracia. Uno de los acomodadores era amigo de mi padre y nos dejaba colarnos por la salida de incendios de platea a medio No-Do, siempre en el momento en que el Generalísimo cortaba la cinta inaugural de algún nuevo pantano, lo cual a Fermín Romero de Torres le atacaba los nervios.

—Qué vergüenza —decía, indignado.

—¿No le gusta a usted el cine, Fermín?

—En confianza, a mí esto del séptimo arte me la repampinfla. A mi entender no es más que pábulo para atontar a la plebe embrutecida, peor que el fútbol o los toros. El cinematógrafo nació como invento para entretener a las masas analfabetas, y cincuenta años más tarde no ha cambiado mucho.

Toda aquella reticencia cambió radicalmente el día que Fermín Romero de Torres descubrió a Carole Lombard.

—¡Qué busto, Jesús, María y José, qué busto! —exclamó en plena proyección, poseído—. ¡Eso no son tetas, son dos carabelas!

—Cállese, so guarro, o ahora mismo llamo al encargado —mascullló una voz de confesonario ubicada un par de filas a nuestras espaldas—. Habráse visto el poca vergüenza. Qué país de cerdos.

—Más vale que baje la voz, Fermín —aconsejé.

Fermín Romero de Torres no me escuchaba. Andaba perdido en el suave vaivén de aquel escote milagroso, con la sonrisa robada y los ojos envenenados de tecnicolor. Más tarde, caminando de vuelta por el paseo de Gracia, observé que nuestro detective bibliográfico seguía en trance.

—Creo que vamos a tener que buscarle a usted una mujer —dije—. Una mujer le alegrará la vida, ya lo verá.

Fermín Romero de Torres suspiró, su mente rebobinando aún las delicias de la ley de la gravedad.

—¿Habla usted por experiencia, Daniel? —preguntó inocentemente.

Me limité a sonreír, sabiendo que mi padre me observaba de refilón.

Después de aquel día, Fermín Romero de Torres se aficionó a ir todos los domingos al cine. Mi padre prefería quedarse en casa leyendo, pero Fermín Romero de Torres no se perdía una sesión. Compraba un montón de chocolatinas y se sentaba en la fila diecisiete a devorarlas, esperando la aparición estelar de la diva de turno. El argumento le traía al pairo, y no paraba de hablar hasta que una dama de considerables atributos llenaba la pantalla.

—He estado pensando en lo que dijo usted el otro día sobre lo de buscarme una mujer —dijo Fermín Romero de Torres—. A lo mejor tiene usted razón. En la pensión hay un nuevo inquilino, un ex seminarista sevillano muy salado que de vez en cuando se trae unas chavalas imponentes. Oiga, cómo ha mejorado la raza. No sé cómo se lo hace, porque el muchacho es bien poca cosa, pero a lo mejor las atonta a padrenuestros. Como tiene la habitación de al lado, yo lo oigo todo, y a juzgar por lo que se escucha, el fraile debe de ser un artista. Lo que hace un uniforme. ¿A usted cómo le gustan las mujeres, Daniel?

—No sé yo mucho de mujeres, la verdad.

—Saber no sabe nadie, ni Freud, ni ellas mismas, pero esto es como la electricidad, no hace falta saber cómo funciona para picarse los dedos. Hala, cuente. ¿Cómo le gustan? A mí que me perdonen, pero una mujer tiene que tener forma de hembra y dónde agarrarse, pero usted tiene pinta de que le gusten las flacas, que es un punto de vista que yo respeto muchísimo, ¿eh?, no me malinterprete.

—Si he de serle sincero, no tengo mucha experiencia con las mujeres. Más bien ninguna.

Fermín Romero de Torres me miró con detenimiento, intrigado ante esta manifestación de ascetismo.

—Yo creía que lo de aquella noche, ya sabe, el porrazo...

—Si todo doliese como una bofetada...

Fermín pareció leerme el pensamiento, y sonrió solidariamente.

—Pues mire, que no le sepa mal, porque lo mejor de las mujeres es descubrirlas. Como la primera vez, nada de nada. Uno no sabe lo que es la vida hasta que desnuda por primera vez a una mujer. Botón a botón, como si pelase usted un boniato bien calentito en una noche de invierno. Ahhhhh...

En pocos segundos, Verónica Lake hacía su entrada en escena, y Fermín había saltado de dimensión. Aprovechando una secuencia en que Verónica Lake descansaba, Fermín anunció que se iba a hacer una visita al puesto de chucherías del vestíbulo para reponer existencias. Después de pasar meses de hambre, mi amigo había perdido el sentido de la medida, pero merced a su metabolismo de bombilla nunca llegaba a perder aquel aire hambriento y escuálido de posguerra. Me quedé solo, apenas siguiendo la acción en pantalla. Mentiría si dijese que pensaba en Clara. Pensaba sólo en su cuerpo, temblando bajo las embestidas del profesor de música, reluciente de sudor y de placer. Se me cayó la mirada de la pantalla y sólo entonces reparé en el espectador que acababa de entrar. Vi su silueta avanzar hasta el centro del patio de butacas, seis filas más adelante, y tomar asiento. Los cines estaban llenos de gente sola, pensé. Como yo.

Intenté concentrarme en retomar el hilo de la acción. El galán, un detective cínico pero con buen corazón, le explicaba a un personaje secundario por qué las mujeres como Verónica Lake eran la perdición de todo macho cabal y, aun así, no cabía sino amarlas con desesperación y perecer traicionado por su perfidia. Fermín Romero de

Torres, que se estaba convirtiendo en crítico experto, denominaba a este género de historias «*el cuento de la mantis religiosa*». Según él no eran sino fantasías misóginas para oficinistas con problemas de estreñimiento y beatas ajadas de aburrimiento que soñaban con echarse al vicio y llevar una vida de putón desorejado. Sonreí al imaginar los comentarios a pie de página que hubiese hecho mi amigo el crítico de no haber acudido a su cita con el puesto de golosinas. La sonrisa se me heló en menos de un segundo. El espectador sentado seis filas al frente se había vuelto y me estaba mirando fijamente. El haz nebuloso del proyector taladraba las tinieblas de la sala, un soplo de luz parpadeante que apenas dibujaba líneas y manchas de color. Reconocí al instante al hombre sin rostro, Coubert. Su mirada sin párpados brillaba, acerada. Su sonrisa sin labios se relamía en la oscuridad. Sentí dedos fríos cerrándose sobre mi corazón. Doscientos violines estallaron en la pantalla, hubo tiros, gritos y la escena fundió a negro. Por un instante, la platea se sumió en la oscuridad absoluta y sólo pude oír los latidos que me martilleaban en las sienes. Lentamente, una nueva escena se iluminó en la pantalla, deshaciendo la oscuridad de la sala en vahos de penumbra azul y púrpura. El hombre sin rostro había desaparecido. Me volví y pude ver una silueta alejándose por el pasillo de la platea y cruzarse con Fermín Romero de Torres, que volvía de su safari gastronómico. Se adentró en la fila y retomó su butaca. Me tendió una chocolatina de praliné y me observó con cierta reserva.

—Daniel, está usted blanco como nalga de monja. ¿Se encuentra bien?

Un aliento invisible barría el patio de butacas.

—Huele raro —comentó Fermín Romero de Torres—. Como a pedo rancio, de notario o procurador.

—No. Huele a papel quemado.

—Ande, tenga un Sugus de limón, que lo cura todo.

—No me apetece.

—Pues se lo guarda, que nunca se sabe cuándo un Sugus le va a sacar a uno de un apuro.

Guardé el caramelo en el bolsillo de la chaqueta y navegué por el resto de la película sin prestar atención ni a Verónica Lake ni a las víctimas de sus fatales encantos. Fermín Romero de Torres se había perdido en el espectáculo y en sus chocolatinas. Cuando se encendieron las luces al término de la sesión, me pareció haber despertado de un mal sueño y me sentí tentado de tomar la presencia de aquel individuo en el patio de butacas como una ilusión, un truco de la memoria, pero su breve mirada en la oscuridad había bastado para hacerme llegar el mensaje. No se había olvidado de mí, ni de nuestro pacto.

12

El primer efecto de la llegada de Fermín se hizo notar pronto: descubrí que tenía mucho más tiempo libre. Cuando Fermín no andaba a la caza y captura de algún volumen exótico para satisfacer los pedidos de los clientes, se ocupaba de organizar las existencias de la tienda, idear estratagemas de promoción comercial en el barrio, sacarle brillo al cartel y a las cristaleras o dejar los lomos de los libros relucientes con un paño y alcohol. Dada la coyuntura, opté por invertir mi tiempo de ocio en dos aspectos que había dejado descuidados en los últimos tiempos: seguir dándole vueltas al enigma de Carax y, sobre todo, tratar de pasar más tiempo con mi amigo Tomás Aguilar, a quien echaba de menos.

Tomás era un muchacho meditabundo y reservado al que la gente temía por su aspecto de matón, serio y amenazador. Tenía una constitución de luchador, hombros de gladiador y una mirada dura y penetrante. Nos habíamos conocido muchos años atrás en una pelea durante mi primera semana en los jesuitas de Caspe. Su padre había venido a buscarle después de clase, acompañado de una niña presumida que resultó ser la hermana de Tomás. Se me ocurrió hacer una gracia imbécil sobre ella y, antes de que pudiese parpadear, Tomás Aguilar cayó sobre mí como un diluvio de puñetazos que me dejó varias semanas condolido. Tomás me doblaba en tamaño, fuerza y ferocidad. En aquel duelo de patio, rodeado de un coro de críos sedientos de combate sangriento, perdí un diente y gané un nuevo sentido de las proporciones. No le quise decir a mi padre ni a los curas quién me había zurrado de aquel modo, ni explicarles que el padre de mi adversario contemplaba la paliza complacido por el espectáculo y coreando con los demás colegiales.

—Ha sido por culpa mía —dije, dando el tema por zanjado.

Tres semanas más tarde, Tomás se me acercó durante el recreo. Yo, muerto de miedo, me quedé paralizado. Éste viene a rematarme, pensé. Empezó a balbucear, y al poco comprendí que lo único que quería era disculparse por la golpiza, porque sabía que había sido un combate desigual e injusto.

—Soy yo el que tiene que pedirte perdón por haberme metido con tu hermana —dije—. Lo hubiera hecho el otro día, pero me partiste la boca antes de que pudiese hablar.

Tomás bajó la mirada, avergonzado. Observé a aquel gigante tímido y silencioso que vagaba por las aulas y pasillos del colegio como alma sin dueño. Todos los demás chavales —yo el primero— le tenían miedo, y nadie le hablaba u osaba cruzar la mirada con él. Con los ojos caídos, casi temblando, me preguntó si yo querría ser su amigo. Le dije que sí. Me ofreció su mano y la estreché. Su apretón dolía, pero me aguanté. Aquella misma tarde, Tomás me invitó a merendar a su casa y me enseñó la colección de extraños artilugios hechos a partir de piezas y chatarra que guardaba en su habitación.

—Los he hecho yo —me explicó, orgulloso.

Yo era incapaz de entender qué eran o pretendían ser, pero me callé y asentí con admiración. Me parecía que aquel grandullón solitario se había construido sus propios amigos de latón y que yo era el primero a quien se los había presentado. Era su secreto. Yo le hablé de mi madre y de lo mucho que la echaba a faltar. Cuando se me apagó la voz, Tomás me abrazó en silencio. Teníamos diez años. Desde aquel día, Tomás Aguilar se convirtió en mi mejor —y yo en su único—, amigo.

Pese a su apariencia beligerante, Tomás era un alma pacífica y bondadosa a quien su aspecto evitaba toda confrontación. Tartamudeaba bastante, especialmente cuando hablaba con cualquiera que no fuese su madre, su hermana o yo, lo cual era casi nunca. Le fascinaban los inventos extravagantes y los ingenios mecánicos, y pronto descubrí que llevaba a cabo autopsias en todo tipo de artilugios, desde gramófonos hasta máquinas de sumar, a fin de averiguar sus secretos. Cuando no estaba conmigo o trabajando para su padre, Tomás pasaba la mayor parte de su tiempo encerrado en su habitación, construyendo artefactos incomprensibles. Todo lo que le sobraba de inteligencia le faltaba de sentido práctico. Su interés en el mundo real se concentraba en aspectos como la sincronía de los semáforos de la Gran Vía, los misterios de las fuentes luminosas de Montjuïc o los autómatas del parque de atracciones del Tibidabo.

Tomás trabajaba todas las tardes en el despacho de su padre y a veces, al salir, se pasaba por la librería. Mi padre siempre se interesaba por sus inventos y le obsequiaba con manuales de mecánica o biografías de ingenieros como Eiffel y Edison, a quienes Tomás idolatraba. Con los años, Tomás le había tomado un gran afecto a mi padre y llevaba una eternidad intentando inventar para él un sistema automático para archivar fichas bibliográficas a partir de las piezas de un viejo ventilador. Hacía cuatro años que estaba trabajando en el proyecto, pero mi padre seguía mostrando entusiasmo por el progreso del mismo para que Tomás no perdiese los ánimos. En un principio me preocupaba cómo iba a reaccionar Fermín ante mi amigo.

—Usted debe de ser el amigo inventor de Daniel. Tengo muchísimo gusto en saludarle. Fermín Romero de Torres, asesor bibliográfico de la librería Sempere para servirle a usted.

—Tomás Aguilar —tartamudeó mi amigo, sonriendo y estrechando la mano de Fermín.

—Vigile, que eso que tiene usted no es una mano, sino una prensa hidráulica, y yo preciso mantener dedos de violinista para mis labores en la empresa.

Tomás le soltó, disculpándose.

—Y, a todo esto, ¿usted cómo se manifiesta frente al teorema de Fermat? —preguntó Fermín, frotándose los dedos.

Acto seguido pasaron a enzarzarse en una incomprensible discusión sobre matemática arcana que a mí me sonó a mandarín. Fermín le trataba siempre de usted, o de doctor, y hacía como que no advertía el tartamudeo del muchacho. Tomás, para corresponder a la infinita paciencia que Fermín mostraba con él, le traía cajas de chocolatinas suizas envueltas con fotografías de lagos de azul imposible, vacas en pastos verde tecnicolor y relojes de cucú.

—Su amigo Tomás tiene talento, pero le falta dirección en la vida, y un poco de morro, que es lo que hace carrera —opinaba Fermín Romero de Torres—. La mente científica tiene estas cosas. Vea usted, si no, a don Alberto Einstein. Tanto inventar prodigios y el primero al que encuentran aplicación práctica es la bomba atómica, y encima sin su permiso. Además, con ese aspecto de boxeador que tiene Tomás, se lo van a poner muy difícil en los círculos académicos, porque en esta vida lo único que sienta cátedra es el prejuicio.

Motivado a salvar a Tomás de una vida de penurias e incomprensión, Fermín había decidido que lo necesario era hacerle ejercitar su oratoria latente y su sociabilidad.

—El hombre, como buen simio, es animal social y en él priva el amiguismo, el nepotismo, el chanchullo y el comadreo como pauta intrínseca de conducta ética —argumentaba—. Es pura biología.

—Ya será menos.

—Qué pardillo que es usted a veces, Daniel.

Tomás había heredado la pinta de duro de su padre, un próspero administrador de fincas que tenía despacho en la calle Pelayo junto a los almacenes El Siglo. El señor Aguilar pertenecía a esa raza de mentes privilegiadas que siempre tienen razón. Hombre de convicciones profundas, estaba seguro, entre otras cosas, de que su hijo era un espíritu pusilánime y un deficiente mental. Para compensar estas vergonzosas taras, contrataba a toda suerte de profesores particulares con el objetivo de normalizar a su primogénito. «A mi hijo quiero que lo trate usted como si fuese imbécil, ¿estamos?», le había oído yo decir en numerosas ocasiones. Los maestros lo intentaban todo, incluso la súplica, pero Tomás tenía por costumbre dirigirse a ellos sólo en latín, lengua que dominaba con fluidez papal y en la que no tartamudeaba. Tarde o temprano, los tutores a domicilio dimitían por desesperación y temor a que el muchacho estuviese poseído y les estuviera endilgando consignas demoníacas en arameo. La única esperanza del señor Aguilar era que el servicio militar hiciese de su hijo un hombre de provecho.

Tomás tenía una hermana un año mayor que nosotros, Beatriz. A ella le debía nuestra amistad, porque si no la hubiese visto aquella lejana tarde de la mano de su padre, esperando el término de las clases, y no me hubiese decidido a hacer un chiste de pésimo gusto sobre ella, mi amigo nunca se habría lanzado a darme una somanta de palos y yo nunca hubiera tenido el valor de hablar con él. Bea Aguilar era el vivo retrato de su madre, y la niña de los ojos de su padre. Pelirroja y pálida a morir, se la veía siempre enfundada en carísimos vestidos de seda o lana fresca. Tenía el talle de maniquí y caminaba erguida como un palo, pagada de sí misma y creyéndose la princesa de su propio cuento. Tenía los ojos azul verdoso, pero ella insistía en decir que eran de color «esmeralda y zafiro». Pese a haber pasado un montón de años en las teresianas, o quizá por eso mismo, cuando su padre no miraba, Bea bebía anís en copa alta, gastaba medias de seda de La Perla Gris y se maquillaba como las vampiresas cinematográficas que perturbaban el sueño de mi amigo Fermín. Yo no podía verla ni en pintura, y ella correspondía a mi franca hostilidad con lánguidas miradas de desdén e indiferencia. Bea tenía un novio haciendo el servicio militar como alférez en Murcia, un falangista engominado llamado Pablo Cascos Buendía, que pertenecía a una familia rancia y propietaria de numerosos astilleros en las rías. El alférez Cascos Buendía, que se pasaba media vida de permiso merced a un tío suyo en el Gobierno Militar, siempre andaba largando peroratas sobre la superioridad genética y espiritual de la raza española y el inminente declive del Imperio bolchevique.

—Marx ha muerto —decía solemnemente.

—En 1883, concretamente —decía yo.

—Tú calla, desgraciado, a ver si te pego una leche que te mando a La Rioja.

Más de una vez había sorprendido a Bea sonriendo para sí ante las sandeces que profería su novio el alférez. Entonces ella alzaba la mirada y me observaba, impenetrable. Yo le sonreía con esa cordialidad débil de los enemigos en tregua indefinida, pero apartaba los ojos rápidamente. Antes me habría muerto que admitirlo, pero en el fondo de mi ser le tenía miedo.

13

A principios de aquel año, Tomás y Fermín Romero de Torres decidieron unir sus respectivos ingenios en un nuevo proyecto que, según ellos, habría de librarnos de hacer el servicio militar a mi amigo y a mí. Fermín, particularmente, no compartía el entusiasmo del señor Aguilar por la experiencia castrense.

—El servicio militar sólo sirve para descubrir el porcentaje de cafres que cotiza en el censo —opinaba él—. Y eso se descubre en las dos primeras semanas, no hacen falta dos años. Ejército, matrimonio, Iglesia y banca: los cuatro jinetes del Apocalipsis. Sí, sí, ríase usted.

El pensamiento anarco-libertario de Fermín Romero de Torres habría de peligrar una tarde de octubre en que, por casualidades del destino, recibimos en la tienda la visita de una vieja amiga. Mi padre había ido a hacer una valoración de una colección de libros a Argentona y no volvería hasta el anochecer. Yo me quedé atendiendo el mostrador de la tienda mientras Fermín, con sus habituales maniobras de equilibrista, se empeñó en empinarse por la escalera y ordenar el último estante de libros que quedaba a apenas un palmo del techo. Poco antes de cerrar, cuando ya había caído el sol, la silueta de la Bernarda se recortó tras el mostrador. Iba vestida de jueves, su día libre, y me saludó con la mano. Se me iluminó el alma de sólo verla y le indiqué que pasara.

—¡Ay, qué grande está usted! —dijo desde el umbral—. ¡Si no se le conoce casi... ya es usted un hombre!

Me abrazó, soltando unas lagrimillas y palpándome la cabeza, los hombros y la cara, para ver si me había roto en su ausencia.

—Se le echa a faltar a usted en la casa, señorito —dijo bajando la mirada.

—Y yo te he echado a faltar a ti, Bernarda. Venga, dame un beso.

Me besó tímidamente, y yo le planté un par de sonoros besos en cada mejilla. Se rió. Vi en sus ojos que estaba esperando que le preguntase por Clara, pero no pensaba hacerlo.

—Te veo muy guapa hoy, y muy elegante. ¿Cómo es que te has decidido a venir a visitarnos?

—Bueno, la verdad es que hacía tiempo que quería venir a verle, pero ya sabe cómo son las cosas, y una está muy ocupada, que el señor Barceló aunque es muy sabio es como un niño, y una ha de hacer de tripas corazón. Pero lo que me trae es que, verá, mañana es el cumpleaños de mi sobrina, la de San Adrián, y a mí me gustaría hacerle un regalo. Yo había pensado regalarle un libro bueno, con mucha letra y poco cromo, pero como soy lerda y no entiendo...

Antes de que yo pudiese responder, la tienda se sacudió con estruendo balístico al precipitarse desde las alturas unas obras completas de Blasco Ibáñez en tapa dura. La Bernarda y yo alzamos la vista, sobresaltados. Fermín se deslizaba escaleras abajo como un trapecista, la sonrisa florentina estampada en el rostro y los ojos impregnados de lujuria y embeleso.

—Bernarda, éste es...

—Fermín Romero de Torres, asesor bibliográfico de Sempere e hijo, a sus pies, señora —proclamó Fermín, tomando la mano de la Bernarda y besándola ceremoniosamente.

En cuestión de segundos, la Bernarda se puso como un pimiento morrón.

—Ay, que se confunde usted, yo de señora...

—Lo menos marquesa —atajó Fermín—. Lo sabré yo, que me pateo lo más fino de la avenida Pearson. Permítame el honor de escoltarla hasta esta nuestra sección de clásicos juveniles e infantiles donde providencialmente observo que tenemos un compendio con lo mejor de Emilio Salgari y la épica narración de Sandokan.

—Ay, no sé, vidas de santos me da reparo, porque el padre de la niña era muy de la CNT, ¿sabe usted?

—Pierda cuidado, porque aquí tengo nada menos que *La isla misteriosa* de Julio Verne, relato de alta aventura y gran contenido educativo, por lo de los avances tecnológicos.

—Si a usted le parece bien...

Yo los iba siguiendo en silencio, observando cómo a Fermín se le caía la baba y cómo la Bernarda se abrumaba con las atenciones de aquel hombrecillo con planta de caliqueño y labia de feriante que la miraba con el ímpetu que reservaba para las chocolatinas Nestlé.

—¿Y usted, señorito Daniel, qué dice?

—Aquí el señor Romero de Torres es el experto; puedes confiar en él.

—Pues entonces me llevo ese de la isla, si me lo envuelven ustedes. ¿Qué se debe?

—Invita la casa —dije yo.

—Ah, no, de ninguna manera...

—Señora, si usted me lo permite y así me hace el hombre más dichoso de Barcelona, invita Fermín Romero de Torres.

La Bernarda nos miró a ambos, sin palabras.

—Oiga, que yo pago lo que compro y esto es un regalo que quiero hacer a mi sobrina...

—Entonces me permitirá usted, a modo de trueque, que la invite a merendar —lanzó Fermín, alisándose el pelo.

—Anda, mujer —le animé yo—. Ya verás como lo pasáis bien. Mira, te envuelvo esto mientras Fermín coge su chaqueta.

Fermín se apresuró a la trastienda a peinarse, perfumarse y colocarse la americana. Le soplé unos cuantos duros de la caja para que invitase a la Bernarda.

—¿Dónde la llevo? —me susurró, nervioso como un crío.

—Yo la llevaría a Els Quatre Gats —le dije—. Que me consta trae suerte para asuntos del corazón.

Le tendí el paquete con el libro a la Bernarda y le guiñé el ojo.

—¿Qué le debo entonces, señorito Daniel?

—No sé. Ya te lo diré. El libro no llevaba precio y se lo tengo que preguntar a mi padre —mentí.

Les vi marchar del brazo, perdiéndose por la calle Santa Ana, pensando que a lo mejor alguien en el cielo estaba de guardia y por una vez les concedía a aquel par unas gotas de felicidad. Colgué el cartel de CERRADO en el escaparate. Pasé un momento a la trastienda a repasar el libro donde mi padre apuntaba los pedidos y escuché la campanilla de la puerta al abrirse. Pensé que sería Fermín, que se había dejado algo, o quizá mi padre que ya había vuelto de Argentona.

—¿Hola?

Pasaron varios segundos sin que me llegase una respuesta. Yo seguí ojeando el libro de pedidos.

Escuché pasos en la tienda, lentos.

—¿Fermín? ¿Papá?

No obtuve respuesta. Me pareció advertir una risa ahogada y cerré el libro de pedidos. Quizá un cliente había ignorado el cartel de CERRADO. Me disponía a atenderle cuando escuché el sonido de varios libros caer desde los estantes en la tienda. Tragué saliva. Agarré un abrecartas y me acerqué lentamente a la puerta de la trastienda. No me atreví a llamar de nuevo. Al poco escuché de nuevo los pasos, alejándose. Sonó de nuevo la campanilla de la puerta, y sentí un vahído de aire de la calle. Me asomé a la tienda. No había nadie. Corrí hasta la puerta de la calle y la cerré a cal y canto. Respiré hondo, sintiéndome ridículo y cobarde. Me dirigía de nuevo a la trastienda cuando vi aquel pedazo de papel encima del mostrador. Al acercarme comprobé que se trataba de una fotografía, una vieja estampa de estudio de las que acostumbraban a imprimirse en una lámina de cartón grueso. Los bordes estaban quemados y la imagen, ahumada, parecía surcada por el rastro de dedos sucios de carbonilla. La examiné bajo una lámpara. En la fotografía podía verse a una pareja de jóvenes, sonriendo para la cámara. Él no parecía tener más de diecisiete o dieciocho años, con el cabello claro y los rasgos aristocráticos, frágiles. Ella parecía quizá un poco menor que él, uno o dos años a lo sumo. Tenía la tez pálida y un rostro cincelado, ceñido por un pelo negro, corto, que acentuaba una mirada encantada, envenenada de alegría. Él le pasaba un brazo por el talle y ella parecía susurrar algo, burlona. La imagen transmitía una calidez que me robó una sonrisa, como si en aquellos dos desconocidos hubiese reconocido a viejos amigos. Detrás de ellos se podía ver el escaparate de una tienda, repleto de sombreros pasados de moda. Me concentré en la pareja. Las ropas parecían indicar que la imagen tenía por lo menos veinticinco o treinta años. Era una imagen de luz y de esperanza que prometía cosas que sólo existen en las miradas de pocos años. Las llamas habían devorado casi todo el contorno de la fotografía, pero aún podía adivinarse un rostro severo tras aquel mostrador vetusto, una silueta espectral insinuándose tras las letras grabadas en el cristal.

Hijos de Antonio Fortuny
Casa fundada en 1888

La noche que había regresado al Cementerio de los Libros Olvidados, Isaac me había contado que Carax usaba el apellido de su madre, no el de su padre: Fortuny. El padre de Carax tenía una sombrerería en la ronda de San Antonio. Observé de nuevo el retrato de aquella pareja y tuve la certeza de que aquel muchacho era Julián Carax, sonriéndome desde el pasado, incapaz de ver las llamas que se cerraban sobre él.

CIUDAD DE SOMBRAS

—

1954

14

A la mañana siguiente, Fermín acudió a trabajar en alas de Cupido, sonriente y silbando boleros. En otras circunstancias le habría preguntado acerca de su merienda con la Bernarda, pero aquel día no tenía yo los ánimos para la lírica. Mi padre había quedado en entregar un pedido a las once de la mañana al profesor Javier Velázquez en su despacho de la facultad en plaza Universidad. A Fermín, la sola mención del académico le inspiraba urticaria, y con esa excusa me ofrecí yo a llevarle los libros.

—Ese individuo es un pedante, un crápula y un lameculos fascista —proclamó Fermín, alzando el puño en alto al modo inequívoco de cuando le entraba el prurito justiciero—. Con el cuento de la cátedra y el examen final, ése se beneficiaba hasta la pasionaria si se terciase.

—No se pase, Fermín. Velázquez paga muy bien, siempre por adelantado y nos recomienda a los cuatro vientos —le recordó mi padre.

—Ése es dinero manchado con la sangre de vírgenes inocentes —protestó Fermín—. Vive Dios que yo nunca me acosté con una mujer menor de edad, y no por falta de ganas u oportunidades; que hoy me ven ustedes en horas bajas, pero hubo el día en que tuve presencia y gallardía como el que más, y aun así, por si acaso y me daba en la nariz que eran un poco golfas, exigía la cédula de identidad o en su defecto autorización paterna por escrito para no faltarle a la ética.

Mi padre puso los ojos en blanco.

—Con usted es imposible discutir, Fermín.

—Es que si tengo razón, tengo razón.

Tomé el paquete que yo mismo había preparado la noche anterior, un par de Rilkes y un ensayo apócrifo atribuido a Ortega en torno a las tapas y la profundidad del sentir nacional, y dejé a Fermín y a mi padre entregados a su debate de usos y costumbres.

Hacía un día espléndido, con un cielo azul de bandera y una brisa limpia y fresca que olía a otoño y a mar. Mi Barcelona favorita siempre fue la de octubre, cuando le sale el alma a pasear y uno se hace más sabio con sólo beber de la fuente de Canaletas, que durante esos días, de puro milagro, no sabe ni a cloro. Avanzaba a paso ligero, sorteando limpiabotas, chupatintas que volvían del cafetito de media mañana, vendedores de lotería y un ballet de barrenderos que parecían estar puliendo la ciudad a pincel, sin prisa y con trazo puntillista. Ya por entonces, Barcelona empezaba a llenarse de coches, y a la altura del semáforo de la calle Balmes observé apostadas en ambas aceras cuadrigas de oficinistas con gabardina gris y mirada hambrienta, comiéndose un Studebaker con los ojos como si se tratase de una cupletera en salto de cama. Subí por Balmes hasta Gran Vía, viéndomelas con semáforos, tranvías, automóviles y hasta motocicletas con sidecar. En un escaparate vi un cartel de la casa Phillips que anunciaba la llegada de un nuevo mesías, la televisión, que se decía iba a cambiarnos la vida y nos iba a transformar a todos en seres del futuro, como los americanos. Fermín Romero de Torres, que siempre estaba al tanto de todos los inventos, había profetizado ya lo que iba a suceder.

—La televisión, amigo Daniel, es el Anticristo y le digo yo que bastarán tres o cuatro generaciones para que la gente ya no sepa ni tirarse pedos por su cuenta y el ser humano vuelva a la caverna, a la barbarie medieval, y a estados de imbecilidad que ya superó la babosa allá por el pleistoceno. Este mundo no se morirá de una bomba atómica como dicen los diarios, se morirá de risa, de banalidad, haciendo un chiste de todo, y además un chiste malo.

El profesor Velázquez tenía el despacho en el segundo piso de la Facultad de Letras, al fondo de una galería con embaldosado ajedrecístico y luz en polvo que daba al claustro sur. Encontré al profesor a la puerta de un aula, haciendo como que escuchaba a una alumna de figura espectacular que iba enfundada en un traje granate que le ceñía el talle a cuchillo y dejaba asomar unas pantorrillas helénicas relucientes en medias de seda fina. El profesor Velázquez tenía fama de donjuán y no faltaba quien dijese que la educación sentimental de toda señorita de buen nombre no estaba completa sin un proverbial fin de semana en un hotelito en el paseo de Sitges recitando alejandrinos *tête-à-tête* con el distinguido catedrático. Yo, con instinto comercial, me guardé mucho de interrumpir su conversación, y decidí matar el tiempo haciéndole una radiografía a la pupila aventajada. Quizá fuera la caminata a paso ligero que me había levantado el ánimo, quizá fueran mis dieciocho años y el hecho de que pasaba más tiempo entre las musas atrapadas en tomos viejos que en compañía de muchachas de carne y hueso, que siempre me parecían a años luz del fantasma de Clara Barceló, pero en aquel momento, leyendo cada pliegue en la anatomía de aquella estudiante a la que únicamente podía ver de espaldas pero que me imaginaba en tres dimensiones y perspectiva alejandrina, se me pusieron unos dientes largos como palmatorias.

—Vaya, pero si es Daniel —exclamó el profesor Velázquez—. Pues mira, menos mal que vienes tú y no el mamarracho aquel de la última vez, ese con nombre de torero, que me pareció que o iba bebido o estaba para encerrarlo y tirar la llave. Imagínate que se le ocurrió preguntarme la etimología de la palabra capullo, con un tonillo de sorna muy fuera de lugar.

—Es que el médico le tiene bajo una medicación fortísima. Algo del hígado.

—De puro torrado que va todo el día —masculló Velázquez—. Yo que vosotros llamaba a la policía. Ése seguro que tiene ficha. Y cómo le huelen los pies, rediós, que hay mucho rojo de mierda suelto por ahí que no se lava desde que cayó la República.

Me disponía a inventar alguna excusa decorosa para disculpar a Fermín cuando la estudiante que había estado conversando con el profesor Velázquez se volvió y a mí me cayó la lengua a los pies.

La vi sonreírme y se me encendieron las orejas.

—Hola, Daniel —dijo Beatriz Aguilar.

La saludé con la cabeza, mudo al haberme descubierto a mí mismo babeando sin saberlo por la hermana de mi mejor amigo, la Bea de mis temores.

—Ah, pero ¿es que vosotros ya os conocéis? —preguntó Velázquez, intrigado.

—Daniel es un viejo amigo de la familia —explicó Bea—. Y el único que ha tenido el valor de decirme alguna vez que soy una cursi y una creída.

Velázquez me miró, atónito.

—De eso hace diez años —maticé yo—. Y no lo dije en serio.

—Pues yo aún estoy esperando a que me pida disculpas.

Velázquez rió de buena gana y me tomó el paquete de las manos.

—Me parece que yo aquí estoy de sobra —dijo, abriendo el paquete—. Ah, estupendo. Oye, Daniel, dile a tu padre que ando buscando un libro titulado *Matamoros: cartas de juventud desde Ceuta,* de Francisco Franco Bahamonde, con prólogo y anotaciones de Pemán.

—Délo por hecho. Le decimos algo en un par de semanas.

—Te tomo la palabra, y me voy ya pitando que me esperan treinta y dos mentes en blanco.

El profesor Velázquez me guiñó un ojo y desapareció en el interior del aula, dejándome a solas con Bea. Yo no sabía adónde mirar.

—Oye, Bea, sobre lo del insulto, de verdad que...

—Te estaba tomando el pelo, Daniel. Ya sé que aquello era cosa de críos, y Tomás ya te dio suficientes palos.

—Aún me duelen.

Bea me sonreía en lo que parecía son de paz, o al menos de tregua.

—Además, tenías razón, soy algo cursi y a veces un poco creída —dijo Bea—. Yo no te caigo muy bien, ¿verdad, Daniel?

La pregunta me pilló totalmente de sorpresa, desarmado, y asustado por lo fácil que era perderle la antipatía a quien se tiene por enemigo en cuanto deja de comportarse como tal.

—No, eso no es verdad.

—Tomás dice que, en realidad, no es que yo te caiga mal, es que no puedes tragar a mi padre y me lo haces pagar a mí, porque con él no te atreves. Y no te culpo. Con mi padre no se atreve nadie.

Me quedé blanco, pero en unos segundos me encontré a mí mismo sonriendo y asintiendo.

—Va a resultar que Tomás me conoce mejor que yo mismo.

—No te extrañe. Mi hermano nos tiene a todos cogido el número, lo que pasa es que nunca dice nada. Pero si algún día se le ocurre abrir la boca, se van a caer las paredes. Él te aprecia mucho, ¿sabes?

Me encogí de hombros, bajando la mirada.

—Siempre habla de ti, y de tu padre y la librería y ese amigo que tenéis trabajando con vosotros, que Tomás dice que es un genio por descubrir. A veces parece que piense que vosotros sois más su verdadera familia que la que tiene en casa.

Le encontré la mirada, dura, abierta, sin miedo. No supe qué decirle y me limité a sonreír. Sentí que me acorralaba con su sinceridad y eché los ojos al patio.

—No sabía que estudiabas aquí.

—Éste es mi primer año.

—¿Letras?

—Mi padre opina que las ciencias no son para el sexo débil.

—Ya. Mucho número.

—No me importa, porque a mí lo que me gusta es leer, y además aquí se conoce a gente interesante.

—¿Como el profesor Velázquez?

Bea sonrió de lado.

—Estaré en el primer año, pero sé lo suficiente como para verlos venir de lejos, Daniel. Especialmente a los de su clase.

Me pregunté en qué clase debía clasificarme a mí.

—Además, el profesor Velázquez es amigo de mi padre. Están los dos en el Consejo de la Asociación para la Protección y Fomento de la Zarzuela y la Lírica Española.

Adopté expresión de estar muy impresionado.

—¿Y qué tal tu novio, el alférez Cascos Buendía?

Se le fue la sonrisa.

—Pablo viene de permiso en tres semanas.

—Estarás contenta.

—Mucho. Es un chico estupendo, aunque ya me imagino lo que debes de pensar de él.

Lo dudo, pensé. Bea me observaba, vagamente tensa. Iba a cambiar de tema, pero la lengua se me adelantó.

—Tomás dice que vais a casaros y que os vais a vivir a El Ferrol.

Asintió sin pestañear.

—En cuanto Pablo termine el servicio militar.

—Debes de estar impaciente —dije, sintiendo el sabor a mala leche en mi propia voz, una voz insolente que no sabía de dónde venía.

—No me importa, de verdad. La familia de él tiene propiedades allí, un par de astilleros, y Pablo va a estar al frente de uno. Tiene mucho talento para el liderazgo.

—Ya se le ve.

Bea apretó la sonrisa.

—Además, Barcelona ya la tengo vista, después de tantos años...

Le vi la mirada cansada, triste.

—Tengo entendido que El Ferrol es una ciudad fascinante. Llena de vida. Y el marisco, dicen que es de fábula, especialmente el centollo.

Bea suspiró, agitando la cabeza. Me pareció que quería llorar de rabia, pero era demasiado orgullosa. Se rió tranquilamente.

—Diez años y todavía no le has perdido el gusto a insultarme, ¿verdad, Daniel? Pues anda, despáchate a gusto. La culpa es mía, por creer que a lo mejor podíamos ser amigos, o hacer ver que lo éramos, pero supongo que yo no valgo lo que mi hermano. Perdona que te haya hecho perder el tiempo.

Se dio la vuelta y echó a andar por el corredor que conducía a la biblioteca. La vi alejarse a través de las baldosas blancas y negras, su sombra cortando las cortinas de luz que caían desde las cristaleras.

—Bea, espera.

Maldije mi estampa y eché a correr tras ella. La detuve a medio corredor, asiéndola del brazo. Me lanzó una mirada que quemaba.

—Perdóname. Pero te equivocas: la culpa no es tuya, es mía. Soy yo el que no vale lo que tu hermano o lo que tú. Y si te he insultado es por envidia a ese imbécil que tienes por novio y por rabia de pensar que alguien como tú se iría a El Ferrol o al Congo por seguirle.

—Daniel...

—Te equivocas conmigo, porque sí podemos ser amigos si tú me dejas intentarlo ahora que sabes lo poco que valgo. Y te equivocas también con Barcelona, porque aunque tú te creas que la tienes vista, yo te garantizo que no es así, y que si me dejas te lo demostraré.

Vi que se le iluminaba la sonrisa y una lágrima lenta, de silencio, le caía por la mejilla.

—Más te vale que digas la verdad —dijo—. Porque si no, se lo diré a mi hermano y te sacará la cabeza como si fuese un tapón.

Le tendí la mano.

—Me parece justo. ¿Amigos?

Me ofreció la suya.

—¿A qué hora sales de clase el viernes? —pregunté.

Dudó un instante.

—A las cinco.

—Te esperaré en el claustro a las cinco en punto, y antes de que anochezca te demostraré que hay algo en

Barcelona que aún no has visto y que no puedes irte a El Ferrol con ese idiota al que no me puedo creer que quieras, porque si lo haces la ciudad te perseguirá y te morirás de pena.

—Pareces muy seguro de ti mismo, Daniel.

Yo, que nunca estaba seguro ni de la hora que era, asentí con la convicción del ignorante. Me quedé viéndola alejarse por aquella galería infinita hasta que su silueta se fundió en la penumbra y me pregunté qué es lo que había hecho.

15

La sombrerería Fortuny, o lo que quedaba de ella, languidecía al pie de un angosto edificio ennegrecido de hollín y de aspecto miserable en la ronda de San Antonio, junto a la plaza de Goya. Todavía podían leerse las letras grabadas sobre los cristales empañados de mugre, y un cartel en forma de bombín seguía ondeando en la fachada, prometiendo diseños a medida y las últimas novedades de París. La puerta estaba asegurada con un candado que parecía llevar allí por lo menos diez años. Pegué la frente al cristal, intentando penetrar con la mirada el interior en tinieblas.

—Si viene por lo del alquiler, llega tarde —dijo una voz a mi espalda—. El administrador de la finca ya se ha ido.

La mujer que me hablaba debía de rondar los sesenta años y vestía el uniforme nacional de viuda devota. Un par de rulos asomaban bajo un pañuelo rosa que le cubría el pelo, y las pantuflas de boatiné iban a juego con unas medias color carne de media caña. Di por sentado que era la portera del inmueble.

—¿Es que la tienda está en alquiler? —pregunté.

—¿No venía usted por eso?

—En principio no, pero nunca se sabe, a lo mejor me interesa.

La portera frunció el ceño, decidiendo si me catalogaba de cantamañanas o me concedía el beneficio de la duda. Adopté la más angelical de mis sonrisas.

—¿Hace mucho que cerró la tienda?

—Lo menos doce años, cuando se murió el viejo.

—¿El señor Fortuny? ¿Lo conocía usted?

—Llevo cuarenta y ocho años en esta escalera, mozo.

—Entonces a lo mejor conoció usted también al hijo del señor Fortuny.

—¿Julián? Pues claro.

Saqué del bolsillo la fotografía quemada y se la mostré.

—¿Cree que podría decirme si el joven que aparece en la fotografía es Julián Carax?

La portera me miró con cierta desconfianza. Tomó la fotografía en sus manos y clavó la mirada en ella.

—¿Le reconoce?

—Carax era el apellido de soltera de la madre —matizó la portera, con cierta reprobación—. Éste es Julián, sí. Le recuerdo muy rubito, aunque aquí en la foto parece que tenga el pelo más oscuro.

—¿Podría decirme quién es la muchacha que está con él?

—¿Y quién lo pregunta?

—Discúlpeme, mi nombre es Daniel Sempere. Estoy tratando de averiguar algo sobre el señor Carax, sobre Julián.

—Julián se fue a París, allá en el año 18 o 19. Su padre quería meterlo en el ejército, ¿sabe? Yo creo que la madre se lo llevó para librarlo al pobrecillo. Aquí se quedó solo el señor Fortuny, en el ático.

—¿Sabe si Julián regresó a Barcelona alguna vez?

La portera me miró en silencio.

—¿No lo sabe usted? Julián murió aquel mismo año, en París.

—¿Perdón?

—Digo que Julián falleció. En París. Al poco de llegar. Más le hubiera valido meterse en el ejército.

—¿Puedo preguntarle cómo sabe usted eso?

—¿Cómo va a ser? Porque me lo dijo su padre.

Asentí lentamente.

—Entiendo. ¿Le dijo de qué murió?

—El viejo no daba muchos detalles, la verdad. Un día, al poco de marchar Julián, llegó una carta para él y cuando le pregunté a su padre me dijo que su hijo había muerto y que si llegaba algo más para él que lo tirase. ¿Por qué pone esa cara?

—El señor Fortuny le mintió. Julián no murió en 1919.

—¿Qué me dice?

—Julián vivió en París, por lo menos hasta el año 35 y luego regresó a Barcelona.

El rostro de la portera se iluminó.

—Entonces, ¿Julián está aquí, en Barcelona? ¿Dónde?

Asentí, confiando en que de este modo la portera se animaría a contarme más.

—Madre de Dios... Pues me da usted una alegría, bueno, si es que vive, porque era un crío muy cariñoso, un poco raro y muy fantasioso, eso sí, pero tenía un no sé qué que te robaba el corazón. No hubiera servido para soldado, eso se veía de lejos. A mi Isabelita le gustaba horrores. Fíjese que durante una temporada pensé que se acabarían casando y todo, cosas de críos... ¿Me deja ver esa foto otra vez?

Le tendí la foto de nuevo. La portera la contemplaba como si fuese un talismán, un billete de vuelta a su juventud.

—Parece mentira, mire, como si le estuviese viendo ahora mismo... y el malasombra ese decir que se había muerto. Desde luego, es que hay gente en el mundo que está para que haya de todo. ¿Y qué se hizo de Julián en París? Seguro que se hizo rico. A mí siempre me pareció que Julián iba para rico.

—No exactamente. Se hizo escritor.

—¿De cuentos?

—Algo parecido. Escribía novelas.

—¿Para la radio? Ay, qué bonito. Pues no me extraña nada, ¿sabe usted? De chiquillo se pasaba la vida contándole historias a los críos de aquí por el barrio. En verano, a veces mi Isabelita y sus primas subían al terrado por la noche a escucharle. Decían que nunca contaba la misma historia dos veces. Eso sí, todas iban de muertos y ánimas. Ya le digo que era un crío un poco raro. Aunque con ese padre lo raro es que no saliera majareta. No me extraña que al final lo dejara la mujer, porque era un malasombra. Mire usted que yo no me meto en nada, ¿eh? A mí todo me parece muy bien, pero ese hombre no era bueno. En una escalera, al final todo se sabe. Él la pegaba, ¿sabe usted? Siempre se oían gritos en la escalera, y más de una vez tuvo que venir la policía. Yo ya entiendo que a veces el marido tiene que pegar a la mujer para que le respete, no digo que no, que hay mucha golfa y las mozas ya no suben como antes, pero es que a éste le gustaba zurrarla porque sí, ¿me entiende? La única amiga que tenía esa pobre mujer era una chica joven, la Vicenteta, que vivía en el cuarto segunda. A veces la pobre se refugiaba en casa de la Vicenteta para que el marido no la zurrase más. Y le contaba cosas...

—¿Como qué?

La portera adoptó un aire confidencial, enarcando una ceja y mirando a los lados de soslayo.

—Como que el crío no era del sombrerero.

—¿Julián? ¿Quiere decir que Julián no era hijo del señor Fortuny?

—Eso le dijo la francesa a la Vicenteta, no sé si por despecho o vaya usted a saber por qué. A mí me lo contó la chica años después, cuando ya no vivían aquí.

—¿Y quién era el verdadero padre de Julián entonces?

—La francesa nunca lo quiso decir. A lo mejor ni lo sabía. Ya sabe cómo son los extranjeros.

—¿Y cree que por eso le pegaba su marido?

—Vaya usted a saber. Tres veces la tuvieron que llevar al hospital, óigame, tres. Y el muy cerdo tenía los arrestos de contarle a todo el mundo que la culpa era de ella, que era una borracha y se daba porrazos por la casa de puro darle a la botella. A mí que no me digan. Siempre tenía pleitos con todos los vecinos. A mi difunto marido, que en gloria esté, lo denunció una vez de haberle robado en la tienda, porque según él todos los murcianos eran unos vagos y unos ladrones, y fíjese usted que nosotros somos de Úbeda...

—¿Me decía usted que reconocía a la muchacha que aparece con Julián en la foto?

La portera se concentró de nuevo en la imagen.

—No la había visto nunca. Muy mona.

—Por la foto parece que fuesen novios —sugerí, a ver si le pinchaba la memoria.

Me la tendió, sacudiendo la cabeza.

—Yo de fotos no entiendo. Y que yo sepa, Julián no tenía novia, pero me figuro yo que si la tuviese no me lo hubiera dicho. A duras penas me enteré de que mi Isabelita se había liado con ése... ustedes los jóvenes nunca cuentan nada. Somos los viejos los que no sabemos parar de hablar.

—¿Recuerda a sus amigos, alguien en especial que viniese por aquí?

La portera se encogió de hombros.

—Ay, hace ya tanto tiempo. Además, en los últimos años Julián ya paraba poco por aquí, ¿sabe usted? Había hecho un amigo en el colegio, un niño de muy buena familia, los Aldaya, no le digo nada. Ahora ya no se habla de ellos, pero por entonces era como decir la familia real. Mucho dinero. Lo sé porque a veces enviaban un coche a buscar a Julián. Tenía usted que haber visto qué coche. Ni Franco, oiga. Con chófer, todo reluciente. Mi Paco, que de esto entendía, me dijo que era un *rolsroi* o algo así. Ahí es nada.

—¿Recuerda usted el nombre de este amigo de Julián?

—Mire, con un apellido como Aldaya, no hacen falta nombres, a ver si me entiende usted. También me acuerdo de otro chico, un poco atolondrado, un tal Miquel. Creo que también era compañero suyo de clase. No me pregunte ni qué apellido ni qué cara tenía.

Parecía que habíamos llegado a un punto muerto y temí empezar a perder el interés de la portera. Decidí seguir una corazonada.

—¿Vive alguien ahora en el piso de los Fortuny?

—No. El viejo murió sin hacer testamento, y la mujer, que yo sepa, aún está en Buenos Aires y no vino ni al entierro.

—¿Por qué Buenos Aires?

—Porque no pudo encontrar un sitio más lejos de él, digo yo. No la culpo, la verdad. Lo dejó todo en manos de un abogado, un tipo muy raro. Yo no le he visto nunca, pero mi hija Isabelita, que vive en el quinto primera, justo debajo, dice que a veces, como tiene llave, viene por la noche y se pasa horas andando por el piso y luego se va. Una vez hasta me dijo que se oían como tacones de mujer. Ya me contará usted.

—A lo mejor eran zancos —sugerí.

Me miró sin comprender. Obviamente, para la portera el tema era muy serio.

—¿Y nadie más ha visitado el piso en todos estos años?

—Una vez se presentó aquí un tipo muy siniestro, de esos que sonríen todo el rato, un risitas, pero que se le ve venir de lejos. Dijo que era de la Brigada Criminal. Quería ver el piso.

—¿Dijo por qué?

La portera negó.

—¿Recuerda su nombre?

—Inspector nosequé. Ni me creí que fuese policía. El asunto olía mal, ya me entiende. A algo personal. Le facturé con viento fresco y le dije que no tenía las llaves del piso y que si quería algo, que llamase al abogado. Me dijo que volvería, pero no le he vuelto a ver por aquí. Ni ganas.

—¿No tendrá usted por casualidad el nombre y la dirección de ese abogado, verdad?

—Eso se lo tendría que preguntar usted al administrador de la finca, el señor Molins. Tiene la oficina aquí cerca, en el 28 de Floridablanca, entresuelo. Dígale que va usted de parte de la señora Aurora, servidora de usted.

—Se lo agradezco mucho. Y dígame, señora Aurora, ¿entonces el piso de los Fortuny está vacío?

—Vacío no, porque nadie se ha llevado nada de ahí en todos los años desde que murió el viejo. Si a veces hasta huele. Yo diría que hay ratas y todo, fíjese usted.

—¿Cree usted que sería posible echarle un vistazo? A lo mejor encontramos algo que nos indique qué se hizo realmente de Julián...

—Ay, yo no puedo hacer eso. Tiene usted que hablarlo con el señor, Molins, que es el que lo lleva.

Le sonreí con malicia.

—Pero usted tendrá una llave maestra, supongo. Aunque le dijese a ese individuo que no... No me diga que no se muere usted de curiosidad por saber lo que hay ahí dentro.

Doña Aurora me miró de reojo.

—Es usted un demonio.

La puerta cedió como la losa de un sepulcro, con un quejido brusco, exhalando el aliento fétido y viciado del interior. Empujé el portón hacia el interior, desvelando un pasillo que se hundía en la negrura. El aire hedía a cerrado y a humedad. Volutas de mugre y polvo coronaban los ángulos de la techumbre, pendiendo como cabellos blancos. Las losas quebradas del suelo estaban recubiertas por lo que parecía un manto de cenizas. Advertí lo que parecían marcas de pisadas adentrándose en el piso.

—Santa Madre de Dios —murmuró la portera—. Aquí hay más mierda que en el palo de un gallinero.

—Si lo prefiere, ya entro yo solo —sugerí.

—Eso quisiera usted. Venga, tire *palante*, que yo le sigo.

Cerramos la puerta a nuestra espalda. Por un instante, hasta que la mirada se nos acostumbró a la penumbra, permanecimos inmóviles en el umbral del piso. Escuché la respiración nerviosa de la portera y percibí el vahído agrio a sudor que desprendía. Me sentí como un ladrón de tumbas, con el alma envenenada de codicia y anhelo.

—Oiga, ¿qué será ese ruido? —preguntó la portera, inquieta.

Algo aleteaba en las tinieblas, alertado por nuestra presencia. Me pareció entrever una forma pálida revoloteando en el extremo del corredor.

—Palomas —dije—. Deben de haberse colado por una ventana rota y anidado aquí.

—Pues mire que me dan un asco a mí los pajarracos esos —dijo la portera—. Con lo que llegan a cagar.

—Usted tranquila, doña Aurora, que sólo atacan cuando tienen hambre.

Nos adelantamos unos pasos hasta el fin del pasillo. Llegamos a un comedor que daba al balcón. Se apreciaba el contorno de una mesa destartalada recubierta por un mantel deshilachado que parecía una mortaja. La velaban cuatro sillas y un par de vitrinas veladas de suciedad que custodiaban la vajilla, una colección de vasos y un juego de té. En una esquina permanecía el viejo piano vertical de la madre de Carax. Las teclas habían ennegrecido y apenas se veían las junturas bajo el velo de polvo. Frente al balcón palidecía una butaca de faldones raídos. Junto a ella había una mesa de café sobre la que reposaban unas lentes de lectura y una Biblia encuadernada en piel pálida y ribeteada con filetes dorados, de las que se regalaban entonces por la primera comunión. Todavía conservaba el punto, una hebra de cordel escarlata.

—Mire, en esa butaca es donde encontraron muerto al viejo. Dijo el médico que llevaba ahí dos días. Qué triste morir así, solo como un perro. Y mire que se lo buscó, pero aun así, mire que me da lástima.

Me acerqué a la butaca mortuoria del señor Fortuny. Junto a la Biblia había una pequeña caja con fotografías en blanco y negro, retratos viejos de estudio. Me arrodillé a examinarlas, dudando casi de rozarlas con los dedos.

Pensé que estaba profanando los recuerdos de un pobre hombre, pero la curiosidad pudo más. La primera estampa mostraba a una pareja joven con un niño de no más de cuatro años. Le reconocí por los ojos.

—Ahí los tiene usted. El señor Fortuny de joven, y ella...

—¿No tenía Julián hermanos o hermanas?

La portera se encogió de hombros, suspirando.

—Decían por ahí que ella había perdido un embarazo por una de las palizas del marido, pero yo no sé. A la gente le gusta mucho la chafardería, la verdad. Una vez, Julián le contó a los críos de la escalera que tenía una hermana que sólo él podía ver, que salía de los espejos como si fuese de vapor y que vivía con el mismísimo Satanás en un palacio debajo de un lago. Mi Isabelita tuvo pesadillas para un mes entero. Mire que era morboso ese crío a veces.

Eché un vistazo a la cocina. El cristal de una pequeña ventana que daba a un patio interior estaba roto, y podía oírse el aleteo nervioso y hostil de palomas al otro lado.

—¿Todos los pisos tienen la misma distribución? —pregunté.

—Los que dan a la calle, oséase los de la segunda puerta, sí, pero éste, al ser ático, es algo diferente —explicó la portera—. Ahí tiene la cocina y un lavadero que da al tragaluz. Por ese pasillo hay tres habitaciones y al fondo un baño. Bien puestos dan mucho arreglo, no se piense. Éste es parecido al de mi Isabelita, claro que ahora parece una tumba.

—¿Sabe cuál era la habitación de Julián?

—La primera puerta es el dormitorio principal. La segunda da a una habitación más pequeña. A lo mejor ésa, digo yo.

Me adentré en el pasillo. La pintura de las paredes se deshacía en jirones. Al fondo del corredor, la puerta del baño estaba entreabierta. Un rostro me observaba desde el espejo. Hubiera podido ser el mío o el de la hermana que vivía en los espejos de aquel piso. Intenté abrir la segunda puerta.

—Está cerrada con llave —dije.

La portera me miró, atónita.

—Esas puertas no tienen cerradura —murmuró.

—Ésta sí.

—Pues la haría poner el viejo, porque en los demás pisos...

Bajé la mirada y observé que el rastro de pisadas en el polvo llegaba hasta la puerta cerrada.

—Alguien ha entrado en la habitación —dije—. Recientemente.

—No me asuste —dijo la portera.

Me acerqué a la otra puerta. No tenía cerradura. Cedió al tacto, deslizándose hacia el interior con un gemido herrumbroso. En el centro descansaba una vieja cama de palanquín, deshecha. Las sábanas amarilleaban como sudarios. Un crucifijo presidía sobre el lecho. Había un pequeño espejo sobre una cómoda, una vasija, una jarra y una silla. Un armario entreabierto reposaba contra la pared. Rodeé la cama hasta una mesita de noche cubierta con un cristal que aprisionaba estampas de antepasados, recordatorios de funerales y billetes de lotería. Encima de la mesita había una caja de música de madera labrada y un reloj de bolsillo congelado para siempre a las cinco y veinte. Intenté dar cuerda a la caja de música, pero la melodía se trabó después de seis notas. Abrí el cajón de la mesita de noche. Encontré un estuche de gafas vacío, un cortaúñas, un frasco de petaca y una medalla de la virgen de Lourdes. Nada más.

—Tiene que haber una llave de esa habitación en alguna parte —dije.

—La tendrá el administrador. Mire, digo yo que mejor nos vamos y...

Me cayeron los ojos a la caja de música. Levanté la tapa y allí, bloqueando el mecanismo, encontré una llave dorada. La tomé, y la caja de música reemprendió su tintineo. Reconocí una melodía de Ravel.

—Ésta tiene que ser la llave —sonreí a la portera.

—Oiga, si el cuarto estaba cerrado, sería por algo. Aunque sólo sea por respeto a la memoria de...

—Si lo prefiere, puede usted esperarme en la portería, doña Aurora.

—Es usted un demonio. Ande, ábrala de una vez.

16

Un vahído de aire frío silbó por el orificio de la cerradura, lamiéndome los dedos mientras insertaba la llave. El señor Fortuny había hecho instalar un cerrojo en la puerta de la habitación desocupada de su hijo que hacía tres del que tenía en la puerta del piso. Doña Aurora me miraba con aprensión, como si estuviésemos a punto de abrir la caja de Pandora.

—¿Da esta habitación a la fachada de la calle? —pregunté.

La portera negó.

—Tiene una ventana pequeña, un respiradero que da al tragaluz.

Empujé la puerta hacia el interior. Un pozo de oscuridad se abrió ante nosotros, impenetrable. La tenue claridad a nuestras espaldas nos precedió como un aliento que apenas conseguía arañar las sombras. La ventana que se asomaba al patio estaba cubierta con las páginas amarillentas de un periódico. Arranqué las hojas de diario y una aguja de luz vaporosa taladró la tiniebla.

—Jesús, María y José —murmuró la portera junto a mí.

La habitación estaba infestada de crucifijos. Pendían de la techumbre, ondeando del extremo de cordeles, y cubrían las paredes fijados con clavos. Se contaban por decenas. Podían intuirse en los rincones, grabados a cuchillo en los muebles de madera, arañados en las baldosas, pintados en rojo sobre los espejos. Las pisadas que llegaban hasta el umbral de la puerta trazaban un rastro en el polvo en torno a una cama desnuda hasta el somier, apenas ya un esqueleto de alambre y madera carcomida. En un extremo de la alcoba, bajo la ventana del tragaluz, había un escritorio de consola cerrado y coronado por un trío de crucifijos de metal. Lo abrí cuidadosamente. No había polvo en las junturas del fuelle de madera, con lo que supuse que el escritorio había sido abierto no hacía mucho. El escritorio tenía seis cajones. Los cierres habían sido forzados. Los inspeccioné uno a uno. Vacíos.

Me arrodillé frente al escritorio. Palpé con los dedos los arañazos en la madera. Imaginé las manos de Julián Carax trazando aquellos garabatos, jeroglíficos cuyo sentido se había llevado el tiempo. En el fondo del escritorio se adivinaba una pila de cuadernos y una vasija con lápices y plumas. Tomé uno de los cuadernos y lo ojeé. Dibujos y palabras sueltas. Ejercicios de cálculo. Frases sueltas, citas de libros. Versos inacabados. Todos los cuadernos parecían iguales. Algunos dibujos se repetían página tras página, con diferentes matices. Me llamó la atención la figura de un hombre que parecía hecho de llamas. Otra describía lo que hubiera podido ser un ángel o un reptil enroscado en una cruz. Se adivinaban esbozos de un caserón de aspecto extravagante, tramado de torreones y arcos catedralicios. El trazo mostraba seguridad y cierto instinto. El joven Carax mostraba las trazas de un dibujante de cierto talento, pero todas las imágenes se quedaban en esbozos.

Estaba por devolver el último cuaderno a su lugar sin inspeccionarlo cuando algo se deslizó de entre sus páginas y cayó a mis pies. Era una fotografía en la que reconocí a la misma muchacha que aparecía en la imagen quemada tomada al pie de aquel edificio. La chica posaba en un suntuoso jardín y, entre las copas de los árboles, se adivinaba la forma de la casa que acababa de ver esbozada en los dibujos de adolescente de Carax. La reconocí al instante. La torre de «El Frare Blanc», en la avenida del Tibidabo. Al dorso de la fotografía venía una inscripción que decía simplemente:

Te quiere, Penélope

Me la guardé en el bolsillo, cerré el escritorio y sonreí a la portera.

—¿Visto? —preguntó, ansiosa por salir de aquel lugar.

—Casi —dije—. Antes me dijo usted que al poco de marchar Julián a París llegó una carta para él, pero su padre le dijo que la tirase...

La portera dudó un instante, luego asintió.

—La carta la puse yo en el cajón de la cómoda del recibidor, por si la francesa volvía algún día. Ahí estará todavía...

Nos acercamos hasta la cómoda y abrimos el cajón superior. Un sobre ocre languidecía entre una colección de relojes parados, botones y monedas que habían dejado de estar en curso veinte años atrás. Cogí el sobre y lo examiné.

—¿La leyó usted?

—Oiga, ¿por quién me toma?

—No se ofenda. Sería lo más normal dadas las circunstancias, al pensar usted que el pobre Julián estaba difunto...

La portera se encogió de hombros, bajando la mirada y retirándose hacia la puerta. Aproveché el momento para guardarme la carta en el bolsillo interior de la chaqueta y cerrar el cajón.

—Mire, no se vaya usted a hacer una idea equivocada —dijo la portera.

—Pues claro que no. ¿Qué decía la carta?

—Era de amor. Como las de la radio, pero más triste, eso sí, porque aquélla sonaba a que era de verdad. Mire que al leerla me entraron ganas de llorar.

—Es usted toda corazón, doña Aurora.

—Y usted es un demonio.

Aquella misma tarde, después de despedirme de doña Aurora y prometerle que la mantendría informada acerca de mis pesquisas sobre Julián Carax, me acerqué al despacho del administrador de la finca. El señor Molins había visto mejores tiempos y ahora languidecía en un despacho cochambroso sepultado en un entresuelo de la calle Floridablanca. Molins era un individuo risueño y orondo aferrado a un puro a medio fumar que parecía crecerle del bigote. Era difícil determinar si estaba dormido o despierto, porque respiraba como quien ronca. Tenía el pelo grasiento y aplastado sobre la frente, la mirada porcina y pícara. Vestía un traje por el que no le hubieran dado ni diez pesetas en el mercado de Los Encantes, pero lo compensaba con una estrepitosa corbata de colorido tropical. A juzgar por el aspecto de la oficina, allí ya apenas se administraban musarañas y catacumbas de una Barcelona de antes de la Restauración.

—Estamos de reformas —dijo Molins a modo de disculpa.

Para romper el hielo, dejé caer el nombre de doña Aurora como si se tratase de una vieja amiga de la familia.

—Mire que estaba mollar de joven, la verdad —comentó Molins—. Los años la han puesto fondona, claro que yo tampoco soy el que era. Aquí donde me ve, yo a la edad de usted era un adonis. De rodillas se me ponían las chavalas para que les hiciera un favor, cuando no un hijo. El siglo veinte es una mierda. En fin, ¿qué se le ofrece a usted, joven?

Le endosé una historia más o menos plausible sobre un supuesto parentesco lejano con los Fortuny. Tras cinco minutos de cháchara, Molins se arrastró hasta su archivo y me dio la dirección del abogado que llevaba los asuntos de Sophie Carax, la madre de Julián.

—A ver... José María Requejo. Calle León XIII, 59. Aunque la correspondencia la enviamos cada semestre a un apartado de correos en la central de Vía Layetana.

—¿Conoce usted al señor Requejo?

—Alguna vez habré hablado con su secretaria por teléfono. La verdad, todos los trámites con él se hacen por correo y los lleva mi secretaria, que hoy está en la peluquería. Los abogados de hoy no tienen tiempo para el trato formal de antes. Ya no quedan caballeros en la profesión.

Al parecer tampoco quedaban direcciones fiables. Un simple vistazo a la guía de calles que había sobre el escritorio del administrador me confirmó lo que sospechaba: la dirección del supuesto abogado Requejo no existía. Así se lo hice saber al señor Molins, que absorbió la noticia como un chiste.

—No me joda —dijo riendo—. ¿Qué le decía yo? Chorizos.

El administrador se reclinó en su butacón y emitió otro de sus ronquidos.

—¿Tendría usted el número de ese apartado de correos?

—Según la ficha es el 2837, aunque yo los números que hace mi secretaria no los entiendo, porque ya sabe usted que las mujeres para las matemáticas no sirven; para lo que sí sirven es para...

—¿Me permite ver la ficha?

—Faltaría más. Usted mismo.

Me tendió la ficha y la examiné. Los números se entendían perfectamente. El apartado de correos era el 2321. Me aterró pensar en la contabilidad que se debía llevar en aquella oficina.

—¿Tuvo usted mucho trato con el señor Fortuny en vida? —pregunté.

—De aquella manera. Un hombre muy austero. Me acuerdo de que, cuando me enteré de que la francesa le había dejado, le invité a venirse de putas con unos amiguetes aquí a un local fabuloso que conozco al lado de La Paloma. Para que se animase, ¿eh?, nada más. Y mire usted que dejó de dirigirme la palabra y de saludarme por la calle, como si fuese invisible. ¿Qué le parece?

—Me deja usted de piedra. ¿Qué más puede contarme de la familia Fortuny? ¿Les recuerda usted bien?

—Eran otros tiempos —musitó con nostalgia—. Lo cierto es que yo conocía ya al abuelo Fortuny, que fundó la sombrerería. Del hijo, qué le voy a contar. Ella, eso sí, estaba de miedo. Qué mujer. Y honrada, ¿eh?, pese a todos los rumores y habladurías que corrían por ahí...

—¿Como el de que Julián no era hijo legítimo del señor Fortuny?

—¿Y usted dónde ha oído eso?

—Como le dije, soy de la familia. Todo se sabe.

—De todo eso nunca se probó nada.

—Pero se habló —invité.

—La gente le da al pico que es un contento. El hombre no viene del mono, viene de la gallina.

—¿Y qué decía la gente?

—¿Le apetece a usted una copita de ron? Es de Igualada, pero tiene una chispilla caribeña... Está buenísimo.

—No, gracias, pero yo le acompaño. Vaya contándome mientras tanto...

Antoni Fortuny, a quien todos llamaban el sombrerero, había conocido a Sophie Carax en 1899 frente a los peldaños de la catedral de Barcelona. Venía de hacerle una promesa a san Eustaquio, que de entre todos los santos con capilla particular, tenía fama de ser el más diligente y menos remilgado a la hora de conceder milagros de amor. Antoni Fortuny, que ya había cumplido los treinta años y rebosaba soltería, quería una esposa y la quería ya. Sophie era una joven francesa que vivía en una residencia para señoritas en la calle Riera Alta e impartía clases particulares de solfeo y piano a los vástagos de las familias más privilegiadas de Barcelona. No tenía familia ni patrimonio, apenas su juventud y la formación musical que su padre, pianista de un teatro de Nimes, le había podido dejar antes de morir de tuberculosis en 1886. Antoni Fortuny, por contra, era un hombre en vías de prosperidad. Había heredado recientemente el negocio de su padre, una reputada sombrerería en la ronda de San Antonio en la que había aprendido el oficio que algún día soñaba en enseñar a su propio hijo. Sophie Carax se le antojó frágil, bella, joven, dócil y fértil. San Eustaquio había cumplido conforme a su reputación. Tras cuatro meses de cortejo insistente, Sophie aceptó su oferta de matrimonio. El señor Molins, que había sido amigo del abuelo

Fortuny, le advirtió a Antoni que se casaba con una desconocida, que Sophie parecía buena muchacha, pero que quizá aquel enlace era demasiado conveniente para ella, que esperase al menos un año... Antoni Fortuny replicó que sabía ya lo suficiente de su futura esposa. Lo demás no le interesaba. Se casaron en la basílica del Pino y pasaron su luna de miel de tres días en un balneario de Mongat. La mañana antes de partir, el sombrerero preguntó confidencialmente al señor Molins cómo debía proceder en los misterios de alcoba. Molins, sarcástico, le dijo que le preguntase a su esposa. El matrimonio Fortuny regresó a Barcelona apenas dos días después. Los vecinos dijeron que Sophie lloraba al entrar en la escalera. La Vicenteta juraría años más tarde que Sophie le había dicho que el sombrerero no le había puesto un dedo encima y que cuando ella había querido seducirle, la había tratado de ramera y se había sentido repugnado por la obscenidad de lo que ella proponía. Seis meses más tarde, Sophie anunció a su esposo que llevaba un hijo en las entrañas. El hijo de otro hombre.

Antoni Fortuny había visto a su propio padre golpear a su madre infinidad de veces e hizo lo que entendía procedente. Sólo se detuvo cuando creyó que un solo roce más la mataría. Aun así, Sophie se negó a desvelar la identidad del padre de la criatura que llevaba en el vientre. Antoni Fortuny, aplicando su lógica particular, decidió que se trataba del demonio, pues aquél no era sino hijo del pecado, y el pecado sólo tenía un padre: el maligno. Convencido así de que el pecado se había colado en su hogar y entre los muslos de su esposa, el sombrerero se aficionó a colgar crucifijos por doquier: en las paredes, en las puertas de todas las habitaciones y en el techo. Cuando Sophie le encontró sembrando de cruces la alcoba a la que la había confinado, se asustó y con lágrimas en los ojos le preguntó si se había vuelto loco. Él, ciego de rabia, se volvió y la abofeteó. «Una puta, como las demás», escupió al echarla a patadas al rellano de la escalera tras desollarla a correazos. Al día siguiente, cuando Antoni Fortuny abrió la puerta de su casa para bajar a abrir la sombrerería, Sophie se-

guía allí, cubierta de sangre seca y tiritando de frío. Los médicos nunca pudieron arreglar completamente las fracturas de la mano derecha. Sophie Carax nunca volvería a tocar el piano, pero dio a luz un varón al que habría de llamar Julián en recuerdo al padre que había perdido demasiado pronto, como todo en la vida. Fortuny pensó en echarla de su casa, pero creyó que el escándalo no sería bueno para el negocio. Nadie compraría sombreros a un hombre con fama de cornudo. Era un contrasentido. Sophie pasó a ocupar una alcoba oscura y fría en la parte de atrás del piso. Allí daría a luz a su hijo con la ayuda de dos vecinas de la escalera. Antoni no volvió a casa hasta tres días después. «Éste es el hijo que Dios te ha dado —le anunció Sophie—. Si quieres castigar a alguien, castígame a mí, pero no a una criatura inocente. El niño necesita un hogar y un padre. Mis pecados no son los suyos. Te ruego que te apiades de nosotros.»

Los primeros meses fueron difíciles para ambos. Antoni Fortuny había decidido rebajar a su esposa al rango de criada. Ya no compartían ni el lecho ni la mesa, y rara vez cruzaban una palabra como no fuera para dirimir alguna cuestión de orden doméstico. Una vez al mes, normalmente coincidiendo con la luna llena, Antoni Fortuny hacía acto de presencia en la alcoba de Sophie de madrugada y, sin mediar palabra, embestía a su antigua esposa con ímpetu pero escaso oficio. Aprovechando estos raros y beligerantes momentos de intimidad, Sophie intentaba congraciarse con él susurrando palabras de amor, dedicando caricias expertas. El sombrerero no era hombre para fruslerías y la zozobra del deseo se le evaporaba en cuestión de minutos, cuando no segundos. De dichos asaltos a camisón arremangado no resultó hijo alguno. Después de unos años, Antoni Fortuny dejó de visitar la alcoba de Sophie definitivamente, y adquirió el hábito de leer las Sagradas Escrituras hasta bien entrada la madrugada, buscando en ellas solaz a su tormento.

Con la ayuda de los Evangelios, el sombrerero hacía un esfuerzo por suscitar en su corazón un amor por aquel niño de mi-

rada profunda que gustaba de hacer bromas sobre todo e inventar sombras donde no las había. Pese a su empeño, no sentía al pequeño Julián como hijo de su sangre, ni se reconocía en él. Al niño, por su parte, no parecían interesarle en demasía los sombreros ni las enseñanzas del catecismo. Llegada la Navidad, Julián se entretenía en recomponer las figuras del pesebre y urdir intrigas en las que el niño Jesús había sido raptado por los tres magos de Oriente con fines escabrosos. Pronto adquirió la manía de dibujar ángeles con dientes de lobo e inventar historias de espíritus encapuchados que salían de las paredes y se comían las ideas de la gente mientras dormía. Con el tiempo, el sombrerero perdió toda esperanza de enderezar a aquel muchacho hacia una vida de provecho. Aquel niño no era un Fortuny y nunca lo sería. Alegaba que se aburría en el colegio y regresaba con todos sus cuadernos repletos de garabatos de seres monstruosos, serpientes aladas y edificios vivos que caminaban y devoraban a los incautos. Ya por entonces estaba claro que la fantasía y la invención le interesaban infinitamente más que la realidad cotidiana que le rodeaba. De todas las decepciones que atesoró en vida, ninguna le dolió tanto a Antoni Fortuny como aquel hijo que el demonio le había enviado para burlarse de él.

A los diez años, Julián anunció que quería ser pintor, como Velázquez, pues soñaba con acometer los lienzos que el gran maestro no había podido llegar a pintar en vida, argumentaba, por culpa de tanto retratar por obligación a los débiles mentales de la familia real. Para acabar de arreglar las cosas, a Sophie, quizá para matar la soledad y recordar a su padre, se le ocurrió darle clases de piano. Julián, que adoraba la música, la pintura y todas las materias desprovistas de provecho y beneficio en la sociedad de los hombres, pronto aprendió los rudimentos de la armonía y decidió que prefería inventarse sus propias composiciones a seguir las partituras del libro de solfeo, lo cual era contra natura. Por aquel entonces, Antoni Fortuny todavía creía que parte de las deficiencias mentales del muchacho se debían a su dieta, demasiado influenciada por los hábitos de cocina francesa de su madre. Era bien sabido que la exuberancia de mantequillas producía la ruina moral y aturdía el entendimiento. Prohibió a Sophie cocinar con mantequilla por siempre jamás. Los resultados no fueron exactamente los esperados.

A los doce años, Julián empezó a perder su interés febril por la pintura y por Velázquez, pero las esperanzas iniciales del sombrerero duraron poco. Julián abandonaba los sueños del Prado por otro vicio mucho más pernicioso. Había descubierto la biblioteca de la calle del Carmen y dedicaba cada tregua que su padre le concedía en la sombrerería a acudir al santuario de los libros y devorar tomos de novela, de poesía y de historia. Un día antes de cumplir los trece años anunció que quería ser alguien llamado Robert Louis Stevenson, a todas luces un extranjero. El sombrerero le anunció que a duras penas llegaría a picapedrero. Tuvo entonces la certeza de que su hijo no era sino un necio.

A menudo, sin poder conciliar el sueño, Antoni Fortuny se retorcía en el lecho de rabia y frustración. En el fondo de su corazón quería a aquel muchacho, se decía. Y, aunque ella no lo mereciese, también quería a la mujerzuela que le había traicionado desde el primer día. Los quería con toda su alma, pero a su manera, que era la correcta. Sólo le pedía a Dios que le mostrase el modo en que los tres podían ser felices, preferiblemente también a su manera. Imploraba al Señor que le enviase una señal, un susurro, una migaja de su presencia. Dios, en su infinita sabiduría, y quizá abrumado por la avalancha de peticiones de tantas almas atormentadas, no respondía. Mientras Antoni Fortuny se deshacía en remordimientos y resquemores, Sophie, al otro lado del muro, se apagaba lentamente, viendo su vida naufragar en un soplo de engaños, de abandono, de culpa. No amaba al hombre al que servía, pero se sentía suya, y la posibilidad de abandonarle y llevarse a su hijo a otro lugar se le antojaba inconcebible. Recordaba con amargura al verdadero padre de Julián, y con el tiempo aprendió a odiarle y a detestar cuanto representaba, que no era sino cuanto ella anhelaba. A falta de conversaciones, el matrimonio empezó a intercambiar gritos. Insultos y recriminaciones afiladas volaban por el piso como cuchillos, acribillando a quien osara interponerse en su trayectoria, habitualmente Julián. Luego, el sombrerero nunca recordaba exactamente por qué había pegado a su mujer. Recordaba sólo el fuego y la vergüenza. Se juraba entonces que aquello no volvería a suceder jamás, que si era necesario se entregaría a las autoridades para que lo confinasen a un penal.

Con la ayuda de Dios, Antoni Fortuny tenía la certeza de que podía llegar a ser un hombre mejor de lo que lo había sido su propio padre. Pero tarde o temprano, los puños encontraban de nuevo la carne tierna de Sophie y, con el tiempo, Fortuny sintió que si no podía poseerla como esposo, lo haría como verdugo. De este modo, a escondidas, la familia Fortuny dejó pasar los años, silenciando sus corazones y sus almas, hasta el punto que, de tanto callar, olvidaron las palabras para expresar sus verdaderos sentimientos y se transformaron en extraños que convivían bajo un mismo tejado, uno de tantos en la ciudad infinita.

Pasaban ya de las dos y media cuando regresé a la librería. Al entrar, Fermín me lanzó una mirada sarcástica desde lo alto de una escalera, donde le sacaba lustre a una colección de los *Episodios nacionales* del insigne don Benito.

—Alabados sean los ojos. Ya le creíamos haciendo las Américas, Daniel.

—Me entretuve por el camino. ¿Y mi padre?

—Como usted no venía, marchó él a hacer el resto de las entregas. Me encargó que le dijese a usted que esta tarde se iba a Tiana a valorar la biblioteca privada de una viuda. Su padre es de los que las mata callando. Dijo que no le esperase usted para cerrar.

—¿Estaba enfadado?

Fermín negó, descendiendo de la escalera con agilidad felina.

—Qué va. Si su padre es un santo. Además estaba muy contento al ver que se ha echado usted novia.

—¿Qué?

Fermín me guiñó un ojo, relamiéndose.

—Ay, granujilla, qué callado se lo tenía usted. Y qué niña, oiga, para cortar el tráfico. De un fino que de qué. Se conoce que ha ido a buenos colegios, aunque tenía un vicio en la mirada... Mire, si no tuviese yo el corazón robado con la Bernarda, porque no le he contado a usted todavía lo de nuestra merienda... chispas salían, oiga, chispas, que parecía la noche de San Juan...

—Fermín —le corté—. ¿De qué demonios está usted hablando?

—De su novia.

—Yo no tengo novia, Fermín.

—Bueno, ahora ustedes los jóvenes a eso lo llaman cualquier cosa, «güirlifrend» o...

—Fermín, rebobine. ¿De qué está hablando?

Fermín Romero de Torres me miró desconcertado, juntando los dedos de una mano y gesticulando al uso siciliano.

—A ver. Esta tarde, hará cosa de una hora u hora y media, una señorita de bandera pasó por aquí y preguntó por usted. Su padre de usted y servidor estábamos de cuerpo presente y le puedo asegurar sin lugar a dudas que la muchacha no tenía las pintas de ser un aparecido. Le podría describir a usted hasta el olor. A lavanda, pero más dulce. Como un bollito recién hecho.

—¿Dijo acaso el bollito que era mi novia?

—Así, con todas las palabras no, pero sonrió como de refilón, ya sabe usted, y dijo que le esperaba el viernes por la tarde. Nosotros nos limitamos a sumar dos y dos.

—Bea... —murmuré yo.

—Ergo, existe —apuntó Fermín, aliviado.

—Sí, pero no es mi novia —dije.

—Pues no sé a qué está usted esperando.

—Es la hermana de Tomás Aguilar.

—¿Su amigo el inventor?

Asentí.

—Razón de más. Ni que fuese la hermana de Gil Robles, óigame; porque está buenísima. Yo, en su lugar, estaría a la que salta.

—Bea ya tiene novio. Un alférez que está haciendo el servicio.

Fermín suspiró, irritado.

—Ah, el ejército, lacra y reducto tribal del gremialismo simiesco. Mejor, porque así puede usted ponerle la cornamenta sin remordimientos.

—Delira usted, Fermín. Bea se va a casar cuando el alférez termine el servicio.

Fermín me sonrió, ladino.

—Pues mire usted por dónde, a mí me da como que no, que ésa no se casa.

—Usted qué sabrá.

—De mujeres, y de otros menesteres mundanos, bastante más que usted. Como nos enseña Freud, la mujer desea lo contrario de lo que piensa o declara, lo cual, bien mirado, no es tan terrible porque el hombre, como nos enseña Perogrullo, obedece por contra al dictado de su aparato genital o digestivo.

—No me largue discursos, Fermín, que le veo el plumero. Si tiene algo que decir, sintetice.

—Pues mire, en sucinta esencia se lo digo: ésa no tenía cara de casarse con el Cascorro.

—¿Ah, no? ¿Y de qué tenía cara, a ver?

Fermín se me acercó con aire confidencial.

—De morbo —apuntó, alzando las cejas con aire de misterio—. Y que conste que eso lo digo como un cumplido.

Como siempre, Fermín estaba en lo cierto. Vencido, opté por jugar la pelota en su terreno.

—Hablando de morbo, cuénteme lo de la Bernarda. ¿Hubo beso o no hubo beso?

—No me ofenda, Daniel. Le recuerdo que está usted hablando con un profesional de la seducción, y eso del beso es para amateurs y diletantes de pantufla. A la mujer de verdad se la gana uno poco a poco. Es todo cuestión de psicología, como una buena faena en la plaza.

—O sea, que le dio calabazas.

—A Fermín Romero de Torres no le da calabazas ni san Roque. Lo que ocurre es que el hombre, volviendo a Freud y valga la metáfora, se calienta como una bombilla: al rojo en un tris, y frío otra vez en un soplo. La hembra, sin embargo, y esto es ciencia pura, se calienta como una plancha, ¿entiende usted? Poco a poco, a fuego lento, como la buena *escudella*. Pero eso sí, cuando ha cogido calor, aquello no hay quien lo pare. Como los altos hornos de Vizcaya.

Sopesé las teorías termodinámicas de Fermín.

—¿Es eso lo que está usted haciendo con la Bernarda? —pregunté—. ¿Poner la plancha al fuego?

Fermín me guiñó un ojo.

—Esa mujer es un volcán al borde de la erupción, con una libido de magma ígneo y un corazón de santa —dijo, relamiéndose—. Por establecer un paralelismo veraz, me recuerda a mi mulatita en La Habana, que era una santera muy devota. Pero, como en el fondo soy un caballero de los de antes, no me aprovecho, y con un casto beso en la mejilla me conformé. Porque yo no tengo prisa, ¿sabe? Lo bueno se hace esperar. Hay pardillos por ahí que se creen que si le ponen la mano en el culo a una mujer y ella no se queja, ya la tienen en el bote. Aprendices. El corazón de la hembra es un laberinto de sutilezas que desafía la mente cerril del varón trapacero. Si quiere usted de verdad poseer a una mujer, tiene que pensar como ella, y lo primero es ganarse su alma. El resto, el dulce envoltorio mullido que le pierde a uno el sentido y la virtud, viene por añadidura.

Aplaudí su discurso con solemnidad.

—Fermín, es usted un poeta.

—No, yo estoy con Ortega y soy un pragmático, porque la poesía miente, aunque en bonito, y lo que yo digo es más verdad que el pan con tomate. Ya lo decía el maestro, enséñeme usted un donjuán y le enseño yo a un mariposón enmascarado. Lo mío es la permanencia, lo perenne. A usted le pongo por testigo que yo de la Bernarda haré una mujer, si no honrada, porque eso ya lo es, al menos feliz.

Le sonreí, asintiendo. Su entusiasmo era contagioso, y su métrica invencible.

—Me la cuide bien, Fermín. Que la Bernarda tiene demasiado corazón y ya se ha llevado demasiados chascos.

—¿Se cree que no me doy cuenta? Vamos, si lo lleva en la frente como una póliza del patronato de viudas de guerra. Se lo digo yo, que en esto de encajar putadas tengo muchísima experiencia: yo a esa mujer la colmo de dicha aunque sea lo último que haga en este mundo.

—¿Palabra?

Me tendió la mano con aplomo templario. Se la estreché.

—Palabra de Fermín Romero de Torres.

Tuvimos una tarde lenta en la tienda, con apenas un par de curiosos. En vista del panorama, le sugerí a Fermín que se tomase libre el resto de la tarde.

—Ande, se va usted a buscar a la Bernarda y se la lleva al cine o a mirar escaparates por la calle Puertaferrisa cogida del brazo, que a ella eso le encanta.

Fermín se aprestó a tomarme la palabra y corrió a acicalarse en la trastienda, donde guardaba siempre una muda impecable y toda suerte de colonias y ungüentos en un neceser que hubiera sido la envidia de doña Concha Piquer. Cuando salió parecía un galán de peliculón, pero con treinta kilos menos en los huesos. Vestía un traje que había sido de mi padre y un sombrero de fieltro que le venía un par de tallas grande, problema que solventaba colocando bolas de papel de periódico bajo la copa.

—Por cierto, Fermín. Antes de que se vaya... Quería pedirle un favor.

—Eso está hecho. Usted ordene que yo estoy aquí para obedecer.

—Le voy a pedir que esto quede entre nosotros, ¿eh?, a mi padre ni una palabra.

Sonrió de oreja a oreja.

—Ah, granujilla. Algo que ver con esa chavala imponente, ¿eh?

—No. Éste es un asunto de investigación e intriga. De lo suyo, vamos.

—Bueno, yo de chavalas también sé un rato. Se lo digo por si un día tiene usted una consulta técnica, ya sabe. Con toda confianza, que para eso soy como un médico. Sin ñoñerías.

—Lo tendré en cuenta. Ahora, lo que necesitaría saber es a quién pertenece un apartado de correos en la oficina central de Vía Layetana. Número 2321. Y, a ser posible, quién recoge el correo que llega ahí. ¿Cree usted que podría echarme un cable?

Fermín se anotó el número en el empeine, bajo el calcetín, a bolígrafo.

—Eso es pan comido. A mí no hay organismo oficial que se me resista. Deme unos días y le tendré un informe completo.

—Hemos quedado que a mi padre ni una palabra, ¿eh?

—Descuide. Hágase cuenta de que soy la esfinge de Keops.

—Se lo agradezco. Y ahora, venga, váyase ya y que se lo pase bien.

Le despedí con un saludo militar y le vi partir gallardo como un gallo rumbo al gallinero. No debía de hacer ni cinco minutos que Fermín se había ido cuando escuché las campanillas de la puerta y alcé la vista de las columnas de cifras y tachones. Un individuo amparado en una gabardina gris y un sombrero de fieltro acababa de entrar. Lucía un bigote pincelado y los ojos azules y vidriosos. Exhibía una sonrisa de vendedor, falsa y forzada. Lamenté que Fermín no estuviese allí, porque él tenía mano izquierda para librarse de los viajantes de alcanfores y morralla que ocasionalmente se colaban en la librería. El visitante me brindó su sonrisa grasienta y falsa, cogiendo al azar un tomo de una pila por ordenar y valorar que había junto a la entrada. Todo en él comunicaba desprecio por cuanto veía. No me vas a vender ni las buenas tardes, pensé.

—Cuánta letra, ¿eh? —dijo.

—Es un libro; suelen tener bastantes letras. ¿En qué puedo ayudarle, caballero?

El individuo devolvió el libro a la pila, asintiendo con displicencia e ignorando mi pregunta.

—Es lo que yo digo. Leer es para la gente que tiene mucho tiempo y nada que hacer. Como las mujeres. El que tiene que trabajar no tiene tiempo para cuentos. En la vida hay que pencar. ¿No le parece a usted?

—Es una opinión. ¿Buscaba usted algo en especial?

—No es una opinión; es un hecho. Eso es lo que pasa en este país, que la gente no quiere trabajar. Mucho vago es lo que hay, ¿no le parece a usted?

—No lo sé, caballero. Quizá. Aquí, como ve, sólo vendemos libros.

El individuo se acercó al mostrador, su mirada siempre revoloteando por la tienda y posándose ocasionalmente en la mía. Su aspecto y su ademán me resultaban vagamente familiares, aunque no hubiera sabido decir de dónde. Había algo en él que hacía pensar en una de esas figuras que aparecen en naipes de anticuario o adivino, un personaje escapado de los grabados de un incunable. Tenía la presencia fúnebre e incandescente, como una maldición con el traje de los domingos.

—Si me dice en qué puedo servirle...

—Soy yo más bien quien venía a hacerle a usted un servicio. ¿Es usted el dueño de este establecimiento?

—No. El dueño es mi padre.

—¿Y su nombre es?

—¿El mío o el de mi padre?

El individuo me dedicó una sonrisa socarrona. Un risitas, pensé.

—Me haré cuenta de que el cartel de Sempere e hijos va por ambos, entonces.

—Es usted muy perspicaz. ¿Puedo preguntarle cuál es el motivo de su visita, si no está interesado en un libro?

—El motivo de mi visita, que es de cortesía, es advertirle que ha llegado a mi atención que tienen ustedes tratos con gentes de mal vivir, en particular invertidos y maleantes.

Le observé atónito.

—¿Perdón?

El individuo me clavó la mirada.

—Hablo de maricones y ladrones. No me diga que no sabe de lo que hablo.

—Me temo que no tengo la más remota idea, ni interés alguno en seguir escuchándole.

El individuo asintió, adoptando un gesto hostil y airado.

—Pues va a tener que joderse. Supongo que está usted al corriente de las actividades del ciudadano Federico Flaviá.

—Don Federico es el relojero del barrio, una excelente persona y dudo mucho de que sea un maleante.

—Hablaba de maricones. Me consta que la moñarra esa frecuenta su establecimiento, supongo que para comprarles novelillas románticas y pornografía.

—¿Y puedo preguntarle a usted qué le importa?

Por toda respuesta extrajo su billetero y lo tendió abierto sobre el mostrador. Reconocí una tarjeta de identificación policial mugrienta con el semblante del individuo, algo más joven. Leí hasta donde decía «Inspector Jefe Francisco Javier Fumero Almuñiz».

—Joven, a mí hábleme con respeto o les meto a usted y a su padre un paquete que se les va a caer el pelo por vender basura bolchevique. ¿Estamos?

Quise replicar, pero las palabras se me habían quedado congeladas en los labios.

—Pero bueno, el maricón ese no es lo que me trae hasta aquí hoy. Tarde o temprano acabará en jefatura, como todos los de su catadura, y ya lo espabilaré yo. Lo que me preocupa es que tengo informes de que están ustedes empleando a un chorizo vulgar, un indeseable de la peor calaña.

—No sé de quién me habla usted, inspector.

Fumero rió su risita servil y pegajosa, de camarilla y comadreo.

—Dios sabe qué nombre utilizará ahora. Hace años se hacía llamar Wilfredo Camagüey, as del mambo, y decía ser experto en vudú, profesor de danza de don Juan de Borbón y amante de Mata Hari. Otras veces adopta nombres de embajadores, artistas de variedades o toreros. Ya hemos perdido la cuenta.

—Siento no poder ayudarle, pero no conozco a nadie llamado Wilfredo Camagüey.

—Seguro que no, pero sabe a quién me refiero, ¿verdad?

—No.

Fumero rió de nuevo. Aquella risa forzada y amanerada le definía y resumía como un índice.

—A usted le gusta poner las cosas difíciles, ¿verdad? Mire, yo he venido aquí en plan de amigo para advertirles y prevenirles de que quien mete a un indeseable en casa acaba con los dedos escaldados y usted me trata de embustero.

—En absoluto. Yo le agradezco su visita y su advertencia, pero le aseguro que no ha...

—A mí no me venga con estas mierdas, porque si me sale de los cojones le pego un par de hostias y le cierro el chiringuito, ¿estamos? Pero hoy estoy de buenas, así que le voy a dejar sólo con la advertencia. Usted sabrá qué compañías elige. Si le gustan los maricones y los ladrones, es que tendrá usted algo de ambos. Conmigo, las cosas claras. O está usted de mi lado o contra mí. Así es la vida. ¿En qué quedamos?

No dije nada. Fumero asintió, soltando otra risita.

—Muy bien, Sempere. Usted mismo. Mal empezamos usted y yo. Si quiere problemas, los tendrá. La vida no es como las novelas, ¿sabe usted? En la vida hay que tomar un bando. Y está claro cuál ha elegido usted. El de los que pierden por burros.

—Le voy a pedir que se vaya usted, por favor.

Se alejó hacia la puerta arrastrando su risita sibilina.

—Volveremos a vernos. Y dígale a su amigo que el inspector Fumero le tiene echado el ojo y que le envía muchos recuerdos.

La visita del infausto inspector y el eco de sus palabras me incendiaron la tarde. Después de quince minutos de corretear tras el mostrador con las tripas estrechándoseme en un nudo, decidí cerrar la librería antes de la hora y salir a la calle a caminar sin rumbo. No podía quitarme del pensamiento las insinuaciones y las amenazas que había hecho aquel aprendiz de matarife. Me preguntaba si debía alertar a mi padre y a Fermín sobre aquella visita, pero supuse que aquélla había sido precisamente la intención de Fumero, sembrar la duda, la angustia, el miedo y la incertidumbre entre nosotros. Decidí que no iba a seguirle el juego. Por otro lado, las insinuaciones acerca del pasado de Fermín me alarmaban. Me avergoncé de mí mismo al descubrir que por un instante había dado crédito a las palabras del policía. Tras darle muchas vueltas, concluí sellar aquel episodio en algún rincón de mi memoria e ignorar sus implicaciones. De regreso a casa, crucé frente a la relojería del barrio. Don Federico me saludó desde el mostrador, haciéndome señas para que entrase en su establecimiento. El relojero era un personaje afable y sonriente que nunca se olvidaba de felicitar una fiesta y al que siempre se podía acudir para solventar cualquier apuro, con la tranquilidad de que él encontraría la solución. No pude evitar sentir un escalofrío al saberle en la lista negra del inspector Fumero, y me pregunté si debía avisarle, aunque no imaginaba cómo sin inmiscuirme en materias que no eran de mi incumbencia. Más confundido que nunca, entré en la relojería y le sonreí.

—¿Qué tal, Daniel? Menuda cara traes.

—Un mal día —dije—. ¿Qué tal todo, don Federico?

—Sobre ruedas. Los relojes cada vez están peor hechos y me harto a trabajar. Si esto sigue así, voy a tener que coger un ayudante. Tu amigo, el inventor, ¿no estaría interesado? Seguro que tiene buena mano para esto.

No me costó imaginar lo que opinaría el padre de Tomás Aguilar sobre la perspectiva de que su hijo aceptase un empleo en el establecimiento de don Federico, mariquilla oficial del barrio.

—Ya se lo comentaré.

—Por cierto, Daniel. Tengo por aquí el despertador que me trajo tu padre hace dos semanas. No sé lo que le hizo, pero le valdría más comprar uno nuevo que arreglarlo.

Recordé que a veces, en las noches de verano asfixiantes, a mi padre le daba por salir a dormir al balcón.

—Se le cayó a la calle —dije.

—Ya me parecía a mí. Dile que me diga el qué. Yo le puedo conseguir un Radiant a muy buen precio. Si quieres, mira, te lo llevas y que lo pruebe. Si le gusta, ya me lo pagará. Y si no, me lo devuelves.

—Muchas gracias, don Federico.

El relojero procedió a envolverme el armatoste en cuestión.

—Alta tecnología —decía, complacido—. Por cierto, me encantó el libro que me vendió el otro día Fermín. Uno de Graham Greene. Ese Fermín es un fichaje de primera.

Asentí.

—Sí, vale un montón.

—Me he dado cuenta de que nunca lleva reloj. Dile que se pase por aquí y lo arreglamos.

—Así lo haré. Gracias, don Federico.

Al darme el despertador, el relojero me observó con detenimiento y arqueó las cejas.

—¿Seguro que no pasa nada, Daniel? ¿Sólo un mal día?

Asentí de nuevo, sonriendo.

—No pasa nada, don Federico. Cuídese.

—Tú también, Daniel.

Al llegar a casa encontré a mi padre dormido en el sofá con el periódico sobre el pecho. Dejé el despertador sobre la mesa con una nota que decía «de parte de don Federico: que tires el viejo», y me deslicé sigilosamente hasta mi habitación. Me tendí en la cama en la penumbra y me quedé dormido pensando en el inspector, en Fermín y en el relojero. Cuando me desperté eran ya las dos de la mañana. Me asomé al pasillo y vi que mi padre se había retirado a su habitación con el nuevo despertador. El piso estaba en tinieblas y el mundo me parecía un lugar más oscuro y siniestro de lo que se me había antojado la noche anterior. Comprendí que, en el fondo, nunca había llegado a creer que el inspector Fumero fuese real. Ahora me parecía uno entre mil. Fui a la cocina y me serví un vaso de leche fría. Me pregunté si Fermín estaría bien, sano y salvo en su pensión.

De vuelta a mi habitación intenté apartar del pensamiento la imagen del policía. Intenté conciliar de nuevo el sueño, pero comprendí que se me había escapado el tren. Encendí la luz y decidí examinar el sobre dirigido a Julián Carax que le había sustraído a doña Aurora aquella mañana y que todavía llevaba en el bolsillo de la chaqueta. Lo dispuse sobre mi escritorio bajo el haz del flexo. Era un sobre apergaminado, de bordes serrados que amarilleaban y tacto arcilloso. El matasellos, apenas una sombra, decía «18 de octubre de 1919». El sello de lacre se había desprendido, probablemente merced a los buenos oficios de doña Aurora. En su lugar quedaba una mancha rojiza como un roce de carmín que besaba el cierre sobre el que podía leerse el remite:

Penélope Aldaya
Avenida del Tibidabo, 32, Barcelona

Abrí el sobre y extraje la carta, una lámina de color ocre nítidamente doblada por la mitad. Un trazo de tinta azul se deslizaba con aliento nervioso, desvaneciéndose paulatinamente y volviendo a cobrar intensidad cada pocas palabras. Todo en aquella hoja hablaba de otro tiempo; el trazo esclavo del tintero, las palabras arañadas sobre el papel grueso por el filo de la plumilla, el tacto rugoso del papel. Alisé la carta sobre el mostrador y la leí, casi sin aliento.

Querido Julián:

Esta mañana me he enterado por Jorge de que realmente dejaste Barcelona y te fuiste en busca de tus sueños. Siempre temí que esos sueños no te iban a dejar nunca ser mío, ni de nadie. Me hubiera gustado verte una última vez, poder mirarte a los ojos y decirte cosas que no sé contarle a una carta. Nada salió como lo habíamos planeado. Te conozco demasiado y sé que no me escribirás, que ni siquiera me enviarás tu dirección, que querrás ser otro. Sé que me odiarás por no haber estado allí como te prometí. Que creerás que te fallé. Que no tuve valor.

Tantas veces te he imaginado, solo en aquel tren, convencido de que te había traicionado. Muchas veces intenté encontrarte a través de Miquel, pero él me dijo que ya no querías saber nada de mí. ¿Qué mentiras te contaron, Julián? ¿Qué te dijeron de mí? ¿Por qué les creíste?

Ahora ya sé que te he perdido, que lo he perdido todo. Y aun así no puedo dejar que te vayas para siempre y me olvides sin que sepas que no te guardo rencor, que yo lo sabía desde el principio, que sabía que te iba a perder y que tú nunca ibas a ver en mí lo que yo en ti. Quiero que sepas que te quise desde el primer día y que te sigo queriendo, ahora más que nunca, aunque te pese.

Te escribo a escondidas, sin que nadie lo sepa. Jorge ha jurado que si vuelve a verte te matará. No me dejan ya salir de casa, ni asomarme a la ventana. No creo que me perdonen nunca. Alguien de confianza me ha prometido que te enviará esta carta. No menciono su nombre para no comprometerle. No sé si te llegarán mis palabras. Pero si así fuera y decidieses volver por mí, aquí encontrarás el modo de hacerlo. Mientras escribo, te imagino en aquel tren, cargado de sueños y con el alma rota de traición, huyendo de todos nosotros y de ti mismo. Hay tantas cosas que no puedo contarte, Julián. Cosas que nunca supimos y que es mejor que no sepas nunca.

No deseo nada más en el mundo que seas feliz, Julián, que todo a lo que aspiras se haga realidad y que, aunque me olvides con el tiempo, algún día llegues a comprender lo mucho que te quise.

Siempre,
Penélope.

17

Las palabras de Penélope Aldaya, que leí y releí aquella noche hasta aprendérmelas de memoria, borraron de un plumazo el mal sabor que me había dejado la visita del inspector Fumero. Tras pasar la noche en vela, absorto en aquella carta y en la voz que intuía en ella, salí de casa con la madrugada. Me vestí en silencio y le dejé a mi padre una nota sobre la cómoda del recibidor, diciéndole que tenía que hacer algunos recados y que estaría de vuelta en la librería a las nueve y media. Al asomarme al portal, las calles languidecían ocultas todavía bajo un manto azulado que lamía las sombras y los charcos que la llovizna había sembrado durante la noche. Me abroché el chaquetón hasta el cuello y me encaminé a paso ligero rumbo a la plaza de Cataluña. Las escaleras del metro exhalaban un lienzo de vapor tibio que ardía en luz de cobre. En las taquillas de los ferrocarriles catalanes compré un billete de tercera clase hasta la estación de Tibidabo. Hice el trayecto en un vagón, poblado de ordenanzas, criadas y jornaleros portando bocadillos del tamaño de un ladrillo envueltos en hojas de periódico. Me refugié en la negrura de los túneles y apoyé la cabeza en la ventana, entrecerrando los ojos mientras el tren recorría las entrañas de la ciudad hasta los pies del Tibidabo. Al emerger de nuevo a la calle me pareció redescubrir otra Barcelona. Estaba amaneciendo y un filo de púrpura rasgaba las nubes y salpicaba las fachadas de los palacetes y caserones señoriales que flanqueaban la avenida del Tibidabo. El tranvía azul reptaba perezosamente entre neblinas. Corrí tras él y conseguí auparme en la plataforma trasera bajo la mirada severa del revisor. La cabina de madera estaba casi vacía. Un par de frailes y una dama enlutada de piel cenicienta se mecían adormecidos al vaivén del carruaje de caballos invisibles.

—Sólo voy hasta el número treinta y dos —le dije al revisor, ofreciendo mi mejor sonrisa.

—Pues como si va hasta Finisterre —replicó, indiferente—. Aquí han pagado billete hasta los soldados de Cristo. O apoquina, o camina. Y el pareado no se lo cobro.

El dúo de frailes, que calzaba sandalias y un manto de

saco marrón de austeridad franciscana, asintió, mostrando sendos billetes rosa a título de prueba.

—Pues entonces me bajo —dije—. Porque no llevo suelto.

—Como guste. Pero espere a la próxima parada, que yo no quiero accidentes.

El tranvía ascendía casi a ritmo de paseo, acariciando la sombra de la arboleda y oteando sobre los muros y jardines de mansiones con alma de castillo que yo imaginaba pobladas de estatuas, fuentes, caballerizas y capillas secretas. Me asomé a un lado de la plataforma y distinguí la silueta de la torre de «El Frare Blanc» recortándose entre los árboles. Al acercarse a la esquina de Román Macaya, el tranvía disminuyó la marcha hasta detenerse casi por completo. El conductor hizo sonar su campanilla y el revisor me lanzó una mirada de censura.

—Venga, listillo. Aligere, que el número treinta y dos lo tiene ahí.

Me apeé y escuché el traqueteo del tranvía azul perderse en la bruma. La residencia de la familia Aldaya quedaba al cruzar la calle. Un portón de hierro forjado tramado de yedra y hojarasca la custodiaba. Recortada entre los barrotes se adivinaba una portezuela cerrada a cal y canto. Sobre las verjas, anudado en serpientes de hierro negro, se leía el número 32. Traté de atisbar el interior de la propiedad desde allí, pero apenas se adivinaban las aristas y los arcos de un torreón oscuro. Un rastro de herrumbre sangraba desde el orificio de la cerradura en la portezuela. Me arrodillé y traté de ganar una visión del patio desde allí. Apenas se vislumbraba una madeja de hierbas salvajes y el contorno de lo que me pareció una fuente o un estanque de la que emergía una mano extendida, señalando al cielo. Tardé unos instantes en comprender que se trataba de una mano de piedra, y que había otros miembros y siluetas que no acertaba a distinguir sumergidos en la fuente. Más allá, entre los velos de maleza, se adivinaba una escalinata de mármol quebrada y cubierta de escombros y hojarasca. La fortuna y gloria de los Aldaya habían cambiado de dirección hacía mucho tiempo. Aquel lugar era una tumba.

Me retiré unos pasos, rodeando la esquina para echar un vistazo al ala sur de la casa. Desde allí podía obtenerse una visión más clara de una de las torres del palacete. En aquel instante advertí por el rabillo del ojo la silueta de un individuo con aire famélico ataviado con una bata azul que blandía un escobón con el que martirizaba la hojarasca sobre la acera. Me observaba con cierto recelo y supuse que era el portero de una de las propiedades colindantes. Le sonreí como sólo quien ha pasado muchas horas tras un mostrador sabe hacerlo.

—Muy buenos días —entoné cordialmente—. ¿Sabe usted si la casa de los Aldaya lleva mucho tiempo cerrada?

Me observó como si le hubiese interrogado acerca de la cuadratura del círculo. El hombrecillo se llevó a la barbilla unos dedos que amarilleaban y permitían suponer una debilidad por los Celtas sin filtro. Lamenté no llevar encima una cajetilla de tabaco para congraciarme con él. Hurgué en los bolsillos de la chaqueta, a ver qué ofrenda se propiciaba.

—Lo menos veinte o veinticinco años, y que siga así —dijo el portero en aquel tono aplastado y dócil de la gente condenada a servir a fuerza de palos.

—¿Hace mucho que está usted aquí?

El hombrecillo asintió.

—Servidor lleva empleado aquí con los señores Miravell endende el 20.

—No tendrá usted idea de qué se hizo de la familia Aldaya, ¿verdad?

—Bueno, ya sabrá usted que perdieron mucho cuando la República —dijo—. El que siembra cizaña... Yo lo poco que sé es lo que he oído en la casa de los señores Miravell, que antes eran amigos de la familia. Creo que el hijo mayor, Jorge, marchó al extranjero, a la Argentina. Se ve que tenían fábricas allí. Gente de mucho dinero. Ésos siempre caen de pie. ¿No tendrá usted un pitillo, por casualidad?

—Lo siento, pero puedo ofrecerle un caramelo Sugus, que está demostrado que lleva la misma nicotina que un Montecristo y además una barbaridad de vitaminas.

El portero frunció el ceño con cierta incredulidad, pero asintió. Le brindé el Sugus de limón que me había dado Fermín una eternidad atrás y que había descubierto dentro del doblez del forro de mi bolsillo. Confié en que no estuviese rancio.

—Está bueno —dictaminó el portero, rechupeteando el caramelo gomoso.

—Masca usted el orgullo de la industria confitera nacional. El Generalísimo se los traga como peladillas. Y dígame, ¿oyó usted mencionar alguna vez a la hija de los Aldaya, Penélope?

El portero se apoyó en el escobón a modo de pensador erecto de Rodin.

—Me parece que se equivoca usted. Los Aldaya no tenían hijas. Eran todos muchachos.

—¿Está usted seguro? Me consta que allá por el año 19 vivía en esta casa una joven llamada Penélope Aldaya, que probablemente era hermana del tal Jorge.

—Podría ser, pero ya le digo que yo sólo estoy aquí desde el 20.

—Y la finca, ¿a quién pertenece ahora?

—Que yo sepa está todavía en venta, aunque hablaban de tirarla y construir un colegio. Es lo mejor que pueden hacer, la verdad. Derribarla hasta los cimientos.

—¿Por qué lo dice?

El portero me miró con aire confidencial. Al sonreír observé que le faltaban al menos cuatro dientes de la encía superior.

—Esa gente, los Aldaya. No eran trigo limpio, ya sabe usted lo que se dice.

—Me temo que no. ¿Qué se dice?

—Ya sabe. Los ruidos y demás. Yo, creer en esos cuentos, no creo, ¿eh?, pero dicen que más de uno ha manchado los calzones ahí dentro.

—No me diga que la casa está encantada —dije, reprimiendo una sonrisa.

—Usted ríase. Pero cuando el río suena...

—¿Usted ha visto algo?

—Lo que se dice ver, no. Pero he oído.

—¿Ha oído? ¿El qué?

—Mire, una vez hará años, una noche que acompañé al Joanet, porque él insistió, ¿eh?, que a mí no se me había perdido nada allí... lo que decía, que oí algo raro allí. Como un llanto.

El portero me ofreció una imitación de viva voz del sonido al que se refería. A mí me pareció la letanía de un tísico tarareando coplillas.

—Sería el viento —sugerí.

—Sería, pero a mí se me pusieron por corbata, la verdad. Oiga, no tendrá otro caramelillo de ésos, ¿verdad?

—Acépteme una pastilla Juanola. Tonifican muchísimo después del dulce.

—Venga —convino el portero, plantando la mano para recolectar.

Le entregué el estuche entero. El tirón del regaliz pareció lubricarle un poco más la lengua sobre aquella rocambolesca historia del palacete Aldaya.

—Entre usted y yo, aquí hay tela. Una vez el Joanet, el hijo del señor Miravell, que es un tiarrón que hace dos de usted (con decirle que está en la selección nacional de balonmano)... pues unos amigotes del señorito Joanet habían oído hablar de la casa de los Aldaya, y lo liaron. Y él me lió a mí para que lo acompañase, porque mucho hablar pero no se atrevía a entrar solo. Ya sabe usted, niñatos. Se empeñó en meterse de noche allí dentro para hacerse el gallito con la novia y por poco se mea encima. Porque ahora la ve usted de día, pero de noche esta casa es otra, ¿eh? El caso es que el Joanet dice que subió al segundo piso (porque yo me negué a entrar, oiga, que eso no debe de ser legal, aunque por entonces la casa ya llevaba lo menos diez años abandonada) y dijo que allí había algo. Le pareció oír como una voz en una habitación pero, cuando quiso entrar, la puerta se le cerró en las narices. ¿Qué le parece?

—Me parece una corriente de aire —dije.

—O de otra cosa —apuntó el portero, bajando la voz—. El otro día venía en la radio: el universo está lleno de misterios. Fíjese usted que parece que han encontrado la verdadera sábana santa en pleno centro de Sardanyola. La habían cosido en la pantalla de un cine, para ocultarla de los musulmanes, que la quieren usar para decir que Jesucristo era negro. ¿Qué le parece?

—No tengo palabras.

—Lo que yo le diga. Mucho misterio. Esa finca la tendrían que tirar abajo y echar cal en el terreno.

Agradecí al señor Remigio la información y me dispuse a descender la avenida de vuelta hasta San Gervasio. Alcé la vista y vi que la montaña del Tibidabo amanecía entre nubes de gasa. Me apeteció de repente acercarme hasta el funicular y escalar la ladera hasta el antiguo parque de atracciones en su cima para perderme entre sus carruseles y sus salones de autómatas, pero había prometido estar a tiempo en la librería. De vuelta hacia la estación del metro imaginé a Julián Carax bajando por aquella misma acera y contemplando aquellas mismas fachadas solemnes que apenas habían cambiado desde entonces, con sus escalinatas y jardines de estatuas, quizá esperando aquel tranvía azul que trepaba de puntillas al cielo. Al llegar al pie de la avenida saqué la fotografía de Penélope Aldaya sonriendo en el patio del palacete familiar. Sus ojos prometían el alma limpia y un futuro por escribir. «Te quiere, Penélope.»

Imaginé a un Julián Carax con mis años sosteniendo aquella imagen en sus manos, tal vez a la sombra del mismo árbol que me amparaba a mí. Casi me parecía verle, sonriente, seguro de sí, contemplando un futuro tan amplio y luminoso como aquella avenida, y por un instante pensé que no había más fantasmas allí que los de la ausencia y la pérdida, y que aquella luz que me sonreía era de prestado y sólo valía mientras la pudiera sostener con la mirada, segundo a segundo.

18

Al regresar a casa comprobé que Fermín o mi padre ya habían abierto la librería. Subí un momento al piso a tomar un bocado rápido. Mi padre me había dejado tostadas, mermelada y un termo de café en la mesa del comedor. Di buena cuenta de todo ello y volví a bajar en menos de diez minutos. Entré a la librería por la puerta de la trastienda que daba al vestíbulo del edificio y acudí a mi armario. Me coloqué el delantal que solía utilizar en la tienda para proteger la ropa del polvo de cajas y estanterías. En el fondo del armario conservaba una caja de latón que todavía olía a galletas de Camprodón. Allí guardaba todo tipo de cachivaches inútiles pero de los que era incapaz de desprenderme: relojes y estilográficas dañadas sin remedio, monedas viejas, piezas de miniaturas, canicas, casquillos de bala que había encontrado en el parque del Laberinto y postales viejas de la Barcelona de principio de siglo. Entre toda aquella morralla flotaba todavía el viejo pedazo de diario donde Isaac Monfort me había anotado la dirección de su hija Nuria la noche que acudí al Cementerio de los Libros Olvidados para ocultar *La Sombra del Viento.* Lo estudié en la luz polvorienta que caía entre estantes y cajas apiladas. Cerré el estuche y me guardé la dirección en el monedero. Me asomé a la tienda, decidido a ocupar la mente y las manos en la tarea más banal que se pusiera a tiro.

—Buenos días —anuncié.

Fermín clasificaba el contenido de varias cajas que habían llegado de un coleccionista de Salamanca, y mi padre se las veía y deseaba para descifrar un catálogo alemán de apócrifa luterana que tenía nombre de embutido fino.

—Y mejores tardes nos dé Dios —canturreó Fermín, en velada alusión a mi cita con Bea.

No le di el gusto de responder y decidí encarar el inevitable trago mensual de poner al día el libro de la contabilidad, cotejando recibos y hojas de envío, cobros y pagos. Meciendo nuestra serena monotonía estaba la radio, que nos obsequiaba con una selección de momentos escogidos en la carrera de Antonio Machín, muy en boga por entonces. A mi padre los ritmos caribeños le soliviantaban un tanto los nervios, pero los toleraba porque a Fermín le recordaban su añorada Cuba. La escena se repetía cada semana: mi padre hacía oídos sordos y Fermín se abandonaba en un vago meneo al compás del danzón, puntuando los interludios comerciales con anécdotas de sus aventuras en La Habana. La puerta de la tienda estaba abierta y entraba un aroma dulce a pan fresco y a café que invitaba al optimismo. Al cabo de un rato nuestra vecina la Merceditas, que venía de hacer la compra en el mercado de la Boquería, se detuvo frente al escaparate y se asomó por la puerta.

—Buenas, señor Sempere —canturreó.

Mi padre le sonrió, sonrojado. A mí me daba la impresión de que la Merceditas le gustaba, pero su ética de cartujo le confería un silencio inquebrantable. Fermín la miraba de refilón, relamiéndose y siguiendo el suave balanceo de caderas como si acabase de entrar un brazo de gitano por la puerta. La Merceditas abrió una bolsa de papel y nos obsequió con tres manzanas relucientes. Me imaginé que aún le rondaba por la cabeza la idea de trabajar en la librería y hacía pocos esfuerzos por ocultar la antipatía que parecía inspirarle Fermín, el usurpador.

—Mire qué majas. Las he visto y me he dicho: éstas para los señores Sempere —dijo con tono melindroso—. Que yo sé que a ustedes los intelectuales las manzanas les gustan, como a Isaac Peral.

—Isaac Newton, capullito de alelí —precisó Fermín, solícito.

La Merceditas le lanzó una mirada asesina.

—Ya salió el listo. Pues agradezca usted que le haya traído también una, y no un pomelo que es lo que merece.

—Pero mujer, si para mí la ofrenda que sus manos núbiles me hacen de ésta, la fruta del pecado original, me inflama el cañamazo de...

—Fermín, haga el favor —atajó mi padre.

—Sí, señor Sempere —acató Fermín, batiéndose en retirada.

Estaba la Merceditas por replicarle a Fermín cuando se oyó un revuelo. Nos quedamos todos en silencio, expectantes. En la calle se alzaban voces de indignación y se desataba una algarabía de murmuraciones. La Merceditas se asomó a la puerta, prudente. Vimos pasar a varios comerciantes azorados, negando por lo bajo. No tardó en presentarse don Anacleto Olmo, vecino del inmueble y portavoz oficioso de la Real Academia de la Lengua en la escalera. Don Anacleto era catedrático de instituto, licenciado en Literatura Española y Humanidades varias, y compartía el segundo primera con siete gatos. En los ratos que le dejaba libre la docencia hacía doblete como redactor de textos de contraportada para una editorial de prestigio y, se rumoreaba, componía versos de erótica crepuscular que publicaba con el seudónimo de Rodolfo Pitón. En el trato personal, don Anacleto era un hombre afable y encantador, pero en público se sentía obligado a representar el papel de rapsoda y afectaba unos hablares que le habían granjeado el mote del *Gongorino*.

Aquella mañana, el catedrático traía el rostro púrpura de congoja, y casi le temblaban las manos con que sostenía su bastón de marfil. Le miramos los cuatro, intrigados.

—Don Anacleto, ¿qué pasa? —preguntó mi padre.

—Franco ha muerto, diga que sí —apuntó Fermín, esperanzado.

—Usted calle, animal —cortó la Merceditas—. Y deje hablar al señor doctor.

Don Anacleto respiró hondo y, recuperando la compostura, pasó a referirnos el parte de acontecimientos con su acostumbrada majestuosidad.

—Amigos, la vida es drama y hasta las más nobles criaturas del señor saborean las hieles de un destino caprichoso y contumaz. Ayer noche, de madrugada, mientras la ciudad dormía ese sueño tan merecido de los pueblos laboriosos, don Federico Flaviá i Pujades, estimado vecino que tanto ha contribuido al enriquecimiento y solaz de esta barriada en su rol de relojero desde su establecimiento sito a apenas tres puertas de ésta, su librería, fue arrestado por las fuerzas de seguridad del Estado.

Sentí que se me caía el alma a los pies.

—Jesús, María y José —apostilló la Merceditas.

Fermín resopló, decepcionado, pues a la vista estaba que el jefe del Estado seguía gozando de excelente salud. Don Anacleto, ya embalado, tomó aire y se dispuso a continuar.

—Al parecer, y a fe del relato fidedigno que me ha sido revelado por fuentes próximas a la Dirección General de Policía, dos condecorados miembros de la Brigada Criminal de incógnito sorprendieron a don Federico poco después de la medianoche de ayer ataviado de mujerona y entonando cuplés de letra picante en el escenario de un tugurio de la calle Escudillers, para mayor beneficio de una audiencia presuntamente compuesta por débiles mentales. Estas criaturas olvidadas de Dios, fugadas la misma tarde del Cotolengo de una orden religiosa, se habían bajado los pantalones en el frenesí del espectáculo y bailoteaban sin decoro dando palmas con la umbría enhiesta y los morros babeantes.

La Merceditas se santiguó, sobrecogida por el giro escabroso que adquirían los hechos.

—Las madres de algunos de los pobres inocentes, al ser informadas del latrocinio, presentaron denuncia por escándalo público y atentado a la moral más elemental. La prensa, ave rapaz que medra en la desgracia y el oprobio, no tardó en olfatear la carnaza y, merced a las argucias de un soplón profesional, no habían transcurrido ni cuarenta minutos de la llegada a la escena de los dos miembros de la autoridad cuando se personó en dicho local Kiko Calabuig, reportero as del diario *El Caso*, más conocido como *remenamerda*, dispuesto a cubrir los hechos que fueren menester para que su crónica negra llegase antes del cierre de la edición de hoy donde, huelga decirlo, se califica con chabacanería amarillista el espectáculo habido en el local de dantesco y escalofriante en titulares del cuerpo veinticuatro.

—No puede ser —dijo mi padre—. Pero si parecía que don Federico hubiera escarmentado.

Don Anacleto asintió con vehemencia pastoral.

—Sí, pero no olvide el refranero, acervo y voz de nuestro sentir más hondo, que ya lo dice: la cabra tira al monte, y no sólo de bromuro vive el hombre. Y aún no han oído ustedes lo peor.

—Pues vaya al grano vuesa merced, que con tanto vuelo metafórico me están entrando ganas de hacer de vientre —protestó Fermín.

—Ni caso le haga a este animal, que a mí me gusta mucho como habla usted. Es como el No-Do, señor doctor —intercedió la Merceditas.

—Gracias, hija, pero sólo soy un humilde maestro. Pero a lo que iba, sin más dilación, preámbulo ni floritura. Al parecer el relojero, que en el momento de su detención respondía al nombre artístico de *La Niña er Peine*, ha sido ya detenido en similares circunstancias en un par de ocasiones que constan en los anales del acontecer criminal de los guardianes de la paz.

—Diga mejor maleantes con placa —espetó Fermín.

—Yo en política no me meto. Pero puedo decirles que, tras derribar al pobre don Federico del escenario de un botellazo certero, los dos agentes lo condujeron a la comisaría de Vía Layetana. En otra coyuntura, con suerte, la cosa no hubiera pasado de chanza y a lo mejor un par de bofetadas y/o vejaciones menores, pero se dio la funesta circunstancia de que ayer noche andaba por allí el célebre inspector Fumero.

—Fumero —murmuró Fermín, a quien la sola mención de su némesis le había causado un estremecimiento.

—El mismo. Como iba diciendo, el adalid de la seguridad ciudadana, recién llegado de una redada triunfal en un local ilegal de apuestas y carreras de cucarachas ubicado en la calle Vigatans, fue informado de lo sucedido por la angustiada madre de uno de los muchachos extraviados del Cotolengo y presunto cerebro de la fuga, Pepet Guardiola. En éstas, el notable inspector, que al parecer llevaba entre pecho y espalda doce carajillos de Soberano desde la cena, decidió tomar cartas en el asunto. Tras estudiar los agravantes en danza, Fumero se aprestó a indicar al sargento de guardia que tanta (y cito el *vocábolo* en su más descarnada literalidad pese a la presencia de una señorita por su valor documental en relación al suceso) *mariconada* merecía escarmiento y que lo que el relojero, oséase don Federico Flaviá i Pujades, soltero y natural de la localidad de Ripollet, necesitaba, por su bien y por el del alma inmortal de los mozalbetes mongoloides cuya presencia era accesoria pero determinante en el caso, era pasar la noche en el calabozo común del subsótano de la institución en compañía de una selecta pléyade de hampones. Como probablemente sabrán ustedes, dicha celda es célebre entre el elemento criminal por lo inhóspito y precario de sus condiciones sanitarias, y la inclusión de un ciudadano de a pie en la lista de huéspedes es siempre motivo de jolgorio por lo que comporta de lúdico y de novedoso a la monotonía de la vida carcelaria.

Llegado este punto, don Anacleto procedió a esbozar una breve pero entrañable semblanza del carácter de la víctima, por otro lado de todos bien conocido.

—No es necesario que les recuerde que el señor Flaviá i Pujades ha sido bendecido con una personalidad frágil y delicada, todo bondad y piedad cristiana. Si una mosca se cuela en la relojería, en vez de matarla a alpargatazos, abre la puerta y las ventanas de par en par para que al insecto, criatura del Señor, se lo lleve la corriente de vuelta al ecosistema. Don Federico, me consta, es hombre de fe, muy devoto e involucrado en las actividades de la parroquia que, sin embargo, ha tenido que convivir toda su vida con un tenebroso tirón al vicio que, en contadísimas ocasiones, le ha vencido y le ha echado a la calle disfrazado de mujeruca. Su habilidad para reparar desde relojes de pulsera hasta máquinas de coser siempre fue proverbial y su persona apreciada por todos quienes le conocimos y frecuentamos su establecimiento, incluso por aquellos que no veían con buenos ojos sus ocasionales escapadas nocturnas luciendo pelucón, peineta y vestido de lunares.

—Habla usted como si estuviese muerto —aventuró Fermín, consternado.

—Muerto no, gracias a Dios.

Suspiré, aliviado. Don Federico vivía con una madre octogenaria y totalmente sorda, conocida en el barrio como *La Pepita* y famosa por soltar unas ventosidades huracanadas que hacían caer aturdidos a los gorriones de su balcón.

—Poco imaginaba La Pepita que su Federico —continuó el catedrático— había pasado la noche en una celda cochambrosa, donde un orfeón de macarras y navajeros se lo habían rifado cual putón verbenero para luego, una vez ahítos de sus carnes magras, propinarle una paliza de órdago mientras el resto de presos coreaban con alegría «maricón, maricón, come mierda mariposón».

Se apoderó de nosotros un silencio sepulcral. La Merceditas sollozaba. Fermín quiso consolarla con un tierno abrazo, pero ella se zafó de un brinco.

19

—Imagínense ustedes el cuadro —concluyó don Anacleto para consternación de todos.

El epílogo de la historia no mejoraba las expectativas. A media mañana, un furgón gris de jefatura había dejado tirado a don Federico a la puerta de su casa. Estaba ensangrentado, con el vestido hecho jirones, sin su peluca ni su colección de bisutería fina. Se le habían orinado encima y tenía la cara llena de magulladuras y cortes. El hijo de la panadera lo había encontrado acurrucado en el portal, llorando como un niño y temblando.

—No hay derecho, no señor —comentó la Merceditas, apostada a la puerta de la librería, lejos de las manos de Fermín—. Pobrecillo, si es más bueno que el pan y no se mete con nadie. ¿Que le gusta vestirse de faraona y salir a cantar? ¿Y qué más dará? Es que la gente es mala.

Don Anacleto callaba, con la mirada baja.

—Mala no —objetó Fermín—. Imbécil, que no es lo mismo. El mal presupone una determinación moral, intención y cierto pensamiento. El imbécil o cafre no se para a pensar ni a razonar. Actúa por instinto, como bestia de establo, convencido de que hace el bien, de que siempre tiene la razón y orgulloso de ir jodiendo, con perdón, a todo aquel que se le antoja diferente a él mismo, bien sea por color, por creencia, por idioma, por nacionalidad o, como en el caso de don Federico, por sus hábitos de ocio. Lo que hace falta en el mundo es más gente mala de verdad y menos cazurros limítrofes.

—No diga usted majaderías. Lo que hace falta es un poco más de caridad cristiana y menos mala leche, que parece esto un país de alimañas —atajó la Merceditas—. Mucho ir a misa, pero a nuestro señor Jesucristo aquí no le hace caso ni Dios.

—Merceditas, no mentemos a la industria del misal, que es parte del problema y no de la solución.

—Ya salió el ateo. ¿Y a usted el clero qué le ha hecho, si se puede saber?

—Venga, no se me peleen —interrumpió mi padre—. Y usted, Fermín, acérquese a lo de don Federico y vea si necesita algo, que se le vaya a la farmacia o que se le compre algo en el mercado.

—Sí, señor Sempere. Ahora mismo. A mí es que me pierde la oratoria, ya lo sabe usted.

—A usted lo que le pierde es la poca vergüenza y la irreverencia que lleva encima —apostilló la Merceditas—. Blasfemo. Que le tendrían que limpiar el alma con salfumán.

—Mire, Merceditas, porque me consta que es usted una buena persona (si bien algo estrecha de entendimiento y más ignorante que un zote), y en estos momentos se presenta una emergencia social en el barrio frente a la que hay que priorizar esfuerzos, porque si no, le iba yo a aclarar a usted un par de puntos cardinales.

—¡Fermín! —clamó mi padre.

Fermín cerró el pico y salió a escape por la puerta. La Merceditas le observaba con reprobación.

—Ese hombre les va a meter a ustedes en un lío el día menos pensado, fíjese lo que le digo. Lo menos es anarquista, masón, y hasta judío. Con ese narizón...

—No le haga usted ni caso. Todo lo hace por llevar la contraria.

La Merceditas negó en silencio, airada.

—Bueno, les dejo ya que una está pluriempleada y le falta el tiempo. Buenos días.

Asentimos con reverencia y la vimos partir, erguida y castigando la calle a taconazos. Mi padre respiró hondo, como si quisiera inspirar la paz recuperada. Don Anacleto languidecía a su lado, el rostro blanqueado por momentos y la mirada triste y otoñal.

—Este país se ha ido a la mierda —dijo, ya descabalgando de su oratoria colosal.

—Venga, anímese, don Anacleto. Que las cosas siempre han sido así, aquí y en todas partes, lo que pasa es que hay momentos bajos y cuando tocan de cerca todo se ve más negro. Ya verá cómo don Federico remonta, que es más fuerte de lo que todos nos pensamos.

El catedrático negaba por lo bajo.

—Es como la marea, ¿sabe usted? —decía, ido—. La barbarie, digo. Se va y uno se cree a salvo, pero siempre vuelve, siempre vuelve... y nos ahoga. Yo lo veo todos los días en el instituto. Válgame Dios. Simios es lo que llegan a las aulas. Darwin era un soñador, se lo aseguro. Ni evolución ni niño muerto. Por cada uno que razona, tengo que lidiar con nueve orangutanes.

Nos limitamos a asentir dócilmente. El catedrático se despidió con un saludo y partió, cabizbajo y cinco años más viejo de lo que había entrado. Mi padre suspiró. Nos miramos brevemente, sin saber qué decir. Me pregunté si debía referirle la visita del inspector Fumero a la librería. Esto ha sido un aviso, pensaba yo. Una advertencia. Fumero había utilizado al pobre don Federico de telegrama.

—¿Te ocurre algo, Daniel? Estás blanco.

Suspiré y bajé la mirada. Procedí a relatarle el incidente con el inspector Fumero la otra noche, sus insinuaciones. Mi padre me escuchaba, tragándose la furia que le ardía en los ojos.

—Es culpa mía —dije—. Tenía que haber dicho algo...

Mi padre negó.

—No. No podías saberlo, Daniel.

—Pero...

—Ni se te ocurra pensarlo. Y a Fermín, ni una palabra. Sabe Dios cómo iba a reaccionar si supiera que ese individuo anda de nuevo tras él.

—Pero algo tendremos que hacer.

—Procurar que no se meta en líos.

Asentí, no muy convencido, y me dispuse a continuar la labor que había empezado Fermín mientras mi padre volvía a su correspondencia. Entre párrafo y párrafo, mi padre me lanzaba alguna mirada de soslayo. Fingí no darme cuenta.

—¿Qué tal con el profesor Velázquez ayer, todo bien? —preguntó, deseoso de cambiar de tema.

—Sí. Quedó contento con los libros. Me comentó que anda buscando un libro de cartas de Franco.

—El *Matamoros*. Pero si es apócrifo... un chiste de Madariaga. ¿Qué le dijiste?

—Que ya estábamos en ello y le decíamos algo en dos semanas máximo.

—Bien hecho. Pondremos a Fermín en el asunto y se lo cobraremos a precio de oro.

Asentí. Seguimos con la aparente rutina. Mi padre seguía mirándome. Ahí viene, pensé.

—Ayer se pasó por aquí una chica muy simpática. ¿Dice Fermín que es la hermana de Tomás Aguilar?

—Sí.

Mi padre asintió, ponderando la casualidad con gesto de mira-tú-por-dónde. Me concedió un minuto de tregua antes de volver al ataque, esta vez con aire de acordarse de repente de algo.

—Oye, por cierto, Daniel: hoy vamos a tener un día muy ligero y digo yo que a lo mejor te apetece tomártelo para ti y tus cosas. Además, últimamente me parece que trabajas demasiado.

—Estoy bien, gracias.

—Mira que hasta estaba pensando en dejar aquí a Fermín e irme al Liceo con Barceló. Esta tarde ponen *Tannhäuser* y me ha invitado, porque él tiene varias butacas de platea.

Mi padre hacía como que leía la correspondencia. Era un pésimo actor.

—¿Y a ti desde cuándo te gusta Wagner?

Se encogió de hombros.

—A caballo regalado... Además con Barceló da lo mismo la ópera que pongan, porque él se pasa toda la representación comentando la jugada y criticando el vestuario y el tempo. Me pregunta mucho por ti. A ver si vas a verle un día a la tienda.

—Un día de éstos.

—Entonces, si te parece hoy dejamos a Fermín al mando y nosotros nos vamos a divertir un rato, que ya toca. Y si necesitas algo de dinero...

—Papá, Bea no es mi novia.

—¿Y quién habla de novias? Lo dicho. Tú mismo. Si necesitas, coge de la caja, pero deja una nota para que luego Fermín no se asuste al cerrar el día.

Dicho esto, se hizo el despistado y se perdió por la trastienda con una sonrisa de oreja a oreja. Consulté el reloj. Eran las diez y media de la mañana. Había quedado con Bea en el claustro de la universidad a las cinco y, muy a mi pesar, el día amenazaba con hacérseme más largo que *Los hermanos Karamazov.*

Al poco regresó Fermín del domicilio del relojero y nos informó de que un comando de vecinas había montado una guardia permanente para atender al pobre don Federico, al que el doctor le había encontrado tres costillas rotas, contusiones múltiples y un desgarro rectal de libro de texto.

—¿Ha hecho falta comprar algo? —preguntó mi padre.

—Medicinas y ungüentos ya tenían para abrir una botica, por lo cual me he permitido llevarle unas flores, una botella de colonia Nenuco y tres frascos de Fruco de melocotón, que es el favorito de don Federico.

—Ha hecho usted bien. Ya me dirá lo que le debo —dijo mi padre—. Y a él, ¿cómo lo ha visto?

—Hecho una caquilla, para qué mentir. Sólo de verlo encogido en la cama como un ovillo, gimiendo que se quería morir, me entró un ansia asesina, fíjese usted. Me plantaba ahora mismo armado hasta el gaznate en la Brigada Criminal y me cepillaba a trabucazos a media docena de capullos, empezando por esa pústula supurante de Fumero.

—Fermín, tengamos la fiesta en paz. Le prohíbo terminantemente que haga nada.

—Lo que usted mande, señor Sempere.

—¿Y La Pepita cómo lo lleva?

—Con una presencia de ánimo ejemplar. Las vecinas la tienen dopada a base de lingotazos de brandy y cuando yo la vi había caído inerme de un sopor en el sofá, donde roncaba como un marraco y expelía unas llufas que perforaban la tapicería.

—Genio y figura. Fermín, le voy a pedir que se quede hoy usted en la tienda, que yo me voy a pasar un rato a ver a don Federico. Luego he quedado con Barceló. Y Daniel tiene cosas que hacer.

Alcé la vista justo a tiempo para sorprender a Fermín y a mi padre intercambiando una mirada de complicidad.

—Menudo par de casamenteras —dije.

Aún se reían de mí cuando salí por la puerta echando chispas.

Barría las calles una brisa fría y cortante que sembraba a su paso pinceladas de vapor. Un sol acerado arrancaba ecos de cobre al horizonte de tejados y campanarios del barrio gótico. Faltaban todavía varias horas para mi cita con Bea en el claustro de la universidad y decidí tentar a la suerte y acercarme a visitar a Nuria Monfort, con la confianza de que todavía viviese en la dirección que su padre me había proporcionado tiempo atrás.

La plaza de San Felipe Neri es apenas un respiradero en el laberinto de calles que traman el barrio gótico, oculta tras las antiguas murallas romanas. Los impactos del fuego de ametralladora en los días de la guerra salpican los muros de la iglesia. Aquella mañana, un grupo de chiquillos jugaba a soldados, ajenos a la memoria de las piedras. Una mujer joven, con el pelo marcado con mechas de plata, los contemplaba sentada en un banco, con un libro entreabierto en las manos y una sonrisa extraviada. Según las señas, Nuria Monfort vivía en un edificio en el umbral de la plaza. La fecha de construcción aún podía leerse en el arco de piedra ennegrecida que coronaba el portal, 1801. El zaguán apenas dejaba adivinar una estancia de sombras por la que ascendía una escalera torcida en una suerte de espiral. Consulté la colmena de buzones de latón. Los nombres de los inquilinos podían leerse en unos pedazos de cartulina amarillenta insertados en una ranura al uso.

Miquel Moliner / Nuria Monfort
3.º-2.ª

Ascendí lentamente, casi temiendo que la finca se derribaría si me atrevía a pisar firme sobre aquellos peldaños diminutos, de casa de muñecas. Había dos puertas por rellano, sin número ni distinción. Al llegar al tercero escogí una al azar y llamé con los nudillos. La escalera olía a humedad, a piedra envejecida y a arcilla. Llamé varias veces sin obtener respuesta. Decidí probar suerte con la otra puerta. Golpeé la puerta con el puño tres veces. Dentro del piso podía oírse una radio a todo volumen transmitiendo el programa «Momentos para la Reflexión con el padre Martín Calzado».

Me abrió la puerta una señora en bata acolchada a cuadros color turquesa, pantuflas y un casco de rulos. En la penuria de luz me pareció un buzo. A su espalda, la voz aterciopelada del padre Martín Calzado dedicaba unas palabras al patrocinador del programa, los productos de belleza Aurorín, predilectos de los peregrinos al santuario de Lourdes y verdadera mano de santo con pústulas y verrugones irreverentes.

—Buenas tardes. Estaba buscando a la señora Monfort.

—¿La Nurieta? Se equivoca usted de puerta, joven. Es ahí enfrente.

—Usted perdone. Es que he llamado y no había nadie.

—¿No será un acreedor, verdad? —preguntó de pronto la vecina con el recelo de la experiencia.

—No. Vengo de parte del padre de la señora Monfort.

—Ah, bueno. La Nurieta estará abajo, leyendo. ¿No la ha visto usted al subir?

Al bajar a la calle comprobé que la mujer de los cabellos plateados y el libro en las manos seguía varada en su banco de la plaza. La observé con detenimiento. Nuria Monfort era una mujer más que atractiva, de rasgos tallados para figurines de moda y retratos de estudio, a la que la juventud parecía estar escapándosele por la mirada. Había algo de su padre en aquel talle frágil y pincelado. Supuse que debía de rondar los cuarenta y pocos, dejándome llevar, si acaso, por los trazos de cabello plateado y las líneas que ajaban un rostro que, a media luz, hubiera podido pasar por diez años más joven.

—¿Señora Monfort?

Me miró como quien despierta de un trance, sin verme.

—Mi nombre es Daniel Sempere. Su padre me dio sus señas hace algún tiempo y me dijo que tal vez usted podría hablarme sobre Julián Carax.

Al oír estas palabras, toda expresión de ensueño se desvaneció de su rostro. Intuí que mencionar a su padre no había sido un acierto.

—¿Qué es lo que quiere? —preguntó con recelo.

Sentí que si no ganaba su confianza en aquel mismo instante, habría perdido mi oportunidad. La única carta que podía jugar era decir la verdad.

—Permítame que me explique. Hace ocho años, casi por casualidad, encontré en el Cementerio de los Libros Olvidados una novela de Julián Carax que usted había ocultado allí para evitar que un hombre que se hace llamar Laín Coubert la destruyese —dije.

Me miró fijamente, inmóvil, como si temiese que el mundo fuera a desmoronarse a su alrededor.

—Sólo le voy a robar unos minutos —añadí—. Se lo prometo.

Asintió, abatida.

—¿Cómo está mi padre? —preguntó, rehuyéndome la mirada.

—Bien. Algo mayor ya. La extraña a usted mucho.

Nuria Monfort dejó escapar un suspiro que no supe descifrar.

—Mejor que suba usted a casa. No quiero hablar de esto en la calle.

20

Nuria Monfort vivía en sombras. Un angosto pasillo conducía a un comedor que hacía las veces de cocina, biblioteca y oficina. De camino pude entrever un dormitorio modesto, sin ventanas. Aquello era todo. El resto de la vivienda se reducía a un baño minúsculo, sin ducha ni pica, por el que penetraban toda suerte de aromas, desde los olores de las cocinas del bar de abajo al aliento de cañerías y tuberías que rondaban el siglo. Aquella casa yacía en perpetua penumbra, un balcón de oscuridades sostenido entre muros despintados. Olía a tabaco negro, a frío y a ausencias. Nuria Monfort me observaba mientras yo fingía no reparar en lo precario de su vivienda.

—Bajo a la calle a leer porque en el piso apenas hay luz —dijo—. Mi marido ha prometido regalarme un flexo cuando vuelva a casa.

—¿Está su esposo de viaje?

—Miquel está en la cárcel.

—Disculpe, no sabía...

—No tenía usted por qué saberlo. No me avergüenza decírselo, porque mi marido no es un criminal. Esta última vez se lo llevaron por imprimir octavillas para el sindicato de metalurgia. De eso hace ya dos años. Los vecinos creen que está en América, de viaje. Mi padre tampoco lo sabe, y no me gustaría que se enterase.

—Quede tranquila. Por mí no habrá de saberlo —dije.

Se tramó un silencio tenso y supuse que ella veía en mí a un espía de Isaac.

—Debe de ser duro sacar adelante la casa, sola —dije tontamente, por llenar aquel vacío.

—No es fácil. Saco lo que puedo con las traducciones, pero con un marido en prisión no da para mucho. Los abogados me han desangrado y estoy de deudas hasta el cuello. Traducir da casi tan poco como escribir.

Me observó como si esperase alguna respuesta. Me limité a sonreír dócilmente.

—¿Traduce usted libros?

—Ya no. Ahora he empezado a traducir impresos, contratos y documentos de aduanas, porque se paga mucho mejor. Traducir literatura da una miseria, aunque algo más que escribirla, la verdad. La comunidad de vecinos ya ha intentado echarme un par de veces. Lo de menos es que me retrase en los pagos de los gastos de la comunidad. Imagínese usted, hablando idiomas y llevando pantalones. Más de uno me acusa de tener en este piso una casa de citas. Otro gallo me cantaría...

Confié en que la penumbra ocultase mi sonrojo.

—Perdone. No sé por qué le cuento todo esto. Le estoy avergonzando.

—Es culpa mía. Yo he preguntado.

Se rió, nerviosa. La soledad que desprendía aquella mujer quemaba.

—Se parece usted un poco a Julián —dijo de repente—. En la manera de mirar y en los gestos. Él hacía como usted. Se quedaba callado, mirándote sin que pudieses saber lo que pensaba, y una iba y como una tonta le contaba cosas que más valdría callarse... ¿puedo ofrecerle algo?, ¿café con leche?

—Nada, gracias. No se moleste.

—No es molestia. Iba a hacerme uno para mí.

Algo me hizo sospechar que aquel café con leche era toda su comida del mediodía. Decliné de nuevo la invitación y la vi retirarse hasta un rincón del comedor donde había un hornillo eléctrico.

—Póngase cómodo —dijo, dándome la espalda.

Miré a mi alrededor y me pregunté cómo. Nuria Monfort tenía su despacho en un escritorio que ocupaba la esquina junto al balcón. Una máquina de escribir Underwood reposaba junto a un quinqué y una estantería repleta de diccionarios y manuales. No había fotos de familia, pero la pared frente al escritorio estaba recubierta de tarjetas postales, todas ellas estampas de un puente que recordaba haber visto en algún sitio pero que no pude identificar, quizá París o Roma. Al pie de este mural, el escritorio respiraba una pulcritud y una meticulosidad casi obsesiva. Los lápices estaban afilados y alineados a la perfección. Los papeles y carpetas estaban ordenados y dispuestos en tres hileras simétricas. Cuando me volví me di cuenta de que Nuria Monfort me observaba desde el umbral del pasillo. Me contemplaba en silencio, como se mira a los extraños en la calle o en el metro. Encendió un cigarrillo y permaneció donde estaba, su rostro velado en las volutas de humo azul. Pensé que Nuria Monfort destilaba, a su pesar, trazas de mujer fatal, de las que encandilaban a Fermín cuando aparecían entre las nieblas de una estación en Berlín envueltas en halos de luz imposible, y que tal vez su propio aspecto la aburría.

—No hay mucho que contar —empezó—. Conocí a Julián hace más de veinte años, en París. Por aquel entonces, yo trabajaba para la editorial Cabestany. El señor Cabestany había adquirido los derechos de las novelas de Julián por dos duros. Yo había empezado a trabajar en el departamento de administración, pero cuando el señor Cabestany se enteró de que hablaba francés, italiano y algo de alemán me puso al cargo de adquisiciones y me hizo su secretaria personal. Entre mis funciones estaba el mantener la correspondencia con autores y editores extranjeros con quienes la editorial tenía tratos, y así es cómo entré en contacto con Julián Carax.

—Su padre me contó que eran ustedes buenos amigos.

—Mi padre le diría que tuvimos una aventura o algo así. ¿No es verdad? Según él, yo echo a correr detrás de cualquier par de pantalones como si fuese una perra en celo.

La sinceridad y el desparpajo de aquella mujer me robaban las palabras. Tardé demasiado en urdir una respuesta aceptable. Para entonces, Nuria Monfort sonreía para sí y negaba con la cabeza.

—No le haga ni caso. Mi padre sacó esa idea de un viaje que tuve que hacer a París en el año 33 para resolver unos asuntos del señor Cabestany con Gallimard. Estuve una semana en la ciudad y me hospedé en el apartamento de Julián por la sencilla razón de que el señor Cabestany prefería ahorrarse el hotel. Ya ve usted qué romántico. Hasta entonces había mantenido mi relación con Julián Carax estrictamente por carta, normalmente para tratar asuntos de derechos de autor, galeradas y temas de edición. Lo que sabía de él, o me imaginaba, lo había sacado de la lectura de los manuscritos que nos enviaba.

—¿Le contaba él algo acerca de su vida en París?

—No. A Julián no le gustaba hablar de sus libros o de sí mismo. No me pareció que fuese feliz en París, aunque me dio la impresión de que era de esas personas que no pueden ser felices en ninguna parte. La verdad es que nunca llegué a conocerle a fondo. No se dejaba. Era un hombre muy reservado y a veces me parecía que había dejado de interesarle el mundo y la gente. El señor Cabestany le tenía por muy tímido y un tanto lunático, pero a mí me pareció que Julián vivía en el pasado, encerrado con sus recuerdos. Julián vivía de puertas adentro, para sus libros y dentro de ellos, como un prisionero de lujo.

—Lo dice usted como si le envidiase.

—Hay peores cárceles que las palabras, Daniel.

Me limité a asentir, sin saber muy bien a qué se refería.

—¿Hablaba Julián alguna vez de esos recuerdos, de sus años en Barcelona?

—Muy poco. En la semana que estuve en su casa, en París, me contó algo de su familia. Su madre era francesa, profesora de música. Su padre tenía una sombrerería o algo así. Sé que era un hombre muy religioso, muy estricto.

—¿Le explicó Julián la clase de relación que tenía con él?

—Sé que se llevaban a morir. La cosa venía de largo. De hecho, la razón de que Julián marchase a París fue para evitar que su padre le metiese en el ejército. Su madre le había prometido que antes de que eso sucediese, se lo llevaría lejos de aquel hombre.

—Aquel hombre era su padre, después de todo.

Nuria Monfort sonrió. Lo hacía apenas con una insinuación en la comisura de los labios y un brillo triste y cansino en la mirada.

—Aunque lo fuera, nunca se comportó como tal y Julián nunca lo consideró así. En una ocasión me confesó que, antes de casarse, su madre había tenido una aventura con un desconocido cuyo nombre nunca quiso revelar. Ese hombre era el verdadero padre de Julián.

—Eso parece el arranque de *La Sombra del Viento.* ¿Cree que le dijo la verdad?

Nuria Monfort asintió.

—Julián me explicó que había crecido viendo cómo el sombrerero, porque así era como él le llamaba, insultaba y pegaba a su madre. Después entraba en el dormitorio de Julián para decirle que él era hijo del pecado, que había heredado el carácter débil y miserable de su madre y que iba a ser un desgraciado toda su vida, un fracasado en cualquier cosa que se propusiera...

—¿Sentía Julián rencor hacia su padre?

—El tiempo enfría estas cosas. Nunca me pareció que Julián le odiase. Quizá hubiera sido mejor así. Mi impresión es que le había perdido completamente el respeto al sombrerero a fuerza de tanto numerito. Julián hablaba de aquello como si no le importara, como si fuese parte de un pasado que había dejado atrás, pero esas cosas nunca se olvidan. Las palabras con que se envenena el corazón de un hijo, por mezquindad o por ignorancia, se quedan enquistadas en la memoria y tarde o temprano le queman el alma.

Me pregunté si hablaba por experiencia propia y me vino de nuevo a la mente la imagen de mi amigo Tomás Aguilar escuchando estoicamente las arengas de su augusto progenitor.

—¿Qué edad tenía entonces Julián?

—Ocho o diez años, imagino.

Suspiré.

—En cuanto tuvo edad de ingresar en el ejército, su madre se lo llevó a París. No creo que ni se despidieran. El sombrerero nunca entendió que su familia le abandonase.

—¿Oyó mencionar alguna vez a Julián a una muchacha llamada Penélope?

—¿Penélope? Creo que no. Lo recordaría.

—Era una novia suya, de cuando todavía vivía en Barcelona.

Extraje la fotografía de Carax y Penélope Aldaya y se la tendí. Vi que se le iluminaba la sonrisa al ver a un Julián Carax adolescente. Se la comía la nostalgia, la pérdida.

—Qué jovencito estaba aquí... ¿es ésta la tal Penélope?

Asentí.

—Muy guapa. Julián siempre se las arreglaba para acabar rodeado de mujeres bonitas.

Como usted, pensé.

—¿Sabe usted si tenía muchas...?

Aquella sonrisa de nuevo, a mi costa.

—¿Novias? ¿Amigas? No lo sé. A decir verdad, nunca le oí hablar de ninguna mujer en su vida. Una vez, por pincharle, le pregunté. Sabrá usted que se ganaba la vida tocando el piano en una casa de alterne. Le pregunté si no se sentía tentado, todo el día rodeado de bellezas de virtud fácil. No le hizo gracia la broma. Me respondió que él no tenía derecho a amar a nadie, que merecía estar solo.

—¿Dijo por qué?

—Julián nunca decía el porqué.

—Aun así, al final, poco antes de regresar a Barcelona en 1936, Julián Carax iba a casarse.

—Eso dijeron.

—¿Lo duda usted?

Se encogió de hombros, escéptica.

—Como le digo, en todos los años que nos conocimos, Julián nunca me había mencionado a ninguna mujer en especial, mucho menos a una con la que fuera a casarse. Lo de la supuesta boda me llegó de oídas más tarde. Neuval, el último editor de Carax, le contó a Cabestany que la novia era una mujer veinte años mayor que Julián, una viuda adinerada y enferma. Según Neuval, esta mujer lo había estado más o menos manteniendo durante años. Los médicos le daban seis meses de vida, como mucho un año. Según Neuval, ella quería casarse con Julián para que él fuese su heredero.

—Pero la ceremonia nunca llegó a celebrarse.

—Si es que alguna vez existió tal plan o tal viuda.

—Según tengo entendido, Carax se vio envuelto en un duelo, al amanecer del mismo día en que iba a contraer matrimonio. ¿Sabe con quién o por qué?

—Neuval supuso que se trataba de alguien relacionado con la viuda. Un pariente lejano y codicioso que temía ver la herencia ir a parar a manos de un advenedizo. Neuval publicaba sobre todo folletines, y me parece que el género se le había subido a la cabeza.

—Veo que no da usted mucho crédito a la historia de la boda y el duelo.

—No. Nunca la creí.

—¿Qué piensa usted que sucedió entonces? ¿Por qué regresó Carax a Barcelona?

Sonrió con tristeza.

—Hace diecisiete años que me hago esa pregunta.

Nuria Monfort encendió otro cigarrillo. Me ofreció uno. Me sentí tentado de aceptar, pero negué.

—Pero tendrá usted alguna sospecha —sugerí.

—Todo lo que sé es que en el verano de 1936, al poco de estallar la guerra, un empleado de la morgue municipal llamó a la editorial para decir que habían recibido el cadáver de Julián Carax tres días antes. Le habían encontrado muerto en un callejón del Raval, vestido con andrajos y una bala en el corazón. Llevaba encima un libro, un ejemplar de *La Sombra del Viento*, y su pasaporte. El sello indicaba que había cruzado la frontera con Francia un mes antes. Dónde había estado durante ese tiempo, nadie lo sabe. La policía contactó a su padre, pero éste se negó a hacerse cargo del cuerpo alegando que él no tenía hijo. Después de dos días sin que nadie reclamase el cadáver, fue enterrado en una fosa común en el cementerio de Montjuïc. No pude ni llevarle unas flores, porque nadie supo decirme dónde había sido enterrado. Al empleado de la morgue, que se había quedado el libro que encontró en la chaqueta de Julián, se le ocurrió llamar a la editorial Cabestany días después. Así es como supe lo sucedido. No lo pude entender. Si a Julián le quedaba alguien a quien recurrir en Barcelona, era yo, o como mucho el señor Cabestany. Éramos sus únicos amigos, pero nunca nos dijo que había vuelto. Sólo supimos que había regresado a Barcelona después de muerto...

—¿Pudo averiguar algo más después de recibir la noticia de su muerte?

—No. Eran los primeros meses de la guerra y Julián no era el único que había desaparecido sin dejar ni rastro. Nadie habla de eso ya, pero hay muchas tumbas sin nombre como la de Julián. Preguntar era como darse con la cabeza contra la pared. Con la ayuda del señor Cabestany, que por entonces ya estaba muy enfermo, presenté quejas a la policía y tiré de todos los hilos que pude. Lo único que conseguí fue recibir la visita de un inspector joven, un tipo siniestro y arrogante, que me dijo que me convenía dejar de hacer preguntas y concentrar mis esfuerzos en una actitud más positiva, porque el país estaba en plena cruzada. Ésas fueron sus palabras. Se llamaba Fumero, es todo lo que recuerdo. Ahora parece que es todo un personaje. Le mencionan mucho en los diarios. A lo mejor ha oído hablar usted de él.

Tragué saliva.

—Vagamente.

—No volví a oír hablar de Julián hasta que un individuo se puso en contacto con la editorial y se interesó por adquirir los ejemplares que quedasen en el almacén de las novelas de Carax.

—Laín Coubert.

Nuria Monfort asintió.

—¿Tiene idea de quién era ese hombre?

—Tengo una sospecha, pero no estoy segura. En marzo de 1936, me acuerdo porque por entonces estábamos preparando la edición de *La Sombra del Viento*, una persona llamó a la editorial pidiendo su dirección. Dijo que era un viejo amigo y que quería visitar a Julián en París. Darle una sorpresa. Me lo pasaron a mí y yo le dije que no estaba autorizada a darle esa información.

—¿Le dijo quién era?

—Un tal Jorge.

—¿Jorge Aldaya?

—Es posible. Julián le había mencionado en más de una ocasión. Me parece que habían estudiado juntos en el colegio de San Gabriel y que a veces se refería a él como si hubiera sido su mejor amigo.

—¿Sabía usted que Jorge Aldaya era el hermano de Penélope?

Nuria Monfort frunció el ceño, desconcertada.

—¿Le dio usted a Aldaya la dirección de Julián en París? —pregunté.

—No. Me dio mala espina.

—¿Qué dijo él?

—Se rió de mí, me dijo que ya la encontraría por otro conducto y me colgó el teléfono.

Algo parecía estar carcomiéndola. Empecé a sospechar adónde nos conducía la conversación.

—Pero usted volvió a oír hablar de él, ¿no es así?

Asintió nerviosamente.

—Como le decía, al poco de la desaparición de Julián, aquel hombre se presentó en la editorial Cabestany. Por entonces, el señor Cabestany ya no podía trabajar y su hijo mayor se había hecho cargo de la empresa. El visitante, Laín Coubert, se ofreció a comprar todos los restos de existencias que quedasen de las novelas de Julián. Yo pensé que debía de tratarse de un chiste de mal gusto. Laín Coubert era un personaje de *La Sombra del Viento.*

—El diablo.

Nuria Monfort asintió.

—¿Llegó usted a ver a Laín Coubert?

Negó y encendió su tercer cigarrillo.

—No. Pero oí parte de la conversación con el hijo en el despacho del señor Cabestany.

Dejó la frase colgada, como si temiese completarla o no supiera cómo hacerlo. El cigarrillo le temblaba en los dedos.

—Su voz —dijo—. Era la misma voz del hombre que llamó por teléfono diciendo ser Jorge Aldaya. El hijo de Cabestany, un imbécil arrogante, quiso pedirle más dinero. El tal Coubert dijo que tenía que pensar en la oferta. Aquella misma noche, el almacén de la editorial en Pueblo Nuevo ardió, y los libros de Julián con él.

—Menos los que usted rescató y escondió en el Cementerio de los Libros Olvidados.

—Así es.

—¿Tiene alguna idea de por qué motivo querría alguien quemar todos los libros de Julián Carax?

—¿Por qué se queman los libros? Por estupidez, por ignorancia, por odio... vaya usted a saber.

—¿Por qué cree usted? —insistí.

—Julián vivía en sus libros. Aquel cuerpo que acabó en la morgue era sólo una parte de él. Su alma está en sus historias. En una ocasión le pregunté en quién se inspiraba para crear sus personajes y me respondió que en nadie. Que todos sus personajes eran él mismo.

—Entonces, si alguien quisiera destruirle, tendría que destruir esas historias y esos personajes, ¿no es así?

Afloró de nuevo aquella sonrisa abatida, de derrota y cansancio.

—Me recuerda usted a Julián —dijo—. Antes de que perdiera la fe.

—¿La fe en qué?

—En todo.

Se acercó en la penumbra y me tomó la mano. Me acarició la palma en silencio, como si quisiera leerme las líneas en la piel. La mano me temblaba bajo su tacto. Me sorprendí a mí mismo dibujando mentalmente el contorno de su cuerpo bajo aquellas ropas envejecidas, de prestado. Deseaba tocarla y sentir el pulso ardiéndole bajo la piel. Nuestras miradas se habían encontrado y tuve la certeza de que ella sabía lo que estaba pensando. La sentí más sola que nunca. Alcé los ojos y me encontré con su mirada serena, de abandono.

—Julián murió solo, convencido de que nadie iba a acordarse de él ni de sus libros y de que su vida no había significado nada —dijo—. A él le hubiera gustado saber que alguien le quería mantener vivo, que le recordaba. Él solía decir que existimos mientras alguien nos recuerda.

Me invadió el deseo casi doloroso de besar a aquella mujer, un ansia como no la había experimentado jamás, ni siquiera conciliando el fantasma de Clara Barceló. Me leyó la mirada.

—Se le hace a usted tarde, Daniel —murmuró.

Una parte de mí deseaba quedarse, perderse en aquella rara intimidad de penumbras con aquella desconocida y escucharle decir cómo mis gestos y mis silencios le recordaban a Julián Carax.

—Sí —balbuceé.

Asintió sin decir nada y me acompañó hasta la puerta. El pasillo se me hizo eterno. Me abrió la puerta y salí al rellano.

—Si ve usted a mi padre, dígale que estoy bien. Miéntale.

Me despedí de ella a media voz, agradeciéndole su tiempo y ofreciéndole la mano cordialmente. Nuria Monfort ignoró mi gesto formal. Me puso las manos sobre los brazos, se inclinó y me besó en la mejilla. Nos miramos en silencio y esta vez me aventuré a buscar sus labios, casi temblando. Me pareció que se entreabrían y que sus dedos buscaban mi rostro. En el último instante, Nuria Monfort se retiró y bajó la mirada.

—Creo que es mejor que se vaya usted, Daniel —susurró.

Me pareció que iba a llorar, y antes de que yo pudiese decir nada me cerró la puerta. Me quedé en el rellano y sentí su presencia al otro lado de la puerta, inmóvil, preguntándome qué había sucedido allí dentro. Al otro lado del rellano, la mirilla de la vecina parpadeaba. Le dediqué un saludo y me lancé escaleras abajo. Cuando llegué a la calle todavía llevaba su rostro, su voz y su olor clavados en el alma. Arrastré el roce de sus labios y de su aliento sobre la piel por calles repletas de gente sin rostro que escapaba de oficinas y comercios. Al enfilar la calle Canuda me embistió una brisa helada que cortaba el bullicio. Agradecí el aire frío en el rostro y me encaminé hacia la universidad. Al cruzar las Ramblas me abrí paso hasta la calle Tallers y me perdí en su angosto cañón de penumbras, pensando que había quedado atrapado en aquel comedor oscuro en el que ahora imaginaba a Nuria Monfort sentada a solas en la sombra, arreglando sus lápices, sus carpetas y sus recuerdos en silencio, con los ojos envenenados de lágrimas.

21

Se desplomó la tarde casi a traición, con un aliento frío y un manto púrpura que resbalaba entre los resquicios de las calles. Apreté el paso y veinte minutos más tarde la fachada de la universidad emergió como un buque ocre varado en la noche. El portero de la Facultad de Letras leía en su garita a las plumas más influyentes de la España del momento en la edición de tarde de *El Mundo Deportivo*. Apenas parecían quedar ya estudiantes en el recinto. El eco de mis pasos me acompañó a través de los corredores y galerías que conducían al claustro, donde el rubor de dos luces amarillentas apenas inquietaban la penumbra. Me asaltó la idea de que Bea me había tomado el pelo y me había citado allí a aquella hora de nadie para vengarse de mi presunción. Las hojas de los naranjos del claustro parpadeaban como lágrimas de plata y el rumor de la fuente serpenteaba entre los arcos. Ausculté el patio con la mirada barajando decepción y, quizá, cierto alivio cobarde. Allí estaba. Su silueta se recortaba frente a la fuente, sentada en uno de los bancos con la mirada escalando las bóvedas del claustro. Me detuve en el umbral para contemplarla y, por un instante, me pareció ver en ella el reflejo de Nuria Monfort soñando despierta en su banco de la plaza. Advertí que no llevaba su carpeta ni sus libros y sospeché que quizá no hubiese tenido clase aquella tarde. Tal vez había acudido allí tan sólo para encontrarse conmigo. Tragué saliva y me adentré en el claustro. Mis pasos en el empedrado me delataron y Bea alzó la vista, sonriendo sorprendida, como si mi presencia allí fuera una casualidad.

—Creí que no ibas a venir —dijo Bea.

—Eso mismo pensaba yo —repuse.

Permaneció sentada, muy erguida, con las rodillas apretadas y las manos recogidas sobre el regazo. Me pregunté cómo era posible sentir a alguien tan lejos y, sin embargo, poder leer cada pliegue de sus labios.

—He venido porque quiero demostrarte que estabas equivocado en lo que me dijiste el otro día, Daniel. Que me voy a casar con Pablo y que no importa lo que me enseñes esta noche, me voy a El Ferrol con él tan pronto acabe el servicio.

La miré como se mira a un tren que se escapa. Me di cuenta de que había pasado dos días caminando sobre nubes y se me cayó el mundo de las manos.

—Y yo que pensaba que habías venido porque te apetecía verme. —Sonreí sin fuerzas.

Observé que se le inflamaba el rostro de reparo.

—Lo decía en broma —mentí—. Lo que sí iba en serio era mi promesa de enseñarte una cara de la ciudad que no has visto todavía. Al menos, así tendrás un motivo para acordarte de mí, o de Barcelona, dondequiera que vayas.

Bea sonrió con cierta tristeza y evitó mi mirada.

—He estado a punto de meterme en un cine, ¿sabes? Para no verte hoy —dijo.

—¿Por qué?

Bea me observaba en silencio. Se encogió de hombros y alzó los ojos como si quisiera cazar palabras al vuelo que se le escapaban.

—Porque tenía miedo de que a lo mejor tuvieses razón —dijo finalmente.

Suspiré. Nos amparaba el anochecer y aquel silencio de abandono que une a los extraños, y me sentí con valor de decir cualquier cosa, aunque fuese por última vez.

—¿Le quieres o no?

Me ofreció una sonrisa que se deshacía por las costuras.

—No es asunto tuyo.

—Eso es verdad —dije—. Es asunto sólo tuyo.

Se le enfrió la mirada.

—¿Y a ti qué más te da?

—No es asunto tuyo —dije.

No sonrió. Le temblaban los labios.

—La gente que me conoce sabe que aprecio a Pablo. Mi familia y...

—Pero yo casi soy un extraño —interrumpí—. Y me gustaría oírlo de ti.

—¿Oír el qué?

—Que le quieres de verdad. Que no te casas con él para salir de tu casa, o para dejar Barcelona y a tu familia lejos, donde no puedan hacerte daño. Que te vas y no que huyes.

Los ojos le brillaban con lágrimas de rabia.

—No tienes derecho a decirme eso, Daniel. Tú no me conoces.

—Dime que estoy equivocado y me iré. ¿Le quieres?

Nos miramos un largo rato en silencio.

—No lo sé —murmuró por fin—. No lo sé.

—Alguien dijo una vez que en el momento en que te paras a pensar si quieres a alguien, ya has dejado de quererle para siempre —dije.

Bea buscó la ironía en mi rostro.

—¿Quién dijo eso?

—Un tal Julián Carax.

—¿Amigo tuyo?

Me sorprendí a mí mismo asintiendo.

—Algo así.

—Vas a tener que presentármelo.

—Esta noche, si quieres.

Dejamos la universidad bajo un cielo encendido de moretones. Caminábamos sin rumbo fijo, más por acostumbrarnos al paso del otro que por llegar a algún sitio. Nos refugiamos en el único tema que teníamos en común, su hermano Tomás. Bea hablaba de él como de un extraño a quien se quiere, pero apenas se conoce. Rehuía mi mirada y sonreía nerviosamente. Sentí que se arrepentía de lo que me había dicho en el claustro de la universidad, que le dolían todavía las palabras que se la comían por dentro.

—Oye, de lo que te he dicho antes —dijo de repente, sin venir a cuento—, no le dirás nada a Tomás, ¿verdad?

—Claro que no. A nadie.

Rió nerviosa.

—No sé qué me ha pasado. No te ofendas, pero a veces una se siente más libre de hablarle a un extraño que a la gente que conoce. ¿Por qué será?

Me encogí de hombros.

—Probablemente porque un extraño nos ve como somos, no como quiere creer que somos.

—¿Es eso también de tu amigo Carax?

—No, eso me lo acabo de inventar para impresionarte.

—¿Y cómo me ves tú a mí?

—Como un misterio.

—Ése es el cumplido más raro que me han hecho nunca.

—No es un cumplido. Es una amenaza.

—¿Y eso?

—Los misterios hay que resolverlos, averiguar qué esconden.

—A lo mejor te decepcionas al ver lo que hay dentro.

—A lo mejor me sorprendo. Y tú también.

—Tomás no me había dicho que tuvieses tanta cara dura.

—Es que la poca que tengo, la reservo toda para ti.

—¿Por qué?

Porque me das miedo, pensé.

Nos refugiamos en un viejo café junto al teatro Poliorama. Nos retiramos a una mesa junto a la ventana, y pedimos unos bocadillos de jamón serrano y un par de cafés con leche para entrar en calor. Al poco, el encargado, un tipo escuálido con mueca de diablillo cojuelo, se acercó a la mesa con aire oficioso.

—¿Vosotro utede soy lo que habéi pedío lo entrepane de jamong?

Asentimos.

—Siento comunicarsus, en nombre de la diresión, que no queda ni veta de jamong. Pueo ofresele butifarra negra, blanca, mixta, arbóndiga o chitorra. Género de primera, frequísimo. Tamién tengo sardina en ecabexe, si no podéi utede ingerí produto cárnico por motivo de consiensia religiosa. Como e vierne...

—Yo con el café con leche ya estoy bien, de verdad —respondió Bea.

Yo me moría de hambre.

—¿Y si nos pone dos de bravas? —dije—. Y algo de pan también, por favor.

—Ora mimo, caballero. Y utede perdonen la caretía de género. Normalmente tengo de to, hasta caviar borxevique. Pero esta tarde ha sío la semifinar de la Copa Europa y hemo tenío muchísimo personal. Qué partidaso.

El encargado partió con gesto ceremonioso. Bea lo observaba, divertida.

—¿De dónde es ese acento? ¿Jaén?

—Santa Coloma de Gramanet —precisé—. Tú coges poco el metro, ¿verdad?

—Mi padre dice que el metro va lleno de gentuza y que, si vas sola, te meten mano los gitanos.

Iba a decir algo, pero me callé. Bea rió. Tan pronto llegaron los cafés y la comida me lancé a dar cuenta de todo ello sin pretensiones de delicadeza. Bea no probó bocado. Con ambas manos en torno al tazón humeante me observaba con una media sonrisa, entre la curiosidad y el asombro.

—Y entonces, ¿qué es lo que me vas a enseñar hoy que no he visto todavía?

—Varias cosas. De hecho, lo que te voy a enseñar forma parte de una historia. ¿No me dijiste el otro día que a ti lo que te gustaba era leer?

Bea asintió, arqueando las cejas.

—Pues bien, ésta es una historia de libros.

—¿De libros?

—De libros malditos, del hombre que los escribió, de un personaje que se escapó de las páginas de una novela para quemarla, de una traición y de una amistad perdida. Es una historia de amor, de odio y de los sueños que viven en la sombra del viento.

—Hablas como la solapa de una novela de a duro, Daniel.

—Será porque trabajo en una librería y he visto demasiadas. Pero ésta es una historia real. Tan cierta como que este pan que nos han servido tiene por lo menos tres días. Y como todas las historias reales empieza y acaba en un cementerio, aunque no la clase de cementerio que te imaginas.

Sonrió como lo hacen los niños a los que se les promete un acertijo o un truco de magia.

—Soy toda oídos.

Apuré el último sorbo de café y la contemplé en silencio unos instantes. Pensé en lo mucho que deseaba refugiarme en aquella mirada huidiza que se temía transparente, vacía. Pensé en la soledad que iba a asaltarme aquella noche cuando me despidiese de ella, sin más trucos ni historias con que engañar su compañía. Pensé en lo poco que tenía que ofrecerle y en lo mucho que quería recibir de ella.

—Te crujen los sesos, Daniel —dijo—. ¿Qué tramas?

Inicié mi relato con aquella alba lejana en que desperté sin poder recordar el rostro de mi madre y no me detuve hasta recordar el mundo de penumbras que había intuido aquella misma mañana en casa de Nuria Monfort. Bea me escuchaba en silencio con una atención que no revelaba juicio o presunción. Le hablé de mi primera visita al Cementerio de los Libros Olvidados y de la noche que pasé leyendo *La Sombra del Viento.* Le hablé de mi encuentro con el hombre sin rostro y de aquella carta firmada por Penélope Aldaya que llevaba siempre conmigo sin saber por qué. Le hablé de cómo nunca había llegado a besar a Clara Barceló, ni a nadie, y de cómo me habían temblado las manos al sentir el roce de los labios de Nuria Monfort en la piel apenas unas horas atrás. Le hablé de cómo hasta aquel momento no había comprendido que aquélla era una historia de gente sola, de ausencias y de pérdida, y que por esa razón me había refugiado en ella hasta confundirla con mi propia vida, como quien escapa a través de las páginas de una novela porque aquellos a quien necesita amar son sólo sombras que viven en el alma de un extraño.

—No digas nada —murmuró Bea—. Sólo llévame a ese lugar.

Era ya noche cerrada cuando nos detuvimos frente al portón del Cementerio de los Libros Olvidados en las sombras de la calle Arco del Teatro. Así el picaporte del diablillo y golpeé tres veces. Soplaba un viento frío impregnado de olor a carbón. Nos resguardamos bajo el arco de la entrada mientras esperábamos. Encontré la mirada de Bea a apenas unos centímetros de la mía. Sonreía. Al poco se escucharon unos pasos leves acercándose al portón y nos llegó la voz cansina del guardián.

—¿Quién va? —preguntó Isaac.

—Soy Daniel Sempere, Isaac.

Me pareció oírle maldecir por lo bajo. Siguieron los mil crujidos y quejidos del cerrojo kafkiano. Finalmente, la puerta cedió unos centímetros, desvelando el rostro aguileño de Isaac Monfort a la lumbre de un candil. Al verme, el guardián suspiró y puso los ojos en blanco.

—Yo, también, no sé por qué pregunto —dijo—. ¿Quién más podría ser a estas horas?

Isaac iba enfundado en lo que me pareció un extraño mestizaje de bata, albornoz y abrigo del ejército ruso. Las pantuflas acolchadas combinaban a la perfección con una gorra de lana a cuadros, con borla y birrete.

—Espero no haberle sacado de la cama —dije.

—Qué va. Apenas había empezado a decir el Jesusito de mi vida.

Le lanzó una mirada a Bea como si acabase de ver un fajo de cartuchos de dinamita encendido a sus pies.

—Espero por su bien que esto no sea lo que parece —amenazó.

—Isaac, ésta es mi amiga Beatriz y, con su permiso, me gustaría mostrarle este lugar. No se preocupe, es de toda confianza.

—Sempere, he conocido lactantes con más sentido común que usted.

—Será sólo un momento.

Isaac dejó escapar un resoplido de derrota y examinó a Bea con detenimiento y recelo policial.

—¿Ya sabe usted que anda en compañía de un débil mental? —preguntó.

Bea sonrió cortésmente.

—Empiezo a hacerme a la idea.

—Divina inocencia. ¿Sabe las reglas?

Bea asintió. Isaac negó por lo bajo y nos hizo pasar, auscultando como siempre las sombras de la calle.

—Visité a su hija Nuria —dejé caer casualmente—. Está bien. Trabajando mucho, pero bien. Le envía saludos.

—Sí, y dardos envenenados. Qué poca gracia tiene usted para el embuste, Sempere. Pero se agradece el esfuerzo. Venga, pasen.

Una vez dentro me tendió el candil y procedió a echar de nuevo el cerrojo sin prestarnos más atención.

—Cuando hayan acabado ya sabe dónde encontrarme.

El laberinto de los libros se adivinaba en ángulos espectrales que despuntaban bajo el manto de tiniebla. El candil proyectaba una burbuja de claridad vaporosa a nuestros pies. Bea se detuvo en el umbral del laberinto, atónita. Sonreí, reconociendo en su rostro la misma expresión que mi padre debía de haber visto en el mío años atrás. Nos adentramos en los túneles y galerías del laberinto, que crujía a nuestro paso. Las marcas que había dejado en mi última incursión seguían allí.

—Ven, quiero enseñarte algo —dije.

Más de una vez perdí mi propio rastro y tuvimos que desandar un trecho en busca de la última señal. Bea me observaba con una mezcla de alarma y fascinación. Mi brújula mental sugería que nuestra ruta se había perdido en un lazo de espirales que ascendía lentamente hacia las entrañas del laberinto. Finalmente conseguí rehacer mis pasos en la maraña de pasillos y túneles hasta enfilar un angosto corredor que parecía una pasarela tendida hacia la negrura. Me arrodillé junto a la última estantería y busqué a mi viejo amigo oculto tras la fila de tomos sepultados por una capa de polvo que brillaba como escarcha a la luz del candil. Tomé el libro en mis manos y se lo tendí a Bea.

—Te presento a Julián Carax.

—*La Sombra del Viento* —leyó Bea acariciando las letras desvaídas de la cubierta.

—¿Puedo llevármelo? —preguntó.

—Cualquiera menos ése.

—Pero eso no es justo. Después de lo que me has contado éste es precisamente el que quiero.

—Algún día, quizá. Pero no hoy.

Se lo tomé de las manos y volví a ocultarlo en su lugar.

—Volveré sin ti y me lo llevaré sin que tú te enteres —dijo, burlona.

—No lo encontrarías en mil años.

—Eso es lo que tú te crees. Ya he visto tus marcas y yo también me sé el cuento del Minotauro.

—Isaac no te dejaría entrar.

—Te equivocas. Le caigo mejor que tú.

—¿Y tú qué sabes?

—Sé leer miradas.

A mi pesar, la creí y escondí la mía.

—Escoge cualquier otro. Mira, éste de aquí promete. *El cerdo mesetario, ese desconocido: En busca de las raíces del tocino ibérico*, por Anselmo Torquemada. Seguro que vendió más ejemplares que cualquiera de Julián Carax. Del cerdo se aprovecha todo.

—Este otro me tira más.

—*Tess d'Ubervilles.* Es la versión original. ¿Te atreves con Thomas Hardy en inglés?

Me miró de reojo.

—Adjudicado entonces.

—¿No lo ves? Si parece que me estuviese esperando a

mí. Como si hubiera estado aquí escondido para mí desde antes de que yo naciese.

La miré, atónito. Bea arrugó la sonrisa.

—¿Qué he dicho?

Entonces, sin pensarlo, con apenas un roce en los labios, la besé.

Era ya casi medianoche cuando llegamos al portal de casa de Bea. Habíamos hecho casi todo el camino en silencio, sin atrevernos a decir lo que pensábamos. Caminábamos separados, escondiéndonos el uno del otro. Bea caminaba erguida con su *Tess* bajo el brazo y yo la seguía a un palmo, con su sabor en los labios. Arrastraba todavía la mirada de soslayo que me había propinado Isaac al dejar el Cementerio de los Libros Olvidados. Era una mirada que conocía bien y que había visto mil veces en mi padre, una mirada que me preguntaba si tenía la menor idea de lo que estaba haciendo. Las últimas horas habían transcurrido en otro mundo, un universo de roces, de miradas que no entendía y que se comían la razón y la vergüenza. Ahora, de regreso a aquella realidad que siempre acechaba en las sombras del ensanche, el embrujo se desprendía y apenas me quedaba el deseo doloroso y una inquietud que no tenía nombre. Una simple mirada a Bea me bastó para comprender que mis reservas apenas eran un soplo en la ventisca que se la comía por dentro. Nos detuvimos frente al portal y nos miramos sin hacer ni amago por fingir. Un sereno tonadillero se aproximaba sin prisa, canturreando boleros acompañándose del tintineo sabrosón de sus arbustos de llaves.

—A lo mejor prefieres que no volvamos a vernos —ofrecí sin convicción.

—No sé, Daniel. No sé nada. ¿Es eso lo que tú quieres?

—No. Claro que no. ¿Y tú?

Se encogió de hombros, esbozando una sonrisa sin fuerza.

—¿Tú qué crees? —preguntó—. Antes te he mentido, ¿sabes? En el claustro.

—¿En qué?

—En que no quería verte hoy.

El sereno nos rondaba blandiendo una sonrisilla de refilón, obviamente indiferente a aquella mi primera escena de portal y susurros que a él, en su veteranía, se le debía de antojar banal y trillada.

—Por mí no hay prisa —dijo—. Voy a hacer un cigarrito a la esquina y ya me dirán.

Esperé a que el sereno se hubiese alejado.

—¿Cuándo voy a verte otra vez?

—No lo sé, Daniel.

—¿Mañana?

—Por favor, Daniel. No lo sé.

Asentí. Me acarició la cara.

—Ahora es mejor que te vayas.

—¿Sabes al menos dónde encontrarme, no?

Asintió.

—Estaré esperando.

—Yo también.

Me alejé con la mirada prendida de la suya. El sereno, experto en estos lances, ya acudía a abrirle el portal.

—Sinvergüenza —me susurró de pasada, no sin cierta admiración—. Menudo bombonazo.

Esperé hasta que Bea hubo entrado en el edificio y partí a paso ligero, volviendo la vista atrás a cada paso. Lentamente, me invadió la certeza absurda de que todo era posible y me pareció que hasta aquellas calles desiertas y aquel viento hostil olían a esperanza. Al llegar a la plaza Cataluña advertí que una bandada de palomas se había congregado en el centro de la plaza. Lo cubrían todo, como un manto de alas blancas que se mecía en silencio. Pensé en rodear el recinto, pero justo entonces advertí que la bandada me abría paso sin alzar el vuelo. Avancé a tientas, observando cómo las palomas se apartaban a mi paso y volvían a cerrar filas tras de mí. Al llegar al centro de la plaza escuché el rumor de las campanas de la catedral repicando la medianoche. Me detuve un instante, varado en un océano de aves plateadas, y pensé que aquél había sido el día más extraño y maravilloso de mi vida.

22

Todavía había luz en la librería cuando crucé frente al escaparate. Pensé que tal vez mi padre se había quedado hasta tarde poniéndose al día con la correspondencia o buscando cualquier excusa para esperarme despierto y sonsacarme acerca de mi encuentro con Bea. Observé una silueta componiendo una pila de libros y reconocí el perfil enjuto y nervioso de Fermín en plena concentración. Golpeé en el cristal con los nudillos. Fermín se asomó, gratamente sorprendido, y me hizo señas para que me asomase por la entrada a la trastienda.

—¿Todavía trabajando, Fermín? Pero si es tardísimo.

—En realidad estaba haciendo tiempo para acercarme luego a casa del pobre don Federico y velarlo. Nos hemos montado unos turnos con Eloy, el de la óptica. Total, yo tampoco duermo mucho. Dos, tres horas a lo más. Claro que usted tampoco se queda manco, Daniel. Pasa la medianoche, de lo cual infiero que su encuentro con la chiquita ha sido un éxito clamoroso.

Me encogí de hombros.

—La verdad es que no lo sé —admití.

—¿Le ha metido mano?

—No.

—Buena señal. No se fíe nunca de las que se dejan meter mano de buenas a primeras. Pero menos aún de las que necesitan que un cura les dé la aprobación. El solomillo, valga el símil cárnico, está en medio. Si se tercia, claro está, no sea mojigato y aprovéchese. Pero si lo que busca es algo serio, como lo mío con la Bernarda, recuerde esta regla de oro.

—¿Es serio lo suyo?

—Más que serio. Espiritual. ¿Y lo de esta muchacha, Beatriz, qué? Que cotiza de un mollar enciclopédico salta a la vista, pero el quid de la cuestión es: ¿será de las que enamoran o de las que emboban las vísceras menores?

—No tengo la menor idea —apunté—. Las dos cosas, diría yo.

—Mire, Daniel, eso es como el empacho. ¿Nota usted algo aquí, en la boca del estómago? Como si se hubiese tragado un ladrillo. ¿O es sólo una calentura general?

—Más bien lo del ladrillo —dije, aunque no descarté completamente la calentura.

—Entonces es que el asunto va en serio. Dios le coja confesado. Ande, siéntese y le haré una tila.

Nos acomodamos en torno a la mesa que había en la trastienda, rodeados de libros y de silencio. La ciudad dormía y la librería parecía un bote a la deriva en un océano de paz y sombra. Fermín me tendió una taza humeante y me sonrió con cierto embarazo. Algo le rondaba la cabeza.

—¿Puedo hacerle una pregunta de índole personal, Daniel?

—Por supuesto.

—Le ruego me responda con toda sinceridad —dijo y carraspeó—. ¿Usted cree que yo podría llegar a ser padre?

Debió de leer la perplejidad en mi rostro y se apresuró a añadir:

—No quiero decir padre biológico, porque se me verá algo enclenque pero gracias a Dios la providencia ha querido dotarme la potencia y la furia viril de un miura. Me refiero a otro tipo de padre. Un buen padre, ya sabe usted.

—¿Un buen padre?

—Sí. Como el suyo. Un hombre con cabeza, corazón y alma. Un hombre que sea capaz de escuchar, guiar y respetar a una criatura, y de no ahogar en ella sus propios defectos. Alguien a quien un hijo no sólo quiera por ser su padre, sino que lo admire por la persona que es. Alguien a quien quiera parecerse.

—¿Por qué me pregunta usted eso, Fermín? Yo pensaba que no creía usted en el matrimonio y la familia. El yugo y todo eso, ¿recuerda?

Fermín asintió.

—Mire, todo eso es diletancia. El matrimonio y la familia no son más que lo que nosotros hacemos de ellos. Sin eso, no son más que un pesebre de hipocresías. Morralla y palabrería. Pero si hay amor de verdad, del que no se habla ni se declara a los cuatro vientos, del que se nota y se demuestra...

—Me parece usted un hombre nuevo, Fermín.

—Es que lo soy. La Bernarda me ha hecho desear ser un hombre mejor de lo que soy.

—¿Y eso?

—Para merecerla. Usted eso ahora no lo entiende, porque es joven. Pero con el tiempo verá que lo que cuenta a veces no es lo que se da, sino lo que se cede. La Bernarda y yo hemos estado hablando. Ella es una madraza, ya lo sabe usted. No lo dice, pero me parece que la felicidad más grande que podría tener en esta vida es ser madre. Y a mí esa mujer me gusta más que el melocotón en almíbar. Con decirle que soy capaz de pasar por una iglesia después de treinta y dos años de abstinencia clerical y recitar los salmos de san Serafín o lo que haga falta por ella.

—Le veo muy lanzado, Fermín. Si apenas acaba de conocerla...

—Mire, Daniel, a mi edad o uno empieza a ver la jugada con claridad o está bien jodido. Esta vida vale la pena vivirla por tres o cuatro cosas, y lo demás es abono para el campo. Yo he hecho mucha tontería ya, y ahora sé que lo único que quiero es hacer feliz a la Bernarda y morirme algún día en sus brazos. Quiero volver a ser un hombre respetable, ¿sabe usted? No por mí, que a mí el respeto de este orfeón de monas que llamamos humanidad me la trae flojísima, sino por ella. Porque la Bernarda cree en estas cosas, en las radionovelas, en los curas, en la respetabilidad y en la virgen de Lourdes. Ella es así y yo la quiero como es, sin que me cambien ni un pelo de esos que le salen en la barbilla. Y por eso quiero ser alguien de quien ella pueda estar orgullosa. Quiero que piense: mi Fermín es un cacho de hombre, como Cary Grant, Hemingway o Manolete.

Me crucé de brazos, calibrando el asunto.

—¿Ha hablado usted de todo esto con ella? ¿De tener un hijo juntos?

—No, por Dios. ¿Por quién me toma? ¿Se cree que voy por el mundo diciéndole a las mujeres que tengo ganas de dejarlas preñadas? Y no por falta de ganas, ¿eh?, porque a la tonta esa de la Merceditas le hacía yo ahora mismo unos trillizos y me quedaba como Dios, pero...

—¿Le ha dicho la Bernarda que quiere formar una familia?

—Esas cosas no hace falta decirlas, Daniel. Se ven en la cara.

Asentí.

—Pues entonces, en lo que valga mi opinión, estoy seguro de que será usted un padre y un esposo formidable. Aunque no crea usted en todas esas cosas, porque así no las dará nunca por supuestas.

Se le deshizo la cara de alegría.

—¿Lo dice de verdad?

—Claro que sí.

—Pues me quita usted un peso enorme de encima. Porque sólo de rememorar a mi progenitor y pensar que yo pudiera llegar a ser para alguien lo que él fue para mí me entran ganas de esterilizarme.

—Pierda cuidado, Fermín. Además, su vigor inseminador probablemente no hay tratamiento que lo doblegue.

—También es verdad —reflexionó—. Venga, váyase usted a descansar que no lo quiero entretener más.

—No me entretiene, Fermín. Tengo la impresión de que no voy a pegar ojo.

—Sarna con gusto... Por cierto, lo que me comentó de ese apartado de correos, ¿se acuerda?

—¿Ha averiguado ya algo?

—Ya le dije que lo dejase de mi cuenta. Este mediodía, a la hora de comer, me he acercado hasta Correos y he tenido unas palabras con un viejo conocido que trabaja allí. El apartado de correos 2321 consta a nombre de un tal José María Requejo, abogado con oficinas en la calle León XIII. Me permití comprobar la dirección del interfecto y no me sorprendió averiguar que no existe, aunque me imagino que eso usted ya lo sabe. La correspondencia dirigida a ese apartado la viene recogiendo una persona desde hace años. Lo sé porque algunos de los envíos que se reciben de una correduría de fincas vienen certificados y al recogerlos hay que firmar un pequeño recibo y presentar la documentación.

—¿Quién es? ¿Un empleado del abogado Requejo? —pregunté.

—Hasta ahí no pude llegar, pero lo dudo. O mucho me equivoco o el tal Requejo existe en el mismo plano que la virgen de Fátima. Sólo le puedo decir el nombre de la persona que recoge la correspondencia: Nuria Monfort.

Me quedé blanco.

—¿Nuria Monfort? ¿Está usted seguro de eso, Fermín?

—Yo mismo vi algunos de esos recibos. En todos constaba el nombre y el número de la cédula de identidad. Deduzco por la cara de vómito que se le ha puesto que esta revelación le sorprende.

—Bastante.

—¿Puedo preguntar quién es la tal Nuria Monfort? El empleado con el que hablé me dijo que la recordaba perfectamente porque acudió hace un par de semanas a retirar la correspondencia y, en su opinión imparcial, estaba más buena que la Venus de Milo y más firme de pecho. Y yo me fío de su evaluación porque antes de la guerra era catedrático de estética, pero como era primo lejano de Largo Caballero, claro, ahora lame pólizas de peseta...

—Hoy mismo estuve con esa mujer, en su casa —murmuré.

Fermín me observó, atónito.

—¿Con Nuria Monfort? Empiezo a pensar que me he equivocado con usted, Daniel. Está usted hecho un auténtico calavera.

—No es lo que usted piensa, Fermín.

—Pues usted se lo pierde. Yo a su edad hacía como El Molino, pase de mañana, tarde y noche.

Observé a aquel hombrecillo enjuto y huesudo, todo

nariz y tez amarillenta, y me di cuenta de que se estaba convirtiendo en mi mejor amigo.

—¿Puedo contarle algo, Fermín? Algo que me viene rondando la cabeza desde hace ya tiempo.

—Claro que sí. Lo que sea. Especialmente si es escabroso y concierne a la fámula esa.

Por segunda vez aquella noche procedí a relatar para Fermín la historia de Julián Carax y el enigma de su muerte. Fermín escuchaba con suma atención, tomando notas en un cuaderno e interrumpiéndome ocasionalmente para preguntarme algún detalle cuya relevancia se me escapaba. Escuchándome a mí mismo, se me hacían cada vez más evidentes las lagunas que había en aquella historia. En más de una ocasión me quedé en blanco, mis pensamientos extraviados en tratar de discernir por qué motivo me habría mentido Nuria Monfort. ¿Qué significado tenía el hecho de que ella hubiese estado recogiendo durante años la correspondencia dirigida a un despacho de abogados inexistente que supuestamente se hacía cargo del piso de la familia Fortuny-Carax en la ronda de San Antonio? No me di cuenta de que estaba formulando mis dudas en voz alta.

—No podemos saber todavía por qué le mintió esa mujer —dijo Fermín—. Pero podemos aventurarnos a suponer que si lo hizo a ese respecto, pudo haberlo hecho, y probablemente lo hizo, respecto a otros tantos.

Suspiré, perdido.

—¿Qué sugiere usted, Fermín?

Fermín Romero de Torres suspiró con ademán de alta filosofía.

—Le diré lo que podemos hacer. Este domingo, si a usted le parece, nos dejamos caer como aquel que no quiere la cosa por el colegio de San Gabriel y hacemos alguna averiguación sobre los orígenes de la amistad entre ese Carax y el otro chavalín, el ricachón...

—Aldaya.

—Yo con los curas tengo muchísima mano, ya verá, aunque sea por esta pinta de cartujo golfo que tengo. Cuatro lisonjas y me los meto en el bolsillo.

—¿Quiere decir?

—¡Hombre! Le garantizo a usted que éstos van a cantar como la Escolanía de Montserrat.

23

Pasé el sábado en trance, anclado tras el mostrador de la librería con la esperanza de ver a Bea aparecer por la puerta como por ensalmo. Cada vez que sonaba el teléfono me lanzaba a la carrera para contestar, arrebatando el auricular a mi padre o a Fermín. A media tarde, después de una veintena de llamadas de clientes y sin noticias de Bea, empecé a aceptar que el mundo y mi miserable existencia llegaban a su fin. Mi padre había salido a valorar una colección en San Gervasio y Fermín aprovechó la coyuntura para colocarme otra de sus lecciones magistrales en los entresijos de las intrigas amatorias.

—Serénese o va a criar una piedra en el hígado —aconsejó Fermín—. Esto del cortejo es como el tango: absurdo y pura floritura. Pero usted es el hombre y le toca llevar la iniciativa.

Aquello empezaba a adquirir un cariz funesto.

—¿La iniciativa? ¿Yo?

—¿Qué quiere? Algún precio tenía que tener el poder mear de pie.

—Pero si Bea me dio a entender que ya me diría ella algo.

—Qué poco entiende usted de mujeres, Daniel. Me juego el aguinaldo a que esa pollita está ahora en su casa mirando lánguidamente por la ventana en plan Dama de las Camelias, esperando que llegue usted a rescatarla del cafre de su señor padre para arrastrarla en una espiral incontenible de lujuria y pecado.

—¿Está seguro?

—Ciencia pura.

—¿Y si ha decidido que ya no quiere verme más?

—Mire, Daniel. Las mujeres, con notables excepciones como su vecina la Merceditas, son más inteligentes que nosotros, o cuando menos más sinceras consigo mismas sobre lo que quieren o no. Otra cosa es que se lo digan a uno o al mundo. Se enfrenta usted al enigma de la naturaleza, Daniel. La fémina, babel y laberinto. Si la deja usted pensar, está perdido. Recuerde: corazón caliente, mente fría. El código del seductor.

Estaba Fermín por detallarme las particularidades y tecnicismos del arte de la seducción cuando sonó la campanilla de la puerta y vimos entrar a mi amigo Tomás Aguilar. El corazón me dio un vuelco. La providencia me negaba a Bea pero me enviaba a su hermano. Funesto heraldo, pensé. Tomás traía el rostro sombrío y un aire de cierto desaliento.

—Menudo aire funerario nos trae usted, don Tomás —comentó Fermín—. Nos aceptará un cafetito al menos, ¿verdad?

—No le diré que no —dijo Tomás, con la reserva habitual.

Fermín procedió a servirle una taza del mejunje que guardaba en su termo y que desprendía un sospechoso aroma jerezano.

—¿Algún problema? —pregunté.

Tomás se encogió de hombros.

—Nada nuevo. Mi padre hoy tiene el día y he preferido salir a airearme un rato.

Tragué saliva.

—¿Y eso?

—Ve a saber. Anoche mi hermana Bea llegó a las tantas. Mi padre la estaba esperando despierto y algo tocado, como siempre. Ella se negó a decir de dónde venía ni con quién había estado y mi padre se puso hecho una furia. Estuvo hasta las cuatro de la mañana chillando, tratándola de zorra para arriba y jurándole que la iba a meter a monja y que si volvía preñada la iba a echar a patadas a la puta calle.

Fermín me lanzó una mirada de alarma. Sentí que las gotas de sudor que me corrían por la espalda descendían varios grados de temperatura.

—Esta mañana —continuó Tomás—, Bea se ha encerrado en su cuarto y no ha salido en todo el día. Mi padre se ha plantado en el comedor a leer el *ABC* y a escuchar zarzuelas en la radio a todo volumen. En el entreacto de *Luisa Fernanda* he tenido que salir porque me volvía loco.

—Bueno, seguramente su hermana estaría con el novio, ¿no? —pinchó Fermín—. Es lo natural.

Le lancé un puntapié tras el mostrador, que Fermín dribló con agilidad felina.

—Su novio está haciendo la mili —precisó Tomás—. No viene de permiso hasta dentro de un par de semanas. Y además, cuando sale con él está en casa a las ocho, como muy tarde.

—¿Y no tiene usted idea de dónde estuvo ni con quién?

—Ya le ha dicho que no, Fermín —intervine yo, ansioso por cambiar de tema.

—¿Y su padre tampoco? —insistió Fermín, que se lo estaba pasando en grande.

—No. Pero ha jurado averiguarlo y partirle las piernas y la cara en cuanto sepa quién es.

Me quedé lívido. Fermín me sirvió una taza de su brebaje sin preguntar. La apuré de un trago. Sabía a gasoil tibio. Tomás me observaba en silencio, la mirada impenetrable y oscura.

—¿Lo han oído ustedes? —dijo de pronto Fermín—. Así como un redoble de salto mortal.

—No.

—Las tripas de un servidor. Miren, de pronto me ha entrado un hambre... ¿les importa si les dejo solos un rato y me acerco al horno a ver si pillo algún bollo? Eso sin mencionar a esa dependienta nueva recién llegada de Reus que está para mojar pan y lo que se tercie. Se llama María Virtudes, pero tiene un vicio la niña... Así les dejo que hablen de sus cosas, ¿eh?

En diez segundos Fermín había desaparecido por ensalmo, rumbo a su merienda y a su encuentro con la nínfula. Tomás y yo nos quedamos a solas rodeados de un silencio que prometía más solidez que el franco suizo.

—Tomás —empecé, con la boca seca—. Ayer por la noche tu hermana estuvo conmigo.

Me contempló sin apenas pestañear. Tragué saliva.

—Di algo —dije.

—Tú estás mal de la cabeza.

Pasó un minuto de murmullos en la calle. Tomás sostenía su café, intacto.

—¿Vas en serio? —preguntó.

—Sólo la he visto una vez.

—Eso no es respuesta.

—¿Te importaría?

Se encogió de hombros.

—Tú sabrás lo que haces. ¿Dejarías de verla sólo porque yo te lo pidiese?

—Sí —mentí—. Pero no me lo pidas.

Tomás bajó la cabeza.

—Tú no conoces a Bea —murmuró.

Me callé. Dejamos pasar varios minutos sin mediar palabra, mirando las figuras grises oteando desde el escaparate, rogando que alguna se animase a entrar y a rescatarnos de aquel silencio envenenado. Al cabo de un rato, Tomás abandonó la taza sobre el mostrador y se dirigió hacia la puerta.

—¿Te vas ya?

Asintió.

—¿Nos vemos mañana un rato? —dije—. Podríamos ir al cine, con Fermín, como antes.

Se detuvo junto a la salida.

—Sólo te lo diré una vez, Daniel. No le hagas daño a mi hermana.

Al salir se cruzó con Fermín, que venía cargado con una bolsa de pastas humeantes. Fermín lo contempló perderse en la noche, sacudiendo la cabeza. Dejó las pastas sobre el mostrador y me ofreció una ensaimada recién hecha. Decliné el ofrecimiento. No hubiera sido capaz de tragar ni una aspirina.

—Ya se le pasará, Daniel. Ya lo verá. Estas cosas, entre amigos, son normales.

—No lo sé —murmuré.

24

Nos encontramos a las siete y media de la mañana del domingo en el café Canaletas, donde Fermín me invitó a café con leche y unos brioches cuya textura, incluso untados de mantequilla, albergaba cierta similitud con la de la piedra pómez. Nos atendió un camarero que lucía un emblema de la Falange en la solapa y un bigote cortado a lápiz. No paraba de canturrear y, al preguntarle por la causa de su excelente humor, nos explicó que había sido padre el día anterior. Cuando le felicitamos insistió en regalarnos una Faria a cada uno para que nos la fumásemos durante el día a la salud de su primogénito. Dijimos que así lo haríamos. Fermín lo miraba de reojo, con el ceño fruncido, y sospeché que tramaba algo.

Durante el desayuno, Fermín dio por inaugurada la jornada detectivesca con un esbozo general del enigma.

—Todo empieza con la amistad sincera entre dos muchachos, Julián Carax y Jorge Aldaya, compañeros de clase desde la infancia, como don Tomás y usted. Durante años todo va bien. Amigos inseparables con toda una vida por delante. Sin embargo, en algún momento se produce un conflicto que rompe esa amistad. Por parafrasear a los dramaturgos de salón, el conflicto tiene nombre de mujer y se llama Penélope. Muy homérico. ¿Me sigue?

Lo único que me vino a la mente fueron las últimas palabras de Tomás Aguilar la noche anterior, en la librería: «No le hagas daño a mi hermana.» Sentí náuseas.

—En 1919, Julián Carax parte rumbo a París cual vulgar Odiseo —continuó Fermín—. La carta firmada por Penélope, que él nunca llega a recibir, establece que para entonces la joven está recluida en su propia casa, prisionera de su familia por motivos poco claros, y que la amistad entre Aldaya y Carax ha fenecido. Es más, por lo que nos cuenta Penélope, su hermano Jorge ha jurado que si vuelve a ver a su viejo amigo Julián, lo matará. Palabras mayores para el fin de una amistad. No hace falta ser Pasteur para inferir que el conflicto es consecuencia directa de la relación entre Penélope y Carax.

Un sudor frío me cubría la frente. Sentí que el café con leche y los cuatro bocados que había engullido me ascendían por la garganta.

—Con todo, hemos de suponer que Carax nunca llega a saber lo acontecido a Penélope, porque la carta no llega a sus manos. Su vida se pierde en las nieblas de París, donde desarrollará una existencia fantasmal entre su empleo de pianista en un establecimiento de variedades y una desastrosa carrera como novelista de ningún éxito. Estos años en París son un misterio. Todo lo que queda de ellos es una obra literaria olvidada y virtualmente desaparecida. Sabemos que en algún momento decide contraer matrimonio con una enigmática y acaudalada dama que le dobla en edad. La naturaleza de tal matrimonio, si hemos de atenernos a los testimonios, parece más bien un acto de caridad o amistad por parte de una dama enferma que un lance romántico. A todas luces, la mecenas, temiendo por el futuro económico de su protegido, opta por dejarle su fortuna y despedirse de este mundo con un revolcón a mayor gloria del protectorado de las artes. Los parisinos son así.

—Quizá fuera un amor genuino —apunté, con un hilo de voz.

—¿Oiga, Daniel, está usted bien? Se ha puesto blanquísimo y está sudando a mares.

—Estoy perfectamente —mentí.

—A lo que iba. El amor es como el embutido: hay lomo embuchado y hay mortadela. Todo tiene su lugar y función. Carax había declarado que no se sentía digno de amor alguno y, de hecho, no sabemos de ningún romance registrado durante sus años en París. Claro que trabajando en una casa de citas, quizá los ardores primarios del instinto quedaban cubiertos vía la confraternización entre empleados de la empresa, como si se tratase de un bono o, nunca mejor dicho, el lote de Navidad. Pero esto es pura especulación. Volvamos al momento en que se anuncia el matrimonio entre Carax y su protectora. Es entonces cuando vuelve a aparecer Jorge Aldaya en el mapa de este turbio asunto. Sabemos que contacta con el editor de Carax en Barcelona a fin de averiguar el paradero del novelista. Poco tiempo después, la mañana del día de su boda, Julián Carax se bate en un duelo con un desconocido en el cementerio de Pere Lachaise y desaparece. La boda jamás tiene lugar. A partir de ahí, todo se confunde.

Fermín dejó caer una pausa dramática, dirigiéndome su mirada de alta intriga.

—Supuestamente, Carax cruza la frontera y, demostrando una vez más su proverbial sentido de la oportunidad, regresa a Barcelona en 1936, justo en pleno estallido de la guerra civil. Sus actividades y paradero en Barcelona durante esas semanas son confusos. Suponemos que permanece durante un mes en la ciudad y que durante ese tiempo no contacta con ninguno de sus conocidos. Ni con su padre ni con su amiga Nuria Monfort. Es encontrado muerto poco más tarde en las calles, asesinado de un tiro. No tarda en hacer su aparición un funesto personaje que se hace llamar Laín Coubert, nombre que toma prestado de un personaje de la última novela del propio Carax, que para más inri no es sino el príncipe de los infiernos. El supuesto diablillo se declara dispuesto a borrar del mapa lo poco que queda de Carax y destruir sus libros para siempre. Para acabar de redondear el melodrama, aparece como un hombre sin rostro, desfigurado por el fuego. Un villano escapado de una opereta gótica en quien, para confundir más las cosas, Nuria Monfort cree reconocer la voz de Jorge Aldaya.

—Le recuerdo que Nuria Monfort me mintió —dije.

—Cierto, pero si bien Nuria Monfort le mintió es posible que lo hiciera más por omisión y quizá por desvincularse de los hechos. Hay pocas razones para decir la verdad, pero para mentir el número es infinito. ¿Oiga, seguro que se encuentra bien? Tiene un color de cara como de tetilla gallega.

Negué y salí a escape rumbo al servicio.

Devolví el desayuno, la cena y buena parte de la ira que llevaba encima. Me lavé la cara con el agua helada de la pica y contemplé mi reflejo en el espejo nublado sobre el que alguien había garabateado con un lápiz de cera la leyenda «Girón cabrito». Al volver a la mesa comprobé que Fermín estaba en la barra, pagando la cuenta y discutiendo de fútbol con el camarero que nos había atendido.

—¿Mejor? —preguntó.

Asentí.

—Eso es una bajada de presión —dijo Fermín—. Tenga un Sugus, que lo cura todo.

Al salir del café, Fermín insistió en que tomásemos un taxi hasta el colegio de San Gabriel y dejásemos el metro para otro día, argumentando que hacía una mañana de mural conmemorativo y que los túneles eran para las ratas.

—Un taxi hasta Sarriá costará una fortuna —objeté.

—Invita el montepío de cretinos —atajó Fermín—, que aquí el patriota me ha dado mal el cambio y hemos hecho negocio. Y usted no está como para viajar bajo tierra.

Pertrechados así de fondos ilícitos, nos apostamos en una esquina al pie de la Rambla de Cataluña y esperamos la llegada de un taxi. Tuvimos que dejar pasar unos cuantos, porque Fermín declaró que para una vez que subía en automóvil quería por lo menos un Studebaker. Nos llevó un cuarto de hora dar con un vehículo de su agrado, que Fermín procedió a parar con grandes aspavientos.

Fermín insistió en viajar en el asiento de delante, lo que le dio ocasión de enzarzarse en una discusión con el conductor en torno al oro de Moscú y a Josef Stalin, que era su ídolo y guía espiritual en la distancia.

—Ha habido tres grandes figuras en este siglo: Dolores Ibárruri, Manolete y José Stalin —proclamó el taxista, dispuesto a obsequiarnos con una detallada hagiografía del ilustre camarada.

Yo viajaba cómodamente en el asiento de atrás, ajeno a la perorata, con la ventana abierta y disfrutando del aire fresco. Fermín, encantado de pasearse en Studebaker, le daba cuerda al conductor, puntuando de vez en cuando la entrañable semblanza del líder soviético que glosaba el taxista con cuestiones de dudoso interés historiográfico.

—Pues tengo entendido que padece muchísimo de la próstata desde que se tragó un hueso de níspero y que ahora sólo consigue orinar si le tararean *La Internacional* —dejó caer Fermín.

—Propaganda fascista —aclaró el taxista, más devoto que nunca—. El camarada mea como un toro. Ya quisiera para sí el Volga tamaño caudal.

El debate de alta política nos acompañó a través de toda la travesía por la Vía Augusta rumbo a la parte alta de la ciudad. Clareaba el día y una brisa fresca vestía el cielo de azul ardiente. Al llegar a la calle Ganduxer, el conductor torció a la derecha e iniciamos el lento ascenso hacia el paseo de la Bonanova.

El colegio de San Gabriel se alzaba en el centro de una arboleda a lo alto de una calle angosta y serpenteante que ascendía desde la Bonanova. La fachada, salpicada de ventanales en forma de puñal, recortaba los perfiles de un palacio gótico de ladrillo rojo, suspendido en arcos y torreones que asomaban sobre las copas de un platanar en aristas catedralicias. Despedimos al taxi y nos adentramos en un frondoso jardín sembrado de fuentes de las que emergían querubines enmohecidos y trenzado con senderos de piedra que reptaban entre los árboles. De camino a la entrada principal, Fermín me puso en antecedentes sobre la institución con una de sus habituales lecciones magistrales de historia social.

—Aunque ahora le parezca a usted el mausoleo de Rasputín, el colegio de San Gabriel fue en su día una de las más prestigiosas y exclusivas instituciones de Barcelona. En tiempos de la República vino a menos porque los nuevos ricos de entonces, los nuevos industriales y banqueros a cuyos vástagos les habían negado plaza durante años porque sus apellidos olían a nuevo, decidieron crear sus propias escuelas donde se les tratase con reverencia y donde ellos pudiesen negar plaza a los hijos de otros. El dinero es como cualquier otro virus: una vez pudre el alma del que lo alberga, parte en busca de sangre fresca. En este mundo, un apellido dura menos que una peladilla. En sus buenos tiempos, digamos que entre 1880 y 1930 más o menos, el colegio de San Gabriel acogía a la crema de los niñatos de rancia alcurnia y bolsa sonante. Los Aldaya y compañía acudían a este siniestro lugar en régimen de internado a confraternizar con sus semejantes, a oír misa y a aprender historia para así poder repetirla ad náuseam.

—Pero Julián Carax no era precisamente uno de ellos —observé.

—Bueno, a veces estas egregias instituciones ofrecen una o dos becas para los hijos del jardinero o de un limpiabotas y así mostrar su grandeza de espíritu y generosidad cristiana —ofreció Fermín—. El modo más eficaz de hacer inofensivos a los pobres es enseñarles a querer imitar a los ricos. Ése es el veneno con que el capitalismo ciega a...

—Ahora no se enrolle con la doctrina social, Fermín, que si le oye uno de estos curas, nos van a echar a patadas —corté, advirtiendo que un par de sacerdotes nos observaban con una mezcla de curiosidad y reserva desde lo alto de la escalinata que ascendía al portón del colegio y preguntándome si habrían oído algo de nuestra conversación.

Uno de ellos se adelantó exhibiendo una sonrisa cortés y las manos cruzadas sobre el pecho con gesto obispal. Debía de rondar la cincuentena y su delgadez y una cabellera rala le conferían un aire de ave rapaz. Calzaba una mirada penetrante y desprendía un aroma a colonia fresca y a naftalina.

—Buenos días. Soy el padre Fernando Ramos —anunció—. ¿En qué puedo servirles?

Fermín ofreció su mano, que el sacerdote estudió brevemente antes de estrechar, siempre escudado tras su sonrisa glacial.

—Fermín Romero de Torres, asesor bibliográfico de Sempere e hijos, gustosísimo de saludar a su devotísima excelencia. Aquí a mi vera obra mi colaborador a la par que amigo, Daniel, joven de porvenir y reconocida calidad cristiana.

El padre Fernando nos observó sin pestañear. Quise que me tragase la tierra.

—El gusto es mío, señor Romero de Torres —replicó cordialmente—. ¿Puedo preguntarles qué trae a tan formidable dúo a esta nuestra humilde institución?

Decidí intervenir antes de que Fermín le soltase al sacerdote otra barbaridad y tuviéramos que salir por piernas.

—Padre Fernando, estamos tratando de localizar a dos antiguos alumnos del colegio de San Gabriel: Jorge Aldaya y Julián Carax.

El padre Fernando apretó los labios y enarcó una ceja.

—Julián murió hace más de quince años y Aldaya marchó a la Argentina —dijo secamente.

—¿Les conocía usted? —preguntó Fermín.

La mirada afilada del sacerdote se detuvo en cada uno de nosotros antes de responder.

—Fuimos compañeros de clase. ¿Puedo preguntar cuál es su interés en el asunto?

Andaba yo pensando cómo contestar aquella pregunta cuando se me adelantó Fermín.

—Acontece que ha llegado a nuestro poder una serie de artículos que pertenecen o pertenecieron, pues la jurisprudencia a este particular es confusa, a los dos mentados.

—¿Y cuál es la naturaleza de dichos artículos, si no es mucho preguntar?

—Ruego a vuesa merced acepte nuestro silencio, pues vive Dios que abundan en la materia motivos de conciencia y secretismo que nada tienen que ver con la supina confianza que su excelentísima y la orden a la que con tanta gallardía y piedad representa nos merecen —largó Fermín a toda velocidad.

El padre Fernando le observaba al borde del pasmo. Opté por retomar de nuevo la conversación antes de que Fermín recobrase el aliento.

—Los artículos a los que hace referencia el señor Romero de Torres son de índole familiar, recuerdos y objetos de valor puramente sentimental. Lo que quisiéramos pedirle, padre, si ello no es gran molestia, es que nos hable de lo que recuerda de Julián y de Aldaya en sus tiempos de estudiantes.

El padre Fernando nos observaba todavía con recelo. Se me hizo obvio que no le bastaban las explicaciones que le habíamos dado para justificar nuestro interés y granjearnos su colaboración. Lancé una mirada de socorro a Fermín, rogando que diese con alguna argucia con que ganarnos al cura.

—¿Sabe que se parece usted un poco a Julián, de joven? —preguntó de repente el padre Fernando.

A Fermín se le encendió la mirada. Ahí viene, pensé. Nos lo jugamos todo a esta carta.

—Es usted un lince, reverencia —proclamó Fermín fingiendo asombro—. Su perspicacia nos ha desenmascarado sin misericordia. Llegará usted lo menos a cardenal o a papa.

—¿De qué está usted hablando?

—¿No es obvio y patente, ilustrísima?

—La verdad, no.

—¿Contamos con su secreto de confesión?

—Esto es un jardín, no un confesonario.

—Nos basta con su discreción eclesiástica.

—La tienen.

Fermín suspiró profundamente y me miró con aire melancólico.

—Daniel, no podemos seguir mintiendo a este santo soldado de Cristo.

—Claro que no... —corroboré, totalmente perdido.

Fermín se aproximó al sacerdote y le murmuró en tono confidencial:

—Pater, tenemos motivos de solidez pétrea para sospechar que aquí nuestro amigo Daniel no es sino un hijo secreto del difunto Julián Carax. De ahí nuestro interés en reconstruir su pasado y recobrar la memoria de un prócer ausente que la parca quiso arrancar del lado de un pobre chiquillo.

El padre Fernando me clavó la mirada, atónito.

—¿Es eso cierto?

Asentí. Fermín me palmeó la espalda, compungido.

—Mírelo, pobrecillo, buscando a un progenitor perdido en las nieblas de la memoria. ¿Qué hay más triste que eso? Cuénteme vuesa santísima merced.

—¿Tienen ustedes pruebas que sostengan sus afirmaciones?

Fermín me aferró de la barbilla y ofreció mi rostro como moneda de pago.

—¿Qué más prueba ansía el mosén que este careto, testigo mudo y fehaciente del hecho paternal en cuestión?

El sacerdote pareció dudar.

—¿Me ayudará usted, padre? —imploré, ladino—. Por favor...

El padre Fernando suspiró, incómodo.

—No veo el mal en ello, supongo —dijo finalmente—. ¿Qué quieren saber?

—Todo —dijo Fermín.

25

El padre Fernando recapitulaba sus recuerdos con cierto tono de homilía. Construía sus frases con pulcritud y sobriedad magistral, dotándolas de una cadencia que parecía encerrar una moraleja de propina que nunca llegaba a materializarse. Años de profesorado le habían dejado aquel tono firme y didáctico de quien está acostumbrado a ser oído, pero se pregunta si es escuchado.

—Si la memoria no me falla, Julián Carax ingresó como alumno del colegio de San Gabriel en el año 1914. En seguida simpaticé con él, porque ambos formábamos parte del reducido grupo de alumnos que no proveníamos de familias acaudaladas. Nos llamaban el comando *Mortsdegana.* Cada uno de nosotros tenía su historia especial. Yo había conseguido una plaza becada gracias a mi padre, que durante veinticinco años trabajó en las cocinas de esta casa. Julián había sido aceptado gracias a la intercesión del señor Aldaya, que era cliente de la sombrerería Fortuny, propiedad del padre de Julián. Eran otros tiempos, claro está, y por entonces el poder aún se concentraba en familias y en dinastías. Aquél es un mundo desaparecido, los últimos restos se los llevó la República, supongo que para bien, y cuanto queda de él son esos nombres en el membrete de empresas, bancos y consorcios sin faz. Como todas las ciudades viejas, Barcelona es una suma de ruinas. Las grandes glorias de las que se vanaglorian muchos, palacios, factorías y monumentos, insignias con las que nos identificamos, no son más que cadáveres, reliquias de una civilización extinguida.

Llegado este punto, el padre Fernando dejó una solemne pausa en la que pareció que esperase la respuesta de la congregación con algún latinajo o una réplica del misal.

—Diga usted amén, reverendo padre. Que gran verdad es ésa —ofreció Fermín para salvar el incómodo silencio.

—Nos hablaba usted del primer año de mi padre en el colegio —apunté con suavidad.

El padre Fernando asintió.

—Ya por entonces se hacía llamar Carax, aunque su primer apellido era Fortuny. Al principio, algunos de los muchachos se burlaban de él por ello, y por ser uno de los *Mortsdegana,* por supuesto. También se burlaban de mí porque era el hijo del cocinero. Ya saben cómo son los críos. En el fondo de su corazón Dios les ha llenado de bondad, pero repiten lo que oyen en casa.

—Angelitos —puntuó Fermín.

—¿Qué recuerda usted de mi padre?

—Bueno, hace ya tanto... El mejor amigo de su padre por entonces no era Jorge Aldaya, sino un muchacho llamado Miquel Moliner. Miquel provenía de una familia casi tan adinerada como los Aldaya y me atrevería a decir que era el alumno más extravagante que ha visto esta escuela. El rector le tenía por endemoniado porque recitaba a Marx en alemán durante las misas.

—Signo inequívoco de posesión —corroboró Fermín.

—Miquel y Julián hacían muy buenas migas. A veces nos reuníamos los tres durante la hora del recreo del mediodía y Julián nos explicaba historias. Otras veces nos hablaba de su familia y de los Aldaya...

El sacerdote pareció dudar.

—Incluso después de abandonar la escuela, Miquel y yo mantuvimos el contacto durante un tiempo. Julián ya se había marchado a París por entonces. Sé que Miquel le añoraba y a menudo hablaba de él y recordaba confidencias que le había hecho tiempo atrás. Luego, cuando yo entré en el seminario, Miquel dijo que me había pasado al enemigo, bromeando, pero lo cierto es que nos distanciamos.

—¿Le suena a usted que Miquel se casara con una tal Nuria Monfort?

—¿Miquel, casado?

—¿Le extraña a usted?

—Supongo que no debería, pero... No sé. Lo cierto es que hace muchos años que no sé de Miquel. Desde antes de la guerra.

—¿Le mencionó a usted alguna vez el nombre de Nuria Monfort?

—No, nunca. Ni que pensara casarse o que tuviese una novia... Oigan, no estoy del todo seguro de que deba hablarles a ustedes de todo esto. Son cosas que me contaron

Julián y Miquel a título personal, en el entendimiento de que quedaban entre nosotros...

—¿Y va a negar a un hijo la única posibilidad de recuperar la memoria de su padre? —preguntó Fermín.

El padre Fernando se debatía entre la duda y, me pareció, el deseo de recordar, de recuperar aquellos días perdidos.

—Supongo que han pasado tantos años que ya no importa. Me acuerdo todavía del día en que Julián nos explicó cómo había conocido a los Aldaya y cómo, sin darse cuenta, le había cambiado la vida...

... En octubre de 1914, un artefacto que muchos tomaron por un panteón rodante se detuvo una tarde frente a la sombrerería Fortuny en la ronda de San Antonio. De él emergió la figura altiva, majestuosa y arrogante de don Ricardo Aldaya, ya por entonces uno de los hombres más ricos no ya de Barcelona, sino de España, cuyo imperio de industrias textiles se extendía en ciudadelas y colonias a lo largo de los ríos de toda Cataluña. Su mano diestra sujetaba las riendas de la banca y de las propiedades territoriales de media provincia. La siniestra, siempre en activo, tiraba de los hilos de la diputación, el ayuntamiento, varios ministerios, el obispado y el servicio portuario de aduanas.

Aquella tarde, el rostro de bigotes exuberantes, patillas regias y testa descubierta que a todos intimidaba necesitaba un sombrero. Entró en la tienda de don Antoni Fortuny y tras echar un vistazo somero a las instalaciones miró de reojo al sombrerero y a su ayudante, el joven Julián, y dijo lo siguiente: «Me han dicho que de aquí, pese a las apariencias, salen los mejores sombreros de Barcelona. El otoño pinta malcarado y voy a necesitar seis chisteras, una docena de bombines, gorras de caza y algo que llevar para las Cortes en Madrid. ¿Está usted apuntando o espera que se lo repita?» Aquél fue el inicio de un laborioso, y lucrativo, proceso en el que padre e hijo aunaron sus esfuerzos para completar el encargo de don Ricardo Aldaya. A Julián, que leía los diarios, no se le escapaba la posición de Aldaya, y se dijo que no podía fallarle ahora a su padre, en el momento más crucial y decisivo de su negocio. Desde que el potentado había entrado en su tienda, el sombrerero levitaba de gozo. Aldaya le había prometido que, si quedaba complacido, iba a recomendar su establecimiento a todas sus amistades. Ello significaba que la sombrerería Fortuny, de ser un comercio digno pero modesto, saltaría a las más altas esferas, vistiendo cabezones y cabezolines de diputados, alcaldes, cardenales y ministros. Los días de aquella semana pasaron por ensalmo. Julián no acudió a clase y pasó jornadas de dieciocho y veinte horas trabajando en el taller de la trastienda. Su padre, rendido de entusiasmo, le abrazaba de tanto en cuanto e incluso le besaba sin darse cuenta. Llegó al extremo de regalar a su esposa Sophie un vestido y un par de zapatos nuevos por primera vez en catorce años. El sombrerero estaba desconocido. Un domingo se le olvidó ir a misa y aquella misma tarde, rebosante de orgullo, rodeó a Julián con sus brazos y le dijo, con lágrimas en los ojos: «El abuelo estaría orgulloso de nosotros.»

Uno de los procesos más complejos en la ya desaparecida ciencia de la sombrerería, técnica y políticamente, era el de tomar medidas. Don Ricardo Aldaya tenía un cráneo que, según Julián, bordeaba el terreno de lo amelonado y agreste. El sombrerero fue consciente de las dificultades tan pronto avistó la testa del prohombre, y aquella misma noche, cuando Julián dijo que le recordaba ciertos fragmentos del macizo de Montserrat, Fortuny no pudo sino que estar de acuerdo. «Padre, con todo el respeto, usted sabe que a la hora de tomar medidas yo tengo mejor mano que usted, que se pone nervioso. Déjeme hacer a mí.» El sombrerero accedió de buen grado y, al día siguiente, cuando Aldaya acudió en su Mercedes Benz, Julián le recibió y le condujo al taller. Aldaya, al comprobar que las medidas se las iba a tomar un muchacho de catorce años, se enfureció: «Pero ¿qué es esto? ¿Un criajo? ¿Me están tomando ustedes el pelo?» Julián, que era consciente de la significancia pública del personaje pero que no se sentía intimidado por él en absoluto, replicó: «Señor Aldaya, pelo para tomarle a usted no hay mucho, que esa coronilla parece la Plaza de las Arenas, y si no le hacemos rápido un juego de sombreros le van a confundir a usted la closca *con el plan Cerdá.» Al escuchar estas palabras, Fortuny se creyó morir. Aldaya, impávido, clavó los ojos en Julián. Entonces, para sorpresa de todos, se echó a reír como no lo había hecho en años.*

«Este chaval suyo llegará lejos, Fortunato», sentenció Aldaya, que no acababa de aprenderse el apellido del sombrerero.

Fue de este modo como averiguaron que don Ricardo Aldaya estaba hasta la mismísima y creciente coronilla de que todos le temiesen, le adulasen y se tendiesen en el suelo a su paso con vocación de esterilla. Despreciaba a los lameculos, los miedicas y a cualquiera que mostrase cualquier tipo de debilidad, física, mental o moral. Al encontrarse con un humilde muchacho, apenas un aprendiz, que tenía el rostro y el gracejo de burlarse de él, Aldaya decidió que realmente había dado con la sombrerería ideal y duplicó su encargo. Durante aquella semana acudió cada día de buena gana a su cita para que Julián le tomase las medidas y le probase modelos. Antoni Fortuny se quedaba maravillado de ver cómo el adalid de la sociedad catalana se deshacía de risa con las bromas e historias que le contaba aquel hijo que le era desconocido, con el que nunca hablaba y que hacía años que no mostraba señal alguna de tener sentido del humor. Al término de aquella semana, Aldaya cogió al sombrerero por banda y se lo llevó a un rincón para hablarle confidencialmente.

—A ver, Fortunato, este hijo suyo es un talento y me lo tiene usted aquí muerto de asco sacándole el polvo a las musarañas de una tienda de tres al cuarto.

—Éste es un buen negocio, don Ricardo, y el muchacho muestra cierta habilidad, aunque le falte actitud.

—Pamplinas. ¿A qué colegio lo lleva usted?

—Bueno, va a la escuela de...

—Eso son fábricas de peones. En la juventud, el talento, el genio, si se deja sin atender, se tuerce y se come al que lo posee. Hay que ponerle cauce. Apoyo. ¿Me entiende usted, Fortunato?

—Se equivoca usted con mi hijo. Él de genio, nada de nada. Si a duras penas se saca la geografía... los maestros ya me dicen que tiene la cabeza llena de pájaros, y muy mala actitud, igual que su madre, pero aquí al menos siempre tendrá un oficio honrado y...

—Fortunato, me aburre usted. Hoy mismo voy a ver a la Junta Directiva del colegio de San Gabriel y les voy a indicar que acepten a su hijo en la misma clase que mi primogénito, Jorge. Menos, es ser miserable.

Al sombrerero se le abrieron ojos de platillo. El colegio de San Gabriel era el criadero de la crema y nata de la alta sociedad.

—Pero don Ricardo, si yo no podría ni costear...

—Nadie le ha dicho que tenga que pagar un real. De la educación del muchacho me hago cargo yo. Usted, como padre, sólo tiene que decir sí.

—Pues claro que sí, faltaría, pero...

—No se hable más entonces. Siempre y cuando Julián acepte, claro está.

—Él hará lo que se le mande, faltaría más.

En este punto de la conversación, Julián se asomó desde la puerta de la trastienda, con un molde en las manos.

—Don Ricardo, cuando usted quiera...

—Dime, Julián, ¿qué tienes que hacer esta tarde? —preguntó Aldaya.

Julián miró alternativamente a su padre y al industrial.

—Bueno, ayudar aquí en la tienda a mi padre.

—Aparte de eso.

—Pensaba ir a la biblioteca de...

—Te gustan los libros, ¿eh?

—Sí, señor.

—¿Has leído a Conrad? ¿El corazón de las tinieblas?

—Tres veces.

El sombrerero frunció el ceño, totalmente perdido.

—¿Y ese Conrad quién es, si puede saberse?

Aldaya lo silenció con un gesto que parecía forjado para acallar a juntas de accionistas.

—En mi casa tengo una biblioteca con catorce mil volúmenes, Julián. Yo de joven leí mucho, pero ahora ya no tengo tiempo. Ahora que lo pienso, tengo tres ejemplares autografiados por Conrad en persona. Mi hijo Jorge no entra en la biblioteca ni a rastras. En casa la única que piensa y lee es mi hija Penélope, así que todos esos libros se están echando a perder. ¿Te gustaría verlos?

Julián asintió, sin habla. El sombrerero presenciaba la escena con una inquietud que no acertaba a definir. Todos aquellos nombres le resultaban desconocidos. Las novelas, como todo el mundo sabía, eran para las mujeres y la gente que no tenía nada que hacer. El corazón de las tinieblas *le sonaba, por lo menos, a pecado mortal.*

—Fortunato, su hijo se viene conmigo, que le quiero presentar a mi Jorge. Tranquilo, que luego se lo devolvemos. Dime, muchacho, ¿has subido alguna vez en un Mercedes Benz?

Julián dedujo que aquél era el nombre del armatoste imperial que el industrial empleaba para desplazarse. Negó con la cabeza.

—Pues ya va siendo hora. Es como ir al cielo, pero no hace falta morirse.

Antoni Fortuny los vio partir en aquel carruaje de lujo desaforado y, cuando buscó en su corazón, sólo sintió tristeza. Aquella noche, mientras cenaba con Sophie (que llevaba su vestido y sus zapatos nuevos y casi no mostraba marcas ni cicatrices), se preguntó en qué se había equivocado esta vez. Justo cuando Dios le devolvía un hijo, Aldaya se lo quitaba.

—Quítate ese vestido, mujer, que pareces una furcia. Y que

no vuelva a ver este vino en la mesa. Con el rebajado con agua tenemos más que suficiente. La avaricia nos acabará pudriendo.

Julián nunca había cruzado al otro lado de la avenida Diagonal. Aquella línea de arboledas, solares y palacios varados a la espera de una ciudad era una frontera prohibida. Por encima de la Diagonal se extendían aldeas, colinas y parajes de misterio, de riqueza y leyenda. A su paso, Aldaya le hablaba del colegio de San Gabriel, de nuevos amigos que no había visto jamás, de un futuro que no había creído posible.

—¿Y tú a qué aspiras, Julián? En la vida, quiero decir.

—No sé. A veces pienso que me gustaría ser escritor. Novelista.

—Como Conrad, ¿eh? Eres muy joven, claro. Y dime, ¿la banca no te tienta?

—No lo sé, señor. La verdad es que no se me había pasado por la cabeza. Nunca he visto más de tres pesetas juntas. Las altas finanzas son un misterio para mí.

Aldaya rió.

—No hay misterio alguno, Julián. El truco está en no juntar las pesetas de tres en tres, sino de tres millones en tres millones. Entonces no hay enigma que valga. Ni la santísima trinidad.

Aquella tarde, ascendiendo por la avenida del Tibidabo, Julián creyó cruzar las puertas del paraíso. Mansiones que se le antojaron catedrales flanqueaban el camino. A medio trayecto, el chófer torció y cruzaron la verja de una de ellas. Al instante, un ejército de sirvientes se puso en marcha para recibir al señor. Todo lo que Julián podía ver era un caserón majestuoso de tres pisos. No se le había ocurrido jamás que personas reales viviesen en un lugar así. Se dejó arrastrar por el vestíbulo, cruzó una sala abovedada donde una escalinata de mármol ascendía perfilada por cortinajes de terciopelo, y penetró en una gran sala cuyas paredes estaban tejidas de libros desde el suelo al infinito.

—¿Qué te parece? —preguntó Aldaya.

Julián apenas le escuchaba.

—Damián, dígale a Jorge que baje a la biblioteca ahora mismo.

Los sirvientes, sin rostro ni presencia audible, se deslizaban a la mínima orden del señor con la eficacia y la docilidad de un cuerpo de insectos bien entrenados.

—Vas a necesitar otro guardarropía, Julián. Hay mucho cafre que sólo repara en las apariencias... Le diré a Jacinta que se encargue de eso, tú ni te preocupes. Y casi mejor que no se lo menciones a tu padre, no se vaya a molestar. Mira, aquí viene Jorge. Jorge, quiero que conozcas a un muchacho estupendo que va a ser tu nuevo compañero de clase. Julián Fortu...

—Julián Carax —precisó él.

—Julián Carax —repitió Aldaya, satisfecho—. Me gusta cómo suena. Éste es mi hijo Jorge.

Julián ofreció su mano y Jorge Aldaya se la estrechó. Tenía el tacto tibio, sin ganas. Su rostro lucía el cincelado puro y pálido que confería el haber crecido en aquel mundo de muñecas. Vestía ropas y calzaba zapatos que a Julián se le antojaban novelescos. Su mirada delataba un aire de suficiencia y arrogancia, de desprecio y cortesía almibarada. Julián le sonrió abiertamente, leyendo inseguridad, temor y vacío bajo aquel caparazón de pompa y circunstancia.

—¿Es verdad que no has leído ninguno de estos libros?

—Los libros son aburridos.

—Los libros son espejos: sólo se ve en ellos lo que uno ya lleva dentro —replicó Julián.

Don Ricardo Aldaya rió de nuevo.

—Bueno, os dejo solos para que os conozcáis. Julián, ya verás que Jorge, debajo de esa careta de niño mimado y engreído, no es tan tonto como parece. Algo tiene de su padre.

Las palabras de Aldaya parecieron caer como puñales en el muchacho, aunque no cedió su sonrisa ni un milímetro. Julián se arrepintió de su réplica y sintió lástima por el muchacho.

—Tú debes de ser el hijo del sombrerero —dijo Jorge, sin malicia—. Mi padre habla mucho de ti últimamente.

—Es la novedad. Espero que no me lo tengas en cuenta. De-

bajo de esta careta de entrometido sabelotodo, no soy tan idiota como parezco.

Jorge le sonrió. Julián pensó que sonreía como la gente que no tiene amigos, con gratitud.

—Ven, te voy a enseñar el resto de la casa.

Dejaron atrás la biblioteca y se alejaron hacia la puerta principal, rumbo a los jardines. Al cruzar la sala al pie de la escalinata, Julián alzó la vista y vislumbró el roce de una silueta ascendiendo con la mano sobre la barandilla. Sintió que se perdía en una visión. La muchacha debía de tener doce o trece años e iba escoltada por una mujer madura, menuda y rosada, con todas las trazas de una aya. Lucía un vestido azul satinado. Su cabello era de color almendra y la piel de sus hombros y la garganta esbelta parecía transparentar a la luz. Se detuvo en lo alto de la escalera y se volvió un instante. Por un segundo, sus miradas se encontraron y ella le concedió apenas un esbozo de sonrisa. Luego, el aya rodeó con sus brazos los hombros de la muchacha y la guió hacia el umbral de un corredor por el que ambas desaparecieron. Julián bajó la vista y se encontró con Jorge de nuevo.

—Ésa es Penélope, mi hermana. Ya la conocerás. Está un poco tocada del ala. Se pasa el día leyendo. Anda, ven, te quiero enseñar la capilla del sótano. Según las cocineras está embrujada.

Julián siguió al muchacho dócilmente, pero el mundo le resbalaba. Por primera vez desde que había subido al Mercedes Benz de don Ricardo Aldaya comprendió el propósito. Había soñado con ella en incontables ocasiones, con aquella misma escalera, aquel vestido azul y aquel giro en la mirada de ceniza, sin saber quién era ni por qué le sonreía. Cuando salió al jardín se dejó guiar por Jorge hasta las cocheras y las pistas de tenis que se extendían más allá. Sólo entonces volvió la vista atrás y la vio, en su ventana del segundo piso. Apenas distinguía su silueta, pero supo que le estaba sonriendo y que, de alguna manera, también ella le había reconocido.

Aquel atisbo efímero de Penélope Aldaya en lo alto de la escalera le acompañó durante sus primeras semanas en el colegio de San Gabriel. Su nuevo mundo tenía muchos dobleces, y no todos eran de su agrado. Los alumnos del San Gabriel se comportaban como príncipes altivos y arrogantes y sus maestros semejaban sirvientes dóciles e ilustrados. El primer amigo que Julián hizo allí, amén de Jorge Aldaya, fue un muchacho llamado Fernando Ramos, hijo de uno de los cocineros del colegio, que nunca se hubiera imaginado que acabaría vistiendo una sotana y dando clases en las mismas aulas en las que había crecido. Fernando, a quien los demás apodaban el Cocinillas *y al que trataban de criado, poseía una inteligencia despierta pero apenas tenía amigos entre los alumnos. Su único compañero era un muchacho extravagante llamado Miquel Moliner, que habría de convertirse con el tiempo en el mejor amigo que Julián hizo jamás en aquella escuela. Miquel Moliner, a quien le sobraba cerebro y le faltaba paciencia, se complacía en hacer rabiar a sus maestros poniendo en duda todas sus afirmaciones mediante la aplicación de juegos dialécticos que delataban tanto ingenio como saña viperina. Los demás temían su lengua afilada y le tenían por miembro de otra especie, lo cual, de algún modo, no andaba muy desencaminado. Pese a sus trazas bohemias y al poco tono aristocrático que afectaba, Miquel era hijo de un industrial enriquecido hasta el absurdo gracias a la fabricación de armas.*

—Carax, ¿verdad? Me dicen que tu padre hace sombreros —le dijo cuando Fernando Ramos les presentó.

—Julián para los amigos. Me dicen que el tuyo hace cañones.

—Sólo los vende. Él saber hacer, no sabe hacer más que dinero. Mis amigos, entre los que sólo cuento a Nietzsche y aquí al compañero Fernando, me llaman Miquel.

Miquel Moliner era un muchacho triste. Padecía de una malsana obsesión con la muerte y todos los temas de ámbito fúnebre, materia a cuya consideración dedicaba buena parte de su tiempo y talento. Su madre había muerto tres años antes en un extraño accidente doméstico que algún médico insensato se atrevió a calificar de suicidio. Miquel había sido quien había encontrado el cadáver reluciente bajo las aguas del pozo del palacete de verano que la familia tenía en Argentona. Cuando la izaron con cuerdas, los bolsillos del abrigo que llevaba la muerta resultaron estar llenos de piedras. Había también una carta escrita en alemán, la lengua materna de su madre, pero el señor Moliner, que nunca se había molestado en aprender el idioma, la quemó aquella misma tarde sin permitir que nadie la leyese. Miquel Moliner veía la muerte en todas partes, en la hojarasca, en los pájaros caídos de los nidos, en los viejos y en la lluvia, que se lo llevaba todo. Tenía un talento excepcional para el dibujo, y a menudo se perdía durante horas en láminas al carbón donde siempre aparecía una dama entre brumas y playas desiertas que Julián imaginó era su madre.

—¿Qué quieres ser de mayor, Miquel?

—Yo nunca seré mayor —decía enigmáticamente.

Su principal afición, amén del dibujo y de contradecir a todo bicho viviente, eran las obras de un enigmático médico austríaco que con los años habría de ser célebre: Sigmund Freud. Miquel Moliner, que gracias a su difunta madre leía y escribía alemán a la perfección, poseía varios volúmenes con escritos del doctor vienés. Su terreno favorito era el de la interpretación de los sueños. Acostumbraba a preguntar a la gente qué había soñado, para proceder luego a un diagnóstico del paciente. Siempre decía que iba a morir joven, y que no le importaba. De tanto pensar en la muerte, creía Julián, había terminado por encontrarle más sentido que a la vida.

—El día que me muera, todo lo mío será tuyo, Julián —solía decir—. Menos los sueños.

Además de Fernando Ramos, Moliner y Jorge Aldaya, Julián pronto trabó conocimiento con un muchacho tímido y un tanto arisco llamado Javier, hijo único de los conserjes de San Gabriel que vivían en una modesta caseta apostada a la entrada de los jardines del colegio. Javier, a quien, al igual que Fernando, el resto de los muchachos consideraban poco menos que un lacayo indeseable, merodeaba solo por los jardines y patios del recinto, sin entablar contacto con nadie. De tanto vagar por el colegio, había llegado a aprenderse todos los recovecos del edificio, los túneles de los sótanos, los pasajes que ascendían a las torres y toda suerte de escondrijos laberínticos que nadie recordaba ya. Era su mundo secreto, y su refugio. Siempre llevaba un cortaplumas que había sustraído de los cajones de su padre y gustaba de tallar con él figuras de madera que guardaba en el palomar del colegio. Su padre, Ramón, el conserje, era veterano de la guerra de Cuba, donde había perdido una mano y (se rumoreaba con cierta malicia) el testículo derecho de un perdigonazo disparado por el mismísimo Theodore Roosevelt en la carga de Cochinos. Convencido de que la ociosidad era la madre de todo mal, Ramón el Unicojonio *(como le apodaban los alumnos) tenía encargado a su hijo de recoger las hojas secas del pinar y del patio de las fuentes en un saco. Ramón era un buen hombre, algo tosco y fatalmente condenado a escoger malas compañías. La peor de ellas era su esposa.* El Unicojonio *se había casado con una mujerona de escasas luces y delirios de princesa con trazas de fregona que gustaba de insinuarse ligera de ropas a la vista de su hijo y de los alumnos del colegio, lo cual era motivo de jolgorio y esperpento semanal. Su nombre de bautismo era María Craponcia, pero ella se hacía llamar Yvonne, porque le parecía de más tono. Yvonne tenía por costumbre interrogar a su hijo respecto a las posibilidades de avance social que le iban a granjear las amistades que, ella creía, su hijo estaba entablando con la crema de la sociedad barcelonesa. Le cuestionaba sobre la fortuna de éste y aquél, imaginándose engalanada en sedas de mona y siendo recibida para tomar el té con pastas de hojaldre en los grandes salones de la buena sociedad.*

Javier procuraba pasar el mínimo tiempo posible en la casa y agradecía las tareas que le imponía su padre, por duras que fue-

sen. Cualquier excusa era buena para estar solo, para escapar a su mundo secreto a tallar sus figuras de madera. Cuando los alumnos del colegio le veían de lejos, algunos se reían o le tiraban piedras. Un día Julián sintió tanta lástima al ver cómo una pedrada le abría la frente y lo derribaba sobre los escombros, que decidió acudir en su auxilio y ofrecerle su amistad. Al principio, Javier pensó que Julián venía a rematarle mientras los demás se partían a carcajadas.

—Mi nombre es Julián —dijo, ofreciendo su mano—. Mis amigos y yo íbamos a jugar unas partidas de ajedrez en el pinar y me preguntaba si te apetecería unirte a nosotros.

—No sé jugar al ajedrez.

—Yo, hasta hace dos semanas, tampoco. Pero Miquel es un buen profesor...

El muchacho miraba con recelo, esperando la burla, el ataque escondido en cualquier momento.

—No sé si tus amigos querrán que esté con vosotros...

—Ha sido idea suya. ¿Qué me dices?

A partir de aquel día, Javier se les unía a veces al término de las tareas que le habían sido asignadas. Solía permanecer callado, escuchando y observando a los demás. Aldaya le tenía cierto temor. Fernando, que había vivido en carne propia el desprecio de los demás a consecuencia de su origen humilde, se desvivía en amabilidades con el enigmático muchacho. Miquel Moliner, que le enseñaba los rudimentos del ajedrez y lo observaba con ojo clínico, era el que estaba menos convencido de todos.

—Ése está chiflado. Caza gatos y palomas y los martiriza durante horas con su cuchillo. Luego los entierra en el pinar. ¡Qué delicia!

—¿Quién dice eso?

—Él mismo me lo contaba el otro día mientras yo le explicaba el salto del caballo. También me contaba que a veces su madre se le mete en la cama por la noche y lo manosea.

—Te estaría tomando el pelo.

—Lo dudo. Ese chaval no está bien de la cabeza, Julián, y probablemente no es culpa suya.

Julián hacía un esfuerzo por ignorar las advertencias y profecías de Miquel, pero lo cierto era que le estaba resultando difícil entablar una relación amistosa con el hijo del conserje. Yvonne, en especial, no veía a Julián, ni a Fernando Ramos, con buenos ojos. De toda la tropa de señoritos, ellos eran los únicos que no tenían un duro. Se decía que el padre de Julián era un humilde tendero y que su madre no había llegado más que a maestra de música. «Esa gente no tiene dinero ni clase ni elegancia, mi cielo —aleccionaba su madre—, el que te conviene es Aldaya, que es de familia muy bien.» «Sí, madre —respondía él—, lo que usted diga.» Con el tiempo, Javier pareció empezar a confiar en sus nuevos amigos. Despegaba ocasionalmente los labios, y estaba tallando un juego de piezas de ajedrez para Miquel Moliner, en agradecimiento a sus lecciones. Un buen día, cuando nadie lo esperaba o lo creía posible, descubrieron que Javier sabía sonreír y que tenía una risa bonita y blanca, risa de niño.

—¿Ves? Es un muchacho normal y corriente —argumentaba Julián.

Miquel Moliner, sin embargo, no las tenía todas consigo y observaba al extraño muchacho con celo, y recelo, casi científico.

—Javier está obsesionado contigo, Julián —le dijo un día—. Todo lo hace por ganar tu aprobación.

—¡Qué tontería! Ya tiene un padre y una madre para eso; yo sólo soy un amigo.

—Un inconsciente es lo que eres tú. Su padre es un pobre hombre que trabajo tiene con encontrarse las nalgas a la hora de hacer aguas mayores, y doña Yvonne es una harpía con cerebro de pulga que se pasa el día haciéndose la encontradiza en paños menores convencida de que es doña María Guerrero, o algo peor que prefiero no mentar. El chaval, como es natural, busca un sustituto y tú, ángel salvador, caes del cielo y le das la mano. San Julián de la Fuente, patrón de los desheredados.

—Ese doctor Freud te está pudriendo la mollera, Miquel. Todos necesitamos tener amigos. Incluso tú.

—Ese muchacho no tiene ni tendrá nunca amigos. Tiene alma de araña. Y si no, tiempo al tiempo. Me pregunto qué es lo que sueña...

Poco sospechaba Miquel Moliner que los sueños de Francisco Javier eran más parecidos a los de su amigo Julián de lo que él hubiera creído posible. En una ocasión, meses antes de que Julián ingresara en el colegio, el hijo del conserje estaba recogiendo la hojarasca en el patio de las fuentes cuando llegó el fastuoso automóvil de don Ricardo Aldaya. Aquella tarde, el industrial traía compañía. Le escoltaba una aparición, un ángel de luz enfundado de seda que parecía levitar sobre el suelo. El ángel, que no era sino su hija Penélope, descendió del Mercedes y anduvo hasta la fuente, aleteando su sombrilla y deteniéndose a batir las aguas del estanque con la mano. Como siempre, su aya Jacinta la seguía solícita, atenta al mínimo gesto de la muchacha. Poco hubiera importado que la escoltase un ejército de sirvientes: Javier sólo tenía ojos para la muchacha. Temió que si parpadeaba, la visión se esfumaría. Permaneció allí paralizado, espiando el espejismo sin aliento. Poco después, como si ella hubiese intuido su presencia y su mirada furtiva, Penélope alzó la vista hacia él. La belleza de aquel rostro se le antojó dolorosa, insostenible. Le pareció entrever un amago de sonrisa en sus labios. Aterrado, Javier corrió a ocultarse en lo alto de la torre de las cisternas junto al palomar del ático del colegio, su escondite predilecto. Las manos le temblaban todavía cuando cogió sus útiles de tallar y empezó a trabajar en una nueva pieza que quería asemejarse al rostro que acababa de vislumbrar. Cuando regresó a la vivienda del conserje aquella noche, horas más tarde de lo habitual, su madre le esperaba, medio desnuda y furiosa. El muchacho bajó los ojos temiendo que, si su madre leía su mirada, vería en ella a la muchacha del estanque y sabría lo que había estado pensando.

—¿Y tú dónde te metes, mocoso de mierda?

—Perdóneme usted, madre. Me perdí.

—Tú estás perdido desde el día que naciste.

Años más tarde, cada vez que introducía su revólver en la boca de un prisionero y apretaba el gatillo, el inspector jefe Francisco Javier Fumero habría de evocar el día en que vio el cráneo de su madre estallar como una sandía madura en las inmediaciones de un merendero de Las Planas y no sintió nada, apenas el tedio de las cosas muertas. La Guardia Civil, alertada por el encargado del establecimiento, que había oído el disparo, encontró al muchacho sentado en una roca sosteniendo la escopeta en su regazo, todavía tibia. Contemplaba impávido el cuerpo decapitado de María Craponcia, alias Yvonne, *cubierto de insectos. Al ver aproximarse a los guardias se limitó a encogerse de hombros, el rostro salpicado de gotas de sangre como si se lo estuviese comiendo la viruela. Siguiendo los sollozos, los guardias encontraron a Ramón* el Unicojonio *acurrucado junto a un árbol a treinta metros de allí, entre la maleza. Temblaba como un niño y fue incapaz de hacerse entender. El teniente de la Guardia Civil, tras mucho cavilar, dictaminó que el suceso había sido un trágico accidente y así lo hizo constar en el atestado, que no en su conciencia. Al preguntarle al muchacho si podían hacer algo por él, Francisco Javier Fumero preguntó si podía conservar aquella vieja escopeta, porque de mayor quería ser soldado...*

—¿Se encuentra usted bien, señor Romero de Torres?

La súbita aparición de Fumero en el relato del padre Fernando Ramos me había dejado helado, pero el efecto sobre Fermín había sido fulminante. Amarilleaba y le temblaban las manos.

—Es una bajada de tensión —improvisó Fermín con un hilo de voz—. Este clima catalán a las gentes del sur a veces nos mortifica.

—¿Puedo ofrecerle un vaso de agua? —preguntó el sacerdote, consternado.

—Si su ilustrísima no tiene inconveniente. Y quizá una chocolatina, por aquello de la glucosa...

El sacerdote le escanció un vaso de agua, que Fermín apuró ávidamente.

—Todo lo que tengo son caramelos de eucalipto. ¿Le sirven?

—Dios se lo pague.

Fermín engulló un puñado de caramelos y, al rato, pareció recuperar cierta palidez.

—¿Este muchacho, el hijo del conserje que perdió heroicamente el escroto defendiendo las colonias, está usted seguro de que se llamaba Fumero, Francisco Javier Fumero?

—Sí. Completamente. ¿Acaso le conocen ustedes?

—No —entonamos los dos en polifonía.

El padre Fernando frunció el ceño.

—No sería de extrañar. Francisco Javier ha acabado siendo un personaje tristemente célebre.

—No estamos seguros de comprenderle...

—Me entienden ustedes de maravilla. Francisco Javier Fumero es inspector jefe de la Brigada Criminal de Barcelona y su reputación es sobradamente conocida incluso por los que no salimos de este recinto. Y usted al oír su nombre ha encogido varios centímetros, diría yo.

—Ahora que lo menciona vuecencia, el nombre tiene una cierta musiquilla familiar...

El padre Fernando nos miró de reojo.

—Este muchacho no es hijo de Julián Carax. ¿Me equivoco?

—Hijo espiritual, eminencia, que moralmente tiene más peso.

—¿En qué clase de embrollo están ustedes metidos? ¿Quién les envía?

Tuve entonces la certeza de que estábamos a punto de salir despedidos a puntapiés del despacho del sacerdote y opté por silenciar a Fermín y, por una vez, jugar la carta de la honestidad.

—Tiene usted razón, padre. Julián Carax no es mi padre. Pero no nos envía nadie. Hace años tropecé por casualidad con un libro de Carax, un libro que se creía desaparecido, y desde entonces he intentado averiguar más sobre él y esclarecer las circunstancias de su muerte. El señor Romero de Torres me ha prestado su ayuda...

—¿Qué libro?

—*La Sombra del Viento.* ¿Lo ha leído usted?

—He leído todas las novelas de Julián.

—¿Las conserva usted?

El sacerdote negó.

—¿Puedo preguntarle qué hizo con ellas?

—Años atrás alguien entró en mi habitación y les prendió fuego.

—¿Sospecha usted de alguien?

—Por supuesto. De Fumero. ¿No es por eso por lo que están ustedes aquí?

Fermín y yo intercambiamos una mirada de perplejidad.

—¿El inspector Fumero? ¿Por qué habría él de querer quemar esos libros?

—¿Quién si no? Durante el último año que pasamos juntos en el colegio, Francisco Javier intentó matar a Julián con la escopeta de su padre. Si Miquel no le hubiese detenido...

—¿Por qué intentó matarle? Julián había sido su único amigo.

—Francisco Javier estaba obsesionado con Penélope Aldaya. Nadie lo sabía. No creo que ni la misma Penélope hubiera reparado en la existencia del muchacho. Mantuvo el secreto durante años. Al parecer seguía a Julián sin que él lo supiera. Creo que un día le vio besarla. No lo sé. Lo que sé es que intentó matarle a plena luz del día. Miquel Moliner, que nunca se había fiado de Fumero, se abalanzó sobre él y le detuvo en el último momento. El agujero del balazo aún se puede ver junto a la entrada. Cada vez que paso me acuerdo de aquel día.

—¿Qué pasó con Fumero?

—Él y su familia fueron expulsados del recinto. Creo que a Francisco Javier le metieron durante una temporada en un internado. No supimos de él hasta un par de años más tarde, cuando su madre murió en un accidente de caza. No hubo tal accidente. Miquel había tenido razón desde el principio. Francisco Javier Fumero es un asesino.

—Si yo le contara... —musitó Fermín.

—Pues no estaría de más que me contasen ustedes algo, algo verídico, para variar.

—Le podemos decir que Fumero no fue quien quemó sus libros.

—¿Quién fue entonces?

—Con toda seguridad fue un hombre con el rostro desfigurado por el fuego que se hace llamar Laín Coubert.

—¿No es ése...?

Asentí.

—El nombre de un personaje de Carax. El diablo.

El padre Fernando se reclinó en su butaca, casi tan perdido como nosotros.

—Lo que parece cada vez más claro es que Penélope

Aldaya es el centro de todo este asunto, y es de ella de quien menos sabemos —apuntó Fermín.

—No creo que yo pueda ayudarles ahí. Apenas la vi, de lejos, un par o tres de veces. Cuanto sé de ella es lo que me contó Julián, que no era mucho. La única persona a quien oí mencionar el nombre de Penélope alguna vez fue a Jacinta Coronado.

—¿Jacinta Coronado?

—El aya de Penélope. Había criado a Jorge y a Penélope. Los quería con locura, especialmente a Penélope. A veces venía al colegio a recoger a Jorge, porque a don Ricardo Aldaya no le gustaba que sus hijos pasaran un segundo sin la vigilancia de alguien de la casa. Jacinta era un ángel. Había oído decir que yo, como Julián, éramos muchachos de recursos modestos y siempre nos traía algo de merendar porque creía que pasábamos hambre. Yo le decía que mi padre era el cocinero, que no se preocupase que de comer no me faltaba. Pero ella insistía. Yo la esperaba a veces y hablaba con ella. Era la mujer más buena que jamás he conocido. No tenía hijos, ni novio conocido. Estaba sola en el mundo y había dado la vida por criar a los hijos de los Aldaya. Adoraba a Penélope con toda su alma. Aún habla de ella...

—¿Está usted todavía en contacto con Jacinta?

—La visito a veces en el asilo de Santa Lucía. Ella no tiene a nadie. El Señor, por razones que nos están veladas al entendimiento, no siempre nos premia en vida. Jacinta es una mujer muy mayor ya y sigue tan sola como siempre lo estuvo.

Fermín y yo intercambiamos una mirada.

—¿Y Penélope? ¿No la ha visitado nunca?

La mirada del padre Fernando era un pozo de negrura.

—Nadie sabe qué se hizo de Penélope. Esa muchacha

era la vida de Jacinta. Cuando los Aldaya se marcharon a América y ella la perdió, lo perdió todo.

—¿Por qué no se la llevaron con ella? ¿Marchó Penélope también a la Argentina, con el resto de los Aldaya? —pregunté.

El sacerdote se encogió de hombros.

—No lo sé. Nadie volvió a ver a Penélope o a oír hablar de ella después de 1919.

—El año que Carax marchó a París —observó Fermín.

—Tienen que prometerme ustedes que no van a molestar a esa pobre anciana para desenterrar recuerdos dolorosos.

—¿Por quién nos toma el mosén? —preguntó Fermín, airado.

Sospechando que no nos iba a sacar nada más, el padre Fernando nos hizo jurarle que le mantendríamos informado de lo que averiguásemos. Fermín, para tranquilizarlo, se empeñó en jurar sobre un Nuevo Testamento que yacía en el escritorio del sacerdote.

—Deje los Evangelios tranquilos. Me basta con su palabra.

—No deja pasar usted una, ¿eh, padre? ¡Qué fiera!

—Venga, les acompaño hasta la salida.

Nos guió a través del jardín hasta la verja de lanzas y se detuvo a una distancia prudencial de la salida, contemplando la calle que serpenteaba de bajada hacia el mundo real, como si temiera evaporarse si se aventuraba unos pasos más allá. Me pregunté cuándo habría sido la última vez que el padre Fernando había abandonado el recinto del colegio de San Gabriel.

—Lo sentí mucho cuando supe que Julián había fallecido —dijo con voz queda—. Pese a todo lo que pasó luego y a que nos distanciamos con el tiempo, fuimos buenos amigos: Miquel, Aldaya, Julián y yo. Incluso Fumero. Siempre creí que íbamos a ser inseparables, pero la vida debe de saber algo que nosotros no sabemos. No he vuelto a tener amigos como aquéllos, y no creo que los vuelva a tener. Espero que encuentre usted lo que busca, Daniel.

26

Era casi media mañana cuando llegamos al paseo de la Bonanova, cada uno retirado a sus propios pensamientos. No me cabía duda de que los de Fermín se concentraban en la siniestra aparición del inspector Fumero en el asunto. Le miré de reojo y advertí su semblante apesadumbrado, carcomido de inquietud. Un velo de nubes oscuras se extendía como sangre derramada y destilaba astillas de luz del color de la hojarasca.

—Si no nos damos prisa, nos va a pillar una buena —dije.

—Todavía no. Esas nubes tienen cara de noche, de magulladura. Son de las que esperan.

—No me diga que también entiende usted de nubes.

—Vivir en la calle le enseña a uno más de lo que desearía saber. Sólo de pensar en lo de Fumero me ha dado un hambre horrorosa. ¿Qué me dice si nos acercamos al bar de la plaza de Sarriá y nos marcamos dos bocadillos de tortilla con muchísima cebolla?

Pusimos rumbo hacia la plaza, donde una horda de abuelillos coqueteaba el palomar local, reduciendo la vida a un juego de migajas y de espera. Nos procuramos una mesa junto a la puerta del bar, donde Fermín procedió a dar buena cuenta de los dos bocadillos, el suyo y el mío, una caña de cerveza, dos chocolatinas y un trifásico de ron. De postre se tomó un Sugus. En la mesa contigua, un hombre observaba a Fermín de refilón por encima del periódico, probablemente pensando lo mismo que yo.

—No sé dónde mete usted todo eso, Fermín.

—En mi familia siempre hemos sido de metabolismo acelerado. Mi hermana Jesusa, que en gloria esté, era capaz de merendarse una tortilla de morcilla y ajos tiernos de seis huevos a media tarde y luego lucirse como un cosaco en la cena. Le llamaban *la Higadillos,* porque sufría de halitosis. Pobrecilla. Era igualita que yo, ¿sabe? Con este mismo careto y este cuerpo serrano, más bien magro de carnes. Un doctor de Cáceres le dijo una vez a mi madre que los Romero de Torres éramos el eslabón perdido entre el hombre y el pez martillo, porque el noventa por ciento de nuestro organismo es cartílago, mayormente concentrado en la nariz y en el pabellón auditivo. A la Jesusa la confundían mucho conmigo en el pueblo, porque a la pobre nunca llegó a salirle pecho y empezó a afeitarse antes que yo. Murió de tisis a los veintidós años, virgen terminal y enamorada en secreto de un cura santurrón que cuando se la cruzaba por la calle siempre le decía: «Hola, Fermín, estás ya hecho todo un hombrecito.» Ironías de la vida.

—¿Les echa de menos?

—¿A la familia?

Fermín se encogió de hombros, varado en una sonrisa nostálgica.

—¿Qué sé yo? Pocas cosas engañan más que los recuerdos. Vea usted al cura... ¿Y usted? ¿Echa de menos a su madre?

Bajé la mirada.

—Mucho.

—¿Sabe de lo que más me acuerdo de la mía? —preguntó Fermín—. De su olor. Siempre olía a limpio, a pan dulce. Tanto daba si había pasado el día trabajando en los campos o llevaba encima los mismos harapos de toda la semana. Ella siempre olía a todo lo bueno que hay en este mundo. Y mire que era bruta. Maldecía como un carretero, pero olía como las princesas de los cuentos. O al menos eso me parecía a mí. ¿Y usted? ¿Qué es lo que más recuerda de su madre, Daniel?

Dudé un instante, arañando las palabras que me rehuían la voz.

—Nada. No puedo recordar a mi madre hace ya años. Ni cómo era su cara, o su voz, o su olor. Se me perdieron el día que descubrí a Julián Carax y no han vuelto.

Fermín me observaba con cautela, midiendo su respuesta.

—¿No tiene usted un retrato de ella?

—Nunca he querido mirarlos —dije.

—¿Por qué no?

Nunca le había contado esto a nadie, ni siquiera a mi padre o a Tomás.

—Porque me da miedo. Me da miedo buscar un retrato de mi madre y descubrir en ella a una extraña. Le parecerá a usted una tontería.

Fermín negó.

—¿Y por eso piensa usted que si consigue desentrañar el misterio de Julián Carax y rescatarle del olvido, el rostro de su madre volverá a usted?

Le miré en silencio. No había ironía ni juicio en su mirada. Por un instante, Fermín Romero de Torres me pareció el hombre más lúcido y sabio del universo.

—Quizá —dije, sin pensar.

Al filo del mediodía abordamos un autobús de vuelta al centro. Nos sentamos al frente, justo detrás del conductor, circunstancia que Fermín aprovechó para entablar un debate con él acerca de los muchos avances, técnicos y cosméticos, que advertía en el transporte público de superficie en relación a la última vez que lo había utilizado, allá por 1940, particularmente en lo referente a señalización, como demostraba un cartel que rezaba: «Se prohíbe escupir y la palabra soez.» Fermín examinó el cartel de reojo y optó por rendirle pleitesía conjurando con enjundia un sonoro gargajo, lo que bastó para granjearnos las miradas sulfúricas de un trío de beatorras que viajaban en comando en la parte de atrás pertrechadas de sendas copias del misal.

—Salvaje —musitó la beata del flanco este, que guardaba un asombroso parecido con el retrato oficial del general Yagüe.

—Ahí van —dijo Fermín—. Tres santas tiene mi España. Santa Sofoco, santa Puretas y santa Remilgos. Entre todos hemos convertido este país en un chiste.

—Diga que sí —convino el conductor—. Con Azaña estábamos mejor. Y el tráfico no digamos. Asco da.

Un hombre sentado en la parte de atrás se rió, disfrutando del intercambio de pareceres. Le reconocí como el mismo que había estado sentado junto a nosotros en el bar. Su expresión parecía insinuar que estaba de parte de Fermín y que deseaba verle ensañarse con las beatas. Crucé con él la mirada brevemente. Me sonrió cordialmente y regresó a su periódico con desinterés. Al llegar a la calle Ganduxer advertí que Fermín se había recogido en un ovillo bajo su gabardina y estaba pegando una cabezadita con la boca abierta y el rostro bendito. El autobús se deslizaba por el señorío almidonado del paseo de San Gervasio cuando Fermín despertó de repente.

—He estado soñando con el padre Fernando —me dijo—. Sólo que en mi sueño iba vestido de delantero centro del Real Madrid y tenía la copa de la liga a su vera, reluciente como los chorros del oro.

—¿Y eso? —pregunté.

—Si Freud está en lo cierto, eso significa que tal vez el cura nos haya colado un gol.

—A mí me pareció un hombre honesto.

—La verdad es que sí. Quizá demasiado para su propio bien. A los curas con madera de santo los acaban enviando a todos a misiones, a ver si se los comen los mosquitos o las pirañas.

—Ya será menos.

—Bendita inocencia la suya, Daniel. Se cree usted hasta lo del ratoncito dientes. Y si no, de muestra un botón: el embrollo ese de Miquel Moliner que le endilgó Nuria Monfort. Me parece que esa fámula le colocó a usted más trolas que la página editorial de *L'Observatore Romano*. Ahora resulta que está casada con un amigo de la infancia de Aldaya y Carax, mire usted por dónde. Y encima tenemos la historia de Jacinta, el aya buena, que tal vez sea verídica pero suena demasiado a último acto de don Alejandro Casona. Por no mencionar la aparición estelar de Fumero en el papel de matarife.

—¿Cree usted entonces que el padre Fernando nos mintió?

—No. Convengo con usted en que parece honrado, pero el uniforme pesa mucho y lo mismo se guardó alguna novena en la media, por así decirlo. Yo creo que si nos mintió fue por omisión y decoro, no por mala leche o malicia. Además no le veo capaz de inventarse un embrollo así. Si supiera mentir mejor, no estaría dando clases de álgebra y latín; andaría ya en el obispado, con un despacho de cardenal y melindros tiernos para el café.

—¿Qué sugiere usted que hagamos entonces?

—Tarde o temprano vamos a tener que desenterrar a la momia de la abuelilla angelical y sacudirla de los tobillos, a ver qué cae. De momento voy a tirar de algunos hilos, a ver qué averiguo de este tal Miquel Moliner. Y no estaría de más echarle un ojo encima a esa Nuria Monfort, que me parece que está resultando ser lo que mi difunta madre denominaba una lagarta.

—Se equivoca usted con ella —aduje.

—A usted le enseñan un par de tetas bien puestas y cree que ha visto a santa Teresa de Jesús, lo cual a su edad tiene disculpa que no remedio. Déjemela a mí, Daniel, que la fragancia del eterno femenino ya no me emboba como a usted. A mis años, el riego sanguíneo a la cabeza adquiere preferencia al destinado a las partes blandas.

—Menudo fue a hablar.

Fermín extrajo su monedero y procedió a contar el montante.

—Lleva usted ahí una fortuna —dije—. ¿Todo eso ha sobrado del cambio de esta mañana?

—Parte. El resto es legítimo. Es que hoy llevo a mi Bernarda por ahí. Yo a esa mujer no le puedo negar nada. Si hace falta, asalto el Banco de España para darle todos los caprichos. ¿Y usted qué planes tiene para el resto del día?

—Nada en especial.

—¿Y la nena esa, qué?

—¿Qué nena?

—La moños. ¿Qué nena va a ser? La hermana de Aguilar.

—No sé.

—Saber sabe; lo que no tiene, hablando en plata, es cojones para coger el toro por los cuernos.

A éstas se nos acercó el revisor con gesto cansino, haciendo malabarismos con un palillo que paseaba y volteaba entre los dientes con destreza circense.

—Ustedes perdonen, que dicen esas señoras de ahí que si pueden utilizar un lenguaje más decoroso.

—Y una mierda —replicó Fermín, en voz alta.

El revisor se volvió a las tres damas y se encogió de hombros, dándoles a entender que había hecho cuanto podía y que no estaba dispuesto a liarse a bofetadas por una cuestión de pudor semántico.

—La gente que no tiene vida siempre se tiene que meter en la de los demás —masculló Fermín—. ¿De qué estábamos hablando?

—De mi falta de redaños.

—Efectivamente. Un caso crónico. Hágame caso. Vaya a buscar a su chica, que la vida pasa volando, especialmente la parte que vale la pena vivir. Ya ha visto lo que decía el cura. Visto y no visto.

—Pero si no es *mi* chica.

—Pues gánesela antes de que se la lleve otro, especialmente un soldadito de plomo.

—Habla usted como si Bea fuese un trofeo.

—No, como si fuese una bendición —corrigió Fermín—. Mire, Daniel. El destino suele estar a la vuelta de la esquina. Como si fuese un chorizo, una furcia o un vendedor de lotería: sus tres encarnaciones más socorridas. Pero lo que no hace es visitas a domicilio. Hay que ir a por él.

Dediqué el resto del trayecto a considerar esta perla filosófica mientras Fermín emprendía otra cabezadita, menester para el que tenía un talento napoleónico. Nos bajamos del autobús en la esquina de Gran Vía y paseo de Gracia bajo un cielo de ceniza que se comía la luz. Abotonándose la gabardina hasta el gaznate, Fermín anunció que partía a toda prisa rumbo a su pensión con la intención de acicalarse para su cita con la Bernarda.

—Hágase cargo de que con una presencia mayormente modesta como la mía, la toilette no baja de noventa minutos. No hay genio sin figura; ésa es la triste realidad de estos tiempos faranduleros. Vanitas pecata mundi.

Le vi alejarse por la Gran Vía, apenas un bosquejo de hombrecillo amparado en su gabardina gris que aleteaba como una bandera raída al viento. Puse rumbo a casa, donde planeaba reclutar un buen libro y esconderme del mundo. Al doblar la esquina de Puerta del Ángel y la calle Santa Ana, el corazón me dio un vuelco. Fermín, como siempre, había estado en lo cierto. El destino me aguardaba frente a la librería luciendo traje de lana gris, zapatos nuevos y medias de seda, y estudiando su reflejo en el escaparate.

—Mi padre cree que estoy en misa de doce —dijo Bea sin alzar la vista de su propia imagen.

—Como si lo estuvieses. Aquí, a menos de veinte metros, en la iglesia de Santa Ana llevan en sesión continua desde las nueve de la mañana.

Hablábamos como dos desconocidos detenidos casualmente frente a un escaparate, buscándonos la mirada en el cristal.

—No es como para hacer broma. He tenido que recoger una hoja dominical para ver de qué iba el sermón. Luego me pedirá que le haga una sinopsis detallada.

—Tu padre está en todo.

—Ha jurado partirte las piernas.

—Antes tendrá que averiguar quién soy. Y mientras yo las tenga enteras, corro más que él.

Bea me observaba tensa, mirando por encima del hombro a los transeúntes que se deslizaban a nuestra espalda en soplos de gris y de viento.

—No sé de qué te ríes —dijo—. Lo dice en serio.

—No me río. Estoy muerto de miedo. Pero es que me alegra verte.

Una sonrisa a media asta, nerviosa, fugaz.

—A mí también —concedió Bea.

—Lo dices como si fuese una enfermedad.

—Es peor que eso. Pensaba que si volvía a verte a la luz del día, a lo mejor entraba en razón.

Me pregunté si aquello era un cumplido o una condena.

—No pueden vernos juntos, Daniel. No así, en plena calle.

—Si quieres podemos entrar en la librería. En la trastienda hay una cafetera y...

—No. No quiero que nadie me vea entrar o salir de aquí. Si alguien me ve hablar ahora contigo, siempre puedo decir que me he tropezado con el mejor amigo de mi hermano por casualidad. Si nos ven dos veces juntos, levantaremos sospechas.

Suspiré.

—¿Y quién va a vernos? ¿A quién le importa lo que hagamos?

—La gente siempre tiene ojos para lo que no le importa, y mi padre conoce a media Barcelona.

—¿Entonces por qué has venido hasta aquí a esperarme?

—No he venido a esperarte. He venido a misa, ¿te acuerdas? Tú mismo lo has dicho. A veinte metros de aquí...

—Me das miedo, Bea. Mientes todavía mejor que yo.

—Tú no me conoces, Daniel.

—Eso dice tu hermano.

Nuestras miradas se encontraron en el reflejo.

—Tú me enseñaste algo la otra noche que no había visto jamás —murmuró Bea—. Ahora me toca a mí.

Fruncí el ceño, intrigado. Bea abrió su bolso, extrajo una tarjeta de cartulina doblada y me la tendió.

—No eres el único que sabe misterios en Barcelona, Daniel. Tengo una sorpresa para ti. Te espero en esta dirección hoy a las cuatro. Nadie debe saber que hemos quedado allí.

—¿Cómo sabré que he dado con el sitio correcto?

—Lo sabrás.

La miré de reojo, rogando que me estuviese tomando el pelo.

—Si no vienes, lo entenderé —dijo Bea—. Entenderé que ya no quieres verme más.

Sin concederme un instante para responder, Bea se dio la vuelta y se alejó a paso ligero hacia las Ramblas. Me quedé sosteniendo la tarjeta en la mano y la palabra en los labios, persiguiéndola con la mirada hasta que su silueta se fundió en la penumbra gris que precedía a la tormenta. Abrí la tarjeta. En el interior, en trazo azul, se leía una dirección que conocía bien.

Avenida del Tibidabo, 32

27

La tormenta no esperó al anochecer para asomar los dientes. Los primeros relámpagos me sorprendieron al poco de tomar un autobús de la línea 22. Al rodear la plaza Molina y ascender Balmes arriba, la ciudad ya se desdibujaba bajo telones de terciopelo líquido, recordándome que apenas había tomado la precaución de coger un mísero paraguas.

—Hay que tener valor —murmuró el conductor cuando solicité parada.

Pasaban ya diez minutos de las cuatro cuando el autobús me dejó en un eslabón perdido al final de la calle Balmes a merced de la tormenta. Al frente, la avenida del Tibidabo se desvanecía en un espejismo acuoso bajo cielos de plomo. Conté hasta tres y eché a correr bajo la lluvia. Minutos más tarde, empapado hasta la médula y tiritando de frío, me detuve al amparo de un portal para recuperar el aliento. Ausculté el resto del trayecto. El aliento helado de la tormenta arrastraba un velo gris que enmascaraba el contorno espectral de palacetes y caserones enterrados en la niebla. Entre ellos se alzaba el torreón oscuro y solitario del palacete Aldaya, varado entre la arboleda ondulante. Me retiré el pelo empapado que me caía sobre los ojos y eché a correr hacia allí, cruzando la avenida desierta.

La portezuela de la verja se balanceaba al viento. Más allá se abría un sendero ondulante que ascendía hasta el caserón. Me colé por la portezuela y me adentré en la finca. Entre la maleza se adivinaban pedestales de estatuas derrocadas sin piedad. Al aproximarme hacia el caserón advertí que una de las estatuas, la efigie de un ángel purificador, había sido abandonada en el interior de una fuente que coronaba el jardín. La silueta de mármol ennegrecido brillaba como un espectro bajo la lámina de agua que se desbordaba en el estanque. La mano del ángel ígneo emergía de las aguas; un dedo acusador, afilado como una bayoneta, señalaba la puerta principal de la casa. El portón de roble labrado se adivinaba entreabierto. Empujé la puerta y me aventuré unos pasos en un recibidor cavernoso, los muros fluctuando bajo la caricia de una vela.

—Creí que no vendrías —dijo Bea.

Su silueta se perfilaba en un corredor clavado en la penumbra, recortada en la claridad mortecina de una galería que se abría al fondo. Estaba sentada en una silla, contra la pared, con una vela a sus pies.

—Cierra la puerta —indicó sin levantarse—. La llave está puesta en la cerradura.

Obedecí. La cerradura crujió con un eco sepulcral.

Escuché los pasos de Bea acercándose a mi espalda y sentí su roce en la ropa empapada.

—Estás temblando. ¿Es de miedo o de frío?

—Aún no lo he decidido. ¿Por qué estamos aquí?

Sonrió en la penumbra y me tomó de la mano.

—¿No lo sabes? Creí que lo habrías adivinado...

—Ésta era la casa de los Aldaya, eso es todo lo que sé. ¿Cómo has conseguido entrar y cómo sabías...?

—Ven, encenderemos un fuego para que entres en calor.

Me guió a través del corredor hasta la galería que presidía el patio interior de la casa. El salón se erguía en columnas de mármol y muros desnudos que reptaban hacia el artesonado de una techumbre caída a trozos. Se adivinaban las marcas de cuadros y espejos que tiempo atrás habían cubierto las paredes, al igual que los rastros de muebles sobre el piso de mármol. En un extremo del salón había un hogar con unos troncos dispuestos. Una pila de diarios viejos descansaba junto al atizador. El aliento de la chimenea olía a fuego reciente y a carbonilla. Bea se arrodilló frente al hogar y empezó a disponer varias hojas de periódico entre los troncos. Extrajo un fósforo y las prendió, conjurando rápidamente una corona de llamas. Las manos de Bea agitaban los maderos con habilidad y experiencia. Imaginé que me suponía muerto de curiosidad e impaciencia, pero decidí adoptar un aire flemático que dejase claro que si Bea quería jugar conmigo a los misterios llevaba las de perder. Ella se relamía en una sonrisa triunfante. Mi tembleque de manos, quizá, no ayudaba a mi representación.

—¿Vienes mucho por aquí? —pregunté.

—Hoy es la primera vez. ¿Intrigado?

—Vagamente.

Se arrodilló frente al fuego y dispuso una manta limpia que sacó de una bolsa de lona. Olía a lavanda.

—Anda, siéntate aquí, junto al fuego, no vayas a pillar una pulmonía por mi culpa.

El calor de la hoguera me devolvió a la vida. Bea contemplaba las llamas en silencio, hechizada.

—¿Vas a contarme el secreto? —pregunté finalmente.

Bea suspiró y se sentó en una de las sillas. Yo permanecí pegado al fuego, observando el vapor ascender de mi ropa como ánima en fuga.

—Lo que tú llamas el palacete Aldaya, en realidad tiene nombre propio. La casa se llama «El ángel de bruma», pero casi nadie lo sabe. El despacho de mi padre lleva quince años intentando vender esta propiedad sin conseguirlo. El otro día, mientras me explicabas la historia de Julián Carax y de Penélope Aldaya, no reparé en ello. Luego, por la noche en casa, até cabos y recordé que había oído hablar a mi padre de la familia Aldaya alguna vez, y de esta casa en particular. Ayer acudí al despacho de mi padre y su secretario, Casasús, me contó la historia de la casa. ¿Sabías que en realidad ésta no era su residencia oficial, sino una de sus casas de veraneo?

Negué.

—La casa principal de los Aldaya era un palacio que fue derribado en 1925 para levantar un bloque de pisos, en lo que hoy es el cruce de las calles Bruch y Mallorca, diseñado por Puig i Cadafalch por encargo del abuelo de Penélope y Jorge, Simón Aldaya, en 1896, cuando aquello no eran más que campos y acequias. El hijo mayor del patriarca Simón, don Ricardo Aldaya, la había comprado allá en los últimos años del siglo XIX a un personaje muy pintoresco por un precio irrisorio, porque la casa tenía mala fama. Casasús me dijo que estaba maldita y que ni los vendedores se atrevían a venir a enseñarla y escurrían el bulto con cualquier pretexto...

28

Aquella tarde, mientras entraba de nuevo en calor, Bea me refirió la historia de cómo «El ángel de bruma» había llegado a las manos de la familia Aldaya. El relato era un melodrama escabroso que bien podría haberse escapado de la pluma de Julián Carax. La casa había sido construida en 1899 por la firma de arquitectos de Naulí, Martorell i Bergadà bajo los auspicios de un próspero y extravagante financiero catalán llamado Salvador Jausà, que sólo habría de vivir en ella un año. El potentado, huérfano desde los seis años y de orígenes humildes, había amasado la mayor parte de su fortuna en Cuba y Puerto Rico. Se decía que la suya era una de las muchas manos negras tras la trama de la caída de Cuba y la guerra con Estados Unidos en que se habían perdido las últimas colonias. Del Nuevo Mundo se trajo algo más que una fortuna: le acompañaban una esposa norteamericana, damisela pálida y frágil de la buena sociedad de Filadelfia que no hablaba palabra de castellano, y una criada mulata que había estado a su servicio desde los primeros años en Cuba y que viajaba con un macaco enjaulado vestido de arlequín y siete baúles de equipaje. Por el momento se instalaron en varias habitaciones del hotel Colón en la plaza de Cataluña, a la espera de adquirir la vivienda adecuada a los gustos y apetencias de Jausà.

A nadie le cabía la menor duda de que la criada —belleza de ébano dotada de mirada y talle que según las crónicas de sociedad inducía taquicardias— era en realidad su amante y guía en placeres ilícitos e innombrables. Su calidad de bruja y hechicera se asumía por añadidura.

Su nombre era Marisela, o así la llamaba Jausà, y su presencia y aires enigmáticos no tardaron en convertirse en el escándalo predilecto de las reuniones que las damas de buena cuna propiciaban para degustar melindros y matar el tiempo y los sofocos otoñales. En estas tertulias circulaban rumores sin confirmar que sugerían que la hembra africana, por inspiración directa de los infiernos, fornicaba aupada al varón, es decir, cabalgándolo cual yegua en celo, lo cual violaba por lo menos cinco o seis pecados mortales de necesidad. No faltó pues quien escribiera al obispado, solicitando una bendición especial y protección para el alma impoluta y nívea de las familias de buen nombre de Barcelona ante semejante influencia. Para más inri, Jausà tenía la desfachatez de salir a pasear con su esposa y con Marisela en su carruaje los domingos a media mañana, ofreciendo así el espectáculo babilónico de la depravación a ojos de cualquier mozalbete incorrupto que pudiere deambular por el paseo de Gracia en su camino a misa de once. Hasta los diarios se hacían eco de la mirada altiva y orgullosa de la negraza, que contemplaba al público barcelonés «como una reina de las selvas miraría a una cofradía de pigmeos».

Por aquella época, la fiebre modernista ya consumía Barcelona, pero Jausà indicó claramente a los arquitectos que había contratado para que le construyesen su nueva morada que quería algo diferente. En su diccionario, «diferente» era el mejor de los epítetos. Jausà había pasado años paseándose frente a la hilera de mansiones neogóticas que los grandes magnates de la era industrial americana se habían hecho construir en el tramo de la Quinta Avenida varado entre las calles 58 y 72, frente a la cara este del Central Park. Prendido con sus ensueños americanos, el financiero se negó a escuchar cualquier argumento en favor de construir según la moda y uso del momento, del mismo modo en que se había negado a adquirir un palco en el Liceo, como era de rigor, calificándolo de babel de sordos y colmena de indeseables. Deseaba su casa alejada de la ciudad, en el por entonces todavía relativamente desolado paraje de la avenida del Tibidabo. Quería contemplar Barcelona desde la distancia, decía. Por única compañía sólo deseaba un jardín de estatuas de ángeles que según sus instrucciones (destiladas por Marisela) debían estar ubicadas en los vértices del trazado de una estrella de siete puntas, ni una más ni una menos. Resuelto a llevar sus planes a cabo, y con las arcas rebosantes para hacerlo a su capricho, Salvador Jausà envió a sus arquitectos tres meses a Nueva York para que estudiasen las delirantes estructuras erigidas para albergar al comodoro Vandervilt, a la familia de John Jacob Astor, Andrew Carnagie y al resto de las cincuenta familias de oro. Dio instrucciones para que asimilasen el estilo y las técnicas del taller de arquitectura de Stanford, White & McKim y les advirtió que no se molestasen en llamar a su puerta con un proyecto al gusto de los que él denominaba «charcuteros y fabricantes de botones».

Un año más tarde, los tres arquitectos se personaron en sus suntuosas habitaciones del hotel Colón para presentarle el proyecto. Jausà, en compañía de la mulata Marisela, les escuchó en silencio y al término de la presentación preguntó cuál sería el costo de llevar a cabo la obra en seis meses. Frederic Martorell, socio líder del taller de arquitectos, carraspeó y, por decoro, anotó la cifra en un papel y se la tendió al potentado. Éste, sin pestañear, extendió en el acto un cheque por el montante total y despidió a la comitiva con un saludo ausente. Siete meses más tarde, en julio de 1900, Jausà, su esposa, y la criada Marisela se instalaban en la casa. En agosto de aquel año, las dos mujeres estarían muertas y la policía encontraría a

Salvador Jausà agonizante, desnudo y esposado a la butaca de su estudio. El informe del sargento que instruyó el caso mencionaba que las paredes de toda la casa estaban ensangrentadas, que las estatuas de los ángeles que rodeaban el jardín habían sido mutiladas —sus rostros pintados al uso de máscaras tribales—, y que se habían encontrado rastros de cirios negros en los pedestales. La investigación duró ocho meses. Para entonces, Jausà había enmudecido.

Las pesquisas de la policía concluyeron lo siguiente: todo parecía indicar que Jausà y su esposa habían sido envenenados con un extracto vegetal que les había sido administrado por Marisela, en cuyos aposentos se encontraron varios frascos de la sustancia. Por alguna razón, Jausà había sobrevivido al veneno, aunque las secuelas que éste dejó fueron terribles, haciéndole perder el habla y el oído, paralizando parte de su cuerpo con tremendos dolores y condenándole a vivir el resto de sus días en una perpetua agonía. La señora de Jausà fue hallada en su habitación, tendida sobre el lecho sin más prenda que sus joyas y un brazalete de brillantes. Las suposiciones de la policía apuntaban que, cometido el crimen, Marisela se había abierto las venas con un cuchillo y había recorrido la casa esparciendo su sangre por los muros de corredores y habitaciones hasta caer muerta en su habitación del ático. El móvil, según la policía, habían sido los celos. Al parecer la esposa del potentado estaba embarazada en el momento de morir. Marisela, se decía, había dibujado una calavera sobre el vientre desnudo de la señora con cera roja caliente. El caso, como los labios de Salvador Jausà, quedó sellado para siempre unos meses más tarde. La buena sociedad de Barcelona comentaba que jamás había sucedido algo así en la historia de la ciudad, y que la purria de indianos y gentuza que venía de América estaba arruinando la sólida fibra moral del país. A puerta cerrada, muchos se alegraron de que las excentricidades de Salvador Jausà hubiesen llegado a su fin. Como siempre, se equivocaban: apenas habían empezado.

La policía y los abogados de Jausà se encargaron de cerrar el caso, pero el indiano Jausà estaba dispuesto a continuar. Fue por entonces cuando conoció a don Ricardo Aldaya, por aquella época ya un próspero industrial con fama de donjuán y temperamento leonino, que se ofreció a comprarle la propiedad con la intención de demolerla y venderla de nuevo a precio de oro, porque el valor del terreno en la zona estaba subiendo como la espuma. Jausà no accedió a vender, pero invitó a Ricardo Aldaya a visitar la casa con la intención de mostrarle lo que denominó un experimento científico y espiritual. Nadie había vuelto a entrar en la propiedad desde el término de la investigación. Lo que Aldaya presenció allí dentro le dejó helado. Jausà había perdido totalmente la razón. La sombra oscura de la sangre de Marisela seguía cubriendo las paredes. Jausà había convocado a un inventor y pionero en la curiosidad tecnológica del momento, el cinematógrafo. Su nombre era Fructuós Gelabert y había accedido a las demandas de Jausà a cambio de fondos para construir unos estudios cinematográficos en el Vallés, seguro de que durante el siglo XX las imágenes animadas iban a sustituir a la religión organizada. Al parecer, Jausà estaba convencido de que el espíritu de la negra Marisela permanecía en la casa. Él afirmaba sentir su presencia, sus voces y su olor, e incluso su tacto en la oscuridad. El servicio, al oír estas historias, había huido al galope rumbo a empleos de menos tensión nerviosa en la localidad vecina de Sarriá, donde no faltaban palacios y familias incapaces de llenar un balde de agua o remendarse los calcetines.

Jausà se quedó así solo, con su obsesión y sus espectros invisibles. Pronto decidió que la clave estaba en superar esta condición de invisibilidad. El indiano ya había tenido ocasión de ver algunos resultados de la invención del cinematógrafo en Nueva York, y compartía la opinión de la difunta Marisela de que la cámara succionaba almas, la del sujeto filmado y la del espectador. Siguiendo esta línea de razonamiento, había encargado a Fructuós Gelabert que rodase metros y metros de película en los corredores de «El ángel de bruma» en busca de signos y visiones del otro mundo. Los intentos, hasta la fecha y pese al nombre de pila del técnico al mando de la operación, habían resultado infructuosos.

Todo cambió cuando Gelabert anunció que había recibido un nuevo tipo de material sensible de la factoría de Thomas Edison en Menlo Park, Nueva Jersey, que permitía filmar escenas en condiciones precarias de luz inauditas hasta el momento. Mediante un tecnicismo que nunca quedó claro, uno de los ayudantes de laboratorio de Gelabert había derramado un vino espumoso del género xarelo, proveniente del Penedés, en la cubeta de revelado y, fruto de la reacción química, extrañas formas empezaron a aparecer en la película expuesta. Ésa era la película que Jausà quería mostrar a don Ricardo Aldaya la noche en que le invitó a su caserón espectral en el número 32 de la avenida del Tibidabo.

Aldaya, al oír esto, supuso que Gelabert temía ver desaparecer los fondos económicos que le proporcionaba Jausà y había recurrido a tan bizantino ardid para mantener el interés de su patrón. Jausà, sin embargo, no tenía duda alguna acerca de la fiabilidad de los resultados. Es más, donde otros veían formas y sombras, él veía ánimas. Juraba distinguir la silueta de Marisela materializarse en un sudario, sombra que se mutaba en un lobo y caminaba erecto. Ricardo Aldaya no vio en la proyección más que manchurrones, sosteniendo además que tanto la película proyectada como el técnico que operaba el proyector apestaban a vino y otras bebidas espirituosas. Aun así, como buen hombre de negocios, el industrial intuyó que todo aquello podía acabar resultándole ventajoso. Un millonario loco, solo y obsesionado con la captura de ectoplasmas constituía una víctima idónea. Así pues, le dio la razón y le animó a continuar su empresa. Durante semanas, Gelabert y sus hombres rodaron kilómetros de película que habría de ser revelada en diferentes tanques con soluciones químicas de líquidos de revelado diluidos con Aromas de Montserrat, vino tinto bendecido en la parroquia del Ninot y toda suerte de cavas de la huerta tarraconense. Entre proyección y proyección, Jausà transfería poderes, firmaba autorizaciones y confería el control de sus reservas financieras a Ricardo Aldaya.

Jausà desapareció una noche de noviembre de aquel año durante una tormenta. Nadie supo qué se había hecho de él. Al parecer estaba exponiendo uno de los rollos de película especial de Gelabert cuando le sobrevino un accidente. Don Ricardo Aldaya encargó a Gelabert recuperar dicho rollo y, tras visionarlo en privado, le prendió fuego personalmente y sugirió al técnico que se olvidase del asunto con la ayuda de un cheque de generosidad indiscutible. Para entonces, Aldaya ya era titular de la mayoría de propiedades del desaparecido Jausà. Hubo quien dijo que la difunta Marisela había regresado para llevárselo a los infiernos. Otros apuntaron que un mendigo muy parecido al difunto millonario fue visto durante unos meses en los alrededores de la ciudadela hasta que un carruaje negro, de cortinajes velados, lo arrolló sin detenerse en plena luz del día. Para entonces ya era tarde: la leyenda negra del caserón, y la invasión del son montuno en los salones de baile de la ciudad, eran inamovibles.

Unos meses más tarde, don Ricardo Aldaya mudó a su familia a la casa de la avenida del Tibidabo, donde a las dos semanas nacería la hija pequeña del matrimonio, Penélope. Para celebrarlo, Aldaya rebautizó la casa como «Villa Penélope». El nuevo nombre, sin embargo, nunca enganchó. La casa tenía su propio carácter y se mostraba inmune a la influencia de sus nuevos dueños. Los recientes inquilinos se quejaban de ruidos y golpes en las paredes por la noche, súbitos olores a putrefacción y corrientes de aire helado que parecían vagar por la casa como centinelas errantes. El caserón era un compendio de misterios. Tenía un doble sótano, con una suerte de cripta por estrenar en el nivel inferior y una capilla en el superior dominada por un gran Cristo en una cruz policromada al que los criados encontraban un inquietante parecido con Rasputín, personaje muy popular en la época. Los libros de la biblioteca aparecían constantemente reordenados, o vueltos del revés. Había una habitación en el tercer piso, un dormitorio que no se usaba debido a inexplicables manchas de humedad que brotaban de las paredes y parecían formar rostros borrosos, donde las flores frescas se marchitaban en apenas minutos y siempre se escuchaban moscas revolotear, aunque era imposible verlas.

Las cocineras aseguraban que ciertos artículos, como el azúcar, desaparecían como por ensalmo de la despensa y que la leche se teñía de rojo con la primera luna de cada mes. Ocasionalmente se encontraban pájaros muertos a la puerta de algunas habitaciones, o pequeños roedores. Otras veces se echaban en falta objetos, especialmente joyas y botones de la ropa guardada en los armarios y cajones. De Pascuas a Ramos, los objetos sustraídos aparecían como por ensalmo meses después en algún rincón remoto de la casa, o enterrados en el jardín.

Normalmente no se encontraban jamás. A don Ricardo todos estos aconteceres se le antojaban supercherías y bobadas propias de la gente pudiente. A su parecer, una semana en ayunas hubiera curado a la familia de espantos. Lo que ya no veía con tanta filosofía eran los robos de las alhajas de su señora esposa. Más de cinco criadas fueron despedidas al desaparecer diferentes piezas del joyero de la señora, aunque todas juraron en lágrima viva que eran inocentes. Los más perspicaces se inclinaban a pensar que, sin tanto misterio, ello era debido a la infausta costumbre de don Ricardo de colarse en las alcobas de las criadas jóvenes a medianoche con fines lúdicos y extramaritales. Su reputación al respecto era casi tan celebrada como su fortuna, y no faltaba quien dijese que al paso que iban sus proezas, los bastardos que iba dejando por el camino organizarían su propio sindicato. Lo cierto es que no sólo las joyas desaparecían. Con el tiempo, a la familia se le extravió el gusto de vivir.

La familia Aldaya nunca fue feliz en aquella casa obtenida mediante las turbias artes de negociante de don Ricardo. La señora Aldaya rogaba sin cesar a su marido que vendiese la propiedad y que se mudasen a una residencia en la ciudad, o incluso que regresaran al palacio que Puig i Cadafalch había construido para el abuelo Simón, patriarca del clan. Ricardo Aldaya se negaba en redondo. Al pasar la mayor parte del tiempo de viaje o en las factorías de la familia, no encontraba ningún problema con la casa. En una ocasión, el pequeño Jorge desapareció durante ocho horas en el interior de la casa. Su madre y el servicio lo estuvieron buscando desesperadamente, sin éxito. Cuando el muchacho reapareció, pálido y aturdido, dijo que había estado todo el rato en la biblioteca en compañía de la misteriosa mujer de color, que le había estado mostrando fotografías antiguas y que le había dicho que todas las hembras de la familia habrían de morir en aquella casa para expiar los pecados de sus varones. La misteriosa dama llegó incluso a desvelarle al pequeño Jorge la fecha en que su madre iba a morir: el 12 de abril de 1921. Huelga decir que la supuesta dama negra nunca fue encontrada, aunque años más tarde la señora Aldaya fue hallada sin vida en el lecho de su dormitorio al alba del 12 de abril de 1921. Todas sus joyas habían desaparecido. Al drenar el pozo del patio, uno de los mozos las encontró entre el lodo del fondo, junto a una muñeca que había pertenecido a su hija Penélope.

Una semana más tarde, don Ricardo Aldaya decidió desprenderse de la casa. Para entonces su imperio financiero ya estaba herido de muerte, y no faltaba quien insinuase que todo era debido a aquella casa maldita que traía la desgracia a quien la ocupase. Otros, más cautos, se limitaban a aducir que Aldaya nunca había entendido las transformaciones del mercado y que todo lo que había hecho a lo largo de su vida era arruinar el negocio que había erigido el patriarca Simón. Ricardo Aldaya anunció que dejaba Barcelona y se trasladaba con su familia a la Argentina, donde sus industrias textiles flotaban en la gloria. Muchos dijeron que huía del fracaso y la vergüenza.

En 1922, «El ángel de bruma» fue puesta a la venta a precio de risa. Hubo mucho interés inicial por adquirirla, tanto por el morbo como por el prestigio creciente de la barriada, pero ninguno de los potenciales compradores hizo una oferta tras visitar la casa. En 1923, el palacete fue cerrado. El título de propiedad fue transferido a una sociedad de bienes raíces a la que Aldaya debía dinero para que tramitase su venta, derribo o lo que se terciase. La casa estuvo en venta durante años, sin que la empresa consiguiese encontrar un comprador. Dicha sociedad,

Botell i Llofré, S. L., quebró en 1939 al ingresar sus dos socios titulares en prisión bajo cargos que nunca quedaron claros, y, al trágico fallecimiento de ambos en un accidente en el penal de San Vicenç en 1940, fue absorbida por un consorcio financiero de Madrid, entre cuyos socios titulares se contaban tres generales, un banquero suizo y el miembro ejecutor y directivo de la firma, el señor Aguilar, padre de mi amigo Tomás y de Bea. Pese a todos los esfuerzos promocionales, ninguno de los vendedores al mando del señor Aguilar consiguió colocar la casa, ni ofreciéndola a un precio muy por debajo de su valor de mercado. Nadie volvió a entrar en la propiedad en más de diez años.

—Hasta hoy —dijo Bea, para sumirse de nuevo en uno de sus silencios.

Con el tiempo me acostumbraría a ellos, a verla encerrarse lejos, con la mirada extraviada y la voz en retirada.

—Quería enseñarte este lugar, ¿sabes? Quería darte una sorpresa. Al escuchar a Casasús, me dije que tenía que traerte aquí, porque esto era parte de tu historia, de Carax y de Penélope. Tomé prestada la llave del despacho de mi padre. Nadie sabe que estamos aquí. Es nuestro secreto. Quería compartirlo contigo. Y me preguntaba si vendrías.

—Ya sabías que lo haría.

Sonrió, asintiendo.

—Yo creo que nada sucede por casualidad, ¿sabes? Que, en el fondo, las cosas tienen su plan secreto, aunque nosotros no lo entendamos. Como el que encontrases esa novela de Julián Carax en el Cementerio de los Libros Olvidados, o el que estemos tú y yo ahora aquí, en esta casa que perteneció a los Aldaya. Todo forma parte de algo que no podemos entender, pero que nos posee.

Mientras ella hablaba, mi mano torpemente se había desplazado hasta el tobillo de Bea y ascendido hasta su rodilla. Ella la observó como si se tratase de un insecto que hubiese trepado hasta allí. Me pregunté qué es lo que hubiera hecho Fermín en aquel momento. ¿Dónde estaba su ciencia cuando más la necesitaba?

—Tomás dice que nunca has tenido novia —dijo Bea, como si aquello lo explicase todo.

Retiré la mano y bajé la mirada, derrotado. Me pareció que Bea estaba sonriendo, pero preferí no asegurarme.

—Para ser tan callado, tu hermano está resultando ser un bocazas. ¿Qué más dice de mí el No-Do?

—Dice que estuviste enamorado de una mujer mayor que tú durante años y que la experiencia te dejó el corazón roto.

—Lo único roto que saqué de todo aquello fue un labio y la vergüenza.

—Tomás dice que no has vuelto a salir con ninguna chica porque las comparas a todas con esa mujer.

El bueno de Tomás y sus golpes escondidos.

—El nombre es Clara —ofrecí.

—Ya lo sé. Clara Barceló.

—¿La conoces?

—Todo el mundo conoce a alguna Clara Barceló. El nombre es lo de menos.

Nos quedamos callados un rato, mirando el fuego chispear.

—Ayer noche, al dejarte, escribí una carta a Pablo —dijo Bea.

Tragué saliva.

—¿A tu novio el alférez? ¿Para qué?

Bea extrajo un sobre del bolsillo de su blusa y me lo mostró. Estaba cerrado y sellado.

—En la carta le digo que quiero que nos casemos cuanto antes, en un mes a ser posible, y que quiero irme de Barcelona para siempre.

Enfrenté su mirada impenetrable, casi temblando.

—¿Por qué me cuentas eso?

—Porque quiero que me digas si tengo que enviarla o no. Por eso te he hecho venir hoy aquí, Daniel.

Estudié el sobre que giraba en sus manos como una apuesta de dados.

—Mírame —dijo.

Alcé la vista y le sostuve la mirada. No supe responder. Bea bajó los ojos y se alejó hacia el extremo de la galería. Una puerta conducía a la balaustrada de mármol abierta al patio interior de la casa. Observé su silueta fundirse en la lluvia. Fui tras ella y la detuve, arrebatándole el sobre de las manos. La lluvia le azotaba el rostro, barriendo las lágrimas y la rabia. La conduje de nuevo hacia el interior del caserón y la arrastré hasta la calidez de la hoguera. Rehuía mi mirada. Tomé el sobre y lo entregué a las llamas. Contemplamos la carta quebrándose entre las brasas y las páginas evaporándose en volutas de humo azul, una a una. Bea se arrodilló junto a mí, con lágrimas en los ojos. La abracé y sentí su aliento en la garganta.

—No me dejes caer, Daniel —murmuró.

El hombre más sabio que jamás conocí, Fermín Romero de Torres, me había explicado en una ocasión que no existía en la vida experiencia comparable a la de la primera vez en que uno desnuda a una mujer. Sabio como era, no me había mentido, pero tampoco me había contado toda la verdad. Nada me había dicho de aquel extraño tembleque de manos que convertía cada botón, cada cremallera, en tarea de titanes. Nada me había dicho de aquel embrujo de piel pálida y temblorosa, de aquel primer roce de labios ni de aquel espejismo que parecía arder en cada poro de la piel. Nada me contó de todo aquello porque sabía que el milagro sólo sucedía una vez y que, al hacerlo, hablaba un lenguaje de secretos que, apenas se desvelaban, huían para siempre. Mil veces he querido recuperar aquella primera tarde en el caserón de la avenida del Tibidabo con Bea en que el rumor de la lluvia se llevó el mundo. Mil veces he querido regresar y perderme en un recuerdo del que apenas puedo rescatar una imagen robada al calor de las llamas. Bea, desnuda y reluciente de lluvia, tendida junto al fuego, abierta en una mirada que me ha perseguido desde entonces. Me incliné sobre ella y recorrí la piel de su vientre con la yema de los dedos. Bea dejó caer los párpados, los ojos y me sonrió, segura y fuerte.

—Hazme lo que quieras —susurró.

Tenía diecisiete años y la vida en los labios.

29

Había anochecido cuando dejamos el caserón envueltos en sombras azules. La tormenta se había quedado en un soplo de llovizna fría. Quise devolverle la llave, pero Bea me indicó con la mirada que la guardase yo. Descendimos hasta el paseo de San Gervasio con la esperanza de encontrar un taxi o un autobús. Caminábamos en silencio, asidos de la mano y sin mirarnos.

—No podré volver a verte hasta el martes —dijo Bea con voz trémula, como si de repente dudara de mi deseo de volver a verla.

—Aquí te esperaré —dije.

Di por supuesto que todos mis encuentros con Bea

tendrían lugar entre los muros de aquel viejo caserón, que el resto de la ciudad no nos pertenecía. Incluso me pareció que la firmeza de su tacto palidecía a medida que nos alejábamos de allí, que su fuerza y su calor menguaban a cada paso. Al alcanzar el paseo comprobamos que las calles estaban prácticamente desiertas.

—Aquí no encontraremos nada —dijo Bea—. Mejor que bajemos por Balmes.

Enfilamos la calle Balmes a paso firme, caminando bajo las copas de los árboles para resguardarnos de la llovizna y quizá de encontrarnos la mirada. Me pareció que Bea aceleraba por momentos, que casi tiraba de mí. Por un momento pensé que si soltaba su mano, Bea echaría a correr. Mi imaginación, envenenada todavía con el tacto y el sabor de su cuerpo, ardía en deseos de arrinconarla en un banco, de besarla, de recitarle la sarta de tonterías que a cualquier otro le hubiesen matado de risa a mi costa. Pero Bea ya no estaba allí. Algo la recomía por dentro, en silencio y a gritos.

—¿Qué pasa? —murmuré.

Me devolvió una sonrisa rota, de miedo y de soledad. Me vi entonces a mí mismo a través de sus ojos; apenas un muchacho transparente que creía haber ganado el mundo en una hora y que todavía no sabía que podía perderlo en un minuto. Seguí caminando, sin esperar respuesta. Despertando al fin. Al poco se escuchó el rumor del tráfico y el aire pareció prender como una burbuja de gas al calor de farolas y semáforos que me hicieron pensar en una muralla invisible.

—Mejor nos separamos aquí —dijo Bea, soltándome la mano.

Las luces de una parada de taxis se vislumbraban en la esquina, un desfile de luciérnagas.

—Como quieras.

Bea se inclinó y me rozó la mejilla con los labios. El pelo le olía a cera.

—Bea —empecé, casi sin voz—, yo te quiero...

Negó en silencio, sellándome los labios con la mano como si mis palabras la hiriesen.

—El martes a las seis, ¿de acuerdo? —preguntó.

Asentí de nuevo. La vi partir y perderse en un taxi, casi una desconocida. Uno de los conductores, que había seguido el intercambio con ojo de juez de línea, me observaba con curiosidad.

—¿Qué? ¿Nos vamos a casa, jefe?

Me metí en el taxi sin pensar. Los ojos del taxista me examinaban desde el espejo. Los míos perdían de vista el coche que se llevaba a Bea, dos puntos de luz hundiéndose en un pozo de negrura.

No conseguí conciliar el sueño hasta que el alba derramó cien tonos de gris sobre la ventana de mi habitación, a cuál más pesimista. Me despertó Fermín, que tiraba piedrecillas a mi ventana desde la plaza de la iglesia. Me puse lo primero que encontré y bajé a abrirle. Fermín traía su entusiasmo insufrible de lunes tempranero. Levantamos las rejas y colgamos el cartel de ABIERTO.

—Menudas ojeras me lleva usted, Daniel. Parecen terreno edificable. Se conoce que se llevó usted el gato al agua.

De vuelta a la trastienda me enfundé mi delantal azul y le tendí el suyo, o más bien se lo lancé con saña. Fermín lo atrapó al vuelo, todo sonrisa socarrona.

—Más bien el agua se nos llevó al gato y a mí —atajé.

—Las greguerías las deja usted para don Ramón Gómez de la Serna, que las suyas padecen de anemia. A ver, cuente.

—¿Qué quiere que cuente?

—Lo dejo a su elección. El número de estocadas o las vueltas al ruedo.

—No estoy de humor, Fermín.

—Juventud, flor de la papanatería. En fin, conmigo no se pique que tengo noticias frescas de nuestra investigación sobre su amigo Julián Carax.

—Soy todo oídos.

Me lanzó su mirada de intriga internacional; una ceja enarcada, la otra alerta.

—Pues resulta que ayer, tras dejar a la Bernarda de vuelta en su casa con la virtud intacta pero un par de buenos moretones en las nalgas, me acometió un arrebato de insomnio por aquello de la trempera vespertina, circunstancia que aproveché para acercarme a uno de los centros informativos del inframundo barcelonés, verbigracia la taberna de Eliodoro Salfumán, alias *Pichafreda*, sita en un local insalubre pero de mucho colorido en la calle de Sant Jeroni, orgullo y alma del Raval.

—Abrevie, Fermín, por el amor de Dios.

—A ello iba. El caso es que una vez allí, congraciándome con algunos de los habituales, viejos compañeros de fatigas, procedí a indagar en torno al tal Miquel Moliner, marido de su Mata Hari Nuria Monfort y supuesto interno en los hoteles penitenciarios del municipio.

—¿Supuesto?

—Y nunca mejor dicho, porque valga decir que en este caso del participio al hecho no hay trecho alguno. Me consta por experiencia que por lo que hace al censo y recuento de la población presidiaria, mis informantes en el tabernáculo del Pichafreda cotizan más fiabilidad que los chupasangres del Palacio de Justicia, y puedo certificarle, amigo Daniel, que nadie ha oído hablar de un tal Miquel Moliner en calidad de preso, visitante o ser viviente en las cárceles de Barcelona por lo menos en diez años.

—Quizá esté preso en otro penal.

—Alcatraz, Sing-Sing o la Bastilla. Daniel, esa mujer le mintió.

—Supongo que sí.

—No suponga, acepte.

—¿Y ahora qué? Miquel Moliner es una pista muerta.

—O esa Nuria es muy viva.

—¿Qué sugiere usted?

—De momento explorar otras vías. No estaría de más visitar a la viejecilla esa, el aya buena del cuento que nos endilgó el mosén ayer por la mañana.

—No me diga que sospecha usted que el aya también ha desaparecido.

—No, pero me parece que va siendo hora de que nos dejemos de remilgos y de picar al portal como si pidiésemos limosna. En este asunto hay que entrar por la puerta de atrás. ¿Está usted conmigo?

—Fermín, lo que usted diga va a misa.

—Pues vaya desempolvando el disfraz de monaguillo, que esta tarde tan pronto cerremos le vamos a hacer una visita de misericordia a la vieja al asilo de Santa Lucía. Y ahora, cuente, ¿cómo fue ayer todo con esa potrilla? No me sea hermético, que lo que no me cuente le saldrá en forma de granos de pus.

Suspiré, vencido, y me vacié de confesiones sin dejar pelos ni señales. Al término de mi relato y del recuento de mis angustias existenciales de colegial retardado, Fermín me sorprendió con un abrazo repentino y sentido.

—Está usted enamorado —murmuró emocionado, palmeándome la espalda—. Pobrecillo.

Aquella tarde salimos de la librería a la hora en punto, lo que bastó para granjearnos una mirada acerada por parte de mi padre, que empezaba a sospechar que nos llevábamos algo turbio entre manos con tanto ir y venir. Fermín farfulló algunas incoherencias sobre unos recados pendientes y nos escurrimos por el foro con celeridad. Supuse que tarde o temprano tendría que desvelar parte de todo aquel embrollo a mi padre; qué parte exactamente, era harina de otro costal.

De camino, con su habitual duende para el folclore folletinesco, Fermín me puso en antecedentes sobre el escenario al que nos dirigíamos. El asilo de Santa Lucía era una institución de reputación fantasmal que languidecía en las entrañas de un antiguo palacio en ruinas ubicado en la calle Moncada. La leyenda que lo envolvía dibujaba un perfil a medio camino entre un purgatorio y una morgue en abismales condiciones sanitarias. Su historia era, cuando menos, peculiar. Desde el siglo XI había albergado entre otras cosas varias residencias de familias de buen asiento, una cárcel, un salón de cortesanas, una biblioteca de códices prohibidos, un cuartel, un taller de escultura, un sanatorio de apestados y un convento. A mediados del siglo XIX, prácticamente cayéndose a trozos, el palacio había sido convertido en un museo de deformidades y atrocidades circenses por un extravagante empresario que se hacía llamar Laszlo de Vicherny, duque de Parma y alquimista privado de la casa de Borbón, pero cuyo verdadero nombre resultó ser Baltasar Deulofeu i Carallot, natural de Esparraguera, gigoló y embaucador profesional.

El susodicho se enorgullecía de contar con la más extensa colección de fetos humanoides en diferentes fases de deformación preservados en frascos de formol, por no hablar de la todavía más amplia colección de órdenes de captura expedidas por las policías de media Europa y América. Entre otras atracciones, el *Tenebrarium* (pues así había rebautizado Deulofeu a su creación) ofrecía sesiones de espiritismo, necromancia, peleas de gallos, ratas, perros, mujeronas, impedidos, o mixtas, sin descartar las apuestas, un prostíbulo especializado en tullidos y fenómenos, un casino, una asesoría legal y financiera, un taller de filtros de amor, un escenario para espectáculos de folclore regional, funciones de títeres y desfiles de bailarinas exóticas. Por Navidad escenificaban una función de Los *Pastorets* con el elenco del museo y el putiferio, cuya fama había llegado hasta los confines de la provincia.

El *Tenebrarium* fue un rotundo éxito durante quince años hasta que, al descubrirse que Deulofeu había seducido a la esposa, a la hija y a la madre política del gobernador militar de la provincia en el espacio de una sola semana, la más negra ignominia cayó sobre el centro recreativo y su creador. Antes de que Deulofeu pudiese huir de la ciudad y asumir otra de sus múltiples identidades, una banda de matarifes enmascarados le dio caza en los callejones del barrio de Santa María y procedió a colgarlo y prenderle fuego en la Ciudadela, abandonando luego su cuerpo para que fuese devorado por los perros salvajes que merodeaban por la zona. Tras dos décadas de abandono, y sin que nadie se molestase en retirar el catálogo de atrocidades del malogrado Laszlo, el *Tenebrarium* fue transformado en una institución de caridad pública al cuidado de una orden de religiosas.

—Las Damas del Último Suplicio, o alguna morbosidad por el estilo —dijo Fermín—. Lo malo es que son muy celosas del secretismo del lugar (mala conciencia, diría yo), con lo cual habrá que encontrar algún subterfugio para colarse.

En tiempos más recientes, los inquilinos del asilo de Santa Lucía venían reclutándose entre las filas de moribundos, ancianos abandonados, dementes, indigentes y algún que otro iluminado ocasional que formaban el nutrido inframundo barcelonés. Para su fortuna, la mayoría de ellos tendían a durar poco una vez ingresaban; las condiciones del local y la compañía no invitaban a la longevidad. Según Fermín, los difuntos eran retirados poco antes del alba y hacían su último viaje a la fosa común en un carromato donado por una empresa de Hospitalet de Llobregat especializada en productos cárnicos y de charcutería de dudosa reputación que años más tarde se vería envuelta en un sombrío escándalo.

—Todo esto se lo está inventando usted —protesté, abrumado por aquel retrato dantesco.

—Mis dotes de invención no llegan a tanto, Daniel. Espere y verá. Yo visité el edificio en infausta ocasión hará diez años y puedo decirle que parecía que hubiesen contratado a su amigo Julián Carax de decorador. Lástima que no hayamos traído unas hojas de laurel para acallar los aromas que lo caracterizan. Suficiente trabajo tendremos para que nos dejen entrar.

Con semejantes expectativas en ciernes nos adentramos en la calle Moncada, que a aquellas horas ya se recogía en pasaje de tinieblas flanqueado por los viejos palacios convertidos en almacenes y talleres. La letanía de campanadas de la basílica de Santa María del Mar puntuaba el eco de nuestros pasos. Al poco, un aliento amargo y penetrante permeó la brisa fría de invierno.

—¿Qué es ese olor?

—Ya hemos llegado —anunció Fermín.

30

Un portón de madera podrida nos condujo al interior de un patio custodiado por lámparas de gas que salpicaban gárgolas y ángeles cuyas facciones se deshacían en la piedra envejecida. Una escalinata ascendía al primer piso, donde un rectángulo de claridad vaporosa dibujaba la entrada principal del asilo. La luz de gas que emanaba de esta abertura teñía de ocre la neblina de miasmas que exhalaba del interior. Una silueta angulosa y rapaz nos observaba desde el arco de la puerta. En la penumbra se podía distinguir su mirada acerada, del mismo color que el hábito. Sostenía un cubo de madera que humeaba y desprendía un hedor indescriptible.

—AveMaríaPurísimaSinPecadoConcebida —ofreció Fermín de corrido y con entusiasmo.

—¿Y la caja? —replicó la voz en lo alto, grave y reticente.

—¿Caja? —preguntamos Fermín y yo al unísono.

—¿No vienen ustedes de la funeraria? —preguntó la monja con voz cansina.

Me pregunté si aquello era un comentario sobre nuestro aspecto o una pregunta genuina. A Fermín se le iluminó el rostro ante tan providencial oportunidad.

—La caja está en la furgoneta. Primero quisiéramos reconocer al cliente. Puro tecnicismo.

Sentí que se me comía la náusea.

—Creí que iba a venir el señor Collbató en persona —dijo la monja.

—El señor Collbató le ruega le disculpe, pero le ha salido un embalsamamiento de última hora muy complicado. Un forzudo de circo.

—¿Trabajan ustedes con el señor Collbató en la funeraria?

—Somos sus manos derecha e izquierda, respectivamente. Wilfredo Velludo para servirla, y aquí a mi vera mi aprendiz, el bachiller Sansón Carrasco.

—Tanto gusto —completé.

La monja nos dio un repaso sumario y asintió, indiferente al par de espantapájaros que se reflejaban en su mirada.

—Bien venidos a Santa Lucía. Yo soy sor Hortensia, la que les llamó. Síganme.

Seguimos a sor Hortensia sin despegar los labios a través de un corredor cavernoso cuyo olor me recordó al de los túneles del metro. El corredor estaba flanqueado por marcos sin puertas tras los cuales se adivinaban salas iluminadas con velas, ocupadas por hileras de lechos apilados contra la pared y cubiertos por mosquiteras que ondeaban como sudarios. Se escuchaban lamentos y se adivinaban siluetas entre la rejilla de los cortinajes.

—Por aquí —indicó sor Hortensia, que llevaba la avanzadilla unos metros al frente.

Nos adentramos en una bóveda amplia en la que no me costó gran esfuerzo situar el escenario del *Tenebrarium* que me había descrito Fermín. La penumbra velaba lo que a primera vista me pareció una colección de figuras de cera, sentadas o abandonadas en los rincones, con ojos muertos y vidriosos que brillaban como monedas de latón a la lumbre de las velas. Pensé que tal vez eran muñecos o restos del viejo museo. Luego comprobé que se movían, aunque muy lentamente y con sigilo. No tenían edad o sexo discernible. Los harapos que los cubrían tenían el color de la ceniza.

—El señor Collbató dijo que no tocásemos ni limpiásemos nada —dijo sor Hortensia con cierto tono de disculpa—. Nos limitamos a poner al pobre en una de las cajas que había por aquí, porque empezaba a gotear, pero ya está.

—Han hecho ustedes bien. Toda precaución es poca —convino Fermín.

Le lancé una mirada desesperada. Él negó serenamente, dándome a entender que le dejase a cargo de la situación. Sor Hortensia nos condujo hasta lo que parecía una celda sin ventilación ni luz al fin de un pasillo angosto. Tomó una de las lámparas de gas que pendían de la pared y nos la tendió.

—¿Tardarán ustedes mucho? Tengo que hacer.

—Por nosotros no se entretenga. A lo suyo, que nosotros ya nos lo llevamos. Pierda cuidado.

—Bueno, si necesitan algo estaré en el sótano, en la galería de encamados. Si no es mucho pedir, sáquenlo por la parte de atrás. Que no le vean los demás. Es malo para la moral de los internos.

—Nos hacemos cargo —dije, con la voz quebrada.

Sor Hortensia me contempló con vaga curiosidad por un instante. Al observarla de cerca me di cuenta de que era una mujer mayor, casi anciana. Pocos años la separaban del resto de inquilinos de la casa.

—Oiga, ¿el aprendiz no es un poco joven para este oficio?

—Las verdades de la vida no conocen edad, hermana —ofreció Fermín.

La monja me sonrió dulcemente, asintiendo. No había desconfianza en aquella mirada, sólo tristeza.

—Aun así —murmuró.

Se alejó en la tiniebla, portando su cubo y arrastrando su sombra como un velo nupcial. Fermín me empujó hacia el interior de la celda. Era un cubículo miserable cortado entre muros de gruta supurantes de humedad, de cuyo techo pendían cadenas terminadas en garfios y cuyo suelo quebrado quedaba cuarteado por una rejilla de desagüe. En el centro, sobre una mesa de mármol grisáceo, reposaba una caja de madera de embalaje industrial. Fermín alzó la lámpara y adivinamos la silueta del difunto asomando entre el relleno de paja. Rasgos de pergamino, imposibles, recortados y sin vida. La piel abotargada era de color púrpura. Los ojos, blancos como cáscaras de huevo rotas, estaban abiertos.

Se me revolvió el estómago y aparté la vista.

—Venga, manos a la obra —indicó Fermín.

—¿Está usted loco?

—Me refiero a que tenemos que encontrar a la tal Jacinta antes de que se descubra nuestro ardid.

—¿Cómo?

—¿Cómo va a ser? Preguntando.

Nos asomamos al corredor para asegurarnos de que sor Hortensia había desaparecido. Luego, con sigilo, nos deslizamos hasta el salón por el que habíamos cruzado. Las figuras miserables seguían observándonos, con miradas que iban desde la curiosidad al temor, y en algún caso, la codicia.

—Vigile, que algunos de éstos, si pudiesen chuparle la sangre para volver a ser jóvenes, se le tiraban al cuello —dijo Fermín—. La edad hace que parezcan todos buenos como corderillos, pero aquí hay tanto hijo de puta como ahí fuera, o más. Porque éstos son de los que han durado y enterrado al resto. Que no le dé pena. Ande, usted empiece por esos del rincón, que parece que no tienen dientes.

Si estas palabras tenían por objeto envalentonarme para la misión, fracasaron miserablemente. Observé aquel grupo de despojos humanos que languidecía en el rincón y les sonreí. Su mera presencia se me antojó una estratagema propagandística en favor del vacío moral del universo y la brutalidad mecánica con que éste destruía a las piezas que ya no le resultaban útiles. Fermín pareció leerme tan profundos pensamientos y asintió con gravedad.

—La madre naturaleza es una grandísima furcia, ésa es la triste realidad —dijo—. Valor y al toro.

Mi primera ronda de interrogatorios no me granjeó

más que miradas vacías, gemidos, eructos y desvaríos por parte de todos los sujetos a quienes cuestioné sobre el paradero de Jacinta Coronado. Quince minutos más tarde replegué velas y me reuní con Fermín para ver si él había tenido más suerte. El desaliento le desbordaba.

—¿Cómo vamos a encontrar a Jacinta Coronado en este agujero?

—No sé. Esto es una olla de tarados. He intentado lo de los Sugus, pero los toman por supositorios.

—¿Y si preguntamos a sor Hortensia? Le decimos la verdad y ya está.

—La verdad sólo se dice como último recurso, Daniel, y más a una monja. Antes agotemos los cartuchos. Mire ese corrillo de ahí, que parece muy animado. Seguro que saben latín. Vaya e interróguelos.

—¿Y usted qué piensa hacer?

—Yo vigilaré la retaguardia por si vuelve el pingüino. Usted a lo suyo.

Con poca o ninguna esperanza de éxito me aproximé a un grupo de internos que ocupaba una esquina del salón.

—Buenas noches —dije, comprendiendo en el acto lo absurdo de mi saludo, pues allí siempre era de noche—. Busco a la señora Jacinta Coronado. Co-ro-na-do. ¿Alguno de ustedes la conoce o puede decirme dónde encontrarla?

Enfrente, cuatro miradas envilecidas de avidez. Aquí hay un pulso, me dije. Quizá no todo está perdido.

—¿Jacinta Coronado? —insistí.

Los cuatro internos intercambiaron miradas y asintieron entre sí. Uno de ellos, orondo y sin un solo pelo visible en todo el cuerpo, parecía el cabecilla. Su semblante y su donaire a la luz de aquel terrario de escatologías me hizo pensar en un Nerón feliz, pulsando su arpa mientras

Roma se pudría a sus pies. Con ademán majestuoso, el césar Nerón me sonrió, juguetón. Le devolví el gesto, esperanzado.

El interfecto me indicó que me acercase, como si quisiera susurrarme al oído. Dudé, pero me avine a sus condiciones.

—¿Puede usted decirme dónde encontrar a la señora Jacinta Coronado? —pregunté por última vez.

Acerqué el oído a los labios del interno, tanto que pude sentir su aliento fétido y tibio en la piel. Temí que me mordiese, pero inesperadamente procedió a dispensar una ventosidad de formidable contundencia. Sus compañeros echaron a reír y a dar palmas. Me retiré unos pasos, pero el efluvio flatulento ya me había prendido sin remedio. Fue entonces cuando advertí junto a mí a un anciano encogido sobre sí mismo, armado con barbas de profeta, pelo ralo y ojos de fuego, que se sostenía con un bastón y les contemplaba con desprecio.

—Pierde usted el tiempo, joven. Juanito sólo sabe tirarse pedos y ésos lo único que saben es reírselos y aspirarlos. Como ve, aquí la estructura social no es muy diferente a la del mundo exterior.

El anciano filósofo hablaba con voz grave y dicción perfecta. Me miró de arriba abajo, calibrándome.

—¿Busca usted a la Jacinta, me pareció oír?

Asentí, atónito ante la aparición de vida inteligente en aquel antro de horrores.

—¿Y por qué?

—Soy su nieto.

—Y yo el marqués de Matoimel. Una birria de mentiroso es lo que es usted. Dígame para qué la busca o me hago el loco. Aquí es fácil. Y si piensa ir preguntando a estos desgraciados de uno en uno, no tardará usted en comprender el porqué.

Juanito y su camarilla de inhaladores seguían riéndose de lo lindo. El solista emitió entonces un bis, más amortiguado y prolongado que el primero, en forma de siseo, que emulaba un pinchazo en un neumático y dejaba claro que Juanito poseía un control del esfínter rayano en el virtuosismo. Me rendí a la evidencia.

—Tiene usted razón. No soy familiar de la señora Coronado, pero necesito hablar con ella. Es un asunto de suma importancia.

El anciano se me acercó. Tenía la sonrisa pícara y felina, de niño gastado, y le ardía la mirada de astucia.

—¿Puede usted ayudarme? —supliqué.

—Eso depende de en lo que pueda usted ayudarme a mí.

—Si está en mi mano, estaré encantado de ayudarle. ¿Quiere que le haga llegar un mensaje a su familia?

El anciano se echó a reír amargamente.

—Mi familia es la que me ha confinado a este pozo. Menuda jauría de sanguijuelas, capaces de robarle a uno hasta los calzoncillos mientras aún están tibios. A ésos se los puede quedar el infierno o el ayuntamiento. Ya los he aguantado y mantenido suficientes años. Lo que quiero es una mujer.

—¿Perdón?

El anciano me miró con impaciencia.

—Los pocos años no le disculpan la opacidad de luces, chaval. Le digo que quiero una mujer. Una hembra, fámula o potranca de buena raza. Joven, esto es, menor de cincuenta y cinco años, y sana, sin llagas ni fracturas.

—No estoy seguro de entender...

—Me entiende usted divinamente. Quiero beneficiarme a una mujer que tenga dientes y no se mee encima antes de irme al otro mundo. No me importa si es muy guapa o no; yo estoy medio ciego, y a mi edad cualquier chavala que tenga donde agarrarse es una venus. ¿Me explico?

—Como un libro abierto. Pero no veo cómo le voy a encontrar yo una mujer...

—Cuando yo tenía la edad de usted, había algo en el sector servicios llamado damas de virtud fácil. Ya sé que el mundo cambia, pero nunca en lo esencial. Consígame una, llenita y cachonda, y haremos negocios. Y si se está usted preguntando acerca de mi capacidad para gozar de una dama, piense que me contento con pellizcarle el trasero y sospesarle las beldades. Ventajas de la experiencia.

—Los tecnicismos son cosa suya, pero ahora no puedo traerle a una mujer aquí.

—Seré un viejo calentorro, pero no imbécil. Eso ya lo sé. Me basta con que me lo prometa.

—¿Y cómo sabe que no le diré que sí sólo para que me diga dónde está Jacinta Coronado?

El viejecillo me sonrió, ladino.

—Usted deme su palabra, y deje los problemas de conciencia para mí.

Miré a mi alrededor. Juanito enfilaba la segunda parte de su recital. La vida se apagaba por momentos.

La petición de aquel abuelete picantón era lo único que me pareció tener sentido en aquel purgatorio.

—Le doy mi palabra. Haré lo que pueda.

El anciano sonrió de oreja a oreja. Conté tres dientes.

—Rubia, aunque sea oxigenada. Con un par de buenas peras y con voz de guarra, a ser posible, que de todos los sentidos, el que mejor conservo es el del oído.

—Veré lo que puedo hacer. Ahora dígame dónde encontrar a Jacinta Coronado.

31

—¿Que le ha prometido al matusalén ese el qué?

—Ya lo ha oído.

—Lo habrá dicho en broma, espero.

—Yo no le miento a un abuelete en las últimas, por fresco que sea.

—Y ello le ennoblece, Daniel, pero ¿cómo piensa usted colar a una fulana en esta santa casa?

—Pagando triple, supongo. Los detalles específicos se los dejo a usted.

Fermín se encogió de hombros, resignado.

—En fin, un trato es un trato. Ya pensaremos en algo. Ahora bien, la próxima vez que se plantee una negociación de esta naturaleza, déjeme hablar a mí.

—Concedido.

Tal y como me había indicado el anciano vivales, encontramos a Jacinta Coronado en un altillo al que sólo se podía acceder desde una escalinata en el tercer piso. Según el abuelete lujurioso, el ático era el refugio de los escasos internos a quienes la parca no había tenido la decencia de privar de entendimiento, estado por otra parte de escasa longevidad. Al parecer, aquella ala oculta había albergado en su día las habitaciones de Baltasar Deulofeu, alias *Laszlo de Vicherny*, desde las cuales presidía las actividades del *Tenebrarium* y cultivaba las artes amatorias recién llegadas de Oriente entre vapores y aceites perfumados. Cuanto quedaba de aquel dudoso esplendor eran los vapores y perfumes, si bien de otra naturaleza. Jacinta Coronado languidecía rendida en una silla de mimbre, envuelta en una manta.

—¿Señora Coronado? —pregunté alzando la voz, temiendo que la pobre estuviese sorda, tarada o ambas cosas.

La anciana nos examinó con detenimiento y cierta reserva. Tenía la mirada arenosa, y apenas unas mechas de cabello blanquecino le cubrían la cabeza. Advertí que me observaba con extrañeza, como si me hubiera visto antes y no recordase dónde. Temí que Fermín se apresurase a presentarme como el hijo de Carax o algún ardid semejante, pero se limitó a arrodillarse a la vera de la anciana y a tomar su mano temblorosa y ajada.

—Jacinta, yo soy Fermín, y este pimpollo es mi amigo Daniel. Nos envía su amigo el padre Fernando Ramos, que hoy no ha podido venir porque tenía doce misas que decir, ya sabe cómo es esto del santoral, pero le envía a usted muchísimos recuerdos. ¿Cómo se encuentra usted?

La anciana sonrió dulcemente a Fermín. Mi amigo le acarició el rostro y la frente. La anciana agradecía el tacto de otra piel como un gato faldero. Sentí que se me estrechaba la garganta.

—Qué pregunta más tonta, ¿verdad? —continuó Fermín—. A usted lo que le gustaría es estar por ahí, marcándose un chotis. Porque tiene usted planta de bailarina, se lo debe de decir todo el mundo.

No le había visto tratar con tanta delicadeza a nadie, ni siquiera a la Bernarda. Las palabras eran pura zalamería, pero el tono y la expresión de su rostro eran sinceros.

—Qué cosas más bonitas dice usted —murmuró con una voz rota, de no tener con quien hablar o nada que decir.

—Ni la mitad de bonitas que usted, Jacinta. ¿Cree que le podríamos hacer unas preguntas? Como en los concursos de la radio, ¿sabe?

La anciana pestañeó por toda respuesta.

—Yo diría que eso es un sí. ¿Se acuerda usted de Penélope, Jacinta? ¿Penélope Aldaya? Es de ella de quien queríamos preguntarle.

Jacinta asintió, la mirada encendida de súbito.

—Mi niña —murmuró y pareció que se nos iba a echar a llorar allí mismo.

—La misma. Se acuerda, ¿eh? Nosotros somos amigos de Julián. Julián Carax. El de los cuentos de miedo, se acuerda también, ¿verdad?

Los ojos de la anciana brillaban, como si las palabras y el tacto en la piel le devolviesen a la vida por momentos.

—El padre Fernando, del colegio de San Gabriel, nos dijo que quería usted mucho a Penélope. Él también la quiere a usted mucho y se acuerda todos los días de usted, ¿sabe? Si no viene más a menudo es porque el nuevo obispo, que es un trepa, lo fríe con un cupo de misas que lo tienen afónico.

—¿Ya come usted bien? —preguntó de súbito la anciana, inquieta.

—Trago como una lima, Jacinta, lo que ocurre es que tengo un metabolismo muy masculino y lo quemo todo. Pero aquí donde me ve, debajo de esta ropa es todo puro músculo. Toque, toque. Como Charles Atlas, pero más velludo.

Jacinta asintió, más tranquila. Sólo tenía ojos para Fermín. A mí me había olvidado completamente.

—¿Qué puede decirnos de Penélope y de Julián?

—Me la quitaron entre todos —dijo—. A mi niña.

Me adelanté para decir algo, pero Fermín me lanzó una mirada que decía: cállate.

—¿Quién le quitó a Penélope, Jacinta? ¿Se acuerda usted?

—El señor —dijo alzando los ojos con temor, como si temiera que alguien pudiera oírnos.

Fermín pareció calibrar el énfasis del gesto de la anciana y siguió su mirada hacia las alturas, cotejando posibilidades.

—¿Se refiere usted a Dios todopoderoso, emperador de los cielos, o más bien al señor padre de la señorita Penélope, don Ricardo?

—¿Cómo está Fernando? —preguntó la anciana.

—¿El cura? Como una rosa. El día menos pensado le hacen papa y la instala a usted en la Capilla Sixtina. Le manda muchos recuerdos.

—Él es el único que viene a verme, ¿sabe? Viene porque sabe que no tengo a nadie más.

Fermín me lanzó una mirada de soslayo, como si estuviese pensando lo mismo que yo. Jacinta Coronado estaba bastante más cuerda de lo que su apariencia sugería. El cuerpo se apagaba, pero la mente y el alma seguían consumiéndose en aquel pozo de miseria. Me pregunté cuántos más como ella, y como el viejecillo licencioso que nos había indicado dónde encontrarla, habría atrapados allí.

—Viene porque la quiere a usted mucho, Jacinta. Porque se acuerda de lo bien cuidado y alimentado que lo tenía de chaval, que nos lo ha contado todo. ¿Se acuerda usted, Jacinta? ¿Se acuerda de entonces, de cuando iba a recoger a Jorge al colegio, de Fernando y de Julián?

—Julián...

Su voz era un susurro arrastrado, pero la sonrisa la traicionaba.

—¿Se acuerda usted de Julián Carax, Jacinta?

—Me acuerdo del día que Penélope me dijo que se iba a casar con él...

Fermín y yo nos miramos, atónitos.

—¿A casar? ¿Cuándo fue eso, Jacinta?

—El día que le vio por primera vez. Tenía trece años y no sabía ni quién era ni cómo se llamaba.

—¿Cómo sabía entonces que se iba a casar con él?

—Porque lo había visto. En sueños.

De niña, María Jacinta Coronado estaba convencida de que el mundo se acababa a las afueras de Toledo y de que más allá de los confines de la ciudad no había sino tinieblas y océanos de fuego. Jacinta había sacado aquella idea de un sueño que tuvo durante una fiebre que casi había acabado con ella a los cuatro años. Los sueños empezaron con aquella fiebre misteriosa, de la que algunos culpaban a la picadura de un enorme alacrán rojo que un día apareció en la casa y al que nunca se volvió a ver, y otros a los malos oficios de una monja loca que se infiltraba por las noches en las casas para envenenar a los niños y que años más tarde moriría en el garrote vil, declamando el padrenuestro al revés y con los ojos salidos de las órbitas al tiempo que una nube roja se extendía sobre la ciudad y descargaba una tormenta de escarabajos muertos. En sus sueños, Jacinta veía el pasado, el futuro y, a veces, vislumbraba secretos y misterios de las viejas calles de Toledo. Uno de los personajes habituales que veía en sus sueños era Zacarías, un ángel que vestía siempre de negro y que iba acompañado de un gato oscuro de ojos amarillos cuyo aliento olía a azufre. Zacarías lo sabía todo: le había vaticinado el día y la hora en que iba a morir su tío Venancio, el mercachifle de ungüentos y aguas benditas. Le había desvelado el lugar en que su madre, beata de pro, escondía un pliego de cartas de un ardoroso estudiante de medicina de pocos recursos económicos pero sólidos conocimientos de anatomía en cuya alcoba en el callejón de Santa María había descubierto las puertas del paraíso por adelantado. Le había anunciado que había algo malo clavado en su vientre, un espíritu muerto que la quería mal, y que sólo conocería el amor de un hombre, un amor vacío y egoísta que le rompería el alma en dos. Le había augurado que vería perecer en vida todo aquello que amaba y que antes de llegar al cielo visita-

ría el infierno. El día de su primera menstruación, Zacarías y su gato sulfúrico desaparecieron de sus sueños, pero años más tarde Jacinta habría de recordar las visitas del ángel de negro con lágrimas en los ojos, pues todas sus profecías se habían cumplido.

Así, cuando los médicos diagnosticaron que nunca podría tener hijos, Jacinta no se sorprendió. Tampoco se sorprendió, aunque casi se murió de pena, cuando su esposo de tres años le anunció que la abandonaba por otra porque ella era como un campo yermo y baldío que no daba fruto, porque no era mujer. En ausencia de Zacarías (a quien tomaba por emisario de los cielos, pues de negro o no, era un ángel luminoso —y el hombre más guapo que había visto o soñado jamás—), la Jacinta hablaba con Dios a solas, en los rincones, sin verle y sin esperar que él se molestase en contestar porque había mucha pena en el mundo y lo suyo al fin y al cabo eran pequeñeces. Todos sus monólogos con Dios versaban sobre el mismo tema: sólo deseaba una cosa en la vida, ser madre, ser mujer.

Un día de tantos, rezando en la catedral, se le acercó un hombre a quien reconoció como Zacarías. Vestía como siempre y sostenía su gato malicioso en el regazo. No había envejecido un solo día y seguía luciendo aquellas uñas magníficas, de duquesa, largas y afiladas. El ángel le confesó que acudía él porque Dios no pensaba contestar a sus plegarias. Zacarías le dijo que no se preocupase porque, de un modo u otro, él le enviaría una criatura. Se inclinó sobre ella, susurró la palabra Tibidabo, y la besó en los labios muy tiernamente. Al contacto de aquellos labios finos, de caramelo, la Jacinta tuvo una visión: tendría una niña sin necesidad de conocer varón (lo cual, a juzgar por la experiencia de tres años de alcoba con el esposo que insistía en hacer sus cosas sobre ella mientras le tapaba la cabeza con una almohada y le murmuraba «no mires, guarra», le supuso un alivio). Esa niña vendría a ella en una ciudad muy lejana, atrapada entre una luna de montañas y un mar de luz, una ciudad forjada de edificios que sólo podían existir en sueños. Luego Jacinta no supo decir si la visita de Zacarías había sido otro de sus sueños o si realmente el ángel había acudido a ella en la catedral de Toledo, con su gato y sus uñas escarlata recién manicuradas. De lo que no dudó un instante fue de la veracidad de aquellas predicciones. Aquella misma tarde consultó con el diácono de la parroquia, que era un hombre leído y que había visto mundo (se decía que había llegado hasta Andorra y que chapurreaba el vascuence). El diácono, que alegó desconocer al ángel Zacarías de entre las legiones aladas del cielo, escuchó con atención la visión de la Jacinta y, tras mucho sospesar el tema, y ateniéndose a la descripción de una suerte de catedral que, en palabras de la vidente, parecía una gran peineta hecha de chocolate fundido, el sabio le dijo: «Jacinta, eso que has visto tú es Barcelona, la gran hechicera, y el templo expiatorio de la Sagrada Familia...» Dos semanas más tarde, armada de un fardo, un misal y su primera sonrisa en cinco años, Jacinta partía rumbo a Barcelona, convencida de que todo lo que le había descrito el ángel se haría realidad.

Pasarían meses de arduas vicisitudes antes de que Jacinta encontrase empleo fijo en uno de los almacenes de Aldaya e hijos, junto a los pabellones de la vieja Exposición Universal de la Ciudadela. La Barcelona de sus sueños se había transformado en una ciudad hostil y tenebrosa, de palacios cerrados y fábricas que soplaban aliento de niebla que envenenaba la piel de carbón y azufre. Jacinta supo desde el primer día que aquella ciudad era mujer, vanidosa y cruel, y aprendió a temerla y a no mirarla nunca a los ojos. Vivía sola en una pensión del barrio de la Ribera, donde su sueldo apenas le permitía pagarse un cuarto miserable, sin ventanas ni más luz que las velas que robaba en la catedral y que dejaba encendidas toda la noche para asustar a las ratas que se habían comido las orejas y los dedos del bebé de seis meses de la Ramoneta, una prostituta que alquilaba la pieza contigua y la única amiga que había conseguido hacer en once meses en Barcelona. Aquel invierno llovió casi todos los días, llu-

via negra, de hollín y arsénico. Pronto Jacinta empezó a temer que Zacarías la había engañado, que había venido a aquella ciudad terrible a morir de frío, de miseria y de olvido.

Dispuesta a sobrevivir, Jacinta acudía todos los días antes del amanecer al almacén y no salía hasta bien entrada la noche. Allí la encontraría por casualidad don Ricardo Aldaya atendiendo a la hija de uno de los capataces, que había caído enferma de consumición, y al ver el celo y la ternura que emanaba la muchacha decidió que se la llevaba a su casa para que atendiese a su esposa, que estaba encinta del que habría de ser su primogénito. Sus plegarias habían sido escuchadas. Aquella noche Jacinta vio a Zacarías de nuevo en sueños. El ángel ya no vestía de negro. Iba desnudo, y su piel estaba recubierta de escamas. Ya no le acompañaba su gato, sino una serpiente blanca enroscada en el torso. Su cabello había crecido hasta la cintura y su sonrisa, la sonrisa de caramelo que había besado en la catedral de Toledo, aparecía surcada de dientes triangulares y serrados como los que había visto en algunos peces de alta mar agitando la cola en la lonja de pescadores. Años más tarde, la muchacha describiría esta visión a un Julián Carax de dieciocho años, recordando que el día en que Jacinta iba a dejar la pensión de la Ribera para mudarse al palacete Aldaya, supo que su amiga la Ramoneta había sido asesinada a cuchilladas en el portal aquella misma noche y que su bebé había muerto de frío en brazos del cadáver. Al saberse la noticia, los inquilinos de la pensión se enzarzaron en una pelea a gritos, puñadas y arañazos para disputarse las escasas pertenencias de la muerta. Lo único que dejaron fue el que había sido su tesoro más preciado: un libro. Jacinta lo reconoció, porque muchas noches la Ramoneta le había pedido si podía leerle una o dos páginas. Ella nunca había aprendido a leer.

Cuatro meses más tarde nacía Jorge Aldaya, y aunque Jacinta le brindaría todo el cariño que la madre, una dama etérea que siempre le pareció atrapada en su propia imagen en el espejo, nunca supo o quiso darle, el aya comprendió que no era aquélla la criatura que Zacarías le había prometido. En aquellos años, Jacinta se desprendió de su juventud y se convirtió en otra mujer que tan sólo conservaba el mismo nombre y el mismo rostro. La otra Jacinta se había quedado en aquella pensión del barrio de La Ribera, tan muerta como la Ramoneta. Ahora vivía a la sombra de los lujos de los Aldaya, lejos de aquella ciudad tenebrosa que tanto había llegado a odiar y en la que no se aventuraba ni en el día que tenía libre para ella una vez al mes. Aprendió a vivir a través de otros, de aquella familia que cabalgaba en una fortuna que apenas podía llegar a comprender. Vivía esperando a aquella criatura, que sería una niña, como la ciudad, y a la que entregaría todo el amor con que Dios le había envenenado el alma. A veces Jacinta se preguntaba si aquella paz somnolienta que devoraba sus días, aquella noche de la conciencia, era lo que algunos llamaban felicidad, y quería creer que Dios, en su infinito silencio, había, a su manera, respondido a sus plegarias.

Penélope Aldaya nació en la primavera de 1903. Para entonces don Ricardo Aldaya ya había adquirido la casa de la avenida del Tibidabo, aquel caserón que sus compañeros en el servicio estaban convencidos de que yacía bajo el influjo de algún poderoso embrujo, pero a la que Jacinta no temía, pues sabía que lo que otros tomaban por encantamiento no era más que una presencia que sólo ella podía ver en sueños: la sombra de Zacarías, que apenas se parecía ya al hombre que ella recordaba y que ahora sólo se manifestaba como un lobo que caminaba sobre las dos patas posteriores.

Penélope fue una niña frágil, pálida y liviana. Jacinta la veía crecer como a una flor rodeada de invierno. Durante años la veló cada noche, preparó personalmente todas y cada una de sus comidas, cosió sus ropas, estuvo a su lado cuando pasó mil y una enfermedades, cuando dijo sus primeras palabras, cuando se hizo mujer. La señora Aldaya era una figura más en el decorado, una pieza que entraba y salía de la escena siguiendo los dictados del decoro. Antes de acostarse, acudía a despedirse de su hija y le decía que la quería más que a nada en el mundo, que ella era lo más importante del universo para ella. Jacinta nunca le dijo a Penélope que la quería. El aya sabía que quien quiere de verdad quiere en silencio, con hechos y nunca con palabras. En secreto, Jacinta despreciaba a la señora Aldaya, aquella criatura vanidosa y vacía que envejecía por los pasillos del caserón bajo el peso de las joyas con que su esposo, que atracaba en puertos ajenos desde hacía años, la acallaba. La odiaba porque, de entre todas las mujeres, Dios la había escogido a ella para dar a luz a Penélope mientras que su vientre, el vientre de la verdadera madre, permanecía yermo y baldío. Con el tiempo, como si las palabras de su esposo hubieran sido proféticas, Jacinta perdió hasta las formas de mujer. Había perdido peso y su figura recordaba el semblante adusto que dan la piel cansada y el hueso. Sus pechos habían menguado hasta convertirse en soplos de piel, sus caderas parecían las de un muchacho y sus carnes, duras y angulosas, resbalaban hasta en la vista de don Ricardo Aldaya, a quien le bastaba intuir un brote de exuberancia para embestir con furia, como bien sabían todas las doncellas de la casa y las de las casas de sus allegados. Es mejor así, se decía Jacinta. No tenía tiempo para tonterías.

Todo su tiempo era para Penélope. Leía para ella, la acompañaba a todas partes, la bañaba, la vestía, la desnudaba, la peinaba, la sacaba a pasear, la acostaba y la despertaba. Pero sobre todo hablaba con ella. Todos la tomaban por una aya lunática, una solterona sin más vida que su empleo en la casa, pero nadie sabía la verdad: Jacinta no sólo era la madre de Penélope, era su mejor amiga. Desde que la niña empezó a hablar y articular pensamientos, que fue mucho más pronto de lo que Jacinta recordaba en ninguna otra criatura, ambas compartían sus secretos, sus sueños y sus vidas.

El paso del tiempo sólo acrecentó esta unión. Cuando Penélope alcanzó la adolescencia, ambas eran ya compañeras inseparables. Jacinta vio florecer a Penélope en una mujer cuya belleza y luminosidad no sólo eran evidentes a sus ojos enamorados. Penélope era luz. Cuando aquel enigmático muchacho llamado Julián llegó a la casa, Jacinta advirtió desde el primer momento que una corriente circulaba entre él y Penélope. Un vínculo les unía, similar al que unía a ella con Penélope, y al tiempo diferente. Más intenso. Peligroso. Al principio creyó que llegaría a odiar al muchacho, pero pronto comprobó que no odiaba a Julián Carax, ni podría odiarle nunca. A medida que Penélope iba cayendo en el embrujo de Julián, ella también se dejó arrastrar y con el tiempo sólo deseó lo que Penélope deseara. Nadie se había dado cuenta, nadie había prestado atención, pero como siempre, lo esencial de la cuestión había sido decidido antes de que empezase la historia y, para entonces, ya era tarde.

Habrían de pasar muchos meses de miradas y unhelos vanos antes de que Julián Carax y Penélope pudieran estar a solas. Vivían de la casualidad. Se encontraban en los pasillos, se observaban desde extremos opuestos de la mesa, se rozaban en silencio, se sentían en la ausencia. Cruzaron sus primeras palabras en la biblioteca de la casa de la avenida del Tibidabo una tarde de tormenta en que «Villa Penélope» se inundó del reluz de cirios, apenas unos segundos robados a la penumbra en que Julián creyó ver en los ojos de la muchacha la certeza de que ambos sentían lo mismo, que les devoraba el mismo secreto. Nadie parecía advertirlo. Nadie excepto Jacinta, que veía con creciente inquietud el juego de miradas que Penélope y Julián tejían a la sombra de los Aldaya. Temía por ellos.

Ya por entonces había empezado Julián a pasar las noches en blanco, escribiendo relatos desde la medianoche al amanecer, donde vaciaba su alma para Penélope. Luego, visitando la casa de la avenida del Tibidabo con cualquier excusa, buscaba el momento de colarse a escondidas en la habitación de Jacinta y le entregaba las cuartillas para que ella se las diese a la muchacha. A veces Jacinta le entregaba una nota que Penélope había escrito para él y pasaba días releyéndola. Aquel juego habría de durar meses. Mientras el tiempo les robaba la suerte, Julián hacía cuanto era necesario para estar cerca de Penélope. Jacinta le ayudaba, por ver feliz a Penélope, por mantener viva aquella luz. Julián, por su parte, sentía que la inocencia casual del inicio se desvanecía y era necesario empezar a sacrificar terreno. Así empezó a mentir a don Ricardo sobre sus planes de futuro, a exhibir un entusiasmo de cartón por un porvenir en la banca y en las finanzas, a fingir un afecto y un apego por Jorge Aldaya que no sentía para justificar su presencia casi constante en la casa de la avenida del Tibidabo, a decir sólo aquello que sabía que los demás deseaban oírle decir, a leer sus miradas y sus anhelos, a encerrar la honestidad y la sinceridad en el calabozo de las imprudencias, a sentir que vendía su alma a trozos, y a temer que si algún día llegaba a merecer a Penélope, no quedaría ya nada del Julián que la había visto por primera vez. A veces Julián se despertaba al alba, ardiendo de rabia, deseoso de declararle al mundo sus verdaderos sentimientos, de encarar a don Ricardo Aldaya y decirle que no sentía interés alguno por su fortuna, sus barajas de futuro y su compañía, que tan sólo deseaba a su hija Penélope y que pensaba llevarla tan lejos como pudiera de aquel mundo vacío y amortajado en el que la había apresado. La luz del día disipaba su coraje.

En ocasiones Julián se sinceraba con Jacinta, que empezaba a querer al muchacho más de lo que hubiera deseado. A menudo, Jacinta se separaba momentáneamente de Penélope y, con la excusa de ir a recoger a Jorge al colegio de San Gabriel, visitaba a Julián y le entregaba mensajes de Penélope. Fue así como conoció a Fernando, que muchos años más tarde habría de ser el único amigo que le quedaría mientras esperaba la muerte en el infierno de Santa Lucía que le había profetizado el ángel Zacarías. A veces, con malicia, el aya llevaba a Penélope con ella y facilitaba un encuentro breve entre los dos jóvenes, viendo crecer entre ellos un amor que ella nunca había conocido, que se le había negado. Fue también por entonces cuando Jacinta advirtió la presencia sombría y turbadora de aquel muchacho silencioso al que todos llamaban Francisco Javier, el hijo del conserje de San Gabriel. Le sorprendía espiándolos, leyendo sus gestos desde lejos y devorando a Penélope con los ojos. Jacinta conservaba una fotografía que el retratista oficial de los Aldaya, Recasens, había tomado de Julián y de Penélope a la puerta de la sombrerería de la ronda de San Antonio. Era una imagen inocente, tomada al mediodía en presencia de don Ricardo y de Sophie Carax. Jacinta la llevaba siempre consigo.

Un día, mientras esperaba a Jorge a la salida del colegio de San Gabriel, el aya olvidó su bolsa junto a la fuente y al volver a por ella advirtió que el joven Fumero merodeaba por allí, mirándola nerviosamente. Aquella noche, cuando buscó el retrato no lo encontró y tuvo la certeza de que el muchacho lo había robado. En otra ocasión, semanas más tarde, Francisco Javier Fumero se aproximó al aya y le preguntó si podía hacerle llegar algo a Penélope de su parte. Cuando Jacinta preguntó de qué se trataba, el muchacho extrajo un paño con el que había envuelto lo que parecía una figura tallada en madera de pino. Jacinta reconoció en ella a Penélope y sintió un escalofrío. Antes de que pudiese decir nada, el muchacho se alejó. De camino a la casa de la avenida del Tibidabo, Jacinta tiró la figura por la ventana del coche, como si se tratase de carroña maloliente. Más de una vez, Jacinta habría de despertarse de madrugada, cubierta de sudor, perseguida por pesadillas en las que aquel muchacho de turbia mirada se abalanzaba sobre Penélope con la fría e indiferente brutalidad de un insecto.

Algunas tardes, cuando Jacinta acudía a buscar a Jorge, si éste se retrasaba, el aya conversaba con Julián. También él empezaba a querer a aquella mujer de semblante duro y a confiar en ella más de lo que confiaba en sí mismo. Pronto, cuando algún problema o alguna sombra se cernía sobre su vida, ella y Miquel Moliner eran los primeros, y a veces los últimos, en saberlo. En una ocasión, Julián le contó a Jacinta que había encontrado a su madre y a don Ricardo Aldaya en el patio de las fuentes conversando mientras esperaban la salida de los alumnos. Don Ricardo parecía estar deleitándose con la compañía de Sophie y Julián sintió cierto resquemor, pues estaba al corriente de la reputación donjuanesca del industrial y de su voraz apetito por las delicias del género femenino sin distinción de casta o condición, al que sólo su santa esposa parecía inmune.

—Le comentaba a tu madre lo mucho que te gusta tu nuevo colegio.

Al despedirse de ellos, don Ricardo les guiñó un ojo y se alejó con una risotada. Su madre hizo todo el trayecto de regreso en silencio, claramente ofendida por los comentarios que le había estado haciendo don Ricardo Aldaya.

No sólo Sophie veía con recelo su creciente vinculación con los Aldaya y el abandono al que Julián había relegado a sus antiguos amigos del barrio y a su familia. Donde su madre mostraba tristeza y silencio, el sombrerero mostraba rencor y despecho. El entusiasmo inicial de ampliar su clientela a la flor y nata de la sociedad barcelonesa se había evaporado rápidamente. Casi no veía ya a su hijo y pronto tuvo que contratar a Quimet, un muchacho del barrio, antiguo amigo de Julián, como ayudante y aprendiz en la tienda. Antoni Fortuny era un hombre que sólo se sentía capaz de hablar abiertamente sobre sombreros. Encerraba sus sentimientos en el calabozo de su alma durante meses hasta que se emponzoñaban sin remedio. Cada día se le veía más malhumorado e irritable. Todo le parecía mal, desde los esfuerzos del pobre Quimet, que se dejaba el alma en aprender el oficio, a los amagos de su esposa Sophie por suavizar el aparente olvido al que les había condenado Julián.

—Tu hijo se cree que es alguien porque esos ricachones le tienen de mona de circo —decía con aire sombrío, envenenado de rencor.

Un buen día, cuando se iban a cumplir tres años desde la primera visita de don Ricardo Aldaya a la sombrerería de Fortuny e hijos, el sombrerero dejó a Quimet al frente de la tienda y le dijo que volvería al mediodía. Ni corto ni perezoso se presentó en las oficinas que el consorcio Aldaya tenía en el paseo de Gracia y solicitó ver a don Ricardo.

—¿Y a quién tengo el honor de anunciar? —preguntó un lacayo de talante altivo.

—A su sombrerero personal.

Don Ricardo le recibió, vagamente sorprendido, pero con buena disposición, creyendo que tal vez Fortuny le traía una factura. Los pequeños comerciantes nunca acaban de comprender el protocolo del dinero.

—Y dígame, ¿qué puedo hacer por usted, amigo Fortunato?

Sin más dilación, Antoni Fortuny procedió a explicarle a don Ricardo que andaba muy engañado con respecto a su hijo Julián.

—Mi hijo, don Ricardo, no es el que usted piensa. Muy al contrario, es un muchacho ignorante, holgazán y sin más talento que las ínfulas que su madre le ha metido en la cabeza. Nunca llegará a nada, créame. Le falta ambición, carácter. Usted no le conoce y él puede ser muy hábil para engatusar a los extraños, para hacerles creer que sabe de todo, pero no sabe nada de nada. Es un mediocre. Pero yo le conozco mejor que nadie y me parecía necesario advertirle.

Don Ricardo Aldaya había escuchado este discurso en silencio, sin apenas pestañear.

—¿Es eso todo, Fortunato?

El industrial procedió a presionar un botón en su escritorio y a los pocos instantes apareció en la puerta del despacho el secretario que le había recibido.

—El amigo Fortunato se iba ya, Balcells —anunció—. Tenga la bondad de acompañarle a la salida.

El tono gélido del industrial no fue del agrado del sombrerero.

—Con su permiso, don Ricardo: es Fortuny, no Fortunato.

—Lo que sea. Es usted un hombre muy triste, Fortuny. Le agradeceré que no vuelva por aquí.

Cuando Fortuny se encontró de nuevo en la calle, se sintió más solo que nunca, convencido de que todos estaban contra él. Apenas días más tarde, los clientes de postín que le había granjeado su relación con Aldaya empezaron a enviar mensajes cancelando sus encargos y saldando sus cuentas. En apenas semanas, tuvo que despedir a Quimet, porque no había trabajo para ambos en la tienda. Al fin y al cabo, el muchacho tampoco valía para nada. Era mediocre y holgazán, como todos.

Fue por entonces que la gente del barrio empezó a comentar que al señor Fortuny se le veía más viejo, más solo, más agrio. Ya apenas hablaba con nadie y pasaba largas horas encerrado en la tienda, sin nada que hacer, viendo pasar a la gente al otro lado del mostrador con un sentimiento de desprecio y, a un tiempo, de anhelo. Luego se dijo que las modas cambiaban, que la gente joven ya no llevaba sombrero y que los que lo hacían preferían acudir a otros establecimientos en que los vendían ya hechos por tallas, con diseños más actuales y más baratos. La sombrerería de Fortuny e hijos se hundió lentamente en un letargo de sombras y silencios.

—Estáis esperando que me muera —decía para sí—. Pues a lo mejor os doy el gusto.

Él no lo sabía, pero había empezado ya a morir hacía mucho tiempo.

Después de aquel incidente, Julián se volcó completamente en el mundo de los Aldaya, en Penélope y en el único futuro que podía concebir. Así pasaron casi dos años en la cuerda floja, viviendo en secreto. Zacarías, a su modo, le había advertido mucho tiempo atrás. Sombras se esparcían a su alrededor y pronto estrecharían el cerco. El primer signo llegó un día de abril de 1918. Jorge Aldaya cumplía dieciocho años y don Ricardo, oficiando de gran patriarca, había decidido organizar (o más bien dar órdenes de que se organizase) una monumental fiesta de cumpleaños que su hijo no deseaba y de la que él, argumentando razones de alta empresa, estaría ausente para encontrarse en la suite azul del hotel Colón con una deliciosa dama de asueto recién llegada de San Petersburgo. La casa de la avenida del Tibidabo quedó convertida en un pabellón circense para el evento: cientos de faroles, banderines y tenderetes dispuestos en los jardines para atender a los invitados.

Casi todos los compañeros de Jorge Aldaya del colegio de San Gabriel habían sido invitados. Por sugerencia de Julián, Jorge había incluido a Francisco Javier Fumero. Miquel Moliner les advirtió de que el hijo del conserje de San Gabriel se iba a sentir desplazado en aquel ambiente fatuo y pomposo de señoritos de postín. Francisco Javier recibió su invitación pero, intuyendo lo mismo que Miquel Moliner vaticinaba, decidió declinar el ofrecimiento. Cuando doña Yvonne, su madre, supo que su hijo pretendía rechazar una invitación a la fastuosa mansión de los Aldaya, estuvo a punto de arrancarle la piel. ¿Qué era aquello sino el signo de que pronto ella entraría en sociedad? El próximo paso sólo podía ser una invitación para tomar el té y las pastas con la señora Aldaya y otras damas de infatigable distinción. Así pues, doña Yvonne cogió los ahorros que venía escatimando del sueldo de su esposo y procedió a comprar un traje con trazas de marinerillo para su hijo.

Francisco Javier tenía ya por entonces diecisiete años y aquel traje, azul, con pantalón corto y decididamente ajustado a la refinada sensibilidad de doña Yvonne, le sentaba grotesco y humillante. Presionado por su madre, Francisco Javier aceptó y pasó una semana tallando un abrecartas con el que pensaba obsequiar a Jorge. El día de la fiesta, doña Yvonne se empeñó en escoltar a su hijo hasta las puertas de la casa de los Aldaya. Quería sentir el olor a realeza y aspirar la gloria de ver a su hijo franquear puertas que pronto se abrirían para ella. A la hora de enfundarse el esperpéntico atuendo de marinero, Francisco Javier descubrió que le venía pequeño. Yvonne decidió hacer un apaño sobre la marcha. Llegaron tarde. Entretanto, y aprovechando el barullo de la fiesta y la ausencia de don Ricardo, que a buen seguro estaba en aquel instante saboreando lo mejor de la raza eslava y celebrando a su manera, Julián se había escabullido de la fiesta. Penélope y él se habían citado en la biblioteca, donde no había riesgo de tropezarse con ningún miembro de la ilustrada y exquisita alta sociedad. Demasiado ocupados devorándose los labios, ni Julián ni Penélope vieron a la delirante pareja que se acercaba a las puertas de la casa. Francisco Javier, ataviado de marinero en su primera comunión y púrpura de humillación, caminaba casi a rastras de doña Yvonne, que para la ocasión había decidido desempolvar una pamela a conjunto con un vestido de pliegues y guirnaldas que la hacía semejar un puesto de dulces o, en palabras de Miquel Moliner, que la avistó de lejos, un bisonte disfrazado de Madame Recamier. Dos miembros del servicio guardaban la puerta. No parecieron muy impresionados por los visitantes. Doña Yvonne anunció que su hijo, don Francisco Javier Fumero de Sotoceballos, hacía su entrada. Los dos criados replicaron, con sorna, que el nombre no les sonaba. Airada, pero manteniendo la compostura de gran señora, Yvonne conminó a su hijo a que mostrase la tarjeta de la invitación. Desafortunadamente, al hacer el arreglo de confección, la tarjeta se había quedado en la mesa de costura de doña Yvonne.

Francisco Javier intentó explicar la circunstancia, pero tartamudeaba y las risas de los dos criados no ayudaban a esclarecer el malentendido. Fueron invitados a largarse con viento fresco. Doña Yvonne, encendida de rabia, les anunció que no sabían con quién se las estaban jugando. Los criados les replicaron que el puesto de fregona ya estaba cubierto. Desde la ventana de su habitación, Jacinta vio que Francisco Javier ya se alejaba cuando, de repente, se detuvo. El muchacho se volvió y, más allá del espectáculo de su madre desgañitándose a alaridos con los arrogantes criados, les vio. Julián besaba a Penélope en el ventanal de la biblioteca. Se besaban con la intensidad de quien se pertenece, ajenos al mundo.

Al día siguiente, durante el recreo del mediodía, Francisco Javier apareció de pronto. La noticia del escándalo del día anterior ya había corrido entre los alumnos y las risas no se hicieron esperar, ni las preguntas acerca de qué había hecho con su traje de marinerito. Las risas se cortaron de golpe cuando los alumnos advirtieron que el muchacho llevaba la escopeta de su padre en la mano. Se hizo el silencio, y muchos se alejaron. Sólo el círculo de Aldaya, Moliner, Fernando y Julián, se volvió y se quedó mirando al muchacho, sin comprender. Sin mediar, Francisco Javier alzó el rifle y apuntó. Los testigos dijeron luego que no había rabia ni ira en su rostro. Francisco Javier mostraba la misma frialdad automática con que desempeñaba las tareas de limpieza en el jardín. La primera bala pasó rozando la cabeza de Julián. La segunda hubiera atravesado su garganta si Miquel Moliner no se hubiese abalanzado sobre el hijo del conserje y le hubiese arrancado la escopeta a puñetazos. Julián Carax había contemplado la escena atónito, paralizado. Todos creyeron que los disparos iban dirigidos a Jorge Aldaya como venganza a la humillación sufrida la tarde anterior. Sólo más tarde, cuando la Guardia Civil ya se llevaba al muchacho y la pareja de conserjes era desalojada de su vivienda casi a patadas, Miquel Moliner se acercó a Julián y le dijo, sin orgullo, que le había salvado la vida. Poco imaginaba Julián que esa vida, o la parte que él quería vivir de ella, se estaba acercando a su fin.

Aquél era el último año para Julián y sus compañeros en el colegio de San Gabriel. Quien más y quien menos comentaba ya sus planes, o los planes que sus respectivas familias habían hecho por ellos para el siguiente año. Jorge Aldaya sabía ya que su padre le enviaba a estudiar a Inglaterra y Miquel Moliner daba por hecho su ingreso en la Universidad de Barcelona. Fernando Ramos había mencionado más de una vez que quizá ingresara en el seminario de la Compañía, perspectiva que sus maestros consideraban la más sabia en su particular situación. En cuan-

to a Francisco Javier Fumero, todo lo que se sabía es que, por intercesión de don Ricardo Aldaya, el muchacho había ingresado en un reformatorio perdido en el Valle de Arán donde le esperaba un largo invierno. Viendo a sus compañeros encaminados en alguna dirección, Julián se preguntaba qué iba a ser de él. Sus sueños y ambiciones literarias le parecían más lejanas e inviables que nunca. Tan sólo ansiaba estar junto a Penélope.

Mientras él se preguntaba acerca de su porvenir, otros lo planeaban por él. Don Ricardo Aldaya estaba ya preparándole un puesto en su empresa para iniciarle en el negocio. El sombrerero, por su parte, había decidido que si su hijo no quería seguir el negocio familiar, podía olvidarse de medrar a su costa. A tal fin, había iniciado en secreto los trámites para enviar a Julián al ejército, donde unos cuantos años de vida castrense le curarían los delirios de grandeza. Julián ignoraba estos planes y, para cuando averiguase lo que unos y otros habían preparado para él, ya sería tarde. Sólo Penélope ocupaba su pensamiento y la distancia fingida y los encuentros furtivos de antaño ya no le satisfacían. Insistía en verla más a menudo, arriesgándose cada vez más a que su relación con la muchacha fuera descubierta. Jacinta hacía cuanto podía para cubrirlos: mentía por los codos, tramaba reuniones secretas y urdía mil y un ardides para concederles unos instantes a solas. Incluso ella comprendía que no bastaba con aquello, que cada minuto que Penélope y Julián pasaban juntos les unía más. Hacía tiempo que el aya había aprendido a reconocer en sus miradas el desafío y la arrogancia del deseo: una voluntad ciega de ser descubiertos, de que su secreto fuera un escándalo a voces y ya no tuvieran que ocultarse en rincones y desvanes para amarse a tientas. A veces, cuando Jacinta acudía a arropar a Penélope, la muchacha se deshacía en lágrimas y le confesaba sus deseos de huir con Julián, de tomar el primer tren y escapar a donde nadie les conociese. Jacinta, que recordaba la suerte de mundo que se extendía más allá de las verjas del palacete Aldaya, se estremecía y la disuadía. Penélope era un espíritu dócil, y el temor que veía en el rostro de Jacinta bastaba para sosegarla. Julián era otra cuestión.

Durante aquella última primavera en San Gabriel, Julián descubrió con inquietud que don Ricardo Aldaya y su madre Sophie se encontraban a veces en secreto. Al principio temió que el industrial hubiera decidido que Sophie era una conquista apetecible que añadir a su colección, pero pronto comprendió que los encuentros, que siempre tenían lugar en cafés del centro y se desarrollaban dentro del más estricto decoro, se limitaban a la conversación. Sophie mantenía estos encuentros en secreto. Cuando finalmente Julián decidió abordar a don Ricardo y preguntarle qué estaba sucediendo entre él y su madre, el industrial rió.

—¿No se te escapa nada, eh, Julián? Lo cierto es que pensaba hablarte del tema. Tu madre y yo estamos discutiendo acerca de tu futuro. Ella vino a verme hace unas semanas, preocupada porque tu padre está planeando enviarte al ejército el próximo año. Tu madre, como es natural, quiere lo mejor para ti y acudió a mí para ver si entre los dos podíamos hacer algo. No te preocupes, palabra de Ricardo Aldaya que tú no serás carne de cañón. Tu madre y yo tenemos grandes planes para ti. Confía en nosotros.

Julián quería confiar, pero don Ricardo inspiraba todo menos confianza. Consultando con Miquel Moliner, el muchacho estuvo de acuerdo con Julián.

—Si lo que quieres es fugarte con Penélope, Dios te coja confesado, lo que necesitas es dinero.

Dinero es lo que Julián no tenía.

—Eso tiene arreglo —le informó Miquel—, para eso están los amigos ricos.

Así fue como Miquel y Julián empezaron a planear la fuga de los amantes. El destino, por sugerencia de Moliner, sería París. Moliner opinaba que, puesto a ser un artista bohemio y muerto de hambre, al menos el decorado de París era inmejorable. Penélope hablaba algo de francés y para Julián, gracias a las enseñanzas de su madre, era una segunda lengua.

—Además, París es suficientemente grande para perderse,

pero suficientemente pequeño para encontrar oportunidades —estimaba Miquel.

Su amigo reunió una pequeña fortuna, uniendo sus ahorros de años a lo que pudo sacar a su padre con las excusas más peregrinas. Sólo Miquel sabría a donde iban.

—Y yo pienso enmudecer tan pronto subáis a ese tren.

Aquella misma tarde, después de ultimar los detalles con Moliner, Julián acudió a la casa de la avenida del Tibidabo para explicarle el plan a Penélope.

—Lo que voy a decirte no puedes contárselo a nadie. A nadie. Ni siquiera a Jacinta —empezó Julián.

La muchacha le escuchó atónita y hechizada. El plan de Moliner era impecable. Miquel compraría los billetes utilizando un nombre falso y contratando a un desconocido para que los recogiese en la ventanilla de la estación. Si la policía, por ventura, daba con él, todo lo que les podría ofrecer era la descripción de un personaje que no se parecía a Julián. Julián y Penélope se encontrarían en el tren. No habría espera en el andén para no dar oportunidad a ser vistos. La fuga sería un domingo, al mediodía. Julián acudiría por su cuenta a la estación de Francia. Allí le esperaría Miquel con los billetes y el dinero.

La parte más delicada era la que concernía a Penélope. Debía engañar a Jacinta y pedir al aya que inventase una excusa para sacarla de misa de once y llevarla a casa. De camino, Penélope le pediría que la dejase ir al encuentro de Julián, prometiendo estar de vuelta antes de que la familia regresara al caserón. Penélope aprovecharía entonces para acudir a la estación. Ambos sabían que, si le decía la verdad, Jacinta no les dejaría marchar. Les quería demasiado.

—Es un plan perfecto, Miquel —había dicho Julián al escuchar la estrategia ideada por su amigo.

Miquel asintió tristemente.

—Excepto por un detalle. El daño que vais a hacer a mucha gente al iros para siempre.

Julián había asentido, pensando en su madre y en Jacinta. No se le ocurrió pensar que Miquel Moliner estaba hablando de sí mismo.

Lo más difícil fue convencer a Penélope de la necesidad de mantener a Jacinta a oscuras respecto al plan. Sólo Miquel sabría la verdad. El tren partía a la una de la tarde. Para cuando la ausencia de Penélope fuese advertida, ya habrían cruzado la frontera. Una vez en París, se instalarían en un albergue como marido y mujer, usando nombre falso. Enviarían entonces una carta a Miquel Moliner dirigida a sus familias confesando su amor, diciendo que estaban bien, que les querían, anunciando su matrimonio por la iglesia y pidiendo su perdón y comprensión. Miquel Moliner metería la carta en un segundo sobre para eliminar el matasellos de París y él se encargaría de enviarla desde una localidad de cercanías.

—¿Cuándo? —preguntó Penélope.

—En seis días —le dijo Julián—. Este domingo.

Miquel estimaba que, para no levantar sospechas, lo mejor era que durante los días que faltaban para la fuga Julián no visitara a Penélope. Debían quedar de acuerdo y no volver a verse hasta que se encontrasen en aquel tren rumbo a París. Seis días sin verla, sin tocarla, se le hacían infinitos. Sellaron el pacto, un matrimonio secreto, en los labios.

Fue entonces cuando Julián condujo a Penélope hasta la alcoba de Jacinta en el tercer piso de la casa. En aquella planta sólo se encontraban las habitaciones de la servidumbre y Julián quiso creer que nadie les encontraría. Se desnudaron a fuego, con rabia y anhelo, arañando la piel y deshaciéndose en silencios. Se aprendieron los cuerpos de memoria y enterraron aquellos seis días de separación en sudor y saliva. Julián la penetró con furia, clavándola contra los maderos del suelo. Penélope le recibía con los ojos abiertos, las piernas abrazadas a su torso y los labios entreabiertos de ansia. No había atisbo de fragilidad ni niñez en su mirada, en su cuerpo tibio que pedía más. Luego, con el rostro to-

davía prendido de su vientre y las manos en el pecho blanco que todavía temblaba, Julián supo que debían despedirse. Apenas tuvo tiempo de incorporarse cuando la puerta de la habitación se abrió lentamente y la silueta de una mujer se perfiló en el umbral. Por un segundo, Julián creyó que se trataba de Jacinta, pero enseguida comprendió que se trataba de la señora Aldaya, que les observaba hechizada en un rapto de fascinación y repugnancia. Cuanto acertó a balbucear fue: «¿Dónde está Jacinta?» Sin más, se volvió y se alejó en silencio mientras Penélope se encogía en el suelo en una agonía muda y Julián sentía que el mundo se desmoronaba a su alrededor.

—Vete ahora, Julián. Vete antes de que venga mi padre.

—Pero...

—Vete.

Julián asintió.

—Pase lo que pase, el domingo te espero en ese tren.

Penélope consiguió arrancar media sonrisa.

—Allí estaré. Ahora vete. Por favor...

Aún estaba desnuda cuando la dejó y se deslizó por la escalera de servicio hasta las cocheras y, de allí, a la noche más fría que recordaba.

Los días que siguieron fueron los peores. Julián había pasado la noche en vela, esperando que en cualquier momento viniesen a buscarle los sicarios de don Ricardo. No le visitó ni el sueño. Al día siguiente, en el colegio de San Gabriel, no advirtió cambio alguno en la actitud de Jorge Aldaya. Julián, devorado por la angustia, confesó a Miquel Moliner lo que había sucedido. Miquel, con su habitual flema, negó en silencio.

—Estás loco, Julián, pero eso no es novedad. Lo extraño es que no haya habido revuelo en casa de los Aldaya. Lo cual, si uno lo piensa, no es tan sorprendente. Si, como dices, os descubrió la señora Aldaya, cabe la posibilidad de que ni ella misma sepa todavía qué hacer. He tenido tres conversaciones con ella en mi vida, y de ellas extraje dos conclusiones: uno, la señora Alda-

ya tiene una edad mental de doce años; dos, padece de un narcisismo crónico que le imposibilita ver o comprender cualquier cosa que no sea lo que quiere ver o creer, especialmente en referencia a ella misma.

—Ahórrame el diagnóstico, Miquel.

—Lo que quiero decir es que probablemente todavía esté pensando en qué decir, cómo, cuándo y a quién decírselo. Primero tiene que pensar en las consecuencias para ella misma: el potencial escándalo, la furia de su esposo... Lo demás, me atrevo a suponer, la trae al pairo.

—¿Crees entonces que no dirá nada?

—Quizá tarde uno o dos días. Pero no creo que sea capaz de guardar un secreto así a espaldas de su marido. ¿Qué hay del plan de fuga? ¿Sigue en pie?

—Más que nunca.

—Me alegro de oírlo. Porque ahora sí que me parece que esto no tiene vuelta atrás.

Los días de aquella semana pasaron en lenta agonía. Julián acudía cada día al colegio de San Gabriel con la incertidumbre pisándole los talones. Pasaba las horas fingiendo estar allí, apenas capaz de intercambiar miradas con Miquel Moliner, que empezaba a estar tanto o más preocupado que él. Jorge Aldaya no decía nada. Se mostraba tan cortés como siempre. Jacinta no había vuelto a aparecer para recoger a Jorge. El chófer de don Ricardo acudía todas las tardes. Julián se sentía morir, casi deseando que pasara lo que tuviera que pasar, que aquella espera llegara a su fin. El jueves por la tarde, al finalizar las clases, Julián empezó a pensar que la suerte estaba de su parte. La señora Aldaya no había dicho nada, quizá por vergüenza, por estupidez o por cualquiera de las razones que vislumbraba Miquel. Poco importaba. Lo único que contaba es que guardase el secreto hasta el domingo. Aquella noche, por primera vez en varios días, consiguió conciliar el sueño.

El viernes por la mañana, al acudir a clase, el padre Romanones le esperaba en la verja.

—Julián, tengo que hablar contigo.

—Usted dirá, padre.

—Siempre he sabido que llegaría este día y tengo que confesarte que me alegra ser yo quien te dé la noticia.

—¿Qué noticia, padre?

Julián Carax ya no era alumno del colegio de San Gabriel. Su presencia en el recinto, las aulas o incluso los jardines estaba terminantemente prohibida. Sus útiles, libros de texto y todas las pertenencias pasaban a ser propiedad del colegio.

—El término técnico es expulsión fulminante —resumió el padre Romanones.

—¿Puedo preguntar la causa?

—Se me ocurren una docena, pero estoy seguro de que tú sabrás escoger la más idónea. Buenos días, Carax. Suerte en la vida. La vas a necesitar.

A una treintena de metros, en el patio de las fuentes, un grupo de alumnos le observaba. Algunos reían, haciendo un gesto de despedida con la mano. Otros le observaban con extrañeza y compasión. Sólo uno le sonreía con tristeza: su amigo Miquel Moliner, que se limitó a asentir y a murmurar en silencio palabras que Julián creyó leer en el aire. «Hasta el domingo.»

Al regresar al piso de la Ronda de San Antonio, Julián advirtió que el Mercedes Benz de don Ricardo Aldaya estaba parado frente a la sombrerería. Se detuvo en la esquina y esperó. Al poco, don Ricardo salió de la tienda de su padre y se introdujo en el coche. Julián se ocultó en un portal hasta que hubo desaparecido rumbo a la plaza Universidad. Sólo entonces se apresuró a subir la escalera hasta su casa. Su madre Sophie le esperaba allí, prendida de lágrimas.

—¿Qué has hecho, Julián? —murmuró, sin ira.

—Perdóneme, madre...

Sophie abrazó a su hijo con fuerza. Había perdido peso y estaba envejecida, como si entre todos le hubiesen robado la vida y la juventud. «Yo más que ninguno», pensó Julián.

—Escúchame bien, Julián. Tu padre y don Ricardo Aldaya lo han arreglado todo para enviarte al ejército en unos días. Aldaya tiene influencias... Tienes que irte, Julián. Tienes que irte donde ninguno de los dos pueda encontrarte...

Julián creyó ver una sombra en la mirada de su madre que la consumía por dentro.

—¿Hay algo más, madre? ¿Algo que no me ha contado usted?

Sophie le contempló con labios temblorosos.

—Debes irte. Los dos debemos irnos de aquí para siempre.

Julián la abrazó con fuerza y le susurró al oído:

—No se preocupe usted por mí, madre. No se preocupe usted.

Julián pasó el sábado encerrado en su habitación, entre sus libros y sus cuadernos de dibujo. El sombrerero había bajado a la tienda casi al alba y no regresó hasta bien entrada la madrugada. «No tiene ni el valor de decírmelo a la cara», pensó Julián. Aquella noche, con los ojos velados de lágrimas, se despidió de los años que había pasado en aquel cuarto oscuro y frío, perdido en sueños que ahora sabía que nunca llegarían a cumplirse. Al alba del domingo, pertrechado tan sólo de una bolsa con algo de ropa y unos libros, besó la frente de Sophie, que dormía acurrucada entre mantas en el comedor, y se marchó. Las calles vestían una neblina azulada y destellos de cobre despuntaban sobre los terrados de la ciudad vieja. Caminó lentamente, despidiéndose de cada portal, de cada esquina, preguntándose si la trampa del tiempo sería cierta y algún día sólo sería capaz de recordar lo bueno, de olvidar la soledad que tantas veces le había perseguido en aquellas calles.

La estación de Francia estaba desierta, los andenes combados en sables espejados que ardían al amanecer y se hundían en la niebla. Julián se sentó en un banco bajo la bóveda y sacó su libro. Dejó pasar las horas perdido en la magia de las palabras, cambiando la piel y el nombre, sintiéndose otro. Se dejó arrastrar por los sueños de personajes en sombra, creyendo que no le queda-

ba más santuario ni refugio que aquél. Sabía ya que Penélope no acudiría a su cita. Sabía que subiría a aquel tren sin más compañía que su recuerdo. Cuando, al filo del mediodía, Miquel Moliner apareció en la estación y le entregó su pasaje y todo el dinero que había podido reunir, los dos amigos se abrazaron en silencio. Julián nunca había visto llorar a Miquel Moliner. El reloj les cercaba, contando los minutos en fuga.

—Aún hay tiempo —murmuraba Miquel con la mirada puesta en la entrada de la estación.

A la una y cinco, el jefe de estación dio la llamada final para los pasajeros con destino a París. El tren había empezado ya a deslizarse por el andén cuando Julián se volvió para despedirse de su amigo. Miquel Moliner le contemplaba desde el andén, con las manos hundidas en los bolsillos.

—Escribe —dijo.

—Tan pronto llegue te escribiré —replicó Julián.

—No. A mí no. Escribe libros. No cartas. Escríbelos por mí. Por Penélope.

Julián asintió, dándose cuenta sólo entonces de lo mucho que iba a echar de menos a su amigo.

—Y conserva tus sueños —dijo Miquel—. Nunca sabes cuándo te van a hacer falta.

—Siempre —murmuró Julián, pero el rugido del tren ya les había robado las palabras.

—Penélope me contó lo que había pasado la misma noche en que la señora les sorprendió en mi alcoba. Al día siguiente, la señora me hizo llamar y me preguntó qué sabía yo de Julián. Le dije que nada, que era un buen chico, amigo de Jorge... Me dio órdenes de mantener a Penélope en su habitación hasta que ella diera su permiso para que saliera. Don Ricardo estaba de viaje en Madrid y no regresó hasta el viernes. Tan pronto llegó, la señora le contó lo sucedido. Yo estaba allí. Don Ricardo saltó de la butaca y le propinó una bofetada a la señora que la derribó al suelo. Luego, gritando como un loco, le dijo que repitiese lo que había dicho. La señora estaba aterrorizada. Nunca habíamos visto al señor así. Nunca. Era como si le hubieran poseído todos los demonios. Rojo de rabia, subió al dormitorio de Penélope y la sacó de la cama arrastrándola por el pelo. Yo le quise detener y me apartó a patadas. Aquella misma noche hizo llamar al médico de la familia para que reconociese a Penélope. Cuando el médico hubo terminado, habló con el señor. Encerraron a Penélope bajo llave en su habitación y la señora me dijo que recogiese mis cosas.

»No me dejaron ver a Penélope, ni despedirme de ella. Don Ricardo me amenazó con denunciarme a la policía si revelaba a alguien lo sucedido. Me echaron a patadas aquella misma noche, sin tener un sitio adonde ir, después de dieciocho años de servicio ininterrumpido en la casa. Dos días más tarde, en una pensión de la calle Muntaner, recibí la visita de Miquel Moliner, que me explicó que Julián se había marchado a París. Quería que le contase qué había sucedido con Penélope y averiguar por qué no había acudido a su cita en la estación. Durante semanas regresé a la casa, rogando poder visitar a Penélope, pero no me dejaron ni cruzar las verjas. A veces me apostaba en la otra esquina durante días enteros, esperando verles salir. Nunca la vi. No salía de la casa. Más adelante, el señor Aldaya llamó a la policía y con sus amigos de altos vuelos consiguió que me ingresaran en el manicomio de Horta, alegando que nadie me conocía y que yo era una demente que acechaba a su familia y a sus hijos. Pasé dos años allí, encerrada como un animal. Lo primero que hice cuando salí fue acudir a la casa de la avenida del Tibidabo a ver a Penélope.

—¿Consiguió verla? —preguntó Fermín.

—La casa estaba cerrada, en venta. No vivía nadie allí. Me dijeron que los Aldaya se habían marchado a la Argentina. Escribí a la dirección que me habían dado. Las cartas volvieron sin abrir...

—¿Qué se hizo de Penélope? ¿Lo sabe usted?

Jacinta negó, desplomándose.

—Nunca la volví a ver.

La anciana gemía, llorando a moco tendido. Fermín la sostuvo en brazos y la meció. El cuerpo de Jacinta Coronado había menguado al tamaño de una niña, y a su lado, Fermín parecía un gigante. Me hervían mil preguntas en la cabeza, pero mi amigo hizo un gesto que indicaba claramente que la entrevista había terminado. Le vi contemplar aquel agujero sucio y frío donde Jacinta Coronado gastaba sus últimas horas.

—Ande, Daniel. Nos vamos. Vaya usted tirando.

Hice lo que me decía. Al alejarme me volví un momento y vi que Fermín se arrodillaba frente a la anciana y la besaba en la frente. Ella exhibió su sonrisa desdentada.

—Dígame, Jacinta —oí decir a Fermín—. A usted le gustan los Sugus, ¿verdad?

En nuestro periplo hacia la salida nos cruzamos con el legítimo funerario y dos ayudantes de aspecto simiesco que venían pertrechados de un ataúd de pino, cuerda y varios pliegos de sábanas viejas de aplicación incierta. La comitiva desprendía un siniestro aroma a formol y a colonia de baratillo y lucían una tez traslúcida que enmarcaba sonrisas macilentas y caninas. Fermín se limitó a señalar hacia la celda donde esperaba el difunto y procedió a bendecir al trío, que correspondió al gesto asintiendo y santiguándose respetuosamente.

—Id en paz —murmuró Fermín, arrastrándome hacia la salida, donde una monja portando un candil de aceite nos despidió con mirada fúnebre y condenatoria.

Una vez fuera del recinto, el lúgubre cañón de piedra y sombra de la calle Moncada se me antojó un valle de gloria y esperanza. A mi lado, Fermín respiraba hondo, aliviado, y supe que no era el único en alegrarse de haber dejado atrás aquel bazar de tinieblas. La historia que nos había relatado Jacinta nos pesaba en la conciencia más de lo que nos hubiera gustado admitir.

—Oiga, Daniel. ¿Y si nos marcamos unas croquetillas de jamón y unos espumosos aquí en el Xampañet para quitarnos el mal sabor de boca?

—No le diría que no, la verdad.

—¿No ha quedado hoy con la chavalilla?

—Mañana.

—Ah, granujilla. Se hace usted de rogar, ¿eh? Cómo vamos aprendiendo...

No habíamos dado ni diez pasos rumbo a la ruidosa bodega, apenas unos números calle abajo, cuando tres siluetas espectrales se desprendieron de las sombras y nos salieron al paso. Los dos matarifes se apostaron a nuestras espaldas, tan cerca que pude sentir su aliento en la nuca. El tercero, más menudo pero infinitamente más siniestro, nos cerró el paso. Vestía la misma gabardina y su sonrisa aceitosa parecía desbordar de gozo por las comisuras.

—Vaya, hombre, pero ¿a quién tenemos aquí? Si es mi viejo amigo, el hombre de las mil caras —dijo el inspector Fumero.

Me pareció oír todos los huesos de Fermín estremecerse de terror ante la aparición. Su locuacidad quedó reducida a un gemido ahogado. Para entonces, los dos matones, que supuse no eran sino dos agentes de la Brigada Criminal, ya nos tenían sujetos por la nuca y la muñeca derecha, listos para retorcernos el brazo al mínimo asomo de movimiento.

—Veo por la cara de sorpresa que pones que pensabas que te había perdido el rastro hace tiempo, ¿eh? Supongo que no te habrías creído que una mierda seca como tú iba a poder salir del arroyo y hacerse pasar por un ciudadano decente, ¿verdad? Tú estás tarado, pero no tanto. Además me cuentan que estás metiendo las narices, que en tu caso son muchas, en un montón de asuntos que no te interesan. Mala señal... ¿Qué marrullo te traes con las monjitas? ¿Te estás beneficiando a alguna? ¿A cómo lo cobran ahora?

—Yo respeto los culos ajenos, señor inspector, especialmente si están bajo clausura. A lo mejor si usted se aficionase a hacer lo propio, se ahorraría un pico en penicilina e iría mejor de vientre.

Fumero soltó una risita envilecida de ira.

—Así me gusta. Cojones de toro. Lo que yo digo. Si todos los chorizos fuesen como tú, mi trabajo sería una verbena. Dime, ¿cómo te haces llamar ahora, cabroncete? ¿Gary Cooper? Venga, cuéntame qué haces metiendo ese narizón tuyo aquí en el asilo de Santa Lucía y a lo mejor te dejo ir con sólo un par de pellizcos. Hala, largando. ¿Qué os trae por aquí?

—Un asunto particular. Hemos venido a visitar a un familiar.

—Sí, a tu puta madre. Mira, porque hoy me coges de buen humor, porque si no te llevaba ahora a jefatura y te daba otra pasada con el soplete. Anda, sé un buen chaval y cuéntale de verdad a tu amigo el inspector Fumero qué coño hacéis tú y tu amigo aquí. Colabora un poco, joder, y así me ahorras hacerle una cara nueva al niñato este que te has echado de mecenas.

—Tóquele usted un pelo y le juro que...

—Pavor me das, fíjate lo que te digo. Me he cagado en los pantalones.

Fermín tragó saliva y pareció conjurar el coraje que se le escapaba por los poros.

—¿No serán ésos los pantalones de marinerito que le puso su augusta madre, la ilustre fregona? Lástima sería, porque me cuentan que el modelito le sentaba a usted de fábula.

El rostro del inspector Fumero palideció y toda expresión resbaló de su mirada.

—¿Qué has dicho, desgraciado?

—Decía que me parece que ha heredado usted el gusto y la gracia de doña Yvonne Sotoceballos, dama de alta sociedad...

Fermín no era un hombre corpulento y el primer puñetazo bastó para derribarle de un plumazo. Estaba él todavía hecho un ovillo sobre el charco en el que había aterrizado cuando Fumero le propinó una sarta de puntapiés en el estómago, los riñones y la cara. Yo perdí la cuenta al quinto. Fermín perdió el aliento y la capacidad de mover un dedo o protegerse de los golpes un instante después. Los dos policías que me sujetaban se reían por cortesía u obligación, sujetándome con mano férrea.

—Tú no te metas —me susurró uno de ellos—. No me apetece romperte el brazo.

Intenté zafarme de su presa en vano y al forcejear atisbé por un instante el rostro del agente que me había hablado. Le reconocí al instante. Era el hombre de la gabardina y el diario en el bar de la plaza de Sarriá días antes, el mismo hombre que nos había seguido en el autobús, riendo los chistes de Fermín.

—Mira, a mí lo que más me jode en el mundo es la gente que hurga en la mierda y en el pasado —clamaba Fumero, rodeando a Fermín—. Las cosas pasadas hay que dejarlas estar, ¿me entiendes? Y eso va por ti y por el lelo de tu amigo. Tú mira bien y aprende, chaval, que luego vas tú.

Contemplé cómo el inspector Fumero destrozaba a Fermín a puntapiés bajo la luz sesgada de una farola. Durante todo el episodio fui incapaz de abrir la boca. Recuerdo el impacto sordo, terrible, de los golpes cayendo sin piedad sobre mi amigo. Todavía me duelen. Me limité a refugiarme en aquella conveniente presa de los policías, temblando y derramando lágrimas de cobardía en silencio.

Cuando Fumero se aburrió de sacudir un peso muerto, se abrió la gabardina, se bajó la cremallera y procedió a orinarse encima de Fermín. Mi amigo no se movía, dibujando apenas un fardo de ropa vieja en un charco. Mientras Fumero descargaba su chorro generoso y vaporoso sobre Fermín, seguí siendo incapaz de abrir la boca. Cuando hubo terminado, el inspector se abrochó la bragueta y se me acercó con el rostro sudoroso, jadeando. Uno de los agentes le tendió un pañuelo con el que se secó la cara y el cuello. Fumero se me aproximó hasta detener su rostro a apenas unos centímetros del mío y me clavó la mirada.

—Tú no valías esa paliza, chaval. Ése es el problema de tu amigo: siempre apuesta por el bando equivocado. La próxima vez le voy a joder a fondo, como nunca, y estoy seguro de que la culpa va a ser tuya.

Creí que me iba a abofetear entonces, que había llegado mi turno. Por algún motivo celebré que así fuese. Quise creer que los golpes me curarían la vergüenza de haber sido incapaz de mover un dedo por ayudar a Fermín cuando lo único que él estaba haciendo, como siempre, era tratar de protegerme.

Pero no cayó golpe alguno. Tan sólo el latigazo de

aquellos ojos llenos de desprecio. Fumero se limitó a palmearme la mejilla.

—Tranquilo, niño. Yo no me ensucio la mano con cobardes.

Los dos policías le rieron la gracia, más relajados al comprobar que el espectáculo se había terminado. Sus deseos de abandonar la escena eran palpables. Se alejaron riendo en la sombra. Para cuando acudí en su ayuda, Fermín luchaba en vano por incorporarse y encontrar los dientes que había perdido en el agua sucia del charco. Le sangraban la boca, la nariz, los oídos y los párpados. Al verme sano y salvo, hizo un amago de sonrisa y creí que se me iba a morir allí mismo. Me arrodillé junto a él y le sostuve en mis brazos. El primer pensamiento que me cruzó la cabeza fue que pesaba menos que Bea.

—Fermín, por Dios, hay que llevarle al hospital ahora mismo.

Fermín negó enérgicamente.

—Lléveme con ella.

—¿Con quién, Fermín?

—Con la Bernarda. Si tengo que palmarla, que sea en sus brazos.

32

Aquella noche regresé al piso de la plaza Real que había jurado no volver a pisar años atrás. Un par de parroquianos que habían presenciado la paliza desde la puerta del Xampañet se ofrecieron a ayudarme a llevar a Fermín hasta una parada de taxis en la calle Princesa mientras un camarero del local llamaba al número que le había dado advirtiendo de nuestra llegada. La carrera en el taxi se me hizo infinita. Fermín había perdido el conocimiento antes de arrancar. Yo le sostenía en mis brazos, aferrándole contra el pecho e intentando darle calor. Podía sentir su sangre tibia empapándome la ropa. Yo le murmuraba al oído, diciéndole que ya llegábamos, que no iba a ser nada. La voz me temblaba. El conductor me lanzaba miradas furtivas desde el espejo.

—Oiga, yo no quiero líos, ¿eh? Si ése se muere, se bajan.

—Usted acelere y calle.

Cuando llegamos a la calle Fernando, Gustavo Barceló y la Bernarda ya esperaban a la puerta del edificio en compañía del doctor Soldevila. Al vernos cubiertos de sangre y mugre, la Bernarda se echó a gritar en un lance de pánico. El doctor tomó rápidamente el pulso a Fermín y aseguró que el paciente estaba vivo. Entre los cuatro conseguimos subir a Fermín escaleras arriba y llevarlo hasta la habitación de la Bernarda, donde una enfermera que había traído el doctor ya estaba preparándolo todo. Una vez el paciente estuvo dispuesto sobre la cama, la enfermera empezó a desnudarlo. El doctor Soldevila insistió en que saliésemos todos de la habitación y les dejásemos hacer. Nos cerró la puerta en las narices con un sucinto «vivirá».

En el pasillo, la Bernarda lloraba desconsoladamente, gimiendo que por una vez que encontraba a un hombre bueno, venía Dios y se lo arrancaba a puñetazos. Don Gustavo Barceló la tomó en sus brazos y se la llevó a la cocina, donde procedió a empapuzarla de brandy hasta que la pobre apenas se tuvo en pie. Una vez las palabras de la criada empezaron a ser ininteligibles, el librero se sirvió una copa para él y la apuró de un trago.

—Lo siento. No sabía adónde ir... —empecé.

—Tranquilo. Has hecho bien. Soldevila es el mejor traumatólogo de Barcelona —dijo, sin dirigirse a nadie en particular.

—Gracias —murmuré.

Barceló suspiró y me sirvió un buen trago de brandy en un vaso. Decliné su ofrecimiento, que pasó a las manos de la Bernarda en cuyos labios desapareció por ensalmo.

—Haz el favor de darte una ducha y ponerte algo de ropa limpia —indicó Barceló—. Si vuelves a tu casa con esas pintas, matarás a tu padre del susto.

—No hace falta... estoy bien —dije.

—Pues entonces deja de temblar. Anda, ve, puedes usar mi baño, que tiene termo. Ya sabes el camino. Yo entretanto voy a llamar a tu padre y le diré que, bueno, no sé qué le diré. Algo se me ocurrirá.

Asentí.

—Ésta sigue siendo tu casa, Daniel —dijo Barceló mientras me alejaba por el pasillo—. Se te ha echado de menos.

Fui capaz de encontrar el baño de Gustavo Barceló, pero no el interruptor de la luz. Pensándolo bien, me dije, prefiero ducharme en la penumbra. Me despojé de mi ropa manchada de sangre y mugre y me aupé a la bañera imperial de Gustavo Barceló. Una tiniebla perlada se filtraba por el ventanal que daba al patio interno de la finca, sugiriendo los perfiles de la estancia y el juego de baldosas esmaltadas del suelo y las paredes. El agua salía ardiendo y con una presión que, comparada con la modestia de nuestro baño en la calle Santa Ana, me pareció digna de hoteles de lujo en los que nunca había puesto los pies. Permanecí varios minutos bajo los haces de vapor de la ducha, inmóvil.

El eco de los golpes cayendo sobre Fermín seguía

martilleándome en los oídos. No podía quitarme de la cabeza las palabras de Fumero, ni el rostro de aquel policía que me había sujetado, probablemente para protegerme. Al rato advertí que el agua empezaba a enfriarse y supuse que estaba agotando la reserva del termo de mi anfitrión. Apuré hasta la última gota de agua tibia y cerré el paso. El vapor ascendía de mi piel como hilos de seda. A través de la cortina de la ducha adiviné una silueta inmóvil frente a la puerta. Su mirada vacía brillaba como la de un gato.

—Puedes salir sin miedo, Daniel. Pese a todas mis maldades, sigo sin poder verte.

—Hola, Clara.

Tendió una toalla limpia hacia mí. Alargué el brazo y la cogí. Me envolví en ella con pudor de colegiala e incluso en la penumbra vaporosa pude ver que Clara sonreía, adivinando mis movimientos.

—No te he oído entrar.

—No he llamado. ¿Por qué te duchas a oscuras?

—¿Cómo sabes que la luz no está encendida?

—El zumbido de la bombilla —dijo—. Nunca volviste a despedirte.

Sí que volví, pensé, pero estabas muy ocupada. Las palabras se me murieron en los labios, su rencor y amargura lejanos, ridículos de repente.

—Lo sé. Perdona.

Salí de la ducha y me planté sobre la alfombrilla de felpa. El halo de vapor ardía en motas de plata, la claridad del tragaluz un velo blanco sobre el rostro de Clara. No había cambiado un ápice de como yo la recordaba. Cuatro años de ausencia no me habían servido de casi nada.

—Te ha cambiado la voz —dijo—. ¿Has cambiado tú también, Daniel?

—Sigo siendo tan bobo como antes, si es lo que te intriga.

Y más cobarde, añadí para mis adentros. Ella conservaba aquella misma sonrisa rota que dolía incluso en la penumbra. Extendió la mano y, como aquella tarde ocho años atrás en la biblioteca del Ateneo, entendí al instante. Guié su mano hasta mi rostro húmedo y sentí sus dedos descubrirme de nuevo, sus labios dibujando palabras en silencio.

—Nunca quise hacerte daño, Daniel. Perdóname.

Le tomé la mano y la besé en la oscuridad.

—Perdóname tú a mí.

Todo asomo de melodrama se astilló en pedazos al asomarse la Bernarda a la puerta y, pese a estar prácticamente ebria, descubrirme desnudo, chorreando, sosteniendo la mano de Clara en los labios y con la luz apagada.

—Por el amor de Dios, señorito Daniel, qué poca vergüenza. Jesús, María y José. Es que hay quien no escarmienta...

La Bernarda se batió en retirada, azorada, y confié que cuando los efectos del brandy menguasen, el recuerdo de lo que había visto se desvaneciese de su mente como un retazo de sueño. Clara se retiró unos pasos y me tendió la ropa que sostenía bajo el brazo izquierdo.

—Mi tío me ha dado este traje suyo para que te lo pongas. Es de cuando él era joven. Dice que has crecido un montón y que ya te vendrá bien. Te dejo para que te vistas. No tenía que haber entrado sin llamar.

Tomé la muda que me ofrecía y procedí a enfundarme la ropa interior, tibia y perfumada, la camisa de algodón rosada, los calcetines, el chaleco, los pantalones y la americana. El espejo mostraba un vendedor a domicilio, desarmado de sonrisa. Cuando regresé a la cocina, el doctor Soldevila había salido un instante de la habitación donde estaba atendiendo a Fermín para informar a la concurrencia de su estado.

—De momento, lo peor ha pasado —anunció—. No hay que preocuparse. Estas cosas siempre parecen más graves de lo que son. Su amigo ha sufrido una fractura en el brazo izquierdo y dos costillas rotas, ha perdido tres dientes y presenta magulladuras múltiples, cortes y contusiones, pero afortunadamente no hay hemorragia interna ni síntomas de lesión cerebral. Los periódicos doblados que el paciente llevaba bajo la ropa a modo de abrigo y acento de corpulencia, como él dice, le han servido de armadura para amortiguar los golpes. Hace unos instantes, al recobrar la conciencia durante unos minutos, el paciente me ha pedido que les diga a ustedes que se encuentra como un chaval de veinte años, que quiere un bocadillo de morcilla y ajos tiernos, una chocolatina y caramelos Sugus de limón. En principio no veo inconveniente, aunque creo que de momento es mejor empezar con unos zumos, yogur y quizá algo de arroz hervido. Además, y como fe de su lozanía y presencia de ánimo, el paciente me ha indicado que les transmita a ustedes que, al ponerle la enfermera Amparito unos puntos en la pierna, ha experimentado una erección como un témpano.

—Es que él es muy hombre —murmuró la Bernarda, con tono de disculpa.

—¿Cuándo podremos verle? —pregunté.

—Ahora mejor no. Quizá al alba. Le vendrá bien algo de reposo y mañana mismo me gustaría llevarle al hospital del Mar para hacerle un encefalograma, para quedarnos tranquilos, pero creo que vamos sobre seguro y que el señor Romero de Torres estará como nuevo en unos días. A juzgar por las marcas y cicatrices que lleva en el cuerpo, este hombre ha salido de peores lances y es todo un superviviente. Si necesitan ustedes una copia del dictamen para presentar una denuncia en jefatura...

—No será necesario —interrumpí.

—Joven, le advierto que esto hubiera podido ser muy serio. Hay que dar parte a la policía inmediatamente.

Barceló me observaba atentamente. Le devolví la mirada y él asintió.

—Tiempo habrá para esos trámites, doctor, no se preocupe usted —dijo Barceló—. Ahora lo importante es asegurarse de que el paciente está en buen estado. Yo mismo presentaré la denuncia pertinente mañana a primera hora. Incluso las autoridades tienen derecho a un poco de paz y sosiego nocturno.

Obviamente, el doctor no veía con buenos ojos mi sugerencia de ocultar el incidente a la policía, pero al comprobar que Barceló se responsabilizaba del tema se encogió de hombros y regresó a la habitación para proseguir con las curas. Tan pronto hubo desaparecido, Barceló me indicó que le siguiera a su estudio. La Bernarda suspiraba en su taburete, a merced del brandy y el susto.

—Bernarda, entreténgase. Haga algo de café. Bien cargado.

—Sí, señor. Ahora mismo.

Seguí a Barceló hasta su despacho, una cueva sumergida en nieblas de tabaco de pipa que se perfilaba entre columnas de libros y papeles. Los ecos del piano de Clara nos llegaban en efluvios a destiempo. Las lecciones del maestro Neri obviamente no habían servido de mucho, al menos en el terreno musical. El librero me indicó que me sentara y procedió a prepararse una pipa.

—He llamado a tu padre y le he dicho que Fermín ha tenido un pequeño accidente y que tú lo habías traído aquí.

—¿Se lo ha tragado?

—No creo.

—Ya.

El librero prendió su pipa y se recostó en el butacón del escritorio, deleitándose en su aspecto mefistofélico. En el otro extremo del piso, Clara humillaba a Debussy. Barceló puso los ojos en blanco.

—¿Qué se hizo del maestro de música? —pregunté.

—Lo despedí. Abuso de cátedra.

—Ya.

—¿Seguro que a ti no te han zurrado también? Le estás dando mucho a los monosílabos. De chavalín eras más parlanchín.

La puerta del estudio se abrió y la Bernarda entró portando una bandeja con dos tazas humeantes y un azucarero. A la vista de sus andares temí interponerme en la trayectoria de una lluvia de café hirviente.

—Permiso. ¿El señor lo tomará con un chorrito de brandy?

—Me parece que la botella de Lepanto se ha ganado un descanso esta noche, Bernarda. Y usted también. Venga, váyase a dormir. Daniel y yo nos quedamos despiertos por si hace falta algo. Ya que Fermín está en su dormitorio, puede usted usar mi habitación.

—Ay, señor, de ninguna manera.

—Es una orden. Y no me discuta. La quiero dormida en cinco minutos.

—Pero, señor...

—Bernarda, que se juega el aguinaldo.

—Lo que usted mande, señor Barceló. Aunque yo duermo encima de la colcha. Faltaría más.

Barceló esperó ceremoniosamente a que la Bernarda se hubiese retirado. Se sirvió siete terrones de azúcar y procedió a remover la taza con la cucharilla, perfilando una sonrisa felina entre nubarrones de tabaco holandés.

—Ya lo ves. Tengo que llevar la casa con mano dura.

—Sí, está usted hecho un ogro, don Gustavo.

—Y tú un liante. Dime, Daniel, ahora que no nos oye nadie. ¿Por qué no es una buena idea que demos parte a la policía de lo que ha pasado?

—Porque ya lo saben.

—¿Quieres decir...?

Asentí.

—¿En qué clase de lío estáis metidos, si no es mucho preguntar?

Suspiré.

—¿Algo en lo que yo pueda ayudar?

Alcé la mirada. Barceló me sonreía sin malicia, la fachada de ironía en rara tregua.

—¿No tendrá todo esto, por una de aquellas cosas, que ver con aquel libro de Carax que no quisiste venderme cuando debías?

Me cazó la sorpresa al vuelo.

—Yo podría ayudaros —ofreció—. Me sobra lo que a vosotros os falta: dinero y sentido común.

—Créame, don Gustavo, ya he complicado a demasiada gente en este asunto.

—No vendrá de uno, entonces. Venga, en confianza. Hazte a la idea de que soy tu confesor.

—Hace años que no me confieso.

—Se te ve en la cara.

33

Gustavo Barceló tenía un escuchar contemplativo y salomónico, de médico o nuncio apostólico. Me observaba con las manos unidas a modo de plegaria bajo la barbilla y los codos sobre el escritorio, sin apenas parpadear, asintiendo aquí y allá, como si detectase síntomas o pecadillos en el flujo de mi relato y fuera componiendo su propio dictamen sobre los hechos a medida que yo se los servía en bandeja. Cada vez que me detenía, el librero alzaba las cejas inquisitivamente y hacía un gesto con la mano derecha para indicar que siguiera desenhebrando el galimatías de mi historia, que parecía divertirle enormemente. Ocasionalmente tomaba notas a mano alzada o levantaba la mirada al infinito como si quisiera considerar las implicaciones de cuanto le relataba. Las más de las veces se relamía en una sonrisa sardónica que yo no podía evitar atribuir a mi ingenuidad o a la torpeza de mis conjeturas.

—Oiga, si le parece una tontería me callo.

—Al contrario. Hablar es de necios; callar es de cobardes; escuchar es de sabios.

—¿Quién dijo eso? ¿Séneca?

—No. El señor Braulio Recolons, que regenta una tocinería en la calle Aviñón y posee un don proverbial tanto para el embutido como para el aforismo ocurrente. Prosigue, por favor. Me hablabas de esta muchacha pizpireta...

—Bea. Y eso es asunto mío y no tiene nada que ver con todo lo demás.

Barceló se reía por lo bajo. Estaba por continuar el recuento de mis peripecias cuando el doctor Soldevila se asomó a la puerta del despacho con aspecto cansado y resoplando.

—Disculpen ustedes. Yo ya me iba. El paciente está bien y, valga la metáfora, lleno de energía. Este caballero nos enterrará a todos. De hecho afirma que los sedantes se le han subido a la cabeza y está aceleradísimo. Se niega a reposar e insiste en que tiene que tratar con el señor Daniel de asuntos cuya naturaleza no ha querido aclararme alegando que no cree en el juramento hipocrático, o hipócrita, como dice él.

—Ahora mismo vamos a verle. Y disculpe al pobre Fermín. Sin duda sus palabras son consecuencia del trauma.

—Quizá, pero yo no descartaría la poca vergüenza, porque no hay modo de que deje de pellizcarle el trasero a la enfermera y de recitar pareados glosando lo firme y torneado de sus muslos.

Escoltamos al doctor y a su enfermera hasta la puerta y les agradecimos efusivamente sus buenos oficios. Al entrar en la habitación descubrimos que, después de todo, la Bernarda había desafiado las órdenes de Barceló y se había tendido en el lecho junto a Fermín, donde el susto, el brandy y el cansancio habían conseguido finalmente hacerle conciliar el sueño. Fermín la sostenía dulcemente, acariciándole el pelo, cubierto de vendas, apósitos y cabestrillos. Su rostro dibujaba una magulladura que dolía al mirar y de la que emergían el narizón incolumne, dos orejas como antenas repetidoras y unos ojos de ratoncillo abatido. La sonrisa desdentada y ajada de cortes era de triunfo y nos recibió alzando la mano derecha con el signo de la victoria.

—¿Cómo se encuentra, Fermín? —pregunté.

—Veinte años más joven —dijo en voz baja para no despertar a la Bernarda.

—No haga cuento, que se le ve hecho una mierda, Fermín. Menudo susto. ¿Está seguro de que se encuentra bien? ¿No le da vueltas la cabeza? ¿Oye voces?

—Ahora que lo menciona, a ratos me parecía percibir un murmullo disonante y arrítmico, como si un macaco intentase tocar el piano.

Barceló frunció el ceño. Clara seguía tecleando en la distancia.

—No se preocupe, Daniel. He encajado palizas peores. Ese Fumero no sabe pegar ni un sello.

—Luego, el que le ha hecho una cara nueva es el mismísimo inspector Fumero —dijo Barceló—. Ya veo que se mueven ustedes en las altas esferas.

—A esa parte de la historia no había llegado todavía —dije yo.

Fermín me lanzó una mirada de alarma.

—Tranquilo, Fermín. Daniel me está poniendo al corriente del sainete este que se llevan ustedes entre manos. Debo reconocer que el asunto está interesantísimo. Y usted, Fermín, ¿cómo anda de confesiones? Le advierto que tengo dos años de seminarista.

—Yo le ponía lo menos tres, don Gustavo.

—Todo se pierde, empezando por la vergüenza. La primera vez que viene usted a mi casa y acaba en la cama con la doncella.

—Mírela, pobrecilla, mi ángel. Sepa que mis intenciones son honestas, don Gustavo.

—Sus intenciones son asunto suyo y de la Bernarda, que ya es mayorcita. Y ahora, a ver. ¿En qué pesebre se han metido ustedes?

—¿Qué le ha contado usted, Daniel?

—Hemos llegado hasta el segundo acto: entrada de la *femme fatale* —precisó Barceló.

—¿Nuria Monfort? —preguntó Fermín.

Barceló se relamió con deleite.

—¿Pero es que hay más de una? Esto parece el rapto del serrallo.

—Le ruego que baje la voz, que aquí mi prometida está presente.

—Tranquilo, que su prometida lleva en las venas media botella de brandy Lepanto. No la despertaríamos ni a cañonazos. Ande, dígale a Daniel que me cuente el resto.

Tres cabezas piensan mejor que dos, especialmente si la tercera es la mía.

Fermín hizo amago de encogerse de hombros entre los vendajes y cabestrillos.

—Yo no me opongo, Daniel. Usted decide.

Resignado a tener a don Gustavo Barceló a bordo, continué mi relato hasta llegar al punto en que Fumero y sus hombres nos habían sorprendido en la calle Moncada horas antes. Concluida la narración, Barceló se levantó y anduvo arriba y abajo por la habitación, cavilando. Fermín y yo le observábamos con cautela. La Bernarda roncaba como un becerrillo.

—Criaturita —susurraba Fermín, embelesado.

—Varias cosas me llaman la atención —dijo finalmente el librero—. Evidentemente, el inspector Fumero está en esto hasta el frenillo, aunque cómo y por qué es algo que se me escapa. Por un lado está esa mujer...

—Nuria Monfort.

—Luego tenemos el tema del regreso de Julián Carax a Barcelona y su asesinato en las calles de la ciudad tras un mes en que nadie sabe de él. Obviamente, la fámula miente por los codos y hasta sobre el tiempo.

—Eso vengo yo diciéndolo desde el principio —dijo Fermín—. Pasa que aquí hay mucha calentura juvenil y poca visión de conjunto.

—Quién fue a hablar: san Juan de la Cruz.

—Alto. Tengamos la fiesta en paz y ciñámonos a los hechos. Hay algo en lo que Daniel ha contado que me ha parecido muy extraño, todavía más que el resto, y no por lo folletinesco del embrollo, sino por un detalle esencial y aparentemente banal —añadió Barceló.

—Deslúmbrenos, don Gustavo.

—Pues helo aquí: eso de que el padre de Carax se negase a reconocer el cadáver de Carax alegando que él no tenía hijo. Muy raro lo veo yo. Casi contra natura. No hay padre en el mundo que haga eso. No importa la mala sangre que pudiera haber entre ellos. La muerte tiene estas cosas: a todo el mundo le despierta la sensiblería. Frente a un ataúd, todos vemos sólo lo bueno o lo que queremos ver.

—Qué gran cita es ésa, don Gustavo —adujo Fermín—. ¿Le importa si la añado a mi repertorio?

—Para todo hay excepciones —objeté—. Por lo que sabemos, el señor Fortuny era un tanto particular.

—Todo lo que sabemos de él son chismes de tercera mano —dijo Barceló—. Cuando todo el mundo se empeña en pintar a alguien como un monstruo, una de dos: o era un santo o se están callando de la misa la media.

—A usted es que le ha caído en gracia el sombrerero por cabestro —dijo Fermín.

—Con todo respeto a la profesión, cuando la semblanza del villano tiene por toda base el testimonio de la portera del inmueble, mi primer instinto es el de la desconfianza.

—Por esa regla de tres no podemos estar seguros de nada. Todo lo que sabemos es, como usted dice, de tercera mano, o de cuarta. Con porteras o no.

—No te fíes del que se fía de todos —apostilló Barceló.

—Qué velada tiene usted, don Gustavo —alabó Fermín—. Perlas cultivadas al por mayor. Quién tuviera su visión preclara.

—Aquí lo único realmente claro en todo esto es que necesitan ustedes de mi ayuda, logística y probablemente pecuniaria, si pretenden resolver este pesebre antes de que el inspector Fumero les reserve una suite en el presidio de San Sebas. Fermín, ¿asumo que está usted conmigo?

—Yo estoy a las órdenes de Daniel. Si él lo ordena, yo hago hasta de niño Jesús.

—Daniel, ¿qué dices tú?

—Ustedes se lo dicen todo. ¿Qué propone usted?

—Éste es mi plan: en cuanto Fermín esté repuesto, tú, Daniel, casualmente, le haces una visita a la señora Nuria Monfort y le pones las cartas sobre la mesa. Le das a entender que sabes que te ha mentido y que esconde algo, mucho o poco, ya veremos.

—¿Para qué? —pregunté.

—Para ver cómo reacciona. No te dirá nada, por supuesto. O te mentirá otra vez. Lo importante es clavar la banderilla, valga el símil taurino, y ver adónde nos conduce el toro, en este caso la ternerilla. Y ahí es donde entra usted, Fermín. Mientras Daniel le pone el cascabel al gato, usted se aposta discretamente vigilando a la sospechosa y espera a que ella muerda el anzuelo. Una vez lo haga, la sigue.

—Asume usted que ella irá a algún sitio —protesté.

—Hombre de poca fe. Lo hará. Tarde o temprano. Y algo me dice que en este caso será más temprano que tarde. Es la base de la psicología femenina.

—¿Y mientras tanto usted qué piensa hacer, doctor Freud? —pregunté.

—Eso es asunto mío y a su tiempo lo sabrás. Y me lo agradecerás.

Busqué apoyo en la mirada de Fermín, pero el pobre se había ido quedando dormido abrazado a la Bernarda a medida que Barceló formulaba su discurso triunfal. Fermín había ladeado la cabeza y le caía la baba sobre el pecho desde una sonrisa bendita. La Bernarda emitía ronquidos profundos y cavernosos.

—Ojalá éste le salga bueno —murmuró Barceló.

—Fermín es un gran tipo —aseguré.

—Debe de serlo, porque por la pinta no creo que la haya conquistado. Anda, vamos.

Apagamos la luz y nos retiramos de la estancia con sigilo, cerrando la puerta y dejando a los dos tórtolos a merced de su sopor. Me pareció que el primer aliento del alba despuntaba en las ventanas de la galería al fondo del corredor.

—Supongamos que le digo que no —dije en voz baja—. Que se olvide.

Barceló sonrió.

—Llegas tarde, Daniel. Tendrías que haberme vendido ese libro hace años, cuando tuviste la oportunidad.

Llegué a casa al amanecer, arrastrando aquel absurdo traje de prestado y el naufragio de una noche interminable por calles húmedas y relucientes de escarlata. Encontré a mi padre dormido en su butaca del comedor con una manta sobre las piernas y su libro favorito abierto en las manos, un ejemplar del *Cándido* de Voltaire que releía un par de veces cada año, el par de veces que le oía reírse de corazón. Le observé en silencio. Tenía el pelo cano, escaso, y la piel de su rostro había empezado a perder la firmeza alrededor de los pómulos. Contemplé a aquel hombre al que una vez había imaginado fuerte, casi invencible, y le vi frágil, vencido sin saberlo él. Vencidos acaso los dos. Me incliné para arroparle con aquella manta que hacía años que prometía donar a la beneficencia y le besé la frente como si quisiera protegerle así de los hilos invisibles que lo alejaban de mí, de aquel piso angosto y de mis recuerdos, como si creyera que con aquel beso podría engañar al tiempo y convencerle de que pasara de largo, de que volviese otro día, otra vida.

34

Pasé casi toda la mañana soñando despierto en la trastienda, conjurando imágenes de Bea. Dibujaba su piel desnuda bajo mis manos y creía saborear de nuevo su aliento a pan dulce. Me sorprendía recordando con precisión cartográfica los pliegues de su cuerpo, el brillo de mi saliva en sus labios y en aquella línea de vello rubio, casi transparente, que le descendía por el vientre y a la que mi amigo Fermín, en sus improvisadas conferencias sobre logística carnal, se refería como «el caminito de Jerez».

Consulté el reloj por enésima vez y comprobé con horror que todavía faltaban varias horas hasta que pudiese ver —y tocar— de nuevo a Bea. Probé a ordenar los recibos del mes, pero el sonido de los fajos de papel me recordaba el roce de la ropa interior deslizándose por las caderas y los muslos pálidos de doña Beatriz Aguilar, hermana de mi íntimo amigo de la infancia.

—Daniel, estás en las nubes. ¿Te preocupa algo? ¿Es Fermín? —preguntó mi padre.

Asentí, avergonzado. Mi mejor amigo se había dejado varias costillas por salvarme la piel unas horas antes y mi primer pensamiento era para el cierre de un sujetador.

—Hablando del César...

Alcé la vista y allí estaba. Fermín Romero de Torres, genio y figura, vistiendo su mejor traje y con aquella planta de caliqueño retorcido entraba por la puerta con sonrisa triunfal y un clavel fresco en la solapa.

—Pero ¿qué hace usted aquí, infeliz?, ¿no tenía usted que guardar reposo?

—El reposo se guarda solo. Yo soy hombre de acción.

Y si yo no estoy aquí, ustedes no venden ni un catecismo.

Desoyendo los consejos del doctor, Fermín venía decidido a reintegrarse a su puesto. Lucía una tez amarillenta y picada de moretones, cojeaba de mala manera y se movía como un muñeco roto.

—Usted se va ahora mismo a la cama, Fermín, por el amor de Dios —dijo mi padre, horrorizado.

—Ni hablar. Las estadísticas lo demuestran: más gente muere en la cama que en la trinchera.

Todas nuestras protestas cayeron en saco roto. Al poco, mi padre cedió, porque algo en la mirada del pobre Fermín sugería que aunque le doliesen los huesos hasta el alma, más le dolía la perspectiva de estar solo en su habitación de la pensión.

—Bueno, pero si le veo levantar cualquier cosa que no sea un lápiz, me va a oír.

—A sus órdenes. Tiene usted mi palabra de que yo hoy no levanto ni sospecha.

Ni corto ni perezoso, Fermín procedió a calzarse su bata azul y se armó de un trapo y una botella de alcohol con los que se instaló tras el mostrador con la intención de dejar como nuevas las tapas y el lomo de los quince ejemplares usados que nos habían llegado aquella mañana de un título muy buscado, *El Sombrero de Tres Picos: Historia de la Benemérita en versos alejandrinos,* por el bachiller Fulgencio Capón, autor jovencísimo consagrado por la crítica de todo el país. Mientras se entregaba a su tarea, Fermín iba lanzando miradas furtivas guiñando el ojo como el proverbial diablillo cojuelo.

—Tiene usted las orejas rojas como pimientos, Daniel.

—Será de oírle decir majaderías.

—O de la calentura que lleva encima. ¿Cuándo se ve con la fámula?

—No es asunto suyo.

—Qué mal le veo. ¿Ya evita el picante? Mire que es un vasodilatador mortífero.

—Váyase a la mierda.

Como venía siendo costumbre, tuvimos una tarde entre lenta y miserable. Un comprador calado de gris, desde la gabardina a la voz, entró a preguntar si teníamos algún libro de Zorrilla, convencido de que se trataba de una crónica en torno a las aventuras de una furcia de corta edad en el Madrid de los Austrias. Mi padre no supo qué decirle pero Fermín salió al rescate, comedido por una vez.

—Se confunde usted, caballero. Zorrilla es un dramaturgo. A lo mejor le interesa a usted el don Juan. Trae mucho lío de faldas y además el protagonista se lía con una monja.

—Me lo llevo.

Atardecía ya cuando el metro me dejó al pie de la avenida del Tibidabo. La silueta del tranvía azul se adivinaba entre los pliegues de una neblina violácea, alejándose. Decidí no esperar a su regreso e hice el camino a pie mientras anochecía. Al rato vislumbré la silueta de «El ángel de bruma». Extraje la llave que me había dado Bea y procedí a abrir la portezuela recortada sobre la verja. Me adentré en la finca y dejé la puerta casi ajustada, aparentemente cerrada pero preparada para franquear el paso a Bea. Había llegado con antelación deliberadamente. Sabía que Bea tardaría por lo menos media hora o cuarenta y cinco minutos en llegar. Quería sentir a solas la presencia de la casa, explorarla antes de que Bea llegase y la hiciese suya. Me detuve un instante a contemplar la fuente y la mano del ángel ascendiendo desde las aguas teñidas de escarlata. El dedo índice, acusador, parecía afilado como un puñal. Me aproximé al borde del estanque. El rostro tallado, sin mirada ni alma, temblaba bajo la superficie.

Ascendí la escalinata que conducía a la entrada. La puerta principal estaba entornada unos centímetros. Sentí una punzada de inquietud, pues creía haberla cerrado al salir de allí la otra noche. Examiné el cerrojo, que no parecía forzado, y supuse que había olvidado cerrarla. La empujé con suavidad hacia el interior y sentí el aliento de la casa acariciándome la cara, un vahído a madera quemada, a humedad y a flores muertas. Extraje la cajetilla de fósforos que me había procurado antes de salir de la librería y me arrodillé a encender la primera de las velas que Bea había dejado. Una burbuja de color cobre prendió en mis manos y desveló los contornos danzantes de muros tramados de lágrimas de humedad, techos caídos y puertas desvencijadas.

Me adelanté hasta la siguiente vela y la prendí. Lentamente, casi siguiendo un ritual, recorrí el rastro de velas que había dejado Bea y las encendí una a una, conjurando un halo de luz ámbar que flotaba en el aire como una telaraña atrapada entre mantos de negrura impenetrable. Mi recorrido terminó junto a la chimenea de la biblioteca, junto a las mantas que seguían en el suelo, manchadas de ceniza. Me senté allí, enfrentado al resto de la sala. Había esperado silencio, pero la casa respiraba mil ruidos. Crujidos en la madera, el roce del viento en las tejas del techo, mil y un repiqueteos entre los muros, bajo el suelo, desplazándose tras las paredes.

Debían de haber transcurrido casi treinta minutos cuando advertí que el frío y la penumbra empezaban a adormecerme. Me incorporé y empecé a recorrer la sala para entrar en calor. Apenas quedaban los restos de un tronco en la chimenea y supuse que, para cuando llegase

Bea, la temperatura en el interior del caserón habría descendido lo suficiente como para inspirarme momentos de pureza y castidad y borrar todos los espejismos febriles que había albergado durante días. Habiendo encontrado un propósito práctico y de menos vuelo poético que la contemplación de las ruinas del tiempo, tomé una de las velas y me dispuse a explorar el caserón en busca de material combustible con el que hacer habitable la sala y aquel par de mantas que ahora tiritaban frente a la chimenea, ajenas a las cálidas memorias que yo conservaba de ellas.

Mis nociones de literatura victoriana me sugerían que lo más razonable era iniciar la búsqueda por el sótano, donde a buen seguro debían de haber estado ubicadas las cocinas y una formidable carbonera. Con esta idea en mente, tardé casi cinco minutos en localizar una puerta o escalinata que me condujese al sótano. Elegí un portón de madera labrada en el extremo de un corredor. Parecía una pieza de ebanistería exquisita, con relieves en forma de ángeles y lienzos y una gran cruz en el centro. El cierre descansaba en el centro del portón, bajo la cruz. Traté de forzarlo sin éxito. El mecanismo estaba probablemente trabado o sencillamente perdido de óxido. El único modo de vencer aquella puerta sería forzarla con una palanca o derribarla a hachazos, alternativas que descarté rápidamente. Examiné aquel portón a la luz de las velas, pensando que inspiraba más la imagen de un sarcófago que de una puerta. Me pregunté qué se escondería al otro lado.

Un vistazo más detenido a los ángeles labrados sobre la puerta me robó las ganas de averiguarlo y me alejé de aquel lugar. Estaba por desistir de mi búsqueda de un camino de acceso al sótano cuando, casi por casualidad, di con una pequeña portezuela en el otro extremo del corredor que tomé en principio por un armario de escobones y cubos. Probé el pomo, que cedió al instante. Al otro lado se adivinaba una escalera que descendía en picado hacia una balsa de oscuridad. Un intenso hedor a tierra mojada me abofeteó. En la presencia de aquel hedor, tan extrañamente familiar, y con la mirada caída en el pozo de oscuridad al frente, me asaltó una imagen que conservaba desde la infancia, enterrada entre cortinas de temor.

Una tarde de lluvia en la ladera este del cementerio de Montjuïc, mirando al mar entre un bosque de mausoleos imposibles, un bosque de cruces y lápidas talladas con rostros de calaveras y niños sin labios ni mirada, que hedía a muerte, las siluetas de una veintena de adultos que sólo conseguía recordar como trajes negros empapados de lluvia y la mano de mi padre sosteniendo la mía con demasiada fuerza, como si así quisiera acallar sus lágrimas, mientras las palabras huecas de un sacerdote caían en aquella fosa de mármol en la que tres enterradores sin rostro empujaban un sarcófago gris por el que resbalaba el aguacero como cera fundida y en el que yo creía oír la voz de mi madre, llamándome, suplicándome que la liberase de aquella prisión de piedra y negrura mientras yo sólo acertaba a temblar y a murmurar sin voz a mi padre que no me apretase tanto la mano, que me estaba haciendo daño, y aquel olor a tierra fresca, tierra de ceniza y de lluvia, lo devoraba todo, olor a muerte y a vacío.

Abrí los ojos y descendí los peldaños casi a ciegas, pues la claridad de la vela apenas conseguía robarle unos centímetros a la oscuridad. Al llegar abajo sostuve la vela en alto y miré a mi alrededor. No descubrí cocina o alacena repleta de maderos secos. Ante mí se abría un pasillo angosto que iba a morir a una sala en forma de semicírculo en la que se alzaba una silueta con el rostro surcado de lágrimas de sangre y dos ojos negros y sin fondo, con los brazos desplegados como alas y una serpiente de púas brotándole de las sienes. Sentí una ola de frío que me apuñalaba la nuca. En algún momento recobré la serenidad y comprendí que estaba contemplando la efigie de un Cristo tallada en madera sobre el muro de una capilla. Me adelanté unos metros y vislumbré una estampa espectral. Una docena de torsos femeninos desnudos se apilaban en un rincón de la antigua capilla. Advertí que les faltaban los brazos y la cabeza y que se sostenían sobre un trípode. Cada uno de ellos tenía una forma claramente diferenciada, y no me costó adivinar el contorno de mujeres de diversas edades y constituciones. Sobre el vientre se leían unas palabras trazadas al carbón. «Isabel. Eugenia. Penélope.» Por una vez, mis lecturas victorianas salieron al rescate y comprendí que aquella visión era la ruina de una práctica ya en desuso, un eco de tiempos en que las familias acaudaladas disponían de maniquís creados a la medida de los miembros de la familia para la confección de vestidos y ajuares. Pese a la mirada severa y amenazadora del Cristo, no pude resistir la tentación de alargar la mano y rozar el talle del torso que llevaba el nombre de Penélope Aldaya.

Me pareció entonces escuchar pasos en el piso superior. Pensé que Bea ya habría llegado y que estaría recorriendo el caserón, buscándome. Dejé la capilla con alivio y me dirigí de nuevo hacia la escalera. Estaba por ascender cuando advertí que en el extremo opuesto del corredor se distinguía una caldera y una instalación de calefacción en aparente buen estado que resultaba incongruente con el resto del sótano. Recordé que Bea había comentado que la compañía inmobiliaria que había tratado de vender el palacete Aldaya durante años había realizado algunas obras de mejora con la intención de atraer compradores potenciales sin éxito. Me aproximé a examinar el ingenio con más detenimiento y comprobé que se trataba de un sistema de radiadores alimentado por una pequeña caldera. A mis pies encontré varios cubos con carbón, piezas de madera prensada y unas latas que supuse debían de ser de queroseno. Abrí la compuerta de la caldera y escruté el interior. Todo parecía en orden. La perspectiva de conseguir que aquel armatoste funcionase después de tantos años se me antojó desesperada, pero ello no me impidió proceder a llenar la caldera de pedazos de carbón y madera y rociarlos con un buen baño de queroseno. Mientras lo hacía me pareció percibir un crujido de madera vieja y por un instante volví la vista atrás. Me invadió la visión de púas ensangrentadas desclavándose de los maderos y, enfrentando la penumbra, temí ver emerger a tan sólo unos pasos de mí la figura de aquel Santo Cristo que acudía a mi encuentro blandiendo una sonrisa lobuna.

Al contacto de la vela, la caldera prendió con una llamarada que arrancó un estruendo metálico. Cerré la compuerta y me retiré unos pasos, cada vez menos seguro de la solidez de mis propósitos. La caldera parecía tirar con cierta dificultad y decidí regresar a la planta baja para comprobar si la acción tenía alguna consecuencia práctica. Ascendí la escalera y regresé al gran salón esperando encontrar a Bea, pero no había rastro de ella. Supuse que había pasado ya casi una hora desde que había llegado, y mis temores de que el objeto de mis turbios deseos nunca se presentase cobraron visos de dolorosa verosimilitud. Para matar la inquietud, decidí proseguir con mis proezas de lampista y partí a la búsqueda de radiadores que confirmasen que mi resurrección de la caldera había sido un éxito. Todos los que encontré demostraron resistirse a mis anhelos, helados como témpanos. Todos excepto uno. En una pequeña habitación de no más de cuatro o cinco metros cuadrados, un cuarto de baño, que supuse ubicado justo encima de la caldera, se percibía una cierta calidez. Me arrodillé y comprobé con alegría que las baldosas del suelo estaban tibias. Fue así cómo Bea me encontró, en cuclillas sobre el suelo, palpando las baldosas de un baño como un imbécil con la sonrisa bobalicona del asno flautista estampada en la cara.

Al volver la vista atrás y tratar de reconstruir los sucesos de aquella noche en el palacete Aldaya, la única excusa que se me ocurre para justificar mi comportamiento es alegar que a los dieciocho años, a falta de sutileza y mayor experiencia, un viejo lavabo puede hacer las veces de paraíso. Me bastaron un par de minutos para persuadir a Bea de que tomásemos las mantas del salón y nos encerrásemos en aquella diminuta habitación con la sola compañía de dos velas y unos apliques de baño de museo. Mi argumento principal, climatológico, hizo mella rápidamente en Bea, a quien el calorcillo que emanaba de aquellas baldosas disuadió de los primeros temores de que mi disparatada invención fuera a prenderle fuego al caserón. Luego, en la penumbra rojiza de las velas, mientras la desnudaba con dedos temblorosos, ella se sonreía, buscándome la mirada y demostrándome que entonces y siempre cualquier cosa que se me pudiera ocurrir, a ella se le había ocurrido ya antes.

La recuerdo sentada, la espalda contra la puerta cerrada de aquel cuarto, los brazos caídos a los lados, las palmas de las manos abiertas hacia mí. Recuerdo cómo mantenía el rostro erguido, desafiante, mientras le acariciaba la garganta con la yema de los dedos. Recuerdo cómo tomó mis manos y las posó sobre sus pechos, y cómo le temblaban la mirada y los labios cuando tomé sus pezones entre los dedos y los pellizqué embobado, cómo se deslizó hacia el suelo mientras buscaba su vientre con los labios y sus muslos blancos me recibían.

—¿Habías hecho esto antes, Daniel?

—En sueños.

—En serio.

—No. ¿Y tú?

—No. ¿Ni siquiera con Clara Barceló?

Reí, probablemente de mí mismo.

—¿Qué sabes tú de Clara Barceló?

—Nada.

—Pues yo menos —dije.

—No me lo creo.

Me incliné sobre ella y la miré a los ojos.

—Nunca había hecho esto con nadie.

Bea sonrió. Se me escapó la mano entre sus muslos y me abalancé en busca de sus labios, convencido ya de que el canibalismo era la encarnación suprema de la sabiduría.

—¿Daniel? —dijo Bea con un hilo de voz.

—¿Qué? —pregunté.

La respuesta nunca llegó a sus labios. Súbitamente, una lengua de aire frío silbó bajo la puerta y en aquel segundo interminable antes de que el viento apagase las velas, nuestras miradas se encontraron y sentimos que la ilusión de aquel momento se hacía añicos. Nos bastó un instante para saber que había alguien al otro lado de la puerta. Vi el miedo dibujándose en el rostro de Bea y un segundo después nos cubrió la oscuridad. El golpe sobre la puerta vino después. Brutal, como si un puño de acero hubiese martilleado contra la puerta, casi arrancándola de los goznes.

Sentí el cuerpo de Bea saltando en la oscuridad y la

rodeé con mis brazos. Nos retiramos hacia el interior del cuarto, justo antes de que el segundo golpe cayese sobre la puerta, lanzándola con tremenda fuerza contra la pared. Bea gritó y se encogió contra mí. Por un instante sólo atiné a ver la tiniebla azul que reptaba desde el corredor y las serpientes de humo de las velas extinguidas, ascendiendo en espiral. El marco de la puerta dibujaba fauces de sombra y creí ver una silueta angulosa que se perfilaba en el umbral de la oscuridad.

Me asomé al corredor temiendo, o quizá deseando, encontrar sólo a un extraño, un vagabundo que se hubiese aventurado en un caserón en ruinas en busca de refugio en una noche desapacible. Pero no había nadie allí, apenas las lenguas de azul que exhalaban las ventanas. Acurrucada en un rincón del cuarto, temblando, Bea susurró mi nombre.

—No hay nadie —dije—. Quizá ha sido un golpe de viento.

—El viento no da puñetazos en las puertas, Daniel. Vayámonos.

Regresé al cuarto y recogí nuestra ropa.

—Ten, vístete. Vamos a echar un vistazo.

—Mejor nos vamos ya.

—En seguida. Sólo quiero asegurarme de una cosa.

Nos vestimos aprisa y a ciegas. En cuestión de segundos pudimos ver nuestro aliento dibujándose en el aire. Recogí una de las velas del suelo y la encendí de nuevo. Una corriente de aire frío se deslizaba por la casa, como si alguien hubiese abierto puertas y ventanas.

—¿Ves? Es el viento.

Bea se limitó a negar en silencio. Nos dirigimos de vuelta a la sala protegiendo la llama con las manos. Bea me seguía de cerca, casi sin respirar.

—¿Qué estamos buscando, Daniel?

—Sólo es un minuto.

—No, vayámonos ya.

—De acuerdo.

Nos volvimos para encaminarnos hacia la salida y fue entonces cuando lo advertí. El portón de madera labrada en el extremo de un corredor que había intentado abrir una o dos horas antes sin conseguirlo estaba entornado.

—¿Qué pasa? —preguntó Bea.

—Espérame aquí.

—Daniel, por favor...

Me adentré en el corredor, sosteniendo la vela que temblaba en el aliento frío del viento. Bea suspiró y me siguió a regañadientes. Me detuve frente al portón. Se adivinaban peldaños de mármol descendiendo hacia la negrura. Me adentré en la escalinata. Bea, petrificada, sostenía la vela en el umbral.

—Por favor, Daniel, vayámonos ya...

Descendí peldaño a peldaño hasta el fondo de la escalinata. El halo espectral de la vela en lo alto arañaba el contorno de una sala rectangular, de paredes de piedra desnudas, cubiertas de crucifijos. El frío que reinaba en aquella estancia cortaba la respiración. Al frente se adivinaba una losa de mármol y sobre ella, alineados uno junto al otro, me pareció reconocer dos objetos similares de diferente tamaño, blancos. Reflejaban el temblor de la vela con más intensidad que el resto de la sala e imaginé que se trataba de madera esmaltada. Di un paso más al frente y sólo entonces lo comprendí. Los dos objetos eran dos ataúdes blancos. Uno de ellos apenas medía tres palmos. Sentí un vahído de frío en la nuca. Era el sarcófago de un niño. Estaba en una cripta.

Sin darme cuenta de lo que estaba haciendo, me aproximé a la losa de mármol hasta que me encontré a suficiente distancia como para poder alargar la mano y tocarla. Advertí entonces que sobre los dos ataúdes había labrados un nombre y una cruz. El polvo, un manto de cenizas, los enmascaraba. Posé la mano sobre uno de ellos, el de mayor tamaño. Lentamente, casi en trance, sin pararme a pensar lo que hacía, barrí las cenizas que cubrían la tapa del ataúd. Apenas podía leerse en la tiniebla rojiza de las velas.

†

PENÉLOPE ALDAYA

1902-1919

Me quedé paralizado. Algo o alguien se estaba desplazando desde la oscuridad. Sentí que el aire frío se deslizaba sobre mi piel y sólo entonces retrocedí unos pasos.

—Fuera de aquí —murmuró la voz desde las sombras.

La reconocí al instante. Laín Coubert. La voz del diablo.

Me lancé escaleras arriba y una vez gané la planta baja así a Bea del brazo y la arrastré a toda prisa hacia la salida. Habíamos perdido la vela y corríamos a ciegas. Bea, asustada, no comprendía mi súbita alarma. No había visto nada. No había oído nada. No me detuve a darle explicaciones. Esperaba en cualquier momento que algo saltase de las sombras y nos cerrase el paso, pero la puerta principal nos esperaba al final del corredor, los resquicios proyectando un rectángulo de luz.

—Está cerrada —musitó Bea.

Palpé mis bolsillos buscando la llave. Volví la vista atrás una fracción de segundo y tuve la certeza de que dos puntos brillantes avanzaban lentamente hacia nosotros desde el fondo del corredor. Ojos. Mis dedos dieron con la llave. La introduje desesperadamente en la cerradura, abrí y empujé a Bea al exterior con brusquedad. Bea debió de leer el temor en mi voz porque se apresuró hacia la verja a través del jardín y no se detuvo hasta que nos encontramos los dos sin aliento y cubiertos de sudor frío en la acera de la avenida del Tibidabo.

—¿Qué ha pasado ahí abajo, Daniel? ¿Había alguien?

—No.

—Estás pálido.

—Soy pálido. Anda, vamos.

—¿Y la llave?

La había dejado dentro, encajada en la cerradura. No sentí deseos de regresar a por ella.

—Creo que la he perdido al salir. Ya la buscaremos otro día.

Nos alejamos avenida abajo a paso ligero. Cruzamos hasta la otra acera y no aflojamos el paso hasta que nos encontramos a un centenar de metros del caserón y su silueta apenas se adivinaba en la noche. Descubrí entonces que todavía tenía la mano manchada de cenizas y di gracias por el manto de sombra de la noche, que ocultaba a Bea las lágrimas de terror que me resbalaban por las mejillas.

Anduvimos calle Balmes abajo hasta la plaza Núñez de Arce, donde encontramos un taxi solitario. Descendimos por Balmes hasta Consejo de Ciento casi sin mediar palabra. Bea me tomó la mano y un par de veces la descubrí observándome con mirada vidriosa, impenetrable. Me incliné a besarla, pero no separó los labios.

—¿Cuándo volveré a verte?

—Te llamaré mañana o pasado —dijo.

—¿Lo prometes?

Asintió.

—Puedes llamar a casa o a la librería. Es el mismo número. Lo tienes, ¿verdad?

Asintió de nuevo. Le pedí al conductor que se detuviese un momento en la esquina de Muntaner y Diputación. Me ofrecí a acompañar a Bea hasta su portal, pero ella se negó y se alejó sin dejarme besarla de nuevo, ni siquiera rozarle la mano. Echó a correr y la vi partir desde el taxi. Las luces del piso de los Aguilar estaban encendidas y pude ver claramente a mi amigo Tomás observándome desde la ventana de su habitación, en la que habíamos pasado tantas tardes juntos charlando o jugando al ajedrez. Le saludé con la mano, forzando una sonrisa que probablemente no podía ver. No me devolvió el saludo. Su silueta permaneció inmóvil, pegada al cristal, contemplándome fríamente. Unos segundos más tarde se retiró y las ventanas se oscurecieron. Estaba esperándonos, pensé.

35

Al llegar a casa encontré los restos de una cena para dos en la mesa. Mi padre ya se había retirado y me pregunté si, por ventura, se habría animado a invitar a la Merceditas a cenar en casa. Me deslicé hasta mi habitación y entré sin encender la luz. Tan pronto me senté en el borde del colchón advertí que había alguien más en la estancia, tendido en la penumbra sobre el lecho como un difunto con las manos cruzadas sobre el pecho. Sentí un latigazo de frío en el estómago pero rápidamente reconocí los ronquidos y el perfil de aquella nariz sin parangón. Encendí la lamparilla de noche y encontré a Fermín Romero de Torres perdido en una sonrisa embelesada y emitiendo pequeños gemidos placenteros sobre la colcha. Suspiré y el durmiente abrió los ojos. Al verme pareció extrañado. Obviamente esperaba otra compañía. Se frotó los ojos y miró alrededor, haciéndose una más ajustada composición del lugar.

—Espero no haberle asustado. La Bernarda dice que dormido parezco el Boris Karloff español.

—¿Qué hace en mi cama, Fermín?

Entornó los ojos con cierta nostalgia.

—Soñando con Carole Lombard. Estábamos en Tánger, en unos baños turcos, y yo la untaba toda de aceite de ese que venden para el culillo de los bebés. ¿Ha untado usted alguna vez a una mujer de aceite, de arriba abajo, a conciencia?

—Fermín, son las doce y media de la noche y no me tengo de sueño.

—Usted disculpe, Daniel. Es que su señor padre insistió en que subiera a cenar y luego me entró una ñoña, porque a mí la carne de res me produce un efecto narcótico. Su padre me sugirió que me tendiese aquí un rato, alegando que a usted no le importaría...

—Y no me importa, Fermín. Es que me ha pillado por sorpresa. Quédese con la cama y vuelva con Carole Lombard, que le debe de estar esperando. Y métase dentro, que hace una noche de perros y encima va a pillar algo. Yo me iré al comedor.

Fermín asintió mansamente. Las magulladuras de la cara se le estaban inflamando y su cabeza, tramada con una barba de dos días y aquella escasa cabellera rala, parecía una fruta madura caída de un árbol. Cogí una manta de la cómoda y le tendí otra a Fermín. Apagué la luz y salí al comedor, donde me esperaba el butacón predilecto de mi padre. Me envolví en la manta y me acurruqué como pude, convencido de que no iba a pegar ojo. La imagen de dos ataúdes blancos en la tiniebla me sangraba en la mente. Cerré los ojos y puse todo mi empeño en borrar aquella visión. En su lugar, conjuré la visión de Bea desnuda sobre las mantas en aquel cuarto de baño a la luz de las velas. Abandonado a estos felices pensamientos, me pareció oír el murmullo lejano del mar y me pregunté si el sueño me habría vencido sin yo saberlo. Quizá navegaba rumbo a Tánger. Al poco comprendí que eran sólo los ronquidos de Fermín y un instante después se apagó el mundo. En toda mi vida no he dormido mejor ni más profundamente que aquella noche.

Amaneció lloviendo a cántaros, con las calles anegadas y la lluvia acribillando las ventanas con rabia. El teléfono sonó a las siete y media. Salté de la butaca a contestar con el corazón en el gaznate. Fermín, en albornoz y pantuflas, y mi padre, sosteniendo la cafetera, intercambiaron aquella mirada que empezaba a hacerse habitual.

—¿Bea? —susurré al auricular, dándoles la espalda.

Creí oír un suspiro en la línea.

—¿Bea, eres tú?

No obtuve respuesta y, segundos más tarde, la línea se cortó. Me quedé observando el teléfono durante un minuto, esperando que volviese a sonar.

—Ya volverán a llamar, Daniel. Ahora ven a desayunar —dijo mi padre.

Llamará más tarde, me dije. Alguien debe de haberla sorprendido. No debía de ser fácil burlar el toque de queda del señor Aguilar. No había motivo de alarma. Con estas y otras excusas me arrastré hasta la mesa para fingir que acompañaba a mi padre y a Fermín en su desayuno. Quizá fuera la lluvia, pero la comida había perdido todo el sabor.

Llovió toda la mañana y al rato de abrir la librería tuvimos un apagón general en todo el barrio que duró hasta el mediodía.

—Lo que faltaba —suspiró mi padre.

A las tres empezaron las primeras goteras. Fermín se ofreció a subir a casa de la Merceditas a pedir prestados unos cubos, platos o cualquier receptáculo cóncavo al uso. Mi padre se lo prohibió terminantemente. El diluvio persistía. Para matar la angustia le relaté a Fermín lo sucedido la noche anterior, guardándome, sin embargo, lo que había visto en aquella cripta. Fermín me escuchó fascinado, pero pese a su titánica insistencia me negué a describirle la consistencia, textura y disposición del busto de Bea. El día se fue en el aguacero.

Después de cenar, so pretexto de darme un paseo para estirar las piernas, dejé a mi padre leyendo y me dirigí hasta casa de Bea. Al llegar me detuve en la esquina a contemplar los ventanales del piso y me pregunté qué era lo que estaba haciendo allí. Espiar, fisgar y hacer el ridículo fueron algunos de los términos que me cruzaron la mente. Aun así, tan desprovisto de dignidad como de abrigo apropiado para la gélida temperatura, me resguardé del viento en un portal al otro lado de la calle y permanecí allí cerca de media hora, vigilando las ventanas y viendo pasar las siluetas del señor Aguilar y de su esposa. No había rastro de Bea.

Era casi medianoche cuando regresé a casa, tiritando de frío y con el mundo a cuestas. Llamará mañana, me repetí mil veces mientras intentaba capturar el sueño. Bea no llamó al día siguiente. Ni al otro. Ni en toda aquella semana, la más larga y la última de mi vida.

En siete días, estaría muerto.

36

Sólo alguien al que apenas le queda una semana de vida es capaz de malgastar su tiempo como yo lo hice durante aquellos días. Me dedicaba a velar el teléfono y roerme el alma, tan prisionero de mi propia ceguera que apenas era capaz de adivinar lo que el destino ya daba por descontado. El lunes al mediodía me acerqué hasta la Facultad de Letras en la plaza Universidad con la intención de ver a Bea. Sabía que no le iba a hacer ninguna gracia que me presentase allí y que nos viesen juntos en público, pero prefería enfrentar su ira que seguir con aquella incertidumbre.

Pregunté en la secretaría por el aula del profesor Velázquez y me dispuse a esperar la salida de los estudiantes. Esperé unos veinte minutos hasta que se abrieron las puertas y vi pasar el semblante arrogante y apincelado del profesor Velázquez, siempre rodeado de su corrillo de admiradoras. Cinco minutos después no había rastro de Bea. Decidí aproximarme hasta las puertas del aula a echar un vistazo. Un trío de muchachas con aire de escuela parroquial conversaban e intercambiaban apuntes o confidencias. La que parecía la líder de la congregación advirtió mi presencia e interrumpió su monólogo para acribillarme con una mirada inquisitiva.

—Perdón, buscaba a Beatriz Aguilar. ¿Sabéis si asiste a esta clase?

Las muchachas intercambiaron una mirada ponzoñosa y procedieron a hacerme una radiografía.

—¿Eres su novio? —preguntó una de ellas—. ¿El alférez?

Me limité a ofrecer una sonrisa vacía, que tomaron por asentimiento. Sólo me la devolvió la tercera muchacha, con timidez y desviando la mirada. Las otras dos se adelantaron, desafiantes.

—Te imaginaba diferente —dijo la que parecía la jefa del comando.

—¿Y el uniforme? —preguntó la segunda oficiala, observándome con desconfianza.

—Estoy de permiso. ¿Sabéis si se ha marchado ya?

—Beatriz no ha venido hoy a clase —informó la jefa, con aire desafiante.

—Ah, ¿no?

—No —confirmó la teniente de dudas y recelos—. Si eres su novio, deberías saberlo.

—Soy su novio, no un guardia civil.

—Anda, vayámonos, éste es un mamarracho —concluyó la jefa.

Ambas pasaron a mi lado dedicándome una mirada de soslayo y una media sonrisa de asco. La tercera, rezagada, se detuvo un instante antes de salir y, asegurándose de que las otras no la veían, me susurró al oído:

—Beatriz tampoco vino el viernes.

—¿Sabes por qué?

—Tú no eres su novio, ¿verdad?

—No. Sólo un amigo.

—Me parece que está enferma.

—¿Enferma?

—Eso dijo una de las chicas que la llamó a casa. Ahora tengo que irme.

Antes de que pudiese agradecerle su ayuda, la muchacha partió al encuentro de las otras dos, que la esperaban con ojos fulminantes en el otro extremo del claustro.

—Daniel, algo habrá pasado. Una tía abuela que se ha muerto, un loro con paperas, un catarro de tanto andar con el trasero al aire... sabe Dios el qué. En contra de lo que usted cree a pies juntillas, el universo no gira en torno a las apetencias de su entrepierna. Otros factores influyen en el devenir de la humanidad.

—¿Se cree que no lo sé? Parece que no me conozca, Fermín.

—Querido, si Dios hubiera querido darme caderas más amplias, hasta le podría haber parido: así de bien le conozco. Hágame caso. Salga de su cabeza y tome la fresca. La espera es el óxido del alma.

—Así que le parezco a usted ridículo.

—No. Me parece preocupante. Ya sé que a su edad estas cosas parecen el fin del mundo, pero todo tiene un límite. Esta noche usted y yo nos vamos de picos pardos a un local de la calle Platería que al parecer está causando furor. Me han dicho que hay unas fámulas nórdicas recién llegadas de Ciudad Real que le quitan a uno hasta la caspa. Yo invito.

—¿Y la Bernarda qué dirá?

—Las niñas son para usted. Yo pienso esperar en la salita, leyendo una revista y contemplando el percal de lejos, porque me he convertido a la monogamia, si no in mentis al menos de facto.

—Se lo agradezco, Fermín, pero...

—Un chaval de dieciocho años que rechaza una oferta así no está en posesión de sus facultades. Hay que hacer algo ahora mismo. Tenga.

Se hurgó los bolsillos y me tendió unas monedas. Me pregunté si aquéllos eran los doblones con los que pensaba financiar la visita al suntuoso harén de las ninfas mesetarias.

—Con esto no nos dan ni las buenas noches, Fermín.

—Usted es de los que se caen del árbol y nunca llegan a tocar el suelo. ¿Se cree de verdad que le voy a llevar de putas y devolvérselo forrado de gonorrea a su señor padre, que es el hombre más santo que he conocido? Lo de las nenas se lo decía para ver si reaccionaba, apelando a la única parte de su persona que parece funcionar. Esto es para que vaya al teléfono de la esquina y llame a su enamorada con algo de intimidad.

—Bea me dijo expresamente que no la llamase.

—También le dijo que llamaría el viernes. Estamos a lunes. Usted mismo. Una cosa es creer en las mujeres y otra creerse lo que dicen.

Convencido por sus argumentos, me escabullí de la librería hasta el teléfono público de la esquina y marqué el número de los Aguilar. Al quinto tono, alguien alzó el teléfono al otro lado y escuchó en silencio, sin contestar. Pasaron cinco segundos eternos.

—¿Bea? —murmuré—. ¿Eres tú?

La voz que contestó me cayó como un martillazo en el estómago.

—Hijo de puta, te juro que te voy a arrancar el alma a hostias.

El tono era acerado, de pura rabia contenida. Fría y serena. Eso es lo que me dio más miedo. Podía imaginar al señor Aguilar sosteniendo el teléfono en el recibidor de su casa, el mismo que yo había utilizado muchas veces para llamar a mi padre y decirle que me retrasaba después de pasar la tarde con Tomás. Me quedé escuchando la respiración del padre de Bea, mudo, preguntándome si me habría reconocido por la voz.

—Veo que no tienes cojones ni para hablar, desgraciado. Cualquier mierda seca es capaz de hacer lo que tú, pero al menos un hombre tendría el valor de dar la cara. A mí se me caería la cara de vergüenza de saber que una chica de diecisiete años tiene más huevos que yo, porque ella no ha querido decir quién eres y no lo dirá. La conozco. Y ya que tú no tienes las agallas de dar la cara por Beatriz, ella va a pagar por lo que tú has hecho.

Cuando colgué el teléfono me temblaban las manos. No fui consciente de lo que acababa de hacer hasta que dejé la cabina y arrastré los pies de vuelta a la librería. No me había parado a considerar que mi llamada sólo iba a empeorar la situación en la que ya se encontrase Bea. Mi única preocupación había sido mantener el anonimato y esconder la cara, renegando de aquellos a quienes decía querer y quienes me limitaba a utilizar. Lo había hecho ya cuando el inspector Fumero había golpeado a Fermín. Lo había hecho de nuevo al abandonar a Bea a su suerte. Volvería a hacerlo en cuanto las circunstancias me brindasen la oportunidad. Permanecí en la calle diez minutos, intentando calmarme, antes de volver a entrar en la librería. Quizá debía llamar otra vez y decirle al señor Aguilar que sí, que era yo, que estaba atontado por su hija y que ahí se acababa el cuento. Si luego le apetecía venir con su uniforme de comandante a romperme la cara, estaba en su derecho.

Regresaba ya a la librería cuando advertí que alguien me observaba desde un portal al otro lado de la calle. Al principio pensé que se trataba de don Federico, el relojero, pero me bastó un simple vistazo para comprobar que se trataba de un individuo más alto y de constitución más sólida. Me detuve a devolverle la mirada y, para mi sorpresa, asintió, como si quisiera saludarme e indicarme que no le importaba en absoluto que hubiera reparado en su presencia. La luz de una farola le caía sobre el rostro de perfil. Las facciones me resultaron familiares. Se adelantó un paso y, abrochándose la gabardina hasta arriba, me sonrió y se alejó entre los transeúntes en dirección a las

Ramblas. Le reconocí entonces como el agente de policía que me había sujetado mientras el inspector Fumero atacaba a Fermín. Al entrar en la librería, Fermín alzó la vista y me lanzó una mirada inquisitiva.

—¿Y esa cara que trae?

—Fermín, creo que tenemos un problema.

Aquella misma noche pusimos en marcha el plan de alta intriga y baja consistencia que habíamos concebido días atrás con don Gustavo Barceló.

—Lo primero es asegurarnos de que está usted en lo cierto y somos objeto de vigilancia policial. Ahora, como quien no quiere la cosa, nos vamos a acercar dando un paseo hasta Els Quatre Gats para ver si ese individuo todavía está ahí fuera, al acecho. Pero a su padre ni una palabra de todo esto, o va a acabar por criar una piedra en el riñón.

—¿Y qué quiere que le diga? Ya hace tiempo que anda con la mosca detrás de la oreja.

—Dígale que va a por pipas o a por polvos para hacer un flan.

—¿Y por qué tenemos que ir a Els Quatre Gats precisamente?

—Porque ahí sirven los mejores bocadillos de longaniza en un radio de cinco kilómetros y en algún sitio tenemos que hablar. No me sea cenizo y haga lo que le digo, Daniel.

Dando por bienvenida cualquier actividad que me mantuviese alejado de mis pensamientos, obedecí dócilmente y un par de minutos más tarde salía a la calle tras haberle asegurado a mi padre que estaría de vuelta a la hora de la cena. Fermín me esperaba en la esquina de la Puerta del Ángel. Tan pronto me reuní con él, hizo un gesto con las cejas y me indicó que echara a andar.

—Llevamos el cascabel a unos veinte metros. No se vuelva.

—¿Es el mismo de antes?

—No creo, a menos que haya encogido con la humedad. Éste parece un pardillo. Me lleva un diario deportivo de hace seis días. Fumero debe de estar reclutando aprendices en el Cotolengo.

Al llegar a Els Quatre Gats, nuestro hombre de incógnito tomó una mesa a pocos metros de la nuestra y fingió releer por enésima vez las incidencias de la jornada de liga de la semana anterior. Cada veinte segundos nos lanzaba una mirada de soslayo.

—Pobrecillo, mire cómo suda —dijo Fermín, sacudiendo la cabeza—. Le veo un tanto disperso, Daniel. ¿Ha hablado con la nena o no?

—Se ha puesto su padre.

—¿Y han tenido una conversación amigable y cordial?

—Más bien un monólogo.

—Ya veo. ¿Debo entonces inferir que todavía no le trata de papá?

—Me ha dicho textualmente que me iba a arrancar el alma a hostias.

—Será un recurso estilístico.

Al punto, la silueta del camarero se cernió sobre nosotros. Fermín pidió comida para un regimiento, frotándose las manos de anhelo.

—¿Y usted no quiere nada, Daniel?

Negué. Al regresar el camarero con dos bandejas repletas de tapas, bocadillos y cervezas varias, Fermín le soltó un buen doblón y le dijo que podía quedarse la propina.

—Jefe, ¿ve usted a ese individuo de la mesa junto a la ventana, el que va vestido de Pepito Grillo y tiene la cabeza metida dentro del periódico, a modo de cucurucho?

El camarero asintió con aire de complicidad.

—¿Me haría el favor de ir y decirle que el inspector

Fumero le envía recado urgente de que acuda ipso facto al mercado de la Boquería a comprar veinte duros de garbanzos hervidos y llevarlos a jefatura sin dilación (en taxi si hace falta) o que se prepare para presentar el escroto en bandeja? ¿Se lo repito?

—No hace falta, caballero. Veinte duros de garbanzos hervidos o el escroto.

Fermín le soltó otra moneda.

—Dios le bendiga.

El camarero asintió respetuosamente y partió rumbo a la mesa de nuestro perseguidor a entregar el mensaje. Al escuchar las órdenes, al centinela se le descompuso el rostro. Permaneció quince segundos en su mesa, debatiéndose entre fuerzas insondables, y luego se lanzó al galope hacia la calle. Fermín no se molestó ni en pestañear. En otras circunstancias habría disfrutado con el episodio, pero aquella noche era incapaz de quitarme del pensamiento a Bea.

—Daniel, tome tierra, que tenemos faena que discutir. Mañana mismo se va usted a visitar a Nuria Monfort, tal como habíamos dicho.

—¿Y una vez allí qué le digo?

—Tema no le faltará. El plan es hacer lo que dijo el señor Barceló con muy buen tino. Le suelta que sabe que le mintió con perfidia respecto a Carax, que su supuesto marido Miquel Moliner no está en la cárcel como ella pretende, que ha averiguado usted que ella es la mano negra que ha estado recogiendo la correspondencia del antiguo piso de la familia Fortuny-Carax usando un apartado de correos a nombre de un bufete de abogados inexistente... le dice usted lo que sea necesario y conductivo para encenderle el fuego debajo de los pies. Todo ello con melodrama y semblante bíblico. Luego, con golpe de efecto, se va y la deja macerar un rato en los jugos del resquemor.

—Y mientras tanto...

—Mientras tanto yo estaré presto a seguirla, propósito que pienso llevar a cabo haciendo uso de avanzadas técnicas de camuflaje.

—No va a funcionar, Fermín.

—Hombre de poca fe. A ver, pero ¿qué le ha dicho el padre de esa muchacha para ponerle así? ¿Es por lo de la amenaza? Ni le haga caso. A ver, ¿qué le ha dicho ese energúmeno?

Respondí sin pensar.

—La verdad.

—¿La verdad según san Daniel Mártir?

—Ríase lo que quiera. Me está bien empleado.

—No me río, Daniel. Es que me sabe mal verle con ese ánimo autoflagelatorio. Cualquiera diría que está usted al borde del cilicio. No ha hecho usted nada malo. Ya tiene la vida suficientes verdugos para que uno vaya haciendo doblete y ejerciendo de Torquemada con uno mismo.

—¿Habla por experiencia?

Fermín se encogió de hombros.

—Nunca me ha contado usted cómo se cruzó con Fumero —apunté.

—¿Quiere oír una historia con moraleja?

—Sólo si usted quiere contármela.

Fermín se sirvió un vaso de vino y lo apuró de un trago.

—Amén —dijo para sí mismo—. Lo que puedo contarle de Fumero es vox pópuli. La primera vez que oí hablar de él, el futuro inspector era un pistolero al servicio de la FAI. Se había labrado toda una reputación porque no tenía miedo ni escrúpulos. Le bastaba un nombre y lo despachaba de un tiro en la cara en plena calle al mediodía. Talentos así se valoran mucho en tiempos agitados. Lo que tampoco tenía era fidelidad ni credo. Le traía al pairo la causa a la que servía, mientras la causa le sirviese para trepar en el escalafón. Hay toneladas de gentuza así en el mundo, pero pocos tienen el talento de Fumero. De los anarquistas pasó a servir a los comunistas, y de ahí a los fascistas sólo había un paso. Espiaba y vendía información de un bando a otro, tomaba el dinero de todos. Yo hacía tiempo que le tenía echado el ojo. Por entonces, yo trabajaba para el gobierno de la Generalitat. A veces me confundían con el hermano feo de Companys, lo que a mí me llenaba de orgullo.

—¿Qué hacía usted?

—Un poco de todo. En los seriales de ahora a lo que yo hacía se le llama espionaje, pero en tiempos de guerra todos somos espías. Parte de mi trabajo era estar al tanto de los individuos como Fumero. Ésos son los más peligrosos. Son como víboras, sin color ni conciencia. En las guerras brotan de todas partes. En tiempos de paz se ponen la careta. Pero siguen ahí. A miles. El caso es que tarde o temprano averigüé cuál era su juego. Más tarde que temprano, diría yo. Barcelona cayó en cuestión de días y la tortilla giró completamente. Pasé a ser un criminal perseguido y mis superiores se vieron forzados a esconderse como ratas. Por supuesto, Fumero ya estaba al mando de la operación de «limpieza». La purga a tiros se llevaba a cabo en plena calle, o en el castillo de Montjuïc. A mí me detuvieron en el puerto cuando intentaba conseguir pasaje en un carguero griego para enviar a Francia a algunos de mis jefes. Me llevaron a Montjuïc y me tuvieron dos días encerrado en una celda completamente oscura, sin agua y sin ventilación. Cuando volví a ver la luz era la de la llama de un soplete. Fumero y un tipo que sólo hablaba alemán me colgaron boca abajo por los pies. El alemán primero me desprendió la ropa con el soplete, quemándola. Me pareció que tenía práctica. Cuando me quedé en pelota picada y con todos los pelos del cuerpo chamuscados, Fumero me dijo que si no le decía dónde estaban ocultos mis superiores, la diversión empezaría de verdad. Yo no soy un hombre valiente, Daniel. Nunca lo he sido, pero el poco valor que tengo lo usé para cagarme en su madre y enviarle a la mierda. A un signo de Fumero, el alemán me inyectó no sé qué en el muslo y esperó unos minutos. Luego, mientras Fumero fumaba y me observaba sonriente, empezó a asarme concienzudamente con el soplete. Usted ha visto las marcas...

Asentí. Fermín hablaba con tono sereno, sin emoción.

—Esas marcas son las de menos. Las peores se quedan dentro. Aguanté una hora bajo el soplete, o quizá sólo fuera un minuto. No lo sé. Pero acabé por dar nombres, apellidos y hasta la talla de camisa de todos mis superiores y hasta de quien no lo era. Me abandonaron en un callejón del Pueblo Seco, desnudo y con la piel quemada. Una buena mujer me metió en su casa y me cuidó durante dos meses. Los comunistas le habían matado al marido y a sus dos hijos a tiros a la puerta de su casa. No sabía por qué. Cuando pude levantarme y salir a la calle, supe que todos mis superiores habían sido detenidos y ajusticiados horas después de que les hubiese delatado.

—Fermín, si no quiere contarme esto...

—No, no. Más vale que lo oiga y sepa con quién se juega usted los cuartos. Cuando regresé a mi casa, me informaron de que había sido expropiada por el gobierno, al igual que mis posesiones. Me había convertido en un mendigo sin saberlo. Traté de conseguir empleo. Se me negó. Lo único que podía conseguir era una botella de vino a granel por unos céntimos. Es veneno lento, que se come las tripas como el ácido, pero confié en que tarde o temprano haría su efecto. Me decía que volvería a Cuba, con mi mulata, algún día. Me detuvieron cuando intentaba abordar un carguero rumbo a La Habana. He olvidado ya cuánto tiempo pasé en la cárcel. Después del primer año, uno empieza a perderlo todo, hasta la razón. Al salir pasé a vivir en las calles, donde usted me encontró una eternidad después. Había muchos como yo, compañeros de galería o amnistía. Los que tenían suerte contaban con alguien fuera, alguien o algo a lo que regresar. Los demás nos uníamos al ejército de desheredados. Una vez te dan el carnet de ese club, nunca dejas de ser socio. La mayoría sólo salíamos de noche, cuando el mundo no mira. Conocí a muchos como yo. Raramente los volvía a ver. La vida en la calle es corta. La gente te mira con asco, incluso los que te dan limosna, pero eso no es nada comparado con la repugnancia que uno se inspira a sí mismo. Es como vivir atrapado en un cadáver que camina, que siente hambre, que apesta y que se resiste a morir. De tarde en tarde, Fumero y sus hombres me detenían y me acusaban de algún hurto absurdo, o de tentar a niñas a la salida de un colegio de monjas. Otro mes en la Modelo, palizas y a la calle otra vez. Nunca comprendí qué sentido tenían aquellas farsas. Al parecer, la policía estimaba conveniente disponer de un censo de sospechosos al que echar mano cuando fuera necesario. En uno de mis encuentros con Fumero, que ahora era todo un prohombre respetable, le pregunté por qué no me había matado, como a los demás. Se rió y me dijo que había cosas peores que la muerte. Él nunca mataba a un chivato, dijo. Lo dejaba pudrirse vivo.

—Fermín, usted no es un chivato. Cualquiera en su lugar hubiera hecho lo mismo. Usted es mi mejor amigo.

—Yo no merezco su amistad, Daniel. Usted y su padre me han salvado la vida, y mi vida les pertenece. Lo que yo pueda hacer por ustedes, lo haré. El día que me sacó usted de la calle, Fermín Romero de Torres volvió a nacer.

—Ése no es su verdadero nombre, ¿verdad?

Fermín negó.

—Ése lo vi en un cartel de la Plaza de las Arenas. El otro está enterrado. El hombre que antes vivía en estos huesos murió, Daniel. A veces vuelve, en pesadillas. Pero usted me ha enseñado a ser otro hombre y me ha dado una razón para vivir otra vez, mi Bernarda.

—Fermín...

—No diga usted nada, Daniel. Sólo perdóneme, si puede.

Le abracé en silencio y le dejé llorar. La gente nos miraba de reojo, y yo les devolvía una mirada de fuego. Al rato decidieron ignorarnos. Luego, mientras acompañaba a Fermín hasta su pensión, mi amigo recuperó la voz.

—Lo que le he contado hoy... le ruego que a la Bernarda...

—Ni a la Bernarda ni a nadie. Ni una palabra, Fermín.

Nos despedimos con un apretón de manos.

37

Pasé la noche en vela, tendido sobre el lecho con la luz encendida contemplando mi flamante pluma Montblanc, con la que no había vuelto a escribir en años y que empezaba a convertirse en el mejor par de guantes que jamás se le haya regalado a un manco. Más de una vez me sentí tentado de acercarme a casa de los Aguilar y, a falta de mejor término, entregarme, pero tras mucha meditación supuse que irrumpir de madrugada en el domicilio paterno de Bea no iba a mejorar mucho la situación en la que se encontrase. Al alba, el cansancio y la dispersión me ayudaron a localizar de nuevo mi proverbial egoísmo y no tardé en convencerme de que lo óptimo era dejar correr las aguas y, con el tiempo, el río se llevaría la sangre.

La mañana discurrió con poca acción en la librería, circunstancia que aproveché para dormitar de pie con la gracia y el equilibrio de un flamenco, en opinión de mi padre. Al mediodía, tal y como había acordado con Fermín la noche anterior, yo fingí que iba a darme una vuelta y Fermín alegó que tenía hora en el ambulatorio para que le quitasen unos puntos. Hasta donde me alcanzó la perspicacia, mi padre se tragó ambos bulos hasta el tobillo. La idea de mentir sistemáticamente a mi padre empezaba a ensuciarme el ánimo, y así se lo había hecho saber a Fermín a media mañana en un rato que mi padre salió para hacer un recado.

—Daniel, la relación paterno-filial está basada en miles de pequeñas mentiras bondadosas. Los Reyes Magos, el ratoncito dientes, el que vale, vale, etc. Ésta es una más. No se sienta culpable.

Llegado el momento, mentí de nuevo y me dirigí hacia el domicilio de Nuria Monfort, cuyo roce y olor conservaba grabados en el ático de la memoria. La plaza de San Felipe Neri había sido tomada por una bandada de palomas que reposaban sobre el empedrado. Había esperado encontrar a Nuria Monfort en compañía de su libro, pero la plaza estaba desierta. Crucé el empedrado bajo la atenta vigilancia de docenas de palomas, y eché un vistazo alrededor buscando en vano la presencia de Fermín camuflado de sabía Dios el qué, pues se había negado a revelarme el ardid que tenía en mente. Me adentré en la escalera y comprobé que el nombre Miquel Moliner seguía en el buzón. Me pregunté si aquél sería el primer agujero que iba a señalarle a Nuria Monfort en su historia. Mientras ascendía la escalera en penumbra, casi deseé no encontrarla en casa. Nadie tiene tanta compasión con un embustero como alguien de su condición. Al llegar al rellano del cuarto me detuve a reunir valor y urdir alguna excusa con la que justificar mi visita. La radio de la vecina seguía atronando al otro lado del rellano, esta vez transmitiendo un concurso de conocimientos religiosos que llevaba por título «El santo al Cielo» y mantenía electrizadas a las audiencias de España entera cada martes al mediodía.

Y ahora, por cinco duros, díganos, Bartolomé, ¿de qué guisa se aparece el maligno a los sabios del tabernáculo en la parábola del arcángel y el calabacín del libro de Josué?: a) un cabritillo, b) un mercader de botijos, o c) un saltimbanqui con una mona.

Al estallido de aplausos de la audiencia en el estudio de Radio Nacional, me planté decidido frente a la puerta de Nuria Monfort y presioné el timbre durante varios segundos. Oí el eco perderse en el interior del piso y suspiré de alivio. Estaba por irme cuando escuché los pasos acercarse a la puerta y el orificio de la mirilla se iluminó en una lágrima de luz. Sonreí. Escuché la llave girar en el cerrojo y respiré hondo.

38

—Daniel —murmuró, la sonrisa al contraluz.

El humo azul del cigarrillo le velaba el rostro. Los labios le brillaban de carmín oscuro, húmedos y sangrando huellas sobre el filtro que sostenía entre el índice y el anular. Hay personas que se recuerdan y otras que se sueñan. Para mí, Nuria Monfort tenía la consistencia y la credibilidad de un espejismo: no se cuestiona su veracidad, sencillamente se le sigue hasta que se desvanece o te destruye. La seguí hasta el angosto salón de penumbras donde tenía su escritorio, sus libros y aquella colección de lápices alineados como un accidente de simetría.

—Pensaba que no volvería a verte.

—Siento decepcionarla.

Se sentó en la silla de su escritorio, cruzando las piernas e inclinándose hacia atrás. Arranqué los ojos de su garganta y me concentré en una mancha de humedad en la pared. Me aproximé hasta la ventana y eché un vistazo rápido a la plaza. Ni rastro de Fermín. Podía oír a Nuria Monfort respirar a mi espalda, sentir su mirada. Hablé sin apartar los ojos de la ventana.

—Hace unos días, un buen amigo mío averiguó que el administrador de fincas responsable del antiguo piso de la familia Fortuny-Carax había estado enviando la correspondencia a un apartado de correos a nombre de un bufete de abogados que, al parecer, no existe. Ese mismo amigo averiguó que la persona que había estado recogiendo los envíos a ese apartado de correos durante años había utilizado su nombre, señora Monfort...

—Cállate.

Me volví y la encontré retirándose en las sombras.

—Me juzgas sin conocerme —dijo.

—Ayúdeme a conocerla, entonces.

—¿A quién has contado esto? ¿Quién más sabe lo que me has dicho?

—Más gente de lo que parece. La policía lleva siguiéndome hace tiempo.

—¿Fumero?

Asentí. Me pareció que le temblaban las manos.

—No sabes lo que has hecho, Daniel.

—Dígamelo usted —repliqué con una dureza que no sentía.

—Piensas que porque te tropezaste con un libro tienes derecho a entrar en la vida de personas a quienes no conoces, en cosas que no puedes comprender y que no te pertenecen.

—Me pertenecen ahora, lo quiera o no.

—No sabes lo que dices.

—Estuve en la casa de los Aldaya. Sé que Jorge Aldaya se oculta ahí. Sé que fue él quien asesinó a Carax.

Me miró largamente, midiendo las palabras.

—¿Sabe eso Fumero?

—No sé.

—Más vale que sepas. ¿Te siguió Fumero hasta esa casa?

La rabia que ardía en sus ojos me quemaba. Había entrado con el papel de acusador y juez, pero a cada minuto que pasaba me sentía el culpable.

—No lo creo. ¿Usted lo sabía? Usted sabía que fue Aldaya quien mató a Julián y que se oculta en esa casa... ¿por qué no me lo dijo?

Sonrió amargamente.

—No entiendes nada, ¿verdad?

—Entiendo que mintió usted para defender al hombre que asesinó a quien usted llama su amigo, que ha estado encubriendo ese crimen durante años, un hombre cuyo único propósito es borrar cualquier huella de la existencia de Julián Carax, que quema sus libros. Entiendo que me mintió sobre su marido, que no está en la cárcel y evidentemente aquí tampoco. Eso es lo que entiendo.

Nuria Monfort negó lentamente.

—Vete, Daniel. Vete de esta casa y no vuelvas. Ya has hecho suficiente.

Me alejé hacia la puerta, dejándola en el comedor. Me detuve a medio camino y regresé. Nuria Monfort estaba sentada en el suelo, contra la pared. Todo el artificio de su presencia se había deshecho.

Crucé la plaza de San Felipe Neri barriendo el suelo con la mirada. Arrastraba el dolor que había recogido de labios de aquella mujer, un dolor del que me sentía ahora cómplice e instrumento pero sin acertar a comprender ni el cómo ni el porqué. «No sabes lo que has hecho, Daniel.» Sólo deseaba alejarme de allí. Al cruzar frente a la iglesia apenas reparé en la presencia de aquel sacerdote enjuto y narigudo que me bendecía con parsimonia al pie del portal, sosteniendo un misal y un rosario.

39

Regresé a la librería con casi cuarenta y cinco minutos de retraso. Al verme, mi padre frunció el ceño con reprobación y miró el reloj.

—Menudas horas. Sabéis que tengo que salir a visitar un cliente en San Cugat y me dejáis aquí solo.

—¿Y Fermín? ¿No ha vuelto todavía?

Mi padre negó con aquella prisa que le consumía cuando estaba de mal humor.

—Por cierto, tienes una carta. Te la he dejado junto a la caja.

—Papá, perdona pero...

Me hizo un gesto para que me ahorrase las excusas, se armó de gabardina y sombrero y salió por la puerta sin despedirse. Conociéndole, supuse que el enfado se le habría evaporado antes de llegar a la estación. Lo que me extrañaba era la ausencia de Fermín. Le había visto ataviado de sacerdote de sainete en la plaza de San Felipe Neri, a la espera de que Nuria Monfort saliera a escape y le guiase hasta el gran secreto de la trama. Mi fe en aquella estrategia se había reducido a cenizas e imaginé que si realmente Nuria Monfort salía a la calle, Fermín iba a acabar siguiéndola hasta la farmacia o la panadería. Valiente plan. Me acerqué hasta la caja para echarle un vistazo a la carta que había mencionado mi padre. El sobre era blanco y rectangular, como una lápida, y en lugar de crucifijo traía un membrete que consiguió pulverizarme los pocos ánimos que conservaba para pasar el día.

GOBIERNO MILITAR DE BARCELONA
OFICINA DE RECLUTAMIENTO

—Aleluya —murmuré.

Sabía lo que contenía sin necesidad de abrir el sobre, pero aun así lo hice por revolcarme en el lodo. La carta era sucinta, dos párrafos de esa prosa varada entre la proclama inflamada y el aria de opereta que caracteriza al género epistolar castrense. Se me anunciaba que en el plazo de dos meses, yo, Daniel Sempere Martín, tendría el honor y el orgullo de unirme al deber más sagrado y edificante que la vida podía ofrecer al varón celtibérico: servir a la patria y vestir el uniforme de la cruzada nacional en la defensa de la reserva espiritual de Occidente. Confié en que al menos Fermín fuera capaz de encontrarle la punta al asunto y hacernos reír un rato con su versión en verso de *La caída del contubernio judeo-masónico.* Dos meses.

Ocho semanas. Sesenta días. Siempre podía dividir el tiempo hasta segundos y obtener así una cifra kilométrica. Me quedaban cinco millones ciento ochenta y cuatro mil segundos de libertad. A lo mejor don Federico, que según mi padre era capaz de fabricar un Volkswagen, podía hacerme un reloj con frenos de disco. A lo mejor alguien me explicaba cómo me las iba a arreglar para no perder a Bea para siempre. Al oír la campanilla de la puerta creí que se trataba de Fermín que regresaba finalmente persuadido de que nuestros empeños detectivescos no daban ni para un chiste.

—Vaya, el heredero vigilando el castillo, como debe ser, aunque sea con cara de berenjena. Alegra ese rostro, chaval, que pareces el muñeco de Netol —dijo Gustavo Barceló, engalanado con un abrigo de camello y un bastón de marfil que no necesitaba y que blandía como una mitra cardenalicia—. ¿No está tu padre, Daniel?

—Lo siento, don Gustavo. Salió a visitar a un cliente, y supongo que no volverá hasta...

—Perfecto. Porque no es a él a quien vengo a ver, y lo que tengo que decirte es mejor que no lo oiga.

Me guiñó el ojo, desenfundándose los guantes y observando la tienda con displicencia.

—¿Y nuestro colega Fermín? ¿Anda por aquí?

—Desaparecido en combate.

—Supongo que aplicando sus talentos a la resolución del caso Carax.

—En cuerpo y alma. La última vez que le vi vestía sotana y dispensaba la bendición urbi et orbe.

—Ya... La culpa es mía por azuzaros. En buena hora se me ocurrió abrir el pico.

—Le veo un tanto inquieto. ¿Ha sucedido algo?

—No exactamente. O sí, de alguna manera.

—¿Qué quería contarme, don Gustavo?

El librero me sonrió mansamente. Su habitual gesto altanero y su arrogancia de salón se habían batido en retirada. En su lugar me pareció intuir cierta gravedad, un atisbo de cautela y no poca preocupación.

—Esta mañana he conocido a don Manuel Gutiérrez Fonseca, de cincuenta y nueve años de edad, soltero y funcionario de la morgue municipal de Barcelona desde 1924. Treinta años de servicio en el umbral de las tinieblas. La frase es suya, no mía. Don Manuel es un caballero de la vieja escuela, cortés, agradable y servicial. Vive en una habitación alquilada en la calle de la Ceniza desde hace quince años, que comparte con doce periquitos que han aprendido a tararear la marcha fúnebre. Tiene un abono de gallinero en el Liceo. Le gustan Verdi y Donizetti. Me dijo que en su trabajo lo importante es seguir el reglamento. El reglamento lo tiene todo previsto, especialmente en las ocasiones en que uno no sabe qué hacer. Hace quince años, don Manuel abrió un saco de lona que traía la policía y se encontró con el mejor amigo de su infancia. El resto del cuerpo venía en bolsa aparte. Don Manuel, tragándose el alma, siguió el reglamento.

—¿Quiere un café, don Gustavo? Se está usted poniendo amarillo.

—Por favor.

Fui a por el termo y le preparé una taza con ocho terrones de azúcar. Se lo bebió de un trago.

—¿Mejor?

—Remontando. Como iba diciendo, el caso es que don Manuel estaba de guardia el día en que llevaron el cuerpo de Julián Carax al servicio de necropsias, en septiembre de 1936. Por supuesto, don Manuel no se acordaba del nombre, pero una consulta a los archivos, y una donación de veinte duros a su fondo de retiro, le refrescaron la memoria notablemente. ¿Me sigues?

Asentí, casi en trance.

—Don Manuel recuerda los pormenores de aquel día porque según me contó aquélla fue una de las pocas ocasiones en que se saltó el reglamento. La policía alegó que el cadáver había sido encontrado en un callejón del Raval poco antes del amanecer. El cuerpo llegó al depósito a media mañana. Llevaba encima sólo un libro y un pasaporte que le identificaba como Julián Fortuny Carax, natural de Barcelona, nacido en 1900. El pasaporte llevaba un sello de la frontera de La Junquera, indicando que Carax había entrado en el país un mes antes. La causa de la muerte, aparentemente, era una herida de bala. Don Manuel no es médico, pero con el tiempo se ha aprendido el repertorio. A su juicio, el disparo, justo sobre el corazón, había sido realizado a quemarropa. Gracias al pasaporte se pudo localizar al señor Fortuny, padre de Carax, que acudió aquella misma noche al depósito a realizar la identificación del cuerpo.

—Hasta ahí todo encaja con lo que contó Nuria Monfort.

Barceló asintió.

—Así es. Lo que no te dijo Nuria Monfort es que él, mi amigo don Manuel, al sospechar que la policía no parecía tener mucho interés en el caso, y al haber comprobado que el libro que se había encontrado en los bolsillos del cadáver llevaba el nombre del fallecido, decidió tomar la iniciativa y llamó a la editorial aquella misma tarde, mientras esperaban la llegada del señor Fortuny, para informar de lo sucedido.

—Nuria Monfort me dijo que el empleado de la morgue llamó a la editorial tres días después, cuando el cuerpo ya había sido enterrado en una fosa común.

—Según don Manuel, él llamó el mismo día en que el cuerpo llegó al depósito. Me dice que habló con una señorita que le agradeció el que hubiese llamado. Don Manuel recuerda que le chocó un tanto la actitud de dicha señorita. Según sus propias palabras «era como si ya lo supiese».

—¿Qué hay del señor Fortuny? ¿Es cierto que se negó a reconocer a su hijo?

—Eso es lo que más me intrigaba a mí. Don Manuel explica que al caer la tarde llegó un hombrecillo tembloroso en compañía de unos agentes de la policía. Era el señor Fortuny. Según él, eso es lo único a lo que uno no llega nunca a acostumbrarse, el momento en que los allegados vienen a identificar el cuerpo de un ser querido. Don Manuel dice que es un lance que no le desea a nadie. Según él, lo peor es cuando el muerto es una persona joven y son los padres, o un cónyuge reciente, quienes tienen que reconocerle. Don Manuel recuerda bien al señor Fortuny. Dice que cuando llegó al depósito apenas podía sostenerse en pie, que lloraba como un niño y que los dos policías le tenían que llevar de los brazos. No paraba de gemir: «¿Qué le han hecho a mi hijo?, ¿qué le han hecho a mi hijo?»

—¿Llegó a ver el cuerpo?

—Don Manuel me contó que estuvo a punto de sugerirles a los agentes que se saltasen el trámite. Es la única vez que se le pasó por la cabeza cuestionar el reglamento. El cadáver estaba en malas condiciones. Probablemente llevaba más de veinticuatro horas muerto cuando llegó al depósito, no desde el amanecer como alegaba la policía. Manuel temía que cuando aquel viejecillo lo viese, se rompería en pedazos. El señor Fortuny no paraba de decir que no podía ser, que su Julián no podía estar muerto... Entonces don Manuel retiró el sudario que cubría el cuerpo y los dos agentes le preguntaron formalmente si aquél era su hijo Julián.

—¿Y?

—El señor Fortuny se quedó mudo, contemplando el cadáver durante casi un minuto. Entonces se dio la vuelta y se marchó.

—¿Se marchó?

—A toda prisa.

—¿Y la policía? ¿No se lo impidió? ¿No estaban allí para identificar el cadáver?

Barceló sonrió con malicia.

—En teoría. Pero don Manuel recuerda que había alguien más en la sala, un tercer policía que había entrado sigilosamente mientras los agentes preparaban al señor Fortuny y que había presenciado la escena en silencio, apoyado en la pared con un cigarrillo en los labios. Don Manuel le recuerda porque cuando le dijo que el reglamento prohibía expresamente fumar en el depósito, uno de los agentes le indicó que se callara. Según don Manuel, tan pronto el señor Fortuny se hubo marchado, el tercer policía se acercó, echó un vistazo al cuerpo y le escupió en la cara. Luego se quedó con el pasaporte y dio órdenes de que el cuerpo fuese enviado a Can Tunis para ser enterrado en una fosa común aquel mismo amanecer.

—No tiene sentido.

—Eso pensó don Manuel. Sobre todo porque aquello no casaba con el reglamento. «Pero si no sabemos quién es este hombre», decía él. Los policías no dijeron nada. Don Manuel, airado, les increpó: «¿O lo saben ustedes demasiado bien? Porque a nadie se le escapa que lleva por lo menos un día muerto.» Obviamente, don Manuel se remitía al reglamento y no tenía un pelo de tonto. Según él, al escuchar sus protestas, el tercer policía se le acercó, le miró a los ojos fijamente y le preguntó si le apetecía unirse al finado en su último viaje. Don Manuel me contó que se quedó aterrado. Que aquel hombre tenía ojos de loco y que no dudó un instante de que hablaba en serio. Murmuró que él sólo trataba de cumplir con el reglamento, que nadie sabía quién era aquel hombre y que por tanto todavía no se le podía enterrar. «Este hombre es quien yo diga que es», replicó el policía. Entonces cogió la hoja de registro y la firmó, dando por cerrado el caso. Don Manuel dice que esa firma no la olvidará jamás, porque en los años de la guerra, y luego durante mucho tiempo después, volvería a encontrarla en decenas de hojas de registro y defunción de cuerpos que llegaban no se sabía de dónde y que nadie conseguía identificar...

—El inspector Francisco Javier Fumero...

—Orgullo y bastión de la Jefatura Superior de Policía. ¿Sabes lo que significa eso, Daniel?

—Que hemos estado dando palos de ciego desde el principio.

Barceló tomó su sombrero y su bastón y se dirigió hacia la puerta, negando por lo bajo.

—No, que los palos van a empezar ahora.

40

Pasé la tarde velando aquella funesta carta que me anunciaba mi incorporación a filas y esperando señales de vida de Fermín. Pasaba ya media hora del horario de cierre y Fermín seguía en paradero desconocido. Cogí el teléfono y llamé a la pensión en la calle Joaquín Costa. Contestó doña Encarna, que dijo con voz de cazalla que no había visto a Fermín desde aquella mañana.

—Si no está aquí en media hora, cenará frío, que esto no es el Ritz. No le ha pasado nada, ¿verdad?

—Descuide, doña Encarna. Tenía un recado pendiente y se habrá retrasado. En todo caso, si le viera usted antes de acostarse, le agradecería muchísimo que le dijera que me llamase. Daniel Sempere, el vecino de su amiga la Merceditas.

—Pierda cuidado, aunque le prevengo, yo a las ocho y media me meto en el sobre.

Acto seguido llamé a casa de Barceló, confiando en que tal vez Fermín se hubiese dejado caer por allí para vaciarle la despensa a la Bernarda o arramblarla en el cuarto de planchar. No se me había ocurrido que sería Clara quien contestase al teléfono.

—Daniel, esto sí que es una sorpresa.

Eso mismo digo yo, pensé. Dando un circunloquio digno del catedrático don Anacleto, dejé caer el objeto de mi llamada otorgándole apenas una importancia pasajera.

—No, Fermín no ha pasado por aquí en todo el día. Y la Bernarda ha estado conmigo toda la tarde, o sea que lo sabría. Hemos estado hablando de ti, ¿sabes?

—Pues qué conversación tan aburrida.

—La Bernarda dice que se te ve muy guapo, hecho todo un hombre.

—Tomo muchas vitaminas.

Un largo silencio.

—Daniel, ¿crees que podremos volver a ser amigos algún día? ¿Cuántos años harán falta para que me perdones?

—Amigos ya somos, Clara, y yo no tengo nada que perdonarte. Ya lo sabes.

—Mi tío dice que andas todavía indagando sobre Julián Carax. A ver si te pasas un día por casa a merendar y me cuentas novedades. Yo también tengo cosas que contarte.

—Uno de estos días, sin falta.

—Me voy a casar, Daniel.

Me quedé mirando el auricular. Tuve la impresión de que los pies se me hundían en el suelo o de que mi esqueleto encogía unos centímetros.

—Daniel, ¿estás ahí?

—Sí.

—Te ha sorprendido.

Tragué saliva con la consistencia de cemento armado.

—No. Lo que me sorprende es que no te hayas casado ya. Pretendientes no te habrán faltado. ¿Quién es el afortunado?

—No le conoces. Se llama Jacobo. Es un amigo de mi tío Gustavo. Directivo del Banco de España. Nos conocimos en un recital de ópera que organizó mi tío. Jacobo es un apasionado de la ópera. Es mayor que yo, pero somos muy buenos amigos y eso es lo que importa, ¿no te parece?

Se me encendió la boca de malicia, pero me mordí la lengua. Sabía a veneno.

—Claro... Oye, pues nada, felicidades.

—Nunca me perdonarás, ¿verdad, Daniel? Para ti siempre seré Clara Barceló, la pérfida.

—Para mí siempre serás Clara Barceló, punto. Y eso también lo sabes.

Medió otro silencio, de aquellos en los que crecen las canas a traición.

—¿Y tú, Daniel? Fermín me dice que tienes una novia guapísima.

—Tengo que dejarte ahora, Clara, me entra un cliente. Te llamo un día de esta semana y quedamos para merendar. Felicidades otra vez.

Colgué el teléfono y suspiré.

Mi padre regresó de su visita al cliente con el semblante abatido y pocas ganas de conversación. Preparó la cena mientras yo ponía la mesa, sin preguntarme apenas por Fermín o por la jornada en la librería. Cenamos con la mirada hundida en el plato y atrincherados en la cháchara de las noticias de la radio. Mi padre apenas había tocado su plato. Se limitaba a remover aquella sopa aguada y sin sabor con la cuchara, como si buscase oro en el fondo.

—No has probado bocado —dije.

Mi padre se encogió de hombros. La radio seguía ametrallándonos con sandeces. Mi padre se levantó y la apagó.

—¿Qué decía la carta del ejército? —preguntó finalmente.

—Me incorporo en dos meses.

Creí que la mirada le envejecía diez años.

—Barceló me dice que me va a buscar un enchufe para que me trasladen al Gobierno Militar en Barcelona después del campamento. Hasta podré venir a dormir a casa —ofrecí.

Mi padre replicó con un asentimiento anémico. Se me hizo doloroso sostenerle la mirada y me levanté a recoger la mesa. Mi padre permaneció sentado, con la vista extraviada y las manos cruzadas bajo la barbilla. Me disponía a fregar los platos cuando escuché los pasos repiqueteando en la escalera. Pasos firmes, apresurados, que castigaban el piso y conjuraban un código funesto. Alcé la vista y crucé una mirada con mi padre. Las pisadas se detuvieron en nuestro rellano. Mi padre se incorporó, inquieto. Un segundo más tarde se escucharon varios golpes en la puerta y una voz atronadora, rabiosa y vagamente familiar.

—¡Policía! ¡Abran!

Mil dagas me apuñalaron el pensamiento. Una nueva

andanada de golpes hicieron tambalearse la puerta. Mi padre se dirigió hasta el umbral y alzó la rejilla de la mirilla.

—¿Qué quieren ustedes a estas horas?

—O abre esta puerta o la tiramos a patadas, señor Sempere. No me haga repetírselo.

Reconocí la voz de Fumero y me invadió un aliento helado. Mi padre me lanzó una mirada inquisitiva. Asentí. Ahogando un suspiro, abrió la puerta. Las siluetas de Fumero y sus dos secuaces de rigor se recortaban en el reluz amarillento del umbral. Gabardinas grises arrastrando títeres de ceniza.

—¿Dónde está? —gritó Fumero, apartando a mi padre de un manotazo y abriéndose paso hacia el comedor.

Mi padre hizo un amago de detenerle, pero uno de los agentes que cubría las espaldas del inspector le aferró del brazo y le empujó contra la pared, sujetándole con la frialdad y la eficacia de una máquina acostumbrada a la tarea. Era el mismo individuo que nos había seguido a Fermín y a mí, el mismo que me había sujetado mientras Fumero apaleaba a mi amigo frente al asilo de Santa Lucía, el mismo que me había vigilado un par de noches atrás. Me lanzó una mirada vacía, inescrutable. Salí al encuentro de Fumero, blandiendo toda la calma que era capaz de fingir. El inspector tenía los ojos inyectados en sangre. Un arañazo reciente le recorría la mejilla izquierda, ribeteado de sangre seca.

—¿Dónde está?

—¿El qué?

Fumero dejó caer los ojos y sacudió la cabeza, murmurando para sí. Cuando alzó el rostro exhibía una mueca canina en los labios y un revólver en la mano. Sin apartar sus ojos de los míos, Fumero le clavó un culatazo al jarrón con flores marchitas sobre la mesa. El jarrón estalló en pedazos, derramando el agua y los tallos ajados sobre el mantel. A mi pesar, me estremecí. Mi padre vociferaba en el recibidor bajo la presa de los dos agentes. Apenas pude descifrar sus palabras. Todo cuanto era capaz de absorber era la presión helada del cañón del revólver hundido en mi mejilla y el olor a pólvora.

—A mí no me jodas, niñato de mierda, o tu padre va a tener que recoger tus sesos del suelo. ¿Me oyes?

Asentí, temblando. Fumero presionaba el cañón del arma con fuerza contra mi pómulo. Sentí que me cortaba la piel, pero no me atreví ni a parpadear.

—Es la última vez que te lo pregunto. ¿Dónde está?

Me vi a mí mismo reflejado en las pupilas negras del inspector, que se contraían lentamente al tiempo que tensaba el percutor con el pulgar.

—Aquí no. No le he visto desde el mediodía. Es la verdad.

Fumero permaneció inmóvil durante casi medio minuto, hurgándome la cara con el revólver y relamiéndose los labios.

—Lerma —ordenó—. Eche un vistazo.

Uno de los agentes se apresuró a inspeccionar el piso. Mi padre forcejeaba en vano con el tercer policía.

—Como me hayas mentido y lo encontremos en esta casa, te juro que le rompo las dos piernas a tu padre —susurró Fumero.

—Mi padre no sabe nada. Déjele en paz.

—Tú sí que no sabes ni a lo que juegas. Pero en cuanto trinque a tu amigo, se acabó el juego. Ni jueces, ni hospitales, ni hostias. Esta vez me voy a encargar personalmente de sacarle de la circulación. Y voy a disfrutar haciéndolo, créeme. Me voy a tomar mi tiempo. Se lo puedes decir si lo ves. Porque voy a encontrarle aunque se esconda debajo de las piedras. Y tú tienes el siguiente número.

El agente Lerma reapareció en el comedor e intercambió una mirada con Fumero, una leve negativa. Fumero aflojó el percutor y retiró el revólver.

—Lástima —dijo Fumero.

—¿De qué le acusa? ¿Por qué le busca?

Fumero me dio la espalda y se aproximó a los dos agentes que, a su señal, soltaron a mi padre.

—Se va usted a acordar de esto —escupió mi padre.

Los ojos de Fumero se posaron sobre él. Instintivamente, mi padre dio un paso atrás. Temí que la visita del inspector no hubiera hecho más que empezar, pero súbitamente Fumero sacudió la cabeza, riéndose por lo bajo, y abandonó el piso sin más ceremonia. Lerma le siguió. El tercer policía, mi perpetuo centinela, se detuvo un instante en el umbral. Me miró en silencio, como si quisiera decirme algo.

—¡Palacios! —bramó Fumero, su voz desdibujada en el eco de la escalera.

Palacios bajó la mirada y desapareció por la puerta. Salí al rellano. Cuchillas de luz se perfilaban desde las puertas entreabiertas de varios vecinos, sus rostros atemorizados asomados en la penumbra. Las tres siluetas oscuras de los policías se perdían escaleras abajo y el repiqueteo furioso de sus pasos se batía en retirada como marea envenenada, dejando un rastro de miedo y negrura.

Rondaba la medianoche cuando escuchamos de nuevo golpes en la puerta, esta vez más débiles, casi temerosos. Mi padre, que me estaba limpiando la magulladura que me había dejado el revólver de Fumero con agua oxigenada, se detuvo en seco. Nuestras miradas se encontraron. Llegaron tres nuevos golpes.

Por un instante creí que se trataba de Fermín, que tal vez había presenciado todo el incidente escondido en un rincón oscuro de la escalera.

—¿Quién va? —preguntó mi padre.

—Don Anacleto, señor Sempere.

Mi padre suspiró. Abrimos la puerta para encontrar al catedrático, más pálido que nunca.

—Don Anacleto, ¿qué pasa? ¿Está usted bien? —preguntó mi padre, haciéndole pasar.

El catedrático portaba un periódico plegado en las manos. Se limitó a tendérnoslo, con una mirada de horror. El papel aún estaba tibio y la tinta fresca.

—Es la edición de mañana —musitó don Anacleto—. Página seis.

Lo primero que advertí fueron las dos fotografías que sostenían el titular. La primera mostraba a un Fermín más relleno de carnes y pelo, quizá quince o veinte años más joven. La segunda revelaba el rostro de una mujer con los ojos sellados y la piel de mármol. Tardé unos segundos en reconocerla, porque me había acostumbrado a verla entre penumbras.

UN INDIGENTE ASESINA A UNA MUJER
A PLENA LUZ DEL DÍA

Barcelona/agencias (Redacción)

La policía busca al indigente que asesinó esta tarde a puñaladas a Nuria Monfort Masdedeu, de treinta y siete años de edad y vecina de Barcelona.

El crimen tuvo lugar a media tarde en la barriada de San Gervasio, donde la víctima fue asaltada sin razón aparente por el indigente, que al parecer, y según informes de la Jefatura Superior de Policía, la había estado siguiendo por motivos que aún no han sido esclarecidos.

Al parecer, el asesino, Antonio José Gutiérrez Alcayete, de cincuenta y un años de edad y natural de Villa Inmunda, provin-

cia de Cáceres, es un conocido maleante con un largo historial de trastornos mentales fugado de la cárcel Modelo hace seis años y que ha conseguido eludir a las autoridades desde entonces asumiendo diferentes identidades. En el momento del crimen vestía una sotana. Está armado y la policía lo califica como altamente peligroso. Se desconoce todavía si la víctima y su asesino se conocían o cuál puede haber sido el móvil del crimen, aunque fuentes de la Jefatura Superior de Policía indican que todo parece apuntar hacia tal hipótesis. La víctima recibió seis heridas de arma blanca en el vientre, cuello y pecho. El asalto, que tuvo lugar en las inmediaciones de un colegio, fue presenciado por varios alumnos que alertaron al profesorado de la institución, quien a su vez llamó a la policía y a una ambulancia. Según el informe policial, las heridas recibidas por la víctima resultaron mortales. La víctima ingresó cadáver en el Hospital Clínico de Barcelona a las 18.15.

41

No tuvimos noticias de Fermín en todo el día. Mi padre insistió en abrir la librería como cualquier otro día y ofrecer una fachada de normalidad e inocencia. La policía había apostado un agente frente a la escalera y un segundo vigilaba la plaza de Santa Ana, cobijado en el portal de la iglesia como santo de última hora. Los veíamos tiritar de frío bajo la intensa lluvia que había llegado con el alba, el aliento de vapor cada vez más diáfano, las manos hundidas en los bolsillos de la gabardina. Más de un vecino pasaba de largo, mirando de soslayo a través del escaparate, pero ni un solo comprador se aventuró a entrar.

—Ya debe de haber corrido la voz —dije.

Mi padre se limitó a asentir. Había pasado la mañana sin dirigirme la palabra y expresándose con gestos. La página con la noticia del asesinato de Nuria Monfort yacía sobre el mostrador. Cada veinte minutos se acercaba y la releía con expresión impenetrable. Llevaba acumulando ira en su interior todo el día, hermético.

—Por mucho que leas la noticia una y otra vez no va a ser verdad —dije.

Mi padre alzó la vista y me miró con severidad.

—¿Conocías tú a esta persona? ¿Nuria Monfort?

—Había hablado con ella un par de veces —dije.

El rostro de Nuria Monfort me robó el pensamiento. Mi falta de sinceridad tenía sabor a náusea. Me perseguía todavía su olor y el roce de sus labios, la imagen de aquel escritorio pulcramente ordenado y su mirada triste y sabia. «Un par de veces.»

—¿Por qué tuviste que hablar con ella? ¿Qué tenía que ver contigo?

—Era una vieja amiga de Julián Carax. La fui a visitar para preguntarle qué recordaba de Carax. Eso es todo. Era la hija de Isaac, el guardián. Él me dio sus señas.

—¿La conocía Fermín?

—No.

—¿Cómo puedes estar seguro?

—¿Cómo puedes tú dudar de él y dar crédito a esas patrañas? Lo único que Fermín sabía de esa mujer es lo que yo le conté.

—¿Y por eso la estaba siguiendo?

—Sí.

—Porque tú se lo habías pedido.

Guardé silencio. Mi padre suspiró.

—No lo entiendes, papá.

—Desde luego que no. No te entiendo a ti, ni a Fermín, ni...

—Papá, por lo que sabemos de Fermín, lo que pone ahí es imposible.

—¿Y qué sabemos de Fermín, eh? Para empezar resulta que no sabíamos ni su verdadero nombre.

—Te equivocas con él.

—No, Daniel. Eres tú el que se equivoca, y en muchas cosas. ¿Quién te manda a ti hurgar en la vida de la gente?

—Soy libre de hablar con quien quiera.

—Supongo que también te sientes libre de las consecuencias.

—¿Insinúas que soy responsable de la muerte de esa mujer?

—Esa mujer, como tú la llamas, tenía nombre y apellidos, y la conocías.

—No hace falta que me lo recuerdes —repliqué con lágrimas en los ojos.

Mi padre me contempló con tristeza, negando.

—Dios santo, no quiero ni pensar cómo estará el pobre Isaac —murmuró mi padre para sí mismo.

—Yo no tengo la culpa de que esté muerta —dije con un hilo de voz, pensando que tal vez si lo repetía suficientes veces empezaría a creérmelo.

Mi padre se retiró a la trastienda, negando por lo bajo.

—Tú sabrás de lo que eres responsable o no, Daniel. A veces, ya no sé quién eres.

Cogí mi gabardina y escapé hacia la calle y la lluvia, donde nadie me conocía ni me podía leer el alma.

Me entregué a la lluvia helada sin rumbo fijo. Caminaba con la mirada caída, arrastrando la imagen de Nuria Monfort, sin vida, tendida en una fría losa de mármol, el cuerpo sembrado de puñaladas. A cada paso, la ciudad se desvanecía a mi alrededor. Al enfilar un cruce en la calle Fontanella no me detuve ni a mirar el semáforo. Cuando sentí el golpe de viento en la cara me volví hacia una pared de metal y luz que se abalanzaba sobre mí a toda velocidad. En el último instante, un transeúnte a mi espalda tiró de mí hacia atrás y me apartó de la trayectoria del autobús. Contemplé el fuselaje centelleando a apenas unos centímetros de mi rostro, una muerte segura desfilando a una décima de segundo. Cuando tuve conciencia de lo que había sucedido, el transeúnte que me había salvado la vida se alejaba por el paso de peatones, apenas una silueta en una gabardina gris. Me quedé allí clavado, sin aliento. En el espejismo de la lluvia pude advertir que mi salvador se había detenido al otro lado de la calle y me observaba bajo la lluvia. Era el tercer policía, Palacios. Una muralla de tráfico de deslizó entre nosotros, y cuando volví a mirar, el agente Palacios ya no estaba allí.

Me encaminé hacia casa de Bea, incapaz de esperar más. Necesitaba recordar lo poco de bueno que había en mí, lo que ella me había dado. Me lancé escaleras arriba a toda prisa y me detuve frente a la puerta de los Aguilar, casi sin aliento. Tomé el llamador y golpeé tres veces con fuerza. Mientras esperaba, me armé de valor y adquirí conciencia de mi aspecto: empapado hasta los huesos. Me retiré el pelo de la frente y me dije que ya estaba hecho. Si aparecía el señor Aguilar dispuesto a partirme las piernas y la cara, cuanto antes mejor. Llamé de nuevo y al poco escuché unos pasos acercándose a la puerta. La mirilla se entreabrió. Una mirada oscura y recelosa me observaba.

—¿Quién va?

Reconocí la voz de Cecilia, una de las doncellas al servicio de la familia Aguilar.

—Soy Daniel Sempere, Cecilia.

La mirilla se cerró y en unos segundos se inició el concierto de cerrojos y pasadores que blindaban la entrada al piso. El portón se abrió lentamente y me recibió Cecilia, encofiada y con uniforme, portando un cirio en un portavelas. Por su expresión de alarma intuí que debía de ofrecerle un aspecto cadavérico.

—Buenas tardes, Cecilia. ¿Está Bea?

Me miró sin comprender. En el protocolo conocido de la casa, mi presencia, que en los últimos tiempos era un accidente inusual, se asociaba únicamente a Tomás, mi antiguo compañero de escuela.

—La señorita Beatriz no está...

—¿Ha salido?

Cecilia, que apenas era un susto perpetuamente cosido a un delantal, asintió.

—¿Sabes cuándo volverá?

La doncella se encogió de hombros.

—Marchó con los señores al médico hará unas dos horas.

—¿Al médico? ¿Está enferma?

—No lo sé, señorito.

—¿A qué doctor han ido?

—Yo eso no lo sé, señorito.

Decidí no martirizar más a la pobre doncella. La ausencia de los padres de Bea me abría otros caminos a explorar.

—¿Y Tomás, está en casa?

—Sí, señorito. Pase, que le aviso.

Me adentré en el recibidor y esperé. En otros tiempos hubiera ido directamente a la habitación de mi amigo, pero hacía ya tanto que no acudía a aquella casa que me sentía de nuevo un extraño. Cecilia desapareció corredor abajo envuelta en el aura de luz, abandonándome a la oscuridad. Me pareció oír la voz de Tomás a lo lejos y luego unos pasos que se acercaban. Improvisé una excusa con la que justificar ante mi amigo mi repentina visita. La figura que apareció en el umbral del recibidor era de nuevo la de la doncella. Cecilia me dirigió una mirada compungida y se me deshizo la sonrisa de trapo.

—El señorito Tomás me dice que está muy ocupado y no puede verle ahora.

—¿Le has dicho quién soy? Daniel Sempere.

—Sí, señorito. Me ha dicho que le diga a usted que se marche.

Me nació un frío en el estómago que me segó el aliento.

—Lo siento, señorito —dijo Cecilia.

Asentí, sin saber qué decir. La doncella abrió la puerta de la que, no hacía tanto, había considerado mi segunda casa.

—¿Quiere el señorito un paraguas?

—No, gracias, Cecilia.

—Lo siento, señorito Daniel —reiteró la doncella.

Le sonreí sin fuerza.

—No te preocupes, Cecilia.

La puerta se cerró, sellándome en la sombra. Permanecí allí unos instantes y luego me arrastré escaleras abajo. La lluvia seguía arreciando, implacable. Me alejé calle abajo. Al doblar la esquina me detuve y me volví un instante. Alcé la mirada hacia el piso de los Aguilar. La silueta de mi viejo amigo Tomás se recortaba en la ventana de su habitación. Me contemplaba inmóvil. Le saludé con la mano. No me devolvió el gesto. A los pocos segundos se retiró hacia el interior. Esperé casi cinco minutos con la esperanza de verle reaparecer, pero fue en vano. La lluvia me arrancó las lágrimas y partí en su compañía.

42

De regreso a la librería crucé frente al cine Capitol, donde dos pintores entarimados en un andamio contemplaban desolados cómo el cartel que no había terminado de secar se les deshacía bajo el aguacero. La efigie estoica del centinela de turno apostado frente a la librería se discernía a lo lejos. Al aproximarme a la relojería de don Federico Flaviá advertí que el relojero había salido al umbral a contemplar el chaparrón. Todavía se leían en su rostro las cicatrices de su estancia en jefatura. Vestía un impecable traje de lana gris y sostenía un cigarrillo que no se había molestado en encender. Le saludé con la mano y me sonrió.

—¿Qué tienes tú en contra del paraguas, Daniel?

—¿Qué hay más bonito que la lluvia, don Federico?

—La neumonía. Anda, pasa, que ya tengo arreglado lo tuyo.

Le miré sin comprender. Don Federico me observaba fijamente, la sonrisa intacta. Me limité a asentir y le seguí hasta el interior de su bazar de maravillas. Tan pronto estuvimos dentro me tendió una pequeña bolsa de papel de estraza.

—Sal ya, que ese fantoche que vigila la librería no nos quitaba el ojo de encima.

Atisbé en el interior de la bolsa. Contenía un librillo encuadernado en piel. Un misal. El misal que Fermín llevaba en las manos la última vez que le había visto. Don Federico, empujándome de vuelta a la calle, me selló los labios con un grave asentimiento. Una vez en la calle recobró el semblante risueño y alzó la voz.

—Y acuérdate de no forzar la manija al darle cuerda o volverá a saltar, ¿de acuerdo?

—Descuide, don Federico, y gracias.

Me alejé con un nudo en el estómago que se estrechaba a cada paso que me aproximaba al agente de paisano que vigilaba la librería. Al cruzar frente a él le saludé con la misma mano que sostenía la bolsa que me había dado don Federico. El agente la miraba con vago interés. Me colé en la librería. Mi padre seguía en pie tras el mostrador, como si no se hubiese movido desde mi partida. Me miró apesadumbrado.

—Oye, Daniel, sobre lo de antes...

—No te preocupes. Tenías razón.

—Estás tiritando...

Asentí vagamente y le vi partir en busca del termo. Aproveché la circunstancia para meterme en el pequeño lavabo de la trastienda para examinar el misal. La nota de Fermín se deslizó en el aire, revoloteando como una mariposa. La cacé al vuelo. El mensaje estaba escrito en una hoja casi transparente de papel de fumar en caligrafía diminuta que tuve que sostener al trasluz para poder descifrar.

Amigo Daniel:

No crea usted una palabra de lo que dicen los diarios sobre el asesinato de Nuria Monfort. Como siempre, es puro embuste. Yo estoy sano, salvo y oculto en lugar seguro. No intente encontrarme o enviarme mensajes. Destruya esta nota en cuanto la haya leído. No hace falta que se la trague, basta con que la queme o la haga añicos. Yo me pondré en contacto con usted merced a mi ingenio y a los buenos oficios de terceros en concordia. Le ruego que transmita la esencia de este mensaje, en clave y con toda discreción, a mi amada. Usted no haga nada. Su amigo, el tercer hombre,

FRdT

Empezaba a releer la nota cuando alguien golpeó en la puerta del retrete con los nudillos.

—¿Se puede? —preguntó una voz desconocida.

El corazón me dio un vuelco. Sin saber qué otra cosa hacer, hice un ovillo con la hoja de papel de fumar y me la tragué. Tiré de la cadena y aproveché el estruendo de tuberías y cisternas para engullir la pelotilla de papel. Sabía a cera y a caramelo Sugus. Al abrir la puerta me encontré con la sonrisa reptil del agente de policía que segundos antes había estado apostado frente a la librería.

—Usted disculpe. No sé si será el oír llover todo el día, pero es que me orinaba, por no decir otra cosa...

—Faltaría más —dije, cediéndole el paso—. Todo suyo.

—Agradecido.

El agente, que a la luz de la bombilla me pareció una pequeña comadreja, me miró de arriba abajo. Su mirada de alcantarilla se posó en el misal en mis manos.

—Yo es que sin leer algo, no hay manera —argumenté.

—A mí me pasa lo mismo. Y luego dicen que el español no lee. ¿Me lo presta?

—Ahí encima de la cisterna tiene el último Premio de la Crítica —atajé—. Infalible.

Me alejé sin perder la compostura y me uní a mi padre, que me estaba preparando una taza de café con leche.

—¿Y ése? —pregunté.

—Me ha jurado que se cagaba. ¿Qué iba a hacer?

—Dejarlo en la calle y así entraba en calor.

Mi padre frunció el ceño.

—Si no te importa, subo ya a casa.

—Claro que no. Y ponte ropa seca, que vas a pillar una pulmonía.

El piso estaba frío y silencioso. Me dirigí a mi cuarto y atisbé por la ventana. El segundo centinela seguía allí abajo, a la puerta de la iglesia de Santa Ana. Me quité la ropa empapada y me enfundé un pijama grueso y una bata que había sido de mi abuelo. Me tendí en la cama sin molestarme en encender la luz y me abandoné a la penumbra y al sonido de la lluvia en los cristales. Cerré los ojos e intenté conciliar la imagen, el tacto y el olor de Bea. La noche anterior no había pegado ojo y pronto me venció la fatiga. En mis sueños, la silueta encapuchada de una parca de vapor cabalgaba sobre Barcelona, un atisbo espectral que se cernía sobre torres y tejados, sosteniendo en sus hilos negros cientos de pequeños ataúdes blancos que dejaban a su paso un rastro de flores negras en cuyos pétalos, escrito en sangre, se leía el nombre de Nuria Monfort.

Desperté al filo de un alba gris, de cristales empañados. Me vestí para el frío y me calcé unas botas de media caña. Salí al pasillo con sigilo y crucé el piso casi a tientas. Me deslicé por la puerta y salí a la calle. Los quioscos de las Ramblas ya mostraban sus luces a lo lejos. Me acerqué hasta el que navegaba frente a la bocana de la calle Tallers y compré la primera edición del día, que aún olía a tinta tibia. Corrí las páginas a toda prisa hasta encontrar la sección de necrológicas. El nombre de Nuria Monfort yacía caído bajo una cruz de imprenta y sentí que me temblaba la mirada. Me alejé con el periódico doblado bajo el brazo, en busca de la oscuridad. El entierro era aquella tarde, a las cuatro, en el cementerio de Montjuïc. Volví a casa dando un rodeo. Mi padre seguía durmiendo y regresé a mi cuarto. Me senté al escritorio y saqué mi pluma Meisterstück de su estuche. Tomé un folio en blanco y deseé que la plumilla me guiase. En mis manos, la pluma no tenía nada que decir. Conjuré en vano las palabras que quería ofrecer a Nuria Monfort, pero fui incapaz de escribir o de sentir nada excepto aquel terror inexplicable de su ausencia, de saberla perdida, arrancada de cuajo. Supe que algún día volvería a mí, meses o años más tarde, que siempre llevaría su recuerdo en el roce de un extraño, de imágenes que no me pertenecían, sin saber si era digno de todo ello. Te vas en sombras, pensé. Como viviste.

43

Poco antes de las tres de la tarde abordé el autobús, en el paseo de Colón, que habría de llevarme hasta el cementerio de Montjuïc. A través del cristal se contemplaba el bosque de mástiles y banderines aleteando en la dársena del puerto. El autobús, que iba casi vacío, rodeó la montaña de Montjuïc y enfiló la ruta que ascendía hasta la entrada este del gran cementerio de la ciudad. Yo era el último pasajero.

—¿A qué hora pasa el último autobús? —pregunté al conductor antes de apearme.

—A las cuatro y media.

El conductor me dejó a las puertas del recinto. Una avenida de cipreses se alzaba en la bruma. Incluso desde allí, a los pies de la montaña, se entreveía la infinita ciudad de muertos que había escalado la ladera hasta rebasar la cima. Avenidas de tumbas, paseos de lápidas y callejones de mausoleos, torres coronadas por ángeles ígneos y bosques de sepulcros se multiplicaban uno contra otro. La ciudad de los muertos era una fosa de palacios, un osario de mausoleos monumentales custodiados por ejércitos de estatuas de piedra putrefacta que se hundían en el fango. Respiré hondo y me adentré en el laberinto. Mi madre yacía enterrada a un centenar de metros de aquella senda flanqueada por galerías interminables de muerte y desolación. A cada paso podía sentir el frío, el vacío y la furia de aquel lugar, el horror de su silencio, de los rostros atrapados en viejos retratos abandonados a la compañía de velas y flores muertas. Al rato alcancé a ver a lo lejos los faroles de gas encendidos en torno a la fosa. Las siluetas de media docena de personas se alineaban contra un cielo de ceniza. Apreté el paso y me detuve allí donde llegaban las palabras del sacerdote.

El ataúd, un cofre de madera de pino sin pulir, descansaba en el barro. Dos enterradores lo custodiaban, apoyados sobre las palas. Escruté a los presentes. El viejo Isaac, el guardián del Cementerio de los Libros Olvidados, no había acudido al entierro de su hija. Reconocí a la vecina del rellano de enfrente, que sollozaba sacudiendo la cabeza mientras un hombre de aspecto derrotado la consolaba acariciándole la espalda. Su esposo, supuse. Junto a ellos había una mujer de unos cuarenta años, vestida de gris y portando un ramo de flores. Lloraba en silencio, desviando la vista de la fosa y apretando los labios. No la había visto jamás. Separado del grupo, enfundado en una gabardina oscura y sosteniendo el sombrero a su espalda, estaba el policía que me había salvado la vida el día anterior. Palacios. Alzó la mirada y me observó sin pestañear unos segundos. Las palabras ciegas del sacerdote, desprovistas de sentido, eran cuanto nos separaba del terrible silencio. Contemplé el ataúd, salpicado de arcilla. La imaginé tendida en el interior y no me di cuenta de que estaba llorando hasta que aquella desconocida de gris se me acercó y me ofreció una de las flores de su ramo. Permanecí allí hasta que el grupo se dispersó y, a una señal del sacerdote, los enterradores se dispusieron a hacer su trabajo a la luz de los faroles. Me guardé la flor en el bolsillo del abrigo y me alejé, incapaz de decir el adiós que había llevado hasta allí.

Empezaba a anochecer cuando llegué a la puerta del cementerio y supuse que ya había perdido el último autobús. Me dispuse a emprender una larga caminata a la sombra de la necrópolis y eché a caminar por la carretera que bordeaba el puerto de regreso a Barcelona. Un automóvil negro estaba aparcado a una veintena de metros al frente, con las luces encendidas. Una silueta fumaba un cigarrillo en el interior. Al aproximarme, Palacios me abrió la puerta del pasajero y me indicó que subiera.

—Sube, que te acercaré a tu casa. A estas horas no encontrarás ni autobuses ni taxis por aquí.

Dudé un instante.

—Prefiero ir andando.

—No digas tonterías. Sube.

Hablaba con el tono acerado de quien está acostumbrado a mandar y ser obedecido en el acto.

—Por favor —añadió.

Me subí al coche y el policía puso en marcha el motor.

—Enrique Palacios —dijo, ofreciéndome la mano.

No se la estreché.

—Si me deja en Colón, ya me sirve.

El coche arrancó de un tirón. Nos perdimos en la carretera y recorrimos un buen tramo sin despegar los labios.

—Quiero que sepas que siento mucho lo de la señora Monfort.

En sus labios, aquellas palabras me parecieron una obscenidad, un insulto.

—Le agradezco que me salvase usted la vida el otro día, pero tengo que decirle que me importa una mierda lo que usted sienta, señor Enrique Palacios.

—Yo no soy lo que tú piensas, Daniel. Me gustaría ayudarte.

—Si espera que le diga dónde está Fermín, ya me puede dejar aquí mismo...

—Me importa un comino dónde esté tu amigo. Ahora no estoy de servicio.

No dije nada.

—No confías en mí, y no te culpo. Pero al menos escúchame. Esto ya ha ido demasiado lejos. Esa mujer no tenía por qué morir. Te pido que dejes correr este asunto y que te olvides para siempre de ese hombre, de Carax.

—Habla usted como si lo que está pasando fuese voluntad mía. Yo sólo soy un espectador. La función se la montan entre su jefe y ustedes.

—Estoy harto de entierros, Daniel. No quiero tener que asistir al tuyo.

—Mejor, porque no está usted invitado.

—Hablo en serio.

—Y yo también. Hágame el favor de parar y dejarme aquí.

—En dos minutos estamos en Colón.

—Me da lo mismo. Este coche huele a muerto, como usted. Déjeme bajar.

Palacios aminoró la marcha y se detuvo en el arcén. Me bajé del coche y cerré con un portazo, evitando la mirada de Palacios. Esperé a que se alejase, pero el policía no se decidía a arrancar de nuevo. Me volví y vi que bajaba la ventanilla. Me pareció leer sinceridad, incluso dolor, en su rostro, pero me negué a darles crédito.

—Nuria Monfort murió en mis brazos, Daniel —dijo—. Creo que sus últimas palabras fueron un mensaje para ti.

—¿Qué dijo? —pregunté, la voz atenazada de frío—. ¿Mencionó mi nombre?

—Deliraba, pero creo que se refería a ti. En algún

momento dijo que hay peores cárceles que las palabras. Luego, antes de morir, me pidió que te dijese que la dejases marchar.

Le miré sin comprender.

—¿Que dejase marchar a quién?

—A una tal Penélope. Me imaginé que debía de ser tu novia.

Palacios bajó la mirada y partió con el crepúsculo. Me quedé mirando las luces del coche perderse en la tenebrosidad azul y escarlata, desconcertado. Al poco me encaminé de regreso al paseo de Colón, repitiéndome aquellas últimas palabras de Nuria Monfort sin encontrarles significado. Al llegar a la plaza del Portal de la Paz me detuve a contemplar los muelles junto al embarcadero de las golondrinas. Me senté en los peldaños que se perdían en las aguas turbias, en el mismo lugar donde, una noche ya perdida muchos años atrás, había visto por primera vez a Laín Coubert, el hombre sin rostro.

—Hay peores cárceles que las palabras —murmuré.

Sólo entonces comprendí que el mensaje de Nuria Monfort no iba destinado a mí. No era yo quien debía dejar escapar a Penélope. Sus últimas palabras no habían sido para un extraño, sino para el hombre que había amado en silencio durante quince años: Julián Carax.

44

Llegué a la plaza de San Felipe Neri al caer la noche. El banco en el que había avistado a Nuria Monfort por primera vez yacía a los pies de una farola, vacío y tatuado a cortaplumas con nombres de enamorados, insultos y promesas. Alcé la vista hasta las ventanas del hogar de Nuria Monfort en el tercer piso y advertí un reluz cobrizo, oscilante. Una vela.

Me adentré en la gruta de la portería oscura y ascendí la escalera a tientas. Me temblaban las manos cuando alcancé el rellano del tercero. Una cuchilla de luz rojiza despuntaba bajo el marco de la puerta entreabierta. Posé la mano sobre el pomo y permanecí allí inmóvil, escuchando. Creí oír un susurro, un aliento entrecortado que provenía del interior. Por un instante pensé que si abría aquella puerta, la encontraría esperándome al otro lado, fumando junto al balcón con las piernas encogidas y apoyada contra la pared, anclada en el mismo lugar en que la había dejado. Suavemente, temiendo molestarla, abrí la puerta y entré en el piso. Las cortinas del balcón ondeaban en la sala. La silueta estaba sentada junto a la ventana, el rostro robado al trasluz, inmóvil, sosteniendo un cirio encendido entre las manos. Una perla de claridad se deslizó por su piel, brillante como resina fresca, para caer después en su regazo. Isaac Monfort se volvió con el rostro surcado de lágrimas.

—No le vi esta tarde en el entierro —dije.

Negó en silencio, secándose los ojos con el envés de la solapa.

—Nuria no estaba allí —murmuró al rato—. Los muertos nunca acuden a su propio entierro.

Echó una mirada alrededor, como si con ello quisiera indicarme que su hija estaba en aquella sala, sentada junto a nosotros en la penumbra, escuchándonos.

—¿Sabe usted que nunca había estado en esta casa? —preguntó—. Siempre que nos veíamos era Nuria quien acudía a mí. «Para usted es más fácil, padre —decía ella—. ¿Para qué va a subir escaleras?» Yo siempre le decía: «Bueno, si no me invitas no voy a ir», y ella respondía: «No hace falta que le invite a mi casa, padre, se invita a los extraños. Usted puede venir cuando quiera.» En más de quince años no vine a verla una sola vez. Siempre le dije que había escogido un mal barrio. Poca luz. Una finca vieja. Ella sólo asentía. Como cuando le decía que había escogido una mala vida. Poco futuro. Un marido sin oficio ni beneficio. Es curioso cómo juzgamos a los demás y no nos damos cuenta de lo miserable de nuestro desdén hasta que nos faltan, hasta que nos los quitan. Nos los quitan porque nunca han sido nuestros...

La voz del anciano, desnuda de su velo de ironía, hacía aguas y sonaba casi tan vieja como su mirada.

—Nuria le quería a usted mucho, Isaac. No lo dude ni por un instante. Y me consta que ella también se sentía querida por usted —improvisé.

El viejo Isaac negó de nuevo. Sonreía, pero las lágrimas caían sin cesar, calladas.

—Quizá me quería, a su manera, como yo la quise a ella, a la mía. Pero no nos conocíamos. Quizá porque yo nunca la dejé conocerme, o nunca di un paso por conocerla a ella. Pasamos la vida como dos extraños que se han visto todos los días y se saludan por cortesía. Y pienso que quizá murió sin perdonarme.

—Isaac, le aseguro a usted...

—Daniel, es usted joven y pone voluntad, pero aunque he bebido y no sé ni lo que digo, aún no ha aprendido a mentir lo suficientemente bien como para engañar a un viejo con el corazón podrido de miserias.

Bajé la mirada.

—La policía dice que el hombre que la mató es amigo suyo —aventuró Isaac.

—La policía miente.

Isaac asintió.

—Ya lo sé.

—Le aseguro...

—No hace falta, Daniel. Sé que dice usted la verdad —dijo Isaac, extrayendo un sobre del bolsillo de su abrigo.

—La tarde antes de morir, Nuria vino a verme, como solía hacer años atrás. Me acuerdo de que solíamos ir a comer a un café de la calle Guardia, al que yo la llevaba de niña. Siempre hablábamos de libros, de libros viejos. Ella me contaba a veces cosas de su trabajo, pequeñeces, cosas que se cuentan a un extraño en un autobús... Una vez me dijo que sentía haber sido una decepción para mí. Le pregunté que de dónde había sacado aquella idea absurda. «De sus ojos, padre, de sus ojos», dijo. Ni una sola vez se me ocurrió que tal vez yo había sido una decepción todavía mayor para ella. A veces nos creemos que las personas son décimos de lotería: que están ahí para hacer realidad nuestras ilusiones absurdas.

—Isaac, con el debido respeto, ha bebido usted como un cosaco y no sabe lo que dice.

—El vino convierte al sabio en necio, y al necio en sabio. Sé lo suficiente para comprender que mi propia hija nunca confió en mí. Confiaba más en usted, Daniel, y sólo le había visto un par de veces.

—Le aseguro que se equivoca.

—La última tarde que nos vimos me trajo este sobre. Estaba muy inquieta, preocupada por algo que no me quiso contar. Me pidió que guardase este sobre y que, si pasaba algo, se lo entregase a usted.

—¿Si pasaba algo?

—Ésas fueron sus palabras. La vi tan alterada que le propuse que acudiésemos juntos a la policía, que fuera cual fuese el problema encontraríamos una solución. Entonces me dijo que la policía era el último sitio al que podía acudir. Le pedí que me revelase de qué se trataba, pero dijo que tenía que marcharse y me hizo prometer que le entregaría a usted este sobre si ella no volvía a buscarlo en un par de días. Me pidió que no lo abriera.

Isaac tendió el sobre. Estaba abierto.

—Le mentí, como siempre —dijo.

Inspeccioné el sobre. Contenía un pliego de cuartillas escritas a mano.

—¿Las ha leído usted? —pregunté.

El anciano asintió lentamente.

—¿Qué dicen?

El anciano alzó el rostro. Le temblaban los labios. Me pareció que había envejecido cien años desde la última vez que le había visto.

—Es la historia que usted buscaba, Daniel. La historia de una mujer que nunca conocí, aunque llevara mi nombre y mi sangre. Ahora le pertenece a usted.

Me guardé el sobre en el bolsillo del abrigo.

—Le voy a pedir que me deje solo, aquí con ella, si no le importa. Hace un rato, mientras leía esas páginas, me ha parecido que la reencontraba. Yo, por más que me esfuerce, sólo consigo recordarla como cuando era niña. De pequeña era muy callada, ¿sabe usted? Lo miraba todo, pensativa, y nunca se reía. Lo que más le gustaba eran los cuentos. Siempre me pedía que le leyese cuentos y no creo que haya habido una cría que aprendiese antes a leer. Decía que quería ser escritora y redactar enciclopedias y tratados de historia y filosofía. Su madre decía que todo aquello era culpa mía, que Nuria me adoraba y como pensaba que su padre sólo quería a los libros, ella quería escribir libros para que su padre la quisiera a ella.

—Isaac, no me parece una buena idea que esté usted solo esta noche. ¿Por qué no se viene conmigo? Se queda esta noche en casa, y así le hace compañía a mi padre.

Isaac negó de nuevo.

—Tengo que hacer, Daniel. Váyase usted a casa, y lea esas páginas. Le pertenecen a usted.

El anciano desvió la mirada y me dirigí hacia la puerta. Estaba en el umbral cuando la voz de Isaac me llamó, apenas un susurro.

—¿Daniel?

—Sí.

—Tenga usted mucho cuidado.

Cuando salí a la calle me pareció que la negrura se arrastraba por el empedrado, pisándome los talones. Apreté el paso y no aflojé el ritmo hasta que llegué al piso de Santa Ana. Al entrar en casa encontré a mi padre refugiado en su butaca con un libro abierto en el regazo. Era un álbum de fotografías. Al verme, se incorporó con una expresión de alivio que le arrancó el cielo de encima.

—Ya estaba preocupado —dijo—. ¿Cómo fue el entierro?

Me encogí de hombros y mi padre asintió gravemente, dando el tema por cerrado.

—Te he preparado algo de cena. Si te apetece, lo recaliento y...

—No tengo hambre, gracias. He picado algo por ahí.

Me miró a los ojos y asintió de nuevo. Se volvió y empezó a recoger los platos que había dispuesto en la mesa. Fue entonces, sin saber bien por qué, cuando me acerqué a él y le abracé. Sentí que mi padre, sorprendido, me abrazaba a su vez.

—Daniel, ¿estás bien?

Estreché a mi padre entre mis brazos con fuerza.

—Te quiero —murmuré.

Repicaban las campanas de la catedral cuando empecé a leer el manuscrito de Nuria Monfort. Su caligrafía menuda y ordenada me recordó la pulcritud de su escritorio, como si hubiese querido buscar en las palabras la paz y la seguridad que la vida no había querido concederle.

NURIA MONFORT: MEMORIA DE APARECIDOS

—

1933-1955

1

No hay segundas oportunidades, excepto para el remordimiento. Julián Carax y yo nos conocimos en el otoño de 1933. Por entonces, yo trabajaba para el editor Josep Cabestany. El señor Cabestany le había descubierto en 1927 durante uno de sus viajes «de prospección editorial» a París. Julián se ganaba la vida tocando el piano por las tardes en una casa de alterne y escribía por las noches. La dueña del local, una tal Irene Marceau, tenía tratos con la mayoría de editores de París y, gracias a sus ruegos, favores o amenazas de indiscreción, Julián Carax había conseguido publicar varias novelas en diferentes editoriales con resultados comerciales desastrosos. Cabestany había adquirido los derechos exclusivos para editar la obra de Carax en España y América del Sur por una suma irrisoria que incluía la traducción de los originales en francés al castellano por parte del autor. Confiaba en poder vender unos tres mil ejemplares de cada una, pero los dos primeros títulos que publicó en España fueron un rotundo fracaso: apenas se vendieron un centenar de ejemplares de cada uno. Pese a los malos resultados, cada dos años recibíamos un nuevo manuscrito de Julián, que Cabestany aceptaba sin poner reparos, alegando que había suscrito un compromiso con el autor, que no todo eran los beneficios y que había que promocionar la buena literatura.

Un día, intrigada, le pregunté por qué continuaba publicando novelas de Julián Carax y perdiendo dinero en el empeño. Por toda contestación, Cabestany fue hasta su estantería, tomó una copia de un libro de Julián y me invitó a que lo leyese. Así lo hice. Dos semanas más tarde los había leído todos. Esta vez mi pregunta fue cómo era posible que vendiésemos tan pocos ejemplares de aquellas novelas.

—No lo sé —dijo Cabestany—. Pero lo seguiremos intentando.

Me pareció un gesto noble y admirable que no casaba con la imagen fenicia que me había hecho del señor Cabestany. Quizá le había juzgado mal. La figura de Julián Carax cada vez me intrigaba más. Todo lo referente a él estaba envuelto de misterio. Por lo menos una o dos veces al mes alguien llamaba preguntando por la dirección de Julián Carax. Pronto advertí que siempre era la misma persona, que se identificaba con nombres diferentes. Yo me limitaba a decirle lo que ya decían las contraportadas de los libros, que Julián Carax vivía en París. Con el tiempo, aquel hombre dejó de llamar. Yo, por si las moscas, había borrado la dirección de Carax de los archivos de la editorial. Yo era la única que le escribía y me la sabía de memoria.

Meses más tarde, por casualidad, me encontré con las hojas de contabilidad que el taller de impresión enviaba al señor Cabestany. Al echarles un vistazo advertí que las ediciones de los libros de Julián Carax estaban sufragadas en su integridad por un individuo ajeno a la empresa del cual yo no había oído hablar jamás: Miquel Moliner. Es más, los costes de impresión y distribución de las obras eran sustancialmente inferiores a la cifra facturada al señor Moliner. Las cifras no mentían: la editorial estaba haciendo dinero imprimiendo libros que iban a parar directamente a un almacén. No tuve valor para cuestionar las indiscreciones financieras de Cabestany. Temía perder mi puesto. Lo que hice fue anotar la dirección a la que enviábamos las facturas a nombre de Miquel Moliner, un palacete en la calle Puertaferrisa. Guardé aquella dirección durante meses antes de atreverme a visitarle. Finalmente, mi conciencia pudo más y me presenté en su casa dispuesta a decirle que Cabestany le estaba estafando. Sonrió y me dijo que ya lo sabía.

—Cada cual hace aquello para lo que sirve.

Le pregunté si había sido él quien había estado llamando tantas veces para averiguar la dirección de Carax. Dijo que no y, con gesto sombrío, me advirtió que no debía darle esa dirección a nadie. Nunca.

Miquel Moliner era un hombre enigmático. Vivía solo en un palacio cavernoso y casi en ruinas que formaba parte de la herencia de su padre, un industrial que se había enriquecido con la fabricación de armas y, se decía, la promoción de guerras. Lejos de vivir entre lujos, Miquel llevaba una existencia casi monacal, dedicado a dilapidar aquel dinero que consideraba ensangrentado en restaurar museos, catedrales, escuelas, bibliotecas, hospitales y en asegurarse de que las obras de su amigo de juventud, Julián Carax, fuesen publicadas en su ciudad natal.

—Dinero me sobra, y amigos como Julián me faltan —decía por toda explicación.

Apenas mantenía contacto con sus hermanos o con el resto de su familia, a quienes se refería como extraños. No se había casado y raramente salía del recinto del palacio, en el que sólo ocupaba la planta superior. Allí tenía montada su oficina, donde trabajaba febrilmente escribiendo artículos y columnas para varios periódicos y revistas de Madrid y Barcelona, traduciendo textos técnicos del alemán y el francés, haciendo corrección de estilo de enciclopedias y manuales escolares... Miquel Moliner estaba poseído por esa enfermedad de la laboriosidad culpable y, aunque respetaba y hasta envidiaba la ociosidad en los demás, huía de ella como de la peste. Lejos de presumir de su ética de trabajo, bromeaba sobre su compulsión productiva y la describía como una forma menor de cobardía.

—Mientras se trabaja, uno no le mira a la vida a los ojos.

Nos hicimos buenos amigos casi sin darnos cuenta. Ambos teníamos mucho en común, quizá demasiado. Miquel me hablaba de libros, de su adorado doctor Freud, de música, pero sobre todo de su viejo amigo Julián. Nos veíamos casi todas las semanas. Miquel me contaba historias de los días de Julián en el colegio de San Gabriel. Conservaba una colección de antiguas fotografías, de relatos escritos por un Julián adolescente. Miquel adoraba a Julián y a través de sus palabras y sus recuerdos aprendí a descubrirle, a inventar una imagen en la ausencia. Un año después de conocernos, Miquel Moliner me confesó que se había enamorado de mí. No quise herirle, pero tampoco engañarle. Era imposible engañar a Miquel. Le dije que le apreciaba muchísimo, que se había convertido en mi mejor amigo, pero no estaba enamorada de él. Miquel dijo que ya lo sabía.

—Estás enamorada de Julián, pero no lo sabes todavía.

En agosto de 1933, Julián me escribió anunciándome que casi había terminado el manuscrito de una nueva novela titulada *El ladrón de catedrales*. Cabestany tenía unos contratos pendientes de renovación en septiembre con Gallimard. Llevaba ya semanas paralizado con un ataque de gota y, como premio a mi dedicación, decidió que yo viajase a Francia en su lugar para tramitar los nuevos contratos y, de paso, visitar a Julián Carax y recoger la nueva obra. Escribí a Julián anunciando mi visita para mediados de septiembre y pidiéndole si me podía recomendar un hotel modesto y de precio asequible. Julián contestó diciendo que me podía instalar en su casa, un modesto piso en la barriada de St. Germain, y ahorrarme el dinero del hotel para otros gastos. El día antes de partir visité a Miquel para preguntarle si tenía algún mensaje para Julián. Dudó un largo rato, y luego me dijo que no.

La primera vez que vi a Julián en persona fue en la estación de Austerlitz. El otoño había llegado a París a traición y la estación estaba inundada de niebla. Me quedé esperando en el andén, mientras los pasajeros partían hacia la salida. Pronto me quedé sola y vi a un hombre enfundado en un abrigo negro apostado a la entrada del andén que me observaba entre el humo de un cigarrillo. Durante el viaje me había preguntado a menudo cómo iba a reconocer a Julián. Las fotografías que había visto de él en la colección de Miquel Moliner tenían por lo menos trece o catorce años. Miré a un lado y a otro del andén. No había nadie más excepto aquella figura y yo. Advertí que el hombre me contemplaba con cierta curiosidad, quizá esperando a otra persona, al igual que yo. No podía ser él. Según mis datos, Julián tenía entonces treinta y dos años, y aquel hombre me pareció mayor. Tenía el pelo cano y una expresión de tristeza o cansancio. Demasiado pálido y demasiado delgado, o quizá fuera sólo la niebla y el cansancio del viaje. Había aprendido a imaginar un Julián adolescente. Me aproximé a aquel desconocido con cautela y le miré a los ojos.

—¿Julián?

El extraño me sonrió y asintió. Julián Carax tenía la

sonrisa más bonita del mundo. Es lo único que quedaba de él.

Julián ocupaba una buhardilla en la barriada de St. Germain. El piso se reducía a dos piezas: una sala con una cocina diminuta que daba a una balaustrada desde la que se veían las torres de Notre-Dame emergiendo tras una jungla de tejados y neblina, y un dormitorio sin ventanas con un lecho individual. El baño estaba al fondo del pasillo del piso inferior y lo compartía con el resto de vecinos. El conjunto de la vivienda era más pequeño que el despacho del señor Cabestany. Julián había limpiado a conciencia y había dispuesto todo para acogerme con sencillez y decoro. Fingí estar encantada con la casa, que todavía olía al desinfectante y a la cera que Julián había aplicado con más empeño que maña. Las sábanas de la cama se veían por estrenar. Me pareció que eran de un estampado con dibujos de dragones y castillos. Sábanas de niño. Julián se disculpó diciendo que las había conseguido a un precio excepcional, pero que eran de primera calidad. Las que no llevaban estampado costaban el doble, argumentó, y eran más aburridas.

En la sala había un escritorio de madera vieja enfrentado a la visión de las torres de la catedral. Sobre él yacía la máquina Underwood que había adquirido con el anticipo de Cabestany y dos pilas de cuartillas, una en blanco y la otra escrita por ambas caras. Julián compartía el piso con un inmenso gato blanco al que llamaba *Kurtz*. El felino me observaba con recelo a los pies de su dueño, relamiéndose las garras. Conté dos sillas, una percha y poco más. Lo demás eran libros. Murallas de libros cubrían las paredes desde el suelo hasta el techo, en dos capas. Mientras yo inspeccionaba el lugar, Julián suspiró.

—Hay un hotel a dos calles de aquí. Limpio, asequible y respetable. Me permití hacer una reserva...

Tuve mis dudas, pero temía ofenderle.

—Aquí estaré perfectamente, siempre y cuando no suponga una molestia para ti, ni para *Kurtz.*

Kurtz y Julián intercambiaron una mirada. Julián negó, y el gato imitó su gesto. No me había dado cuenta de lo mucho que se parecían el uno al otro. Julián insistió en cederme el dormitorio. Él, alegaba, apenas dormía y se instalaría en la sala en un plegatín que le había prestado su vecino monsieur Darcieu, un anciano ilusionista que leía las líneas de la mano a las señoritas a cambio de un beso. Aquella primera noche dormí de un tirón, agotada por el viaje. Me desperté al alba y descubrí que Julián había salido. *Kurtz* dormía sobre la máquina de escribir de su dueño. Roncaba como un mastín. Me aproximé al escritorio y vi el manuscrito de la nueva novela que había venido a recoger.

El ladrón de catedrales

En la primera página, al igual que en todas las novelas de Julián, rezaba la leyenda, escrita a mano:

Para P

Me sentí tentada de empezar a leer. Estaba a punto de tomar la segunda página cuando advertí que *Kurtz* me miraba de reojo. Al igual que había visto hacer a Julián, negué con la cabeza. El gato negó a su vez, y devolví las páginas a su lugar. Al rato, Julián apareció trayendo pan recién hecho, un termo de café y queso fresco. Desayunamos en la balaustrada. Julián hablaba sin cesar pero rehuía mi mirada. A la luz del alba me pareció un niño envejecido. Se había afeitado y enfundado el que supuse era su único atuendo decente, un traje de algodón color crema que se veía gastado pero elegante. Le escuché hablarme de los misterios de Notre-Dame, de una supuesta barcaza fantasma que surcaba el Sena por las noches recogiendo las almas de los amantes desesperados que se habían suicidado tirándose a las aguas heladas, de mil y un embrujos que inventaba sobre la marcha con tal de no permitirme preguntarle nada. Yo le contemplaba en silencio, asintiendo, buscando en él al hombre que había escrito los libros que conocía casi de memoria de tanto releerlos, al muchacho que Miquel Moliner me había descrito tantas veces.

—¿Cuántos días vas a estar en París? —preguntó.

Mis asuntos con Gallimard iban a llevarme unos dos o tres días, supuse. Mi primera cita era aquella misma tarde. Le dije que había pensado tomarme un par de días para conocer la ciudad antes de regresar a Barcelona.

—París exige más de dos días —dijo Julián—. No se aviene a razones.

—No dispongo de más tiempo, Julián. El señor Cabestany es un patrón generoso, pero todo tiene un límite.

—Cabestany es un pirata, pero incluso él sabe que París no se ve en dos días, ni en dos meses, ni en dos años.

—No puedo estar dos años en París, Julián.

Julián miró un largo rato en silencio y me sonrió.

—¿Por qué no? ¿Alguien te espera?

Los trámites con Gallimard y mis visitas de cortesía a varios editores con quienes Cabestany tenía contratos ocuparon tres días completos, tal y como había previsto. Julián me había asignado un guía y protector, un muchacho llamado Hervé que tenía apenas trece años y se conocía la ciudad al dedillo. Hervé me acompañaba de puerta a puerta, se aseguraba de indicarme en qué cafés tomar un bocado, qué calles evitar, qué vistas apresar. Me esperaba durante horas a la puerta de las oficinas de los editores sin perder la sonrisa y sin aceptar propina alguna. Hervé chapurreaba un español divertido, que mezclaba con tintes de italiano y portugués.

—Signore Carax, ya me ha pagato con tuoda generosidade pos meus serviçios...

Según pude deducir, Hervé era el huérfano de una de las damas del establecimiento de Irene Marceau, en cuyo ático vivía. Julián le había enseñado a leer, escribir y a tocar el piano. Los domingos lo llevaba al teatro o a un concierto. Hervé idolatraba a Julián y parecía dispuesto a hacer cualquier cosa por él, incluido guiarme hasta el fin del mundo si era necesario. En nuestro tercer día juntos me preguntó si yo era la novia del *signore* Carax. Le dije que no, sólo una amiga de visita. Pareció decepcionado.

Julián pasaba casi todas las noches en vela, sentado en su escritorio con *Kurtz* en el regazo, repasando páginas o simplemente mirando las siluetas de las torres de la catedral a lo lejos. Una noche en que yo tampoco podía dormir por el ruido de la lluvia arañando el tejado salí a la sala. Nos miramos sin decir nada y Julián me ofreció un cigarrillo. Contemplamos la lluvia en silencio durante un largo rato. Luego, cuando la lluvia cesó, le pregunté quién era P.

—Penélope —respondió.

Le pedí que me hablase de ella, de aquellos trece años de exilio en París. A media voz, en la penumbra, Julián me contó que Penélope era la única mujer a la que había amado.

Una noche de invierno de 1921, Irene Marceau encontró a Julián Carax vagando en las calles, incapaz de recordar su nombre y vomitando sangre. Apenas llevaba encima unas monedas y unas páginas dobladas, escritas a mano. Irene las leyó, y creyó que había dado con un autor famoso, borracho perdido, y que quizá un editor generoso la recompensaría cuando él recobrase el conocimiento. Ésa era al menos su versión, pero Julián sabía que le salvó la vida por compasión. Pasó seis meses en una habitación en el ático del burdel de Irene, recuperándose. Los médicos advirtieron a Irene que si aquel individuo volvía a envenenarse, no respondían de él. Se había destrozado el estómago y el hígado, e iba a pasar el resto de sus días sin poder alimentarse más que de leche, queso fresco y pan tierno. Cuando Julián recobró el habla, Irene le preguntó quién era.

—Nadie —respondió Julián.

—Pues nadie vive a mi costa. ¿Qué sabes hacer?

Julián dijo que sabía tocar el piano.

—Demuéstralo.

Julián se sentó al piano del salón y, frente a una intrigada audiencia de quince putillas adolescentes en paños menores, interpretó un nocturno de Chopin. Todas aplaudieron menos Irene, que dijo que aquello era música de muertos y que ellas estaban en el negocio de los vivos. Julián tocó para ella un *ragtime* y un par de piezas de Offenbach.

—Eso está mejor.

Su nuevo empleo le granjeaba un sueldo, un techo y dos comidas calientes al día.

En París sobrevivió gracias a la caridad de Irene Marceau, que era la única persona que le animaba a seguir escribiendo. A ella le gustaban las novelas románticas y las biografías de santos y mártires, que la intrigaban enormemente. En su opinión, el problema de Julián es que tenía el corazón envenenado y que por eso sólo podía escribir aquellas historias de espantos y tinieblas. Pese a sus reparos, Irene era quien había conseguido que Julián encontrase editor para sus primeras novelas, quien le había procurado aquella buhardilla en la que se escondía del mundo, la que le vestía y lo sacaba de casa para que le diese el sol y el aire, quien le compraba libros y le hacía acompañarla a misa los domingos y luego a pasear por las Tullerías. Irene Marceau le mantenía vivo sin pedirle otra cosa a cambio que su amistad y la promesa de que seguiría escribiendo. Con el tiempo, Irene le permitió llevarse a alguna de sus chicas a la buhardilla, aunque sólo fuera para dormir abrazados. Irene bromeaba que ellas estaban casi tan solas como él y lo único que querían era algo de cariño.

—Mi vecino, monsieur Darcieu, me tiene por el hombre más afortunado del universo.

Le pregunté por qué no había regresado nunca a Barcelona en busca de Penélope. Se sumió en un largo silencio y cuando busqué su rostro en la oscuridad lo encontré cortado de lágrimas. Sin saber bien lo que hacía me arrodillé junto a él y le abracé. Permanecimos así, abrazados en aquella silla, hasta que nos sorprendió el alba. Ya no sé quién besó primero a quién, ni si tiene importancia. Sé que encontré sus labios y que me dejé acariciar sin darme cuenta de que también yo estaba llorando y no sabía por qué. Aquel amanecer, y todos los que siguieron durante las dos semanas que pasé con Julián, nos amamos en el suelo, siempre en silencio. Luego, sentados en un café o paseando por las calles, le miraba a los ojos y sabía sin necesidad de preguntarle que él seguía queriendo a Penélope. Recuerdo que en aquellos días aprendí a odiar a aquella muchacha de diecisiete años (porque para mí Penélope siempre tuvo diecisiete años), a la que nunca había conocido y con la que empezaba a soñar. Inventé mil y una excusas para telegrafiar a Cabestany y prolongar mi estancia. Ya no me preocupaba perder aquel empleo ni la existencia gris que había dejado en Barcelona. Muchas veces me he preguntado si llegué a París con una vida tan vacía que caí en los brazos de Julián como las chicas de Irene Marceau, que mendigaban cariño a regañadientes. Sólo sé que aquellas dos semanas que pasé con Julián fueron el único momento de mi vida en que sentí por una vez que era yo misma, en que comprendí con esa absurda claridad de las cosas inexplicables que nunca podría querer a otro hombre como quería a Julián, aunque pasara el resto de mis días intentándolo.

Una día Julián se quedó dormido en mis brazos, exhausto. La tarde anterior, al cruzar frente al escaparate de una tienda de empeños se había detenido para enseñarme una pluma estilográfica que llevaba años expuesta en el mostrador y que según el tendero había pertenecido a Víctor Hugo. Julián nunca había tenido un céntimo para comprarla, pero cada día la visitaba. Me vestí con sigilo y bajé a la tienda. La pluma costaba una fortuna que yo no tenía, pero el tendero me dijo que aceptaría un cheque en pesetas contra cualquier banco español con oficina en París. Antes de morir, mi madre me había prometido que ahorraría durante años para comprarme un vestido de novia. La pluma de Víctor Hugo se llevó mi velo por delante, y aunque sabía que era una locura, nunca gasté un dinero más a gusto. Al salir de la tienda con el estuche fabuloso, advertí que una mujer me seguía. Era una dama muy elegante, con el cabello plateado y los ojos más azules que he visto jamás. Se me aproximó y se presentó. Era Irene Marceau, la protectora de Julián. Mi lazarillo Hervé le había hablado de mí. Sólo quería conocerme y preguntarme si yo era la mujer a la que Julián había estado esperando todos aquellos años. No hizo falta que respondiese.

Irene se limitó a asentir y me besó en la mejilla. La vi alejarse calle abajo y supe entonces que Julián nunca sería mío, que le había perdido antes de empezar. Regresé a la buhardilla con el estuche de la pluma oculto en mi bolso. Julián me esperaba despierto. Me desnudó sin decir nada e hicimos el amor por última vez. Cuando me preguntó por qué lloraba le dije que eran lágrimas de felicidad. Más tarde, cuando Julián bajó a buscar algo de comida, hice el equipaje y dejé el estuche con la pluma sobre su máquina de escribir. Metí el manuscrito de la novela en mi maleta y me marché antes de que Julián regresara. En el rellano me encontré con monsieur Darcieu, el anciano ilusionista que leía la mano de las muchachas a cambio de un beso. Me tomó la mano izquierda y me observó con tristeza.

—*Vous avez poison au coeur, mademoiselle.*

Cuando quise satisfacer su tarifa negó suavemente, y fue él quien me besó la mano.

Llegué a la estación de Austerlitz justo a tiempo para tomar el tren de las doce para Barcelona. El revisor que me vendió el billete me preguntó si me encontraba bien. Asentí y me encerré en el compartimento. El tren partía ya cuando miré por la ventana y avisté la silueta de Julián en el andén, en el mismo sitio que le había visto la primera vez. Cerré los ojos y no los abrí hasta que el tren hubo dejado atrás la estación y aquella ciudad embrujada a la que nunca podría regresar. Llegué a Barcelona al amanecer del día siguiente. Aquel día cumplí los veinticuatro años, sabiendo que lo mejor de mi vida había quedado atrás.

2

A mi regreso a Barcelona dejé pasar un tiempo antes de volver a visitar a Miquel Moliner. Necesitaba quitarme a Julián de la cabeza y me daba cuenta de que si Miquel me preguntaba por él no iba a saber qué decir. Cuando nos encontramos de nuevo no hizo falta que le dijese nada. Miquel me miró a los ojos y se limitó a asentir. Me pareció más flaco que antes de mi viaje a París, el rostro de una palidez casi enfermiza, que yo atribuí al exceso de trabajo con que se castigaba. Me confesó que estaba pasando apuros económicos. Había gastado casi todo el dinero que había heredado en sus donaciones filantrópicas y ahora los abogados de sus hermanos estaban tratando de desalojarle del palacete alegando que una cláusula del testamento del viejo Moliner especificaba que Miquel sólo podría hacer uso de aquel lugar siempre y cuando lo mantuviese en buenas condiciones y pudiera demostrar solvencia para mantener la propiedad. En caso contrario, el palacio de Puertaferrisa pasaría a la custodia de sus otros hermanos.

—Incluso antes de morir, mi padre intuyó que iba a gastarme su dinero en todo aquello que él detestaba en vida, hasta el último céntimo.

Sus ingresos como columnista y traductor estaban lejos de permitirle mantener semejante domicilio.

—Lo difícil no es ganar dinero sin más —se lamentaba—. Lo difícil es ganarlo haciendo algo a lo que valga la pena dedicarle la vida.

Sospeché que estaba empezando a beber a escondidas. A veces le temblaban las manos. Yo le visitaba todos los domingos y le obligaba a salir a la calle y a alejarse de su mesa de trabajo y sus enciclopedias. Sabía que le dolía verme. Actuaba como si no recordase que me había propuesto matrimonio y que le había rechazado, pero a veces le sorprendía observándome con anhelo y deseo, con mirada de derrota. Mi única excusa para someterle a aquella crueldad era puramente egoísta: sólo Miquel sabía la verdad sobre Julián y Penélope Aldaya.

Durante aquellos meses que pasé alejada de Julián, Penélope Aldaya se había convertido en un espectro que me devoraba el sueño y el pensamiento. Todavía recordaba la expresión de decepción en el rostro de Irene Marceau al comprobar que yo no era la mujer que Julián estaba esperando. Penélope Aldaya, ausente y a traición, era una enemiga demasiado poderosa para mí. Invisible, la imaginaba perfecta, una luz en cuya sombra me perdía, indigna, vulgar, tangible. Nunca había creído posible que pudiera odiar tanto, y tan a mi pesar, a alguien a quien ni siquiera conocía, a quien no había visto una sola vez. Supongo que creía que si la encontraba cara a cara, si comprobaba que era de carne y hueso, su hechizo se rompería y Julián sería libre de nuevo. Y yo con él. Quise creer que era una cuestión de tiempo, de paciencia. Tarde o temprano, Miquel me contaría la verdad. Y la verdad me haría libre.

Un día, mientras paseábamos por el claustro de la catedral, Miquel volvió a insinuar su interés por mí. Le miré y vi a un hombre solo, sin esperanzas. Sabía lo que hacía cuando le llevé a casa y me dejé seducir por él. Sabía que le estaba engañando, y que él lo sabía también, pero no tenía nada más en el mundo. Fue así como nos convertimos en amantes, por desesperación. Yo veía en sus ojos lo que hubiera querido ver en los de Julián. Sentía que al entregarme a él, me vengaba de Julián y de Penélope y de todo aquello que se me negaba. Miquel, que estaba enfermo de deseo y de soledad, sabía que nuestro amor era una farsa, y aun así no podía dejarme ir. Cada día bebía más y muchas veces apenas podía poseerme. Entonces bromeaba amargamente que después de todo nos habíamos convertido en un matrimonio ejemplar en un tiempo récord. Nos estábamos haciendo daño el uno al otro por despecho y cobardía. Una noche, cuando casi se cumplía un año de mi regreso de París, le pedí que me contase la verdad sobre Penélope. Miquel había bebido y se puso violento, como nunca le había visto antes. Lleno de rabia, me insultó y me acusó de no haberle querido nunca, de ser una furcia cualquiera. Me arrancó la ropa a jirones y cuando quiso forzarme yo me tendí, ofreciéndome sin resistencia y llorando en silencio. Miquel se vino abajo y me suplicó que le perdonase. Cuánto me hubiera gustado poder amarle a él y no a Julián, poder elegir quedarme a su lado. Pero no podía. Nos abrazamos en la oscuridad y le pedí perdón por todo el daño que le había hecho. Me dijo entonces que si eso era realmente lo que quería, me contaría la verdad sobre Penélope Aldaya. Hasta en eso me equivoqué.

Aquel domingo de 1919 en que Miquel Moliner había acudido a la estación de Francia a entregar el billete a París y despedir a su amigo Julián, ya sabía que Penélope no acudiría a la cita. Sabía que dos días antes, al regresar don Ricardo Aldaya de Madrid, su esposa le había confesado que había sorprendido a Julián y a su hija Penélope en la habitación del aya Jacinta. Jorge Aldaya le había revelado a Miquel lo sucedido el día anterior, haciéndole jurar que nunca se lo contaría a nadie. Jorge le explicó cómo, al recibir la noticia, don Ricardo estalló de ira, y gritando como un loco, corrió a la habitación de Penélope, que al oír los alaridos de su padre se había encerrado con llave y lloraba de terror. Don Ricardo derribó la puerta a patadas y encontró a Penélope de rodillas, temblando y suplicándole su perdón. Don Ricardo le propinó entonces una bofetada que la derribó contra el suelo. Ni el propio Jorge fue capaz de repetirle las palabras que profirió don Ricardo, ardiendo de rabia. Todos los miembros de la familia y el servicio esperaban abajo, atemorizados, sin saber qué hacer. Jorge se ocultó en su habitación, a oscuras, pero incluso allí llegaban los gritos de don Ricardo. Jacinta fue despedida aquel mismo día. Don Ricardo ni se dignó verla. Ordenó a los criados que la echasen de la casa y les amenazó con un destino similar si cualquiera de ellos volvía a tener contacto alguno con ella.

Cuando don Ricardo bajó a la biblioteca era ya medianoche. Había dejado encerrada bajo llave a Penélope en la que había sido la habitación de Jacinta y prohibió terminantemente que nadie subiera a verla, ni miembros del servicio ni de la familia. Desde su habitación, Jorge escuchó a sus padres hablar en el piso de abajo. El doctor llegó de madrugada. La señora Aldaya le condujo hasta la alcoba donde mantenían encerrada a Penélope y esperó en la puerta mientras el médico la reconocía. Al salir, el doctor se limitó a asentir y a recoger su pago. Jorge escuchó cómo don Ricardo le decía que si comentaba con alguien lo que había visto allí, él personalmente se aseguraría de arruinar su reputación y de impedir que volviese a ejercer la medicina. Incluso Jorge sabía lo que eso significaba.

Jorge confesó estar muy preocupado por Penélope y por Julián. Nunca había visto a su padre poseído por semejante cólera. Incluso teniendo en cuenta la ofensa cometida por los amantes, no comprendía el alcance de aquella ira. Tiene que haber algo más, dijo, algo más. Don Ricardo había dado órdenes ya para que Julián fuese expulsado del colegio de San Gabriel y se había puesto en contacto con el padre del muchacho, el sombrerero, para enviarle al ejército inmediatamente. Miquel, al oír aquello, decidió que no podía decirle a Julián la verdad. Si le desvelaba que don Ricardo Aldaya mantenía encerrada a Penélope y que ella llevaba en las entrañas al hijo de ambos, Julián nunca tomaría aquel tren para París. Sabía que quedarse en Barcelona sería el fin de su amigo. Así pues, decidió engañarle y dejar que partiera para París sin saber lo que había sucedido, dejándole creer que Penélope se reuniría con él tarde o temprano. Al despedirse de Julián aquel día en la estación de Francia, quiso creer que no todo estaba perdido.

Días más tarde, cuando se supo que Julián había desaparecido, se abrieron los infiernos. Don Ricardo Aldaya echaba espuma por la boca. Puso a medio departamento de policía a la busca y captura del fugitivo, sin éxito. Acusó entonces al sombrerero de haber saboteado el plan que habían pactado y le amenazó con la ruina absoluta. El sombrerero, que no entendía nada, acusó a su vez a su esposa Sophie de haber urdido la fuga de aquel hijo infame y la amenazó con echarla a la calle para siempre. A nadie se le ocurrió que era Miquel Moliner quien había ideado todo el asunto. A nadie excepto a Jorge Aldaya, que dos semanas más tarde acudió a verle. Ya no rezumaba el temor y la preocupación que le habían atenazado días atrás. Aquél era otro Jorge Aldaya, adulto y robado de inocencia. Fuera lo que fuese lo que se ocultaba tras la rabia de don Ricardo, Jorge lo había averiguado. El motivo de la visita era sucinto: le dijo que sabía que era él quien había ayudado a Julián a escapar. Le anunció que ya no eran amigos, que no quería volver a verle nunca más y le amenazó con matarle si le contaba a alguien lo que él le había revelado dos semanas antes.

Unas semanas más tarde, Miquel recibió la carta bajo nombre falso que Julián enviaba desde París dándole su dirección y comunicándole que estaba bien y le echaba de menos e interesándose por su madre y por Penélope. Incluía una carta dirigida a Penélope para que Miquel la reenviase desde Barcelona, la primera de tantas que Penélope nunca llegaría a leer. Miquel dejó pasar unos meses con prudencia. Escribía semanalmente a Julián, refiriéndole sólo aquello que creía oportuno, que era casi nada. Julián a su vez le hablaba de París, de lo difícil que estaba resultando todo, de lo solo y desesperado que se sentía. Miquel le enviaba dinero, libros y su amistad. Junto con cada carta, Julián acompañaba sus envíos con otra misiva para Penélope. Miquel las enviaba desde diferentes estafetas, aun sabiendo que era inútil. En sus cartas, Julián no cesaba de preguntar por Penélope. Miquel no podía contarle nada. Sabía por Jacinta que Penélope no había salido de la casa de la avenida del Tibidabo desde que su padre la había encerrado en la habitación del tercer piso.

Una noche, Jorge Aldaya le salió al paso entre las sombras a dos manzanas de su casa. «¿Vienes ya a matarme?», preguntó Miquel. Jorge anunció que venía a hacerle un favor a él y a su amigo Julián. Le entregó una carta y le sugirió que se la hiciera llegar a Julián, dondequiera que se hubiera ocultado. «Por el bien de todos», sentenció. El sobre contenía una cuartilla escrita de puño y letra por Penélope Aldaya.

Querido Julián:

Te escribo para anunciarte mi próximo matrimonio y para rogarte que no me escribas más, que me olvides y que rehagas tu vida. No te guardo rencor, pero no sería sincera si no te confesara que nunca te he querido y nunca podré quererte. Te deseo lo mejor, dondequiera que estés.

Penélope

Miquel leyó y releyó la carta mil veces. El trazo era inequívoco, pero no creyó por un momento que Penélope hubiera escrito aquella carta por propia voluntad. «Dondequiera que estés...» Penélope sabía perfectamente donde estaba Julián: en París, esperándola. Si fingía desconocer su paradero, reflexionó Miquel, era para protegerle. Por ese mismo motivo, Miquel no acertaba a comprender lo que podía haberla llevado a redactar aquellas líneas. ¿Qué más amenazas podía cernir sobre ella don Ricardo Aldaya que el mantenerla encerrada durante meses en aquella alcoba como a una prisionera? Más que nadie, Penélope sabía que aquella carta constituía una puñalada envenenada en el corazón de Julián: un joven de diecinueve años, perdido en una ciudad lejana y hostil, abandonado de todos, apenas sobreviviendo de vanas esperanzas de volverla a ver. ¿De qué quería protegerle al apartarle de su lado de aquel modo? Tras mucho meditarlo, Miquel decidió no enviar la carta. No sin antes saber su causa. Sin una buena razón, no sería su mano la que hundiese aquel puñal en el alma de su amigo.

Días más tarde supo que don Ricardo Aldaya, harto de ver a Jacinta Coronado acechando como un centinela a las puertas de su casa mendigando noticias de Penélope, había recurrido a sus muchas influencias y hecho encerrar al aya de su hija en el manicomio de Horta. Cuando Miquel Moliner quiso visitarla, se le negó el permiso. Jacinta Coronado iba a pasar sus tres primeros meses en una celda incomunicada. Después de tres meses en el silencio y en la oscuridad, le explicó uno de los doctores, un individuo muy joven y sonriente, la docilidad de la paciente estaba garantizada. Siguiendo una corazonada, Miquel decidió visitar la pensión en la que Jacinta había estado viviendo durante los meses siguientes a su despido. Al identificarse, la patrona recordó que Jacinta había dejado un mensaje a su nombre y tres semanas a deber. Saldó la deuda, de cuya veracidad dudaba, y se hizo con el mensaje en que el aya decía que tenía constancia de que una de las doncellas de la casa, Laura, había sido despedida al saberse que había enviado en secreto una carta escrita por Penélope a Julián. Miquel dedujo que la única dirección a la que Penélope, desde su cautiverio, habría podido dirigir la misiva era al piso de los padres de Julián en la ronda de San Antonio, confiando en que ellos a su vez la hiciesen llegar a su hijo en París.

Decidió pues visitar a Sophie Carax a fin de recuperar aquella carta para enviársela a Julián. Al visitar el domicilio de la familia Fortuny, Miquel se llevó una sorpresa de mal augurio: Sophie Carax ya no residía allí. Había abandonado a su marido unos días atrás, o ése era el rumor que circulaba en la escalera. Miquel trató entonces de hablar con el sombrerero, que pasaba los días encerrado en su tienda carcomido por la rabia y la humillación. Miquel le insinuó que había venido a buscar una carta que debía haber llegado a nombre de su hijo Julián hacía unos días.

—Yo no tengo ningún hijo —fue toda la respuesta que obtuvo.

Miquel Moliner marchó de allí sin saber que aquella carta había ido a parar a manos de la portera del edificio y que muchos años después, tú, Daniel, la encontrarías y leerías las palabras que Penélope había enviado, esta vez de corazón, a Julián, y que él nunca llegó a recibir.

Al salir de la sombrerería Fortuny, una vecina de la escalera que se identificó como la Vicenteta se le acercó y le preguntó si estaba buscando a Sophie. Miquel asintió.

—Soy amigo de Julián.

La Vicenteta le informó de que Sophie estaba malviviendo en una pensión situada en una callejuela tras el edificio de Correos a la espera de que partiese el barco que la llevaría a América. Miquel acudió a aquella dirección, una escalera angosta y miserable que rehuía la luz y el aire. En la cima de aquella espiral polvorienta de peldaños inclinados, Miquel encontró a Sophie Carax en una habitación del cuarto piso, encharcada de sombras y humedad. La madre de Julián enfrentaba la ventana sentada al borde de un camastro en el que todavía yacían dos maletas cerradas como ataúdes sellando sus veintidós años en Barcelona.

Al leer la carta firmada por Penélope que Jorge Aldaya había entregado a Miquel, Sophie derramó lágrimas de rabia.

—Ella lo sabe —murmuró—. Pobrecilla, lo sabe...

—¿Sabe el qué? —preguntó Miquel.

—La culpa es mía —dijo Sophie—. La culpa es mía.

Miquel le sostenía las manos, sin comprender. Sophie no se atrevió a enfrentar su mirada.

—Penélope y Julián son hermanos —murmuró.

3

Muchos años antes de convertirse en la esclava de Antoni Fortuny, Sophie Carax había sido una mujer que vivía de su talento. Apenas contaba diecinueve años cuando llegó a Barcelona en busca de una promesa de empleo que nunca habría de materializarse. Antes de morir, su padre le había procurado referencias para que entrase al servicio de los Benarens, una próspera familia de comerciantes alsacianos establecida en Barcelona.

—A mi muerte —le instó—, acude a ellos, y te acogerán como a una hija.

La calurosa acogida que recibió fue parte del problema. Monsieur Benarens había decidido acogerla con los brazos, y las gónadas, abiertos y a toda vela. Madame Benarens, no sin apiadarse de ella y de su mala fortuna, le entregó cien pesetas y la puso en la calle.

—Tú tienes la vida por delante, pero yo sólo tengo este marido miserable y lúbrico.

Una escuela de música de la calle Diputación se avino a darle empleo como maestra particular de piano y solfeo. Era por entonces de buen tono que las hijas de familias asentadas fueran instruidas en las artes sociales y salpicadas con el don de la música de salón, donde la polonesa era menos peligrosa que la conversación o las lecturas cuestionables. Así pues, Sophie Carax empezó su rutina de visitar caserones palaciegos donde criadas almidonadas y mudas la conducían a salones de música donde la infancia hostil de la aristocracia industrial la esperaba para burlarse de su acento, su timidez o su condición de sirvienta, pentagrama más o menos. Con el tiempo aprendió a concentrarse en aquella exigua décima parte de sus alumnos que se elevaban por encima de la condición de alimañas perfumadas, y a olvidar al resto.

Por aquel entonces, Sophie conoció a un joven sombrerero (pues así se hacía llamar él con orgullo gremial) llamado Antoni Fortuny que parecía decidido a hacerle la corte a cualquier precio. Antoni Fortuny, por quien Sophie sentía una cordial amistad y nada más, no tardó en proponerle matrimonio, oferta que Sophie rechazaba una docena de veces al mes. Cada vez que se despedían, Sophie confiaba en no volver a verle más, porque no deseaba herirle. El sombrerero, impermeable a toda negativa, volvía al ataque, invitándola a un baile, a dar un paseo o a una merienda de bizcochos y chocolate en la calle Canuda. Sola en Barcelona, Sophie encontraba difícil resistirse a su entusiasmo, a su compañía y a su devoción. Le bastaba mirar a Antoni Fortuny para saber que nunca podría amarle. No como ella soñaba llegar a amar a alguien algún día. Pero le costaba rechazar la imagen de sí misma que veía en los ojos embrujados del sombrerero. Sólo en ellos veía a la Sophie que hubiera deseado ser.

Así pues, por anhelo o debilidad, Sophie seguía jugueteando con el cortejo del sombrerero, creyendo que algún día él conocería a otra muchacha más dispuesta y partiría en rumbos más provechosos. Entretanto, sentirse deseada y apreciada bastaba para quemar la soledad y la nostalgia de cuanto había dejado atrás. Veía a Antoni los domingos, después de misa. El resto de la semana lo dedicaba a sus clases de música. Su alumna predilecta era una muchacha de notable talento llamada Ana Valls, hija de un próspero fabricante de maquinaria textil que había hecho su fortuna desde la nada, a fuerza de enormes esfuerzos y sacrificios, mayormente ajenos. Ana declaraba su deseo de llegar a ser una gran compositora e interpretaba para Sophie pequeñas piezas que componía imitando motivos de Grieg y Schumann, no sin cierto ingenio. El señor Valls, convencido de que las mujeres eran incapaces de componer otra cosa que calceta y colchas de punto, veía sin embargo con buen ojo que su hija se convirtiese en una competente intérprete al teclado, pues tenía planes de casarla con algún heredero de buen apellido, y sabía que la gente refinada gustaba de cualidades extravagantes en las muchachas casaderas, amén de la docilidad y la exuberante fertilidad de una juventud en flor.

Fue en la casa de los Valls donde Sophie conoció a uno de los máximos benefactores y padrinos financieros del señor Valls: don Ricardo Aldaya, heredero del imperio Aldaya, ya por entonces la gran esperanza blanca de la plutocracia catalana de finales de siglo. Ricardo Aldaya se había casado meses atrás con una rica heredera de belleza cegadora y nombre impronunciable, atributos que las malas lenguas daban por verídicos, pues se decía que ni su reciente marido veía belleza alguna en ella ni se molestaba en mentar su nombre. Había sido un matrimonio entre familias y bancos, no una niñería romántica, decía el señor Valls, que tenía muy claro que una cosa era el lecho y otra el hecho.

A Sophie le bastó cruzar una mirada con don Ricardo para saber que estaba perdida para siempre. Aldaya tenía ojos de lobo, hambrientos y afilados, que se abrían camino y sabían dónde asestar la dentellada mortal de necesidad. Aldaya le besó la mano lentamente, acariciándole los nudillos con los labios. Todo cuanto el sombrerero destilaba de afabilidad y entusiasmo, don Ricardo exhalaba en crueldad y fortaleza. Su sonrisa canina dejaba claro que era capaz de leer sus pensamientos y sus deseos y que se reía de ellos. Sophie sintió por él ese anémico desprecio que despiertan las cosas que más deseamos sin saberlo. Se dijo que no le volvería a ver, que si era necesario dejaría de dar clases a su alumna preferida si con ello evitaba volver a tropezarse con Ricardo Aldaya. Nada la había aterrado tanto en su vida como el presentir a aquel animal bajo la piel, y el reconocer a su depredador, vestido en galas de lino. Todos estos pensamientos cruzaron por su mente en apenas segundos, mientras urdía una burda excusa para ausentarse ante la perplejidad del señor Valls, la carcajada de Aldaya y la mirada derrotada de la pequeña Ana, que entendía a las personas mejor que a la música y sabía que había perdido a su maestra sin remedio.

Una semana más tarde, a las puertas de la escuela de música de la calle Diputación, Sophie se encontró con don Ricardo Aldaya, que la esperaba fumando y ojeando un periódico. Cruzaron una mirada y sin mediar palabra él la condujo a un edificio a dos manzanas de allí. Era un inmueble nuevo, todavía sin inquilinos. Ascendieron hasta el piso principal. Don Ricardo abrió la puerta y le cedió el paso. Sophie se adentró en el piso, un laberinto de corredores y galerías, de paredes desnudas y techos invisibles. No había muebles ni cuadros ni lámparas ni objeto alguno que identificase aquel espacio como una vivienda. Don Ricardo Aldaya cerró la puerta y ambos se miraron.

—No he dejado de pensar en ti durante toda esta semana. Dime que tú no has hecho lo mismo y te dejaré marchar y no volverás a verme —dijo Ricardo.

Sophie negó.

La historia de sus encuentros furtivos duró noventa y seis días. Se veían al atardecer, siempre en aquel piso vacío en la esquina de Diputación y Rambla de Cataluña. Martes y jueves, a las tres de la tarde. Sus citas nunca duraban más de una hora. A veces Sophie se quedaba a solas, una vez Aldaya había partido, llorando o temblando en un rincón de aquella alcoba. Luego, al llegar el domingo, Sophie buscaba desesperadamente en los ojos del sombrerero vestigios de la mujer que estaba desapareciendo, ansiando la devoción y el engaño. El sombrerero no veía las marcas sobre la piel, los cortes ni las quemaduras que salpicaban su cuerpo. El sombrerero no veía la desesperación en su sonrisa, en su docilidad. El sombrerero no veía nada. Quizá por eso aceptó su promesa de matrimonio. Ya presentía por entonces que llevaba el hijo de Aldaya en las entrañas, pero temía decírselo, casi tanto como temía perderle. Una vez más, fue Aldaya quien vio en ella lo que Sophie era incapaz de confesar. Le dio quinientas pesetas, una dirección en la calle Platería y la orden de que se deshiciese de la criatura. Cuando Sophie se negó, don Ricardo Aldaya la abofeteó hasta que le sangraron los oídos y la amenazó con hacerla matar si se atrevía a mencionar sus encuentros o a afirmar que el hijo era suyo. Cuando le dijo al sombrerero que unos truhanes la habían asaltado en la plaza del Pino, él la creyó. Cuando le dijo que quería ser su esposa, él la creyó. El día de su boda, alguien envió por error una gran corona funeraria a la iglesia. Todos rieron nerviosamente ante la confusión del florista. Todos menos Sophie, que sabía perfectamente que don Ricardo Aldaya seguía acordándose de ella en el día de su matrimonio.

4

Sophie Carax nunca pensó que años más tarde volvería a ver a Ricardo (ya un hombre maduro al frente del imperio familiar, padre de dos hijos), ni que Aldaya regresaría para conocer al hijo que había querido borrar por quinientas pesetas.

—Quizá es que me estoy haciendo viejo —dio por toda explicación—, pero quiero conocer a ese muchacho y darle las oportunidades en la vida que merece un hijo de mi sangre. No se me había ocurrido pensar en él durante todos estos años y ahora, extrañamente, no consigo pensar en otra cosa.

Ricardo Aldaya había decidido que no se veía a sí mismo en su primogénito Jorge. El muchacho era débil, reservado y carecía de la presencia de espíritu de su padre. Le faltaba todo, menos el apellido. Un día don Ricardo había despertado en el lecho de una criada sintiendo que su cuerpo envejecía, que Dios le había retirado la gracia. Presa del pánico, corrió a mirarse en el espejo, desnudo, y sintió que le mentía. Aquél no era él.

Quiso entonces encontrar de nuevo al hombre que le habían robado. Hacía años que sabía del hijo del sombrerero. Tampoco había olvidado a Sophie, a su manera. Don Ricardo Aldaya nunca olvidaba nada. Llegado el momento, decidió conocer al muchacho. Era la primera vez en quince años que se tropezaba con alguien que no le tenía miedo, que osaba desafiarle e incluso burlarse de él. Reconoció en él la gallardía, la ambición silenciosa que los necios no ven pero que consume por dentro. Dios le había devuelto su juventud de nuevo. Sophie, apenas un eco de la mujer que recordaba, no tenía fuerzas ni para interponerse entre ellos. El sombrerero no era más que un bufón, un patán malicioso y rencoroso cuya complicidad daba por comprada. Decidió arrancar a Julián de aquel mundo irrespirable de mediocridad y pobreza para abrirle las puertas de su paraíso financiero. Se educaría en el colegio de San Gabriel, gozaría de todos los privilegios de su clase y se iniciaría en los caminos que su padre había escogido para él. Don Ricardo quería un sucesor digno de sí mismo. Jorge siempre viviría a la sombra de su privilegio, entre algodones y fracasos. Penélope, la preciosa Penélope, era mujer y por tanto tesoro, no tesorero. Julián, que tenía alma de poeta, y por tanto de asesino, reunía las cualidades. Sólo era una cuestión de tiempo. Don Ricardo calculaba que en diez años se habría esculpido a sí mismo en aquel muchacho. Nunca, durante todo el tiempo que Julián pasó con los Aldaya, como uno más (incluso como el elegido), se le ocurrió pensar que Julián no deseaba nada de él, excepto a Penélope. No se le ocurrió ni por un instante que secretamente Julián le despreciaba y que toda aquella farsa no era para él más que un pretexto para estar cerca de Penélope. Para poseerla total y plenamente. En eso sí se parecían.

Cuando su esposa le anunció que había descubierto a Julián y a Penélope desnudos en circunstancias inequívocas, el universo entero prendió en llamas. El horror y la traición, la rabia indecible de saberse ultrajado en lo que tenía por más sagrado, burlado en su propio juego, humillado y apuñalado por aquel a quien había aprendido a adorar como a sí mismo, le asaltaron con tal furia que nadie pudo comprender el alcance de su desgarro. Cuando el médico que vino a reconocer a Penélope confirmó que la muchacha había sido desflorada y que probablemente estaba embarazada, el alma de don Ricardo Aldaya se fundió en el líquido espeso y viscoso del odio ciego. Veía su propia mano en la mano de Julián, la mano que había hundido la daga en lo más profundo de su corazón. No lo sabía todavía, pero el día que ordenó encerrar a Penélope bajo llave en la alcoba del tercer piso, fue el día en que empezó a morir. Cuanto hizo a partir de entonces no fueron sino los estertores de su autodestrucción.

En colaboración con el sombrerero, a quien tanto había despreciado, tramó para que Julián desapareciese de la escena y fuese enviado al ejército, donde daría órdenes para que su muerte fuese declarada un accidente. Prohibió que nadie, ni médicos ni criados ni miembros de la familia excepto él y su esposa, viera a Penélope en los meses en que la muchacha permaneció encarcelada en aquella habitación que olía a muerte y enfermedad. Ya por entonces, sus socios le habían retirado secretamente su apoyo y maniobraban a sus espaldas para arrebatarle el poder empleando la fortuna que él les había proporcionado. Ya por entonces, el imperio Aldaya se desmoronaba en silencio, en juntas secretas y reuniones de pasillo en Madrid y en los bancos de Ginebra. Julián, como debía haber sospechado, había escapado. En el fondo se sentía secretamente orgulloso del muchacho, incluso deseándole muerto. Había hecho lo que él en su lugar. Alguien pagaría por él.

Penélope Aldaya dio a luz un niño que nació cadáver el 26 de septiembre de 1919. Si un médico hubiera podido reconocerla, hubiese dictaminado que la criatura llevaba ya días en peligro y que era necesario intervenir y realizar una cesárea. Si un médico hubiese estado presente, quizá hubiera podido contener la hemorragia que se llevó la vida de Penélope entre alaridos, arañando la puerta cerrada, al otro lado de la cual su padre lloraba en silencio y su madre le miraba temblando. Si un médico hubiese estado presente, habría acusado a don Ricardo Aldaya de asesinato, pues no había una palabra que pudiera describir la visión que encerraba aquella celda ensangrentada y oscura. Pero no había nadie allí, y cuando finalmente abrieron la puerta y encontraron a Penélope, muerta y tendida sobre un charco de su propia sangre, abrazando a una criatura púrpura y brillante, nadie fue capaz de despegar los labios. Los dos cuerpos fueron enterrados en la cripta del sótano, sin ceremonia ni testigos. Las sábanas y los despojos fueron arrojados a las calderas y la habitación sellada con un muro de adoquines.

Cuando Jorge Aldaya, beodo de culpa y vergüenza, reveló lo sucedido a Miquel Moliner, éste decidió enviar a Julián aquella carta firmada por Penélope en la que declaraba que no le amaba y le pedía que la olvidase, anunciándole un matrimonio ficticio. Prefirió que Julián creyese aquella mentira, y rehiciese su vida a la sombra de una traición, que entregarle la verdad. Dos años más tarde, cuando la señora Aldaya falleció, hubo quien quiso culpar a los embrujos del caserón, pero su hijo Jorge supo que lo que la había matado era el fuego que se la comía por dentro, los gritos de Penélope y sus golpes desesperados en aquella puerta, que seguían repiqueteando en su interior sin cesar. Ya por entonces, la familia había caído en desgracia y la fortuna de los Aldaya se deshacía en castillos de arena frente a la marea de la codicia más rabiosa, de la revancha y de la historia inevitable. Secretarios y tesoreros urdieron la fuga a la Argentina, el inicio de un nuevo negocio, más modesto. Cuanto importaba era poner distancia. Distancia de los espectros que recorrían los pasillos del caserón Aldaya, que los habían recorrido siempre.

Partieron un alba de 1926 en el más negro de los anonimatos, viajando bajo nombre falso a bordo de aquel buque que les llevaría a través del Atlántico hasta el puerto de La Plata. Jorge y su padre compartían el camarote. El viejo Aldaya, pestilente de muerte y enfermedad, apenas se sostenía en pie. Los médicos a los que no había permitido visitar a Penélope le temían demasiado para decirle la verdad, pero él sabía que la muerte había embarcado con ellos y que aquel cuerpo que Dios le había empezado a robar aquella mañana en que decidió buscar a su hijo Julián, se consumía. A lo largo de aquella larga travesía, sentado en la cubierta, temblando bajo las mantas y enfrentando el infinito vacío del océano, supo que no llegaría a ver tierra. A veces, sentado en la popa, observaba la bandada de tiburones que había estado siguiendo el barco poco después de hacer escala en Tenerife. Oyó decir a uno de los oficiales que aquel siniestro séquito era habitual en los cruceros transoceánicos. Las bestias se alimentaban de la carroña que el barco iba dejando atrás. Pero don Ricardo Aldaya no lo creía. Tenía el convencimiento de que aquellos demonios le seguían a él. «Me estáis esperando», pensaba, viendo en ellos el verdadero rostro de Dios. Fue entonces cuando le hizo jurar a su hijo Jorge, al que tantas veces había despreciado y a quien ahora se veía obligado a recurrir sin remedio, que cumpliría su última voluntad.

—Encontrarás a Julián Carax y le matarás. Júramelo.

Un amanecer, dos días antes de llegar a Buenos Aires, Jorge despertó y comprobó que la litera de su padre estaba vacía. Salió a buscarle a cubierta, salpicada de niebla y salitre, desierta. Encontró la bata de su padre abandonada sobre la popa del buque, aún tibia. La estela del buque se perdía en un bosque de brumas escarlata y el océano sangraba reluciente de calma. Pudo ver entonces que la bandada de tiburones ya no les seguía, y que una danza de aletas dorsales se agitaba en círculo a lo lejos. Durante el resto de la travesía, ningún pasajero volvió a avistar a la bandada de escualos, y cuando Jorge Aldaya desembarcó en Buenos Aires y el oficial de aduanas le preguntó si viajaba solo, se limitó a asentir. Hacía mucho que viajaba solo.

5

Diez años después de desembarcar en Buenos Aires, Jorge Aldaya, o el despojo humano en que se había convertido, regresó a Barcelona. Los infortunios que habían empezado a corroer a la familia Aldaya en el viejo mundo no habían hecho sino multiplicarse en la Argentina. Allí Jorge había tenido que enfrentarse solo al mundo y al moribundo legado de Ricardo Aldaya, una lucha para la que él nunca tuvo las armas ni el aplomo de su padre. Había llegado a Buenos Aires con el corazón vacío y el alma pi-

cada de remordimientos. América, diría después a modo de disculpa o epitafio, es un espejismo, una tierra de depredadores y carroñeros, y él había sido educado para los privilegios y los remilgos insensatos de la vieja Europa, un cadáver que se sostenía por inercia. En el curso de pocos años lo perdió todo, empezando por la reputación y acabando en el reloj de oro que su padre le había regalado con ocasión de su primera comunión. Gracias a él pudo comprar el pasaje de vuelta. El hombre que regresó a España era apenas un mendigo, un saco de amargura y fracaso que sólo conservaba la memoria de que cuanto sentía le había sido arrebatado y el odio por quien consideraba el culpable de su ruina: Julián Carax.

Todavía le quemaba en el recuerdo la promesa que le había hecho a su padre. Tan pronto llegó a Barcelona, olfateó el rastro de Julián para descubrir que Carax, al igual que él, también parecía haberse desvanecido de una Barcelona que ya no era la que había dejado al partir diez años atrás. Fue por entonces cuando se reencontró con un viejo personaje de su juventud, con esa casualidad desprendida y calculada del destino. Tras una marcada carrera en reformatorios y prisiones del Estado, Francisco Javier Fumero había ingresado en el ejército, alcanzando el rango de teniente. Muchos le auguraban un futuro de general, pero un turbio escándalo que nunca llegaría a esclarecerse motivó su expulsión del ejército. Aún entonces, su reputación excedía su rango y sus atribuciones. Se decían muchas cosas de él, pero se le temía aún más. Francisco Javier Fumero, aquel muchacho tímido y perturbado que acostumbraba a recoger la hojarasca en el patio del colegio de San Gabriel, era ahora un asesino. Se rumoreaba que Fumero liquidaba a notorios personajes por dinero, que despachaba figuras políticas por encargo de diversas manos negras y que era la muerte personificada.

Aldaya y él se reconocieron al instante en las brumas del café Novedades. Aldaya estaba enfermo, consumido por una extraña fiebre de la que culpaba a los insectos de las selvas americanas.

«Allí hasta los mosquitos son unos hijos de puta», se lamentaba. Fumero le escuchaba con una mezcla de fascinación y repugnancia. Él sentía veneración por los mosquitos y los insectos en general. Admiraba su disciplina, su fortaleza y su organización. No existía en ellos la holgazanería, la irreverencia, la sodomía ni la degeneración de la raza. Sus especímenes predilectos eran los arácnidos, con su rara ciencia para tejer una trampa en que, con infinita paciencia, esperaban a sus presas, que tarde o temprano sucumbían, por estupidez o desidia. A su juicio, la sociedad civil tenía mucho que aprender de los insectos. Aldaya era un caso claro de ruina moral y física. Había envejecido notablemente y se le veía descuidado, sin tono muscular. Fumero detestaba a las gentes sin tono muscular. Le inducían arcadas.

—Javier, me encuentro fatal —imploró Aldaya—. ¿Me puedes echar una mano por unos días?

Intrigado, Fumero decidió llevarse a Jorge Aldaya a su casa. Fumero vivía en un tenebroso piso en el Raval, en la calle Cadena, en compañía de numerosos insectos que almacenaba en frascos de botica y media docena de libros. Fumero aborrecía los libros tanto como adoraba a los insectos, pero aquéllos no eran volúmenes corrientes: eran las novelas de Julián Carax que había publicado la editorial Cabestany. Fumero pagó a las fulanas que ocupaban el piso de enfrente —un dúo de madre e hija que se dejaban pinchar y quemar con un cigarro cuando la clientela flojeaba, sobre todo a fin de mes— para que cuidasen a Aldaya mientras él iba a trabajar. No tenía interés alguno en verle morir. No todavía.

Francisco Javier Fumero había ingresado en la Brigada Criminal, donde siempre había trabajo para personal cualificado y capaz de afrontar las papeletas más ingratas que se precisaba solventar con discreción para que la gente respetable pudiera seguir viviendo de ilusiones. Algo así le había dicho el teniente Durán, un hombre dado a la prosopopeya contemplativa bajo cuyo mando se inició en el cuerpo.

—Ser policía no es un trabajo, es una misión —proclamaba Durán—. España necesita más cojones y menos tertulias.

Desafortunadamente, el teniente Durán no tardaría en perder la vida en un aparatoso accidente ocurrido durante una redada en la Barceloneta.

En la confusión de la refriega con unos anarquistas, Durán se había precipitado cinco pisos por un tragaluz, estrellándose en un clavel de vísceras. Todos coincidieron en que España había perdido a un gran hombre, un prócer con visión de futuro, un pensador que no temía la acción. Fumero asumió su puesto con orgullo, sabedor de que había hecho bien al empujarle, pues Durán ya estaba viejo para el trabajo. A Fumero, los viejos —al igual que los tullidos, los gitanos y los maricones— le daban asco, con tono muscular o no. Dios, a veces, se equivocaba. Era deber de todo hombre íntegro corregir esas pequeñas fallas y mantener el mundo presentable.

Unas semanas después de su encuentro en el café Novedades en marzo de 1932, Jorge Aldaya empezó a sentirse mejor y se sinceró con Fumero. Le pidió disculpas por lo mal que lo había tratado en sus días de adolescencia y, con lágrimas en los ojos, le contó su historia entera sin dejar nada. Fumero le escuchó en silencio, asintiendo, absorbiendo. Mientras lo hacía, se preguntó si debía matar a Aldaya en aquel instante o esperar. Se preguntaba si estaría tan débil que la hoja del cuchillo apenas arrancaría una tibia agonía en su carne maloliente y reblandecida por la indolencia. Decidió aplazar la vivisección. Le intrigaba la historia, especialmente por lo que hacía a Julián Carax.

Sabía por la información que había podido obtener en la editorial Cabestany que Carax vivía en París, pero París era una ciudad muy grande y nadie en la editorial parecía conocer la dirección exacta. Nadie excepto una mujer apellidada Monfort que se negaba a divulgarla. Fumero la había seguido dos o tres veces al salir de la oficina de la editorial sin que ella lo advirtiese. Había llegado a viajar en el tranvía a medio metro de ella. Las mujeres nunca reparaban en él, y si lo hacían, volvían la mirada hacia otro lado, fingiendo no haberle visto. Una noche, después de haberla seguido hasta el portal de su casa en la plaza del Pino, Fumero volvió a su casa y se masturbó furiosamente mientras se imaginaba hundiendo la hoja de su cuchillo en el cuerpo de aquella mujer, dos o tres centímetros por cuchillada, lenta y metódicamente, mirándole a los ojos. Quizá entonces se dignase a darle la dirección de Carax y a tratarle con el respeto debido a un oficial de policía.

Julián Carax era la única persona a la que Fumero se había propuesto matar y no lo había conseguido. Quizá porque había sido la primera, y con el tiempo todo se aprende. Al oír aquel nombre otra vez, sonrió del modo en que tanto espantaba a sus vecinas las fulanas, sin parpadear, relamiéndose el labio superior lentamente. Todavía recordaba a Carax besando a Penélope Aldaya en el caserón de la avenida del Tibidabo. Su Penélope. El suyo había sido un amor puro, de verdad, pensaba Fumero, como los que se veían en el cine. Fumero era muy aficionado al cine y acudía al menos dos veces por semana. Había sido en una sala de cine donde Fumero había comprendido que Penélope había sido el amor de su vida. El resto, especialmente su madre, habían sido sólo putas. Escuchando los últimos retazos del relato de Aldaya, decidió que al fin y al cabo no iba a matarle. De hecho, se alegró de que el destino les hubiese reunido. Tuvo una visión, como en las películas que tanto disfrutaba: Aldaya le iba a servir a los demás en bandeja. Tarde o temprano, todos ellos acabarían atrapados en su red.

6

En invierno de 1934, los hermanos Moliner consiguieron desahuciar finalmente a Miquel y expulsarle del palacete de Puertaferrisa, que aún hoy sigue vacío y en estado de ruina. Sólo deseaban verle en la calle, despojado de lo poco que le quedaba, de sus libros y de aquella libertad y aislamiento que les ofendía y les prendía las vísceras de odio. No quiso decirme nada ni recurrir a mí en busca de ayuda. Sólo supe que se había transformado casi en un mendigo cuando acudí a buscarle al que había sido su hogar y me encontré con los sicarios de sus hermanos, que estaban haciendo inventario de la propiedad y liquidando los pocos objetos que le habían pertenecido. Miquel llevaba ya varias noches durmiendo en una pensión de la calle Canuda, un tugurio lúgubre y húmedo que desprendía el color y el olor de un osario. Al ver la habitación en la que estaba confinado, una suerte de ataúd sin ventanas y con un catre carcelario, cogí a Miquel y me lo llevé a casa. No paraba de toser y se le veía consumido. Él dijo que era un catarro mal curado, un mal menor de solterona que ya se marcharía por aburrimiento. Dos semanas más tarde estaba peor.

Como vestía siempre de negro, tardé en comprender que aquellas manchas en las mangas eran de sangre. Llamé a un médico que tan pronto le reconoció me preguntó por qué había esperado hasta entonces para llamarle. Miquel tenía tuberculosis. Arruinado y enfermo, vivía apenas de recuerdos y remordimientos. Era el hombre más bondadoso y frágil que había conocido, mi único amigo. Nos casamos una mañana de febrero en un juzgado municipal. Nuestro viaje nupcial se limitó a tomar el funicular del Tibidabo y subir a contemplar Barcelona desde las terrazas del parque, una miniatura de nieblas. No le dijimos a nadie que nos habíamos casado, ni a Cabestany, ni a mi padre, ni a su familia, que le daba por muerto. Llegué a escribir una carta a Julián contándoselo, pero nunca se la envié. El nuestro fue un matrimonio secreto. Varios meses después de la boda llamó a la puerta un individuo que dijo llamarse Jorge Aldaya. Era un hombre demolido, con el rostro velado de sudor pese al frío que mordía hasta las piedras. Al reencontrarse después de más de diez años, Aldaya sonrió amargamente y dijo: «Estamos todos malditos, Miquel. Tú, Julián, Fumero y yo.» Alegó que el motivo de su visita era un amago de reconciliación con su viejo amigo Miquel con la confianza de que éste le brindaría ahora el modo de contactar con Julián Carax, pues tenía un mensaje muy importante para él de parte de su difunto padre, don Ricardo Aldaya. Miquel dijo desconocer dónde se encontraba Carax.

—Hace ya años que perdimos el contacto —mintió—. Lo último que supe de él es que estaba viviendo en Italia.

Aldaya esperaba esta respuesta.

—Me decepcionas, Miquel. Confiaba en que el tiempo y la desgracia te habrían hecho más sabio.

—Hay decepciones que honran a quien las inspira.

Aldaya, mínimo, raquítico y a punto de desplomarse en pedazos de hiel, se rió.

—Fumero os envía sus más sinceras felicitaciones por vuestro matrimonio —dijo, camino de la puerta.

Aquellas palabras me helaron el corazón. Miquel no quiso decir nada, pero aquella noche, mientras le abrazaba y ambos fingíamos conciliar un sueño imposible, supe que Aldaya había estado en lo cierto. Estábamos malditos.

Pasaron varios meses sin que tuviésemos noticias de Julián o de Aldaya. Miquel seguía manteniendo algunas colaboraciones fijas en los rotativos de Barcelona y Madrid. Trabajaba sin cesar sentado a la máquina de escribir, destilando lo que él llamaba papanaterías y pábulo para lectores de tranvía. Yo mantenía mi puesto en la editorial Cabestany, quizá porque aquél era el único modo en que me sentía más próxima a Julián. Me había enviado una nota breve anunciándome que estaba trabajando en una nueva novela titulada *La Sombra del Viento*, que confiaba en acabar en unos meses. La carta no hacía mención alguna a lo sucedido en París. El tono era más frío y distante que nunca. Mis intentos de odiarle fueron vanos. Empezaba a creer que Julián no era un hombre, era una enfermedad.

Miquel no se engañaba respecto a mis sentimientos. Me entregaba su afecto y su devoción sin pedir a cambio más que mi compañía y quizá mi discreción. No oía de sus labios un reproche o un pesar. Con el tiempo empecé a sentir por él una ternura infinita, más allá de la amistad que nos había unido y de la compasión que luego nos había condenado. Miquel había abierto una cuenta de ahorro a mi nombre en la que depositaba casi todos los ingresos que obtenía escribiendo para los periódicos. Jamás decía que no a una colaboración, una crítica o una gacetilla. Escribía con tres seudónimos, catorce o dieciséis horas al día. Cuando le preguntaba por qué trabajaba tanto se limitaba a sonreír, o me decía que sin hacer nada se aburriría. Nunca hubo engaños entre nosotros, ni siquiera sin palabras. Miquel sabía que iba a morir pronto, que la enfermedad le arañaba los meses con avaricia.

—Tienes que prometerme que, si me pasa algo, tomarás ese dinero y te volverás a casar, que tendrás hijos y que nos olvidarás a todos, a mí el primero.

—¿Y con quién iba a casarme yo, Miquel? No digas tonterías.

A veces le sorprendía mirándome desde un rincón con una sonrisa mansa, como si la mera contemplación de mi presencia fuera su mayor tesoro. Todas las tardes acudía a recogerme a la salida de la editorial, su único momento de descanso en todo el día. Yo le veía caminar encorvado, tosiendo y fingiendo una fortaleza que se le perdía en la sombra. Me llevaba a merendar o a contemplar los escaparates de la calle Fernando y luego volvíamos a casa, donde él seguía trabajando hasta pasada la medianoche. Bendecía en silencio cada minuto que pasábamos juntos y cada noche se dormía abrazado a mí, y yo tenía que ocultar las lágrimas que me arrancaba el coraje de haber sido incapaz de amar a aquel hombre como él a mí, incapaz de darle lo que había abandonado a los pies de Julián para nada. Muchas noches me juré que olvidaría a Julián, que dedicaría el resto de mi vida a hacer feliz a aquel pobre hombre y a devolverle apenas unas migajas de lo que él me había dado. Fui la amante de Julián durante dos semanas, pero sería la mujer de Miquel el resto de mi vida. Si algún día estas páginas llegan a tus manos y me juzgas, como yo lo he hecho al escribirlas y mirarme en este espejo de maldiciones y remordimientos, recuérdame así, Daniel.

El manuscrito de la última novela de Julián llegó a finales de 1935. No sé si por despecho o por miedo, lo entregué al impresor sin siquiera leerlo. Los últimos ahorros de Miquel habían financiado ya la edición por adelantado meses atrás. A Cabestany, ya por entonces con problemas de salud, lo demás le traía al pairo. Aquella misma semana, el doctor que visitaba a Miquel acudió a verme a la editorial, muy preocupado. Me explicó que si Miquel no rebajaba su ritmo de trabajo y observaba reposo, lo poco que él podía hacer por batallar la tisis se quedaba en nada.

—Tendría que estar en la montaña, no en Barcelona respirando nubes de lejía y carbón. Ni él es un gato con nueve vidas ni yo una niñera. Hágale usted entrar en razón. A mí no me escucha.

Aquel mediodía decidí acercarme a casa para hablar con él. Antes de abrir la puerta del piso oí voces dentro. Miquel discutía con alguien. Al principio creí que se trataba de alguien del periódico, pero me pareció oír el nombre de Julián en la conversación. Oí pasos que se acercaban a la puerta y corrí a ocultarme en el rellano del ático. Desde allí pude atisbar al visitante.

Un hombre de negro, de rasgos cincelados con indiferencia y labios finos como una cicatriz abierta. Tenía los ojos negros y sin expresión, ojos de pez. Antes de perderse escaleras abajo, se detuvo y alzó la mirada hacia la penumbra. Me apoyé contra la pared, conteniendo la respiración. El visitante permaneció allí durante unos instantes, como si pudiera olerme, relamiéndose con una sonrisa canina. Esperé a que sus pasos se apagasen completamente antes de abandonar mi escondite y entrar en el piso. Flotaba un olor a alcanfor en el aire. Miquel estaba sentado junto a la ventana, las manos caídas a ambos lados de la silla. Le temblaban los labios. Le pregunté quién era aquel hombre y qué quería.

—Era Fumero. Ha venido a traer noticias de Julián.

—¿Qué sabe él de Julián?

Miquel me miró, más abatido que nunca.

—Julián se casa.

La noticia me dejó sin habla. Me dejé caer en una silla y Miquel me tomó las manos. Hablaba con dificultad y cansancio. Antes de que pudiera despegar los labios, Miquel procedió a resumirme los hechos que le había referido Fumero y lo que cabía imaginar al respecto. Fumero había empleado sus contactos en la policía de París para dar con el paradero de Julián Carax y observarle. Miquel suponía que aquello podía haber sucedido meses o incluso años antes. Lo que le preocupaba no era que Fumero hubiese encontrado a Carax, eso era una cuestión de tiempo, sino el que hubiera decidido revelarlo ahora, junto con la peregrina noticia de unas nupcias improbables. La boda, por lo que se sabía, había de tener lugar a principios de verano de 1936. De la novia sólo se sabía el nombre, que en este caso era más que suficiente: Irene

Marceau, la patrona del establecimiento donde Julián había trabajado como pianista durante años.

—No comprendo —musité—. ¿Julián se casa con su mecenas?

—Precisamente. No es una boda. Es un contrato.

Irene Marceau le llevaba unos veinticinco o treinta años a Julián. Miquel sospechaba que Irene había decidido convenir aquel enlace con Julián para traspasarle su patrimonio y asegurar su futuro.

—Pero ya le ayuda. Le ha ayudado desde siempre.

—Quizá sepa que no va a estar ahí para siempre —sugirió Miquel.

El eco de aquellas palabras nos cortaba demasiado de cerca. Me arrodillé junto a él y le abracé. Me mordí los labios para que no me viese llorar.

—Julián no quiere a esa mujer, Nuria —me dijo, creyendo que aquélla era la causa de mi aflicción.

—Julián no quiere a nadie excepto a sí mismo y a sus malditos libros —murmuré.

Alcé la mirada y me encontré con la sonrisa de Miquel, de niño viejo y sabio.

—¿Y qué pretende Fumero con sacar todo este asunto a la luz ahora?

No tardamos en averiguarlo. Días más tarde, un Jorge Aldaya fantasmal y famélico se presentó en casa, inflamado de ira y coraje. Fumero le había contado que Julián Carax iba a casarse con una mujer rica en una ceremonia de fasto folletinesco. Aldaya llevaba días carcomiéndose con las visiones del causante de su desgracia, arropado de oropeles y cabalgando en una fortuna que él había visto perder. Fumero no le había contado que Irene Marceau, si bien mujer de cierta posición económica, era la dueña de un burdel y no una princesa de fábula vienesa. No le había contado que la novia le llevaba a Carax treinta años y que más que una boda, aquello era un acto de caridad para con un hombre acabado y sin medios de subsistencia. No le había contado ni el cuándo ni el dónde de la boda. Se había limitado a sembrar las semillas de una fantasía que devoraba por dentro lo poco que las fiebres habían dejado en su cuerpo amojamado y hediondo.

—Fumero te ha mentido, Jorge —dijo Miquel.

—¡Y tú, el rey de los mentirosos, osas acusar al prójimo! —deliraba Aldaya.

No fue necesario que Aldaya revelase sus pensamientos, que en tan exiguas carnes se le leían en el semblante cadavérico como palabras bajo el pellejo macilento. Miquel vio claro el juego de Fumero. Él le había enseñado a jugar al ajedrez más de veinte años atrás en el colegio de San Gabriel. Fumero tenía la estrategia de una mantis religiosa y la paciencia de los inmortales. Miquel envió una nota a Julián advirtiéndole.

Cuando Fumero lo estimó oportuno, tomó a Aldaya por banda, le envenenó el corazón de rencor y le dijo que Julián se casaba en tres días. Siendo él un oficial de policía, argumentó, no podía comprometerse en un asunto así. Aldaya, sin embargo, como civil, podía desplazarse a París y asegurarse de que aquella boda no se celebrase jamás. ¿Cómo?, preguntaría un Aldaya febril, carbonizado de inquina. Retándole a un duelo el mismo día de su boda. Fumero llegó incluso a proporcionarle el arma con que Jorge estaba convencido de que perforaría aquel corazón de hiel que había arruinado a la dinastía de los Aldaya. El informe de la policía de París diría más tarde que el arma hallada a sus pies era defectuosa y que nunca hubiera podido hacer más que lo que hizo: estallarle en la cara. Eso ya lo sabía Fumero cuando se la entregó en un estuche en el andén de la estación de Francia. Sabía perfectamente que la fiebre, la estupidez y la rabia ciega le impedirían matar a Julián Carax en un duelo trasnochado de honor y amaneceres en el cementerio del Père LaChaise. Y si por azar reunía las fuerzas y facultades de hacerlo, el arma que llevaba sería la encargada de abatirle. No era Carax quien debía morir en aquel duelo, sino Aldaya. Su existencia absurda, su cuerpo y alma en suspenso que Fumero había permitido vegetar pacientemente, cumpliría así su función.

Fumero sabía también que Julián nunca aceptaría enfrentarse a su antiguo compañero, moribundo y reducido a un lamento. Por ese motivo instruyó a Aldaya claramente en los pasos a seguir. Habría de confesarle que la carta que Penélope le había escrito años atrás anunciándole su boda y pidiéndole que la olvidase era un engaño. Habría de revelarle que él mismo, Jorge Aldaya, había obligado a su hermana a redactar aquella sarta de mentiras mientras ella lloraba desesperadamente, proclamando a los vientos su amor inmortal por Julián. Habría de decirle que ella le había estado esperando, con el alma rota y el corazón sangrante, desde entonces, muerta de abandono. Eso bastaría. Bastaría para que Carax apretase el gatillo y le volase la cara a tiros. Bastaría para que olvidase todo plan de boda y no pudiera albergar más pensamiento que regresar a Barcelona en busca de Penélope y de una vida derramada. Y en Barcelona, aquella gran tela de araña que él había hecho suya, Fumero le estaría esperando.

7

Julián Carax cruzó la frontera francesa pocos días antes de que estallase la guerra civil. La primera y única edición de *La Sombra del Viento* había salido un par de semanas antes de la imprenta rumbo al gris anonimato y la invisibilidad de sus predecesoras. Por entonces Miquel apenas podía ya trabajar y aunque se sentaba frente a la máquina de escribir dos o tres horas cada día, la debilidad y la fiebre le impedían arrancarle palabras al papel. Había perdido varias de las colaboraciones a causa de los retrasos en las entregas. Otros periódicos temían publicar sus artículos tras haber recibido varias amenazas anónimas. Sólo le quedaba una columna diaria en el *Diario de Barcelona* que firmaba como *Adrián Maltés.* El fantasma de la guerra se sentía ya en el aire. El país hedía a miedo. Sin ocupación y demasiado débil hasta para lamentarse, Miquel solía bajar a la plaza o acercarse hasta la avenida de la Catedral, llevando siempre consigo uno de los libros de Julián como si fuese un amuleto. La última vez que el médico le había pesado no llegaba a los sesenta kilos. Escuchamos la noticia del alzamiento en Marruecos por la radio y pocas horas después un compañero del periódico de Miquel vino a vernos para decirnos que Cansinos, el jefe de redacción, había sido asesinado de un tiro en la nuca frente al café Canaletas dos horas antes. Nadie se atrevía a llevarse el cuerpo, que seguía allí, tiñendo una telaraña de sangre sobre la acera.

Los breves pero intensos días del terror inicial no se hicieron esperar. Las tropas del general Goded enfilaron la Diagonal y el paseo de Gracia en dirección al centro, donde empezó el fuego. Era un domingo y muchos barceloneses aún habían salido a la calle creyendo que iban a pasar el día en un merendero en la carretera de Las Planas. Los días más negros de la guerra en Barcelona, sin embargo, estaban todavía a dos años vista. Al poco de iniciarse la refriega, las tropas del general Goded se rindieron, por un milagro o por mala información entre los mandos. El gobierno de Lluís Companys parecía haber recobrado el control, pero lo que había sucedido realmente tenía mucho más alcance y empezaría a ser evidente en las semanas siguientes.

Barcelona había pasado a estar en poder de los sindicatos anarquistas. Tras días de disturbios y luchas callejeras, corrió finalmente el rumor de que los cuatro generales rebeldes habían sido ajusticiados en el castillo de Montjuïc poco después de la rendición. Un amigo de Miquel, un periodista británico que estuvo presente, dijo que el pelotón de fusilamiento era de siete hombres, pero que en el último momento docenas de milicianos se unieron al festín. Cuando se abrió fuego, los cuerpos recibieron tantos balazos que se desplomaron en pedazos irreconocibles, y hubo que meterlos en los ataúdes en estado casi líquido. Algunos quisieron creer que aquél era el fin del conflicto, que las tropas fascistas nunca llegarían a Barcelona y que la rebelión se extinguiría por el camino. Era sólo el aperitivo.

Supimos que Julián estaba en Barcelona el día de la rendición de Goded, al recibir una carta de Irene Marceau, en la que nos contaba que Julián había matado a Jorge Aldaya en el curso de un duelo en el cementerio del Père LaChaise. Incluso antes de que Aldaya expirase, una llamada anónima había alertado a la policía de lo sucedido. Julián tuvo que huir de París de inmediato, perseguido por la policía que le buscaba por asesinato. No tuvimos ninguna duda de quién había efectuado aquella llamada. Esperamos ansiosamente saber de Julián para advertirle del peligro que le acechaba y para protegerle de una trampa peor que la que le había tendido Fumero: descubrir la verdad. Tres días más tarde, Julián seguía sin dar señales de vida. Miquel no quería compartir conmigo su preocupación, pero yo sabía perfectamente lo que estaba pensando. Julián había regresado por Penélope, no por nosotros.

—¿Qué sucederá cuando averigüe la verdad? —preguntaba yo.

—Nosotros nos encargaremos de que no sea así —respondía Miquel.

Por lo pronto, lo primero que iba a comprobar es que la familia Aldaya había desaparecido sin dejar rastro. No iba a encontrar muchos lugares donde empezar a buscar a Penélope. Hicimos una lista de esos lugares y empezamos nuestro periplo. El caserón de la avenida del Tibidabo no era más que una propiedad desierta, vedada tras cadenas y velos de yedra. Un florista ambulante que vendía manojos de rosas y claveles en la esquina opuesta nos dijo que sólo recordaba a una persona que se hubiese acercado a la casa recientemente, pero era un hombre mayor, casi anciano y algo cojo.

—Muy mala leche tenía, la verdad. Le quise vender un clavel para el ojal y me envió a la mierda, diciendo que había una guerra y que no estaba el horno para flores.

No había visto a nadie más. Miquel le compró unas rosas mustias y, por si acaso, le dejó el teléfono de la redacción del *Diario de Barcelona* para que le dejase recado allí si por ventura alguien que encajase con la figura de Carax se dejaba ver. De allí, nuestra siguiente parada fue el colegio de San Gabriel, donde Miquel se reencontró con Fernando Ramos, su antiguo compañero de estudios.

Fernando era ahora profesor de latín y griego y vestía el hábito. Al ver a Miquel en tan precario estado de salud se le cayó el alma a los pies. Nos dijo que no había recibido la visita de Julián, pero prometió ponerse en contacto con nosotros si lo hacía, e intentar retenerle. Fumero había estado allí antes que nosotros, nos confesó con temor. Ahora se hacía llamar inspector Fumero y le había dicho que, en tiempos de guerra, más le valía andarse con ojo.

—Mucha gente iba a morir muy pronto, y los uniformes, de cura o de soldado, no paraban las balas...

Fernando Ramos nos confesó que no estaba claro a qué cuerpo o grupo pertenecía Fumero, y que no fue él quien se atrevió a preguntárselo. Me es imposible describirte aquellos primeros días de la guerra en Barcelona, Daniel. El aire parecía envenenado de miedo y de odio. Las miradas eran de recelo y las calles olían a un silencio que se sentía en el estómago. Cada día, cada hora, corrían nuevos rumores y murmuraciones. Recuerdo una noche, volviendo a casa, en que Miquel y yo descendíamos por las Ramblas. Estaban desiertas, sin un alma a la vista. Miquel miraba las fachadas, los rostros ocultos entre los postigos escudriñando las sombras de la calle, y decía que podían sentirse los cuchillos afilándose tras los muros.

Al día siguiente acudimos a la sombrerería Fortuny, sin grandes esperanzas de encontrar a Julián allí. Un vecino de la escalera nos dijo que el sombrerero estaba aterrado con los altercados de los últimos días y que se habían encerrado dentro de la tienda. Por mucho que llamamos no quiso abrirnos. Aquella tarde había habido un tiroteo a apenas una manzana de allí y los charcos de sangre todavía estaban frescos en la ronda de San Antonio, donde el cadáver de un caballo seguía abatido en el empedrado a merced de los perros callejeros que empezaban a abrirle el buche acribillado a dentelladas mientras algunos niños miraban de cerca y les tiraban piedras. Todo cuanto conseguimos fue verle el rostro espantado a través de la rejilla de la puerta. Le dijimos que buscábamos a su hijo Julián. El sombrerero respondió que su hijo estaba muerto y que nos largásemos o llamaría a la policía. Nos fuimos de allí descorazonados.

Durante días recorrimos cafés y comercios, preguntando por Julián. Indagamos en hoteles y pensiones, en estaciones de tren, en bancos en los que hubiera podido acudir a cambiar moneda... nadie recordaba a un hombre que encajase con la descripción de Julián. Temimos que quizá hubiese caído en manos de Fumero, y Miquel se las arregló para que uno de sus colegas del periódico, que tenía contactos en jefatura, indagase si Julián había ingresado en prisión. No había indicio alguno de que así fuese. Habían pasado dos semanas y parecía que a Julián se lo hubiese tragado la tierra.

Miquel apenas dormía, esperando tener noticias de su amigo. Un atardecer, Miquel regresó de su paseo de cada tarde con una botella de vino de Oporto, ni más ni menos. Se la habían regalado en el diario, dijo, porque el subdirector le había comunicado que ya no podrían publicar más su columna.

—No quieren líos, y les entiendo.

—¿Y qué vas a hacer?

—Emborracharme, por de pronto.

Miquel apenas se bebió medio vaso, pero yo me ventilé casi la botella entera sin darme cuenta y con el estómago vacío. Era casi medianoche cuando me asaltó un sopor imposible y me desplomé sobre el sofá. Soñé que Miquel me besaba en la frente y me tapaba con una estola. Al despertar sentí terribles punzadas de dolor en la cabeza que reconocí como el preludio de una resaca feroz. Fui en busca de Miquel para maldecir la hora en la que se le había ocurrido emborracharme pero me di cuenta de que estaba sola en el piso. Me acerqué al escritorio y vi que había una nota sobre la máquina de escribir en la que me pedía que no me alarmase y que le esperase allí. Había ido en busca de Julián y pronto lo traería a casa. Acababa diciéndome que me quería. La nota se me cayó de las manos. Advertí entonces que, antes de salir, Miquel había retirado sus cosas del escritorio, como si no pensara volver a utilizarlo, y supe que no volvería a verle jamás.

8

Aquella tarde, el vendedor ambulante de flores había llamado a la redacción del *Diario de Barcelona* y dejado un recado para Miquel informándole de que había visto al hombre que le habíamos descrito merodeando cerca del caserón como un espectro. Pasaba la medianoche cuando Miquel llegó al número 32 de la avenida del Tibidabo, un valle lúgubre y desierto azotado por dardos de luna que se filtraban entre la arboleda. Aunque hacía diecisiete años que no le veía, Miquel reconoció en Julián aquel andar leve, casi felino. Su silueta se deslizaba entre la penumbra del jardín, junto a la fuente. Julián había saltado la tapia y acechaba la casa como un animal inquieto. Miquel hubiera podido llamarle desde allí, pero prefirió no alertar a posibles testigos. Tenía la impresión de que miradas furtivas espiaban la avenida desde las ventanas oscuras de las mansiones colindantes. Rodeó el muro de la propiedad hasta la parte que daba a las antiguas pistas de tenis y las cocheras. Pudo reconocer las muescas en la piedra que Julián había usado como peldaños y las losas sueltas sobre el muro. Se aupó casi sin resuello, sintiendo profundas punzadas en el pecho y latigazos de ceguera en la mirada. Se tendió sobre el muro, las manos temblando, y llamó a Julián en un susurro. La silueta que cercaba la fuente permaneció inmóvil, uniéndose a las demás estatuas. Miquel pudo ver el brillo de unos ojos, clavados en él. Se preguntó si Julián iba a reconocerle a él, tras diecisiete años y una enfermedad que se le había llevado hasta el aliento. La silueta se acercó lentamente, blandiendo un objeto en la mano derecha, brillante y alargado. Un cristal.

—Julián... —murmuró Miquel.

La figura se detuvo en seco. Miquel escuchó el cristal caer sobre la gravilla. El rostro de Julián emergió de la negrura. Una barba de dos semanas le cubría las facciones, más afiladas.

—¿Miquel?

Incapaz de saltar al otro lado, o apenas de rehacer su camino hasta la calle, Miquel tendió su mano. Julián se aupó en el muro y, asiendo el puño de su amigo con fuerza, le posó la palma de la mano sobre el rostro. Se miraron en silencio un largo rato, intuyendo las heridas que la vida le había tallado al otro.

—Tenemos que irnos de aquí, Julián. Fumero te busca. Lo de Aldaya fue una trampa.

—Lo sé —murmuró Carax, sin tono ni inflexión.

—La casa está cerrada. Hace años que nadie vive ya aquí —añadió Miquel—. Ven, ayúdame a bajar y vayámonos de aquí.

Carax trepó de nuevo el muro. Al aferrar a Miquel con ambas manos, sintió cómo el cuerpo de su amigo se había consumido bajo las ropas demasiado holgadas. Apenas se presentía carne o músculo. Una vez al otro lado, Carax asió a Miquel por debajo de los hombros y, casi cargando con todo su peso, se alejaron en la oscuridad por la calle Román Macaya.

—¿Qué tienes? —murmuró Carax.

—No es nada. Unas fiebres. Ya me estoy recuperando.

Miquel desprendía ya el olor de la enfermedad y Julián no preguntó más. Descendieron por León XIII hasta el paseo de San Gervasio, donde se vislumbraban las luces de un café. Se refugiaron en una mesa al fondo, lejos de la entrada y los ventanales. Un par de parroquianos velaban la barra a dúo con un cigarrillo y el rumor de la radio. El camarero, un hombre con la piel de color de cera y los ojos crucificados en el suelo, les tomó el pedido. Brandy tibio, café y lo que quedase de comer.

Miquel no probó bocado. Carax, aparentemente voraz, comió por ambos. Los dos amigos se miraban en la luz pegajosa del café, arrebatados en el hechizo del tiempo. La última vez que se habían visto cara a cara tenían la mitad de años. Se habían separado como muchachos y ahora la vida les devolvía al uno un fugitivo, al otro un moribundo. Ambos se preguntaban si habían sido las cartas que les había servido la vida, o si había sido el modo en que las habían jugado.

—Nunca te he dado las gracias por todo lo que has hecho por mí estos años, Miquel.

—No empieces ahora. Hice lo que debía y quería. No hay nada que agradecer.

—¿Cómo está Nuria?

—Como la dejaste.

Carax bajó la mirada.

—Nos casamos hace meses. No sé si ella te escribió para contártelo.

Los labios de Carax se congelaron y negó lentamente.

—No tienes derecho a reprocharle nada, Julián.

—Lo sé. No tengo derecho a nada.

—¿Por qué no acudiste a nosotros, Julián?

—No quería comprometeros.

—Eso ya no está en tus manos. ¿Dónde has estado estos días? Creímos que se te había tragado la tierra.

—Casi. He estado en casa. En casa de mi padre.

Miquel le miró con asombro. Julián procedió a relatarle cómo, al llegar a Barcelona, sin saber adónde acudir, se había dirigido a la casa donde se había criado, temiendo que ya no hubiese nadie allí. La sombrerería seguía en pie, abierta, y un hombre envejecido, sin pelo ni fuego en la mirada, languidecía tras el mostrador. No había querido entrar, ni hacerle saber que había regresado, pero Antoni Fortuny había alzado la mirada hacia el extraño que se alzaba al otro lado del escaparate. Sus ojos se habían encontrado y Julián, aunque había querido echar a correr, se quedó paralizado. Vio formarse lágrimas en el rostro del sombrerero, que se arrastró hacia la puerta y salió a la calle mudo. Sin mediar palabra, guió a su hijo al interior de la tienda, bajó las rejas y una vez el mundo exterior estuvo sellado, lo abrazó, temblando y aullando lágrimas.

Más tarde, el sombrerero le explicó que la policía había ido preguntando por él hacía dos días. Un tal Fumero, un hombre de mala fama que se decía que un mes antes había estado a sueldo de los matarifes del general Goded y que ahora se las daba de amigo de los anarquistas, le había dicho que Carax estaba de camino a Barcelona, que había asesinado a Jorge Aldaya a sangre fría en París y que se le buscaba por otros tantos delitos, cuya enumeración el sombrerero no se molestó en escuchar. Fumero confiaba en que, si se daba la remota e improbable casualidad de que el hijo pródigo apareciese por allí, el sombrerero tendría a bien cumplir con su deber de ciudadano y dar parte. Fortuny le dijo que por supuesto podían contar con él. Le molestó que una víbora como Fumero diese por descontada su vileza, pero tan pronto el siniestro cortejo de la policía abandonó la tienda, el sombrerero partió rumbo a la capilla de la catedral donde había conocido a Sophie para rogarle al santo que condujese los pasos de su hijo de vuelta a casa antes de que fuese demasiado tarde. Cuando Julián acudió a su padre, el sombrerero le advirtió del peligro que se cernía sobre él.

—Lo que sea que te haya traído a Barcelona, hijo mío, déjame que yo lo haga por ti mientras tú te escondes en casa. Tu habitación sigue como la dejaste y es tuya por todo el tiempo que la necesites.

Julián le confesó que había regresado a buscar a Penélope Aldaya. El sombrerero le juró que él la encontraría y que, una vez reunidos, les ayudaría a huir juntos a un lugar seguro, lejos de Fumero, del pasado, lejos de todo.

Durante días Julián se mantuvo oculto en el piso de la ronda de San Antonio mientras el sombrerero recorría la ciudad en busca del rastro de Penélope. Pasaba los días en su antigua habitación, que fiel a la promesa de su padre, seguía igual, aunque ahora todo parecía más pequeño, como si las casas y los objetos, o quizá sólo fuera la vida, encogiesen con el tiempo. Muchos de sus viejos cuadernos seguían allí, lápices que recordaba haber afilado la semana que marchó a París, libros esperando ser leídos, ropa limpia de muchacho en los armarios. El sombrerero le contó que Sophie le había dejado al poco de huir él, y aunque durante años no supo de ella, finalmente le escribió desde Bogotá, donde llevaba un tiempo viviendo con otro hombre. Se escribían con regularidad, «siempre hablando de ti», según confesó el sombrerero, «porque es lo único que nos une». Al pronunciar estas palabras, a Julián le parecía que el sombrerero había esperado a enamorarse de su mujer hasta después de haberla perdido.

—Sólo se quiere de verdad una vez en la vida, Julián, aunque uno no se dé cuenta.

El sombrerero, que parecía atrapado en una carrera con el tiempo para deshacer toda una vida de infortunios, no tenía duda de que Penélope era aquel amor de una sola estación en la vida de su hijo y creía, sin darse cuenta, que si le ayudaba a recuperarla, quizá él también recuperase algo de lo que había perdido, aquel vacío que le pesaba en la piel y los huesos con la rabia de una maldición.

Pese a todo su empeño, y para su desesperación, el sombrerero pronto fue averiguando que no había rastro de Penélope Aldaya, ni de la familia, en toda Barcelona. Hombre de origen humilde, que había tenido que trabajar toda la vida para mantenerse a flote, el sombrerero siempre había concedido al dinero y a la casta la duda de la inmortalidad. Quince años de ruina y miseria habían bastado para borrar de la faz de la tierra los palacios, las industrias y las huellas de una estirpe. A la mención del apellido Aldaya, muchos reconocían la música de la palabra, pero casi ninguno recordaba su significado. El día que Miquel Moliner y Nuria Monfort acudieron a la sombrerería preguntando por Julián, el sombrerero tuvo la certeza de que no eran sino esbirros de Fumero. Nadie le iba a arrebatar a su hijo de nuevo. Esta vez podría bajar Dios todopoderoso desde los cielos, el mismo Dios que llevaba toda una vida ignorando sus plegarias, y él mismo, gustoso, le arrancaría los ojos si osaba alejar a Julián una vez más del naufragio de su vida.

El sombrerero era el hombre que el florista ambulante recordaba haber visto días atrás, merodeando por el caserón de la avenida del Tibidabo. Lo que el florista interpretó como mala leche no era sino la firmeza de espíritu que sólo asiste a quienes, mejor tarde que nunca, han encontrado un propósito a sus vidas y lo persiguen con la ferocidad que da el tiempo derramado en vano. Lamentablemente, no quiso el señor escuchar esta última vez los ruegos del sombrerero, y pasado ya el umbral de la desesperación, fue incapaz de encontrar aquello que buscaba, la salvación de su hijo, de sí mismo, en el rastro de una muchacha a la que nadie recordaba y de la que nadie sabía nada. ¿Cuántas almas perdidas necesitas, Señor, para saciar tu apetito?, preguntaba el sombrerero. Dios, en su infinito silencio, le miraba sin pestañear.

—No la encuentro, Julián... Te juro que...

—No se preocupe, padre. Esto es algo que debo hacer yo. Usted ya me ha ayudado todo lo que podía.

Aquella noche, Julián había salido por fin a la calle dispuesto a recobrar el rastro de Penélope.

Miquel escuchaba el relato de su amigo, dudando si se trataba de un milagro o una maldición. No se le ocurrió pensar en el camarero, que se dirigía al teléfono y murmuraba de espaldas a ellos, ni que luego vigilaba la puerta de reojo, limpiando con demasiado celo los vasos en un establecimiento donde la mugre se enseñoreaba con saña, mientras Julián le refería lo sucedido a su llegada a Barcelona. No se le ocurrió que Fumero habría estado ya en aquel café, en decenas de cafés como aquél, a tiro de piedra del palacete Aldaya, y que tan pronto Carax pusiera el pie en uno de ellos, la llamada era cuestión de segundos. Cuando el coche de la policía se detuvo frente al café y el camarero se retiró a la cocina, Miquel sintió la calma fría y serena de la fatalidad. Carax le leyó la mirada y ambos se volvieron a un tiempo. Las trazas espectrales de tres gabardinas grises aleteando tras las ventanas. Tres rostros escupiendo vapor en el cristal. Ninguno de ellos era Fumero. Los carroñeros le precedían.

—Vayámonos de aquí, Julián...

—No hay adónde ir —dijo Carax, con una serenidad que llevó a su amigo a observarle con detenimiento.

Advirtió entonces el revólver en la mano de Julián, y la fría disposición en su mirada. La campanilla de la puerta arañó el murmullo de la radio. Miquel arrebató la pistola de las manos de Carax y le miró fijamente.

—Dame tu documentación, Julián.

Los tres policías fingieron sentarse a la barra. Uno de ellos les miraba de reojo. Los otros dos se palpaban el interior de la gabardina.

—La documentación, Julián. Ahora.

Carax negó en silencio.

—Me quedan uno, dos meses, con suerte. Uno de los dos tiene que salir de aquí, Julián. Tú tienes más puntos que yo. No sé si encontrarás a Penélope. Pero Nuria te espera.

—Nuria es tu mujer.

—Acuérdate del trato que hicimos. Cuando yo muera, todo lo que es mío será tuyo...

—... menos los sueños.

Se sonrieron por última vez. Julián le tendió su pasaporte. Miquel lo colocó junto con el ejemplar de *La Sombra del Viento* que llevaba en el abrigo desde el día que lo había recibido.

—Hasta pronto —murmuró Julián.

—No hay prisa. Yo esperaré.

Justo cuando los tres policías se volvían hacia ellos, Miquel se levantó de la mesa y se dirigió hacia ellos. Al principio sólo vieron a un moribundo pálido y tembloroso que les sonreía mientras la sangre asomaba por las comisuras de labios magros, sin vida. Cuando advirtieron el revólver en su mano derecha, Miquel ya estaba apenas a tres metros de ellos. Uno de ellos quiso gritar, pero el primer disparo le voló la mandíbula inferior. El cuerpo cayó inerte, de rodillas, a los pies de Miquel. Los otros dos agentes ya habían desenfundado sus armas. El segundo disparo atravesó el estómago del que parecía más viejo. La bala le partió la columna vertebral en dos y escupió un puño de vísceras contra la barra. Miquel nunca tuvo tiempo de hacer un tercer disparo. El policía restante ya le había encañonado. Sintió el arma en las costillas, sobre el corazón, y su mirada acerada, encendida de pánico.

—Quieto, hijo de puta, o te juro que te abro en dos.

Miquel sonrió y alzó lentamente el revólver hacia el rostro del policía. No debía de tener más de veinticinco años y le temblaban los labios.

—Le dices a Fumero, de parte de Carax, que me acuerdo de su disfraz de marinerito.

No sintió dolor, ni fuego. El impacto, como un martillazo sordo que se llevó el sonido y el color de las cosas, le lanzó contra la cristalera. Al atravesarla y advertir que un frío intenso le trepaba por la garganta y la luz se alejaba como polvo en el viento, Miquel Moliner volvió la mirada por última vez y vio a su amigo Julián correr calle abajo. Tenía treinta y seis años, más de los que había esperado vivir. Antes de desplomarse sobre la acera sembrada de cristal ensangrentado, ya estaba muerto.

9

Aquella noche, mientras Julián se perdía en la noche, un furgón sin identificación acudió a la llamada del hombre que había matado a Miquel. Nunca supe su nombre, ni creo que él supiese a quién había asesinado. Como todas las guerras, personales o a gran escala, aquél era un juego de marionetas. Dos hombres cargaron los cuerpos de los agentes muertos y se encargaron de sugerirle al encargado del bar que se olvidase de lo que había sucedido o tendría serios problemas. Nunca subestimes el talento para olvidar que despiertan las guerras, Daniel. El cadáver de Miquel fue abandonado en un callejón del Raval doce horas más tarde para que su muerte no pudiese ser relacionada con la de los dos agentes. Cuando el cuerpo llegó finalmente a la morgue, llevaba dos días muerto. Miquel había dejado toda su documentación en casa antes de salir. Cuanto los funcionarios del depósito encontraron fue un pasaporte a nombre de Julián Carax, desfigurado, y un ejemplar de *La Sombra del Viento.* La policía concluyó que el difunto era Carax. El pasaporte todavía mencionaba como domicilio el piso de los Fortuny en la ronda de San Antonio.

Para entonces, la noticia ya había llegado a oídos de Fumero, que se acercó al depósito para despedirse de Julián. Se encontró allí con el sombrerero, a quien la policía había ido a buscar para proceder a la identificación del cuerpo. El señor Fortuny, que llevaba dos días sin ver a Julián, temía lo peor. Al reconocer el cuerpo que apenas una semana antes había llamado a su puerta preguntando por Julián (y a quien había tomado por un esbirro de Fumero), prorrumpió en alaridos y se marchó. La policía asumió que aquella reacción era una admisión de reconocimiento. Fumero, que había presenciado la escena, se acercó al cuerpo y lo examinó en silencio. Hacía diecisiete años que no veía a Julián Carax. Cuando reconoció a Miquel Moliner, se limitó a sonreír y firmó el informe forense confirmando que aquel cuerpo pertenecía a Julián Carax, y ordenando su traslado inmediato a una fosa común en Montjuïc.

Durante mucho tiempo me pregunté por qué Fumero habría de hacer algo así. Pero aquello no era más que la lógica de Fumero. Al morir con la identidad de Julián,

Miquel le había proporcionado involuntariamente la coartada perfecta. Desde aquel instante, Julián Carax no existía. No habría vínculo legal alguno que permitiese relacionar a Fumero con el hombre al que, tarde o temprano, esperaba encontrar y asesinar. Eran días de guerra y muy pocos pedirían explicaciones por la muerte de alguien que ni siquiera tenía nombre. Julián había perdido la identidad. Era una sombra. Pasé dos días esperando a Miquel o a Julián en casa, creyendo que me volvía loca. Al tercer día, lunes, volví a trabajar a la editorial. El señor Cabestany había ingresado en el hospital hacía unas semanas, y ya no volvería a su despacho. Su hijo mayor, Álvaro, se había hecho cargo del negocio. No le dije nada a nadie. No tenía a quién.

Aquella misma mañana recibí en la editorial la llamada de un funcionario de la morgue, Manuel Gutiérrez Fonseca. El señor Gutiérrez Fonseca me explicó que el cuerpo de un tal Julián Carax había llegado al depósito y que, al cotejar el pasaporte del difunto y el nombre del autor del libro que llevaba cuando ingresó en la morgue, y sospechando si no una clara irregularidad sí un cierto relajamiento en el reglamento por parte de la policía, había sentido el deber moral de llamar a la editorial para dar parte de lo sucedido. Al escucharle, creí morir. Lo primero que pensé fue que se trataba de una trampa de Fumero. El señor Gutiérrez Fonseca se expresaba con la pulcritud del funcionario concienzudo, aunque algo más goteaba en su voz, algo que ni él mismo hubiera podido explicar. Yo había cogido la llamada en el despacho del señor Cabestany. Gracias a Dios, Álvaro había salido a almorzar y estaba sola, de lo contrario me hubiera sido difícil explicar las lágrimas y el temblor en las manos mientras sostenía el teléfono. Gutiérrez Fonseca me dijo que había creído oportuno informar de lo sucedido.

Le agradecí la llamada con esa formalidad falsa de las conversaciones en clave. Tan pronto colgué, cerré la puerta del despacho y me mordí los puños por no gritar. Me lavé la cara y me marché a casa inmediatamente, dejando recado para Álvaro de que estaba enferma y que regresaría al día siguiente antes de la hora para ponerme al día con la correspondencia. Tuve que hacer un esfuerzo por no correr en la calle, por caminar con esa parsimonia anónima y gris de quien no tiene secretos. Al introducir la llave en la puerta del piso comprendí que el cerrojo había sido forzado. Me quedé paralizada. El pomo empezaba a girar desde el interior. Me pregunté si iba morir así, en una escalera oscura y sin saber qué había sido de Miquel. La puerta se abrió y enfrenté la mirada oscura de Julián Carax. Que Dios me perdone, pero en aquel instante sentí que me volvía la vida y di gracias al cielo por devolverme a Julián en vez de a Miquel.

Nos fundimos en un abrazo interminable, pero cuando busqué sus labios, Julián se retiró y bajó la mirada. Cerré la puerta y, tomando a Julián de la mano, le guié hasta el dormitorio. Nos tendimos en el lecho, abrazados en silencio. Atardecía y las sombras del piso ardían de púrpura. Se escucharon disparos aislados a lo lejos, como todas las noches desde que había empezado la guerra. Julián lloraba sobre mi pecho y sentí que me invadía un cansancio que escapaba a las palabras. Más tarde, caída la noche, nuestros labios se encontraron y al amparo de aquella oscuridad urgente nos desprendimos de aquellas ropas que olían a miedo y a muerte. Quise recordar a Miquel, pero el fuego de aquellas manos en mi vientre me robó la vergüenza y el dolor. Quise perderme en ellas y no regresar, aun sabiendo que al amanecer, exhaustos y quizá enfermos de desprecio, no podríamos mirarnos a los ojos sin preguntarnos en quién nos habíamos convertido.

10

Me despertó el repiqueteo de la lluvia al alba. La cama vacía, la habitación prendida de tiniebla gris.

Encontré a Julián sentado frente al que había sido el escritorio de Miquel, acariciando las teclas de su máquina de escribir. Alzó la mirada y me brindó aquella sonrisa tibia, lejana, que decía que nunca sería mío. Sentí deseos de escupirle la verdad, de herirle. Hubiera sido tan fácil. Revelarle que Penélope estaba muerta. Que vivía de engaños. Que yo era cuanto tenía ahora en el mundo.

—Nunca debí regresar a Barcelona —murmuró, sacudiendo la cabeza.

Me arrodillé junto a él.

—Lo que tú buscas no está aquí, Julián. Marchémonos. Los dos. Lejos de aquí. Mientras hay tiempo.

Julián me miró largamente, sin pestañear.

—Tú sabes algo que no me has dicho, ¿verdad? —preguntó.

Negué, tragando saliva. Julián se limitó a asentir.

—Esta noche voy a volver allí.

—Julián, por favor...

—Tengo que asegurarme.

—Entonces iré contigo.

—No.

—La última vez que me quedé esperando aquí, perdí a Miquel. Si tú vas, yo voy.

—Esto no va contigo, Nuria. Es algo que me concierne a mí solo.

Me pregunté si realmente no se daba cuenta del daño que me hacían sus palabras, o si apenas le importaba.

—Eso es lo que tú crees.

Quiso acariciarme la mejilla pero le aparté la mano.

—Deberías odiarme, Nuria. Te traería suerte.

—Ya lo sé.

Pasamos el día fuera, lejos de la tiniebla opresiva del piso que aún olía a sábanas tibias y piel. Julián quería ver el mar. Le acompañé hasta la Barceloneta y nos adentramos en la playa casi desierta, un espejismo de color de arena que se fundía en la calima. Nos sentamos en la arena, cerca de la orilla, como lo hacen los niños y los viejos. Julián sonreía en silencio, recordando a solas.

Al atardecer tomamos un tranvía junto al acuario y ascendimos por la Vía Layetana hasta el paseo de Gracia, luego la plaza de Lesseps y después la avenida de la República Argentina hasta el término del trayecto. Julián observaba las calles en silencio, como si temiese perder la ciudad a medida que la recorría. A medio camino me tomó la mano y la besó sin decir nada. La sostuvo hasta que nos bajamos. Un anciano que acompañaba a una niña de blanco nos miraba, sonriente, y nos preguntó si éramos novios. Era ya noche cerrada cuando enfilamos Román Macaya en dirección al caserón de los Aldaya en la avenida del Tibidabo. Caía una lluvia fina que teñía de plata los paredones de piedra. Trepamos el muro de la finca por la parte de atrás, junto a las pistas de tenis. El caserón se alzaba en la lluvia. La reconocí al instante. Había leído la fisonomía de aquella casa en mil encarnaciones y ángulos en las páginas de Julián. En *La casa roja,* el palacete se aparecía como un tenebroso caserón más grande por dentro que por fuera, que cambiaba lentamente de forma, crecía en pasillos, galerías y áticos imposibles, escaleras infinitas que no conducían a ninguna parte y alumbraba habitaciones oscuras que aparecían y desaparecían de la noche a la mañana, llevándose consigo a los incautos que se adentraban en ellas sin que nadie les volviese a ver. Nos detuvimos frente al portón, asegurado con cadenas y un candado del tamaño de un puño. Los ventanales de la primera planta estaban tapiados con tablones recubiertos de yedra. El aire olía a maleza muerta y a tierra mojada. La piedra, oscura y viscosa bajo la lluvia, relucía como el esqueleto de un gran reptil.

Quise preguntarle cómo pensaba franquear aquel portón de roble, de basílica o prisión. Julián extrajo un frasco del abrigo y desenroscó la tapa. Un vapor fétido exhaló del interior en una espiral lenta y azulada. Sostuvo el candado por el extremo y vertió el ácido en el interior del cerrojo. El metal siseó como hierro candente, envuelto en un paño de humo amarillento. Esperamos unos segundos y entonces tomó un adoquín de entre la maleza y partió el candado con media docena de golpes. Julián empujó la puerta de un puntapié. Se abrió lentamente, como un sepulcro, escupiendo un aliento espeso y húmedo. Más allá del umbral se adivinaba una oscuridad aterciopelada. Julián portaba un encendedor de bencina que prendió al adentrarse unos pasos en el recibidor. Le seguí y entorné la puerta a nuestras espaldas. Julián anduvo unos metros, sosteniendo la llama por encima de la cabeza. Una alfombra de polvo se tendía a nuestros pies, sin más huellas que las nuestras. Las paredes, desnudas, prendían al ámbar de la llama. No había muebles, ni espejos o lámparas. Las puertas permanecían en los goznes, pero los pomos de bronce habían sido arrancados. El caserón apenas mostraba el esqueleto desnudo. Nos detuvimos al pie de la escalinata. La mirada de Julián se perdió hacia lo alto. Se volvió un instante para mirarme y quise sonreírle, pero en la penumbra apenas nos adivinábamos la mirada. Le seguí escaleras arriba, recorriendo los peldaños en los que Julián había visto a Penélope por primera vez. Sabía adónde nos dirigíamos y me invadió un frío que nada tenía de la atmósfera húmeda y mordiente de aquel lugar.

Ascendimos hasta el tercer piso, donde un angosto corredor se abría paso hacia el ala sur de la casa. La techumbre allí era mucho más baja y las puertas más pequeñas. Era el piso que albergaba las estancias del servicio. La última, supe sin necesidad de que Julián dijese nada, había sido la alcoba de Jacinta Coronado. Julián se aproximó lentamente, temeroso. Aquél había sido el último lugar donde había visto a Penélope, donde había hecho el amor con una muchacha de apenas diecisiete años, que meses más tarde moriría desangrada en aquella misma celda. Quise detenerle, pero Julián ya había ganado el umbral y miraba hacia el interior, ausente. Me asomé junto a él. La habitación no era más que un cubículo despojado de toda ornamentación. Las marcas de un antiguo lecho se leían todavía bajo la marea de polvo en los maderos del suelo. Una maraña de manchas negras reptaba por el centro de la habitación. Julián observó aquel vacío por espacio de casi un minuto, desconcertado. Vi en su mirada que apenas acertaba a reconocer el lugar, que todo se le aparecía como un truco macabro y cruel. Le tomé del brazo y le guié de regreso a la escalera.

—Aquí no hay nada, Julián —murmuré—. La familia lo vendió todo antes de partir a la Argentina.

Julián asintió débilmente. Descendimos de nuevo hasta la planta baja. Una vez allí, Julián se dirigió hacia la biblioteca. Los estantes estaban vacíos, la chimenea anegada de escombros. Las paredes, pálidas de muerte, aleteaban al aliento de la llama. Los acreedores y usureros habían conseguido llevarse hasta la memoria, que debía de estar ahora perdida en el laberinto de alguna chatarrería.

—He vuelto para nada —murmuraba Julián.

Mejor así, pensé. Contaba los segundos que nos separaban de la puerta. Si conseguía alejarle de allí y dejarle con aquella puñalada de vacío, quizá aún tuviésemos una oportunidad. Dejé que Julián absorbiera la ruina de aquel lugar, que purgase su recuerdo.

—Tenías que volver y verla otra vez —dije—. Ahora ya ves que no hay nada. Es sólo un caserón viejo y deshabitado, Julián. Vayámonos a casa.

Me miró, pálido, y asintió. Le tomé de la mano y enfilamos el pasillo que conducía a la salida. La brecha de claridad del exterior apenas quedaba a media docena de metros. Pude oler la maleza y la llovizna en el aire. Entonces sentí que perdía la mano de Julián. Me detuve y me volví para encontrarle inmóvil, con la mirada clavada en la oscuridad.

—¿Qué pasa, Julián?

No contestó. Contemplaba hechizado la boca de un angosto corredor que conducía a las cocinas. Me aproximé hasta allí y escruté la tiniebla que arañaba la llama azul del mechero de gasolina. La puerta al extremo del pasillo estaba tapiada. Un muro de ladrillos rojos, toscamente dispuestos entre argamasa que sangraba por las comisuras. No comprendí bien qué significaba, pero sentí que el frío me robaba el aliento. Julián se acercaba lentamente hacia allí. Todas las demás puertas, en el corredor —en toda la casa—, estaban abiertas, desprovistas de cerraduras y pomos. Excepto aquélla. Una compuerta de ladrillos rojos oculta en el fondo de un corredor lúgubre y escondido. Julián posó las manos sobre los adoquines de arcilla escarlata.

—Julián, por favor, vayámonos ya...

El impacto de su puño sobre la pared de ladrillos arrancó un eco hueco y cavernoso al otro lado. Me pareció que le temblaban las manos cuando posaba el mechero en el suelo y me indicaba que me retirase unos pasos.

—Julián...

La primera patada arrancó una lluvia de polvo rojizo. Julián embistió de nuevo. Creí que había oído sus huesos crujir. Julián no se inmutó. Golpeaba el muro una y otra vez, con la rabia de un preso abriéndose camino hacia la libertad. Le sangraban los puños y los brazos cuando el primer ladrillo se quebró y cayó al otro lado. Con dedos ensangrentados, Julián empezó entonces a forcejear por agrandar aquel marco en la oscuridad. Jadeaba, exhausto y poseído de una furia de la que nunca le habría creído posible. Uno a uno, los ladrillos fueron cediendo y el muro se abatió. Julián se detuvo, cubierto de sudor frío, las manos despellejadas. Tomó el mechero y lo posó sobre el borde de uno de los ladrillos. Una puerta de madera labrada con motivos de ángeles se alzaba al otro lado. Julián acarició los relieves de la madera, como si leyese un jeroglífico. La puerta se abrió bajo la presión de sus manos.

Una tiniebla azul, espesa y gelatinosa, emanaba del otro lado. Más allá se intuía una escalinata. Peldaños de piedra negra descendían hasta donde se perdía la sombra. Julián se volvió un instante y le encontré la mirada. Vi en ella miedo y desesperanza, como si intuyese la negrura. Negué en silencio, implorándole que no descendiese. Se volvió, abatido, y se zambulló en la oscuridad. Me asomé al marco de adoquines y le vi descender por la escalera, casi tambaleándose. La llama temblaba, apenas ya un soplo de azul transparente.

—¿Julián?

Sólo me llegó silencio. Podía ver la sombra de Julián, inmóvil al fondo de la escalera. Crucé el umbral de ladrillos y descendí los peldaños. La sala era una estancia rectangular, de muros de mármol. Desprendía un frío intenso y penetrante. Las dos lápidas estaban recubiertas por un velo de telaraña que se deshizo como seda podrida a la llama del mechero. El mármol blanco estaba surcado por lágrimas negras de humedad que parecían sangrar de las hendiduras que había dejado el cincel del grabador. Yacían la una junto a la otra, como maldiciones encadenadas.

PENÉLOPE ALDAYA	DAVID ALDAYA
1902-1919	1919

11

Muchas veces me he detenido a pensar en aquel momento de silencio, tratando de imaginar lo que Julián debió de sentir al comprobar que la mujer a la que había estado esperando durante diecisiete años estaba muerta, que el hijo de ambos se había marchado con ellos, que la vida con que había soñado, su único aliento, nunca había existido. La mayoría de nosotros tenemos la dicha o la desgracia de ver cómo la vida se desmorona poco a poco, sin que nos demos casi cuenta. Para Julián, aquella certeza prendió en cuestión de segundos. Por un instante pensé que echaría a correr escaleras arriba, que huiría de aquel lugar maldito y que no volvería a verle jamás. Quizá hubiera sido mejor así.

Recuerdo que la llama del mechero se extinguió lentamente y que perdí su silueta en la oscuridad. Le busqué en la sombra. Le encontré temblando, mudo. Apenas podía sostenerse en pie y se arrastró hasta un rincón. Le abracé y le besé la frente. No se movía. Palpé su rostro con los dedos, pero no había lágrimas. Creí que tal vez, inconscientemente, lo había sabido durante todos aquellos años, que quizá aquel encuentro era necesario para enfrentarse a la certeza y liberarse. Habíamos llegado al final del camino. Julián comprendería ahora que ya nada le retenía en Barcelona y que partiríamos lejos. Quise creer que nuestra suerte iba a cambiar y que Penélope nos había perdonado.

Busqué el mechero en el suelo y lo encendí de nuevo. Julián observaba el vacío, ajeno a la llama azul. Le tomé el rostro con las manos y le obligué a mirarme. Me encontré ojos sin vida, vacíos, consumidos de rabia y de pérdida. Sentí el veneno del odio esparciéndose lentamente por sus venas y pude leer sus pensamientos. Me odiaba por haberle engañado. Odiaba a Miquel por haberle querido obsequiar con una vida que le pesaba como una herida abierta. Pero sobre todo odiaba al hombre que había causado toda aquella desgracia, aquel rastro de muerte y miseria: él mismo. Odiaba aquellos cochinos libros a los que había dedicado su vida y que a nadie importaban. Odiaba una existencia entregada al engaño y a la mentira. Odiaba cada segundo robado y cada aliento.

Me miraba sin pestañear, como se mira a un extraño o a un objeto desconocido. Yo negaba lentamente, buscándole las manos. Se apartó bruscamente y se incorporó. Traté de asirle el brazo pero me empujó contra el muro. Le vi ascender la escalera en silencio, un hombre a quien ya no conocía. Julián Carax estaba muerto. Cuando salí al jardín del caserón, ya no había rastro de él. Escalé el muro y salté al otro lado. Las calles desoladas sangraban bajo la lluvia. Grité su nombre, caminando por el centro de la avenida desierta. Nadie respondió a mi llamada. Cuando regresé a casa eran casi las cuatro de la mañana. El piso estaba anegado de humo y olía a quemado. Julián había estado allí. Corrí a abrir las ventanas. Encontré un estuche sobre mi escritorio que contenía la pluma que le había comprado años antes en París, la estilográfica por la que había pagado una fortuna en virtud de su supuesta pertenencia a Alejandro Dumas o Víctor Hugo. El humo provenía de la caldera de la calefacción. Abrí la compuerta y comprobé que Julián había arrojado al interior todos los ejemplares de sus novelas que faltaban de la estantería. Apenas se leía el título sobre los lomos de piel. El resto eran cenizas.

Horas después, cuando acudí a la editorial a media mañana, Álvaro Cabestany me hizo llamar a su despacho. Su padre apenas pasaba ya por el despacho y los médicos le habían dicho que tenía los días contados, lo mismo que mi puesto en la empresa. El hijo de Cabestany me anunció que aquella misma mañana a primera hora se había presentado un caballero llamado Laín Coubert interesado en adquirir todos los ejemplares de las novelas de Julián Carax que tuviésemos en existencias. El hijo del editor dijo que tenía un almacén lleno de ellas en Pueblo Nuevo, pero que había gran demanda de ellas y por tanto había exigido un precio superior al que Coubert ofrecía. Coubert no había picado y se había marchado con viento fresco. Ahora Cabestany hijo quería que yo localizase al tal Laín Coubert y aceptase su oferta. Le dije a aquel necio que Laín Coubert no existía, que era un personaje de una novela de Carax. Que no tenía interés alguno en comprarle los libros; sólo quería saber dónde estaban. El señor Cabestany tenía por costumbre guardar un ejemplar de cada uno de los títulos publicados por la casa en la biblioteca de su despacho, incluso de las obras de Julián Carax. Me colé en su oficina y me los llevé.

Aquella misma tarde visité a mi padre en el Cementerio de los Libros Olvidados y los oculté donde nadie, especialmente Julián, pudiese encontrarlos. Había anochecido ya cuando salí de allí. Vagando Ramblas abajo llegué hasta la Barceloneta y me adentré en la playa, buscando el lugar al que había ido a contemplar el mar con Julián. La pira de llamas del almacén en Pueblo Nuevo se adivinaba a lo lejos, el rastro ámbar derramándose sobre el mar y las espirales de fuego y humo ascendiendo al cielo como serpientes de luz. Cuando los bomberos consiguieron extinguir las llamas poco antes del amanecer, no quedaba nada, apenas el esqueleto de ladrillos y metal que sostenía la bóveda. Allí encontré a Lluís Carbó, que había sido el vigilante nocturno durante diez años. Contemplaba los escombros humeantes, incrédulo. Tenía las cejas y el vello de los brazos quemados y la piel le brillaba como bronce húmedo. Fue él quien me contó que las llamas habían empezado poco después de la medianoche y habían devorado decenas de miles de libros hasta que el alba se había rendido en un río de ceniza. Lluís sostenía todavía en las manos un puñado de libros que había conseguido salvar, colecciones de versos de Verdaguer y dos tomos de *Historia de la Revolución francesa*. Era cuanto había sobrevivido. Varios miembros del sindicato habían acudido para ayudar a los bomberos. Uno de ellos me contó que los bomberos habían encontrado un cuerpo quemado entre los escombros. Lo habían tomado por muerto, pero uno de ellos advirtió que todavía respiraba y lo llevaron al hospital del Mar.

Lo reconocí por los ojos. El fuego le había devorado la piel, las manos y el pelo. Las llamas le habían arrancado la ropa a latigazos y todo su cuerpo era una herida en carne viva que supuraba entre las vendas. Lo habían confinado a una habitación solitaria al fondo de un corredor con vistas a la playa, cercenado de morfina a la espera de que muriese. Quise sostenerle la mano, pero una de las enfermeras me advirtió que apenas había carne bajo las vendas. El fuego le había segado los párpados y su mirada enfrentaba el vacío perpetuo. La enfermera que me encontró caída en el suelo, llorando, me preguntó si sabía quién era. Le dije que sí, que era mi marido. Cuando un cura rapaz apareció para prodigar sus últimas bendiciones, lo ahuyenté a alaridos. Tres días más tarde, Julián seguía vivo. Los médicos dijeron que era un milagro, que las ganas de vivir le mantenían vivo con fuerzas que la medicina era incapaz de emular. Se equivocaban. No eran las ganas de vivir. Era el odio. Una semana más tarde, en vista de que aquel cuerpo escarchado de muerte se resistía a apagarse, fue oficialmente admitido con el nombre de Miquel Moliner. Habría de permanecer allí por espacio de once meses. Siempre en silencio, con la mirada ardiente, sin descanso.

Yo acudía todos los días al hospital. Pronto las enfermeras empezaron a tutearme y a invitarme a comer con ellas en su sala. Eran todas mujeres solas, fuertes, que esperaban que sus hombres volviesen del frente. Algunos lo hacían. Me enseñaron a limpiar las heridas de Julián, a cambiarle los vendajes, a poner sábanas limpias y a hacer una cama con un cuerpo inerte tendido. También me enseñaron a perder la esperanza de volver a ver al hombre que algún día se había sostenido sobre aquellos huesos. Le quitamos las vendas de la cara al tercer mes. Julián era una calavera. No tenía labios, ni mejillas. Era un rostro sin rasgos, apenas un muñeco carbonizado. Las cuencas de los ojos se habían agrandado y ahora dominaban su expresión. Las enfermeras no me lo confesaban, pero sentían repugnancia, casi miedo. Los médicos me habían dicho que una suerte de piel violácea, reptil, se iría formando lentamente a medida que sanasen las heridas. Nadie se atrevía a comentar su estado mental. Todos daban por descontado que Julián —Miquel— había perdido la razón en el incendio, que vegetaba y sobrevivía gracias a los cuidados obsesivos de aquella esposa que permanecía firme donde tantas otras hubiesen huido despavoridas. Yo le miraba a los ojos y sabía que Julián seguía allí dentro, vivo, consumiéndose lentamente. Esperando.

Había perdido los labios, pero los médicos creían que las cuerdas vocales no habían sufrido daño irreparable y que las quemaduras en la lengua y la laringe habían sanado meses atrás. Asumían que Julián no decía nada porque su mente se había extinguido. Una tarde, seis meses después del incendio, estando él y yo a solas en la habitación, me incliné y le besé en la frente.

—Te quiero —le dije.

Un sonido amargo, ronco, emergió de aquella mueca canina a la que se había reducido la boca. Tenía los ojos enrojecidos de lágrimas. Quise secárselas con un pañuelo, pero repitió aquel sonido.

—Déjame —había dicho.

«Déjame.»

La editorial Cabestany había quebrado a los dos meses del incendio del almacén de Pueblo Nuevo. El viejo Cabestany, que murió aquel año, había pronosticado que su hijo conseguiría arruinar la empresa en seis meses. Optimista irredento hasta la sepultura. Intenté encontrar trabajo en otra editorial, pero la guerra se lo comía todo. Todos me decían que la guerra acabaría pronto, y que luego las cosas mejorarían. La guerra tenía todavía dos años por delante, y lo que vino después fue casi peor. Al cumplirse un año del incendio, los médicos me dijeron que cuanto podía hacerse en un hospital estaba hecho. La situación era difícil y necesitaban la habitación. Me recomendaron ingresar a Julián en un sanatorio como el asilo de Santa Lucía, pero me negué. En octubre de 1937 me lo llevé a casa. No había pronunciado una sola palabra desde aquel «Déjame».

Yo le repetía todos los días que le quería. Estaba instalado en una butaca frente a la ventana, cubierto de mantas. Le alimentaba con zumos, pan tostado y, cuando encontraba, leche. Todos los días le leía un par de horas. Balzac, Zola, Dickens... Su cuerpo empezaba a recuperar volumen. Al poco de regresar a casa empezó a mover las manos y los brazos. Ladeaba el cuello. A veces, al volver a casa, me encontraba las mantas en el suelo y objetos derribados. Un día le encontré en el suelo, arrastrándose. Un año y medio después del incendio, una noche de tormenta, me desperté a media noche. Alguien se había sentado en mi lecho y me acariciaba el pelo. Le sonreí, ocultando las lágrimas. Había conseguido encontrar uno de mis espejos, aunque los había ocultado todos. Con voz quebrada me dijo que se había transformado en uno de sus monstruos de ficción, en Laín Coubert. Quise besarle, demostrarle que su aspecto no me repugnaba, pero no me dejó. Pronto no me dejaría apenas tocarle. Iba recobrando fuerzas día a día. Merodeaba por la casa mientras yo salía a buscar algo para comer. Los ahorros que Miquel había dejado nos mantenían a flote, pero pronto tuve que empezar a vender joyas y trastos viejos. Cuando no hubo más remedio, cogí la pluma de Víctor Hugo que había comprado en París y salí a venderla al mejor postor. Encontré una tienda detrás del Gobierno Militar que admitía género de ese tipo. El encargado no pareció impresionado por mi solemne juramento atestiguando que aquella pluma había pertenecido a Víctor Hugo, pero reconoció que era una pieza magistral y se avino a pagarme tanto como pudo, teniendo en cuenta que corrían tiempos de escasez y miseria.

Cuando le dije a Julián que la había vendido, temí que montase en cólera. Se limitó a decir que había hecho bien, que nunca la había merecido. Un día, uno de tantos en que yo había salido a buscar trabajo, regresé y me encontré que Julián no estaba. No regresó hasta el alba. Cuando le pregunté que adónde había ido, se limitó a vaciar los bolsillos del abrigo (que había sido de Miquel) y dejar un puñado de dinero sobre la mesa. A partir de entonces empezó a salir casi todas las noches. En la oscuridad, cubierto con un sombrero y bufanda, con los guantes y la gabardina, era una sombra más. Nunca me decía adónde iba. Casi siempre traía dinero o joyas. Dormía por las mañanas, sentado erguido en su butaca, con los ojos abiertos. En una ocasión encontré una navaja en sus bolsillos. Era un arma de doble filo, de resorte automático. La hoja estaba prendida de manchas oscuras.

Fue por entonces cuando empecé a oír por las calles las historias acerca de un individuo que rompía los escaparates de las librerías por la noche y quemaba libros. En otras ocasiones, el extraño vándalo se colaba en una biblioteca o en la cámara de un coleccionista. Siempre se llevaba dos o tres tomos, que quemaba. En febrero de 1938 acudí a una librería de viejo para preguntar si era posible encontrar algún libro de Julián Carax en el mercado. El encargado me dijo que era imposible: alguien los había estado haciendo desaparecer. Él mismo había tenido un par y los había vendido a un individuo muy extraño, que ocultaba su rostro y al que apenas se le podía descifrar la voz.

—Hasta hace poco quedaban algunas copias en colecciones privadas, aquí y en Francia, pero muchos coleccionistas empiezan a desprenderse de ellas. Tienen miedo —decía—, y no les culpo.

A veces Julián desaparecía durante días enteros. Pronto sus ausencias fueron de semanas. Se iba y volvía siempre de noche. Siempre traía dinero. Nunca daba explicaciones, o si lo hacía, se limitaba a dar detalles sin sentido. Me dijo que había estado en Francia. París, Lyon, Niza. Ocasionalmente llegaban cartas desde Francia a nombre de Laín Coubert. Siempre eran de libreros de viejo, coleccionistas. Alguien había localizado una copia perdida de las obras de Julián Carax. Entonces desaparecía varios días y regresaba como un lobo, apestando a quemado y a rencor.

Fue durante una de aquellas ausencias cuando me encontré al sombrerero Fortuny en el claustro de la catedral, vagando como un iluminado. Todavía me recordaba de la vez que había acudido con Miquel a preguntar por su hijo Julián, dos años atrás. Me condujo a un rincón y me dijo confidencialmente que sabía que Julián estaba vivo, en alguna parte, pero que sospechaba que su hijo no podía ponerse en contacto con nosotros por algún motivo que no acertaba a discernir. «Algo que ver con ese desalmado de Fumero.» Le dije que yo creía lo mismo. Los años de la guerra estaban resultando muy prósperos para Fumero. Sus alianzas cambiaban de mes a mes, de los anarquistas a los comunistas, y de allí a lo que viniese. Unos y otros lo acusaban de espía, de esbirro, de héroe, de asesino, de conspirador, de intrigante, de salvador o de demiurgo. Poco importaba. Todos le temían. Todos le querían de su lado. Quizá demasiado ocupado con las intrigas de la Barcelona de la guerra, Fumero parecía haber olvidado a Julián. Probablemente, como el sombrerero, le imaginaba ya fugado y lejos de su alcance.

El señor Fortuny me preguntó si era una vieja amiga de su hijo y le dije que sí. Me pidió que le hablase de Julián, del hombre en que se había convertido, porque él, me confesó entristecido, no le conocía. «La vida nos separó, ¿sabe usted?» Me contó que había recorrido todas las librerías de Barcelona en busca de las novelas de Julián, pero no había modo de encontrarlas. Alguien le había contado que un loco recorría el mapa en su busca para quemarlas. Fortuny estaba convencido de que el culpable no era sino Fumero. No le contradije. Mentí como pude, por piedad o por despecho, no lo sé. Le dije que creía que Julián había regresado a París, que estaba bien y que me constaba que apreciaba mucho al sombrerero Fortuny y que tan pronto las circunstancias lo hiciesen posible, se reuniría de nuevo con él. «Es esta guerra —se lamentaba él—, que lo pudre todo.» Antes de despedirnos insistió en darme su dirección y la de su ex esposa, Sophie, con quien había vuelto a reanudar el contacto tras largos años de «malentendidos». Sophie vivía ahora en Bogotá con un prestigioso doctor, me dijo. Regentaba su propia escuela de música y siempre escribía preguntando por Julián.

—Ya es lo único que nos une, ¿sabe usted? El recuerdo. Uno comete muchos errores en la vida, señorita, y sólo se da cuenta cuando es viejo. Dígame, ¿usted tiene fe?

Me despedí prometiéndole informarle a él y a Sophie si tenía noticias de Julián.

—A su madre nada la haría más feliz que volver a saber de él. Ustedes, las mujeres, escuchan más al corazón y menos a la tontería —concluyó el sombrerero con tristeza—. Por eso viven más.

Pese a haber oído tantas historias virulentas acerca de él, no pude evitar sentir lástima por aquel pobre anciano que apenas tenía más que hacer en el mundo que esperar el regreso de su hijo y parecía vivir de las esperanzas de recuperar el tiempo perdido gracias a un milagro de los santos a los que visitaba con tanta devoción en las capillas de la catedral. Le había imaginado como un ogro, un ser vil y rencoroso, pero me pareció un hombre bondadoso, cegado quizá, perdido como todos. Quizá porque me recordaba a mi propio padre, que se escondía de todos y de sí mismo en aquel refugio de libros y sombras, quizá porque, sin él sospecharlo, también nos unía el anhelo por recuperar a Julián, le tomé cariño y me convertí en su única amiga. Sin que Julián lo supiese, le visitaba a menudo en el piso de la ronda de San Antonio. El sombrerero ya no trabajaba.

—No tengo ni las manos ni la vista ni los clientes... —decía.

Me esperaba casi todos los jueves y me ofrecía café, galletas y dulces que él apenas probaba. Pasaba las horas hablándome de la infancia de Julián, de cómo trabajaban juntos en la sombrerería, mostrándome fotografías. Me conducía a la habitación de Julián, que mantenía inmaculada como un museo, y me mostraba viejos cuadernos, objetos insignificantes que él adoraba como reliquias de una vida que nunca había existido, sin darse cuenta de que ya me los había enseñado antes, que todas aquellas historias ya me las había relatado otro día. Uno de aquellos jueves me crucé en la escalera con un médico que acababa de visitar al señor Fortuny. Le pregunté cómo estaba el sombrerero y él me miró de reojo.

—¿Es usted familiar suya?

Le dije que era lo más cercano a eso que el pobre hombre tenía. El médico me dijo entonces que Fortuny estaba muy enfermo, que era cuestión de meses.

—¿Qué tiene?

—Le podría decir a usted que es el corazón, pero lo que lo mata es la soledad. Los recuerdos son peores que las balas.

Al verme, el sombrerero se alegró y me confesó que aquel médico no le merecía confianza. Los médicos son como brujos de pacotilla, decía. El sombrerero había sido toda su vida hombre de profundas convicciones religiosas y la vejez sólo las había acentuado. Me explicó que veía la mano del demonio por todas partes. El demonio, me confesó, ofusca la razón y pierde a los hombres.

—Mire usted la guerra, y míreme usted a mí. Porque ahora me ve viejo y blando, pero yo de joven he sido muy canalla y muy cobarde.

Era el demonio quien se había llevado a Julián de su lado, añadió.

—Dios nos da la vida, pero el casero del mundo es el demonio...

Pasábamos la tarde entre teología y melindros rancios.

Alguna vez le dije a Julián que si quería volver a ver a su padre vivo, más le valía darse prisa. Resultó que Julián había estado también visitando a su padre sin que él lo supiera. De lejos, al crepúsculo, sentado al otro extremo de una plaza, viéndole envejecer. Julián replicó que prefería que el anciano se llevase la memoria del hijo que había fabricado en su mente durante aquellos años y no la realidad en la que se había convertido.

—Ésa la guardas para mí —le dije, arrepintiéndome al instante.

No dijo nada, pero por un instante pareció que le volvía la lucidez y se daba cuenta del infierno en el que nos habíamos enjaulado. Los pronósticos del médico no tardaron en hacerse realidad. El señor Fortuny no llegó a ver el fin de la guerra. Le encontraron sentado en su butaca, mirando las fotografías viejas de Sophie y de Julián. Acribillado a recuerdos.

Los últimos días de la guerra fueron el preludio del

infierno. La ciudad había vivido el combate a distancia, como una herida que late adormecida. Habían transcurrido meses de escarceos y luchas, bombardeos y hambre. El espectro de asesinatos, luchas y conspiraciones llevaba años corroyendo el alma de la ciudad, pero aun así, muchos querían creer que la guerra seguía lejos, que era un temporal que pasaría de largo. Si cabe, la espera hizo lo inevitable peor. Cuando el dolor despertó, no hubo misericordia. Nada alimenta el olvido como una guerra, Daniel. Todos callamos y se esfuerzan en convencernos de lo que hemos visto, lo que hemos hecho, lo que hemos aprendido de nosotros mismos y de los demás, es una ilusión, una pesadilla pasajera. Las guerras no tienen memoria y nadie se atreve a comprenderlas hasta que ya no quedan voces para contar lo que pasó, hasta que llega el momento en que no se las reconoce y regresan, con otra cara y otro nombre, a devorar lo que dejaron atrás.

Por entonces Julián ya casi no tenía libros que quemar. Ése era un pasatiempo que ya había pasado a manos mayores. La muerte de su padre, de la que nunca hablaría, le había convertido en un inválido en el que ya no ardía ni la rabia y el odio que le habían consumido al principio. Vivíamos de rumores, recluidos. Supimos que Fumero había traicionado a todos aquellos que le habían encumbrado durante la guerra y que ahora estaba al servicio de los vencedores. Se decía que él estaba ajusticiando personalmente —volándoles la cabeza de un tiro en la boca— a sus principales aliados y protectores en los calabozos del castillo de Montjuïc. La maquinaria del olvido empezó a martillear el mismo día en que se acallaron las armas. En aquellos días aprendí que nada da más miedo que un héroe que vive para contarlo, para contar lo que todos los que cayeron a su lado no podrán contar jamás. Las semanas que siguieron a la caída de Barcelona fueron indescriptibles. Se derramó tanta o más sangre durante aquellos días que durante los combates, sólo que en secreto y a hurtadillas. Cuando finalmente llegó la paz, olía a esa paz que embruja las prisiones y los cementerios, una mortaja de silencio y vergüenza que se pudre sobre el alma y nunca se va. No había manos inocentes ni miradas blancas. Los que estuvimos allí, todos sin excepción, nos llevaremos el secreto hasta la muerte.

La calma se restablecía entre recelos y odios, pero Julián y yo vivíamos en la miseria. Habíamos gastado todos los ahorros y los botines de las andanzas nocturnas de Laín Coubert, y no quedaba en la casa nada para vender. Yo buscaba desesperadamente trabajo como traductora, mecanógrafa o como fregona, pero al parecer mi pasada afiliación con Cabestany me había marcado como indeseable y foco de sospechas indecibles. Un funcionario de traje reluciente, brillantina y bigote a lápiz, uno de los centenares que parecían estar saliendo de debajo de las piedras durante aquellos meses, me insinuó que una muchacha atractiva como yo no tenía por qué recurrir a empleos tan mundanos. Los vecinos, que aceptaban de buena fe mi historia de que vivía cuidando a mi pobre esposo Miquel que había quedado inválido y desfigurado en la guerra, nos ofrecían limosnas de leche, queso o pan, incluso a veces pesca salada o embutidos que enviaban los familiares del pueblo. Tras meses de penuria, convencida de que pasaría mucho tiempo antes de que pudiese encontrar un empleo, decidí urdir una estratagema que tomé prestada de una de las novelas de Julián.

Escribí a la madre de Julián a Bogotá en nombre de un supuesto abogado de nuevo cuño con el que el difunto señor Fortuny había consultado en sus últimos días para poner sus asuntos en orden. Le informaba de que, habiendo fallecido el sombrerero sin testar, su patrimonio, en el que se incluía el piso de la ronda de San Antonio y la tienda sita en el mismo inmueble, era ahora propiedad teórica de su hijo Julián, que se suponía viviendo en el exilio en Francia. Puesto que los derechos de sucesión no habían sido satisfechos, y encontrándose ella en el extranjero, el abogado, a quien bauticé como José María Requejo en recuerdo al primer muchacho que me había besado en la boca, le pedía autorización para iniciar los trámites pertinentes y solucionar el traspaso de propiedades a nombre de su hijo Julián, con quien pensaba contactar vía la embajada española en París asumiendo la titularidad de las mismas con carácter temporal y transitorio, así como cierta compensación económica. Igualmente le solicitaba que se pusiera en contacto con el administrador de la finca para que remitiese la documentación y los pagos sufragando los gastos de la propiedad al despacho del abogado Requejo, a cuyo nombre abrí un apartado de correos y asigné una dirección ficticia, un viejo garaje desocupado a dos calles del caserón en ruinas de los Aldaya. Mi esperanza era que, cegada por la posibilidad de ayudar a Julián y de volver a establecer el contacto con él, Sophie no se detendría a cuestionar todo aquel galimatías legal y consentiría en ayudarnos dada su próspera situación en la lejana Colombia.

Un par de meses más tarde, el administrador de la finca empezó a recibir un giro mensual cubriendo los gastos del piso de la Ronda de San Antonio y los emolumentos destinados al bufete de abogados de José María Requejo, que procedía a enviar en forma de cheque al portador al apartado 2321 de Barcelona, tal y como le indicaba Sophie Carax en su correspondencia. El administrador, advertí, se quedaba un porcentaje no autorizado todos los meses, pero preferí no decir nada. Así quedaba él contento y no hacía preguntas ante tan fácil negocio. Con el resto, Julián y yo teníamos para sobrevivir. Así pasaron años terribles, sin esperanza. Lentamente había conseguido algunos trabajos como traductora. Ya nadie recordaba a Cabestany y se practicaba una política de perdón, de olvidar aprisa y corriendo viejas rivalidades y rencores. Yo vivía con la perpetua amenaza de que Fumero decidiese volver a hurgar en el pasado y reiniciar la persecución de Julián. A veces me convencía de que no, de que le habría dado por muerto ya, o le habría olvidado. Fumero ya no era el matón de años atrás. Ahora era un personaje público, un hombre de carrera en el Régimen, que no podía permitirse el lujo del fantasma de Julián Carax. Otras veces me despertaba a media noche, con el corazón palpitando y empapada de sudor, creyendo que la policía estaba golpeando en la puerta. Temía que alguno de los vecinos sospechase de aquel marido enfermo, que nunca salía de casa, que a veces lloraba o golpeaba las paredes como un loco, y que nos denunciase a la policía. Temía que Julián se escapase de nuevo, que decidiera salir a la caza de sus libros para quemarlos, para quemar lo poco que quedaba de sí mismo y borrar definitivamente cualquier señal de que jamás hubiera existido. De tanto temer, me olvidé de que me hacía mayor, de que la vida me pasaba de largo, que había sacrificado mi juventud amando a un hombre destruido, sin alma, apenas un espectro.

Pero los años pasaron en paz. El tiempo pasa más aprisa cuanto más vacío está. Las vidas sin significado pasan de largo como trenes que no paran en tu estación. Mientras tanto, las cicatrices de la guerra se cerraban a la fuerza. Encontré trabajo en un par de editoriales. Pasaba la mayor parte del día fuera de casa. Tuve amantes sin nombre, rostros desesperados que me encontraba en un cine o en el metro, con los que intercambiaba mi soledad. Luego, absurdamente, la culpa se me comía y al ver a Julián me entraban ganas de llorar y me juraba que nunca más volvería a traicionarle, como si le debiera algo. En los autobuses o en la calle me sorprendía mirando a otras mujeres más jóvenes que yo con niños de la mano. Parecían felices, o en paz, como si aquellos pequeños seres, en su insuficiencia, llenasen todos los vacíos sin respuesta. Entonces me acordaba de días en los que, fantaseando, había llegado a imaginarme como una de aquellas mujeres, con un hijo en los brazos, un hijo de Julián. Luego me acordaba de la guerra y de que quienes la hacían también habían sido niños.

Cuando empezaba a creer que el mundo nos había olvidado, un individuo se presentó un día en casa. Era un tipo joven, casi imberbe, un aprendiz que se sonrojaba cuando me miraba a los ojos. Venía a preguntar por el señor Miquel Moliner, supuestamente siguiendo una rutinaria actualización de un archivo del colegio de periodistas. Me dijo que quizá el señor Moliner podía ser beneficiario de una pensión mensual, pero que para tramitarla era necesario actualizar una serie de datos. Le dije que el señor Moliner no vivía allí desde principios de la guerra, que había partido hacia el extranjero. Me dijo que lo sentía mucho y partió con su sonrisa aceitosa y su acné de aprendiz de chivato. Supe que tenía que hacer desaparecer a Julián de casa aquella misma noche, sin falta. Por entonces Julián se había reducido a casi nada. Era dócil como un niño y toda su vida parecía depender de los ratos que pasábamos juntos algunas noches escuchando música en la radio, mientras yo le dejaba cogerme la mano y él me la acariciaba en silencio.

Aquella misma noche, empleando las llaves del piso de la Ronda de San Antonio que el administrador de la finca había remitido al inexistente abogado Requejo, acompañé a Julián de regreso a la casa en la que había crecido. Le instalé en su habitación y le prometí que volvería al día siguiente y que debíamos tener mucho cuidado.

—Fumero te busca otra vez —le dije.

Asintió vagamente, como si no recordase, o no le importase ya quién era Fumero. Así pasamos varias semanas. Yo acudía por las noches al piso, pasada la medianoche. Le preguntaba a Julián qué había hecho durante el día y él me miraba sin comprender. Pasábamos la noche juntos, abrazados, y yo partía al amanecer, prometiéndole volver tan pronto pudiese. Al irme, dejaba el piso cerrado con llave. Julián no tenía copia. Prefería tenerle preso que muerto.

Nadie volvió a pasar por casa para preguntarme acerca de mi marido, pero yo me encargué de dar voces por el barrio de que mi esposo estaba en Francia. Escribí un par de cartas al consulado español en París diciendo que me constaba que el ciudadano español Julián Carax estaba en la ciudad y solicitando su ayuda para localizarle. Supuse que, tarde o temprano, las cartas llegarían a las manos adecuadas. Tomé todas las precauciones, pero sabía que todo era cuestión de tiempo. La gente como Fumero nunca deja de odiar. No hay sentido ni razón en su odio. Odian como respiran.

El piso de la ronda de San Antonio era un ático. Descubrí que había una puerta de acceso al terrado que daba a la escalera. Los terrados de toda la manzana formaban una red de patios adosados separados por muros de apenas un metro donde los vecinos acudían a tender la colada. No tardé en encontrar un edificio al otro lado de la manzana, con fachada en la calle Joaquín Costa, desde el que podía acceder al terrado y, una vez allí, saltar el muro y llegar al edificio de la Ronda de San Antonio sin que nadie pudiera verme entrar o salir de la finca. En una ocasión recibí una carta del administrador diciéndome que algunos vecinos habían notado ruidos en el piso de los Fortuny. Contesté en nombre del abogado Requejo alegando que en ocasiones algún miembro del despacho había tenido que acudir a buscar papeles o documentos al piso y que no había motivo de alarma, aunque los ruidos fuesen nocturnos. Añadí un cierto giro para dar a entender que, entre caballeros, contables y abogados, un picadero secreto era más sagrado que el Domingo de Ramos. El administrador, mostrando solidaridad gremial, contestó que no me preocupase lo más mínimo, que se hacía cargo de la situación.

En aquellos años, desempeñar el papel del abogado Requejo fue mi única diversión. Una vez al mes acudía a visitar a mi padre en el Cementerio de los Libros Olvidados. Nunca mostró interés en conocer a aquel marido invisible y yo nunca me ofrecí a presentárselo. Rodeábamos el tema en nuestra conversación como navegantes expertos que sortean un escollo a ras de superficie, esquivando la mirada. A veces se me quedaba mirando en silencio y me preguntaba si necesitaba ayuda, si había algo que él pudiera hacer. Algunos sábados, al amanecer, acompañaba a Julián a ver el mar. Subíamos al terrado y cruzábamos hasta el edificio contiguo para salir a la calle Joaquín Costa. De allí descendíamos hasta el puerto a través de callejuelas del Raval. Nadie nos salía al paso. Temían a Julián, incluso de lejos. A veces llegábamos hasta el rompeolas. A Julián le gustaba sentarse en las rocas, mirando hacia la ciudad. Pasábamos horas así, casi sin intercambiar una palabra. Alguna tarde nos colábamos en un cine, cuando ya había empezado la sesión. En la oscuridad nadie reparaba en Julián. Vivíamos de noche y en silencio. A medida que pasaban los meses aprendí a confundir la rutina con la normalidad, y con el tiempo llegué a creer que mi plan había sido perfecto. Pobre imbécil.

12

1945, un año de cenizas. Sólo habían pasado seis años desde el fin de la guerra y aunque sus cicatrices se sentían a cada paso, casi nadie hablaba de ella abiertamente. Ahora se hablaba de la otra guerra, la mundial, que había apestado el mundo con un hedor a carroña y bajeza del que jamás volvería a desprenderse. Eran años de escasez y miseria, extrañamente bendecidos por esa paz que inspiran los mudos y los tullidos, a medio camino entre la lástima y el repelús. Tras años de buscar en vano trabajo como traductora, encontré finalmente un empleo como correctora de pruebas en una editorial fundada por un empresario de nuevo cuño llamado Pedro Sanmartí. El empresario había edificado el negocio invirtiendo la fortuna de su suegro, a quien luego había instalado en un asilo frente al lago de Bañolas a la espera de recibir por correo su certificado de defunción. Sanmartí, que gustaba de cortejar mozuelas a las que doblaba la edad, se había beatificado por el lema tan en boga por entonces del hombre hecho a sí mismo. Chapurreaba un inglés con acento de Vilanova i la Geltrú, convencido de que era el idioma del futuro y remataba sus frases con la coletilla del «Okey».

La editorial (a la que Sanmartí había bautizado con el peregrino nombre de «Endymion» porque le sonaba a catedralicio y propicio para hacer caja) publicaba catecismos, manuales de buenas maneras y una colección de seriales novelados de lectura edificante protagonizados por monjitas de comedia ligera, personal heroico de la Cruz Roja y funcionarios felices y de alta fibra apostólica. Editábamos también una serie de historietas de soldados americanos titulada «Comando Valor», que arrasaba entre la juventud deseosa de héroes con aspecto de comer carne siete días a la semana. Yo había hecho en la empresa una buena amiga en la secretaria de Sanmartí, una viuda de guerra llamada Mercedes Pietro con la que pronto sentí una afinidad completa y con la que podía entenderme con apenas una mirada o una sonrisa. Mercedes y yo teníamos mucho en común: éramos dos mujeres a la deriva, rodeadas de hombres que estaban muertos o se habían escondido del mundo. Mercedes tenía un hijo de siete años enfermo de distrofia muscular al que sacaba adelante como podía. Tenía apenas treinta y dos años, pero se le leía la vida en los surcos de la piel. Durante todos aquellos años, Mercedes fue la única persona a la que me sentí tentada de contárselo todo, de abrirle mi vida.

Fue ella quien me contó que Sanmartí era un gran amigo del cada día más condecorado inspector jefe Francisco Javier Fumero. Ambos formaban parte de una camarilla de individuos surgidos de entre las cenizas de la guerra que se extendía como tela de araña por la ciudad, inexorable. La nueva sociedad. Un buen día Fumero se presentó en la editorial. Acudía a visitar a su amigo Sanmartí, con quien había quedado para ir a comer. Yo, con alguna excusa, me escondí en el cuarto del archivo hasta que ambos partieron. Cuando volví a mi mesa, Mercedes me lanzó una mirada que lo decía todo. Desde entonces, cada vez que Fumero se presentaba por las oficinas de la editorial, ella me avisaba para que me ocultase.

No pasaba un día en que Sanmartí no intentase sacarme a cenar, invitarme al teatro o al cine con cualquier excusa. Yo siempre respondía que me esperaba mi marido en casa y que su señora debía de estar preocupada, que se hacía tarde. La señora Sanmartí, que ejercía de mueble o fardo mudable, cotizando muy por debajo del obligatorio Bugatti en la escala de afectos de su esposo, parecía haber perdido ya su papel en el sainete de aquel matrimonio una vez la fortuna del suegro había pasado a manos de Sanmartí. Mercedes ya me había advertido de qué iba el percal. Sanmartí, dotado de una capacidad de concentración limitada en el espacio y en el tiempo, apetecía carne fresca y poco vista, concentrando sus bagatelas donjuanescas en la recién llegada, que en este caso era yo. Sanmartí recurría a todos los resortes para inicar una conversación conmigo.

—*Me cuentan que tu marido, ese tal Moliner, es escritor... A lo mejor le interesaría escribir un libro sobre mi amigo Fumero, para el que ya tengo título:* Fumero, azote del crimen o la ley de la calle. *¿Qué me dices, Nurieta?*

—*Se lo agradezco muchísimo, señor Sanmartí, pero es que Miquel está enfrascado en una novela y no creo que pueda en este momento...*

Sanmartí reía a carcajadas.

—*¿Una novela? Por Dios, Nurieta... Si la novela está muerta y enterrada. Me lo contaba el otro día un amigo que acaba de llegar de Nueva York. Los americanos están inventando una cosa que se llama televisión y que será como el cine, pero en casa. Ya no harán falta ni libros, ni misa, ni nada de nada. Dile a tu marido que se deje de novelas. Si al menos tuviese nombre, fuera futbolista o torero... Mira, ¿qué me dices si cogemos el Bugatti y nos vamos a comer una paella a Castelldefels para discutir todo esto? Mujer, es que tienes que poner algo de tu voluntad... Ya sabes que a mí me gustaría ayudarte. Y a tu maridito también. Ya sabes que en este país, sin padrinos, no hay nada que hacer.*

Empecé a vestirme como una viuda de Corpus o una

de esas mujeres que parecen confundir la luz del sol con el pecado mortal. Acudía a trabajar con el pelo recogido en un moño y sin maquillar. Pese a mis ardides, Sanmartí seguía espolvoreándome con sus insinuaciones, siempre prendidas de esa sonrisa aceitosa y gangrenada de desprecio que caracteriza a los eunucos prepotentes que penden como morcillas tumefactas de los altos escalafones de toda empresa. Tuve dos o tres entrevistas con perspectivas a otros empleos, pero tarde o temprano acababa por encontrarme otra versión de Sanmartí. Crecían como plaga de hongos que anidan en el estiércol con que se siembran las empresas. Uno de ellos se tomó la molestia de llamar a Sanmartí y decirle que Nuria Monfort andaba buscando empleo a sus espaldas. Sanmartí me convocó a su despacho, herido de ingratitud. Me puso la mano en la mejilla e hizo un amago de caricia. Le olían los dedos a tabaco y a sudor. Me quedé lívida.

—Mujer, si no estás contenta, sólo tienes que decírmelo. ¿Qué puedo hacer para mejorar tus condiciones de trabajo? Ya sabes lo que te aprecio y me duele saber por terceros que nos quieres dejar. ¿Qué tal si nos vamos a cenar tú y yo por ahí y hacemos las paces?

Retiré su mano de mi rostro, sin poder ocultar más la repugnancia que me producía.

—Me decepcionas, Nuria. Tengo que confesarte que no veo en ti espíritu de equipo ni fe en el proyecto de esta empresa.

Mercedes ya me había advertido que, tarde o temprano, algo así iba a suceder. Días después, Sanmartí, que competía en gramática con un orangután, empezó a devolver todos los manuscritos que yo corregía alegando que estaban plagados de errores. Casi todos los días me quedaba en el despacho hasta las diez o las once de la noche, rehaciendo una y otra vez páginas y páginas con las tachaduras y comentarios de Sanmartí.

—Demasiados verbos en pasado. Suena muerto, sin nervio... El infinitivo no se usa después de punto y coma. Eso lo sabe todo el mundo...

Algunas noches, Sanmartí se quedaba también hasta tarde, encerrado en su despacho. Mercedes intentaba estar allí, pero en más de una ocasión Sanmartí la enviaba a casa. Entonces, cuando nos quedábamos solos en la editorial, Sanmartí salía de su despacho y se acercaba a mi mesa.

—Trabajas mucho, Nurieta. No todo es el trabajo. También hay que divertirse. Y tú aún eres joven. Aunque la juventud pasa y no siempre sabemos sacarle partido.

Se sentaba en el borde de mi mesa y me miraba fijamente. A veces se colocaba a mi espalda y se quedaba allí durante un par de minutos y podía sentir su aliento fétido en el pelo. Otras veces me posaba las manos sobre los hombros.

—Estás tensa, mujer. Relájate.

Yo temblaba, quería gritar o echar a correr y no volver a aquella oficina, pero necesitaba el empleo y el mísero sueldo que me proporcionaba. Una noche, Sanmartí empezó con su rutina del masaje y empezó a manosearme con avidez.

—Un día me vas a hacer perder la cabeza —gemía.

Me escapé de sus zarpas de un brinco y corrí hasta la salida, arrastrando el abrigo y el bolso. Sanmartí se reía a mi espalda. En la escalera me tropecé con una figura oscura que parecía deslizarse por el vestíbulo sin rozar el suelo.

—Dichosos los ojos, señora Moliner...

El inspector Fumero me ofreció su sonrisa de reptil.

—No me diga que trabaja usted para mi buen amigo Sanmartí. Él, como yo, es el mejor en lo suyo. ¿Y dígame, qué tal está su marido?

Supe que tenía los días contados. Al día siguiente corrió el rumor en la oficina de que Nuria Monfort era una «tortillera», puesto que se mantenía inmune a los encantos y al aliento de ajos tiernos de don Pedro Sanmartí, y que se entendía con Mercedes Pietro. Más de un joven de porvenir en la empresa aseguraba haber visto a ese «par de guarras» besuqueándose en el archivo en contadas ocasiones. Aquella tarde, al salir, Mercedes me pidió si podíamos hablar un momento. Apenas conseguía mirarme a los ojos. Acudimos al café de la esquina sin cruzar palabra. Allí Mercedes me dijo que Sanmartí le había dicho que no veía con buenos ojos nuestra amistad, que la policía le había dado informes sobre mí, sobre mi supuesto pasado de activista comunista.

—Nuria, yo no puedo perder este empleo. Lo necesito para sacar adelante a mi hijo...

Se derrumbó entre lágrimas, ajada por la vergüenza y la humillación, envejeciendo a cada segundo.

—No te preocupes, Mercedes. Lo entiendo —dije.

—Ese hombre, Fumero, va a por ti, Nuria. No sé qué tiene contra ti, pero se le ve en la cara...

—Ya lo sé.

Al lunes siguiente, cuando llegué al despacho, me encontré a un individuo enjuto y engominado ocupando mi escritorio. Se presentó como Salvador Benades, el nuevo corrector.

—¿Y usted quién es?

Ni una sola persona en toda la oficina se atrevió a cruzar la mirada o la palabra conmigo mientras recogía mis cosas. Al bajar por la escalera, Mercedes corrió tras de mí y me entregó un sobre que contenía un fajo de billetes y monedas.

—Casi todos han contribuido con lo que han podido. Cógelo, por favor. No por ti, por nosotros.

Aquella noche acudí al piso de la Ronda de San Antonio. Julián me esperaba como siempre, sentado en la oscuridad. Había escrito un poema para mí, dijo. Era lo primero que escribía en nueve años. Quise leerlo, pero me rompí en sus brazos. Se lo conté todo, porque ya no podía más. Porque temía que Fumero, tarde o temprano, le encontraría. Julián me escuchó en silencio, sosteniéndome en sus brazos y acariciándome el pelo. Era la primera vez en años que sentía que, por una vez, me podía apoyar en él. Quise besarle, enferma de soledad, pero Julián no tenía labios ni piel que entregarme. Me dormí en sus brazos, acurrucada en el lecho de su habitación, un camastro de muchacho. Cuando desperté, Julián no estaba allí. Escuché sus pasos en el terrado al alba y fingí estar todavía dormida. Más tarde, aquella mañana, oí la noticia por la radio sin caer en la cuenta. Un cuerpo había sido hallado en un banco en el paseo del Borne, contemplando la basílica de Santa María del Mar sentado con las manos cruzadas sobre el regazo. Una bandada de palomas que le picoteaban los ojos llamó la atención de un vecino, que alertó a la policía. El cadáver tenía el cuello roto. La señora Sanmartí lo identificó como el de su esposo, Pedro Sanmartí Monegal. Cuando el suegro del difunto recibió la noticia en su asilo de Bañolas, dio gracias al cielo y se dijo que ahora ya podía morir en paz.

13

Julián escribió una vez que las casualidades son las cicatrices del destino. No hay casualidades, Daniel. Somos títeres de nuestra inconsciencia. Durante años había querido creer que Julián seguía siendo el hombre de quien me había enamorado, o sus cenizas. Había querido creer que saldríamos adelante con soplos de miseria y de esperanza. Había querido creer que Laín Coubert había muerto y había regresado a las páginas de un libro. Las personas estamos dispuestas a creer cualquier cosa antes que la verdad.

El asesinato de Sanmartí me abrió los ojos. Comprendí que Laín Coubert seguía vivo y coleando. Más que nunca. Se hospedaba en el cuerpo ajado por las llamas de aquel hombre del que no quedaba ni la voz y se alimentaba de su memoria. Descubrí que había encontrado el modo de entrar y salir del piso de la Ronda de San Antonio a través de una ventana que daba al tragaluz central sin necesidad de forzar la puerta que yo cerraba cada vez que me iba de allí. Descubrí que Laín Coubert, disfrazado de Julián, había estado recorriendo la ciudad, visitando el caserón de los Aldaya. Descubrí que en su locura había regresado a aquella cripta y había quebrado las lápidas, que había extraído los sarcófagos de Penélope y de su hijo. «¿Qué has hecho, Julián?»

La policía me esperaba en casa para interrogarme sobre la muerte del editor Sanmartí. Me condujeron a jefatura, donde después de cinco horas de espera en un despacho a oscuras, se presentó Fumero vestido de negro y me ofreció un cigarrillo.

—Usted y yo podríamos ser buenos amigos, señora Moliner. Me dicen mis hombres que su esposo no está en casa.

—Mi marido me ha dejado. No sé donde está.

Me derribó de la silla de una bofetada brutal. Me arrastré hasta un rincón, presa de pánico. No me atreví a alzar la vista. Fumero se arrodilló a mi lado y me aferró del pelo.

—Entérate bien, furcia de mierda: le voy a encontrar, y cuando lo haga, os mataré a los dos. A ti primero, para que él te vea

con las tripas colgando. Y luego a él, una vez le haya contado que la otra ramera a la que envió a la tumba era su hermana.

—Antes te matará él a ti, hijo de puta.

Fumero me escupió en la cara y me soltó. Creí entonces que me iba a destrozar de una paliza, pero escuché sus pasos alejándose por el pasillo. Temblando, me incorporé y me limpié la sangre de la cara. Podía oler la mano de aquel hombre en la piel, pero esta vez reconocí el hedor del miedo.

Me retuvieron en aquel cuarto, a oscuras y sin agua, durante seis horas. Cuando me soltaron ya era de noche. Llovía a cántaros y las calles ardían de vapor. Al llegar a casa me encontré un mar de escombros. Los hombres de Fumero habían estado allí. Entre muebles caídos, cajones y estanterías derribadas, encontré mi ropa hecha jirones y los libros de Miquel destrozados. Sobre mi cama encontré una pila de heces y sobre la pared, escrito con excrementos, se leía «Puta».

Corrí al piso de la Ronda de San Antonio, dando mil rodeos y asegurándome de que ninguno de los esbirros de Fumero me hubiera seguido hasta el portal de la calle Joaquín Costa. Crucé los tejados anegados de lluvia y comprobé que la puerta del piso seguía cerrada. Entré con sigilo, pero el eco de mis pasos delataba la ausencia. Julián no estaba allí. Le esperé sentada en el comedor oscuro, escuchando la tormenta, hasta el alba. Cuando la bruma del amanecer lamió los postigos del balcón, subí al terrado y contemplé la ciudad aplastada bajo cielos de plomo. Supe que Julián no volvería allí. Ya le había perdido para siempre.

Volví a verle dos meses después. Me había metido en un cine por la noche, sola, incapaz de volver al piso vacío y frío. A media película, una bobada de amoríos entre una princesa rumana deseosa de aventura y un apuesto reportero norteamericano inmune al despeine, un individuo se sentó a mi lado. No era la primera vez. Los cines de aquella época andaban plagados de fantoches que apestaban a soledad, orines y colonia, blandiendo sus manos sudorosas y temblorosas como lenguas de carne muerta. Me disponía a levantarme y avisar al acomodador cuando reconocí el perfil ajado de Julián. Me aferró la mano con fuerza y permanecimos así, mirando a la pantalla sin verla.

—¿Mataste tú a Sanmartí? —murmuré.

—¿Alguien le encuentra a faltar?

Hablábamos con susurros, bajo la atenta mirada de los hombres solitarios sembrados por el patio de butacas que se recomían de envidia ante el aparente éxito de aquel sombrío competidor. Le pregunté dónde se había estado ocultando pero no me respondió.

—Existe otra copia de *La Sombra del Viento* —murmuró—. Aquí, en Barcelona.

—Te equivocas, Julián. Las destruiste todas.

—Todas menos una. Al parecer, alguien más astuto que yo la escondió en un lugar donde nunca podría encontrarla. Tú.

Fue así cómo oí hablar de ti por primera vez. Un librero fanfarrón y bocazas llamado Gustavo Barceló había estado presumiendo frente a algunos coleccionistas de haber localizado una copia de *La Sombra del Viento*. El mundo de los libros de anticuario es una cámara de ecos. En apenas un par de meses, Barceló estaba recibiendo ofertas de coleccionistas de Berlín, París y Roma para adquirir el libro. La enigmática fuga de Julián de París tras un sangriento duelo y su rumoreada muerte en la guerra civil española habían conferido a sus obras un valor de mercado que nunca hubieran podido soñar. La leyenda negra de un individuo sin rostro que recorría librerías, bibliotecas y colecciones privadas para quemarlas sólo contribuía a multiplicar el interés y la cotización. «Llevamos el circo en la sangre», decía Barceló.

Julián, que seguía persiguiendo la sombra de sus propias palabras, no tardó en oír el rumor. Supo así que Gustavo Barceló no tenía el libro, pero que al parecer el ejemplar era propiedad de un muchacho que lo había descubierto por accidente y que, fascinado por la novela y por su enigmático autor, se negaba a venderlo y lo conservaba como su más preciada posesión. Aquel muchacho eras tú, Daniel.

—Por el amor de Dios, Julián, no irás a hacerle daño a un crío... —murmuré, no muy segura.

Julián me dijo entonces que todos los libros que había robado y destruido habían sido arrebatados de las manos de quienes no sentían nada por ellos, de gentes que se limitaban a comerciar con ellos o que los mantenían como curiosidades de coleccionistas y diletantes apolillados. Tú, que te negabas a vender el libro a ningún precio y tratabas de rescatar a Carax de los rincones del pasado, le inspirabas una extraña simpatía, y hasta respeto. Sin tú saberlo, Julián te observaba y te estudiaba.

—Quizá, si llega a averiguar quién soy y lo que soy, también él decida quemar el libro.

Julián hablaba con esa lucidez firme y tajante de los locos que se han librado de la hipocresía de atenerse a una realidad que no cuadra.

—¿Quién es ese muchacho?

—Se llama Daniel. Es el hijo de un librero al que Miquel solía frecuentar en la calle Santa Ana. Vive con su padre en un piso encima de la tienda. Perdió a su madre de muy pequeño.

—Parece que estés hablando de ti.

—A lo mejor. Ese muchacho me recuerda a mí mismo.

—Déjale en paz, Julián. Es sólo un niño. Su único crimen ha sido admirarte.

—Eso no es un crimen, es una ingenuidad. Pero se le pasará. Quizá entonces me devuelva el libro. Cuando deje de admirarme y empiece a comprenderme.

Un minuto antes del desenlace, Julián se levantó y se alejó al amparo de las sombras. Durante meses nos vimos siempre así, a oscuras, en cines y callejones a medianoche. Julián siempre me encontraba. Yo sentía su presencia silenciosa sin verle, siempre vigilante. A veces te mencionaba y, al oírle hablar de ti, me parecía detectar en su voz una rara ternura que le confundía y que hacía muchos años creía perdida en él. Supe que había regresado al caserón de los Aldaya y que ahora vivía allí, a medio camino entre espectro y mendigo, recorriendo la ruina de su vida y velando los restos de Penélope y del hijo de ambos. Aquél era el único lugar en el mundo que todavía sentía suyo. Hay peores cárceles que las palabras.

Yo acudía allí una vez al mes, para asegurarme de que estaba bien, o simplemente vivo. Saltaba la tapia medio derribada en la parte de atrás, invisible desde la calle. A veces le encontraba allí, otras veces Julián había desaparecido. Le dejaba comida, dinero, libros... Le esperaba durante horas, hasta el anochecer. En ocasiones me atrevía a explorar el caserón. Así averigüé que había destrozado las lápidas de la cripta y había extraído los sarcófagos. Ya no creía que Julián estuviese loco, ni veía monstruosidad en aquella profanación, tan sólo una trágica coherencia. Las veces que le encontraba allí hablábamos durante horas, sentados junto al fuego. Julián me confesó que había intentado volver a escribir, pero que no podía. Recordaba vagamente sus libros como si los hubiese leído, como si fuesen obra de otra persona. Las cicatrices de su intento estaban a la vista. Descubrí que Julián abandonaba al fuego páginas que había escrito febrilmente durante el tiempo en que no nos habíamos visto. Una vez, aprovechando su ausencia, rescaté un pliego de cuartillas de entre las cenizas. Hablaba de ti. Julián me había dicho alguna vez que un relato era una carta que el autor se escribe a sí mismo para contarse cosas que de otro modo no podría averiguar. Hacía tiempo que Julián se preguntaba si había perdido la razón. ¿Sabe el loco que está loco? ¿O los locos son los demás, que se empeñan en convencerle de su sinrazón para salvaguardar su existencia de quimeras? Julián te observaba, te veía crecer y se preguntaba quién eras. Se preguntaba si quizá tu presencia no era sino un milagro, un perdón que debía ganarse enseñándote a no cometer sus mismos errores. En más de una ocasión me pregunté si Julián no se había llegado a convencer de que tú, en aquella lógica retorcida de su universo, te habías convertido en el hijo que había perdido, en una nueva página en blanco para volver a empezar aquella historia que no podía inventar, pero que podía recordar.

Pasaron aquellos años en el caserón y cada vez más Julián vivía pendiente de ti, de tus progresos. Me hablaba de tus amigos, de una mujer llamada Clara de la que te habías enamorado, de tu padre, un hombre a quien admiraba y apreciaba, de tu amigo Fermín y de una muchacha en la que él quiso ver a otra Penélope, tu Bea. Hablaba de ti como de un hijo. Os buscabais el uno al otro, Daniel. Él quería creer que tu inocencia le salvaría de sí mismo. Había dejado de perseguir sus libros, de desear quemar y destruir su rastro en la vida. Estaba aprendiendo a volver a memorizar el mundo a través de tus ojos, de recuperar al muchacho que había sido en ti. El día que viniste a casa por primera vez sentí que ya te conocía. Fingí recelo para ocultar el temor que me inspirabas. Tenía miedo de ti, de lo que podrías averiguar. Tenía miedo de escuchar a Julián y empezar a creer como él que realmente todos estábamos unidos en una extraña cadena de destinos y azares. Tenía miedo de reconocer al Julián que había perdido en ti. Sabía que tú y tus amigos estabais investigando en nuestro pasado. Sabía que tarde o temprano descubrirías la verdad, pero a su debido tiempo, cuando pudieras llegar a comprender su significado. Sabía que tarde o temprano tú y Julián os encontraríais. Ése fue mi error. Porque alguien más lo sabía, alguien que presentía que, con el tiempo, tú le conducirías a Julián: Fumero.

Comprendí lo que estaba sucediendo cuando ya no había vuelta atrás, pero nunca perdí la esperanza de que perdieras el rastro, de que te olvidases de nosotros o de que la vida, la tuya y no la nuestra, te llevase lejos, a salvo. El tiempo me ha enseñado a no perder las esperanzas, pero a no confiar demasiado en ellas. Son crueles y vanidosas, sin conciencia. Hace ya mucho tiempo que Fumero me pisa los talones. Él sabe que caeré, tarde o temprano. No tiene prisa, por eso parece incomprensible. Vive para vengarse. De todos y de sí mismo. Sin la venganza, sin la rabia, se evaporaría. Fumero sabe que tú y tus amigos le llevaréis hasta Julián. Sabe que después de casi quince años, ya no me quedan fuerzas ni recursos. Me ha visto morir durante años y sólo espera el momento de asestarme el último golpe. Nunca he dudado que moriré en sus manos. Ahora sé que el momento se acerca. Entregaré estas páginas a mi padre con el encargo de que te las haga llegar si me sucede algo. Ruego a ese Dios con quien nunca me crucé que no llegues a leerlas, pero presiento que mi destino, pese a mi voluntad y pese a mis vanas esperanzas, es entregarte esta historia. El tuyo, pese a tu juventud y tu inocencia, es liberarla.

Cuando leas estas palabras, esta cárcel de recuerdos, significará que ya no podré despedirme de ti como hubiera querido, que no podré pedirte que nos perdones, sobre todo a Julián, y que cuides de él cuando yo no esté ahí para hacerlo. Sé que no puedo pedirte nada, salvo que te salves. Quizá tantas páginas me han llegado a convencer de que pase lo que pase, siempre tendré en ti a un amigo, que tú eres mi única y verdadera esperanza. De todas las cosas que escribió Julián, la que siempre he sentido más cercana es que mientras se nos recuerda, seguimos vivos. Como tantas veces me ocurrió con Julián, años antes de encontrarme con él, siento que te conozco y que si puedo confiar en alguien, es en ti. Recuérdame, Daniel, aunque sea en un rincón y a escondidas. No me dejes ir.

Nuria Monfort

LA SOMBRA DEL VIENTO

—

1955

1

Amanecía ya cuando acabé de leer el manuscrito de Nuria Monfort. Aquélla era mi historia. Nuestra historia. En los pasos perdidos de Carax reconocía ahora los míos, irrecuperables ya. Me levanté, devorado por la ansiedad, y empecé a recorrer la habitación como un animal enjaulado. Todos mis reparos, mis recelos y temores se deshacían ahora en cenizas, insignificantes. Me vencía la fatiga, el remordimiento y el miedo, pero me sentí incapaz de quedarme allí, escondiéndome del rastro de mis acciones. Me enfundé el abrigo, metí el manuscrito doblado en el bolsillo interior y corrí escaleras abajo. Había empezado a nevar cuando salí del portal y el cielo se deshacía en lágrimas perezosas de luz que se posaban en el aliento y desaparecían. Corrí hacia la plaza Cataluña, desierta. En el centro de la plaza, solo, se alzaba la silueta de un anciano, o quizá fuera un ángel desertor, tocado de cabellera blanca y enfundado en un formidable abrigo gris. Rey del alba, alzaba la mirada al cielo e intentaba en vano atrapar copos de nieve con los guantes, riéndose. Al cruzar a su lado me miró y sonrió con gravedad, como si pudiera leerme el alma de un vistazo. Tenía los ojos dorados, como monedas embrujadas en el fondo de un estanque.

—Buena suerte —me pareció oírle decir.

Traté de aferrarme a aquella bendición y apreté el paso, rogando que no fuese demasiado tarde y que Bea, la Bea de mi historia, todavía me estuviese esperando.

Me ardía la garganta de frío cuando llegué al edificio donde vivían los Aguilar, jadeando tras la carrera. La nieve estaba empezando a cuajar. Tuve la fortuna de encontrar a don Saturno Molleda, portero del edificio y (según me había contado Bea) poeta surrealista a escondidas, apostado en el portal. Don Saturno había salido a contemplar el espectáculo de la nieve escoba en mano, embutido en no menos de tres bufandas y botas de asalto.

—Es la caspa de Dios —dijo, maravillado, estrenando de versos inéditos la nevada.

—Voy a casa de los señores Aguilar — anuncié.

—Sabido es que a quien madruga Dios le ayuda, pero lo suyo es como pedirle una beca, joven.

—Se trata de una emergencia. Me esperan.

—Ego te absolvo —recitó, concediéndome una bendición.

Corrí escaleras arriba. Mientras ascendía, contemplaba mis posibilidades con cierta reserva. Con buena fortuna, me abriría una de las criadas, cuyo bloqueo me disponía a franquear sin contemplaciones. Con peor fortuna, quizá fuera el padre de Bea quien me abriese la puerta dadas las horas. Quise creer que en la intimidad de su hogar no iría armado, al menos no antes del desayuno. Antes de llamar, me detuve unos instantes a recuperar el aliento y a intentar conjurar unas palabras que no llegaron. Poco importaba ya. Golpeé el picaporte con fuerza tres veces. Quince segundos después repetí la operación, y así sucesivamente, ignorando el sudor frío que me cubría la frente y los latidos de mi corazón. Cuando la puerta se abrió, todavía sostenía el picaporte en las manos.

—¿Qué quieres?

Los ojos de mi viejo amigo Tomás me taladraron, sin sobresalto. Fríos y supurantes de ira.

—Vengo a ver a Bea. Puedes partirme la cara si te apetece, pero no me voy sin hablar con ella.

Tomás me observaba sin pestañear. Me pregunté si me iba a quebrar en dos allí mismo, sin contemplaciones. Tragué saliva.

—Mi hermana no está.

—Tomás...

—Bea se ha marchado.

Había abandono y dolor en su voz que apenas conseguía disfrazar de rabia.

—¿Se ha marchado? ¿Adónde?

—Esperaba que tú lo supieses.

—¿Yo?

Ignorando los puños cerrados y el semblante amenazador de Tomás, me colé en el interior del piso.

—¿Bea? —grité—. Bea, soy Daniel...

Me detuve a medio corredor. El piso escupía el eco de mi voz con ese desprecio de los espacios vacíos. Ni el señor Aguilar ni su esposa ni el servicio aparecieron en respuesta a mis alaridos.

—No hay nadie. Ya te lo he dicho —dijo Tomás a mi espalda—. Ahora lárgate y no vuelvas. Mi padre ha jurado matarte y yo no voy a ser el que se lo impida.

—Por el amor de Dios, Tomás. Dime dónde está tu hermana.

Me contemplaba como quien no sabe bien si escupir o pasar de largo.

—Bea se ha marchado de casa, Daniel. Mis padres llevan dos días buscándola como locos por todas partes y la policía también.

—Pero...

—La otra noche, cuando volvió de verte, mi padre la estaba esperando. Le partió los labios a bofetadas, pero no te preocupes, que se negó a dar tu nombre. No te la mereces.

—Tomás...

—Cállate. Al día siguiente, mis padres la llevaron al médico.

—¿Por qué? ¿Está Bea enferma?

—Enferma de ti, imbécil. Mi hermana está embarazada. No me digas que no lo sabías.

Sentí que me temblaban los labios. Un frío intenso se extendía por mi cuerpo, la voz robada, la mirada atrapada. Me arrastré hacia la salida, pero Tomás me agarró del brazo y me lanzó contra la pared.

—¿Qué le has hecho?

—Tomás, yo...

Se le derribaron los párpados de impaciencia. El primer golpe me arrancó la respiración. Resbalé hacia el suelo con la espalda apoyada contra la pared, las rodillas flaqueando. Una presa terrible me aferró la garganta y me sostuvo en pie, clavado contra la pared.

—¿Qué le has hecho, hijo de puta?

Traté de zafarme de la presa, pero Tomás me derribó de un puñetazo en la cara. Caí en una oscuridad interminable, la cabeza envuelta en llamaradas de dolor. Me desplomé sobre las baldosas del corredor. Traté de arrastrarme, pero Tomás me aferró del cuello del abrigo y me arrastró sin contemplaciones hasta el rellano. Me arrojó a la escalera como un despojo.

—Si le ha pasado algo a Bea, te juro que te mataré —dijo desde el umbral de la puerta.

Me alcé de rodillas, implorando un segundo, una oportunidad de recuperar la voz. La puerta se cerró abandonándome en la oscuridad. Me asaltó una punzada en el oído izquierdo y me llevé la mano a la cabeza, retorciéndome de dolor. Palpé sangre tibia. Me incorporé como pude. Los músculos del vientre que habían encajado el primer golpe de Tomás ardían en una agonía que sólo ahora empezaba. Me deslicé escaleras abajo, donde don Saturno, al verme, sacudió la cabeza.

—Hala, pase dentro un momento y compóngase...

Negué, sosteniéndome el estómago con las manos. El lado izquierdo de la cabeza me palpitaba, como si los huesos quisieran desprenderse de la carne.

—Está usted sangrando —dijo don Saturno, inquieto.

—No es la primera vez.

—Pues vaya jugando y no tendrá oportunidad de sangrar mucho más. Anda, entre y llamo a un médico, hágame el favor.

Conseguí ganar el portal y librarme de la buena voluntad del portero. Nevaba ahora con fuerza, velando las aceras con velos de bruma blanca. El viento helado se abría camino entre mi ropa, lamiendo la herida que me sangraba en la cara. No sé si lloré de dolor, de rabia o de miedo. La nieve, indiferente, se llevó mi llanto cobarde y me alejé lentamente en el alba de polvo, una sombra más abriendo surcos en la caspa de Dios.

2

Cuando me acercaba al cruce de la calle Balmes advertí que un coche me estaba siguiendo, bordeando la acera. El dolor de la cabeza había dejado paso a una sensación de vértigo que me hacía tambalearme y caminar apoyándome en las paredes. El coche se detuvo y dos hombres descendieron de él. Un silbido estridente me había inundado los oídos y no pude escuchar el motor, o las llamadas de aquellas dos siluetas de negro que me asían cada una de un lado y me arrastraban con urgencia hacia el coche. Caí en el asiento de atrás, embriagado de náusea. La luz iba y venía, como una marea de claridad cegadora. Sentí que el coche se movía. Unas manos me palpaban el rostro, la cabeza y las costillas. Al dar con el manuscrito de Nuria Monfort oculto en el interior de mi abrigo, una de las figuras me lo arrebató. Quise detenerle con brazos de gelatina. La otra silueta se inclinó sobre mí. Supe que me estaba hablando al sentir su aliento en la cara. Esperé ver el rostro de Fumero iluminarse y sentir el filo de su cuchillo en la garganta. Una mirada se posó sobre la mía y, mientras el velo de la conciencia se desprendía, reconocí la sonrisa desdentada y rendida de Fermín Romero de Torres.

Desperté empapado en un sudor que me escocía en la piel. Dos manos me sostenían con firmeza por los hombros, acomodándome sobre un catre que creí rodeado de cirios, como en un velatorio. El rostro de Fermín asomó a mi derecha. Sonreía, pero incluso en pleno delirio pude advertir su inquietud. A su lado, de pie, distinguí a don Federico Flaviá, el relojero.

—Parece que ya vuelve en sí, Fermín —dijo don Federico—. ¿Le parece si le preparo algo de caldo para que reviva?

—Daño no hará. Ya en el empeño podría usted prepararme un bocadillito de lo que encuentre, que con estos nervios me ha entrado una gazuza de padre y muy señor mío.

Federico se retiró con prestancia y nos dejó a solas.

—¿Dónde estamos, Fermín?

—En lugar seguro. Técnicamente nos hallamos en un pisito en la izquierda del ensanche, propiedad de unas amistades de don Federico, a quien le debemos la vida y más. Los maledicentes lo calificarían de picadero, pero para nosotros es un santuario.

Traté de incorporarme. El dolor del oído se dejaba sentir ahora en un latido ardiente.

—¿Voy a quedarme sordo?

—Sordo no sé, pero por poco se queda usted medio mongólico. Ese energúmeno del señor Aguilar por poco le licua las meninges a leches.

—No ha sido el señor Aguilar el que me ha pegado. Ha sido Tomás.

—¿Tomás? ¿Su amigo el inventor?

Asentí.

—Algo habrá usted hecho.

—Bea se ha marchado de casa... —empecé.

Fermín frunció el ceño.

—Siga.

—Está embarazada.

Fermín me observaba pasmado. Por una vez, su expresión era impenetrable y severa.

—No me mire así, Fermín, por Dios.

—¿Qué quiere que haga? ¿Repartir puros?

Intenté levantarme, pero el dolor y las manos de Fermín me detuvieron.

—Tengo que encontrarla, Fermín.

—Quieto *parao*. Usted no está en condiciones de ir a ningún sitio. Dígame dónde está la muchacha y yo iré a por ella.

—No sé dónde está.

—Le voy a pedir que sea algo más específico.

Don Federico apareció por la puerta portando una taza humeante de caldo. Me sonrió cálidamente.

—¿Cómo te encuentras, Daniel?

—Mucho mejor, gracias, don Federico.

—Tómate un par de estas pastillas con el caldo.

Cruzó una mirada leve con Fermín, que asintió.

—Son para el dolor.

Me tragué las pastillas y sorbí la taza de caldo, que sabía a jerez. Don Federico, prodigio de discreción, abandonó la habitación y cerró la puerta. Fue entonces cuando advertí que Fermín sostenía en el regazo el manuscrito de Nuria Monfort. El reloj que tintineaba en la mesita de noche marcaba la una, supuse que de la tarde.

—¿Nieva todavía?

—Nevar es poco. Esto es el diluvio en polvo.

—¿Lo ha leído ya? —pregunté.

Fermín se limitó a asentir.

—Tengo que encontrar a Bea antes de que sea tarde. Creo que sé dónde está.

Me senté en la cama, apartando los brazos de Fermín. Miré a mi alrededor. Las paredes ondeaban como algas bajo un estanque. El techo se alejaba en un soplo. Apenas pude sostenerme erguido. Fermín, sin esfuerzo, me rindió de nuevo al catre.

—Usted no va a ningún sitio, Daniel.

—¿Qué eran esas pastillas?

—El linimento de Morfeo. Va usted a dormir como el granito.

—No, ahora no puedo...

Seguí balbuceando hasta que los párpados, y el mundo, se me desplomaron sin tregua. Aquél fue un sueño negro y vacío, de túnel. El sueño de los culpables.

Acechaba el crepúsculo cuando la losa de aquel letargo se evaporó y abrí los ojos a una habitación oscura y velada por dos cirios cansados que parpadeaban en la mesita. Fermín, derrotado sobre la butaca del rincón, roncaba con la furia de un hombre tres veces más grande. A sus pies, desparramado en un llanto de páginas, yacía el manuscrito de Nuria Monfort. El dolor de la cabeza se había reducido a un palpitar lento y tibio. Me deslicé con sigilo hasta la puerta de la habitación y salí a una pequeña sala con un balcón y una puerta que parecía dar a la escalera. Mi abrigo y mis zapatos reposaban sobre una silla. Una luz púrpura penetraba por la ventana, moteada de reflejos irisados. Me acerqué hasta el balcón y vi que seguía nevando. Los techos de media Barcelona se vislumbraban moteados de blanco y escarlata. A lo lejos se distinguían las torres de la escuela industrial, agujas entre la bruma prendida en los últimos alientos del sol. El cristal estaba empañado de escarcha. Posé el índice sobre el vidrio y escribí:

Voy a por Bea. No me siga. Volveré pronto.

La certeza me había asaltado al despertar, como si un desconocido me hubiese susurrado la verdad en sueños. Salí al rellano y me lancé escaleras abajo hasta salir al portal. La calle Urgel era un río de arena reluciente del que emergían farolas y árboles, mástiles en una niebla sólida. El viento escupía la nieve a ráfagas. Anduve hasta el metro de Hospital Clínico y me sumergí en los túneles de vaho y calor de segunda mano. Hordas de barceloneses, que solían confundir la nieve con los milagros, seguían comentando lo insólito del temporal. Los diarios de la tarde traían la noticia en primera página, con foto de las Ramblas nevadas y la fuente de Canaletas sangrando estalactitas. «LA NEVADA DEL SIGLO», prometían los titulares. Me dejé caer en un banco del andén y aspiré ese perfume a túneles y hollín que trae el rumor de los trenes invisibles. Al otro lado de las vías, en un cartel publicitario, proclamando las delicias del parque de atracciones del Tibidabo, aparecía el tranvía azul iluminado como una verbena, y tras él se adivinaba la silueta del caserón de los Aldaya. Me pregunté si Bea, perdida en aquella Barcelona de los que se han caído del mundo, habría visto la misma imagen y comprendido que no tenía otro lugar adonde ir.

3

Empezaba a anochecer cuando emergí de las escalinatas del metro. Desierta, la avenida del Tibidabo dibujaba una fuga infinita de cipreses y palacios sepultados en una claridad sepulcral. Vislumbré la silueta del tranvía azul en la parada, la campana del revisor segando el viento. Me apresuré y lo abordé casi al tiempo que iniciaba su trayecto. El revisor, viejo conocido, aceptó las monedas murmurando para sí. Me procuré asiento en el interior de la cabina, algo más resguardado de la nieve y el frío. Los caserones sombríos desfilaban lentamente tras los cristales velados de hielo. El revisor me observaba con aquella mezcla de recelo y osadía que el frío parecía haberle congelado en el rostro.

—El número treinta y dos, joven.

Me volví y vi la silueta espectral del caserón de los Aldaya avanzando hacia nosotros como la proa de un buque oscuro en la niebla. El tranvía se detuvo de una sacudida. Descendí, huyendo de la mirada del revisor.

—Buena suerte —murmuró.

Contemplé el tranvía perderse avenida arriba hasta que sólo se percibió el eco de la campana. Una penumbra sólida se desplomó a mi alrededor. Me apresuré a rodear la tapia en busca de la brecha derribada en la parte posterior. Al escalar el muro me pareció escuchar pasos sobre la nieve en la acera opuesta, aproximándose. Me detuve un instante, inmóvil sobre lo alto del muro. La noche caía ya inexorable. El rumor de pasos se extinguió en el rastro del viento. Salté al otro lado y me adentré en el jardín. La maleza se había congelado en tallos de cristal. Las estatuas de los ángeles derribados yacían cubiertas por sudarios de hielo. La superficie de la fuente se había congelado en un espejo negro y reluciente del que sólo emergía la garra de piedra del ángel sumergido como un sable de obsidiana. Lágrimas de hielo pendían del dedo índice. La mano acusadora del ángel señalaba directamente hacia el portón principal, entreabierto.

Ascendí los peldaños con la esperanza de que no fuese demasiado tarde. No me molesté en amortiguar el eco de mis pisadas. Empujé el portón y me adentré en el vestíbulo. Una procesión de cirios se adentraba hacia el interior. Eran las velas de Bea, casi apuradas hasta el suelo. Seguí su rastro y me detuve al pie de la escalinata. La senda de velas ascendía por los peldaños hasta el primer piso. Me aventuré escalera arriba, siguiendo a mi sombra deformada sobre los muros. Al llegar al rellano del primer piso comprobé que había dos velas más adentrándose en el corredor. La tercera parpadeaba frente a la que había sido la habitación de Penélope. Me aproximé y golpeé la puerta suavemente con los nudillos.

—¿Julián? —llegó la voz trémula.

Así el pomo de la puerta y me dispuse a entrar, sin saber ya quién me esperaba al otro lado. Abrí lentamente.

Bea me contemplaba desde el rincón, envuelta en una manta. Corrí a su lado y la abracé en silencio. Sentí que se deshacía en lágrimas.

—No sabía adónde ir —murmuró—. Te llamé varias veces a casa, pero no había nadie. Me asusté...

Bea se secó las lágrimas con los puños y me clavó la mirada. Asentí, y no fue necesario que dijese más.

—¿Por qué me has llamado Julián?

Bea lanzó una mirada hacia la puerta entreabierta.

—Él está aquí. En esta casa. Entra y sale. Me sorprendió el otro día, cuando intentaba entrar en la casa. Sin que le dijese nada, supo quién era. Supo lo que estaba pasando. Me instaló en esta habitación y me trajo una manta, agua y comida. Me dijo que esperase. Que todo iba a salir bien. Me dijo que tú vendrías por mí. Por la noche hablamos durante horas. Me habló de Penélope, de Nuria... sobre todo me habló de ti, de nosotros dos. Me dijo que tenía que enseñarte a olvidarle...

—¿Dónde está ahora?

—Abajo. En la biblioteca. Me dijo que estaba esperando a alguien, que no me moviese de aquí.

—¿Esperando a quién?

—No lo sé. Dijo que era alguien que vendría contigo, que tú le traerías...

Cuando me asomé al corredor, las pisadas ya se escuchaban al pie de la escalinata. Reconocí la sombra desangrada sobre los muros como una telaraña, la gabardina negra, el sombrero calado como una capucha y el revólver en la mano reluciente como una guadaña. Fumero. Siempre me había recordado a alguien, o a algo, pero hasta aquel instante no había comprendido a qué.

4

Extinguí las velas con los dedos y le hice una seña a Bea para que guardase silencio. Me asió la mano y me miró inquisitivamente. Los pasos lentos de Fumero se escuchaban a nuestros pies. Conduje a Bea de nuevo al interior de la habitación y le indiqué que permaneciese allí, oculta tras la puerta.

—No salgas de aquí, pase lo que pase —susurré.

—No me dejes ahora, Daniel. Por favor.

—Tengo que advertir a Carax.

Bea me imploró con la mirada, pero me retiré al corredor antes de rendirme. Me deslicé hasta el umbral de la escalinata principal. No había rastro de la sombra de Fumero, ni de sus pasos. Se había detenido en algún punto de la oscuridad, inmóvil. Paciente. Me retiré de nuevo al corredor y rodeé la galería de habitaciones hasta la fachada principal del caserón. Un ventanal empañado de hielo destilaba cuatro haces azules, turbios como agua estanca. Me acerqué a la ventana y pude ver un coche negro apostado frente a la verja principal. Reconocí el automóvil del teniente Palacios. Una brasa de cigarrillo en la oscuridad delataba su presencia tras el volante. Regresé lentamente hasta la escalinata y descendí peldaño a peldaño, posando los pies con infinita cautela. Me detuve a medio trayecto y escruté la tiniebla que inundaba la planta baja.

Fumero había dejado el portón principal abierto a su paso. El viento había apagado las velas y escupía remolinos de nieve. La hojarasca helada danzaba en la bóveda, flotando en un túnel de claridad polvorienta que insinuaba las ruinas del caserón. Descendí cuatro peldaños más, apoyándome contra la pared. Vislumbré un atisbo de la cristalera de la biblioteca. Seguía sin detectar a Fumero. Me pregunté si habría descendido al sótano o a la cripta. El polvo de nieve que penetraba desde el exterior estaba borrando sus huellas. Me deslicé hasta el pie de la escalinata y eché un vistazo hacia el corredor que conducía a la entrada. El viento helado me escupió en la cara. La garra del ángel sumergido en la fuente se entreveía en la tiniebla. Miré en la otra dirección. La entrada a la biblioteca quedaba a una decena de metros del pie de la escalinata. La antecámara que conducía hasta allí quedaba velada de oscuridad. Comprendí que Fumero podía estar observándome a apenas unos metros del punto en el que me encontraba, sin que yo pudiera verle. Escruté la sombra, impenetrable como las aguas de un pozo. Respiré hondo y, casi arrastrando los pies, crucé la distancia que me separaba de la entrada de la biblioteca a ciegas.

El gran salón oval quedaba sumergido en una penuria de luz vaporosa, acribillada de puntos de sombra proyectados por la nieve desplomándose gelatinosamente tras los ventanales. Deslicé la mirada por los muros desnudos en busca de Fumero, quizá apostado junto a la entrada. Un objeto emergía del muro a apenas dos metros a mi derecha. Por un instante me pareció que se desplazaba, pero era sólo el reflejo de la luna sobre el filo. Un cuchillo, quizá una navaja de doble filo, estaba clavado en la pared. Ensartaba un rectángulo de cartón o papel. Me aproximé hasta allí y reconocí la imagen apuñalada sobre el muro. Era una copia idéntica de la fotografía medio quemada que un extraño había abandonado en el mostrador de la librería. En el retrato, Julián y Penélope, apenas unos adolescentes, sonreían a una vida que se les había escapado sin saberlo. El filo de la navaja atravesaba el pecho de Julián. Comprendí entonces que no había sido

Laín Coubert, o Julián Carax, quien había dejado aquella fotografía como una invitación. Había sido Fumero. La fotografía había sido un cebo envenenado. Alcé la mano para arrebatársela al cuchillo, pero el contacto helado del revólver de Fumero en la nuca me detuvo.

—Una imagen vale más que mil palabras, Daniel. Si tu padre no hubiera sido un librero de mierda, ya te lo habría enseñado.

Me volví lentamente y enfrenté el cañón del arma. Apestaba a pólvora reciente. El rostro cadavérico de Fumero sonreía en una mueca crispada de terror.

—¿Dónde está Carax?

—Lejos de aquí. Sabía que usted vendría a por él. Se ha marchado.

Fumero me observaba sin pestañear.

—Te voy a volar la cara en pedazos, chaval.

—De poco le servirá. Carax no está aquí.

—Abre la boca —ordenó Fumero.

—¿Para qué?

—Abre la boca o te la abro yo de un tiro.

Desplegué los labios. Fumero me introdujo el revólver en la boca. Sentí una arcada trepándome por la garganta. El pulgar de Fumero tensó el percutor.

—Ahora, desgraciado, piensa si tienes alguna razón para seguir viviendo. ¿Qué dices?

Asentí lentamente.

—Entonces dime dónde está Carax.

Intenté balbucear. Fumero retiró el revólver lentamente.

—¿Dónde está?

—Abajo. En la cripta.

—Tú me guías. Quiero que estés presente cuando le cuente a ese hijo de puta cómo gemía Nuria Monfort cuando le hundí el cuchillo en...

La silueta se abrió camino de la nada. Atisbando por encima del hombro de Fumero creí ver cómo la oscuridad se removía en cortinajes de bruma y una figura sin rostro, de mirada incandescente, se deslizaba hacia nosotros en silencio absoluto, como si apenas rozase el suelo. Fumero leyó el reflejo en mis pupilas empañadas de lágrimas y su rostro se descompuso lentamente.

Cuando se volvió y disparó al manto de negrura que le envolvía, dos garras de cuero, sin líneas ni relieve, le habían atenazado la garganta. Eran las manos de Julián Carax, crecidas de las llamas. Carax me apartó de un empujón y aplastó a Fumero contra la pared. El inspector aferró el revólver e intentó situarlo bajo la barbilla de Carax. Antes de que pudiese accionar el gatillo, Carax le asió de la muñeca y la martilleó con fuerza contra la pared una y otra vez, sin conseguir que Fumero soltase el revólver. Un segundo disparo estalló en la oscuridad y se estrelló contra el muro, abriendo un boquete en el panel de madera. Lágrimas de pólvora encendida y astillas en brasa salpicaron el rostro del inspector. El hedor a carne chamuscada inundó la sala.

De una sacudida, Fumero trató de zafarse de aquellas manos que le mantenían el cuello inmovilizado y la mano que sostenía el revólver contra la pared. Carax no aflojaba la presa. Fumero rugió de rabia y ladeó la cabeza hasta morder el puño de Carax. Le poseía una furia animal. Escuché el chasquido de sus dientes desgarrando la piel muerta y vi los labios de Fumero rezumando sangre. Carax, ignorando el dolor, o quizá incapaz de sentirlo, asió entonces el puñal. Lo desclavó de la pared de un tirón y, ante la mirada aterrada de Fumero, ensartó la muñeca derecha del inspector contra la pared con un golpe brutal que hundió el filo en el panel de madera casi hasta la empuñadura. Fumero dejó escapar un terrible alarido de agonía. Su mano se desplegó en un espasmo y el revólver cayó a sus pies. Carax lo escupió hacia las sombras de un puntapié.

El horror de aquella escena había desfilado ante mis ojos en apenas unos segundos. Me sentía paralizado, incapaz de actuar o de articular un solo pensamiento. Carax se volvió hacia mí y me clavó la mirada. Contemplándole, acerté a reconstruir sus facciones perdidas que había imaginado tantas veces, contemplando retratos y escuchando viejas historias.

—Llévate a Beatriz de aquí, Daniel. Ella sabe lo que debéis hacer. No te separes de ella. No dejes que te la arrebaten. Nada ni nadie. Cuídala. Más que a tu vida.

Quise asentir, pero los ojos se me fueron a Fumero, que estaba forcejeando con el cuchillo que le atravesaba la muñeca. Lo arrancó de una sacudida y se desplomó de rodillas, sosteniéndose el brazo herido que le sangraba sobre el costado.

—Márchate —musitó Carax.

Fumero nos contemplaba cegado de odio desde el suelo, sosteniendo el cuchillo ensangrentado en su mano izquierda. Carax se dirigió hacia él. Escuché unos pasos apresurados acercándose y comprendí que Palacios había acudido en auxilio de su jefe alertado por los disparos. Antes de que Carax pudiese arrebatarle el cuchillo a Fumero, Palacios penetró en la biblioteca con el arma en alto.

—Atrás —advirtió.

Lanzó una rápida mirada a Fumero, que se incorporaba con dificultad, y luego nos observó, primero a mí y luego a Carax. Percibí el horror y la duda en aquella mirada.

—He dicho atrás.

Carax se detuvo y retrocedió. Palacios nos observaba

fríamente, tratando de dilucidar cómo resolver la situación. Sus ojos se posaron sobre mí.

—Tú, lárgate. Esto no va contigo. Venga.

Dudé un instante. Carax asintió.

—De aquí no se va nadie —cortó Fumero—. Palacios, entrégueme su revólver.

Palacios permaneció en silencio.

—Palacios —repitió Fumero, alargando la mano totalmente velada de sangre en demanda del arma.

—No —murmuró Palacios, apretando los dientes.

Los ojos enloquecidos de Fumero se llenaron de desprecio y de furia. Aferró el arma de Palacios y lo empujó de un manotazo. Crucé una mirada con Palacios y supe lo que iba a suceder. Fumero alzó el arma lentamente. Le temblaba la mano y el revólver brillaba, reluciente de sangre. Carax retrocedió paso a paso, buscando la sombra, pero no había escapatoria. El cañón del revólver le seguía. Sentí que los músculos del cuerpo se me incendiaban de rabia. La mueca de muerte de Fumero, que se relamía de locura y rencor, me despertó de una bofetada. Palacios me miraba, negando en silencio. Le ignoré. Carax se había abandonado ya, inmóvil en el centro de la sala, esperando la bala.

Fumero nunca llegó a verme. Para él sólo existía Carax y aquella mano ensangrentada unida a un revólver. Me abalancé sobre él de un salto. Sentí que mis pies se levantaban del suelo, pero nunca llegué a recobrar el contacto. El mundo se había congelado en el aire. El estruendo del disparo me llegó lejano, como eco de tormenta que se aleja. No hubo dolor. El impacto del disparo me atravesó las costillas. La primera llamarada fue ciega, como si una barra de metal me hubiese golpeado con furia indecible y me hubiese propulsado en el vacío un par de metros, hasta derribarme al suelo. No sentí la caída, aunque me pareció que las paredes convergían y el techo descendía a toda velocidad como si ansiara aplastarme.

Una mano me sostuvo la nuca y vi el rostro de Julián Carax inclinándose sobre mí. En mi visión, Carax aparecía exactamente como yo le había imaginado, como si las llamas nunca le hubiesen arrancado el semblante. Advertí el horror en su mirada, sin comprender. Vi cómo posaba su mano sobre mi pecho y me pregunté qué era aquel líquido humeante que brotaba entre sus dedos. Fue entonces cuando sentí aquel fuego terrible, como aliento de brasas devorándome las entrañas. Un grito quiso escapar de mis labios, pero afloró ahogado en sangre tibia. Reconocí el rostro de Palacios a mi lado, derrotado de remordimiento. Alcé la mirada y entonces la vi. Bea avanzaba lentamente desde la puerta de la biblioteca, el rostro ungido de horror y las manos temblorosas sobre los labios. Negaba en silencio. Quise advertirla, pero un frío mordiente me recorría los brazos y las piernas, abriéndose camino en mi cuerpo a cuchilladas.

Fumero acechaba oculto tras la puerta. Bea no reparó en su presencia. Cuando Carax se incorporó de un salto y Bea se volvió, alertada, el revólver del inspector ya le rozaba la frente. Palacios se lanzó a detenerle. Llegó tarde. Carax se cernía ya sobre él. Escuché su grito, lejano, llevando el nombre de Bea. La sala se prendió en el resplandor del disparo. La bala atravesó la mano derecha de Carax. Un instante más tarde, el hombre sin rostro caía sobre Fumero. Me incliné para ver cómo Bea corría a mi lado, intacta. Busqué a Carax con una mirada que se me apagaba, pero no le encontré. Otra figura había ocupado su lugar. Era Laín Coubert, tal y como había aprendido a temerle leyendo las páginas de un libro tantos años atrás. Esta vez, las garras de Coubert se hundieron en los ojos de Fumero y lo arrastraron como garfios. Acerté a ver cómo las piernas del inspector se arrastraban por la puerta de la biblioteca, cómo su cuerpo se debatía en sacudidas mientras Coubert lo arrastraba sin piedad hacia el portón, cómo sus rodillas golpeaban los escalones de mármol y la nieve le escupía en el rostro, cómo el hombre sin rostro le aferraba del cuello y, alzándolo como un títere, lo lanzaba contra la fuente helada, cómo la mano del ángel atravesaba su pecho y lo ensartaba y cómo el alma maldita se le derramaba en vapor y aliento negro que caía en lágrimas heladas sobre el espejo mientras sus párpados se agitaban hasta morir y sus ojos parecían astillarse con arañazos de escarcha.

Me desplomé entonces, incapaz de sostener la mirada un segundo más. La oscuridad se teñía de luz blanca y el rostro de Bea se alejaba en un túnel de niebla. Cerré los ojos y sentí las manos de Bea sobre mi rostro y el soplo de su voz suplicándole a Dios que no me llevase, susurrándome que me quería y que no me dejaría ir, que no me dejaría ir. Sólo recuerdo que me desprendí en aquel espejismo de luz y frío, que una rara paz me envolvió y se llevó el dolor y el fuego lento de mis entrañas. Me vi a mí mismo caminando por las calles de aquella Barcelona embrujada de la mano de Bea, casi ancianos. Vi a mi padre y a Nuria Monfort posando rosas blancas sobre mi tumba. Vi a Fermín llorando en brazos de la Bernarda, y a mi viejo amigo Tomás, que había enmudecido para siempre. Les vi como se ve a los extraños desde un tren que se aleja demasiado de prisa. Fue entonces, casi sin darme cuenta, cuando recordé el rostro de mi madre que había perdido tantos años atrás como si un recorte extraviado se hubiese deslizado de entre las páginas de un libro. Su luz fue cuanto me acompañó en mi descenso.

27 DE NOVIEMBRE DE 1955

—

POST MORTEM

La habitación era blanca, forjada de lienzos y cortinajes tejidos de vapor y de sol reluciente. Desde mi ventana se veía un mar azul infinito. Algún día, alguien querría convencerme de que no, que desde la clínica Corachán no se ve el mar, que sus habitaciones no son blancas ni etéreas y que el mar de aquel noviembre era una balsa de plomo fría y hostil, que siguió nevando todos los días de aquella semana hasta sepultar el sol y toda Barcelona bajo un metro de nieve y de que incluso Fermín, el eterno optimista, creía que yo iba a morir otra vez.

Ya había muerto antes, en la ambulancia, en brazos de Bea y del teniente Palacios, que arruinó su traje oficial con mi sangre. La bala, decían los médicos, que hablaban de mí creyendo que no les oía, había destrozado dos costillas, rozado el corazón, segado una arteria y salido al galope por el costado, arrastrando cuanto encontró en su camino. Mi corazón dejó de latir durante sesenta y cuatro segundos. Me dijeron que, al regresar de mi excursión al infinito, abrí los ojos y sonreí antes de perder el conocimiento.

No recuperé el sentido hasta ocho días más tarde. Para entonces, los periódicos ya habían publicado la noticia del fallecimiento del insigne inspector jefe de policía Francisco Javier Fumero en una trifulca con una banda armada de maleantes, y las autoridades andaban demasiado ocupadas en encontrarle una calle o pasaje al que rebautizar en su memoria. El suyo fue el único cuerpo hallado en el viejo caserón de los Aldaya. Los cuerpos de Penélope y su hijo nunca aparecieron.

Desperté al alba. Recuerdo la luz, de oro líquido, derramándose por las sábanas. Había dejado de nevar y alguien había cambiado el mar tras mi ventana por una plaza blanca de la que emergían unos columpios y poco más. Mi padre, hundido en una silla junto a mi cama, alzó la vista y me observó en silencio. Le sonreí y se echó a llorar. Fermín, que dormía a pierna suelta en el pasillo, y Bea, que le sostenía la cabeza en el regazo, oyeron sus lágrimas, un lamento que se perdía a gritos, y entraron en la habitación. Recuerdo que Fermín estaba blanco y flaco como una raspa de pescado. Me contaron que la sangre que corría por mis venas era suya, que yo había perdido toda la mía, y que mi amigo llevaba días atiborrándose de pepitos de lomo en la cafetería de la clínica para criar glóbulos rojos en caso de que yo necesitase más. Quizá eso explicase por qué me sentía más sabio y menos Daniel. Recuerdo que había un bosque de flores y que aquella tarde, o quizá dos minutos después, no sabría decir, desfilaron por la habitación desde Gustavo Barceló y su sobrina Clara, a la Bernarda y mi amigo Tomás, que no se atrevía a mirarme a los ojos y que cuando le abracé echó a correr y se fue a llorar a la calle. Recuerdo vagamente a don Federico, que venía acompañado de la Merceditas y del catedrático don Anacleto. Sobre todo recuerdo a Bea, que me miraba en silencio mientras todos se deshacían en alegrías y salvas al cielo, y a mi padre, que había dormido en aquella silla durante siete noches, rezándole a un Dios en el que no creía.

Cuando los médicos obligaron a toda la comitiva a desalojar la habitación y abandonarme a un reposo que no quería, mi padre se acercó un momento y me dijo que me había traído mi pluma, la estilográfica de Víctor Hugo, y un cuaderno, por si quería escribir. Fermín, desde la puerta, anunciaba que había consultado con el plantel de doctores de la clínica y le habían asegurado que yo no iba a hacer el servicio militar. Bea me besó en la frente y se llevó a mi padre a que le diese el aire, porque no había salido de aquella habitación en más de una semana. Me quedé a solas, aplastado de cansancio y me rendí al sueño, contemplando el estuche de mi pluma sobre la mesita de noche.

Me despertaron unos pasos en la puerta y me pareció ver la silueta de mi padre al pie del lecho, o quizá fuera el doctor Mendoza que no me quitaba un ojo de encima, convencido de que yo era hijo de un milagro. El visitante rodeó el lecho y se sentó en la silla de mi padre. Sentía la boca seca y apenas podía hablar. Julián Carax me acercó un vaso de agua a los labios y me sostuvo la cabeza mientras los humedecía. Tenía ojos de despedida, y me bastó mirar en ellos para comprender que nunca había llegado a averiguar la verdadera identidad de Penélope. No recuerdo bien sus palabras, ni el sonido de su voz. Sí sé que me tomó la mano y que sentí que me pedía que viviese por él, y que no volvería a verle jamás. De lo que no me he olvidado es de lo que yo le dije. Le pedí que tomase aquella pluma, que había sido suya desde siempre, y que volviese a escribir.

Cuando desperté, Bea me estaba refrescando la frente con un paño húmedo de colonia. Sobresaltado, le pregunté dónde estaba Carax. Me miró, confundida, y me dijo que Carax había desaparecido en la tormenta ocho días atrás dejando un rastro de sangre en la nieve y que todos le daban por muerto. Dije que no, que había estado allí mismo, conmigo, hacía apenas segundos. Bea me sonrió, sin decir nada. La enfermera que me tomaba el pulso negó lentamente y me explicó que llevaba seis horas dormido, que ella había estado sentada a su escritorio frente a la puerta de mi habitación durante todo ese tiempo y que, mientras tanto, nadie había entrado en mi habitación.

Aquella noche, al intentar conciliar el sueño, volví la cabeza sobre la almohada y comprobé que el estuche estaba abierto y que la pluma había desaparecido.

1956

—

LAS AGUAS DE MARZO

Bea y yo nos casamos en la iglesia de Santa Ana dos meses más tarde. El señor Aguilar, que todavía me hablaba en monosílabos y seguiría haciéndolo hasta el fin de los tiempos, me había concedido la mano de su hija ante la imposibilidad de obtener mi cabeza en bandeja. La desaparición de Bea le había afeitado la furia, y ahora parecía vivir en estado de perpetuo susto, resignado a que pronto su nieto me llamase papá y a que la vida, valiéndose de un sinvergüenza remendado de un balazo, le robase a la niña que él, pese a las bifocales, seguía viendo como el día de su primera comunión, ni un día mayor. Una semana antes de la ceremonia, el padre de Bea se presentó en la librería para regalarme una aguja de corbata de oro que había pertenecido a su padre y para estrecharme la mano.

—Bea es lo único bueno que he hecho en la vida —me dijo—. Cuídamela.

Mi padre le acompañó hasta la puerta y le contempló alejarse por la calle Santa Ana con esa melancolía que reblandece a los hombres que envejecen al mismo tiempo sin que nadie les haya pedido permiso.

—No es una mala persona, Daniel —dijo—. Cada cual quiere a su manera.

El doctor Mendoza, que dudaba de mi capacidad para

sostenerme en pie durante más de media hora, me había advertido que el ajetreo de una boda y sus preparativos no eran la mejor medicina para sanar a un hombre que había estado a punto de dejarse el corazón en el quirófano.

—No se preocupe —le tranquilicé—. No me dejan hacer nada.

No mentía. Fermín Romero de Torres se había erigido en dictador absoluto y factótum de la ceremonia, banquete y miscelánea varia. El párroco de la iglesia, al enterarse de que la novia llegaba preñada al altar, se había negado en redondo a celebrar el matrimonio y amenazó con conjurar a los hados de la Santa Inquisición para que impidiesen el evento. Fermín montó en cólera y lo sacó a rastras de la iglesia, gritando a los cuatro vientos que era indigno del hábito, de la parroquia, y jurándole que como se le ocurriese levantar una pestaña le iba a montar un escándalo en el obispado del que lo menos resultaría desterrado al peñón de Gibraltar a evangelizar a las monas por mezquino y miserable. Varios transeúntes aplaudieron, y el florista de la plaza le regaló a Fermín un clavel blanco que procedió a lucir en la solapa hasta que los pétalos le quedaron del color del cuello de la camisa. Compuestos y sin cura, Fermín acudió al colegio de San Gabriel y procedió a reclutar los servicios del padre Fernando Ramos, que no había celebrado una boda en la vida y cuya especialidad era el latín, la trigonometría y la gimnasia sueca, por este orden.

—Eminencia, que el novio está muy débil y ahora yo no puedo darle otro disgusto. Él ve en usted una reencarnación de los grandes padres de la madre Iglesia, ahí en lo alto con santo Tomás, san Agustín y la virgen de Fátima. Ahí donde usted le ve, el muchacho es como yo, devotísimo. Un místico. Si ahora le digo que me falla usted, lo mismo tenemos que celebrar un funeral en vez de una boda.

—Si me lo pone usted así.

Según me contaron después —porque yo no lo recuerdo y las bodas siempre se empeñan en recordarlas mejor los demás—, antes de la ceremonia, la Bernarda y don Gustavo Barceló (siguiendo instrucciones detalladas de Fermín) embozaron de moscatel al pobre sacerdote para soltarle las tablas. A la hora de oficiar el padre Fernando, tocado de una sonrisa bendita y un tono sonrosado muy favorecedor, optó, en un vuelo de licencia protocolaria, por sustituir la lectura de no sé qué Carta a los Corintios por un soneto de amor, obra de un tal Pablo Neruda, al que algunos de los invitados del señor Aguilar identificaron como comunista y bolchevique irredento mientras otros buscaban en el misal aquellos versos de rara belleza pagana, preguntándose si ya se empezaban a ver los primeros efectos del concilio en ciernes.

La noche antes de la boda, Fermín, arquitecto del evento y maestro de ceremonias, me anunció que me había organizado una despedida de soltero a la que sólo estábamos invitados él y yo.

—No sé, Fermín. A mí estas cosas...

—Confíe en mí.

Llegada la noche de autos seguí dócilmente a Fermín hasta un tugurio infecto sito en la calle Escudillers donde los hedores a humanidad convivían con la fritanga más abyecta del litoral mediterráneo. Un plantel de damas con la virtud en alquiler y mucho kilometraje encima nos recibió con sonrisas que hubieran hecho las delicias de una facultad de ortodoncia.

—Venimos a por la Rociíto —anunció Fermín a un macarrón cuyas patillas guardaban una sorprendente resemblanza con el cabo de Finisterre.

—Fermín —musité, aterrado—. Por el amor de Dios...

—Tenga fe.

La Rociíto acudió presta en toda su gloria, que calculé colindante en los noventa kilogramos sin contar el chal de lagarterana y el vestido de viscosa colorado, y me hizo un inventario a conciencia.

—Hola, corasón. Yo te hasía más viejo, fíhate tú.

—Éste no es el interfecto —aclaró Fermín.

Comprendí entonces la naturaleza del embrollo y mis temores se desvanecieron. Fermín nunca olvidaba una promesa, especialmente si era yo el que la había hecho. Partimos los tres en busca de un taxi que nos condujese al asilo de Santa Lucía. Durante el trayecto Fermín, que en deferencia a mi estado de salud y a mi condición de prometido me había cedido el asiento delantero, compartía el trasero con la Rociíto, sopesando sus evidencias con notable deleite.

—Qué buenorra que estás, Rociíto. Este culo serrano tuyo es el apocalipsis según Botticelli.

—Ay, señor Fermín, que desde que se ha echao novia me tie orvidá y desatendía, tunante.

—Rociíto, que tú eres mucha mujer y yo estoy con la monogamia.

—Quia, eso se lo cura la Rociíto con unas buenas friegas de penisilina.

Llegamos a la calle Moncada pasada la medianoche, escoltando el cuerpo celestial de la Rociíto. La colamos en el asilo de Santa Lucía por la puerta trasera que se empleaba para sacar a los finados por un callejón que lucía y olía como el esófago de los infiernos. Una vez en la tiniebla del *Tenebrarium,* Fermín procedió a dar las últimas instrucciones a la Rociíto mientras yo localizaba al abuelillo a quien había prometido un último baile con Eros antes de que Tánatos le pasara el finiquito.

—Recuerda, Rociíto, que el abuelo está un poco trompetilla, así que háblale alto, claro y guarro, con picardía, como tú sabes, pero sin pasarte, que tampoco es cuestión de facturarle al reino de los cielos antes de hora de un paro cardíaco.

—Tranquilo, mi sielo, que una e una profesioná.

Encontré al beneficiario de aquellos amores de prestado en un rincón del primer piso, un sabio ermitaño parapetado tras muros de soledad. Alzó la vista y me contempló, desconcertado.

—¿Estoy muerto?

—No. Está usted vivo. ¿No me recuerda?

—A usted le recuerdo como a mis primeros zapatos, joven, pero al verle así, cadavérico, he creído que era una visión del más allá. No me lo tenga en cuenta. Aquí uno pierde eso que ustedes, los exteriores, llaman el discernimiento. Así, ¿no es usted una visión?

—No. La visión se la tengo yo esperando abajo, si tiene la bondad.

Conduje al abuelo hasta una celda lúgubre que Fermín y la Rociíto habían ataviado de fiesta con unas velas y algunos soplos de perfume. Al posar la mirada en la abundante beldad de nuestra venus jerezana, el rostro del abuelo se iluminó de paraísos soñados.

—Dios les bendiga a ustedes.

—Y usted que lo vea —dijo Fermín, indicándole a la sirena de la calle Escudillers que procediese a desplegar sus artes.

La vi tomar al abuelillo con infinita delicadeza y besarle las lágrimas que le caían por las mejillas. Fermín y yo nos retiramos de la escena para concederles la merecida intimidad. En nuestro periplo por aquella galería de desesperaciones nos topamos con la hermana Emilia, una de las monjas que administraban el asilo. Nos dedicó una mirada sulfúrica.

—Me dicen unos internos que han colado ustedes una fulana, y que ahora ellos también quieren otra.

—Hermana ilustrísima, ¿por quién nos toma? Nuestra presencia aquí es estrictamente ecuménica. Aquí el infante, que mañana se hace hombre a ojos de la Santa Madre Iglesia, y yo acudíamos para interesarnos por la interna Jacinta Coronado.

La hermana Emilia enarcó una ceja.

—¿Son ustedes familia?

—Espiritualmente.

—Jacinta falleció hace quince días. Un caballero vino a visitarla la noche antes. ¿Es pariente suyo?

—¿Se refiere al padre Fernando?

—No era un sacerdote. Me dijo que su nombre era Julián. No recuerdo el apellido.

Fermín me miró, mudo.

—Julián es un amigo mío —dije yo.

La hermana Emilia asintió.

—Estuvo con ella varias horas. Hacía años que no la oía reír. Cuando él se marchó, ella me dijo que habían estado hablando de otros tiempos, de cuando eran jóvenes. Me dijo que ese señor le traía noticias de su hija Penélope. No sabía que Jacinta hubiera tenido una hija. Me acuerdo, porque aquella mañana Jacinta me sonrió y cuando le pregunté por qué estaba tan contenta me dijo que se iba a casa, con Penélope. Murió al alba, mientras dormía.

La Rociíto concluyó su ritual de amor un rato después, dejando al abuelillo rendido y en brazos de Morfeo. Cuando salíamos, Fermín le pagó doble, pero ella, que lloraba de pena ante el espectáculo de todos aquellos desahuciados olvidados de Dios y del demonio, se empeñó en donar sus emolumentos a la hermana Emilia para que les diesen una merienda de chocolate con churros a todos, porque a ella eso siempre le quitaba las penas de la vida, esa reina de las putas.

—E que una e una sentimentá. Mire uté, señor Fermín, ese pobresillo... si no má quería que lo abrasase y le acarisiase. Se la parte a una tó...

Colocamos a la Rociíto en un taxi con una buena propina y enfilamos la calle Princesa, que estaba desierta y sembrada de velos de vapor.

—Habría que irse a dormir, por lo de mañana —dijo Fermín.

—No creo que pueda.

Nos echamos a andar rumbo a la Barceloneta y, casi sin darnos cuenta, nos adentramos por el rompeolas hasta que toda la ciudad, reluciente de silencio, quedó a nuestros pies como el mayor espejismo del universo emergiendo del estanque de las aguas del puerto. Nos sentamos al borde del muelle a contemplar la visión. A una veintena de metros se iniciaba una procesión inmóvil de automóviles con las ventanas veladas de vaho y hojas de diario.

—Esta ciudad es bruja, ¿sabe usted, Daniel? Se le mete a uno en la piel y le roba el alma sin que uno se dé ni cuenta.

—Habla usted como la Rociíto, Fermín.

—No se ría usted, que son las personas como ella las que hacen de este perro mundo un sitio que vale la pena visitar.

—¿Las putas?

—No. Putas lo somos todos, tarde o temprano. Yo digo la gente de buen corazón. Y no me mire usted así. A mí las bodas me ponen hecho un flan.

Nos quedamos allí sentados en brazos de aquella rara quietud, catalogando reflejos sobre el agua. Al rato, el alba esparció de ámbar el cielo y Barcelona se encendió de luz. Se escucharon las campanas lejanas en la basílica de Santa María del Mar, que emergía de las brumas al otro lado del puerto.

—¿Cree usted que Carax sigue ahí, en algún lugar de la ciudad?

—Pregúnteme otra cosa.

—¿Tiene los anillos?

Fermín sonrió.

—Ande, vamos. Que a usted y a mí nos esperan, Daniel. Nos espera la vida.

Vestía de marfil y traía el mundo en la mirada. Apenas recuerdo las palabras del cura, ni los rostros prendidos de esperanza de los invitados que llenaban la iglesia aquella mañana de marzo. Sólo me queda el roce de sus labios y, al entreabrir los ojos, el juramento secreto que me llevé en la piel y que recordaría todos los días de mi vida.

1966

—

DRAMATIS PERSONAE

Julián Carax concluye *La Sombra del Viento* con una breve memoria para hilvanar los destinos de sus personajes años más tarde. He leído muchos libros desde aquella lejana noche de 1945, pero la última novela de Carax sigue siendo mi favorita. Hoy, con tres décadas a mis espaldas, ya no tengo esperanzas de cambiar de opinión.

Mientras escribo estas líneas sobre el mostrador de la librería, mi hijo Julián, que mañana cumple diez años, me observa sonriente e intrigado por esa pila de cuartillas que crece y crece, quizá convencido de que su padre también ha contraído esa enfermedad de los libros y las palabras. Julián tiene los ojos y la inteligencia de su madre, y me gusta creer que quizá posee mi ingenuidad. Mi padre, que tiene dificultad para leer los lomos de los libros aunque no lo admita, está arriba en casa. Muchas veces me pregunto si es un hombre feliz, en paz, si nuestra compañía le ayuda o si vive dentro de sus recuerdos y de esa tristeza que siempre le ha perseguido. Bea y yo llevamos la librería ahora. Yo llevo las cuentas y los números. Bea hace las compras y atiende a los clientes, que la prefieren a ella más que a mí. No les culpo.

El tiempo la ha hecho fuerte y sabia. Casi nunca habla del pasado, aunque a menudo la sorprendo varada en uno de sus silencios, a solas consigo misma. Julián adora a su madre. Les observo juntos y sé que les une un lazo invisible que yo apenas puedo empezar a comprender. Me basta sentirme parte de su isla y saberme afortunado. La librería da para vivir sin lujos, pero soy incapaz de imaginarme haciendo otra cosa. Las ventas se reducen año a año. Yo soy optimista y me digo que lo que sube baja, y lo que baja, algún día ha de subir. Bea dice que el arte de leer se está muriendo muy lentamente, que es un ritual íntimo, que un libro es un espejo y que sólo podemos encontrar en él lo que ya llevamos dentro, que al leer ponemos la mente y el alma, y que ésos son bienes cada día más escasos. Cada mes recibimos ofertas para comprarnos la librería y transformarla en una tienda de televisores, de fajas o de alpargatas. No nos sacarán de aquí como no sea con los pies por delante.

Fermín y la Bernarda pasaron por la vicaría en 1958 y ya van por los cuatro críos, todos ellos varones y con la nariz y las orejas de su padre. Fermín y yo nos vemos menos que antes, aunque a veces aún repitamos aquel paseo por el rompeolas al alba y arreglemos el mundo a martillazos. Fermín dejó el empleo en la librería hace años y tomó el relevo a la muerte de Isaac Monfort al frente del Cementerio de los Libros Olvidados. Isaac está enterrado junto a Nuria en Montjuïc. Les visito a menudo. Hablamos. Siempre hay flores frescas sobre la tumba de Nuria.

Mi viejo amigo Tomás Aguilar se marchó a Alemania, donde trabaja como ingeniero para una empresa de maquinaria industrial inventando prodigios que nunca he llegado a comprender. A veces escribe cartas, siempre a nombre de su hermana Bea. Se casó hace un par de años y tiene una hija a la que no hemos visto nunca. Siempre envía recuerdos para mí, pero sé que le perdí hace años sin remedio. Me gusta pensar que la vida nos arrebata a los amigos de la infancia porque sí, pero no siempre me lo creo.

El barrio sigue como siempre, pero hay días en que me parece que la luz se atreve cada vez más, que vuelve a Barcelona, como si entre todos la hubiésemos expulsado pero nos hubiese perdonado al fin. Don Anacleto dejó la cátedra del instituto y ahora se dedica en exclusividad a la poesía erótica y a sus glosas de contraportadas, más monumentales que nunca. Don Federico Flaviá y la Merceditas se fueron a vivir juntos cuando falleció la madre del relojero. Hacen una pareja flamante, aunque no faltan los envidiosos que aseguran que la cabra tira al monte y que, de tarde en tarde, don Federico hace alguna escapadilla de picos pardos ataviado de faraona.

Don Gustavo Barceló cerró la librería y nos traspasó sus fondos. Dijo estar hasta el gorro del gremio y deseoso de emprender nuevos desafíos. El primero y último de ellos fue la creación de una editorial dedicada a la reedición de las obras de Julián Carax. El primer tomo, conteniendo sus tres primeras novelas (recuperadas de un juego de galeradas perdido en un guardamuebles de la familia Cabestany), vendió trescientos cuarenta y dos ejemplares, muchas decenas de miles detrás del éxito del año, una hagiografía ilustrada de El Cordobés. Don Gustavo se dedica ahora a viajar por Europa en compañía de damas distinguidas y a enviar postales de catedrales.

Su sobrina Clara se casó con el banquero millonario, pero su unión apenas duró un año. La lista de sus amantes sigue siendo prolija, aunque encoge año a año, como su belleza. Ahora vive sola en el piso de la plaza Real del que cada día sale menos. Hubo un tiempo en que la visitaba, más porque Bea me recordaba su soledad y su mala suerte que por mi propio deseo. Con los años he visto brotar en ella una amargura que quiere vestir de ironía y despego. A veces creo que sigue esperando que aquel Daniel hechizado de quince años acuda a adorarla en la sombra. La presencia de Bea, o de cualquier otra mujer, la envenena. La última vez que la vi se buscaba las arrugas del rostro con las manos. Me cuentan que a veces aún ve a su antiguo profesor de música, Adrián Neri, cuya sinfonía sigue inacabada y que al parecer ha hecho carrera como gigoló entre las damas del círculo del Liceo, donde sus acrobacias de alcoba le han merecido el apodo de *La Flauta Mágica.*

Los años no fueron generosos con la memoria del inspector Fumero. Ni siquiera quienes le odiaban y le temían parecen recordarle ya. Hace años me tropecé en el paseo de Gracia con el teniente Palacios, que dejó el cuerpo y se dedica ahora a dar clases de educación física en un colegio de la Bonanova. Me contó que todavía hay una placa conmemorativa en honor a Fumero en los sótanos de la comisaría central de Vía Layetana, pero la nueva máquina expendedora de refrescos a monedas la tapa completamente.

En cuanto al caserón de los Aldaya, sigue allí, contra todo pronóstico. Finalmente, la inmobiliaria del señor Aguilar consiguió venderlo. Fue restaurado completamente y las estatuas de los ángeles reducidas a gravilla para cubrir la pista del aparcamiento que ocupa lo que fuera el jardín de los Aldaya. Hoy en día es una agencia de publicidad, dedicada a la creación y promoción de esa rara poesía de los calcetines de punto, los flanes en polvo y los deportivos para ejecutivos de altos vuelos. Tengo que confesar que un día, alegando razones inverosímiles, me presenté allí y solicité visitar la casa. La vieja biblioteca en la que estuve a punto de perder la vida es ahora una sala de juntas decorada con carteles de anuncios de desodorantes y detergentes con poderes milagrosos. La habitación donde Bea y yo concebimos a Julián es ahora el baño del director general.

Aquel día, al regresar a la librería después de visitar el antiguo palacete de los Aldaya, me encontré con un paquete en el correo que traía matasellos de París. Contenía un libro titulado *El ángel de brumas*, novela de un tal Boris Laurent. Dejé pasar las hojas al vuelo, sintiendo ese perfume mágico a promesa de los libros nuevos, y detuve la vista en el arranque de una frase al azar. Supe al instante quién la había escrito, y no me sorprendió regresar a la primera página y encontrar, en el trazo azul de aquella pluma que tanto había adorado de niño, la siguiente dedicatoria:

Para mi amigo Daniel, que me devolvió la voz y la pluma.
Y para Beatriz, que nos devolvió a ambos la vida.

Un hombre joven, tocado ya de algunas canas, camina por las calles de una Barcelona atrapada bajo cielos de ceniza y un sol de vapor que se derrama sobre la Rambla de Santa Mónica como una guirnalda de cobre líquido.

Lleva de la mano a un muchacho de unos diez años, la mirada embriagada de misterio ante la promesa que su padre le ha hecho al alba, la promesa del Cementerio de los Libros Olvidados.

—Julián, lo que vas a ver hoy no se lo puedes contar a nadie. A nadie.

—¿Ni siquiera a mamá? —inquiere el muchacho a media voz.

Su padre suspira, amparado en esa sonrisa triste que le persigue por la vida.

—Claro que sí —responde—. Con ella no tenemos secretos. A ella puedes contárselo todo.

Al poco, figuras de vapor, padre e hijo se confunden entre el gentío de las Ramblas, sus pasos para siempre perdidos en la sombra del viento.